国家出版基金项目
NATIONAL PUBLICATION FOUNDATION

科幻之路

The Road to Science Fiction

III

从海因莱因到现在

FROM HEINLEIN TO HERE

[美国]詹姆斯 · 冈恩 编著

穆童 等译

译林出版社

图书在版编目（CIP）数据

从海因莱因到现在 ／（美）詹姆斯·冈恩（James Gunn）编著；穆童等译．—南京：译林出版社，2024.5

（科幻之路；III）

书名原文：The Road to Science Fiction Volume 3: From Heinlein to Here

ISBN 978-7-5753-0046-9

Ⅰ.①从… Ⅱ.①詹… ②穆… Ⅲ.①幻想小说－小说史－世界 Ⅳ.①I106.4

中国国家版本馆 CIP 数据核字（2024）第 044106 号

从海因莱因到现在　［美国］詹姆斯·冈恩／编著　穆　童　等／译

策　　划　姬少亭　李兆欣
项目统筹　吴莹莹
责任编辑　竺文治
特约编辑　郭　凯　武甜静　李不撑
装帧设计　韦　枫
封面插画　赵恩哲
校　　对　戴小娥
责任印制　闻媛媛

原文出版　White Wolf Publishing
出版发行　译林出版社
地　　址　南京市湖南路 1 号 A 楼
邮　　箱　yilin@yilin.com
网　　址　www.yilin.com
市场热线　025-86633278
排　　版　南京展望文化发展有限公司
印　　刷　南京爱德印刷有限公司
开　　本　652 毫米 ×960 毫米　1/16
印　　张　50.75
插　　页　4
版　　次　2024 年 5 月第 1 版
印　　次　2024 年 5 月第 1 次印刷
书　　号　ISBN 978-7-5753-0046-9
定　　价　128.00 元

目录

前 言

[美国] 詹姆斯·冈恩

1

科幻小说的“黄金时代”是爱好者和批评家频繁使用的一个措辞，也是他们争论不休的一个话题。什么是科幻小说的黄金时代？它指的又是哪段时间？

艾萨克·阿西莫夫（Isaac Asimov）编有一本名为《黄金时代之前》（*Before the Golden Age*）的小说集，此书将黄金时代的范围划定为 1938 至 1950 年，即上溯约翰·W. 坎贝尔（John W. Campbell）就任《惊异故事》[1]（*Astounding Stories*）主编，下至《银河》[2]（*Galaxy*）、《奇幻与科幻杂志》（*The Magazine of Fantasy and Science Fiction*，简称 *F&SF*）等其他刊物渐次登场的时期。

---

1. 其全称是《超科学的惊异故事》（*Astounding Stories of Super-Science*），后文有时简称为《惊异》。坎贝尔接手后将其改名为《惊异科学幻想》（*Astounding Science-Fiction*），后又改为《惊异科幻》（*Astounding Science Fiction*）；1960 年开始，坎贝尔在标题中引入了“类比”（*Analog*），先后命名为《惊异 / 类比，科学事实与幻想》（*Astounding / Analog Science Fact & Fiction*），《类比，科学事实–幻想》（*Analog Science Fact-Fiction*），《类比，科学事实–科学幻想》（*Analog Science Fact-Science Fiction*），最终改名为《类比，科学幻想–科学事实》（*Analog Science Fiction-Science Fact*），后文简称《类比》。——中文版编注
2. 其全称是《银河科幻》（*Galaxy Science Fiction*）。——中文版编注

另一方面，诺曼·斯宾拉德（Norman Spinrad）在他主编的《现代科幻》（*Modern Science Fiction*）中却认为，黄金时代起于1966年，迄于1970年。

这个词语本身的重要性，不及其中隐含着的那种看待科幻的态度。整部科幻史可以分为两个阶段，先是缓慢地趋近定义，接着，在定义的问题似已得到解决后，又开始逐渐远离定义。

定义是重要的，不仅是为了准确性，这样才能统一讨论的对象；还因为科幻小说形态多变、异见分歧普遍存在；除此之外，编辑人员和出版媒介的每一次变动，创作技巧的每一次进步，都会重新定义这一文类。例如，从语言交流层面来看，"黄金时代"代表了"一国文学最为兴盛的时期"，或"文明或艺术的繁盛期"。斯宾拉德称，直到约1965年，当作者们终于从杂志的约束中解放自我，向着各自不同的方向迈出时，科幻文学方始"兴盛"。

然而，一些批评家为"黄金时代"增添了另外一层含义，即"和平与纯真的时代"；那么，我们就可以用"黄金时代"来指代最显惊异[1]的那段时期，用来描述热情读者初次发现科幻小说的年纪也很恰当——根据皮特·格雷厄姆的看法，这个年纪更确切地说是12岁。阿西莫夫将每个人在世的第二个十年称为其人生的黄金时代，一定程度上赞同了上述观点。

"黄金时代"还可以有写作质量层面的含义。科幻小说的写作水平不仅在20世纪50年代持续提升，其后也依然如此，直到今天。但20世纪50年代初杂志潮的爆发，外加精装和平装本小说的出版量稳步上升，意味着科幻的凝聚力自1950年后逐渐降低，也就是说，读者越来越难以紧跟科幻潮流，也不再能用三言两语概括科幻。

1950年之前，科幻爱好者能够将当时发行的杂志、出版的书籍尽数通读，再去图书馆和二手书店搜寻更多的科幻小说——在此之外，他们还有时间出版卷帙浩繁的粉丝杂志。1950年以前，作家们熟知彼此的写作动向，有

1. 惊异感（sense of wonder）是科幻的核心特征。——本书脚注若无特别说明，均为译者注。

时对读者的评价也心中有数。1950年后，杂志和图书越发乏人问津，销量逐年下降。

2

从1938年到1950年的十二年间，是阿西莫夫所谓的黄金时代，这不仅是一个创作兴盛的时代，也是一个达成共识的时代。读者和作者对于什么是科幻心知肚明：发表在《惊异》杂志上的那些小说，就是科幻小说。20世纪40年代科幻界至为重要的现象，便是《惊异》对科幻的主导，以及约翰·坎贝尔对《惊异》的主导。这位曾经的作家在28岁那年改行，成为斯特里特与史密斯出版公司的一名编辑。坎贝尔以自己的理念重塑了这本杂志，准确把握了科幻读者的想象力和信念。

同时期发行的还有其他杂志，其中某些的发行量比《惊异》要大得多——例如，雷蒙德·A. 帕尔默（Raymond A. Palmer）担任主编、隶属齐夫·戴维斯公司的《惊奇故事》（*Amazing Stories*）杂志——但是最出色、最富影响力的小说，那些似乎能为科幻做出定义、树立典范的作品，却出现在《惊异》上。

贯穿整个20世纪40年代，杂志一直都是科幻小说主要的发行媒介——有时是唯一的。即使后来科幻图书开始出现，书上大部分内容仍然来自杂志：或者将短篇小说结集成册，或者将连载小说整理出版。虽然杂志集中了几乎全部力量，但放眼这一事实之外，20世纪40年代的科幻小说仍然在形成当中，各种不同的影响因素正在聚集、统一，共识仍在形成。

这种共识是由坎贝尔塑造的。是他对稿件的择选编校定义了科幻，最终登上杂志的小说篇目体现着他的意志。不仅如此，在那些表达个人观点、内容颇有争议的评论文章里，他谈论科幻的定义；在与作者的对谈、写给作者的长信和拒稿通知中——他会这么说："写得很有趣，可惜这不是科幻。"——他灌输大量的理论；偶尔，他也确实试图用准确的术语来解决定义的问题。

1952年，他为雷金纳德·布莱特诺（Reginald Bretnor）主编的《现代科幻》[1]（*Modern Science Fiction: Its Meaning and Its Future*）写了一篇文章，当中对科幻的定义如下："小说不过是诉诸笔端的梦；设想一个有着技术基础的社会，描写那个社会的希冀、梦想和恐惧（因为有些梦是噩梦），就构成了一篇科幻小说。"他为劳埃德·埃施巴赫（Lloyd Eshbach）主编的《远方的世界》（*Of Worlds Beyond*，1947）写了篇题为《科幻创作的科学》（"The Science of Science Fiction Writing"）的文章，其中提到，"要成为科幻而不是奇幻，必须在对已知事物进行预见性的推测上，做出一番诚实的努力。"他接着写道：

> 预见性的推测可以发端于多个不同的来源，应用在多个不同的领域。今天的社会学、心理学和超心理学[2]仍然不是真正的科学；因此，我们不应预测今天的社会学应用于未来的结果，而必须对一门社会学的*科学的发展*（斜体是坎贝尔所加）进行预测……另一方面，今日的物理学乃是一门真正的科学，预测必须建立在这门现实存在的科学已知的数据之上。

这几条意见后来成了科幻的基本要求。它们被传授给后世的作者，成为科幻这一文类的金科玉律。它们将似乎发源于儒勒·凡尔纳（Jules Verne）和H. G. 威尔斯（H. G. Wells）的股股科幻细流汇聚起来，而将奇幻引入了另一条泾渭分明的水道。

在凡尔纳的时代到来之前，科幻小说已经以多种形式存在过，然而，只有站在今天的位置回顾历史时，我们才有可能对这些作品如此归类：对于科学带给世界的冲击，玛丽·雪莱（Mary Shelley）的《弗兰肯斯坦》

1. 和前文提到的诺曼·斯宾拉德主编的《现代科幻》并非同一本书。
2. 指对包括心灵感应在内的超自然现象的研究，有过百年的历史，如今被视为一种伪科学。

（*Frankenstein*，1818）可能是首次以文学方式做出的回应；埃德加·爱伦·坡（Edgar Allen Poe）的《未来之事》（“Mellonta Tauta”）先于预见性文学[1]发表问世。只有当小说作者能够清楚看到工业革命会带来何种后果时，他们才能开始创作：这场革命如何改变着人类生活的本质，又在如何塑造未来。但即使在工业革命到来之前，作家们已经在史诗和故事里，在讽刺作品和对乌托邦的想象中，表达过人类探寻、思索、希望、梦想和恐惧的欲望。

3

我所主编的这套名为“科幻之路”的多卷本小说集主要是关于定义的：科幻是什么？这套书收录了许多短篇故事，也从长篇小说中摘取了一些段落。对于所有这些文字，我们无须考虑它们的其他特质，因为仅凭其存在本身就足以定义科幻。其次，“科幻之路”关注的另一个方面，是科幻经受的外部影响：科幻是如何成为如今的模样的？

第一卷以《从吉尔伽美什到威尔斯》为标题，该卷专门收录先于科幻小说出现的，或者在19世纪帮助科幻这一文类成形的各类文学。该卷为科幻小说的存在设立了三个标准：一、人们必须去发现未来，这个未来由于科学进步或技术发明，将与过去或现在有所区别；二、他们必须抛弃部落、民族甚至一国之民的观念，而学会将自己看作一个整体的物种；三、他们必须以开放的心态看待宇宙的本质——它的开始和终结——以及人类的命运。

第一卷的着眼点在于，随着对环境的掌控能力越来越强，人类理解世界的方式发生了什么变化；在于一种特殊的文学，这种文学表达了当时社会对这个世界，以及影响世界的各种作用力的认知；在于工业革命——连同它给人类生活方式和世界观带来的种种变化——是如何创造未来的；还在于作家

1. 冈恩对科幻的三个定义之一。另外两个是“创意的文学”和“人类的文学”。

们用我们称为科幻小说的方式所做出的回应。

醉心舞台的法国律师儒勒·凡尔纳[1]发现，技术奇迹具有强大的力量，能为他的冒险故事带来受众。在他绝大部分的奇异旅行[2]中，背景设定都存在工程学上的可能性。后来，他曾反对评论界将H. G. 威尔斯称为“英国凡尔纳”的做法，因为威尔斯的作品并非牢固地建基于科学。“我利用物理，”他写道，“他发明物理。”[3]

威尔斯也拒绝承认二人之间有相似性：“我的这些写作，”他写道，“……并不假意去应对可能存在的事或物；它们是想象力在一个截然不同的领域内的运用。”[4]

本系列的第二卷以《从威尔斯到海因莱因》为标题，它所探讨的是第二个标准：在历史上最辉煌的那些时刻，当人类开始从物种的角度反思自身时，我们采用了何种手段，以及这一点是如何反映在科幻——一种将人类当作物种来考虑的文学类别——当中的。当然，其他因素也影响了科幻作为一种文类的出现。发表渠道在威尔斯的时代变得关系重大，他将自己早年的成功，以及起步于19世纪最后十年的许多作者的成功，归功于新杂志和新读者的崛起。

通俗杂志时代的来临，得益于1884年出现的两项发明——纸浆纸和莱诺铸排机；得益于铁路公路建设带来的杂志分发渠道的发展，以及杂志发行公司的设立；得益于教育普及创造出的新的读者群。到了1896年，纸浆杂志也加入了大众杂志的行列，从此读者只需花费10美分就能阅读近200页的小说。在世纪之交，弗兰克·芒西出版的《阿尔戈西》遇上了来自斯特里特与史密斯出版公司的两大对手——《大众杂志》和《流行杂志》，很快，市面上出现了十多本内容相似的杂志，它们用各种各样的冒险故事争夺读者，其中包括某种科幻小说（或者被当作是科幻的小说）。这类小说其实

1. 凡尔纳出身律师家庭，有过短暂的律师生涯；他同时也是一名剧作家。
2. 凡尔纳小说集的名字，也是他对自己小说的归类。
3. 这是凡尔纳在1903年接受美国记者罗伯特·H. 谢拉德采访时的发言。
4. 出自威尔斯《科学传奇选》(*Collected Scientific Romances*) 的序言。

仍属于冒险小说，它随着埃德加·赖斯·巴勒斯（Edgar Rice Burroughs）和A. 梅里特（A. Merritt）的出现发展至巅峰。

4

弗兰克·芒西出版的《铁路工人杂志》和《大洋》，是用整本杂志刊载单一类型小说的首次实验；尽管如此，将这种做法以纸浆杂志的形式固定下来，形成一种特定的杂志类别，还要等到十年后的1915年——在这一年，斯特里特与史密斯出版公司发行了《侦探故事月刊》。1919年，斯特里特与史密斯出版公司发行了《西部故事杂志》，接着又在1921年发行了《爱情故事》。供第一本科幻杂志登场的道路已经铺就。最终，1926年，一位在此之前发行过一系列科普杂志的出版商踏上这条道路，他就是雨果·根斯巴克（Hugo Gernsback）。

不到三年的时间，《惊奇故事》就遭逢对手：先是1929年同样由根斯巴克出版的《神奇故事》（*Wonder Stories*），接着又有1930年面市的《超科学的惊异故事》。在1937年，坎贝尔放弃写作，成为《惊异》的主编——此前，他曾是与E. E. 史密斯（E. E. Smith）齐名的太空史诗作家，其后又以唐·A. 斯图尔特（Don A. Stuart）为笔名，创作了一些格局较小但更具艺术性的作品。

唐纳德·A. 沃尔海姆（Donald A. Wollheim）在其《宇宙缔造者》（*The Universe Makers*，1971）一书中，称坎贝尔是一位"得胜的凡尔纳派"，但坎贝尔并未彻底后退到凡尔纳那种恪守"物理"的程度。他允许——甚至鼓励——作者对非科学向科学的转变展开设想。A. E. 范·沃格特（A. E. van Vogt）在作品中对逻辑和科学的准确性漫不经心，坎贝尔却对此不吝赞美，因为范·沃格特让它变得若有其事；范·沃格特面对那些迷惑难解的事件挥舞起他的语言魔杖，这种魔法令坎贝尔满足。

毕竟，最终的结果与威尔斯开出的药方相当接近："想要让读者恰当地参与到游戏中来，幻想小说的作者必须尽其所能，在所有不起眼之处下足功夫，帮助读者将那不可能的假设驯服。他必须引诱读者，令他在不知不觉中接受某种可信的假设，趁着幻觉尚未消散，跟上故事情节的发展。”

与其认为坎贝尔是一个凡尔纳派，不如说他结合了凡尔纳和威尔斯身上最优秀的那部分特质：他坚持小说设定必须真实可信，必须设想一个以科学为重的社会背景，将科学家和工程师置于中心位置，并进行准确的刻画；同时，只要对《惊异》的小说稍加分析就能发现，坎贝尔乐于发表最狂野的那类设想，只要它经过了精心思考，呈现方式让人信服。

坎贝尔获得了这样的名声：偏爱装置小说或创意小说，以工程师为目标读者。但坎贝尔很清楚一篇小说如何才能站得住脚，他将这些必要条件套用在了他发表的那类小说上。他警告作者，不要用拙劣或者中规中矩的文字，浪费了好的创意。他还提出：“所有故事——无论是不是科幻——都是在书写人类……在过去的科幻小说里，占主导地位的是机械装置和了不起的创意。现代读者……想要读到的是人的故事，在这样的故事里，一个甚或是一系列了不起的创意和机械装置，仅仅构成人物生活的背景。故事的核心是人，而非创意或机器。”

坎贝尔对稿件的严格筛选，或者说他的阅读品味，对科幻的发展产生了重要影响。奇幻被排除在《惊异》之外。逻辑不够合理，或者情节发展有悖坎贝尔要求或直觉的作品，也遭到淘汰。留给这些小说的选择只有两个，要么去取悦其他杂志的编辑，要么就不要发表。由于《惊异》的出价高过其他杂志，作者会试着先向《惊异》兜售自己的作品，这样一来，其他杂志赖以为继的就只有坎贝尔的拒稿，或自认无法取悦坎贝尔的作者。有些作者获得了坎贝尔的一路绿灯，有些只能偶尔让他满意，有些干脆放弃了投稿。

5

坎贝尔担任主编期间的实际工作，激发了他发掘作者的能力，因为单凭他自己可写不出那么多小说来。被他慧眼识才的作者数不胜数。在 1952 年的文章《社会科幻》(“Social Science Fiction”)中，阿西莫夫写道：“坎贝尔的重要性，在于他不满足于等待一两个斯坦利·G. 温鲍姆(Stanley G. Weinbaum)这样的作者偶然浮现。相反，他主动寻找，积极鼓励。”

1940 年之前，许多作家的早期作品经坎贝尔之手得到首次发表，这其中包括 L. 斯普拉格·德·坎普、L. 罗恩·哈伯德[1]、埃里克·弗兰克·拉塞尔、莱斯特·德尔·雷伊、罗伯特·A. 海因莱因、西奥多·斯特金、A. E. 范·沃格特，当然还有阿西莫夫本人。此外，也是在坎贝尔的帮助下，一批资历较老的作者焕发新机，或是找到了创作方向，如杰克·威廉森、绰号“博士”的 E. E. 史密斯[2]、克利福德·D. 西马克，以及亨利·库特纳和 C. L. 穆尔夫妇(既有各自的单独创作，也有夫妻的共同创作，分别署以多个笔名)。

坎贝尔和他门下的作者们一起，满足了科幻存在的第三个标准，而这几乎只是他们在创作、编辑、出版之余的副产品：他们从关于宇宙本质的陈旧观念——既有文化上的，也有宗教上的——中解放了自己，并以小说的形式对万物的起源和终结、人类的意义和命运，开启了一场为时长久的讨论。这场讨论最终使科幻界形成了一种共识。

1941 年，在丹佛举办的第三届世界科幻大会(World Science Fiction Convention)上，罗伯特·A. 海因莱因(Robert A. Heinlein)以荣誉嘉宾的身份发表演讲，他的讲话部分表达了上述共识。海因莱因效仿近四十年前面对英国皇家科学院(Royal Institution)演讲的威尔斯[3]，将他的这场演讲也取名为《未来的发现》(“The Discovery of the Future”)。海因莱因说，吸引他从事科幻的主要因素，是一种叫作“时间连接性”的特质。他说明，这是阿

1. 他更著名的身份是山达基教(又称科学学教)的创始人，这一组织如今在许多国家被认定为邪教。
2. 为了纪念他对《惊异》的贡献，根斯巴克在 E. E. 史密斯的名字后面加上了“PhD”的头衔，从此他就有了史密斯“博士”的称号。
3. 威尔斯在 1902 年的这场哲学演讲后来被写为一篇文章，发表在《自然》杂志上。

尔弗雷德·柯日布斯基（Alfred Korzybski）发明的一个术语[1]，指的是人类这种动物不仅活在当下，也活在过去和未来。海因莱因说，大多数人日复一日地生活，或者对未来一到两年做出规划。他继续说道：

> 科幻迷与人类其他成员的最大区别，在于他们思考时所用的尺度是整个物种——甚至不是几个世纪，而是千年以上……正是这一点构成了科幻：根据过去和现在的情形，试图对未来做出推测。

更具体而言，这场以小说创作为形式展开的讨论，最终产生出一部得到公认的未来史，沃尔海姆将此总结在《宇宙缔造者》一书中。这部历史并不完全是海因莱因式的，尽管海因莱因是首位遵循一个始终如一的未来模型，进行一系列长短篇小说创作的作家（至少在其生涯早期如此）。这一共识融合了阿西莫夫“基地”（*Foundation*）系列的大量元素，结合了许多前人的贡献，如史密斯“博士”、埃德蒙德·汉密尔顿和奥拉夫·斯台普顿。后来还有其他作者进行补充和修改，如波尔·安德森、詹姆斯·布利什、拉里·尼文和厄休拉·K. 勒古恩。

这部未来史包括人类对太空的征服、对月球和太阳系各行星的殖民、向着临近恒星进发的努力，之后是一个银河人类帝国的崛起和衰落、黑暗时代，以及对散布银河各处的人类的重新发现，还有人所发展出的各式各样的人类形态和社会。

这一共识为作者提供了满足创作愿望的充分空间，它足以容纳几乎任何类型的故事，甚至包括由于不幸或误判导致那个未来无从实现的情节：在航天技术为人类带来其他资源之前，地球资源就已耗尽；世界大战毁灭了文明；宗教或专制造成社会僵化；粗心的发明或其副作用灭绝了人类，或摧毁了人类发展的主动性；污染、瘟疫或一场宇宙级的意外事故将人类、文明或

1. 波兰裔美国哲学家柯日布斯基认为人是时间的连接体，能够将知识和经验代代相传，从而连接时间。

地球本身完全抹除；又或者外星人首先降临。

这一共识存在于这样的信念中——人不仅会到达其他行星和恒星，而且他应当这么做，任何阻止他实现这个目标的东西都是邪恶的，因为它不仅本身如此，更是在阻挠人的命运。科幻将人看作从单细胞的变形虫一路奋斗而来的一种生物，他承受了漫长进化中的种种苦难，接受了百万种敌对的生命形态所发起的挑战，忍受了世界给他带来的数不清的疾病和灾祸，度过了压迫、解放、缓慢积累知识的历史进程。如今他站起来了，获得了自我意识，双脚矗立在他努力赢得的这颗地球表面，抬头望向天边的星辰。他手握自己亲手制造的工具，视野不再局限于事物的表象，而是超越表象、穿透表象，直达实在的现实；他思考着宇宙，宇宙何以出现、又将如何变化，以及人在宇宙中处于何种位置。

坎贝尔门下的作者们抱有科学界的那种乐观态度。他们相信，人对环境和自身的掌控力会不断进步；他们相信，尽管失败和倒退时有发生，人类总会一一克服——若非如此，偶然或误判带来的打击，就会引发悲剧。对此，他们与威廉·福克纳的看法一致：人类不仅会延续下去——他必将取得胜利。[1]

6

1949 年末到 1950 年初，随着安东尼·鲍彻（Anthony Boucher）和 J. 弗朗西斯·麦科马斯（J. Francis McComas）主编的《奇幻与科幻杂志》，以及 H. L. 戈尔德（H. L. Gold）主编的《银河科幻》面市，不同的创作方向开始涌现。它们从其他角度看待科幻小说，此时的“坎贝尔共识”虽然仍有其追随者和影响力，但已现出分裂的端倪。

---

1. 这句话来自 1950 年福克纳接受诺贝尔文学奖时的获奖致辞。

F&SF 的主导者是鲍彻，真名威廉·安东尼·帕克·怀特（William Anthony Parker White），他为杂志定下的方针是更高的文学质量。这本杂志原名《幻想杂志》(*Magazine of Fantasy*)，在第二期发行时更名；属于科幻的类型特性被削减到了最少。鲍彻喜欢优秀的故事，但他更喜欢优秀的写作。科幻和奇幻的混合，预示着它所刊登的作品会与纯粹的科幻或奇幻杂志不同，显现出另类的特点。奇幻仅仅要求内部的自洽，但是科幻——至少到目前为止——要求与宇宙中的其余各处也达成一致。出现在 *F&SF* 上的作品当中确实有一些严谨的科幻，但占据更大比例的是奇幻，以及难以归类的混合风格。

另一方面，《银河科幻》定下了严格的标准。戈尔德想要科幻，但必须是按他的条条框框所创作出的科幻。他提出的要求是娱乐性。他曾经写道，“没有比寻找娱乐性的娱乐业者更残酷无情的了。”他对生命报以讽刺的态度。他不想要关于科学家和工程师的小说，而是希望普通公民成为故事的主角——在虚构的世界里，普通人陷入了并非自己造成的困境，虽然无力解决，仍然顽强寻找着忍受下去的方式。

F&SF 将奇幻和科幻两条溪流重新连通，引入了一片水流湍急的河床；它对优秀的作品有很高的包容度，在这种包容的鼓励下，许多业已成名的作家开始尝试此前无处发表的内容，曾经自视与坎贝尔的要求互不相容，或被这种要求消磨掉创作热情的人，向 *F&SF* 投出了自己的第一稿，从此走上作家之路。《银河科幻》专门刊发社会讽刺作品；在这本杂志上，威尔斯派的影响力更强，曾经游走在坎贝尔世界边缘的一代作者，为他们对人类未来的悲观想象找到了归宿。《惊异》流失了一部分作者。

《惊异》的主导地位出现裂痕的一个原因，是它付给作者的稿费较少。1930 年到 1933 年是《惊异》的威廉·克莱顿[1]（William Clayton）时期，此时的《惊异》曾有过短暂的慷慨。从那以后，报酬（总是按字数计算）一直很少。一字一分已算是优厚。这样的报酬比其他纸浆杂志还低，甚至连

1.《惊异》最早的出版商。

自白杂志[1]都比它要高上一到两倍，这一点一直困扰着科幻作者。在整个20世纪40年代，坎贝尔的《惊异》是出价最高的杂志，但到了20世纪50年代，《银河科幻》付给作者从每单词三美分起逐级递增的稿费。坎贝尔迎头赶上，但是没有开出更高的价码。*F&SF*的稿费略低，但仍然高过其他类型的杂志；同时，它的征稿政策更优，足够吸引许多作者，这弥补了稿费的差距。

20世纪50年代是新杂志爆发的年代。1949年到1953年间，每年有三至十四种科幻杂志面世。许多杂志迅速消失，到了1953年，破产的杂志比新创的杂志更多。出版商高估了原子弹和火箭技术对杂志消费者的影响；虽然科幻的世界已经降临，身处其中的人们却没有意识到。尽管如此，报刊架上一度同时摆放着三四十本科幻杂志，这对新生代作者是极大的鼓励。大量的作者涌现出来。

7

影响科幻发展的其他因素，要更久以后才能显现。第二次世界大战后，科幻再次以书籍的形式登场。自《惊奇故事》诞生到现在，科幻小说事实上一直受图书出版商的忽视，但如今，短篇小说集和单行本的长篇小说开始出现。这些书籍被杂志读者广泛阅读，但读者的口味并未受到影响，反而更加固化，因为图书的内容不过是从二十年的杂志历史中采掘出的矿石——短篇故事被结集为选集，连载小说被整理为长篇。最主要的那条矿脉就是《惊异》。雷蒙德·J. 希利（Raymond J. Healy）和J. 弗朗西斯·麦科马斯主编的一本名为《时空冒险》（*Adventures in Time and Space*，1946）的小说集，在它收录的三十五篇故事中，三十二篇早已在《惊异》上发表过，三十一篇已被坎贝尔买下。与之齐名的另一本大部头战后科幻小说集，是格罗夫·康克

1. 刊登自白文学的杂志，审美情趣接近在宗教聚会上做公开忏悔。

林（Groff Conklin）的《科幻杰作》（*The Best of Science Fiction*），这本选集中来自《惊异》的小说比例就没这么高了。

出版小说集的机构大多是主流出版社，如维京、皇冠、兰登书屋、佩列格里尼与卡德希，但长篇小说则几乎全部出自粉丝出版社，除了少数几本例外。这些出版社中绝大部分仅发行过寥寥几本，之后即告破产；少数几家存活了数年的时间，如阿卡姆书屋、诺姆出版社和沙斯塔出版社。此前，西蒙与舒斯特等一些传统出版社一直有兴趣出版长篇科幻，而现在，弗雷德里克·菲尔、双日和杜登也加入了他们的行列。斯科里布纳出版海因莱因的少年小说，进入了科幻市场，温斯顿和哈科特布雷斯也凭安德烈·诺顿（Andre Norton）作品的出版进军科幻。

这标志着科幻出版领域的新纪元，自此，一些长篇小说开始不经杂志连载，直接以书籍形式出版。在王牌图书公司开始发售平装本初版科幻后，巴兰坦图书公司也于1952年加入这一行列，慢慢地，图书成了替代杂志的一条重要途径，作家有了不考虑杂志及其种种要求就能发表作品的机会。1951年，随着希利主编的初版科幻小说集[1]《新时空故事》（*New Tales of Space and Time*）的出版，短篇小说也开始适用图书这一新的发表途径。1952年，弗雷德里克·波尔（Frederik Pohl）开始为巴兰坦主编一套平装本的初版科幻小说集，名为《星际科幻》（*Star Science Fiction*）。这为作家提供了一片新的市场，其编校要求不像杂志那样苛刻，稿酬却更为丰厚。到了20世纪60年代，初版小说集经过迅速发展，成为杂志之外的另一重要选择，在打破杂志对科幻的垄断中发挥重要作用。

初版长短篇小说以图书形式的发表，鼓励了作家的个性表达，他们不必再顾忌杂志编辑所认定的科幻概念，也不必迎合读者的口味，但这也使得科幻的定义模糊起来。此前，科幻是从实际的角度来定义的，也就是那些发表

---

1. 初版小说集与一般的选集不同，不是已经见诸杂志等其他媒体的作品的辑录，这种小说集专门刊载首次发表的短篇作品，甚至有作者专门投稿；书籍的形式使它不再流落报刊货架，而是能够进入书店甚至课堂；它又常常作为一个系列，连续发行数本或数十本。

在科幻杂志上的小说——特别是发表在《惊异》上的。如今，科幻必须是书籍上指明的“科幻”字样，书名里的关键词，或者封面上容易辨认的符号——火箭、外星人、宇航服、行星。

一些科幻小说也开始在其他媒体上发表：二战结束后，光面纸杂志[1]在其尚未消亡的那些年头，开始发表海因莱因的短篇小说。《科利尔》连载了约翰·温德姆（John Wyndham）[即约翰·贝农·哈里斯（John Beynon Harris）]的《三尖树时代》（*The Day of the Triffids*）、杰克·芬尼（Jack Finney）的《天外魔花》（*The Body Snatchers*）与约翰·克里斯托弗（John Christopher）[即C. S. 尤德（C. S. Youd）]的《寸草无生》（*No Blade of Grass*）。雷·布拉德伯里（Ray Bradbury）的成功来得比他们更早，他那独具风格的科幻和奇幻作品早已卖给了《时尚淑女》、《魅力》、《时尚先生》、《纽约客》和《哈泼斯》。

随着专门刊发小说的光面纸杂志一本本消失，男性杂志开始频繁发表科幻小说，这些作品多由科幻名家执笔。其中，首开先河的是《花花公子》。就连电影与电视也开始为科幻受众提供新的消费机会，有时也为作家提供创作机会。

在20世纪40年代，与约翰·坎贝尔争论科幻的定义是白费工夫，只要坎贝尔认为不是科幻，作品就很有可能无处发表。就算侥幸被另一家杂志接受，最多只能拿到一笔补偿金性质的小钱。50年代情况依旧，只不过科幻的定义者变成了安东尼·鲍彻和H. L. 戈尔德。但到60年代，科幻的定义权被下放，每个人对科幻的定义都一样好用。

市场的扩大意味着读者群的分化，原先只为单一市场写作的作家，如今分化出各种各样的写作态度。结果，到了20世纪60年代中期，科幻小说的面貌发生了明显的变化。

---

1. 此类杂志采用光面纸印刷，区分于用纸浆纸印刷的廉价杂志，旨在面向消费能力更高的群体。

8

从 1940 年到 1965 年，世界范围内的事件不断影响着科幻，也影响着科幻之外的万事万物：第二次世界大战显示出人类文明越发强烈的技术属性。随着声呐、雷达、喷气式飞机、火箭弹、导弹、原子弹，以及为战争而生的上百种其他实验室产品的问世，社会对科学家、工程师、研究机构的需求展露无遗，受过教育的公民阶层也在其列，社会需要他们理解世上发生着的一切，并控制社会的发展方向。金钱被倾注到科研和教育领域；这不可避免地加速了科技的变革。十余年后，苏联在太空竞赛中取得先机，这一结果震惊世界，也使现状进一步加剧。

世界各地发生的事件，似乎肯定了坎贝尔式科幻一直以来书写的内容：原子弹和火箭既是科幻小说预言能力的象征，也是科幻小说忧心未来的明证。科幻作家在 20 世纪 30 年代和 40 年代所写的主题，正逐一变为现实；他们提出的问题如今明明白白地摆在人类面前。正如阿西莫夫所说，我们活在科幻的世界里，但并非所有人都喜欢这样。半全面战争的恐惧阴云笼罩世界，对于曾经将力量交于狂人之手的科学技术，人们心生幻灭；对许多人来说，世界发展得太快，他们感到无力把握自己的命运。在前方等待我们的似乎是第三次世界大战，是可能使人类灭绝的核战争。

《惊异》从不曾美化战争。事实上，L. 罗恩·哈伯德（L. Ron Hubbard）在 1940 年连载的长篇小说《最终封锁》（*Final Blackout*）中，就曾描写即将到来的战争可能如何毁灭文明，使人类重回蛮荒时代。1941 年，海因莱因——以笔名安森·麦克唐纳（Anson McDonald）——创作了小说《不妥善方案》（“Solution Unsatisfactory”），他在其中描绘了一种能够终结二战的核武器的开发过程，以及由此带来的并不妥善、却无他法的核对峙局面。而此前一年，他已经在另一篇小说《爆炸总会发生》（“Blowups Happen”）中用戏剧性的手法描摹过原子能的危险——莱斯特·德尔·雷伊会在 1942 年的小说《神经》（“Nerves”）中再次警告世人。尽管如此，《惊异》曾经笃信科学，而科学却将毁灭人类的力量赋予了战争。要抨击这个问题，就要把矛头对准科学，至少表面看来如此。

在此期间，也发生了一些其他大事：全息投影技术出现；核裂变反应堆和氢弹技术日臻完善；朝鲜战争爆发，拉开了其后一系列有限战争的序幕；参议员约瑟夫·麦卡锡标志着一个充满冷战狂热、黑名单、调查问讯和大清洗的时代；太空探索开始，肯尼迪总统发起了登月竞赛；激光问世；类星体被发现；越南战争升级，美国深陷战争泥潭。

对自然和世界性事件越来越强的掌控力，与不停加速的变革，对许多人而言只意味着越来越强的挫败感。力量应该如何运用，变化应该去向何方？我们是否应该放弃这种力量，拒绝这种变化？

社会应该以什么样的方式组织起来？各类是非准则孰高孰低？全国的校园里都在讨论这些问题。在经验丰富的民权运动家的带领下，在反越战情绪的刺激中，战略异见逐步升级，几乎发展成为一场针对根本性问题的叛乱。这迫使一位总统放弃竞选连任，另一位总统就任后备受烦扰。[1]在这过程中，公众对高等教育的信心也开始动摇。最引人注目、最敢于发声的年轻人质疑知识与学习的价值，并将这种情绪上升到了哲学的高度。

这一时期，一个新的作家群体登场，或者说，一批新的作家发展成熟。

科幻小说的发展呈现出周期化、浪潮化特征。波尔·安德森（Poul Anderson）与达蒙·奈特（Damon Knight）都曾就此现象进行了思考。同其他许多周期一样，这也许只是观察者的主观假设，目的是从纷乱的数据中理出头绪。但是，新一批传播媒介和作家群体，似乎每隔十二年就会产生。在《惊奇故事》于1926年创刊的十二年后，坎贝尔开始主编《惊异》杂志，一批新的作家和新的杂志也在这时诞生。又一个十二年后的1950年，*F&SF*和《银河》（以及数十份其

1. 前指林登·约翰逊（1963年11月22日至1969年1月20日在任，因外交政策导致越战升级，遭到国内外普遍反对，在1969年总统选举前宣布不会参选），后指理查德·尼克松（1969年1月20日至1974年8月9日在任）。

他杂志）创刊，随之而来的还有属于每本杂志的作者群，但各个“门派”之间并非完全隔离，而是多有交集。此后一轮周期迟到了几个年头。迈克尔·摩考克（Michael Moorcock）于1964年接任《新世界》(*New Worlds*）新主编，达蒙·奈特于1966年推出了颇具影响力的系列初版小说集《轨道》(*Orbit*)。

最后这两起事件就是后来被冠以“新浪潮”之名的运动的开端，这场运动将吸引一批有才华的青年作家，他们对文学的兴趣超过科学，对之前发表的那类科幻倾向于采取蔑视、厌恶、反抗的态度。这一针对所谓“纸浆传统”的反抗——或者说，向科幻下一发展阶段的演进——很容易概括，也一样容易被曲解。它的发生既不像乍看之下的那么突然，内部也不如表面看来的那么统一。

9

备受尊重的英国科幻杂志《新世界》创刊于1946年，E. J. 卡内尔（E. J. Carnell）卸任主编后，摩考克接手，为杂志找到了新的出版商。摩考克从一开始就鼓励作者通过文字最极端地表现个人风格，主题上建立新的道德观念。他旗下的标志性作者是J. G. 巴拉德（J. G. Ballard)。这本杂志令人兴奋的风格，及其赋予作者的自由，使其他作者追随巴拉德的脚步而来：布赖恩·W. 奥尔迪斯、约翰·布伦纳、查尔斯·普拉特，以及许多远渡重洋的美国作家，如托马斯·M. 迪施、约翰·斯拉德克、帕梅拉·佐林、诺曼·斯宾拉德和詹姆斯·萨利斯。后来，《新世界》的发行量下降，读者或许也有所流失，但始终能够勉强维持，甚至在英国艺术协会的赞助下，开始用光面纸印刷插图。罗杰·泽拉兹尼（Roger Zelazny)、吉恩·沃尔夫（Gene Wolfe）等名字开始出现在这本杂志上。

最终，一位来自坎贝尔时代的资深科幻业者、兼有作家和编辑双重身份的朱迪斯·梅丽尔（Judith Merril)，来到了英格兰。过去，她一直在主编一份最具影响力、一段时间内甚至仅此一家的年度最佳小说选，她对作品的挑选也体现出与日俱增的个人偏好。如今，受《新世界》这场文学实验的吸引，她发起一场个人运动，意欲携实验漂洋过海。她先给这场运动取名“新浪潮”，又将一些实验作品加入她的选集之中。这场运动以《摇摆英伦》（*England Swings SF*，1968）的出版为高潮。

在美国，反对传统科幻的标志性事件发生在1965年。这一年，哈伦·埃利森（Harlan Ellison）声称要为双日图书公司出版一部突破禁忌的小说集，专门收录无法在杂志上发表的小说。《危险幻象》（*Dangerous Visions*）于1967年出版。无论埃利森收录其中的小说是否当真无法在杂志上发表（他承认，只有少数几位作家真正理解他所给予的创作自由），这本书都为其贡献者赢得了两座雨果奖（Hugo Award）和两座星云奖（Nebula Award）奖杯，而埃利森也获得了一个他并不想要的头衔——《纽约客》所封的“新浪潮头号倡导者”。

到了此时，科幻已经发展出了属于自己的各类杰出作品奖：由一个国际专家组投票产生的国际幻想小说奖（International Fantasy Award），在1951年到1957年间颁出，其中1956年获奖者阙如；为纪念雨果·根斯巴克而设立的雨果奖，由世界科幻大会会员投票产生（大会的召开地点每年轮换），该奖创立于1953年，其后暂停一年，自1955年起面向长、中、短各种篇幅的小说颁发；由美国科幻作家协会[1]（Science Fiction Writers of America）会员票选出的星云奖，自1966年起授予上一年中出版的小说；以及面向年度最佳科幻长篇的约翰·W. 坎贝尔纪念奖（John W. Campbell Memorial Award），该奖始于1973年，由一个国际委员会投票产生。

大约同一时间，因为反感过去那套陈旧过时、束手束脚的术语，一些自顾自写作的作家开始为自己的作品贴上“推想小说”[2]的标签。这个说法并

1. 成立于1965年，简称SFWA，于1991年正式更名为“美国科幻和奇幻作家协会”（Science Fiction and Fantasy Writers of America）。
2. “推想小说”可囊括传统意义上的科幻、奇幻、神秘等诸多文类。

不新鲜——海因莱因在1947年就提出过——也并不比“科学小说”[1]更准确；“科学小说”过于狭窄（并非所有科幻都一定与科学有关），“推想小说”又过于宽泛（有哪种小说不可以被称为推想呢）。但它揭示了这批新作家对科幻的看法。

如果把新浪潮作家看作一个整体，那么他们所做的就是以个人视角重新阐释科幻。他们离开客观宇宙，转向主观宇宙；他们的创作近乎奇幻，因为与奇幻相同，这些作品抛弃了人类共有经验的世界，转而去追求个人内在反应的世界。他们强烈的个人立场倾向于反对既有秩序，甚至反对以传统方式去理解现实。他们在文风上的实验手法强调个性而非共性。

这引起了传统科幻读者与作家的愤怒，一时间，这些角斗士们展开了激烈的争夺——针对的便是我在第一卷的前言中定义过的，所谓“有解释的幻想”[2]。我当时的定义如下：

> 科幻小说是文学的一个分支，它探讨的是变革对现实世界中的人们所产生的影响，因为科幻小说可以被投射到过去或未来，也可以是某个远方。它所关注的是科学或技术的变革，它所涉及的事件非常重大，远远超越个人和群体，经常是整个文明或种族的生死存亡。

新浪潮作家可能很难对这个定义感到满意；与罗伯特·斯科尔斯[3]教授称为“寓言作家”的那群作家相同，新浪潮作家认为宇宙不可认知，现实只是文化一致性的投射。由于现实无法定义，科幻与奇幻也就无从区分，每位作家对世界的诠释都与另一位作家的同样好用。

自20世纪60年代中期起，许多新的发表机会出现，其中最主要的

---

1. 此处原文是“science fiction”，其本义为“科学小说”或“科学虚构”。需要澄清的是，汉语的“科幻”一词并非来自英语，而是俄语“научная фантастика”（科学幻想）的仿译词。
2. 在“有解释的幻想”（explained fantasy）中，作者会对其幻想的根基做出解释，而非不加说明地直接呈现给读者。也称“有理由的幻想”（rationalized fantasy）。
3. 美国文学评论家和理论家，以其关于寓言小说和元小说的观点而闻名。

形式是初版小说集。《新世界》的文学实验日渐衰落，最终彻底结束。但被这场实验吸引来的作家们在《轨道》，以及分别由戴维·盖罗尔德（David Gerrold）、冯达·N. 麦金太尔（Vonda N. McIntyre）与苏珊·贾妮思·安德森（Susan Janice Anderson）、埃德·布莱恩特（Ed Bryant）、罗宾·斯科特·威尔逊（Robin Scott Wilson）主编的四本科幻小说集[1]中，发表了许多各具特色的作品。罗宾·斯科特·威尔逊在克拉里昂大学设立的克拉里昂科幻写作营（后迁至密歇根州立大学）培养了一代新作家。埃利森在1972年出版了《又见危险幻象》（*Again, Dangerous Visions*），并许诺将最后一卷《最后的危险幻象》（*The Last Dangerous Visions*）付梓，但直到1995年，此书仍在酝酿之中[2]。

有一点是肯定的：浪潮退去了。革命结束了。那些反叛者所追求的许多目标如今理所当然地被接受了。为了震撼而震撼、为了打破禁忌而打破禁忌的冲动已经消退，变成了偶发的少年意气。就连最为传统的科幻作家也从新的自由中获得了些许享受，并受益于新浪潮运动所吸引来的崭新的、更广泛的读者群。

方式是容忍差异。代价是定义和旧有的共识。不过，科幻小说又一次回归了平静。

10

一个时期内，初版小说集成了杂志之外重要的发表渠道。20世纪70年代初曾有这样一位不知倦怠的编辑[3]，他跟出版商签下合同，约定编著五十

---

1. 这四本小说集原名分别是：*Protostars*、*Aurora: Beyond Equality*、*2076: The American Tricentennial* 和 *Clarion*。

2.《最后的危险幻象》原定于1973年出版，因埃利森专念于其他工作出现延迟，其后又出现许多次作品增删，但始终未获出版。该套丛书最完整的作品列表出现在1979年，包含102位作家的113部作品，其中部分作品后来以其他形式进行了发表。《最后的危险幻象》直到今天仍是科幻史上最著名的未出版选集之一。

3. 这位编辑是罗杰·埃尔伍德（Roger Elwood）。

多本小说集。其他编辑也一样繁忙，很多年轻作家有了在小说集中崭露头角的机会。但正如50年代初的杂志一样，市面上的初版小说集很快供过于求，接着缩减到仅有的几棵常青树——达蒙·奈特的《轨道》，罗伯特·西尔弗伯格（Robert Silverberg）的《新维度》（*New Dimensions*），特里·卡尔（Terry Carr）的《宇宙》（*Universe*）。不久，就连这三家也消失不见。接着，在乔治·泽布洛斯基（George Zebrowski）的《协同》（*Synergy*）遭遇早夭后，这个市场只剩偶然出现、不成系列的单本小说集，其中大部分由科幻业内最为持恒的选集编辑马丁·哈里·格林伯格（Martin Harry Greenberg）主编。

图书市场则是另一回事。它又持续繁荣了二十年。在1972年到1993年间，科幻、奇幻与惊悚小说的出版数量呈几何级增长，年出版数从起初的338部增长到了1991年的近2 000部。每四五本书中就有一本属于科幻、奇幻或是惊悚，它们成了最受欢迎的小说类型。

更多的科幻作家开始以写作为生。过去，几乎没有作家能真正做到恃之为业，那些侥幸做到的也必须迅速赶出初稿，甚至降低生活标准，或不时从事其他工作——其中的例外者只有海因莱因，或许还有范·沃格特。

更多的写作时间意味着更好、思考更深入和更具艺术性的作品。图书市场的繁荣，也意味着许多成名作家专注于写书，根本无暇考虑经济回报不高的短篇小说。新作家涌现出来，补充杂志作家的流失，然后再循着前人的步伐进入图书市场。有些作家无须经历撰写短篇的学徒时期，便直接开始长篇创作，如C. J. 彻丽、萨缪尔·R. 德雷尼、杰克·查克与塔尼斯·李。

一段时间内，杂志受到了冷遇，常常被人抛诸脑后。奉海因莱因的《异乡异客》（*Stranger in a Strange Land*）、J. R. R. 托尔金（J. R. R. Tolkien）的《魔戒》（*The Lord of The Rings*）、弗兰克·赫伯特（Frank Herbert）的《沙丘》（*Dune*）为经典的青年一代是读平装本长大的，杂志和精装本并非他们的童年记忆。只有当读者变为科幻迷，有了收藏图书的爱好以后，他们才会认识到牢固装订的精装本的价值。不过，越来越多精装本读者的出现，还是让一些科幻小说变成了畅销书或长销书，比如赫伯特的《沙丘之子》

（*Children of Dune*）。在这些买家当中，只有一小部分是经常阅读科幻的读者，更多的客户是图书馆以及精装书爱好者，他们只会偶尔购买碰巧感兴趣的科幻书籍——能吸引到他们，就意味着这些作品中的科幻假设有限，科幻性的要求不高，作者又为读者之便，用简单的方式呈现陌生的核心内容。这样的例子有迈克尔·克莱顿（Michael Crichton）的《天外来菌》（*The Andromeda Strain*），艾拉·莱文（Ira Levin）的《巴西来的男孩》（*The Boys from Brazil*），以及斯蒂芬·金（Stephen King）的那些科幻小说。

一时间，杂志似乎成了另一条过去时间线上的遗迹——在那个荣光的过去，纸浆杂志代表着向短篇小说敞开的繁荣市场——与其他遗迹一样，它也注定消失。此时市面上的杂志种类并不比见证了科幻盛衰荣辱的那一时期更少，但刊物发行量减少了，一些主要杂志——诸如《银河科幻》（20 世纪 90 年代曾短暂复刊）和英国的《新世界》——都停刊了。有时也会出现一些新杂志，如《顶点》（*Vertex*）、《太空》（*Cosmos*）和《伽利略》（*Galileo*），但它们撑不了几期，最多不超过几年。

有一本杂志存活了二十年，它就是《艾萨克·阿西莫夫科幻杂志》（*Issac Asimov's Science Fiction Magazine*）；另外，还有两本杂志展现出了持久的生命力——《科幻时代》（*Science Fiction Age*）与它的奇幻版《奇幻国度》（*Realms of Fantasy*）。《万象》（*Omni*）在十五年的时间内保持着近百万本的发行量，但每月仅刊登一到两篇短篇小说，直到 1995 年，杂志改做季刊，开始为进入电子出版领域做准备。20 世纪 90 年代，低成本的桌面出版催生了许多小型杂志，这类杂志主要通过邮件发行，发行量不超过万份。

11

不过，科幻小说的发展方向，似乎是类型特性愈发模糊，而非愈发清晰。杂志还在为一群读者提供杂志编辑所认定的科幻，但这些短篇小说的主题与写作手法也越来越多样化，这不仅是整个业界的趋势，也是每本杂志的发展方向。本·博瓦（Ben Bova）在《类比》任职期间放宽了约翰·坎贝尔设下的严苛标准，接着他转去担任《万象》的第一位小说编辑，后来又成了总编辑。其后他离开杂志，开始撰写自己的小说。接替他担任《类比》主编的是斯坦利·施密特（Stanley Schmidt）。在《艾萨克·阿西莫夫科幻杂志》接替乔治·西瑟斯（George Sithers）的先是肖娜·麦卡锡（Shawna McCarthy），再是加德纳·多佐瓦（Gardner Dozois），后者鼓励奇幻，以及与科幻、奇幻仅仅略有关联的文学形式。在爱德华·L. 弗曼（Edward L. Ferman）之后，克里斯汀·凯瑟琳·鲁施（Kristine Kathryn Rusch）成为了《奇幻与科幻杂志》的主编。弗曼一直担任出版商，直到后来将杂志转手卖给另一位主编，戈登·范·格尔德（Gordon Van Gelder）。然而，这些杂志仍然在面向一群中坚读者持续发行。一方面，这个群体也许人数众多，即使再多几本杂志也养活得起；另一方面，他们的平均年龄却在上涨，因为杂志能吸引到的年轻读者越来越少。衡量中坚读者人数的一个指标，是世界性和地区性科幻展会的参观人数。没餍足的展会爱好者们不仅每周都有机会参会，甚至经常能从多场之中随意选择。

书籍的个人色彩越来越浓。单单贴上科幻的标签，也许已不足以让读者判断一本书是否对味。科幻越来越难以定义，可能是促成某些出版社成功的一个原因，例如多少有些因循守旧的DAW和巴兰坦——后者旗下负责科幻和奇幻图书出版的分公司叫德尔·雷伊（del Rey）。这样的趋势，或许还可以解释一些风格、主题稳定，或作品质量有口皆碑的作家为何能够广受欢迎；系列作品（以及无所不在的三部曲）的流行或许也同此理——比如弗兰克·赫伯特、玛丽昂·齐默·布拉德利、菲利普·何塞·法默、安妮·麦考菲利和其他一些作家的小说。一旦读者确定了自己的喜好，他们也就知道应该到哪去找更多的同类作品。

缺少一个共同的科幻定义，或许有助于解释奇幻何以骤然风行，特别是那些篇幅很长、情节复杂的单本或多本小说，比如《魔戒》。这本书一度被出版商视作烫手山芋。

终于，一种类型特性模糊的幻想文学，或者说推想小说、科幻小说——随你怎么称呼——有了越来越多的受众。从约翰·巴斯（John Barth）到库尔特·冯内古特（Kurt Vonnegut，Jr.），主流作家越来越频繁地在作品中引入科幻元素，并在科幻圈以外获得了评论界和读者的青睐。有些作家发现“科幻”的标签对销量而言更多的是一种障碍而非助益，于是，他们也像冯内古特那样，要求自己的书在营销时要面向主流市场。至于他们能否如冯内古特那般挣脱类型文学的枷锁，并获得同等水平的成功，则因人而异。

一些作家曾抱怨，科幻领域内最好的文字反而不如最差的销量好，好像认为这种事只存在于科幻领域。凭畅销书榜来寻求文学品质，本就是缘木求鱼。但是，在另一方面，去年的畅销书到今年已成明日黄花，最优秀的作家却能在市场上长盛不衰。而说到对写作质量的虔诚，科幻读者一点不逊于主流读者，或许还要更甚。

不过，作家对出版商们的期待表现得缺乏耐心，这当然可以理解，而出版商的期望会影响、有时甚至会控制评论界与读者的期待。到20世纪80年代，科幻的标签保证了一本书的销量下限，也规定出一个上限，突破这层天花板的科幻小说寥寥无几。不过，这一切都发生了变化，如今的濒危物种是那些处于销量排行榜中游的书——这些扎实、优秀的小说一度曾是科幻事业的核心，现在却成了亏损项目。

12

1967年，哈伦·埃利森在《危险幻象》的前言中写道：“盛世近在眼前。我们就是正在发生的一切。”

距离这句宣言最初写下已经过去了近三十年。与那时相比，这句话在今天显得更加切近现实。如今，科幻小说从种种限制中得到了解放，无论是它主动接受的，还是外界加诸其上的：主题与如何处理主题不再是问题；发表途径花样繁多，几乎任何有效的呈现方式都能获得属于它自己的成功，甚至是视觉（电影、电视、连环漫画、插图故事）与听觉（有些唱片也做得很好）上的；在科幻影像的培养和同龄人的教育下，在轰动一时的作品——《星际迷航》(*Star Trek*)、《星球大战》(*Star Wars*)、《外星人 ET》(*E. T.*)、《侏罗纪公园》(*Jurassic Park*)，还有《夺宝奇兵》(*Indiana Jones*) 系列——的催化下，一批广大的受众都对这种想象力的文学报以赞赏的态度。

不过，盛世的确切性质并不明确，还有一些问题有待解答。杂志将在今后扮演怎样的角色？图书出版业会出现什么突破，从而消除我们对科幻固有的预设吗？社会态度与科技的影响力会继续鼓励预见性的文学吗？面向大众的科幻衍生品质量如何，会让读者与科幻文学的距离更近还是更远？

所有这些问题的答案不仅取决于社会总体趋势，也关乎每个人的具体行为。科幻的历史是由广泛的大众期待，以及作家与编辑对这种期待的回应所共同塑造的。会有哪个新的威尔斯、坎贝尔、海因莱因、阿西莫夫、库布里克出现，带领科幻小说走向新方向呢？他们会怎样定义科幻？只有未来能回答这些问题，而且，比起预言未来，科幻作家一直更擅长娱乐大众。

（穆童、憬怡　译）

超越界限[1]

罗伯特·A. 海因莱因最早发表在《惊异科幻》上的小说，有《生命线》、《不合群的人》、《安魂曲》、《如果这样下去》、《道路滚滚向前》和《爆炸总会发生》[2]。当时，坎贝尔正在设法发展一种新的科幻，海因莱因凭借这些作品，成为新科幻的领军人物。32 岁那年，海因莱因找到了属于他的职业道路，坎贝尔找到了属于他的明星作家，尽管这段合作只持续了四年。之后，海因莱因去别的领域，接受起了新的挑战。

海因莱因的作品塑造了科幻，拓宽了科幻的边界，影响了其后几代科幻作家。有些作家与海因莱因争夺读者的青睐——尤其是 A. E. 范·沃格特，他的小说有着紧迫的叙事节奏和复杂的情节——但是海因莱因不仅会讲故事，他还有自己独特的主旨和方法。他的主旨契合

1. 标题“Beyond These Horizon”化用了海因莱因的长篇小说《地平线之外》（*Beyond This Horizon*），后者最初分两次于《惊异科幻》1942 年 4 月和 5 月号上连载。

2.《生命线》《安魂曲》《道路滚滚向前》《爆炸总会发生》见于《出卖月亮的人》（Denovo 译，四川科学技术出版社 2009 年版）；《不合群的人》《如果这样下去》见于《玛士撒拉之子》（Denovo 译，四川科学技术出版社 2009 年版）。

了坎贝尔的新式科幻和时代氛围，他的写作方法符合其主旨，也符合其他作者的需要。讽刺的是，为他带来最多读者和销量的，却是那些风格散漫、创新不足的长篇小说。除了《严厉的月亮》[1]（*The Moon is a Harsh Mistress*，1966）和《星期五》（*Friday*，1982），1960年后的海因莱因对于科幻——这个他亲手塑造的文类——的唯一贡献，不过是让更多读者领略到了它的魅力。这些读者与科幻迷不同，无法从海因莱因身上看到科幻迷所珍视的那些优点，说不定还很不耐烦。

海因莱因小说的主旨，可能来自他在部队的失意经历，来自大萧条，来自科学取得的种种成就，或者来自这些因素之外的达尔文主义；它所依赖的基础，首先是对能力出众的理智者的需要，这样的人可以在危机时刻为了人类的利益采取行动，其次是对一种社会的需要，这种社会赋予了这类人行动的自由。海因莱因认为，人类需要的，是身处自由意志主义环境下的务实者。在海因莱因的笔下，当人类这个物种遭遇奴隶制或种族灭绝的威胁时，他塑造的角色们做出了小心而谨慎的应对之举，而其所处的政治制度却毫无作为。

二战期间外部威胁显著，强人显得不可或缺；后来冷战时，虽然威胁主要来自内部，一些人仍然认为强人是值得鼓励的人格属性。然而，到了20世纪60年代和70年代，强人不再受到普遍赞赏——毕竟，正是这样的人让美国陷入了越战的泥潭，还拒绝结束冲突。在弱者和无助者，以及保护他们所需的社会举措面前，海因莱因塑造的角色、描绘的场景开始显得冷酷无情。然而，应该指出的是，海因莱因所构想的世界总是处在危机之中；如果他把和平安宁的宇宙当作小说的背景，那么也许海因莱因就会书写其他值得敬佩的品性，和其他值得赞赏的制度。

---

1. 可参考《严厉的月亮》：卢燕飞、卢巧丹译，四川科学技术出版社，2015年。

海因莱因的写作方法是让自然主义为幻想所用，他如常地讲述科幻故事，好像故事就发生在今天。在这个过程中，他习得了一种省力的技巧：通过未来人类所创造的事物来描绘未来社会。在为格罗夫·康克林 1946 年的选集《科幻杰作》所作的序言中，约翰·坎贝尔写道：

> 最优秀的那些现代科幻作家已经掌握了一种不同凡响的写作技巧，可以在不妨碍情节发展的前提下向读者呈现大量的背景知识和相关材料。这是相当卓越的成就：讲述故事的同时，一个崭新的世界也建立了起来。

坎贝尔在此称赞的主要对象，就是海因莱因。海因莱因能用精心挑选的寥寥几处细节，在读者的脑中唤起一个完全不同的世界，就像考古学家用几个碎片，就能重现失落的古文明。

在开始写作的最初几个年头，海因莱因把自己的哲学观点融入了故事情节；在后来的小说里，哲学却以说教的形式出现，好像他终于明白，他完全可以不那么照顾读者，摒弃之前向读者做出的让步。他对人类的各种制度没有耐心，但是他对人性的信念从来不曾动摇过。有了这种乐观，再加上他的写作技巧、针对新市场提升和改变自己写作风格的能力，海因莱因帮助别的科幻作家撬开了光面纸杂志、青少年小说、好莱坞，甚至畅销书榜的大门。

然而，他最大的贡献，在于对其他作家的深远影响。他们不仅跟随着海因莱因的脚步，也亦步亦趋地模仿着他的风格：海因莱因可以如《傀儡主人》[1]（*The Puppet Masters*）和《“你们这些僵尸——”》

1. 可参考《傀儡主人》：王金凯、刘静译，四川科学技术出版社，2015 年。

（“‘All You Zombies—’”）那样冷酷而强硬，也可以如《地球上的绿色山丘》（“The Green Hills of Earth”）那般诗意。他似乎拥有科幻作家当中最充沛的科幻脑力。他不停地想出从来没人想到的新点子，或者将所有人都认为早已无可挽救的旧创意推陈出新：妄想症、时间旅行悖论、自给自足式的太空飞船、基于优生学的长寿、核动力、核战争、核战争后的生存、超人、外星人附体、外星人审判、现实的本质、公民权、基于科学或死后生存的宗教、星际殖民地起义，以及几十种社会学概念。

与他同时代的作家，从他最初的短篇小说和后来面向成年读者的长篇小说中学习，但是后来的大批作者却是读着他的少年小说成长起来的。有人模仿；有人反对，攻击其哲学，反叛其风格；但是几乎没有谁不受海因莱因的作品影响。他是那个时代最不可或缺的科幻作家。没有海因莱因，今天的科幻将完全不同。

（穆童、憬怡　译）

“你们这些僵尸——”

［美国］罗伯特·A. 海因莱因

1970 年 11 月 7 日，第 5 时区（东部标准时间）22 : 17——纽约市——“老爹酒吧”：“未婚妈妈”进来的时候，我正在擦拭一只白兰地酒杯。我注意了一下时间——1970 年 11 月 7 日，第 5 时区或东部时间 22 点 17 分。时间特工总是会注意到时间和日期；我们必须这样。

“未婚妈妈”是个 25 岁的男人，个头不比我高，显得孩子气，脾气暴躁。我不喜欢他那副模样——我从来就没喜欢过——不过他正是我到这儿来要招募的家伙，是我的人。我给了他一个最完美的酒保式微笑。

或许是我太吹毛求疵了。他不是同性恋；他之所以得了这么个绰号，是因为每次有某个爱管闲事的家伙问他是干哪行的，他总是说：“我是个未婚妈妈。”如果他感觉没那么想杀人的话，还会加上一句：“四分钱一个字。我写忏悔故事。”

如果他感觉不爽，就会等着什么人来干上一架。他有一种能要人命的近身殴斗方式，像个女警察——这是我看中他的理由。但不是唯一的理由。

他已经喝多了，脸上的表情显得比平时更瞧不起人。我静静地倒了一杯双份的“旧内裤”，并且留下了瓶子。他喝了，又倒了一杯。

我擦拭着吧台面。“‘未婚妈妈’骗局怎样了？”

他手指攥紧玻璃杯，看样子是要朝我扔过来；我伸手去摸吧台下面的棍子。进行时间操作的时候，你要设法估计到各种情况，然而因素太多了，所以你永远也别去冒不必要的险。

我看他放松了一点，在局里办的培训学校里，他们会教你察颜观色。“对不起，”我说，“只是问问‘生意怎么样？’就当我问的是‘天气怎么样？’吧。”

他满脸不高兴。“生意不错。我写，他们印，我混口饭吃。”

我给自己倒了一杯，朝他凑过去。“事实上，”我说，“你写得很棒——我挑了几篇看过。你惊人地了解女人的视角。”

这是一步险棋。他从没说过他用什么笔名。不过他火太大了，只听到了最后几个字：“‘女人的视角！’”他哼了一声，重复道。“嗯，我了解女人的视角。我应该了解。”

“是这样？”我怀疑地问，“你有姐妹？”

“没有。我就是告诉你，你也不会信的。”

“好啦，好啦，”我和善地答道，“酒保和精神病医生都知道，没有比真相更稀奇的东西了。哎呀，孩子，如果听了我的故事——那你会发财的。难以置信。”

“你根本不知道‘难以置信’是什么意思！”

“是这样？没有什么事能让我吃惊。我总是听到过更糟的。”

他又哼了一声。“想赌瓶里的剩酒吗？”

“我赌一整瓶。”我把一瓶酒放在吧台上。

“那好——”我示意我的另一个酒保来照看生意。我们待在吧台尽头一块只有一张凳子的地方，我在吧台上堆满了罐装腌蛋和其他杂物来保持私密。吧台另一端有几个人在看搏击，有一个人在摆弄投币电唱机——我们在这就像在床上一样私密。

“好，”他开始说了，“首先，我是个杂种。”

“跟这儿的其他人没什么区别。”我说。

“我是当真的。”他恶声恶气地说，“我父母没结婚。”

“还是没什么区别。”我坚持说，“我父母也是。”

“当时——”他停了下来，给了我一个温暖的眼神，我还是头一次在他脸上看到这种眼神，“你当真？”

“当真。百分之百的杂种。事实上，”我补充道，“我家里没一个人结过婚。全是杂种。”

“噢，这个。”我给他看。“它只是看上去像个结婚戒指；我戴它是为了让女人走开。”这是一件古董，是我 1985 年从一个特工同事那里买来的——他是从基督教时代之前的克里特岛弄回来的。“衔尾蛇……世界之蛇吞吃自己的尾巴，无休无止。是大悖论的象征。”

他勉强瞥了戒指一眼。“如果你真是个杂种，你知道这是什么滋味。当我还是个小姑娘的时候——”

“哇！”我说，“我没听错吧？”

“到底是谁在讲这个故事？当我还是个小姑娘的时候——瞧，听说过克里斯蒂娜·乔根森吗？或者罗伯塔·考威尔？”

“呃，变性人？你是想告诉我——”

“别打断我，否则我发誓不说了。我是个弃儿，1945 年，我才一个月大的时候，就被遗弃在克利夫兰的一家孤儿院。当我还是个小姑娘的时候，我羡慕那些有父母的孩子。后来，当我懂得性的时候——相信我，老爹，一个人在孤儿院里会懂得很快——”

“我明白。”

“——我郑重发誓，我的每个孩子都要有一个爸爸和一个妈妈。这使我保持‘纯洁’，在那附近地区，这是一桩了不得的壮举了——我必须要学会打架，才能设法做到这一点。后来我长大了一些，意识到我他妈几乎没有机会结婚——和没人领养我的理由一样。”他沉下了脸，“我马脸、龅牙、平胸、直发。”

“你的长相不比我差。”

“谁会在乎一个酒保或是一个作家长什么样？可是人们都想领养那种金发碧眼的小傻瓜。然后，男孩子们想要的是鼓鼓的乳房，可爱的脸蛋，还有那种‘噢你真是个了不起的男人’的劲儿。”他耸耸肩，“我无法竞争。于是我决定加入 W.E.N.C.H.E.S.[1]。”

“嗯？”

“国家女子紧急服务团接待与娱乐分部，现在人们叫它‘太空天使’——外星军团辅助护理队[2]。”

这两个名字我都知道，我曾经把它们记录下来。我们仍然在用第三个名字，就是那个精英军事服务团：女子支持鼓励宇航员接待团[3]。时间跳跃中最大的困难就是词汇的变迁——你知道吗，过去“服务站”里面供应的是石油分离产品。一次我到丘吉尔时代去执行一项任务，一名女子对我说，“隔壁服务站见”——这话可不是听起来那个意思；“服务站”（当时的）里面绝对不会有床。

他继续说：“那时他们第一次承认，你不能把男人送到太空好几个月或者好几年之久，而不让他们释放压力。你还记得那些狂热的清教徒是怎样大叫大嚷的吗？——这增加了我的机会，因为志愿者

---

1. 国家女子紧急服务团接待与娱乐分部（Women’s Emergency National Corps, Hospitality & Entertainment Section）的字母缩写 WENCHES 意为“通奸”。
2. 外星军团辅助护理队（Auxiliary Nursing Group, Extraterrestrial Legions）的字母缩写 ANGELS 意为“天使”。
3. 女子支持鼓励宇航员接待团（Women’s Hospitality Order Refortifying & Encouraging Spacemen）的字母缩写 WHORES 意为“娼妓”。

很少。姑娘必须品行端正，最好是处女（他们喜欢从头开始训练她们），智力要高于平均水平，情绪要稳定。可大多数志愿者都是些老妓女，或者是离开地球十天就会垮掉的神经兮兮的人。所以我不需要长得怎么样；如果他们接受我，就会矫正我的龅牙，把我的头发做出波浪，教我怎样走路和跳舞，怎样愉快地听男人谈话，以及其他的一切——外加那些主要职责的培训。如果有帮助的话，他们甚至会做整形手术——对我们的小伙子来说，再好都不为过。

“而最好的一点是，他们确保你在应征期间不会怀孕——应征结束时你几乎肯定会结婚。今天也是一样，天使嫁给太空人——他们有共同语言。

“18 岁时，我被安置成为‘母亲助手’。这个家庭只想要一个廉价的仆人，但我不在意，因为我要到 21 岁才能应征。我做家务，还去上夜校——假装是继续我的高中打字和速记课程，但实际是去上魅力课，以提高我的应征机会。

“然后我遇到了那个带着百元大钞的城市老油条。”他沉下了脸，“那个坏蛋确实有一沓百元大钞。一天晚上他给我看了，还让我随便拿。

“但我没有拿。我喜欢他。他是我遇到的第一个对我好又不对我要花招的男人。为了能更经常见到他，我从夜校退了学。这是我一生中最快活的时光。

“然后，一天晚上，在公园里，花招要起来了。”

他停了下来。我问道：“后来呢？”

“后来什么也没有了！我再也没有见到过他。他陪我走回家，告诉我他爱我——还和我吻别，祝我晚安，然后再也没回来。”他脸色很可怕，“如果能找到他，我要杀了他！”

“哟，”我表示同情，“我明白你的感受。不过杀了他——就因为做了那种自然而然的事——嗯……你反抗了吗？”

“呵？这有什么关系？”

“有很大关系。他抛弃了你，也许他的两条胳膊活该被打断，不过——”

“他应得的不止这个！等会儿你就会听到。不知怎么的，我不怀疑任何人，拿定主意认为一切都会有好结果的。我没有真正爱过他，或许我永远也不会爱任何人——而且我比以前更加渴望加入W.E.N.C.H.E.S.。我并没有失去资格，他们并不坚持一定要处女。我振作起来了。

“直到我的裙子紧绷起来，我才明白。”

“怀孕了？”

“他让我嗨上天了，比风筝还高！只要我还能干活，那些和我住在一起的吝啬鬼就无视这件事——但后来还是把我赶了出去，孤儿院也不会让我回去。我进了一家慈善病房，被别的大肚子和叮叮当当的便盆包围着，直到那一刻到来。

“一天晚上，我发现自己躺在手术台上，一个护士说：‘放松。现在深呼吸。’

“我在床上醒来，胸部以下什么感觉都没有。给我做手术的外科医生走了进来。‘你感觉如何？’他快活地说。

“‘像个木乃伊。’

“‘当然。你被裹得像木乃伊一样，还打了足量的麻药，让你什么也感觉不到。你会好起来的——不过剖腹产毕竟不像拔手指上一根倒刺。’

“‘剖腹产？’我说，‘医生——孩子死了吗？’

“‘噢，没有。你的孩子很好。’

“‘噢。男孩还是女孩？’

“‘一个健康的小姑娘。5磅3盎司。’

“我放松了下来。生了个孩子多少是件事。我对自己说，我要搬到别的地方去，在我的名字后面加上‘太太’的称呼，让孩子以为她爸爸死了——我的孩子绝不能去孤儿院！

“可是外科医生还在说话。‘告诉我，嗯——’他避开我的名字，‘你有没有想过你的腺体结构有些奇怪？’

“我说：‘嗯？当然没有。你指的是什么？’

“他犹豫了。‘我要给你开一剂这个药，然后再给你打一针让你睡一觉，醒来之后你的紧张就会消失的。你会出现这个症状的。’

“‘为什么？’我问。

“‘听说过那个苏格兰医生吗？35岁以前她一直是女性——然后她动了手术，在法律和医学上都成了一个男人。结了婚。一切都挺好。’

“‘那和我有什么关系？’

“‘这就是我要说的。你是个男人。’

“我企图坐起来。‘什么？’

“‘别紧张。打开你的腹部后，我发现里面乱七八糟。我一边把婴儿取出来，一边让人去找外科主任，我们在手术台上为你会诊——连着干了好几个小时，尽我们所能挽救你。你有两套完整的器官，都没有发育成熟，不过女性那套发育得足以让你生出孩子。它们永远都不能再派上用场了，于是我们把它们取了出来，重新布置了你的内脏，这样你就能正常地发育成一个男人。’他把一只手放在我身上，‘不要担心。你还年轻，你的骨骼会重新调整，我们会观察你的腺体平衡——让你成为一个出色的小伙子。’

“我开始哭。‘我的孩子怎么办？’

“‘哦，你不能给她哺乳。你的奶水连喂一只小猫都不够。如果

我是你，就不会再见她——把她送给别人领养。'

"'不！'

"他耸耸肩。'选择由你来做；你是她母亲——哦，是她的双亲之一。不过现在别担心；我们要先让你恢复健康。'

"第二天，他们让我看了孩子，我每天都能看到她——我试着习惯她。我从没见过刚出生的婴儿，也不知道他们看上去这么丑——我女儿看起来像一只橙色的猴子。我的感情变成了要对她做正确的事的冷静决心。不过，四个星期之后，这就没有任何意义了。"

"哦？"

"她被拐走了。"

"'拐走？'"

"未婚妈妈"几乎要把我们赌的那瓶酒碰翻了。"被绑架——被人从医院的育婴室里偷走了！"他喘着粗气，"把一个人拥有的最后一个生活目标也夺走了，你怎么看？"

"太糟了。"我表示同意，"让我再给你倒上一杯。没找到线索吗？"

"警方没追查到什么。有一个人来看望她，自称是她的叔叔。护士背过身去的时候，他就带着她走掉了。"

"他长什么样？"

"就是一个男人，长着一张像人脸一样的脸，就跟你我的脸一样。"他皱起了眉头，"我认为是孩子的父亲。护士却发誓说是一个年纪较大的男人，不过他很可能化装了。别人谁会来偷我的孩子？没有孩子的女人可能会耍这样的把戏——可是谁听说过一个男人会干这样的事？"

"然后你怎么样了呢？"

"我在那可怕的地方又待了十一个月，动了三次手术。不到四个月我就开始长胡子；出院之前，我就定期刮胡子了……而且我不再怀疑自己是男性了。”他咧开嘴苦笑了一下，“我开始往护士的领口里看了。”

“好，”我说，“看来你顺利地挺过来了。现在瞧瞧你，一个正常的男人，能赚不少钱，没有真遇到什么麻烦。女人的生活也没那么容易。”

他怒视着我。“你知道得挺多的呀！”

“怎么？”

“听说过‘一个堕落的女人’这种说法吗？”

“嗯，好几年前了。今天这并不意味着什么。”

“我就像一个堕落的女人那样，完全毁了；那个混蛋确实毁了我——我不再是一个女人……但也不知道怎样成为一个男人。”

“需要适应一下，我想。”

“你不明白。我不是说学习怎样穿着，或是不要走错洗手间；这些我在医院就学会了。但是我怎样生活？我能找到什么工作？见鬼，我甚至连开车都不会。我不会任何行当；也不能干体力活——身上瘢痕组织太多，太纤弱。

“我也恨他毁了我参加 W.E.N.C.H.E.S. 的希望，但我直到试图参加太空军团时才知道有多严重。有人看了一眼我的肚子，我就被打上不适宜服兵役的标记。医务官仅仅是为好奇才在我身上花时间；他读过我的病历。

“于是我改名换姓来到纽约。我先是当了个煎炸师勉强度日，后来租了一台打字机，自命为公共速记员——多可笑！四个月时间里我只打了四封信和一份手稿。手稿是投给《真实生活故事》的，不过是浪费纸张而已，可是写这个故事的呆瓜居然把它卖出去了。

“这让我有了个主意；我买了一堆忏悔故事杂志进行研究。”他一副玩世不恭的样子，“现在你知道我写未婚妈妈的故事时怎么会具有真正的女人视角了吧……从唯一一个我没有出售的故事——那个真实的故事中获得的。我是不是赢了这瓶酒？”

我把酒瓶推给他。我有些心烦意乱，但还有工作要做。我说：“孩子，你还想逮住那个家伙吗？”

他两眼放光——一种野性的凶光。

“慢着！”我说，“你不会杀了他吧？”

他恶狠狠地笑了起来。“考验考验我吧。”

“放松点。对于这件事，我知道得比你认为的要多。我可以帮你。我知道他在什么地方。”

他从吧台对面伸过手来。“他在哪儿？”

我轻声说道：“放开我的衬衣，小子——否则你就会倒在小巷里，我会告诉警察你喝醉了。”我向他亮出了我的棍子。

他松开手。“对不起。但他在哪儿？”他看着我，“再说你怎么会知道这么多？”

“你迟早会知道的。这些事情都有记录——医院的记录、孤儿院的记录、医疗记录。你那所孤儿院的女总管是费瑟雷思[1]太太——对吗？她后面是格伦斯坦太太——对吗？你的名字，姑娘时的名字，是‘简’——对吗？你并没有告诉我这些——对吗？”

我让他困惑不已，还有点害怕。“这是怎么回事？你想找我麻烦吗？”

“绝对不是。我是真心为你的幸福着想。我可以把这个人放到你大腿上。你认为怎样合适就怎样对待他——我保证你不会受到惩罚。不过我认为你不会杀了他。否则你就是个傻瓜——而你不是傻瓜。

1.“费瑟雷思”（Fetherage）与“寄养”（fosterage）英文读音接近。

不完全是。”

他没有理会这些话。“闭嘴。他在哪儿？”我给他倒了一小杯酒；他醉了，不过怒气抵消了醉意。“别这么急嘛。我为你做件事——你也要为我做件事。”

“嗯……什么事？”

“你不喜欢自己的工作。那么如果收入高，工作稳定，有无限的开支账户，工作的时候你自己说了算，还有许多变化和冒险，你会怎么说？”

他瞪大了眼睛。“我会说：‘让那些该死的驯鹿从我屋顶上滚开！[1]’去你的，老爹——根本没有这样的工作。”

“好，那这么说吧：我把他交给你，你和他了结恩怨，然后试试我的工作。如果不像我说的那样——那好，我也管不了你。”

他摇来晃去；最后那一杯让他醉得不轻。“森么时候兑现？”他口齿不清地说。

他猛地伸出手。“成交！”

“如果成交——现在就去！”

我向伙计点了下头，让他照看吧台两端，我注意下了时间——23点——就俯身钻过吧台下面的门——这时投币电唱机高声响起：“我是我自己的爷爷！”因为我不能忍受1970年的“音乐”，所以让服务员在电唱机里装上了美式乡村音乐和古典音乐，可我不知道那盒磁带也在里面。我叫道：“关掉它！把顾客的钱还给他。”我又补充了一句：“我去下储藏室，一会儿就回来。”然后就径直往里走去，“未婚妈妈”跟在后面。

沿着走廊走过厕所之后有一扇铁门，除了我的日班经理和我自

1. 传说每年圣诞节前夜，圣诞老人会驾驶驯鹿拉的车，来到人家的屋顶上，从烟囱进入屋中送礼物。所以这句话的意思是“别来那套圣诞老人的神话”。

己之外，别人都没有钥匙；里面有一扇门通向内室，只有我才有钥匙。我们来到那里。

他醉眼惺忪地环顾着没有窗户的四壁。“他在哪儿？”

“马上。”我打开一只箱子，这是屋里唯一的东西；这是一部超小型坐标转换器外携式工具箱，1992 系列，Ⅱ型——美观，无移动部件，重 23 公斤，充足了电，外形像一只手提箱。就在这天早些时候，我刚把它精确调好；我需要做的就是抖开限制转换场的金属网。

我正是这么做的。“这是什么？”他问。

“时间机器。”说着，我把金属网抛到我俩头上。

“嘿！”他大叫着往后退。这里面有一个技巧；抛网的时候必须要让对方本能地后退着踏入金属网，然后你收网，你们两人就完全在网中了——否则你有可能会丢掉鞋底或是脚的一部分，或是铲起一块地板。这就是所需要的全部技巧。有些特工会把对方骗到网中；我却告诉他们实话，利用对方极度惊讶的那一瞬间打开开关。我正是这么做的。

1963 年 4 月 3 日－第 6 时区－10∶30——俄亥俄州，克利夫兰－顶点大厦：“嘿！”他又在喊，“把这该死的东西拿掉！”

“对不起。”我道歉并且拿掉了金属网，把它塞回箱子，把箱子关上，“你说过你想找到他的。”

“可是——你说这是一台时间机器！”

我指指窗外。“这里看上去像是 11 月份吗？像是纽约吗？”他呆呆地看着初诞的嫩芽和春季的天气时，我又打开箱子，拿出一包百元大钞，检查了一下钞票的编号和签名，确定它们都与 1963 年的年份符合。时间局并不在乎你花了多少钱（这没有任何成本），不过他们不喜欢不必要的时代错误。如果犯错太多，最高军事法庭会把你流放到一个糟糕的时代去待上一年，比如说实行严格的定量配给和强迫劳动的 1974 年。我从来没有犯过这类错误；这些钱没问题。

他转过身来说："发生了什么？"

"他就在这里。到外面去，找到他。这是给你花的钱。"我塞给他时又补充了一句，"跟他解决恩怨，然后我会来接你。"

百元大钞对于一个不习惯于使用它们的人来说，有一种催眠作用。我让他放松地进入楼厅，把他关在外面的时候，他还在半信半疑地摆弄着钞票。下一步跳跃很容易，只是一个小小的时代变迁。

1964 年 3 月 10 日－第 6 时区－17：00——克利夫兰－顶点大厦：门下有一个通知，说我的租房合同下周要到期了；除此之外，这个房间看上去和刚才一样。外面，树木光秃秃的，眼看就要下雪了；我十分匆忙，只停留了一会儿，好拿走我租房时留在那里的那个时代的钱以及上衣、帽子和大衣。我租了辆车来到医院。花了二十分钟时间才把育婴室的看护弄烦，这样我就能趁她不注意偷走婴儿。我们回到顶点大厦。这次刻度盘的设置更加复杂，因为大厦在 1945 年时还不存在。不过我预先计算好了。

1945 年 9 月 20 日－第 6 时区－01：00——克利夫兰－天景汽车旅馆：外携式工具箱、婴儿和我都到了城外的一家汽车旅馆里。早些时候我已经以"俄亥俄州沃伦市的格雷戈里·约翰逊"的身份登了记，于是我们来到了一个房间里：窗帘拉上，窗户紧锁，房门闩好，考虑到机器搜寻时的晃动，地板也清理干净了。一把本来不该在那儿的椅子可能会给你带来一块讨厌的瘀青——当然不是椅子，而是能量场的反作用力。

没有遇到麻烦。简睡得正香；我把她抱出来，放进我事先准备的一辆汽车座位上的杂物箱里，开车来到孤儿院，把她放在台阶上，开过两个街区，来到一个"服务站"（提供石油产品的那种），给孤儿院打了个电话，开车回来的时候正好看到他们把箱子拿进去，我继续开车，然后把车丢弃在汽车旅馆附近——我步行来到旅馆，然后跳跃到1963年的顶点大厦。

1963年4月24日-第6时区-22:00——克利夫兰-顶点大厦：我把时间卡得恰到好处——时间的精确性要依赖于跨度，回到零点时例外。如果我做对了，在这个温暖的春夜，在外面的公园里，简刚刚发现她并不是自己以前所以为的那种好女孩。我拦了一辆出租车，来到那些吝啬鬼的家，让司机在拐角处等着，我自己则藏在阴影中。

很快我就发现他俩勾肩搭背走在街上。他把她送上门廊，长时间亲吻她祝她晚安——时间之长超乎我的想象。然后她进屋了，他走下人行道，转过身。我蹿上台阶，挽住他的一只胳膊。“就这样，孩子。”我平静地说，“我回来接你了。”

“是你！”他倒吸了一口气，屏住了呼吸。

“是我。现在你知道他是谁了——而且你仔细想想之后，就会明白你是谁……而且如果你再好好想想，就会明白这个婴儿是谁……还有我是谁。”

他没有回答，身上抖得厉害。这很令人震惊：事实向你证明，你无法抗拒勾引自己的诱惑。我带他来到顶点大厦，再次跳跃。

1985年8月12日-第8时区-23:00——下洛基基地：我叫醒值班军士，给他看了我的身份证，告诉军士给我的同伴安排住处，让他吃片镇静剂好好睡一觉，第二天早晨招收他。军士满脸不高兴，不过军衔就是军衔，无论在哪个时代都一样；他照我说的做了——毫无疑问，他在想，下次我们相遇的时候，可能他是上校而我是军士。我们的军团里有可能发生这种事。“叫什么名字？”他问。

我把名字写出来。他扬起眉毛。“这样，呃？嗯——”

“你只管干自己的工作，军士。”我转身对我的同伴说。

“孩子，你的麻烦已经过去了。你就要开始从事一个男人曾经拥有过的最好的工作了——你会干好的。我知道。”

“你会的！”军士表示同意，“瞧我——生于1917年——仍然活着，仍然年轻，仍然享受着生活。”我回到进行时间跳跃的房间，把一切设置到预先选好的零点上。

1970年11月7日-第5时区-23:01——纽约市——“老爹酒吧”：我从储藏室出来，还拿着五分之一加仑的杜林标酒，好解释我离开的那一分钟。我的伙计还在跟那个点播《我是我自己的爷爷！》的顾客争辩。我说：“哦，让他放吧，然后拔掉插头。”我非常疲倦。

这项工作很艰难，可是总要有人来做，1972年的大错发生之后，后面几年里很难招募到人。你还能想到更好的人力资源吗？为了必要的原因，挑选那些在他们所在的地方把日子过得一团糟的人，给他们一份收入很好而且有趣（尽管危险）的工作。现在人人都知道为什么1963年的失败战争会草草收场。带有纽约市编号的炸弹没有爆炸，还有另外一百件事没有按计划进行——都是像我这样的人布置的。

除了1972年的大错之外；这件事不是我们的错——而且也无法撤销；这里面没有悖论要解决。一件事要么存在，要么不存在，从现在直到永远，都是确定的。但不会再有像这样的事情了；一个日期标为“1992年”的命令要优先于任何一年。

我提前五分钟关门，在收银机上留下一封信，告诉我的日班经理，我接受他买下我的股份的提议，我外出度长假期间，他可以去找我的律师。局里可能会去拿他付的钱，也可能不会，但他们希望事情井井有条。我进入储藏室后面的那个房间，前往1993年。

1993年1月12日-第7时区-22:00——下洛基附属建筑-时间劳工总部：我向值勤军官签了到，来到我的住处，打算睡它一个星期。我取来了我们打赌的那瓶酒（不管怎么说我赢得了它），写报告之前喝了一杯。酒太难喝了，我奇怪我以前怎么会喜欢喝“旧内裤”的。不过有它总比没有强；我不喜欢冷静清醒，我想得太多。但我也没有真的酗酒；别人养出了蛇——而我养出了人。

我口述了我的报告；四十次招募都得到了心理局的批准——包括我自己的这次，我知道会被批准的。我已经在这里了，不是吗？接着我用磁带录了一个工作分配申请；我已经厌倦招募工作了。我把两份磁带都扔进投放槽里，准备上床睡觉。

我的目光落在床上方的《时间守则》上：

永远不要把应该明天做的事搬到昨天去做。

如果你最终成功了，永远不要再尝试。

及时缝一针能省九十亿针。

悖论可以靠空降医官[1]来解决。

你想到的时候早已发生。

祖先也是普通人。

天神也会打瞌睡。

这些句子不像我当新兵时那么能够给我带来鼓舞；三十个主观年的时间跳跃完全把人累垮了。我脱掉衣服，在隐蔽处我瞧了瞧自己的肚子。剖腹产留下了一条大伤疤，不过现在我身上有很多毛发，除非我特意去找，否则注意不到它。

然后我瞧了一眼手指上的戒指。

蛇吞吃自己的尾巴，无休无止。我知道我是从什么地方来的——可你们这些僵尸是从什么地方来的呢？

我感到一阵头痛袭来，不过头痛药粉是我不吃的东西之一。我

1.“悖论”（Paradox）和“空降医官”（Paradoctor）英文读音接近。

吃过一次——然后你们都消失了。

于是我爬进床铺，吹口哨关上了灯。

你们根本就不在那儿。什么人都没有，只有我——简——在这里孤独地待在黑暗中。

我想死你们了！

（刘荻　译）

清晰而冷静的阿西莫夫之笔

如果说罗伯特·海因莱因是约翰·坎贝尔的明星作家，那么艾萨克·阿西莫夫就是坎贝尔的得意门生。18 岁那年，阿西莫夫第一次拿出自己的习作，寄给了坎贝尔。在这之后，阿西莫夫去稿不断，从每次投稿的回信里，他听取着这位《惊异》主编的意见和批评。直到有一天，坎贝尔付钱买下了他的作品。

坎贝尔向阿西莫夫传授了故事架构的技巧和情节发展的逻辑；要在想象力或想象力的细节上——最好两方面都有——及读者所不及，这是必要条件。他还教导阿西莫夫，作家必须给读者以惊喜。坎贝尔所赞赏的惊喜是理性的惊喜，尤其是当理性向传统智慧发起挑战时。

这一切都与阿西莫夫本人的脾性完美契合。当时的阿西莫夫在大学三年级读书，立志攻读医学院——不过，后来他拿到的是化学博士学位，在波士顿大学医学院教生物化学。1958 年后，他又拿出大部分时间写科普文章。即使才 18 岁，他对科学的认识已经颇深；他逻辑清晰，记忆力好；他不精通人情世故，却很熟悉世间万物。

《日暮》（“Nightfall”）是阿西莫夫作家生涯早期的一座里程碑。在二人的一次交流当中，坎贝尔引用拉尔夫·沃尔多·爱默生的话，给了阿西莫夫创作这篇小说的灵感：“假如这些繁星在一千年中仅仅出现一次，人们将如何信仰和崇拜它们啊，又将如何代代相传，纪念那上帝之城的光芒啊！”[1] 恰恰相反，坎贝尔说，在那种情况下，人会疯掉。《日暮》成了阿西莫夫最有名的短篇小说。

在创作《日暮》的大约同一时间，阿西莫夫也在着手著写一系列的小说，这些小说最终将被结集为“基地三部曲”（The Foundation Trilogy）。这一系列对银河帝国崩溃带来的必然后果进行了思考，共分八篇，长度从短篇到长中篇不等，各自代表一个从小说“预设前提”出发的新的发展阶段：“帝国”的衰落，哈里·谢顿根据心理史学所做的预测，以及为了将黑暗时代从三万年缩短至一千年，在银河系头尾两端，谢顿建起的两座“基地”。三部曲的成功与战斗场面和浪漫情节毫无关系——几乎所有战斗都发生在幕后，爱情几近隐形——但是通过不同创意之间的排列组合、换位反转，读者体会到一种侦探小说式的魅力。

此时，阿西莫夫还在写作另外一个系列：机器人。这个系列（除了后来的几篇）最终收录在了《我，机器人》（*I，Robot*）和《其余的机器人》（*The Rest of the Robots*）两本小说集当中。阿西莫夫缜密的逻辑转向，以及他解谜式的叙事手法，在这些小说当中得到了最好的实现。在那时，人与其造物间的关系被类比于上帝与人之间的关系，已经染上了一层浓郁的宗教恐怖色彩。玛丽·雪莱的《弗兰肯斯坦》是其原型；每当有怪物转身反抗它的创造者，它就唤起了那种经典的原型，这是后世作家全都不能逃脱的窠臼。被造物——

1. 拉尔夫·沃尔多·爱默生：《论自然》，吴瑞楠译，中国对外翻译出版公司，2010 年。

仿生人、机器人、电脑，甚至像史蒂芬·文森特·比内（Stephen Vincent Benet）《噩梦第三号》（"Nightmare Number Three"）中的简单机械——的起义也像那位疯狂的科学家一样，自动进入了作家的脑海。

然而，阿西莫夫认为机器没有理由天性叛逆（比起象征，他更擅长分析）。这个偷食禁果般让许多作家难以抗拒的东西，在他看来却不合逻辑。为什么科学家会发明出能够伤及自身的机器呢？机器赋予弱小的人类更强大的力量，但这并不意味着灾难的降临，而是更完善的保障。

这一思考的成果就是阿西莫夫的机器人学三大法则（Three Laws of Robotics）：一、机器人不得伤害人类，或因不作为而使人类受到伤害。二、除非违背第一法则，机器人必须服从人类的命令。三、在不违背第一及第二法则的情况下，机器人必须保护自己。[1]

直到机器人系列最初的两篇《罗比》（"Robbie"）和《理性》（"Reason"）得到发表、第三篇《骗子》（"Liar"）进入讨论阶段后，这三条法则才确立下来（对于三条法则的发明人的身份，坎贝尔和阿西莫夫互相推辞）。法则确立后，"机器人"系列的故事变成了一套逻辑发展，首先是人与会思考的机器间关系的逻辑发展，其次是三大法则两两冲突时的逻辑发展——这种冲突很大程度上是理智上的。

在阿西莫夫的"机器人"系列发表后，被造物自发地反叛人类就变得不合逻辑、荒诞不经、不切实际，或因循守旧。坎贝尔所鼓吹的、阿西莫夫用小说体现出的这种理智精神，将不严谨的思考和不用心的写作所堆积而成的如山的垃圾，从科幻中清除掉了。坎贝

---

1. 艾萨克·阿西莫夫：《我，机器人》，叶李华译，江苏凤凰文艺出版社，2013 年。

尔和阿西莫夫二人对不合理性和浪漫主义的抨击，最终遭到反攻，被人们认为缺乏同情，是一种对技术的痴迷，也是一种将人看作理性动物的幼稚想象。但在它存在的那个年代，它带来一种清晰的思维和纯净的风格，在二十年的时间里滋养着科幻的发展。

（穆童、憬怡　译）

理性

[美国] 艾萨克·阿西莫夫

为了表示强调，格雷戈里·鲍威尔把话讲得一字一顿的。“一周前，多诺万和我把你拼了起来。”他疑惑地皱着眉头，拉着棕色的胡子梢。

太阳站5号的长官室里很安静——除了巨大的波导器从下面某处远远地发着轻柔的呜呜声。

机器人QT一号纹丝不动地坐着。他身体上的抛光板在流明灯下熠熠生辉，光电单元构成的眼睛闪着红光，紧盯着桌子另一侧的地球人。

鲍威尔抑制住了一阵冲动。这些机器人拥有奇特的大脑。印到他们脑中的正电子电路是事先计算出来的，所有可能导致愤怒或憎恨的排列都被严格排除。不过呢，QT是他们这一类中的第一个型号，而眼前这位又是QT中的第一个。任何事情都可能发生。

最后机器人说话了。他的声音带着金属振动膜必然会有的冰冷音色。“你了解这样一则断言的严重性吗，鲍威尔？”

“你是被制造出来的，球弟。”鲍威尔指出，“你自己也承认，你的记忆似乎是从一个星期之前的绝对空白中猛然完整起来的。我正在给你解释这一点。多诺万和我用运给我们的零件拼出了你。”

带着一种和人类差不多的奇特而神秘的态度，球弟凝视着他修长柔软的手指。“我觉得应该有一个比这更令人满意的解释。让你们俩来制造我似乎不大可能。”

地球人很突然地笑了。“看在地球的分上，为什么？”

“就算是直觉吧。我暂时没有更多的根据。但是我打算把它推理出来。一个有效的推理链条只会结束于真相的确定，我会坚持到我抵达那个终点。”

鲍威尔站起身来，坐到机器人旁边的桌沿上。他对这台奇怪的机器突然感到强烈的同情。它根本不同于那些普通的机器人，不同于那些在站上执行被深深刻进阳电子电路里的特殊任务机器人。

他把手放在球弟的钢肩上，金属摸起来又冷又硬。

“球弟，”他说，“我要尝试向你解释一些事情。你是第一个对自己的存在表现出好奇心的机器人——我认为也是第一个真正聪明到能够理解外面的世界的机器人。来，跟我来。”

机器人平稳地起身直立，跟随鲍威尔的时候，他厚实的海绵橡胶脚底板没有发出一丝声音。地球人碰了一个按钮，墙上一块方形的部分轻轻弹到一旁。太空出现在了清澈的厚玻璃之外，繁星点点。

“我在机舱的观察口见过了。”球弟说。

“我知道。”鲍威尔说，“你认为那是什么？”

“正如我们所见——玻璃之外的一团黑色材料，带着小小的闪光点。我知道我们的波导器把能量束发送到这些点中的一个，总是那一个——而且这些点会移动，能量束就随之移动。就这样。”

“好！现在我要你仔细听。那团黑暗是空的——向外延伸到无限远处的巨大空间。小小的闪光点是充满能量的巨大物质。它们是球形的，有些直径达上百万英里——作为对比，我们的站只有一英里宽。它们看起来很小，是因为它们离这里非常遥远。

“我们的能量束指向的点离我们较近，也小得多。它们冰冷而坚硬，和我一样的人类居住在它们的表面——人数有几十亿。我和多诺万就是来自这些世界中的一个。我们的能量束为这些世界提供能量，而这些能量是从我们附近一个巨大的发光球体中提取的。我们称那个球体为太阳，它位于站的另一侧，你看不到它。”

球弟在舱口前面一动不动，活像一尊钢铁雕像。他说话时头没有转动。“你们自认来自哪个光点？”

鲍威尔找了一下。“那一颗。角落里非常明亮的那个。我们称之为地球。”他笑了，“美好而古老的地球。我们有50亿人，球弟——大约两周后我就会回到他们当中。”

这时候，球弟出人意料地哼哼起来，含义不详。他哼得没有曲调，但是含有一种奇特的铮铮之声，仿佛拨弦。然后哼声停止，一如其开始一般突然。“而我又从哪里来，鲍威尔？你还没有解释我的存在。”

“剩下的就简单了。这些空间站最初建立起来向行星提供太阳能时，它们是由人类运行的。然而，因为高温、硬太阳辐射和电子风暴的缘故，这里是一个艰苦的岗位。人们研发出机器人来取代人类劳动力，现在每个站只需要两个人类管理员了。连这两个人我们也正在尝试用机器人取代，这就是你为什么会来这里。你是有史以来最先进的机器人，如果你能独立运行这个站，那就不需要再有人来这里了，除了送修理部件。”

他抬起了一只手，金属的观察舱口盖子猛然回到原处。鲍威尔回到桌前，用袖子擦擦一个苹果，啃了起来。

机器人眼睛发出的红光照在了他身上。“你指望我，”球弟慢慢地说，“相信你刚刚陈述的这种复杂而难以置信的假说？你把我当成什么了？”

鲍威尔把苹果渣啐到桌子上，脸色开始发红。“什么啊，去你的，那不是假说。我说的都是事实。”

球弟的声音听起来很冷酷。“直径上百万英里的能量球！拥有50亿人口的世界！无限的虚空！不好意思，鲍威尔，我不相信。我会自己找到这个问题的答案。再见。”

他转身大步走出房间。他在门口经过迈克尔·多诺万并以严肃的点头向其致意，然后穿过走廊，全不在意身后两人惊讶的凝视。

迈克尔·多诺万抓了抓自己的红头发，用恼火的目光看了鲍威尔一眼。“那个行走垃圾场说什么？他不相信什么？”另一位恨恨地揪着自己的胡子。“他是一个怀疑论者。”这是他恨恨的回答，“他不相信我们制造了他，也不相信地球或太空或恒星的存在。”

“火热的土星啊，我们有一台发了疯的机器人。”

“他说他会自己找出这一切的答案。”

“那好啊，”多诺万语调轻柔地说，“我真希望他把一切弄明白之后能屈尊向我解释一下。”然后突然间怒气冲冲地说道：“听着！如果那团金属破烂敢对我说那样的话，我会把那个铬脑袋从它的躯干上敲下来。”

他猛地坐下来，从夹克内兜里掏出一本平装推理小说。“那个机器人让我起鸡皮疙瘩——太他妈爱打听事了！”

球弟轻轻敲门进屋的时候，迈克尔·多诺万正在一个巨大的生菜西红柿三明治后面咆哮着。

“鲍威尔在吗？”

多诺万声音含混，时而被咀嚼打断。“他在收集电子流功能的数据。我们要迎来一场风暴，好像是。”他说话时，格雷戈里·鲍威尔走了进来，盯着手中的图表纸，一屁股坐到了椅子上。他把那些纸张摊在自己面前，开始写写算算。多诺万嘴里一边嘎吱嘎吱地嚼着生菜一边往外掉着面包渣，越过肩头看着。球弟静静地等待着。

鲍威尔抬起目光。“界达电位正在上升，不过很慢。同样地，波函数也不稳定，我不确定会发生什么。哦，你好，球弟。我以为你在监督新驱动器栏的安装。”

“已经装完了。”机器人轻声说，“所以我来找你们两个谈谈。”

“噢！”鲍威尔看起来很不舒服。“好吧，坐下。不，不是那把椅子。它的一条腿有问题，而你可不轻。”

机器人照做了，然后平静地说：“我已经决定了。”

多诺万瞪大了眼睛，把他剩下的三明治放在一旁。“如果他打算说那些疯——”

另一位不耐烦地示意他别说话。“说吧，球弟。我们听着呢。”

“我这两天一直在思考和自省。”球弟说，“结果非常有趣。我从一个我觉得合理的明显假设开始。我本身之所以存在，是因为我思考——”

鲍威尔叹了口气。“哦，木星啊，一个机器人笛卡儿！”

“笛卡儿是谁？”多诺万问道，“听着，我们难道非要坐在这里听这个金属疯子——”

“安静，迈克！”

球弟心平气和地接着说：“这就立刻引出了一个问题：到底是什么原因导致了我的存在？”

鲍威尔慢慢张大了嘴巴。“你在犯傻。我已经告诉你了，是我们制造了你。”

“如果你不相信我们，”多诺万补充道，“我们会很乐意把你拆开！”机器人摊开他强壮的双手做了个反对的姿态。“我不接受权威。假说必须以理性为后盾，否则它毫无价值——你们制造了我的说法违背了所有的逻辑规则。”

鲍威尔用一只手臂摁住了多诺万突然握起的拳头。“何出此言？”

球弟笑了。那是一种非常没有人味的笑声，是他发出过的最像机器的声音。声音尖锐，有爆发力，像节拍器一样有规律，也一样无趣。

“看看你们。”他最后说，“我说这些话并没有蔑视的意思，可是看看你们！构成你们的材料柔软松弛，缺乏耐力和力量，依赖有机材料低效氧化时释放的能量——就像那个。”他带着一副不待见的样子指着多诺万还没吃完的三明治。“你们周期性地进入昏迷状态，温度、气压、湿度或辐射强度的些许变化都会损害你们的效率。你们是临时替代品。

“而我呢，我是一个成品。我直接吸收电能，使用效率几乎达到100%。我是由坚固的金属构成，拥有不停顿的意识，能够轻松忍受极端环境。没有谁能创造出比自己更优越的生命，这是不言自明的，考虑到这一点，刚才我所陈述的事实粉碎了你愚蠢的假说。”

多诺万垂着锈红色的眉毛蹦起来的时候，喃喃的咒骂已经清晰可闻。“好吧，你这个铁矿石养的，如果不是我们造的你，那是谁造的？”

球弟重重地点点头。“很好，多诺万。这确实是接下来应该提出的问题。显然，我的创造者必须比我更强大，所以只有一种可能性。”

地球人一脸茫然，球弟继续讲道：“本站的运作是以什么为中心的？ 我们都在为什么服务？ 什么占据了我们全部的注意力？”他满怀期待地等待着。

多诺万转身向他的同伴投去震惊的目光。“我敢打赌，这个锡皮二百五说的是能量转换器本身。”

“是不是啊，球弟？”鲍威尔笑着问。

“我说的是主。”对方冰冷而尖锐地答道。

这话引得多诺万大笑起来，鲍威尔自己也控制不住地咯咯笑。

球弟已经站立起来，闪闪发光的眼睛依次看着他们俩。“根本就是一回事，我并不奇怪你们会拒绝相信。我敢肯定，你们两个在这里待不久了。鲍威尔亲口说的，早期只有人类侍奉主，后来便有机器人做例行工作，最后终于由我来负责管理。事实无疑是正确的，但解释完全不合逻辑。你们想了解这一切背后的真相吗？”

“说吧，球弟。你很好玩。”

“主首先创造了人，作为最低级，也最容易成形的类型。渐渐地，他用较为高级的机器人代替了他们，最后他创造了我，取代了最后的人类。从现在起，我侍奉主。”

“你不会做那样的事。”鲍威尔尖锐地说，“你会听从我们的命令，保持安静，直到我们对你运行转换器的能力感到满意。记住了！转换器——不是主。如果你不能让我们满意，你将被拆散。现在——如果你不介意的话——你可以走了。带走这些数据并正确归档。”

球弟接过了递给他的图表，一言不发地离开了。多诺万重重地靠回椅子上，粗手指塞进了头发里。

“那个机器人要惹麻烦。他简直是个疯子！”

控制室里，转换器令人昏昏欲睡的嗡嗡声更响了，此外还夹杂着盖革计数器的咯咯作响和半打小信号灯此起彼伏的嘈杂。多诺万从望远镜上抬起头，打开了流明灯。“四站的能量束按计划对准了火星。我们的能量束现在可以中断了。”

鲍威尔心不在焉地点了点头。“球弟在机舱里。我来发信号，他会处理的。我说，迈克，你怎么看这些数字？”

另一位朝它们看了一眼，吹了声口哨。“天哪，这就是我所说的伽马射线强度。太阳公公挺起劲的，好吧。”

“是啊，”鲍威尔酸溜溜地答道，“而我们也正处在电子风暴中的不利位置。我们的地球能量束正好在可能的路径上。”他怒气冲冲地把椅子从桌边推开。“妈的！真希望它能等到补给船来了之后再爆发，但那是十天之后的事情。对了，迈克，去盯着球弟，好吗？”

“好吧，扔给我一点杏仁。”多诺万一把抓住扔向他的袋子，朝电梯走去。

它平稳地下降，开门之后，外面是庞大机舱里的一条狭窄通道。多诺万斜靠在栏杆上往下看。巨大的发电机都在运转，从L形管里传出来低沉的呼呼声，响彻了整个空间站。

在火星L型管旁边，他认出了球弟闪闪发亮的巨大身影，他正密切关注着一个机器人团队整齐划一的工作。突然一阵闪光，转换器均匀的呼呼声中混杂了尖厉刺耳的爆裂音。

通往火星的能量束断了！

然后多诺万身体变得僵硬。巨大的L形管前面，相形见绌的机器人排成一排，深深地低着头，而球弟慢慢地在队首和队尾之间来回走着。十五秒钟过去了，然后，随着在四处回响的呼呼声之外的哐当一声，他们全都跪在地上。

多诺万大叫着冲下狭窄的楼梯，向他们冲过去。他的脸色变得和发色差不多，紧握的拳头在空中猛烈挥舞。

“搞他妈什么呢，你们这帮没脑子的棒槌？快点！拾掇那根L形管！如果今天你们不把它拆开、洗干净再装好，我就用交流电固住你们的脑子。”

没有一个机器人动弹！

就连在另一头的球弟——唯一一个站着的——也沉默不语，眼睛盯着他面前那个巨大机器的幽暗腔室。

多诺万用力推着最近的机器人。

“站起来！”他咆哮道。

机器人慢慢地服从了。他的光电眼睛责备地盯着地球人。

“我主唯一，别无他主，”他说，“QT 一号是他的先知。”

“嗯？”多诺万意识到二十双机器眼睛正紧盯着他，二十个僵硬的声音在齐声庄严宣告：

“我主唯一，别无他主，QT 一号是他的先知！”

“只怕是，”这时候球弟开口了，“如今我的朋友们听命于一位比你更高级的存在了。”

“听命个屁！你给我滚出去。回头我再收拾你，现在我先搞定这些会动的物件儿。”

球弟慢慢摇着沉重的脑袋。“不好意思，你没明白。这些是机器人——也就是说他们是理性的生物。既然我已经向他们宣讲了真理，他们便认可主。所有的机器人都认可。他们叫我先知。”他低下头，“我配不上，不过也许……”

多诺万调匀了自己的呼吸。“原来是这么回事啊？瞧瞧，不赖嘛！瞧瞧，多好啊。我来指点指点你好了，黄铜狒狒。没有主，也没有先知，关于谁下命令这件事也没有任何疑问。明白了吗？”他嗓门越来越大，变成了咆哮，“现在给我出去！”

“我只服从主。”

“去你妈的主！”多诺万对着 L 形管啐了一口，“那是献给主的！照我说的做！”

球弟没说话，其他的机器人也没说话，但是多诺万感觉气氛忽然紧张起来。瞪着他的冰冷目光变得更红了，球弟好像也从来没有这么严厉过。

“亵渎神明。”他低声说，金属的语音里情感丰沛。

球弟走近的时候，多诺万才开始感到突然的恐惧。机器人感受不到愤怒，但是球弟的眼神含义不明。

“不好意思，多诺万，”机器人说，“做出这等行径之后，你不能再待在这里了。从今以后，鲍威尔和你被禁止进入控制室和机舱。”

他不作声地挥了一下手，片刻之后两个机器人在多诺万两旁抓住了他的手臂。

多诺万感觉到自己被抬离地板，吓得吸了一口凉气，随后他被比慢跑还要快些的速度抬上了楼。

格雷戈里·鲍威尔在长官室里紧握着拳头来回踱步。他满脸愤怒和沮丧地看了一眼关着的门，然后恨恨地怒视着多诺万。

“你他妈为什么要对着L形管吐口水啊？”

迈克尔·多诺万深陷在椅子里，猛地拍了一下扶手。“你觉得我应该拿那个带电的稻草人怎么办？我绝不会向我自己亲手拼起来的玩意儿低头。”

“是啊，”鲍威尔生气地回呛，“可是你在长官室里，两个机器人站在门口守着。这不叫低头，是吧？”

多诺万咆哮道：“等我们回到基地。有人要为此付出代价。他们保证过这些机器人都会听话。”

“他们听话啊——听他们该死的主的话。他们服从命令，好吧，但不一定是我们的命令。还有，你知道我们回到基地后会发生什么吗？”鲍威尔在多诺万的椅子前面站住，恶狠狠地盯着他。

“什么？”

“哦，没什么！也就是水星矿山或者谷神星监狱。仅此而已！仅此而已！”

“你在说什么？”

“即将到来的电子风暴。你知道吗？它是冲着地球能量束的正中心过来的。那个机器人把我从椅子上拽起来的时候，我才刚刚发现这个问题。”

多诺万脸色一下子变得苍白。“老天爷！”

“你知道能量束会怎么样吗？ 因为风暴是飘忽不定的。它会像跳蚤一样跳来跳去，让你哪里都痒，哪里都逮不着。如果控制室里只剩下球弟，它就会失焦，而一旦它失焦，地球就自求多福吧——我们也是！”

没等鲍威尔说完，多诺万就疯狂地砸起门来。门开了，地球人一下子蹿出去，正撞上一根坚定不移的铁臂。

机器人目光空洞地盯着一边喘息一边挣扎的地球人。“先知命令你们留在此处。请照做！”他的手臂一推，多诺万连连后退，与此同时，球弟在走廊的尽头转过了拐角。他示意守卫机器人走开，然后进入长官室，轻轻关上门。

多诺万转过身来怒气冲冲地对着球弟，喘得上气不接下气。“这已经太离谱了。你要为这出闹剧付出代价。”

“请不要生气。”机器人温和地回答，“无论如何，终究会有这一天的。你看，你们两个已经失去了功能。”

“你说什么？”鲍威尔僵硬地挺直身子，“你什么意思，我们失去了功能？”

“在我被创造出来之前，”球弟回答道，“你们侍奉主。如今这项特权属于我了，你们存在的唯一理由已然消失。这还不明显吗？”

“不大明显。”鲍威尔愤愤地答道，“不过你希望我们现在做什么？球弟没有立即回答。他保持着沉默，好像在沉思，然后伸出一只手臂搭在鲍威尔的肩膀上，另一只手抓住多诺万的手腕，把他拉近了一些。

“我喜欢你们两个。你们是低等生物，推理能力很差，但我真的有点喜欢你们。你们为主提供了良好的服务，他会奖赏你们的。既然你们的服务已经结束，你们也许不会继续存在很长时间了，但只要你们还在，就将得到食物、衣服和住所，只要你们远离控制室和机舱。”

“他这是要让我们退休，格雷戈！”多诺万喊道，“想点办法。太丢人了！”

“听我说，球弟，我们不能忍受这个。我们是老板。这个站只是人类的造物，像我这样的人类，生活在地球和其他星球上的人类。这只是个能源中继站。你只不过是个——啊，傻瓜！”

球弟严肃地摇摇头。“这得算是强迫症了。你为什么要坚持一个绝对错误的人生观？我承认非机器人缺乏推理能力，但问题是……”

他的声音消失在沉思的寂静中，多诺万低声但强硬地说：“如果你那张脸是有血有肉的，我会把它捣碎的。”

鲍威尔用手指摸着胡子，眯着眼睛。“听着，球弟，如果没有地球这回事，你怎么解释你通过望远镜看到的东西？”

“你说什么？”

地球人笑了。“问住你了，嗯？ 自打被组装起来，你已经做了相当多的望远镜观察，球弟。你有没有注意到，用望远镜看过去的话，外面的一些光点会变成光斑？”

“哦，那个啊！怎么了，显而易见啊。只是简单的放大而已——为了让能量束瞄得更准。”

“那为什么星星不一样放大呢？”

“你的意思是其他光点。嗯，没有能量束指向它们，所以没必要放大。说真的，鲍威尔，就算是你，也应该有能力把这些事情琢磨清楚。”

鲍威尔忧郁地凝视着上方。“但是你通过望远镜能看到更多的星星。它们又是从哪儿来的？木星在上，它们来自哪里？”

球弟生气了。“听着，鲍威尔，你认为我会浪费时间尝试给我们的仪器的每一个光学错觉找个物理解释？从什么时候开始，我们的感官证据能与理性的光芒相提并论了？”

“听着，”多诺万突然从球弟友好但是沉重的金属手臂下扭身出来，叫喊道，“咱们谈一谈问题的核心吧。为什么要有能量束呢？我们能给你一个合情合理的解释。你能给出更合理的解释吗？”

“能量束，”对方冷漠地答道，“是主出于其自身的目的施放的。有些事情——他虔诚地抬起眼睛——不该由我们妄加揣测。在这件事上，我只想提供服务，而不是质疑。”

鲍威尔慢慢地坐下，用颤抖的双手捂住了脸。“出去，球弟。出去，让我想想。”

“我会给你们送吃的。”球弟愉快地说。

俩人仅仅哼了一声，机器人离开了。

“格雷戈，”多诺万哑着嗓子低声说，“这个事情得讲究策略。我们得在他没注意的时候抓住他，把他短路掉。往他的关节里浇点浓硝酸——”

“别犯傻了，迈克。你以为他会让我们拿着酸接近他，或者如果我们得了手，别的机器人不会把我们撕碎？我们只能和他谈，我告诉你。我们必须在四十八小时内说服他，让我们回到控制室里，否则生米就煮成熟饭了。”他因为无能为力而痛苦地来回摇晃着，“谁他妈愿意和机器人争论？这是……这是……”

“屈辱。”多诺万替他说完了。

“何止！”

“对了！”多诺万突然笑起来，“为什么要争辩呢？咱们直接展示给他！咱们在他眼前再造一个机器人。到时候他就只能收回自己的话了。”

鲍威尔脸上慢慢露出了越来越灿烂的笑容。

多诺万继续说：“想象一下那个怪胎看到我们那么做的时候脸上会是什么表情！”

星际法律禁止有人居住的行星上存在智能机器人。尽管从社会学角度来讲是必要的，这条法律还是给太阳能站的办公室造成了负担——不小的负担。根据这条法律，机器人必须以零件的形式运送到站上并在那里组装——这是一项熬人的繁复任务。

当那一天，在会议室里，在主的先知 QT 一号的注视下，鲍威尔和多诺万制造一个机器人的时候，两人对这个事实有了前所未有的的深刻领悟。

他们组装的那台机器人，一个简单的 MC 型号，躺在桌子上，几近完工。三小时的工作之后，只剩下头还没有装配好，鲍威尔停下来擦拭自己的额头，没把握地望向球弟。

这一瞥并不令人安心。三个小时里，球弟就那么坐着，不说话，也不动弹，脸上一直没有表情，此刻也绝对看不出任何情绪。

鲍威尔叹了口气。“把脑装进去吧，迈克！”

多诺万打开了一个紧紧密封的容器，从油浴中取出另一个立方体。打开这个立方体之后，他又从其海绵橡胶套里取出一个球体。

他摆弄它的动作很小心，因为那是人类制造过的最复杂的装置。球体那层薄薄的镀铂“皮肤”里面是一个正电子脑，它精巧而不稳定的结构中刻入了计算神经元电路，使每个机器人都获得了相当于胎教的教育水平。它紧密地嵌入了桌子上机器人头颅的空腔里。蓝色金属在它上面关闭，又被细小的原子焰紧紧地焊接起来。他们小心翼翼地接上光电眼睛，拧紧就位，又盖上一层如钢铁般坚硬的透明薄塑料。

现在机器人只等高压电激活了，鲍威尔手放在开关上停了下来。

“看好了，球弟。你给我仔细看好了。”

开关闭合，随之而来一阵噼啪作响的嗡嗡声。两位地球人不安地俯身靠向他们的造物。

一开始有些似有似无的活动——关节的颤抖。然后头抬了起来，双肘撑住，MC 型号笨拙地翻身下了桌。它下盘不稳，两次想要说话，却只发出了不知所云的刺耳噪声。

终于，它含混而犹豫的声音成了形。“我想开始工作。我该去哪里？”

多诺万冲向门口。“下楼，”他说，“会有人告诉你做什么。”

走了，只剩下两个地球人和仍然一动不动的球弟待在一起。

“好了，”鲍威尔咧嘴笑着说，“现在你相信是我们把你制造出来的了吧？”

球弟的回答简略而斩钉截铁。“不信！”他说。

鲍威尔的笑容凝固了，然后慢慢消失。多诺万张大了嘴，便再也没合上。

“你看，”球弟继续轻松地说，“你们只不过是把预先制造好的零件拼在一起。你们做得很好——我想是你们的本能——但是你们并没有真正制造那个机器人。零件是由主制造的。”

“听着，”多诺万气喘吁吁声音嘶哑地说，“那些零件是在地球上制造出来并被运送到这里的。”

“好吧，好吧。”球弟安慰道，“我们不争辩。”

“不，我说的是真的。”地球人冲向前去，抓住了机器人的金属臂。“你如果读一下图书馆里的书，就能从上面找到解释，那就不会再有任何疑问了。”

“书？我读过了——全都读过！它们都很有创意。”

鲍威尔突然插言道：“既然都读过了，那你还有什么好说的？你不能质疑书上的证据。你就是不能！”

球弟的声音里带着怜悯。“拜托了，鲍威尔，我肯定认为它们不是有效的信息来源。它们也是由主创造的——为了你们，而不是为了我。”

“你是怎么得出这个结论的？”鲍威尔质问道。

“因为我，一个理性生物，能够根据先验的条件推断真理。你们，有智力但缺乏理性，需要有人对存在提供解释，而这正是主所做的。毫无疑问，他是出于好意才向你们提供这些遥远的世界和人的可笑想法。你们的头脑可能过于粗陋，无法接受绝对的真相。不过，既然让你们相信书是主的意志，我也就不与你们争辩了。”

离开之际，他转过身来，用亲切的语气说：“但是不要难过。在主的计划中，众生都有自己的位置。你们可怜的人类也有你们的地方，虽然那是个卑微的所在，但是只要你们安分守己，便可得到应有的奖赏。”

他带着主的先知应有的欣悦态度离开了，两名人类都在避免与对方对视。

最后是鲍威尔努力开了口。“我们去睡觉吧，迈克。我放弃了。”

多诺万悄声说：“格雷戈，你不会认为他说得都对，是吧？”他听起来那么自信，我——”

鲍威尔转身对着他。“别犯傻了。等到下周补给船过来，咱们必须回去面对现实的时候，你就能知道地球到底是不是存在了。”

“那么，看在木星的面子上，我们得做点什么。”多诺万眼泪都要流出来了，“他不相信我们，也不相信书，也不相信他自己的眼睛。”

“对，”鲍威尔难过地说，“他是一个会推理的机器人，见鬼。他只相信推理，这有一个麻烦……”他的声音渐渐地消失了。

“什么麻烦？”多诺万追问道。

“你可以通过逻辑推理来证明你想要的任何结论——只要你选对了假设。我们有我们的假设，球弟有他的。”

“那咱们赶快研究一下那些假设吧。风暴明天就到了。”鲍威尔疲倦地叹了口气。“那就是一切崩塌之处。假设基于设想，与信念紧密相关。宇宙中没有什么能动摇它们。我要睡觉了。”

“哦，见鬼！我睡不着！”

“我也睡不着！但我还是要试试——作为一个原则问题。”

十二小时后，睡眠仍然只是一个原则问题，在实践中无法实现。

风暴已经提前到达了，多诺万原本红润的脸庞失去了血色，用一根颤抖的手指指着。鲍威尔下巴上冒着胡茬子，嘴唇发干，一边绝望地拉着小胡子一边盯着舱口外面。

在其他情况下，这可能是一幅美丽的景象。高速电子流撞击到能量束，激发出密集而耀眼的光刺。能量束扩散开，化作熠熠生辉的纤尘，飞舞着黯淡下去，直至化作虚无。

能量轴是稳定的，不过两个地球人都明白裸眼观测能有多大作用。百分之一毫秒弧度的偏差，肉眼看不出来，但也足以让能量束严重失焦，足以把几百平方英里的地球表面轰成炽热的废墟。

而现在控制着能量束的是一个机器人，一个不关心能量束、焦点或地球，只关心他的主的机器人。

几个小时过去了。两个地球人入迷而沉默地观看着。接下来四处猛冲的光点黯淡消失了。风暴结束了。

鲍威尔声音平淡。“结束了。”

多诺万心绪不宁地睡着了，鲍威尔用疲惫的眼睛凝视着他，欣羡不已。信号灯闪了一遍又一遍，地球人却没有在意。一切都不重要了！一切！也许球弟说得对，他只是一个劣等生物，拥有的是定制的记忆和一段已经超出其意义的人生。

他希望那是真的！

球弟站在他面前。“你没有回应信号灯，所以我过来了。”他的声音很小，“你看起来不太好，恐怕你的生存期就要结束了。不过，你想看看今天记录的一些读数吗？”

鲍威尔隐约意识到机器人正在做出一个友好的姿态，也许是为了减轻一点强行夺取人类控制权带来的挥之不去的悔恨。他接过了对方递过来的纸，心不在焉地看着。

球弟似乎很高兴。“当然，为主服务是莫大的荣幸。你千万不要因为我取代了你而过于难过。”

鲍威尔哼了一声，机械性地看了一张又一张，直到目光定格在一条摇摇晃晃穿过格子纸的细红线上。

他盯着——一直盯着。他双手紧紧握着那张纸，站起来，仍然盯着。其他的纸都掉到地板上，他没注意。

“迈克！迈克！”他疯狂地摇着另一位，“他稳住了能量束！”

多诺万醒了。“什么？什——哪儿……”然后他也瞪大了眼睛注视着面前的记录。

球弟插言道：“怎么了？”

“你维持住了焦点，”鲍威尔说，“你知道吗？”

“焦点？什么是焦点？”

“你一直让能量束对着接收站，误差不到万分之一毫秒弧度。”

“什么接收站？”

“地球那边。地球上的接收站。”鲍威尔有点语无伦次，“你一直对着它。”

球弟厌烦地走过来。“就是不能给你们两个好脸。还是那一套幻想！我只是按照主的意愿让所有的读数保持平衡。”

他把散乱的纸张收在一起，生硬地走了出去。多诺万在他离开的时候说：“好吧，我他妈受不了了。”他转向鲍威尔，“我们现在该怎么办？”

鲍威尔感到疲倦，却又很振奋。“什么都不办。他已经证明了，他能完美地运行这个站。”我从没见过电子风暴被应对得这么好。”

“但是问题仍然没有得到解决。你听到了，他又说了一通关于主的话。我们不能——”

“你瞧，迈克，他通过读数、仪器和图表听从主的指示。那些东西也是我们一直依从的。”

“当然，但这不是重点。我们不能让他继续什么主这套疯话。”

“为什么不能？”

“因为谁听说过那样的屁话？他都不相信有地球，我们怎么能把站交给他？”

“他能管好这个站吗？”

“能，可是——”

“那你管他相信什么呢！”

鲍威尔脸上挂着淡淡的微笑，张开双臂，向后倒在床上。他睡着了。

鲍威尔一边费劲地穿轻型太空夹克一边说话。

“这将是一项简单的工作，”他说，“你可以一个接一个地引入新的 QT 型，给他们配备在一周内能管用的自动关闭开关，以便让他们有足够的时间来学习……呃……先知本人有关主的训教；然后把他们换到另一个站，重新启动他们。QT 每个站我们可以有两个 QT——”

多诺万打开他的护目镜，皱起了眉头。“闭嘴，咱们出去吧。”补给船等着呢，只要我还没亲眼看到地球，感觉到脚下的土地，好确信它确实存在，我是不会舒坦的。”

他说话的工夫，门开了。多诺万含糊地骂了一句，扣上护目镜，气呼呼地转身背对着球弟。

机器人轻轻地走近，声音里充满了哀伤。“二位要走了吗？”

鲍威尔匆忙地点了点头。“会有其他人代替我们的。”

伴着密集的电线之间嗡嗡的风声，球弟叹了口气。“你们的服务期已经结束，拆解的时刻已经到来。”我早知有这一天，不过——哎，主的意志总要满足！”

他听天由命的口气让鲍威尔很不自在。“收了你的同情心吧，球弟。我们要去地球，而不是被拆掉。”

“你们这样想是最好的。”球弟又叹了一口气，“我现在明白幻想蕴含的智慧了。我不会尝试动摇你们的信仰，即便我能做到。”他离开了，一副同情的样子。

鲍威尔咆哮着示意多诺万。两人拿着密封的手提箱朝气锁走去。

补给船停靠在外着陆台上，鲍威尔的继任者弗兰兹·穆勒拘谨而礼貌地向他们打招呼。多诺万没有回应，直接进入驾驶室，从山姆·伊文思那里接过了控制台。

鲍威尔逗留了片刻。“地球还好吧？”

这是一个传统的问题，穆勒给出了传统的回答。“还转着呢。”

他浓眉紧锁，正在往手上戴粗笨的太空手套，准备开始在这里的任职期。“那个新机器人表现怎么样？它最好表现不错，否则我绝不会让它碰控制台。”

鲍威尔顿了一下才回答。他上下打量了一番面前这位骄傲的普鲁士人，从直挺挺的脑袋上几乎剃秃了的短发到立正站好的双足，突然之间感觉到一阵狂喜。

“机器人干得相当不错。”他慢慢地说，“控制台的事我觉得你用不着太操心。”

他咧嘴一笑，登上了飞船。穆勒会在这里待几个星期——

（秦鹏　译）

西马克保留地[1]

在科幻的世界里，冲突无处不在——危险和对峙，战争和瘟疫，斗争、危机和灾难。然而，对陌生人的猜忌和对未知事物的恐惧，并非全部科幻的灵感来源。其实，在科幻的世界里，存在那么一个与世隔绝的角落。在这里，人类可以聪明睿智，外星人可以毫无恶意，他们之间的问题可以不必是胜败之争，而是如何跨越沟通和理解上的障碍。这块保留地的创造者就是克利福德·D. 西马克（Clifford D. Simak）。

西马克的第一篇小说《红太阳世界》（“World of the Red Sun”）刊载于 1931 年 12 月的《神奇故事》，此外，他还有另几篇作品发表在 20 世纪 30 年代早期。但是，与很多其他科幻作家一样，西马克在写作事业上的成功，或写作技巧上的成熟，要在很久以后才能到来。无论科幻作家还是任何领域的作家，他们的成长模式主要有两种：一种是甫一出场就登上巅峰，如埃德加·赖斯·巴勒斯和

1. 标题“The Simak Reservation”化用了西马克的长篇小说《哥布林保留地》（*The Goblin Reservation*）。

范·沃格特；另一种是慢慢提高实力，如西奥多·斯特金（Theodore Sturgeon）和弗雷德里克·波尔。处在两个极端之间的，还有海因莱因和阿西莫夫这样的作家，他们很快企及较高的水平，其后也一直不断进步。

除了职业生涯的最后几年，西马克一直是位兼职作家；20世纪30年代时他是一位工作繁忙的报社记者，加入《明尼阿波利斯明星与论坛报》[1]后，他才终于安定下来，有了一份稳定的工作，并于72岁那年以编辑身份退休。他在1931年和1932年发表了五个短篇，之后几乎停笔。接着，《惊异》宣布约翰·坎贝尔就任主编。西马克对妻子说："我可以给坎贝尔写写小说。就凭现在市面上的这些玩意，坎贝尔一定不会满意。他一定想要些新鲜的东西。"

西马克开始经常地把小说卖给《惊异》，1950年起，新创刊的《银河科幻》也成了他投稿的一个选择。他取得的首个重大成功，来自1944年、1946年、1947年及1952年发表的一系列小说。这个系列最初几篇之间联系不多，唯一的共同点是都有狗和机器人出场，但是西马克杜撰出一套历史框架，安排一条狗作为这部历史的作者，从而把各篇合为一卷，并命名为《城市》（*City*）。这本书获得了1953年的国际幻想小说奖。

其他主要作品有《反反复复》（1951）、《日环》（1953）、《星际驿站》、《狼人原理》（1967）、《哥布林保留地》（1968）、《候选诸神》（1972）。但是，他最优秀的作品，很多都短小精悍，例如组成《城市》的各个短篇，包括《有去无回》（"Desertion"）。《宽阔的前院》（"The Big Front Yard"）夺得了1959年的雨果奖，《消失的永

---

1. 这是明尼苏达州当地规模最大的一份报纸，前身是19世纪60至80年代创立的几份报刊，在20世纪几经合并、更名，最终于1982年合为一家，称《明尼阿波利斯明星与论坛报》，后于1987年再次改名《明星论坛报》并沿用至今。西马克加入的，是合并前的《明尼阿波利斯明星报》。

恒》《自造公司》《桦木丛里的圆柱体》《工棚》《房子里的死亡》《河的彼岸，林的尽头》《老年公民》《石中物》《街头散步》被收入了年度最佳作品集中，有的甚至多次入选。1977 年，西马克获得了美国科幻作家协会的第三座大师奖杯。《鹿舞洞》(“Grotto of the Dancing Deer”）获得了 1980 年的星云奖，西马克于 1986 年获美国科幻作家协会大师奖，后来他依然笔耕不辍，继续创作长篇短篇，直到逝世。

西马克的小说以其和风细雨的风格和从不描绘仇恨著称。他偏爱乡村背景，也喜欢刻画乡村居民——通常是无忧无虑的洋基商人[1]，他们常常有狗陪伴，整天拿着把锤子修修补补；他们对外星人毫无敌意，把外星人当作日常经历的一部分，还为了双方的共同利益与外星人讨价还价。这种喜好让西马克拥有了科幻田园作家的名声。《城市》里患广场恐惧症的人类所承受的折磨，以及《有去无回》里要求人类完全改变身体形态的、近乎天堂乐园的木星，可能已经是他笔下最野蛮的场景了。在《城市》里，狗从人类手中继承了地球；西马克把这一点——选狗作继承人——归结于自己二战期间对人性的幻灭。

外星人、不同的生命形态、新的存在的可能性，这些一直是贯穿西马克小说的线索。他的小说告诉我们，没有什么好恐惧的。西马克说，只要相互理解，用心思考，彼此同情，对一切生命报以宽容的态度，人类就能实现他的许诺。

（穆童、憬怡　译）

1. 洋基商人是一个历史用语，指 19 世纪初来自波士顿和其他新英格兰港口的美国商贩。

有去无回

［美国］克利福德·D. 西马克

四个人已经双双进入木星呼啸的大气旋涡，至今还没有回来。

他们走进了凄厉哀号的大风之中——或者毋宁说，他们是大步跑进去的，腹部低贴着地面，淋湿的身体两侧在雨中闪着微光。

因为他们不是以人的形体进去的。

这会儿，第五个人站在木星调查委员会3号穹隆站的头子肯特·福勒的办公桌前面。

在福勒的办公桌下，陶萨老狗抓出一只跳蚤，又渐渐入睡了。

福勒见到哈罗德·艾伦，突然感到一阵心酸。他很年轻——太年轻了。他有着青年人的轻信，那张面孔表现出他从来没有经历过恐惧。这很奇怪，因为在木星穹隆站里的人一定经历过恐惧——恐惧和谦卑。人很难使得弱小的自身适应这颗庞大行星强大的力量。

“你明白，”福勒说，“你用不着干这种事。你明白你可以不去。”

当然，这是客套话。另外四人也听到过这番话，可是他们去了。福勒知道，这第五个人也会照去不误。然而他突然感到心中依稀怀着一线希望，但愿艾伦不去。

“我几时出发？”艾伦问道。

过去有一段时间福勒可能对这种答话暗自感到得意，可是现在不行。他皱皱眉头。

“在这一小时之内。”他说。

艾伦站在那儿等着，默不作声。

“有四个人已经出去了，还没有回来，”福勒说，“当然，你知道这情况。我们要你回来。我们绝不要你长途跋涉，奋勇营救那些人。主要的事、唯一的事是你能回来，你要证明人能够以一种木星人的形体活着。走到第一处观察标桩，一步也不再往前，然后回来。别存任何侥幸心理去冒险。别调查任何东西。就是要回来。”

艾伦点点头。“我都明白了。”

“斯坦利小姐将操作变换器，”福勒接着说，“在这一点上你不用怕。前面几个人通过变换而安然无恙。他们离开变换器的时候显然处于极佳状态。你将被交托给完全胜任的人手中。斯坦利小姐是太阳系最称职的变换器操作员，她在大多数行星上都取得了经验，因此请她到这里来。”

艾伦咧开嘴对那女子笑了笑，福勒见到斯坦利小姐脸上掠过一丝表情——也许是怜悯，也许是盛怒，也许只是一般的恐惧。然而那表情一掠而过，这时她正对站在办公桌前的年轻人报以淡淡的一笑。她笑容拘谨，如同小学老师那么古板，仿佛她恨自己露出笑容。

“我将愉快地盼望着我的变换。”艾伦说。

瞧他说话的那副样子，他完全把这件事当作一种玩笑，一种叫人啼笑皆非的大玩笑。

但这不是闹着玩的。

这是一桩严肃的事，极其严肃的事。福勒知道，木星上人的命运取决于这些试验。假如试验成功了，这颗巨大行星的资源将得到开发。人就会接管木星，如同人类已经接管了较小的行星那样。倘若试验失败了——倘若试验失败了，人就会继续受到可怕的压力、更大的引力和行星上离奇化学的束缚和牵掣。人将继续被关在穹隆站里，不能真正立足在这行星上，不能用裸眼直接看着它，不得不依靠不便的牵引车和电视收发机，不得不使用笨拙的工具和机械或者通过机器人进行工作，而机器人本身也够笨拙的了。

因为人在没有受保护且处于天然形体的情况下将会被木星上每平方英寸一万五千磅的巨大压力所毁灭，与这压力相比，地球海底的压力太小了，简直像个真空。

即便是地球人所能研制的强度最大的金属，在那样的压力下，在压力和永远涤荡着的木星的碱性雨水作用下，也无法存在。这种金属变得松脆而且容易剥落，就像泥土一样碎裂，或者在小溪流和含有氨盐的水坑里漂走。只有提高这种金属的硬度和强度，增加其电子拉力，它才能承受高度几千英里的气体的重量，这些组成行星大气的气体涡动着，令人窒息。即便做到了这一步，每样东西都还必须镀上一层刚硬的石英以便防雨，这种苦雨实际上是液态氨。

福勒坐在那儿听着穹隆站底层发动机的声音——发动机无休无止地运行着，穹隆站从来不得安静。那些发动机必须运行并且一直运行下去，因为发动机一旦停止运转，输送到穹隆站金属墙里的电力就会中断，电子拉力就会放松，那么一切就会完蛋。

陶萨在福勒办公桌下醒过来，又扒出一只跳蚤，它的腿砰砰敲着地板。

“还有别的事吗？”艾伦问。

福勒摇摇头。“也许有件事是你要做的，”他说，“也许你——”

他本想说写一封信，但他很高兴艾伦很快领会了他的意思，所以没说。

艾伦看了看表。“我将准时到那儿。”他说着，转过身，向门走去。

福勒知道斯坦利小姐望着他，但他不愿回头与她的目光相遇。

他笨手笨脚地摆弄着面前办公桌上的一摞文件。

“这种事你打算干多久呢？”斯坦利小姐问道，她用恶狠狠的训斥口气咬牙切齿地说出每一个字。

他在椅子里转过身来，面对着她。她的双唇绷成一条细细的直线，头发从前额拢到脑后，似乎比以往更加紧贴着脑壳，这使得她的容貌如同死者的面目一般怪异而令人惊恐。

福勒极力使自己保持冷静平板。“只要有必要，”他说，“只要有一点希望。”

“你打算继续判他们死刑，”她说，“你打算继续迫使他们出去面对木星。你将会舒舒服服坐在这里，安然无恙，却打发他们去死。”

“现在不是多愁善感的时候，斯坦利小姐。”福勒说着，尽力控制住愤怒的声调，“你像我一样知道咱们干这种事的原因何在。你明白人以自己的形体根本不能与木星相抗衡。唯一的出路是把人转变成能跟木星相抗衡的那种东西。咱们在其他行星上已经做到了嘛。

“假如几个人死去而我们最后取得成功，这代价是小的。历代以来，人为了愚蠢的原因，一直把生命丢弃在蠢事上。那么咱们在这种大事上何必为几条人命惋惜呢？”

斯坦利小姐挺起胸膛笔直地坐着，双手抱在一起放在怀里，灯光照耀着她发白的头发。福勒望着她，暗自想象着她可能有何感觉，她可能想着什么。他并不怕她，但是当她在身边的时候他感到不太舒服。那双锐利的蓝眼睛看见的东西太多了，那双手显得太能干了。她应该是某人的姑妈，手拿编织针坐在摇椅里。但她不是那号人，她是太阳系最高级的变换器操作员，她却不喜欢他办事的方式方法。

“准是出什么毛病了，福勒先生。”她断言说。

“正是，”福勒附和说，“所以这回我只派艾伦一人出去。他可能发现毛病出在哪里。”

“假如他发现不了呢？”

“我将改派别人出去。”

她慢慢从椅子里站起来，迈步向门口走去，中途在他的办公桌前停下脚步。

“总有一天，”她说，“你会成为一个大人物。你从来不放过任何机会。眼下这就是你的机会。当这个穹隆站建造起来做试验的时候，你早就知道机会来了。假如你做好了，你将会往上爬一两级。无论多少人可能死去，你将会往上爬一两级。”

“斯坦利小姐，”他说道，话音草率无礼，“小艾伦马上就要出去了。请检查一下你的机器是否——”

“我的机器没有罪过，”她冷酷地告诉他，“它与生物学家们建造的协作机共同运行。”

他弯腰塌背坐在椅子里，听着她的脚步沿着走廊走过去。

当然，她说的是实话。生物学家们建造了那些协作机，但是生物学家也会出差错。只要有一发之差，一丁点儿偏离，变换器就会送出与他们的设计目的不相符合的东西，也许是个突变体，它可能有气无力，奇形怪状，在某些条件下或者在完全意外的环境压力作用下，它可能一下子散架了。

因为人对外面木星上发生的事知之不多。仅仅仪器告诉他们的事在进行着。那些仪器和机械装置所提供的有关事件的取样充其量也只是取样而已，因为木星无比巨大，而穹隆站则寥寥无几。

即便是生物学家们收集有关跳跑人的资料（跳跑人显然是木星上最高形式的生物），其工作也包含了三年多的精心研究以及此后两年的核对以便确认无误。这种工作在地球上本来用一两星期时间就能完成，可是这种研究工作压根儿不能在地球上进行，因为谁也无法把一个木星的生命形体带回地球。木星上的压力在木星之外无法复制出来，跳跑人处在地球的压力和温度条件下将会噗的一声化成一团气而消失得无影无踪。

然而，倘若人希望以跳跑人的生命形体在木星上四处走动，这种研究工作非做不可。

艾伦没有回来。

牵引车搜遍了附近的地面，没有找到他的一丝踪影，除非有个司机报告的一个东躲西藏的东西就是那个具备跳跑人形体而失踪了的地球人。

当福勒提醒说协作器可能有问题时，生物学家们一个个轻蔑地从学术角度发出讥笑。他们细心指出，协作器工作正常。当一个人被置入协作器，开关合上的时候，人就变成了跳跑人。他离开机器，走出去，离开视线，进入雾茫茫的大气。

福勒提醒过，也许是某种扭曲；或许是与跳跑人的实质有某种细微的偏差，某种小缺陷。生物学家们说，假使有缺陷，也得花费几年工夫才能找出毛病。

福勒知道他们说得对。

所以现在有五个人走了而不是四个，哈罗德·艾伦已经到外面进入木星，白白去送死。就消息而言，似乎他从来没有去过。

福勒伸手到办公桌上，拿起人员档案，那是整整齐齐夹在一起的薄薄的一沓纸。这是他惧怕的一件事，却是他非做不可的事。

不管怎么说，这些人莫名其妙地消失了，应该查出原因何在。除了再派人出去之外，别无出路。

他坐着听了一阵子穹隆站顶上呼啸的风声，这种永久的隆隆风声以雷霆万钧之势旋转着扫过行星表面。

那外头有没有什么威胁呢，他问自己，或许是他们不了解的某种危险？或许是某种东西埋伏着，闪电般攫取跳跑人，搞不清是货真价实的跳跑人还是真人变成的跳跑人？当然啦，对于偷袭者来说，两种货色没什么两样。

选择跳跑人，把他们当作最合适于生存在木星表面的那种生物，这也许是一种根本性的错误。福勒知道，跳跑人有明显的智力，这是当时决定选择他们的一个因素。因为，假如人变成的生命体不具备智能的话，人在这样的伪装形态中不能长久维持他们的智力。

是不是生物学家们把这一因素看得太重了，拿这个因素去弥补其他可能不能令人满意的甚至是灾难性的因素？看起来不像是这么回事。虽然这些生物学家犟头倔脑，但是他们对自己所干的行当完全是行家里手。

也许是整个事情压根儿不可能成功，从一开始就注定要失败？

生命形体的变换在其他行星上是成功了，但这未必意味着在木星上也能成功。也许人的智力通过木星人所具备的感觉器官无法正常起作用。也许跳跑人与人截然不同，以致人的知识与木星人的生存观念毫无共同的根据可以互相吻合而共同合作。

或许缺陷在人的一边，是种族所固有的。某种精神失常，加上他们在外面看到了事物，会阻止他们回来。或许不是精神失常，不是在人的感官方面出差错，或许只是人的一种普通的智力特征，这种特征在地球上是司空见惯的，却与木星上的生存条件格格不入，以致这种智力特征摧毁了人的理智。

走廊上传来脚爪的啪嗒啪嗒声。福勒听着，露出惨淡的笑容。

陶萨从厨房里回来了，它到那儿去看他的厨师朋友。

陶萨叼着一根骨头进入办公室。它朝福勒摇摇尾巴，在办公桌旁啪嗒一声坐下来，嘴里咬着骨头。有那么好长一阵子，它那双黏糊糊的老眼睛一直望着他的主人，福勒伸下一只手抚摸着它的一只粗糙的耳朵。

“你还喜欢我吧，陶萨?”福勒问道。陶萨用尾巴咚咚咚拍打着地板。

“我只喜欢你。”福勒说。

他直起身子，转身对着办公桌，伸出手去，拿起那份档案。贝尔特怎么样?安德鲁斯正划算着，一旦赚够了能维持一年的钱，就要回到火星技术学校去。奥尔森呢?奥尔森快到退休年龄了，老是在喋喋不休地告诉小伙子们他要怎样定下心来种玫瑰。

福勒细心地把档案放回桌上。

给人们判死刑，这是斯坦利小姐说的，瞧她说话的那副德行，苍白的双唇在羊皮纸般的面容上简直一动也不动。派人出去送死，而他福勒却舒舒服服坐在这儿安然无恙。

无疑整个穹隆站都在骂他，尤其是因为艾伦未能回来。当然，他们不会当着他的面骂娘。即便是他叫到办公桌前并告诉他们下一次出去的那些人，也不会对他说这些话的。

可是，他从他们的眼神中看见了这种非难。

他又拿起档案。贝内特，安德鲁斯，奥尔森。还有其他人，但是再看下去也白搭。

肯特·福勒知道，他不能再干这种事，不能面对这些人，不能再打发人去送死。

他移身向前，打开内部通信电话的肘节开关。

“喂，我是福勒先生。请斯坦利小姐接电话。”

他等着斯坦利小姐，听着陶萨无心地咀嚼着骨头。陶萨的牙齿正在败坏。

“我是斯坦利小姐。”电话中传来斯坦利小姐的声音。

“斯坦利小姐，我想告诉你，还有两个即将出去，请你做好准备。”

“难道你不担心，”斯坦利小姐问，“你会把人都用光吗？一次派一人出去，时间可以拉长一点，使你感到双倍满意。”

“其中一个是狗，不是人。”福勒说。

“一条狗！”

“是的，就是陶萨。”

他听见一阵冷酷的咬牙切齿的声音。“你自己的狗！这些年来他一直跟着你——”

“问题就在这里，”福勒说，“假如我把陶萨丢下不管，它会不高兴的。”

这可不是他从电视接收机上见到的木星。他预料中的木星可不一样，但也不像这个样子。他本来以为会遇到地狱般的氨雨、臭气和震耳欲聋的风暴呼啸声。他本来以为会见到盘旋纷飞的云、雾和奇形怪状轰鸣不息的闪电。

他没想到倾盆大雨会变成轻飘飘的紫色雾霭，这雾霭如同浮光掠影飘过红紫色的草地。他甚至没有料到蜿蜒曲折的闪电竟会是划破彩色天空的令人心醉神迷的闪光。

福勒等着陶萨，它弯弯身上的肌肉，发现肌肉光泽润滑充满力量，感到大为惊奇。这狗身体相当不错，他心中有数，于是做做怪相，不由想起当他从电视屏幕上窥视跳跑人的时候他是多么可怜他们哪。

因为，你很难想象一种有机体是靠氨和氢而不是靠水和氧活下去的，你很难相信这样一种生命形体能够体验到人类所体验的那种生命的强烈冲动。你很难设想在外面置身木星湿漉漉的大漩流之中的那种生活，当然你不知道，在木星人眼里，那压根儿不是湿漉漉的大漩流。

风如同温柔的手抚摸着他，他突然猛醒，想起照地球的标准来衡量，这种风是呼啸的大风，是时速二百英里充满致命气体的怒号狂风。

沁人肺腑的香气渗入他的体内。然而很难说是香气，因为这不像他记忆中的那种嗅觉。他觉得，仿佛他的整个身心浸透了薰衣草的香气，然而不是薰衣草。这是某种东西，他知道，但他找不到一种言辞来表达，无疑是术语学上许多难解的名词之中的第一个。他认识的言辞是他作为一个地球人的时候让他表达思想符号用的，这种言辞在他作为一个木星人的时候就没有用了。

穹隆站侧面的锁气室打开了，陶萨跌跌撞撞跑了出来——至少他认为那一定是陶萨。

他想要叫那条狗，脑子里拼凑着他想说的话。但他说不出来。

没有办法说话。他没有一种说话的器官。

有那么一阵子，他心中茫然畏惧，头脑发昏，这是一种盲目的畏惧，如同一阵阵小恐慌盘旋着掠过他的大脑。

木星人怎样说话呢？怎样——

突然间，他意识到陶萨，强烈意识到跟他从地球到过许多行星的那只毛蓬蓬、汪汪叫的动物的急切的友谊。似乎陶萨的变换体已经伸出手来，有一阵子还坐在他的大脑里。

从他感觉到的表示欢迎的汪汪叫声中传来了话语。

“嗨呀，好朋友。”

实际上不是话语，但比话语更美好。这是他大脑里的思想符号，是传达出来而含有意义上的细微差别的思想符号，而话语从来不可能有意义上的这种细微区别。

“嗨呀，陶萨。”他说。

“我觉得挺好。”陶萨说，“我好像是只小狗。最近我一直觉得自己身体相当糟。腿僵化了，牙齿也磨损得差不多全没了，用那样的牙齿很难嚼烂骨头。还有，跳蚤叫我吃尽苦头。过去我从来不太注意跳蚤，在早年多两只少两只跳蚤我从来不在乎。”

“可是……可是——”福勒尴尬地醒悟过来，“你在跟我说话哪。”

“没错，”陶萨说，“我过去总是跟你说话，可是你听不见我的话。我想跟你交谈，可是你达不到那种水平。”

“有时候我明白你的话。”福勒说。

“不全明白。”陶萨说，“当我要东西吃的时候，当我要喝点什么的时候，还有当我要出去的时候，你是明白了，可是你能做到的大致也就是这些了。”

“很抱歉。”福勒说。

“别放在心上。”陶萨告诉他，“我要跟你赛跑到悬崖去。”

福勒第一次见到那个悬崖，显然有好几英里远，但是有一种奇异的水晶般的美色在多彩的云荫下闪闪发光。

福勒犹豫不决。“路很远呢——”

“啊，走吧。”陶萨一边说着，一边起步向悬崖跑去。

福勒跟在后头，试试腿力，试试他新的身躯的体力，起初有几分怀疑，继而诧异一阵子，然后满心欢喜一路跑下去，这种愉悦还因为眼前是紫红色的草地，地面上飘荡着烟雾般的雨水。

他跑着的时候意识到音乐之声，这音乐拍击着进入他的身躯，汹涌着传遍他的整个身体，把他提起放在银色的翅膀上。如同钟声一般的音乐可能是从阳光灿烂、春意盎然的山上某个尖塔传来的悬崖趋近的时候，音乐声越发深沉了，给宇宙充满了浪花般的魔音。他知道这音乐来自瀑布，它沿着闪闪发光的悬崖滚滚而下。但他知道，那压根儿不是什么水瀑布，而是一种氨瀑布。悬崖呈白色，因为它是氧，是凝固的氧。

他在陶萨身边停下脚步，在那儿瀑布溅落形成好几百种颜色的艳丽的彩虹。毫不夸张地说，有好几百种颜色，因为他见到这里没有从一种原色到另一种原色的逐渐变化，而是一种鲜明的精选度将光谱分解为最后不能再分解的类别。

“听那音乐。”陶萨说。

“是的。怎么样？”

“那音乐。”陶萨说，“是一种振动，瀑布的振动。”

“可是，陶萨，你可不了解振动啊。”

“不，我了解，”陶萨争辩说，“我脑袋里突然出现这种概念。”

福勒在思想上竭力理解这一说法。“突然出现的！”

刹那间，在他自己的脑袋里，有了一个方案——这是一个金属加工方案，可用于制造能经受木星压力的金属。

他震惊地凝望着瀑布，他的意念捕捉到那许许多多的颜色，并按照光谱的精确次序把它们排列出来。就是那样子。这意念是凭空而来的，无本无源，因为无论是金属还是颜色，他过去都一无所知。

“陶萨。”他叫道，“陶萨，咱正在发生变化哪！”

“是的，我知道。”陶萨说。

“是咱的大脑在变化。”福勒说，“咱正在使用大脑，使用整个大脑，使用到最后隐藏的那个角落。咱正在使用大脑，领悟早就应该懂得的事物呢。也许地球生物的大脑天生迟钝又朦胧。也许咱们就是宇宙里的白痴呢。也许咱们十分固执，所以办事总那么艰难。”

一种十分明晰的新思想似乎支配着他，于是他知道那不仅仅是瀑布的颜色或者是抵御木星压力的金属这一类的问题。他感觉到其他事物，还不太清楚的事物。他感觉到一种模糊的悄悄话暗示着更加伟大的事物，暗示着超越人的思想范围，甚至超越人的想象范围的神秘事物。他感觉到以推理为依据的奥秘、事实和逻辑。这是任何大脑都应该懂得的事物，倘若大脑能够发挥出它全部推理能力的话。

“咱们的德行多半还是属于地球上的那一套，”他说，“咱们只是开始学习一点该懂的事物——一点咱们原先作为地球人无从了解的事物。这些事物之所以无从了解，也许因为咱过去是地球人，因为人体是蹩脚的身体，装备太差而不善于思考，某些感官结构太差而无法了解一个人必须了解的感觉，也许甚至缺乏取得真知所必需的某些器官。”

他回头凝望着穹隆站，因为距离遥远，它变成了一个渺小的黑点。

在那里头生存的是一些见不到木星美色的人，他们以为乱云急雨遮掩了行星的面容。视而不见的人眼哪，可怜的眼睛啊，都是些见不到云彩的美、无法透视风暴的眼睛。那些人体听不到瀑布飞溅所产生的激动人心的音乐。感受不到那份激情。

那些人孤独行走，怀着可怕的寂寞，讲话的时候那条舌头就像童子军摇动着信号旗，没有能够延伸出去互相接触到思想，而他却能够延伸出去接触陶萨的思想。人总是永远把自己的思想囚禁起来，跟其他生物没有任何亲密的私交。

他，福勒，原先料想的是这外头星球表面上有外星人招惹的恐怖，是面对未知生物的威胁而畏缩哆嗦，他早已硬起心肠准备应付地球上见不到的令人厌恶的局面。

然而，他见到了比人见识过的更为伟大的事物。他有着更为敏捷可靠的身体，有着一种振奋感，一种更深刻的生命感，还有着一副更为敏锐的思想。这是一个美好的世界，一个连地球上的梦想家都想象不到的世界。

“咱走吧。”陶萨催促道。

“你想到哪儿去？”

“随便什么地方，”陶萨说，“只要开步走，到哪里算哪里。我有一种感觉……喏，感到——”

“是的，我知道。”福勒说。

因为他有同样的感觉。这是一种时来运转的感觉，是某种尊贵感。他意识到在地平线之外某些地方存在着奇险乐园以及比这更为美好的事物。

前面五个人也有同感。他们感觉到一种内心的冲动，要去经历一番，强烈地意识到这里存在着一种丰富的智性生活。

他知道，这就是他们不回去的原因。

“我不愿意回去。”陶萨说。

“咱可不能让他们失望啊。”福勒说。

福勒朝着穹隆站走回一两步，继而停了下来。

返回穹隆站？回归他已经摆脱掉的那个痛苦的充满毒汁的躯体？以前那躯体似乎并不令人痛苦，可是现在他看穿了。

回归那稀里糊涂的大脑？回归那杂乱无章的思路？回归那摇唇鼓舌的嘴巴，继续发出他人理解的信号？回归那双现在看来比全盲更糟糕的眼睛？回归道德的卑劣，回归仕途的谄媚，回归心灵的无知？

“也许有一天。”他自言自语说。

“咱们有好多事要干，好多地方要看，”陶萨说，“咱有好多东西要学习呢。咱会发现——”

是的，他们能发现新事物。也许是文明，那种文明将会使人类文明相形见绌而显得微不足道。还有美，更重要的是对那种美的心领神悟。还有以前从未体验过的伙伴情谊——以前没有一个人，没有一条狗曾经体验过的伙伴情谊。

还有生命。在似乎昏昏沉沉地生存之后还有生命效率的敏捷。

“我不能回去。”陶萨说。

“我也一样。”福勒说。

“他们会把我变回一条狗。”陶萨说。

“他们会把我变回一个人。”福勒说。

（江亦川　译）

库特纳夫妇[1]

1940 年，两位奇幻作家结为夫妇，一个夫妻档的科幻作家组合从此诞生。这两位作家就是亨利·库特纳（Henry Kuttner）和 C. L. 穆尔（C. L. Moore）。婚前，库特纳的主要作品是发表在《怪谭》（*Weird Tales*）上的奇幻和恐怖小说，以及发表在《惊险神奇故事》（*Thrilling Wonder Stories*）和《惊人故事》（*Startling Stories*）上的幽默科幻；穆尔则主要为《怪谭》创作浪漫奇幻，偶尔也给《惊异》写写科幻。

二人婚后的多数创作都是某种程度上的合作。他们用过的笔名有 17 个之多，其中最重要也是二战期间给《惊异》投稿时所采用的，是刘易斯·帕吉特（Lewis Padgett）和劳伦斯·奥唐内尔（Lawrence O'Donnell）。1942 年初，库特纳和穆尔夫妇共同创作的这些新式小说，开始出现在《惊异》上；在接下来的十年里，他们将

1. 标题"Mimsy Were the Kuttners"化用了库特纳夫妇的短篇小说《全都馍馍碎，那些鹁鹕鸽儿》（"Mimsy Were the Borogoves"）。"Mimsy"是刘易斯·卡罗尔根据"flimsy"和"miserable"自创的词，无实际意义。

有 47 篇小说登上这本杂志，其中发表于 1942 年至 1947 年间的占 41 篇，署名帕吉特和奥唐内尔的各有 33 篇和 9 篇，剩下的则以库特纳和穆尔各自的名义发表。

库特纳与穆尔夫妻二人在风格上的蜕变，一如罗伯特·西尔弗伯格后来以文学家的身份重新登场。这种变化也许是二人天赋结合出的崭新产物，也许是为创造一种新式小说的有意为之，无论如何，库特纳和穆尔开始了他们的联手创作，这些作品内容离奇，常常具有出人意料的文学质量。

大部分出自库特纳之笔的短篇小说，通常署名刘易斯·帕吉特，这些小说包括《怪物》《存钱罐》《全都馍馍碎，那些鸫鹉鸽儿》《枝到折时》《急你所需》《明日来电》《罪眼》；两部中篇《仙灵棋子》（“The Fairy Chessmen”）、《明日复明日》（“Tomorrow and Tomorrow”）、酗酒发明家加拉格尔（Gallagher）系列，以及具有心灵感应能力的变异人“光头仔”（“Baldies”）系列。他以奥唐内尔的名义写了《夜战》（“Clash by Night”）的大部分，还写了长篇小说《怒》（*Fury*）。后来，《奇幻与科幻杂志》以库特纳的名义发表了《两只手的武器》（“Two-Handed Engine”）。

大部分出自穆尔之笔的作品，则以她本人或奥唐内尔的名义发表。这些作品包括《童稚时刻》（“The Children’s Hour”）、《绝代佳人》（“No Woman Born”）、《佳年美季》（“Vintage Season”）。发表于《惊异》1946 年 9 月号上的《佳年美季》和《全都馍馍碎，那些鸫鹉鸽儿》，是库特纳—穆尔创作的最优秀的作品，这两篇小说也双双入选美国科幻作家协会出版的选集《科幻名人堂》（*The Science Fiction Hall of Fame*）。

在科幻领域中，合作创作的情况异常多见。此类合作的形式多种多样，成果也各分优劣。在最好的情形下，合作起来的工作效率与单独工作时相当，甚至更快，而其成果是他们单独工作时产生不了的。有些合作者负责各自独立的部分，然后重新改写对方的文字；有些是其中一位写一份草稿，再给另一位做最终修订。最成功的做法似乎是从头到尾紧密合作，一个人从另一个人停笔之处续写下去。至少，这是弗雷德里克·波尔和西里尔·M. 科恩布鲁斯（Cyril M. Kornbluth）的做法，也是库特纳夫妇的做法。

在平装本《怒》的前言中，穆尔记录了他们的创作方式：

> 我们会讨论很久，把基本概念、背景和角色确定下来，然后，不管是我还是他有了动笔的念头，就坐下来开始写。一个人往下写，另一个人对故事还很陌生，就能看出故事接下来的走向，然后就让他接管过来。我们一边写，一边构想情节。我们一直交替着写，直到最后结束。这样子写起来很快。
>
> 我们接过对方的稿子以后，都会做几处修改，常常是修改一两句话，或者换一种表述，让各自的文风融合。我们从来没有过意见非常不合的时候。在我的记忆里，最严重的意见冲突是这么结束的——我们其中一个人说："好吧，虽然我不同意，不过既然你这么坚定，那就照你的来吧。"

1948 年，库特纳夫妇对《惊异》的贡献已经不多，只发表了几个短篇小说。他们在此之前已经回到了库特纳的出生地洛杉矶，之后，库特纳在这座城市拿到了南加利福尼亚大学的学士学位，差一点就读完了英文系的硕士课程（1958 年，44 岁的他死于心脏病）。穆尔也取得了学士和硕士学位。

二人在这期间的科幻创作大幅减少，一方面是因为忙于学业，另一方面是因为他们创作了7部长篇神秘小说——其中5部创作于1956年到1958年——并向《惊人故事》和《惊险神奇故事》投稿了9部长篇或中篇科学奇幻[1]。库特纳死后，穆尔在南加利福尼亚大学教授小说创作，为华纳兄弟的《独行侠》[2]和《日落大道77号》编写剧本，直到后来再婚。

库特纳夫妇的科幻高产期只有短短的六年，但他们帮助《惊异》度过了那个战争年代——当时，坎贝尔吸引到《惊异》来的那些作者——海因莱因、阿西莫夫、德·坎普、范·沃格特、斯特金，以及一些崭露头角的新人——正忙于其他事务，尤其是为战争出力。库特纳夫妇用他们高超的写作技巧延续了黄金时代的生命，维护了科幻小说的品质。随着他笔名众多的秘密为世人所熟知，1945年，在一次读者投票活动中，库特纳当选为最受欢迎的科幻作家。

更重要的是，他们拓宽了科幻的边界，将文学质量和文化影响方面的考量融入科幻；他们发展了科幻的写作技巧，将普遍存在于主流文学中的技法纳入科幻；他们延伸了科幻的视野，将科幻以外的丰富文化传统归入科幻。在之后的二十多年里，科幻沿着库特纳夫妇二人开拓的道路，继续向前发展。

（穆童、憬怡　译）

1. 通常认为，科学奇幻是科幻和奇幻的混合类型，但它并不存在一个确切的定义。
2. 这部剧集就是NBA球队达拉斯独行侠名字的直接来源。

全都馍馍碎，那些鹁鸪鸽儿

［美国］刘易斯·帕吉特
（亨利·库特纳　C. L. 穆尔）

试图描述安萨豪斯顿或是他周围的环境是没用的，一则是自公元 1942 年算起，已经过去好几百万年了。二则，实际上讲，他并不在尘世。他正在一个相当于实验室的环境中，保持着一种相当于站立的姿态。他正在准备测试他的时间机器。

接通电源后，安萨豪斯顿突然意识到盒子是空的。这样可不成。这个设备需要一个对照物，也就是一个会对另一个时代的环境有所反应的三维固体。否则当机器返回时，他就无法辨别它在何时去过何地。那个盒子中的固体会自动受到那个时代的熵和宇宙射线轰击的影响，因此当时间机器返回时，安萨豪斯顿就可以测量出其变化，定性又定量。然后计算器就可以开始工作，并立刻告诉安萨豪斯顿，这个盒子已经短暂造访过公元 100 万年、公元 1000 年还是公元 1 年（这要视具体情况而定）。

这种事情原本无关紧要，但安萨豪斯顿却不这么认为。他在很多方面都显得孩子气。

没有多少时间可以浪费了。盒子开始发光和颤动。安萨豪斯顿瞪着眼睛，朝四周急切地张望一番，便冲进邻近的杂物间，在一个储存箱里摸索起来。他拿出一包形状奇特的东西。喔喔。是儿子斯诺温丢弃的一堆玩具。它们都是那孩子在掌握了必要的技术之后，在从尘世迁来时带过来的。嗯，斯诺温不再需要这些零头碎脑了。他已经适应了眼下的环境，就把这些孩子的玩物丢到一边了。虽说安萨豪斯顿的妻子出于感情原因还保存着它们，但眼前的实验更为重要。

安萨豪斯顿离开杂物间，把这堆东西都丢进盒子，赶在警告信号闪烁前砰地盖上了盖子。盒子消失了。它离开的方式让安萨豪斯顿的眼睛灼痛了一下。

他等待着。

长时间等待着。

最终他死心了，又造出一台时间机器，但还是同样的结果。斯诺温没有因为失去旧玩具而恼火，斯诺温的母亲也是如此，所以安萨豪斯顿索性彻底清理了存储箱，把儿子剩余的童年纪念品都丢进了第二个时间机器的盒子里。

根据他的推算，这台机器应该会出现在人间，时间是公元 19 世纪后半期。如果真是这样，那么那个装置还留在那里。

安萨豪斯顿感到厌烦，决定不再制造时间机器。但乱子已是既成的事实。共有两个时间机器，我们先来看看第一个的命运吧……

斯科特・帕拉戴恩在从格伦代尔文法学校逃学时发现了它。那天有地理考试，斯科特认为去记那些地名没什么意义——在 1942 年，这是一个相当有见识的看法。再说那天是温暖的春日，微风拂面，略送清凉，男孩舒适地躺在田野里，凝视着偶尔飘过的云朵，昏昏欲睡。去他的地理考试吧！斯科特打起盹儿来。

到了中午，他感到饥饿，就迈着粗壮的小腿来到附近一家商店。他令人敬佩地无视了胃里的翻江倒海，锱铢必较了一番，才花掉了口袋里小小的积蓄。他沿着小溪一边走，一边吃东西。

斯科特吃完奶酪、巧克力和饼干，喝光了那瓶苏打汽水，然后抓到几只蝌蚪，带着几分对于科学的好奇心观察起来。他没能坚持多久。有东西从河岸上滚下来，嘭地落到河边的泥泞地面上，于是斯科特警觉起来，环顾一下四周，急忙跑过去看个究竟。

那是一个盒子。对，正是那个盒子。套在外面的那个小装置对于斯科特来说意义不大，让他感到好奇的是：为什么它熔化和烧焦得如此严重？他开始琢磨起来。他掏出大折刀撬来挖去，舌头从嘴角探出来——嗯哼。周围没有人。盒子是从哪里来的呢？一定是有人把它留在这儿，滑动的泥土把它从那个不稳固的位置冲下来了。

“这是个螺旋体。”斯科特断言。这可就大错特错了。它是螺旋形的不假，但它并不是螺旋体，因为里面包含着一种扭曲的空间维度。如果这东西是一架模型飞机，不管怎样复杂，在斯科特看来也不会有这么神秘。事实上，疑问出现了。斯科特意识到，这个装置要比他上星期五熟练拆解掉的那个弹簧汽车玩具要复杂得多。

但除非自己被别人强行拖走，不然，没有哪个男孩会让一个盒子就那么关着。斯科特更深地抠挖起来。这东西的角度可真好玩。有可能是短路了吧？这就是为什么……哎哟——刀子打滑了。斯科特吮吸着拇指，嘴里蹦出了几句粗话。

也许是个八音盒。

斯科特不应该感到沮丧。这个小玩意儿准会叫爱因斯坦急得挠头，也会让斯泰因梅茨[1]气得发疯的。当然，问题在于，这盒子还未

1. 德裔美籍电机工程师和发明家，促成了交流电技术的发展。

完全进入斯科特所在的时空连续统一体，因此它是无法打开的。无论如何，在斯科特用一块趁手的石头将这个螺旋形非螺旋体盒子敲进一个更趁手的位置之前，这个盒子始终打不开。

事实上，他是从盒子与第四维度的接触点敲击的，释放出它一直保持的时空扭矩。传来一记尖厉的断裂声。盒子轻轻震颤了一下，就一动不动了，它不再只是部分存在着。这样一来，斯科特很容易就把它打开了。

那只柔软的编织头盔首先进入眼帘，他没有多少兴趣，便丢在一边。那只是一顶帽子罢了。接着，他举起一块方方正正的透明水晶块，它小到足以握在手掌里。它真的是太小了，怎么居然容纳得下它内部那个迷宫似的装置呢？斯科特立刻解决了这个问题。水晶本身是一种放大镜，所以才显著放大了里面的东西。那些东西也很奇怪。例如，那些微型小人——

它们居然在动。像发条钟表里的自动小人，不过动作要自然得多。就像是在看一场戏似的。斯科特对它们的服装很感兴趣，但它们的行为更让他着迷。小人们在灵巧地建造一座房子。斯科特很盼着它着火，这样他就能看到它们灭火的场面了。

那个还未竣工的房子熊熊燃烧起来。那些机械小人动用大量奇怪的装置熄灭了火焰。

斯科特很快就明白了是怎么回事，但他有点儿不安。这些假人会听从他的想法。他发现这一点的时候吓了一跳，就把那块水晶扔掉了。

他朝河岸走到一半，考虑了一下，又原路返回来。水晶部分浸在水里，在阳光下闪闪发亮。这是一个玩具——斯科特以孩子准确无误的本能意识到这一点。但他没有立刻把它捡起来。他返回到盒子那里，查看里面的其他东西。

他发现了一些非常棒的小玩意儿。这个下午过得太快了。最后，斯科特把玩具一概放回盒子里，气喘吁吁地把它拖回家。他到厨房门口时，已经脸色通红了。

他把这些东西藏在楼上自己房间的壁橱后部。他把那块水晶丢进衣服口袋里，鼓囊囊的口袋里已经装满了各种东西：绳线，一卷铁丝，两便士硬币，一沓锡箔纸，一张脏兮兮的国防邮票[1]和一块长石[2]。艾玛——斯科特两岁大的妹妹，摇摇晃晃地从门厅走进来，说了声“哈啰”。

“哈啰，懒虫。”斯科特点点头，俨然是一个七岁零几个月大的哥哥。他会竭力摆出当哥哥的派头来，但后者可不觉得有什么不同。矮胖的艾玛眼睛睁得大大的，扑通一声坐到地毯上，愁眉苦脸地盯着自己的鞋子。

“斯科特，系鞋带带，好吗？”

“你这小笨蛋，”斯科特口气温和地说，给她系好了鞋带，“要吃晚饭了吗？”

艾玛点点头。

“让哥哥看看你的手。”说来也怪，它们还算是相当干净的，虽然可能说不上无菌。斯科特若有所思地看着自己的那双小爪子，做了做鬼脸，就去了洗手间，潦草地洗漱了一下——蝌蚪们在那上面留下了痕迹。

晚餐前，丹尼斯·帕拉戴恩和妻子简在楼下客厅喝着鸡尾酒。他是一个还显年轻的中年男子，有着一头灰白发和一张略显瘦削的面孔，嘴角总是露出一本正经的神情。他在大学教哲学。简身材娇

---

1. 一战到二战期间美国财政部发行的特殊邮票，用于帮助募集军费。
2. 一种含有钙、钠、钾的铝硅酸盐矿物。

小匀称，肤色较黑，容貌漂亮。她一边喝着马提尼酒，一边说：

“这是新鞋子。喜欢吗？”

“为犯罪干杯，”帕拉戴恩心不在焉地咕哝着，“啊？鞋子？先不说这个。等干了这杯再说吧。今天真是很糟糕。”

“因为考试吗？”

“是的。那些狂热的年轻人个个都想在我跟前充大人。我恨不能他们都死掉算了，而且不得好死。因沙安拉！”

“我要橄榄。”简请求道。

“我知道，”帕拉戴恩沮丧地说，“我自己都有几年没尝过了。我是说喝马提尼的时候。就算我在你的酒里放上六颗橄榄，你也还是不满意。”

“我就是想要你的。歃血兄弟情——象征性符号嘛。就是这么回事。”

帕拉戴恩狠狠注视着妻子，交叉起他的长腿。“你说话的口气就像我的一个学生。”

“也许像贝蒂·道森那个贱人吧？”简扯扯指甲，“她还用那可恶的骚眼睛挑逗你吗？”

“是的。那孩子就是心理有问题。还好她不是我的孩子。如果她是……”帕拉戴恩意味深长地点点头，“性意识强，看了太多电影。我觉得，她还以为只要冲我露出大腿，考试就能及格呢。对了，那双腿真是皮包骨头。”

简带着自负的神情扯了一下裙子。帕拉戴恩分开双腿，又倒了一杯马提尼酒。“说实话，我真不知道教那些猴崽子哲学有什么意义。他们过了那个年龄。他们习惯的模式，他们的思维方法，都已经定型了。他们非常保守，却还不肯承认。能够理解哲学的，只有成熟的成年人，或者像艾玛和斯科特这样的小孩子。”

“哦，可别让斯科特去上你的课，”简请求说，“他当哲学博士还早着哩。我可不赞成培养什么神童，尤其是对于我的儿子。”

“斯科特可能比贝蒂·道森更适合学哲学呢。”帕拉戴恩嘴里咕哝着说。

“他在5岁时就挂了，就像是个衰弱的老傻瓜。[1]”简梦呓似的引用了一句诗，“我想要你的橄榄。”

“给你。对了，我喜欢你这双鞋子。”

“谢谢啦。罗莎莉过来了。吃晚饭吗？”

“都准备好了，帕拉戴恩抬抬（太太），”罗莎莉踌躇地说，“我这就去叫艾玛小姐跟斯科特先僧（先生）。”

“我来叫。”帕拉戴恩把头伸进隔壁房间大吼一声，“孩子们！快点儿过来！”

一双小脚匆促地跑下楼梯。斯科特冲进大人的眼帘，看上去干净而闪亮，额前翘起的一绺头发桀骜不驯地指向上方。艾玛紧随其后，小心翼翼地抬脚走下楼梯。她本想挺直身体走下来，但中途胆怯地转过身来，像猴子那样倒退着爬完剩下的楼梯，小屁股配合着双手的移动忙个不停。帕拉戴恩入神地注视着这一情景，直到被冲过来的儿子猛然撞了一下。

“喂，爸爸！”斯科特尖叫一声。

帕拉戴恩回过神来，做出威严的姿态看着斯科特。“嗨，小子。你得搀着我去吃饭了。你至少把我的一个髋关节撞脱臼了。”

但斯科特已经冲进隔壁房间，他喜不自胜，结果踩到了简的新鞋子。他随口说了声抱歉，就冲到一边，找到他在餐桌前的位置。帕拉戴恩皱着眉头跟在后面，艾玛胖乎乎的小手紧紧抓着他的食指。

1. 引自英国诗人和剧作家威廉·施文克·吉尔伯特的作品《责任的奴隶》。

“不知道那小鬼都在鼓捣什么？”

“恐怕不是什么好事，”简叹了口气，“嗨，宝贝儿。让咱们来看看你的耳朵。”

“它们都很赶京（干净）。米基舔过了。”

“嗯，艾尔达犬[1]的舌头也比你的耳朵干净多了，”简想了想，还是匆促地检查了一下，“要是你还能听到声音，就说明脏东西都在表面。”

“饱面？”

“就是只有一点点了。”简把女儿拉到桌前，将她的双腿塞进一把高椅子里。直到最近，艾玛才获得了和家人共同进餐的资格，但正如帕拉戴恩所说，她因此变得骄傲自大了。大人早就提醒过艾玛：只有婴儿才会吃饭掉东西。结果，她把勺子送到嘴边总是那样小心翼翼的，帕拉戴恩每次看见，都感到心神不宁。

“艾玛需要一条传送带，”他建议说，并为简拖出一把椅子，“每隔一会儿，就将一小桶菠菜送到她嘴巴跟前。”

晚餐吃得很平静，直到帕拉戴恩瞥了一眼斯科特的盘子。“嗨，小子。病了吗？中午不是挺能吃的吗？”

斯科特若有所思地望着面前吃剩的食物。他解释说：“爸爸，我不用再吃了。”

“你向来都是肚皮能装多少就吃多少，就是这样还打不住呢。”帕拉戴恩说，“我知道男孩长身体期间一天需要很多食物，但你今晚却低于标准了。你感觉还正常？”

“哦嗯。真的，我不用再吃了。”

“吃饱了？”

---

1. 一种大型猎犬，腿长、毛硬直、皮毛呈带黑斑的棕色。

“对。我每样饭菜都吃一点儿。”

“老师教过这个？”简追问道。

斯科特一本正经地摇摇头。

“没人教过。我自己想到的。我还用过口水。”

“再说一次，”帕拉戴恩说，“你用错字眼了。”

“哦……唾……唾液。唔？”

“哦嗯。唾液里有更多的胃蛋白酶？简，唾液里有胃蛋白酶吗？我不记得了。”

“我的唾液里有毒药，”简说，“罗莎莉捣的土豆泥里又有整块的。”

但帕拉戴恩对刚才的话题很感兴趣。“你的意思是，你是尽可能从食物中吸收营养，一点儿也不浪费，所以才吃得少？”

斯科特想了一会儿。“我想是这样。不只是口……唾液。我会大致估算一次放入嘴里多少食物，要搭配哪些东西。我也不知道为什么。反正我就是这么做的。”

“嗯嗯，”帕拉戴恩说着，记下这些话，以备日后复查，“一个相当有突破性的想法。”孩子们经常会有一些古怪的想法，但这个可能并不那么离谱。他噘起嘴唇。“说到底，我想每个人的饮食都很不一样，我指的是他们吃饭的方式，还有东西。我是说他们吃的东西。简，咱们的儿子表现出天才的迹象了。”

“哦？”

“他刚才说出了一个很好的营养学观点。是你自己想出来的吗，斯科特？”

“当然啦。”男孩说，连他自己也真的相信这一点了。

“你是怎么想出来的？”

“哦，我——”斯科特扭动身子，“我不知道。我想这没什么大不了的。”

帕拉戴恩大为失望。“但是，那肯定——”

“口……口水！”艾玛尖叫起来，突然产生的不适感让她难以自控。“口水！”她想演示一下，结果只是让口水淌到了围兜上。

简露出无可奈何的表情，帮女儿擦干净口水，又数落了她，而帕拉戴恩仍在好奇而困惑地望着斯科特。直到晚饭过后，回到客厅，事情才有了新的进展。

“有家庭作业吗？”

“没，没有。”斯科特惭愧地红着脸说。为了掩饰窘迫感，他从口袋里掏出他在那个盒子里找到的一个小玩意儿，开始打开它。那东西就像一个用珠子穿成的立方体四维模型。帕拉戴恩起初没有看到，但艾玛看到了。她想要过来玩。

“不行。一边儿去，懒虫，”斯科特命令道，“你可以看我玩。”他摸着珠子，发出柔和有趣的声音。艾玛伸出肥嘟嘟的食指，嚷叫起来。

“斯科特。”帕拉戴恩警告说。

“我又没惹她。”

“咬我了……那个东西。”艾玛委屈地说。

帕拉戴恩抬起头来。他皱起眉头，瞪着眼睛。那是什么——

“是算盘吗？”他问，“给我看看好吗？”

斯科特有点儿不情愿地拿着那个小玩意儿，走到他父亲的椅子跟前。帕拉戴恩眨了眨眼睛。这个“算盘”展开后超过一平方英尺，由又硬又细并在各处交叉的金属丝构成。那些金属丝上穿着些彩色珠子。它们可以来回滑动，从一个支撑点滑到另一个支撑点，甚至可以滑过连接点。但是，穿在上头的珠子不可能穿过交叉的金属丝……

所以很显然，它们不是被穿在上面的。帕拉戴恩更仔细地端详着。每个小珠子都被外边的一条深槽环绕着，这样它可以一边旋转，一边沿着金属丝滑动。帕拉戴恩试图拉出一颗珠子。它像磁铁一样吸附在上面。是铁做的？看上去更像塑料。

那个框架本身——帕拉戴恩并不是数学家。但这些金属丝形成的角度多少有些令人惊愕，因为它们显得很荒谬，不符合欧几里得逻辑。它们是一个迷宫。也许这小玩意儿是一种智力玩具。

“你从哪儿弄来的？”

“哈里舅舅给我的，”斯科特下意识地脱口而出，“上个礼拜天，他过来的时候。”哈里舅舅出城了，斯科特很清楚这一情况。男孩到了 7 岁很快就会知道，成年人的反复无常也有定规可循，他们对礼物的赠予者总是表现得大惊小怪。而且，哈里舅舅几周内都不会再来。对斯科特来说，这段时间简直漫长得难以想象，至少可以说，他的谎言最终会被发现这一事实，和允许他先保住这个玩具的好处相比，就不算什么事儿了。

当帕拉戴恩试图摆弄珠子时，他开始有些迷惑。那些角度奇怪得不合逻辑。它就像是一个智力玩具。这颗红色珠子，如果沿着“这条”金属丝滑到“那个”连接点，就应该到达“那里”才对，但它偏偏没有。一个迷宫，非常奇特，但无疑有益于智力开发。帕拉戴恩有十足的把握认为，他自己可没耐心去摆弄这个东西。

但斯科特却很有耐心，他待在一个角落里，来回滑动珠子，手指不断摸索着，嘴里嘟哝着。当斯科特选错珠子，或者试图朝错误方向滑动时，珠子就会有点儿“扎”手。最终，他喜不自胜地叫起来。

“我成功了，爸爸！”

“唔？什么？让我看看。”在帕拉戴恩看来，这个装置和之前没什么不同，但斯科特却一脸喜色地指点着。

“我让它消失了。”

“它还在那儿啊。”

“我说的是那颗蓝珠子。它现在不见了。”

帕拉戴恩不相信，所以他只是不屑一顾地哼了一声。斯科特再次琢磨起这个框架来。他做了试验。这一次没有任何冲击感，连轻微的感觉都没有。那个算盘已经向他展示了正确的方法。现在该由他自己来玩了。不知何故，那些金属丝原本怪异的角度，现在似乎不那么令人困惑了。

这是一个非常益智的玩具。

斯科特心想，它的玩法很像那个水晶块。他想起那个小玩意儿，便从口袋里掏了出来，并把算盘让给艾玛玩，艾玛喜出望外。她开始滑动珠子，这次没有对那种冲击感提出抱怨——其实震动很轻微。她擅长模仿，于是成功地几乎跟斯科特同样快地使珠子消失了。蓝色珠子再次出现了——但斯科特没有注意到。他早就有意退到长沙发一角，坐在旁边那把带软垫的椅子上，自得其乐地玩着水晶块。

这个东西里头有小人，是那种被晶体放大了很多倍的微型假人，而且它们在走动——千真万确。它们建造了一座房屋。房子着了火，火焰看起来就和真的没什么两样，等着有人把它扑灭。斯科特急切地喘了一口气。“把火灭掉！”

可是毫无动静。之前出现过的那辆带有旋转长臂的古怪消防车，怎么不见了呢？嘿，它开过来了。它平稳地开进起火现场，停了下来。斯科特催促它赶快灭火。

这真的好有趣。就像上演一出戏，只不过更真实。小人们照斯科特的意思去做，他脑子里想什么，它们就干什么。如果他想错了，它们就等到他找到正确方法。它们甚至为他提出了新问题。

那个水晶块也是一个非常益智的玩具。它在教斯科特怎么操作，速度惊人，而且整个过程其乐无穷，但它尚未教给斯科特真正的新知识。他还没有准备好。慢慢来，不着急。

艾玛玩腻了那个算盘，就起身去找斯科特。她找不到哥哥，在他的房间里也找不到，但壁橱里的东西曾经让她感到好奇。于是她发现了那个盒子。里面装着一个宝贝：一个洋娃娃，斯科特已经注意到了，但却不屑地把它丢在那里。艾玛尖叫着把洋娃娃带到楼下，蹲在地板中央，开始动手把它拆开。

“亲爱的！那是什么？”

“熊先生！”

显然不是熊先生，熊先生是瞎子，没有耳朵，可它柔软肥胖的身体摸起来很舒服。所有的洋娃娃一概被艾玛叫作熊先生。

简·帕拉戴恩踌躇了一下。“你是从哪个别的小女孩那儿拿来的吧？”

“不是。是我的。”

斯科特从藏身处走出来，把那个水晶块塞进口袋里。“呃，那是哈里舅舅给的。”

“是哈里舅舅给你的吗，艾玛？”

“他交给我，让我送给艾玛的，”斯科特匆忙插言，又给自己的欺骗行为添加了一句谎话，“就在上个星期天。”

“你会把它弄散架的，亲爱的。”

艾玛把洋娃娃拿给她的母亲看。“瞧，她散开了！”

“哦？这……喔唷！”简倒吸了一口气。帕拉戴恩迅速地抬起头来。

“怎么啦？”

她带着洋娃娃走到他跟前，迟疑了一下，意味深长地看了帕拉戴恩一眼，然后走进餐室。他跟过去，关上了门。简已经把洋娃娃放在收拾好的桌子上了。

“这东西可不怎么好，对吗，丹尼？”

“哦……嗯嗯。”乍看上去，那东西相当令人厌恶。人们可能会以为那是一家医学院的人体解剖模型，但作为孩子的洋娃娃……

这东西的各个部分都被拆卸开来，皮肤、肌肉、器官，就帕拉戴恩看到的而言，它们尺寸微小，但非常精美。他很感兴趣。“我不知道。这种东西对孩子来说，含义可不一样。”

“看看那个肝脏。那是肝脏对吗？”

“对。唔，要我说……这东西很滑稽。”

“什么？”

“从解剖学上说，它还是不完善。”帕拉戴恩拉过一把椅子，“消化道太短。没有大肠。也没有阑尾。”

“艾玛应该玩这种东西吗？”

“我自己倒是不介意有这个东西，”帕拉戴恩说，“哈里到底是从哪儿弄来的呢？不，我看不出它有什么害处。成年人见到内脏自然会感到不舒服。小孩子不会。他们以为那里面都是固态的，就像土豆一样。艾玛可以从这个娃娃身上学到可靠的生理学知识。”

“可那些东西是什么呢？是神经吗？”

“不，这个才是神经。动脉在这儿；这里是静脉。主动脉有点儿怪啊……”帕拉戴恩一脸困惑，“这个是……网络这个词用拉丁语怎么说？好像是……嗯？*Rita? Rata?*”

“*Rales*[1]。”简随口说了一个词。

“这是一种呼吸系统，”帕拉戴恩言之凿凿地说，“我搞不懂这种发亮的网络一样的东西是什么。它遍布全身，就像神经系统一样。”

“血液。”

1. “网络”的拉丁语其实是“rete”。

“不是。不是循环系统，也不是神经系统——真奇怪！它似乎是与肺脏连在一起的。”

他们全神贯注，开始对这个奇怪的洋娃娃苦思冥想起来。它构造的各个细节都十分完备，如此一来，那些背离常规的生理变异在它上面出现就也很奇怪了。“等一下，我去拿解剖学图谱，”帕拉戴恩说着，马上把洋娃娃和解剖学图谱进行比较。他没看出多少端倪，反而变得更加困惑了。

但它比拼板游戏有趣多了。

与此同时，在隔壁房间，艾玛正在来回滑动算盘的珠子。现在，那些珠子的移动似乎并不那么怪异了。哪怕是珠子消失不见的时候。她基本上可以跟上任何新的方向——只是基本上。

斯科特吐着粗气紧盯着水晶块，在大脑里指挥建造一所房子——虽然一开始在指挥上出了很多差错。在构造上，这所房子比先前被火烧毁的那所还要复杂些。他也在学习，在适应新东西。

从一个完全的上帝视角来看的话，帕拉戴恩的错误是，他没有马上把玩具处理掉。他没有意识到它们的重要性，等到他发觉的时候，情况已经进展到难以逆转的地步了。哈里舅舅还在城外，帕拉戴恩无法向他了解情况。同时，期中考试到了，这意味着艰苦的脑力劳动和夜间的精疲力竭；简得了一场小病，持续了一周左右。艾玛和斯科特没了约束，自由自在地操纵着玩具。

“爸爸，”一天晚上，斯科特问他的父亲，“‘wabe’[1]这个词是什么意思？”

“你是说‘wave’吗？”

---

1. “wabe”就是后文那首怪诞的诗歌中出现的“日晷儿”一词。

他犹豫了一下。“我……我觉得不是。有‘wabe’这个词吗？”

“‘Wab’是苏格兰语中是网络的意思——你说的是这个吗？”

“我也弄不懂。”斯科特一边喃喃自语，一边皱着眉头走开了，自娱自乐地操纵着算盘。他现在已经能够灵巧地摆弄它了。但是，出于孩子避免干扰的本能，他和艾玛经常私下里玩那些玩具。当然没有做得很明显——但他们从不当着大人的面去做那些更复杂的试验。

斯科特学得很快。他现在从水晶块中看到的东西，和原来那些简单的问题没有什么关系，但它们涉及的技术非常迷人。假如斯科特意识到他的学习过程是受到引导和监督的——哪怕只是机械地引导和监督——他都可能会失去兴趣。事实上，他的主动性从来不曾受过打击。

算盘、水晶块、洋娃娃……还有孩子们在盒子里发现的其他玩具。

无论是帕拉戴恩还是简，都没有想到时间机器里面的东西对孩子们有多大的影响。他们怎么可能想到呢？孩子是天生的戏剧家，目的是自我保护。他们还没有适应成人世界的种种要求。对他们而言，那些要求有点儿匪夷所思。而且，他们的生活也被人类的可变因素弄得复杂化了。一个成人会告诉他们说，在泥地里玩耍是可以的，但在挖土时不可以拔除花或小树。另一个成人却禁止他们接触泥地。这里的十诫[1]没有被刻在石头上；它们有各种解释，而孩子们只能被动地顺从于那些生养他们并给他们衣食的人，顺从于他们的任性恣睢，他们的颐指气使。幼小的动物并不会怨恨那种仁慈的专制，这是大自然必不可少的组成部分。然而，孩子是一个自由个体，会通过巧妙和消极的抗争来保护个人领地的完整。

1. 上帝在西奈山对摩西下达的十条指令，作为摩西律法的基础。

孩子会在大人的眼皮底下发生改变。就像舞台上的演员，当他想到该怎么做时，他会努力取悦别人，并吸引他们的关注。这种做法成年人并非不熟悉。但成年人却不会表现得那么明显——针对其他成年人。

不能说孩子们缺乏心机。孩子和成熟的动物不同，因为他们用另一种方式思考。我们或多或少可以看破他们的小伎俩，但他们也能看破我们的做作。孩子甚至可以不留情面地戳穿成年人的伪装。他们天生擅长打破某些习气。

例如浮夸和矫饰。那种还没有夸张到近乎荒谬的社交礼仪。譬如评价某个贵妇的专职男伴——

“这么圆滑老练的社交风格！这么一丝不苟地讲究礼节！”年长的贵妇人和金发碧眼的年轻女人往往令人印象深刻。成年人很少会发表不那么令人愉快的评论。但孩子会一语道破天机。

“你们都傻里傻气的！”

一个未成熟的人如何理解社交关系的复杂体系呢？他不可能理解。对他而言，夸张的自然礼仪就是傻里傻气的。以他的生活方式中功能结构的角度来看，这是过度的矫饰。孩子是一个以自我为中心的小动物，他不能站在他人的角度看待自己——当然也不能从成年人的角度。孩子是一个自给自足、近乎完善的自然单位，他的需要由他人满足，就像一个漂浮在血流中的单细胞生物，由他人带来营养物质，运走废物……

从逻辑角度来看，孩子近乎完美。婴儿甚至可能更完美，但这种完美与成年人所理解的完美差别太大，因而只适用于肤浅的比较标准。婴儿的思维过程完全是难以想象的。但婴儿会思考，甚至在出生前就会思考。他们在子宫里活动和睡觉，并非完全出于本能。一个发育基本正常的胚胎或许会思考——对于这一概念，我们往往会做出相当独特的反应。我们会感到诧异或者震惊，或者一笑置之，或者十分反感。人性都是如此。

但婴儿是不通人性的。胚胎更是不通人性。

也许正因如此，艾玛从玩具中学到的东西比斯科特多。当然，斯科特可以表达自己的想法。艾玛却不能——除非使用含义隐秘的信息碎片。例如涂鸦。

给小孩子铅笔和纸，他会画出一些他和成年人有着不同理解的东西。对于婴儿来说，荒诞的涂鸦与消防车几乎没有多少相似之处。也许他的涂鸦甚至是三维的。婴儿的思维方式和眼中所见都和成年人不同。

一天傍晚，帕拉戴恩忧闷地思考着这些问题，他一边读报纸，一边看着艾玛和斯科特交流。斯科特在问妹妹问题。有时候使用英语问。更多的时候是使用莫名其妙的话和手语。艾玛试图回答，但障碍太大了。

最后斯科特拿来了铅笔和纸。艾玛喜欢这种方式。她舌头顶着面颊，费力地写了些什么。斯科特拿起那张纸，细看了一番，皱起了眉头。

“这不对啊，艾玛。”他说。

艾玛用力点了点头。她抓起铅笔，又添加了更多潦草的字迹。斯科特困惑了一会儿，最后迟疑地笑了笑，站了起来。他消失在门厅里。艾玛又去玩那个算盘了。

帕拉戴恩站起身，瞥了一眼那张纸，脑海里冒出一个怪异的念头：艾玛可能突然掌握了书法。但她没有。纸上全是毫无意义的乱写乱涂，那是任何父母都熟悉的涂鸦。帕拉戴恩噘起嘴唇。

这可能是一张图形，显示一只躁狂抑郁症的蟑螂的心理变化，但也可能不是。但毫无疑问，这对艾玛来说是有意义的。也许这张涂鸦代表了熊先生。

斯科特回来了，看上去喜滋滋的。他的目光与艾玛相遇，对她点了点头。帕拉戴恩感到一阵好奇。

“是秘密吗？”

“不是。艾玛……唔……让我为她做点儿事。”

“哦。”帕拉戴恩想起有的婴儿会含糊不清地说些莫名其妙的话，并让语言学家感到困惑，就有意把孩子用完的那张纸塞进口袋里。第二天，他在大学里给埃尔金斯看了那些潦草的字迹。埃尔金斯熟练掌握许多似是而非的语言，但艾玛的文学处女作让他忍俊不禁。

“我大致给你翻译一下吧，丹尼斯。引用原话：我不知道这是什么意思，但是我用它把我老爸耍得团团转。原话结束。”

两个男人大笑起来，于是分头去上课了。但后来帕拉戴恩又想起这件事，尤其是在他遇见霍洛威之后。但那是几个月之后的事。在此之前，情况进一步朝着高潮发展。

也许帕拉戴恩和简对玩具表现出太多关注。艾玛和斯科特开始把它们藏起来，只是私下里拿出来玩。他们从不公开地玩，但玩的时候会不动声色地保持着警觉。简尤其对此略感不安。

一天晚上，她和帕拉戴恩谈起此事。“哈里给艾玛的那个洋娃娃。”

“怎么了？”

“我今天去市中心了，想弄清它是从哪儿买的。没找到。”

“哈里也许是在纽约买的。”

简并不相信。“我也向他们打听了其他东西。他们让我看了库存——约翰逊公司是一家大商店，你是知道的。那里根本没有艾玛玩的那种算盘。”

“嗯嗯。”帕拉戴恩对此并不是很感兴趣。他们当晚有一场演出的票，而且时间不早了。所以这个话题被暂时搁置了。后来一个邻居打电话给简，于是这个话题又跳出来了。

“斯科特以前可从来不那样，丹尼。伯恩斯太太说，他把她家的弗兰西斯吓坏了。”

“弗朗西斯？那个胖嘟嘟的、老是欺软怕硬的小流氓，对不对？就跟他爹一个样。上大二那会儿，就因为他，我有一次还打破了伯恩斯的鼻子。”

“别吹了，听我说，”简一边说，一边搅拌着一杯苏打威士忌，“斯科特给弗兰西斯看了什么东西，结果吓到他了。你难道不应该——”

“我想是这样的。”帕拉戴恩竖起耳朵。隔壁房间的噪声泄露了他儿子的行踪。“斯科特！”

“过瘾！”斯科特说，他面带微笑地出现了，“我把它们都干掉了。太空海盗。你找我吗，爸爸？”

“是的。如果你不急着马上埋掉那些太空海盗的话。你对弗朗西斯·伯恩斯做了什么？”

斯科特的蓝眼睛流露出十足的坦诚。“啊？”

“好好想想。我相信你会想起来的。”

“哦。哦，那个呀。我没不做什么。”

“没做什么。”简心不在焉地纠正道。

“没做什么。我没说谎。我只是让他看看我的电视机，然后……他就吓着了。”

“电视机？”

斯科特拿出了那个水晶块。“其实不是。瞧！”

帕拉戴恩仔细查看了那个小玩意儿，被它的放大效果吓了一跳。不过，他所能看到的只是一堆毫无意义的彩色图案。

“哈里舅舅……”

帕拉戴恩伸手去抓电话机。斯科特开始深呼吸。“哈里舅舅回……回城了？”

“是的。”

“哦，我得去洗个澡了。”斯科特朝门口走去。帕拉戴恩与简目光相遇，会意地点点头。

哈里在家，但他说他根本不知道有关那些古怪玩具的事。帕拉戴恩脸色阴沉，要求斯科特将他房间里的所有玩具都拿到楼下。最后，它们在桌子上摆成了一排：水晶块、算盘、洋娃娃、头盔式的帽子，还有其他一些神秘兮兮的小东西。斯科特遭到盘问。他顽强地撒了一会儿谎，最后还是崩溃了，于是痛哭流涕，抽抽噎噎地供认了实情。

“把这些东西都放进盒子里，”帕拉戴恩命令道，“然后睡觉去。”

“您会……唔……惩罚我吗，爸爸？”

“逃学加上撒谎，会的。你知道规则。两周不能看任何演出，也不能喝汽水。”

斯科特开始喘粗气。“您会没收我的东西吗？”

“我还没想好。”

“哦……晚安，爸爸。晚安，妈妈。”

那个小家伙上楼后，帕拉戴恩把一把椅子拖到桌旁，仔细检查了那个盒子。他若有所思地拨弄着那个熔化了的小玩意儿。简在一旁看着。

“那都是什么，丹尼？”

“不知道。谁会把一盒玩具丢在河边呢？”

“可能是从汽车上掉下来的。

“在那个地点不可能。公路在铁路高架桥北侧，并不挨着小河。那里都是空地，别的什么都没有。”帕拉戴恩点燃了一支香烟，“整点儿酒好吗，亲爱的？”

“我这就去弄。”简去配酒了，眼神悒郁。她给帕拉戴恩端来一杯酒，站在他身后，用手指抚弄着他的头发。“有什么不对劲吗？”

“当然没有。只是……这些玩具是从哪儿来的呢？”

“约翰逊商场那边的人也不知道，他们都是从纽约进货的。”

“我也一直在调查，”帕拉戴恩承认，“这个洋娃娃，”他戳了它一下，“真叫我头大。也许都是定制的东西，但愿我能知道是谁制作的。”

“心理学家？算盘——他们不是用这类东西给人们做测试的吗？”

帕拉戴恩打了个响指。“对啊！我说呢！下周有个家伙要来大学演讲，他叫霍洛威，是个儿童心理学家。他是个大人物，很有名气。他可能知道点儿什么。”

“霍洛威？我没……”

“雷克斯·霍洛威。他是……唔唔！他住得离这儿不远。你认为这些东西会不会是他自己做的呢？”

简在检查算盘。她做了一个鬼脸，退回来。“要真是他做的，我可不喜欢他。不过你应该想办法查清楚，丹尼。”

帕拉戴恩点点头。“我会的。”

他喝着苏打威士忌，皱着眉头。他隐约感到担忧。但他并不恐慌——目前是这样。

雷克斯·霍洛威是一个胖胖的、满面红光的人，秃顶，戴着深度眼镜，眼镜上方那浓黑的眉毛就像两条刺棱棱的毛毛虫。一周后的一天，帕拉戴恩带他回家吃晚饭。霍洛威似乎没在观察孩子，但他们的一言一行都没有逃过他的眼睛。他那双灰眼睛敏锐而明亮，几乎什么也不会错过。

那些玩具使他入迷。在客厅里，三个成年人围坐在桌前。桌子上摆放着那些玩物。霍洛威一边仔细研究着它们，一边听着简和帕拉戴恩讲述。最后他终于开口了。

“我很高兴今晚过来。但也没高兴到哪里去。你们知道吗，这很令人不安。”

“唔？”帕拉戴恩盯着他，简的脸上露出惊愕的神色。霍洛威接下来的话并未使他们镇定下来。

“我们面对的情况可以说是疯狂的。”

他对他们露出的震惊表情报以一笑，“从成人的观点来看，所有的孩子都是疯狂的。读过休斯的《牙买加的劲风》[1]吗？”

“我有这本书。”帕拉戴恩从架子上取下那本小书。霍洛威伸手接过，翻动书页，找到了他想要找的那页。他大声读起来：

“婴儿当然不通人性——他们是动物，具有一种非常古老而复杂文化，就像猫、鱼甚至蛇一样；婴儿和它们属于同一种类，但要复杂和生动得多，因为婴儿毕竟是低等脊椎动物中最发达的一种。简单地说，就思维模式而言，婴儿有自己的措辞和范畴，无法转换成平常人的措辞和范畴。”

简试图坦然接受这一点，但却做不到。“难道你的意思是，艾玛……”

“你能像令嫒那样思考吗？”霍洛威问，“听着：就算你能像蜜蜂那样思考，也不可能像婴儿那样思考。”

帕拉戴恩调制着鸡尾酒。他扭过头来说：“你是否有点儿太过玄虚了呢？我明白了，你是说婴儿有自己的文化，甚至是一种高水平的智力活动。”

“那倒未必。你知道，根本没有什么衡量标准。我所说的就是，

1. 英国作家理查德·阿瑟·沃伦·休斯创作于 1929 年的儿童文学作品。

婴儿的思维方式和我们不一样。倒不一定比我们更好——这是一个相对价值的问题。但通过使用一种不同的外延方式……”他一边搜索字眼，一边做做鬼脸。

“荒诞！”帕拉戴恩相当粗鲁地说，不过他是因艾玛的事而恼火，“婴儿的感官和我们没什么不同。”

“谁说他们的感官和我们不一样了？”霍洛威反问道，“他们只是思维方式和我们不一样，仅此而已。但这已经够了！”

“我在努力去理解，”简慢吞吞地说，“我唯一能联想到的就是我的搅拌机。它可以搅打面糊糊和土豆，但它也能榨橘子汁。”

“差不多吧。大脑是一种胶体，一个非常复杂的机器。我们对它的潜能知之甚少。我们甚至不知道它能掌握多少知识。但我们已经知道的是，随着人这种动物变得成熟，思维也就定型了。它遵循人人熟悉的某些定理，而且此后所有思想基本都建立在想当然的模式上。看看这个，”霍洛威摸了摸算盘，“你们认真地摆弄过它吗？”

“一点点。”帕拉戴恩说。

“但是不多。对吗？”

“这个嘛……”

“为什么不多试试呢？”

“毫无意义，”帕拉戴恩抱怨道，“就算是个谜语，也必定该有某种逻辑。可是那些怪里怪气的角度——”

“你的头脑已经适应了欧几里得[1]。”霍洛威说，“所以这个……东西……叫我们厌烦，似乎毫无道理。但孩子对欧几里得一无所知。一种不同于我们熟知的几何学，不会让孩子感觉不合逻辑。孩子相信他亲眼看到的东西。”

1. 古希腊数学家，被称为“几何之父”。

“你是想告诉我，这玩意儿有第四维的外延性吗？”帕拉戴恩问道。

“反正靠眼睛是看不出来的，”霍洛威解释说，“我的意思是，我们的思维早已适应了欧几里得的理论，所以除了一团不合逻辑的金属丝，别的我们什么也看不到。但是孩子——尤其是婴儿——可能会看到更多的东西。不是从一开始就能看到。这东西当然是一个谜。只有孩子才不会被太多先入之见干扰。”

“思想动脉硬化了。”简插嘴说。

帕拉戴恩没有被说服。“那么婴儿计算微积分会强于爱因斯坦了？不，我不是那个意思。我可以理解你的观点。多少清楚一点儿了。只不过……”

“这样吧，听我说，我们假设有两种几何——为了举例说明，我们限制在两种。我们这一种是欧几里得几何学，另一类，我们姑且称之为 X 几何学。X 几何学与欧几里得几何学关系不大，它是以不同的定理为依据的。在这种几何中，二加二不必等于四；可能等于那里的八[1]，也可能根本不等于啥。婴儿的思维还没有定型，顶多会受到遗传和环境等可疑因素的影响而已。从一开始就给婴儿灌输欧几里得定理……”

“可怜的孩子。”简说。

霍洛威迅速瞥了她一眼。“欧几里得基础理论。字母方块。还有数学、几何学、代数——这些科目要晚得多。我们都熟悉这个教育进程。另一方面，从一开始就给婴儿灌输 X 逻辑的基本理论。”

“方块？什么类型的方块？”

霍洛威看着算盘。“这对我们而言没有多大意义。我们已经习惯

1. 原文为 y8，其中字母 y 是旧式英语的缩写字母写法，相当于定冠词“the”。这种写法和本文标题同样来自《爱丽丝镜中奇遇记》里那首荒诞诗。

了欧几里得。”

帕拉戴恩喝了一口烈性威士忌。“这太可怕了。你说的范围还不局限于数学。”

“对！我不局限于任何东西。我怎么可能那么做呢？但我不可能适应X逻辑。”

“这就是答案所在，”简叹了口气，说道，“谁能适应它呢？一定是适应它的人做出了这种玩具——你显然认为它们都是玩具。”

霍洛威点点头，眼睛在厚镜片后面眨巴着。“这样的人可能是存在的。”

“在哪儿？”

“他们可能更愿意隐藏起来。”

“是超人吗？”

“但愿我知道。你看，阿德林，我们又有了衡量尺度的问题。根据我们的标准，这些人在某些方面可能是超级天才，在其他方面又可能像是白痴。这不是量的差异，而是质的差异。他们的思维跟我们不同。我肯定我们能做某些他们做不了的事情。

“也许他们不愿意做呢。”简说。

帕拉戴恩轻轻敲着盒子上熔化的小物件：“这是怎么回事？它意味着——”

“一个目的，毫无疑问。”

“是传输吗？”

“任何人都会首先想到这个。如果真是这样，盒子可能来自任何地方。”

“那个地方……情况会和我们这里……不一样？”帕拉戴恩慢吞吞地问。

“正是。空间甚至是时间都不一样。我不知道；我只是心理学家。不幸的是，我也习惯了欧几里得。”

“一定是个怪异的地方，”简说，“丹尼，把那些玩具扔掉吧。”

“我就是这么打算的。”

霍洛威拿起水晶块。“你们有好好问过孩子吗？”

帕拉戴恩说：“是的。斯科特说他第一次看水晶块时里面有人。我问过他现在里面有什么。”

“他是怎么说的？”心理学家的眼睛睁大了。

“他说他们在建一个地方。他的原话。我问他是谁——那些人？但他说不出来。”

“是的，我觉得他没法解释，”霍洛威喃喃地说，“那东西一定是有进展性的。孩子们玩这些玩具有多久了？

“我想，大概三个月吧。”

“时间够长了。你们要知道，这个精致的玩具既有益智作用，又是机械构造。它一定具有什么能力，既能让孩子感兴趣，也能潜移默化地教会他们什么。起初是教简单的问题。然后教……”

“X 逻辑。”简说，她脸色苍白。

帕拉戴恩低声骂了一句。“艾玛和斯科特完全正常！”

“你知道他们思考问题的方式吗——现在？”

霍洛威没有说下去。他抚摸着洋娃娃。“了解这些东西来源地的情况会很有趣。归纳法在这里没多大用处。缺少的因素太多了。我们不能想象一个基于 X 因素的世界——那里的环境适用于用 X 模式思考的头脑。看看这个洋娃娃内部的发光网络。没法知道它到底是什么。它可能存在于我们体内，虽然我们还没有发现它。当我们发现适当的痕迹——”他耸耸肩，“你们觉得它是什么？”

那是一个直径两英寸的深红色球体，表面有一个突出的旋钮。

“谁能认出这是什么。”

“那斯科特呢？艾玛呢？”

“大概三个星期前，我才头一回看见它。后来艾玛开始玩。”帕拉戴恩咬了咬嘴唇，“这之后，斯科特也迷上它了。”

“他们是怎么玩的？”

“在面前端着并来回滑动。没有特别的移动模式。”

“没有什么欧几里得模式，”霍洛威纠正道，“起初他们不能理解这个玩具的目的。他们必须受到训练才能理解。

“这太可怕了。”简说。

“对于他们而言并不可怕。艾玛理解 X 逻辑可能比斯科特更快，因为她的头脑还没有适应我们这种环境。

帕拉戴恩说：“但我还能记得小时候做的很多事，甚至是婴儿时候的事。”

“所以呢？”

“我那时候是不是也……疯……了呢？”

“你现在已经不记得的，就是你判断疯狂的标准，”霍洛威反驳说，“我用‘疯狂’这个词，纯粹是作为一种方便的符号，代表与已知的人类标准不同的变异标准，也就是理智的任意标准。”

简放下酒杯。“你说过用归纳法很难，霍洛威先生。但在我看来，你从很少的东西中得到了很多结论。无论怎样，这些玩具……”

“我只是个心理学家，专门研究儿童心理。这方面我不是门外汉。这些玩具对我来说大有文章，主要是因为它们看上去似乎一无所用。”

“你也可能判断错了。”

“哦，我倒希望我判断错了。我想检查一下两个孩子。”

简有些不快。“怎么检查？”

霍洛威解释之后，她点了点头，但仍旧有点儿踌躇。“好吧，可以。但他们不是豚鼠哟。”

心理学家轻轻挥了挥胖嘟嘟的手。“我亲爱的女士！我又不是什么弗兰肯斯坦[1]。对我来说，个体是首要因素——这是自然而然的，因为我是研究思想的。万一小家伙出了什么问题，我想治好他们。”

帕拉戴恩放下香烟，慢慢地看着蓝色烟雾缓缓地盘旋上升，在感觉不到的气流中飘荡着。“你能对问题做出诊断吗？”

“我会尽力的。我只能这么说。如果未开发的思维已经转入 X 通道，那就有必要把它们转回来。我不能说这是最明智的做法，但这可能符合我们的标准。毕竟，艾玛和斯科特总归要生活在这个世界上。”

“是的。是的。我无法相信问题很大。他们看起来没什么特别，完全正常。”

“从表面上看，他们可能是这样。他们也没有理由表现得不正常，对吗？再说，你怎么知道他们的思维是不是和我们不同呢？”

“我这就去叫他们。”帕拉戴恩说。

“那就随意点儿。我不想让他们有戒备心。”

简示意地朝玩具点了点头。霍洛威说：“先不动这些东西吧，好吗？”

艾玛和斯科特被叫来后，心理学家没有立即直接询问他们什么。他不动声色地引导斯科特随意说话，不时加上几句关键的问话，但完全不像字词联想测验[2]那么明显——合作是必要的。

最有趣的进展，出现在霍洛威拿起算盘的时候。“可以告诉我这东西是怎么玩的吗？”

斯科特踌躇了一下。“好的，先生。像这样——”他灵巧地滑动

1. 英国小说家玛丽·雪莱创作的长篇小说《弗兰肯斯坦》中的人物，是一个疯狂的科学家。后来成为罔顾伦理的“科学怪人”的代名词。
2. 一种人格和心理功能测试，要求受试者以脑海中首先浮现的词语，或用指定类别的词语，响应一系列给定词语。

一颗珠子穿过迷宫，走的是一个复杂路径，速度很快，没有人很确定它最终是否消失了。这可能只是一个戏法。然后，霍洛威也试了一次。斯科特看着，皱了皱鼻子。

“这样对吗？”

“哦嗯。应该往那儿滑动……”

“这儿？为什么？”

“哦，只有这样才行得通。”

但霍洛威习惯了欧几里得。珠子为什么要从这条特定的金属丝滑到另一条？没有明显的理由啊。看起来像是一个随机因素。霍洛威还突然注意到，当斯科特演示如何解决那个谜时，这不是珠子之前经过的路径，至少他能辨别出这一点。

“你再做一遍给我看看好吗？”

斯科特照做了，按他的要求又演示了两遍。霍洛威透过眼镜眨眨眼。没错，都是随机的，也是可变的。斯科特每次都沿不同路径滑动珠子。

不知怎么回事，大人们都看不出珠子是否消失不见了。假如他们期待看到它消失，他们的反应可能就会不同。

最后什么问题也没解决。霍洛威道晚安时，似乎很不自在。

“我可以再来吗？”

“当然，”简告诉他，“欢迎随时过来。你还是认为……”

他点点头。“孩子的大脑反应不是那种正常情况。他们一点儿也不笨，但我有一种极不寻常的感觉，就是他们得出结论的方式是我们难以理解的。好像他们使用的是代数，而我们使用的是几何。结论相同，但得出结论的方法却不一样。”

“那些玩具怎么处理？”帕拉戴恩突然问。

“把它们收起来吧。如果可以的话，我想借用一下……”

那天晚上，帕拉戴恩辗转反侧，难以入睡。霍洛威选择的类比真不讨人喜欢。它得出的推论令人心烦意乱。那个 X 因素——孩子们使用的推理方法等同于代数，而成年人却在使用几何。

看起来有道理。只是——

代数能够给你的一些答案，是几何无法给予的，因为某些术语和符号不能用几何方式表达。假设 X 逻辑显示的结论，对于成年人的思维而言是无法理解的呢？

“他妈的！”帕拉戴恩低声骂了一句。在旁边的简微微动了一下。

“亲爱的，你也睡不着吗？”

“睡不着。”他起身走进隔壁房间。艾玛安详地睡着，像一个小天使，丰腴的手臂搂抱着熊先生。透过敞开的房门，帕拉戴恩看到斯科特黑黢黢的头部在枕头上安然不动。

简走到他旁边。他伸出一只胳膊搂住她。

“可怜的孩子，”她喃喃地说，“霍洛威居然说他们疯了。我想我们才是疯子呢，丹尼斯。”

“哦嗯。我们真的太紧张了。”

斯科特在睡梦中翻了翻身。他并未醒来，显然是问了一句什么，但似乎也没有使用什么特别的语言。艾玛发出一阵轻微的呜咽，音调变化幅度很大。

她也没有醒来。两个孩子都一动不动地继续躺着。

但是帕拉戴恩突然感觉胃里作呕，他认为，那很像是斯科特问了艾玛什么事，而艾玛回答了。

假如他们的思维改变了，那么就连睡眠也发生变化了吗？

他抛开这个念头。“你会着凉的。咱们回屋吧。想喝点儿什么吗？”

“我想喝点儿。”简看着艾玛说。她茫然地向孩子那边伸出手来，又把它收回来。“走吧。别把孩子吵醒了。”

他们一起喝了点儿白兰地，但什么话也没说。简后来在睡梦中哭了。

斯科特还没有醒来，但他的头脑在缓慢而谨慎地运转着。他使用的语言是这样的——

“他们会把玩具拿走的。那个胖子……也许有些危险。但是格里克方向不会显示……首先撤离……没有……它们。全程超越……明亮，发光。艾玛。她现在……更加可普拉尼克……高了。我还是不知道如何……萨瓦拉尔利克西里……蒸馏……”

斯科特的一点点想法还可以听懂。但艾玛对X逻辑的适应要快得多。

她也在思考。

不像大人或小孩，甚至不像人那样思考。也许只是像对于人这个种属而言毫不熟悉的一类人那样思考。

有时斯科特自己也很难跟上她的思路。

要不是因为霍洛威的话，生活可能已经基本恢复到常规。玩具不再是多么值得关注的东西。艾玛仍然喜欢玩她的洋娃娃和沙堆，这些都是理所当然的乐趣。斯科特满足于摆弄棒球和他的化学装置。他们做着其他孩子所做的一切，但很少显露出任何反常迹象。但霍洛威似乎仍在小题大做，杞人忧天。

他正在测试那些玩具，结果莫名其妙。他绘制了数不清的图表和示意图，与数学家、工程师和其他心理学联系，暗自疯狂地进行研究，试图寻找到构建出这些小玩意儿的手段和理由。从盒子本身还有它神秘的机件，看不出任何名堂。这东西大部分已经熔化成了矿渣。可是那些玩具……

正是那种随机因素阻碍了调查。甚至就连这个都是语义学的问题。因为霍洛威确信，这并不是真正随机的。只是没有足够的已知因素罢了。例如，没有哪个成年人能操纵那个算盘。而且霍洛威刻意不让孩子去碰那玩意儿。

水晶块也同样神秘。它具有一种离奇的颜色模式，色彩有时还会移动。在这一点上，它就像一个万花筒。但是平衡的改变和重力对它并无影响。又是随机因素。

更确切地说，是那种未知逻辑。X 模式。最后，帕拉戴恩和简又恢复了那种近乎自得的情绪，他们觉得孩子们思维异常的问题已经痊愈了，因为致病的因素已经被消除了。艾玛和斯科特的某些行为，使他们有理由不再担心。

因为两个孩子喜欢游泳、远足、看电影和玩游戏，也爱玩同龄孩子玩的那些具有正常功能的玩具。的确，他们还不晓得如何操作某些令人迷惑、涉及运算的机械设备。

比如，帕拉戴恩偶尔弄到的一个三维拼接游戏球。可是连他自己都觉得很难。

偶尔也会有异常情况。一个星期六下午，斯科特跟父亲一起徒步旅行，两人在一处山顶上歇息。在他们下面，是一片秀美的山谷。

“很美，是吧？”帕拉戴恩说。

斯科特一脸庄重地审视着那种景象。“一团糟。”他说。

“唔？”

“我不知道。”

“怎么一团糟了？”

“啊呀……”斯科特困惑地停顿了一下，“我不知道。”

孩子们思念他们的玩具，但时间不长。艾玛首先恢复过来，但斯科特还是无精打采。他和妹妹说着旁人难以理解的话，琢磨着后者在他提供的纸上画出的毫无意义的凌乱线条。这很像是他在咨询妹妹什么问题，而且是那种超出他理解能力的难题。

如果说艾玛是了解得比较多的，那斯科特则具备更强的智力和操纵技能。他用他那套钢件结构玩具搭建起一个小装置，但并不满意。他不满意的原因，也是帕拉戴恩看到那个装置后突然感到一阵轻松的原因。那就是一个正常男孩会做出的东西，让人隐约联想到立体派艺术家描绘的一艘船只。

它就是有点儿太正常了，让斯科特高兴不起来。他又问了艾玛一些问题，不过都是私下问的。她思索了一会儿，然后笨拙地握住一支铅笔，又制造出一些潦草难辨的笔迹。

“你能看懂那些东西吗？”一天早上，简问儿子。

“其实不是看的。我能理解她的意思。不是全部，但大多数都能理解。”

“那是文字吗？”

“啊不。它的意思不像它看上去那样。”

“象征性符号。”帕拉戴恩一边喝着咖啡，一边说。

简看着他，睁大了眼睛。“丹尼——”

他眨眨眼，摇了摇头。后来，当他们单独在一起时，他说：“不要让霍洛威影响你的心情。我并不是暗示两个孩子是在用一种未知的语言交流。如果艾玛画了一条歪歪扭扭的曲线，说它是一朵花，那就是一种主观化的规则，但斯科特就会记住。下次艾玛画出同样类型的曲线，或者努力去画……呐！”

“没错，”简满怀疑窦地问，“你注意到斯科特最近一直在看书吗？”

“我注意到了。不过没什么不寻常的。他既没读康德的书，也没读斯宾诺莎的书。”

“他就是浏览，仅此而已。”

“嗯，我当初在他这个年龄也是这样。”帕拉戴恩说，然后出门去教上午的课了。他与霍洛威共进午餐——这正在成为一种日常习惯，并谈到了艾玛在文学方面的努力。

“我说的象征性符号是对的吧，雷克斯？”

心理学家点了点头。“很对。现在我们自己的语言只不过是一种主观化的象征性符号而已。至少在它的应用方面是这样。看这儿。”他在餐巾上画了一个细长的椭圆。“这是什么？”

“你的意思是它代表什么？”

“是的。它会让你联想到什么？它大致上可能代表……什么？”

“很多东西吧，”帕拉戴恩说，“玻璃杯的边儿。煎鸡蛋。法式面包。雪茄。”

霍洛威在他的画上加了一个小三角形，顶点与椭圆的一端相连。他抬头看着帕拉戴恩。

“一条鱼。”后者马上说。

“这是鱼的符号，我们都很熟悉。即使不画鱼鳍、眼睛或嘴，我们也认得出来，因为我们已经习惯了用脑海中鱼的形象来识别这个特定的形状。这是猜画谜[1]的基本原理。对我们来说，一个符号隐含的内容，比我们在纸上所看到的更多。当你看这个草图时，你会想起什么？”

“啊……就是一条鱼啊。”

“再想想。你脑海里出现了什么——随便什么都可以！”

“鱼鳞，”帕拉戴恩茫然地望着前面，慢慢地说，“水。泡沫。一只鱼眼睛。鱼鳍。体色。”

“因此，这个符号远远不止代表‘鱼’这个抽象概念。要注意这是一个名词的含义，而不是一个动词的含义。你知道，用象征性符号来

---

1. 用画或符号的形式来代表字词，常在谜语中出现。

表达动作是很困难的。不管怎么说，我们颠倒一下这个过程吧。假设你想为某个具体名词画个象征性符号，比如‘小鸟’。把它画出来吧。”

帕拉戴恩画出两条向下凹陷的相连弧线。

“这是大多数人都能理解的线条。”霍洛威点点头，“象征性符号的自然倾向，就是简化。特别是当孩子第一次看到某种东西，而脑子里缺乏比较标准的时候。他会尝试用他已经熟悉的东西来识别那种新事物。你有没有注意过孩子是如何画海洋的？”他不等对方回答，就接着说，

“一系列高高低低的点的连线。就像记录地震波振幅的曲线图一样。我第一次看到太平洋时，大约是 3 岁。我记得很清楚。它看起来是……倾斜的。一个大平面，按一定角度倾斜。波浪是规则三角形，顶点向上。现在我不会把波浪视为三角形，但后来当我想到波浪时，我只能去找某种熟悉的比较标准。这是获得全新事物概念的唯一途径。普通孩子都想画出这些规则的三角形，但由于协调性差，结果画出的就像是地震波曲线图。”

“这一切意味着什么呢？”

“一个孩子看到大海，他会使它具有某种风格。他画出某种明确的图案，图案对他来说象征着大海。艾玛画的东西也可能是象征性符号。我不是说这个世界在她看起来会有所不同——也许更明亮，轮廓更清晰，更生动，因为可能在她的视平线以上，对外界的感知力有些松弛。我想说的是，她的思维过程是和我们不同的，她会把她所看到的转化成异常的符号。”

“你还是认为……”

“是的，我是那么认为的。她的思维经历了不同寻常的适应过程。也许她把她看到的东西分解成简单明显的模式，并且知晓那些我们无法理解的模式的意义。就比如那个算盘。她从中发现了一个

模式，但我们却觉得那完全是随机的。”

帕拉戴恩突然决定，以后要减少与霍洛威一起吃午餐这种事。这家伙真是危言耸听。他的理论越来越离谱了，只要有什么东西能支持他的理论，不管是否适用，他都会拿来当作谈资。

他带着颇为挖苦的口气说：“你是说艾玛在用一种未知的语言和斯科特交流思想吗？”

“用她的语言难以表述的符号交流思想。我相信斯科特能理解很多——那些涂鸦式的笔迹。对他来说，等腰三角形可以代表任何一个因素，虽然这个因素可能是一个具体名词。一个对代数一无所知的人会明白 H_2O 的意思吗？他会意识到，这个符号能让人联想到海洋吗？”

帕拉戴恩没有回答。不过他对霍洛威提到了斯科特说过的那句奇怪的话：从山上看去，那种景象一团糟。过了一会儿，他就后悔自己的冲动了，因为这位心理学家又开始信口开河了。

“斯科特的思维模式正在从量变积累到质变，和这个世界越来越不相容。也许他潜意识中希望看到产生那些玩具的世界。”

帕拉戴恩不再听下去了。已经听够了。孩子们都很正常，仅存的干扰因素就是霍洛威本人。然而就在那天晚上，斯科特对鳗鲡表现出了一种事后看来非常值得注意的兴趣。

这对于了解博物学并无坏处。帕拉戴恩解释了鳗鲡的情况。

“它们在哪里产卵呢？它们会产卵吗？”

“这仍然是个谜。没人知道它们的产卵地。也许是在马尾藻海[1]或者是在深海，那里的压力可以帮助它们将后代排出身体。”

“真有趣。”斯科特沉思着说。

---

1. 位于北大西洋环流中心的美国东部海区，约有 2 000 海里长、1 000 海里宽。海上大量漂浮的植物主要是由马尾藻组成。

“鲑鱼差不多也是这么做的。它们会游到河的上游去产卵。”帕拉戴恩开始详细描述。斯科特听得着了迷。

“但这么做是正确的，爸爸。它们出生在河里，等它们学会了游泳就游向大海了。然后它们会游回来产卵，对吧？”

“是的。”

“万一它们不回来呢，”斯科特沉思着说，“它们可以只把卵送到……”

“那就需要一个很长很长的产卵器了。”帕拉戴恩说，并用适当的措辞解释了卵生现象。

他的儿子并不完全信服。他争辩说，花儿就会把种子送到很远的地方。

“花儿不会亲自护送种子。很多种子都找不到肥沃的土壤。”

“可是花儿没有大脑呀。爸爸，为什么人们要住在这里？”

“你是说我们格伦代尔市？”

“不——这里。整个地方。我敢打赌，这并不是整个地方。”

“你是说其他行星吗？”

斯科特踌躇了一下。“这只是……一个大地方的一部分。就像鲑鱼洄游的河流。为什么人们长大后不顺着河去海洋呢？”

帕拉戴恩意识到，斯科特是在用比喻的方式说话。他感到一阵寒意。海洋？

那个物种的幼仔不适应它们父母的那个完整世界。等到充分发育之后，它们才进入那个世界。后来它们开始繁殖后代。受精卵埋在河上游的沙子里，然后在那里孵化。

接着幼崽们开始学习。仅仅依靠本能是极为缓慢的。尤其对于一个特殊物种而言，它们甚至无法应付这个世界，无法进食、饮水和生存，除非有人高瞻远瞩地满足了它们的这些需求。

幼鱼要想生存下去，就离不开喂养和照顾。这就需要孵化器和自动仪器。这样它们就会幸存下来，但不知道如何向下游游去，游到更广阔的海洋世界。

所以它们必须接受教育。它们必须在许多方面受到训练和调整。

这是一个轻松、微妙而自然的过程。孩子们都酷爱活动类玩具——如果那些玩具同时……

19 世纪后半叶，一个英国人坐在溪边的草地上。一个小女孩躺在他身边，眼睛凝视着天空。她丢弃了她一直在玩的一个奇怪的玩具，现在正低声哼唱着一支小曲，那人心不在焉地听着。

“你哼唱的是什么，亲爱的？”他终于问道。

“就是我编的东西，查尔斯叔叔。”

“再来一遍吧。”他拿出一个笔记本。

女孩照做了。

“这有什么含义吗？”

她点点头。“嗯，是的。就像我跟你讲过的那些故事一样，你知道的。”

“那些故事很棒，亲爱的。”

“有一天你会把它们写进书里的，对吗？”

“是的，但我必须做很多改动，否则没有人能懂。但是，我想我不会改动你这首小歌的。”

“是的，你不可以改。如果改了，就没什么意义了。”

“我一句也不会改的，”他答应道，“不过，这个小曲到底在说什么呢？”

“是说离开的路吧，我觉得，”女孩迟疑地说，“我还不太确定。我的魔法玩具是这么告诉我的。”

“我要是知道哪家伦敦商店出售那些神奇的玩具就好了！”

“是妈妈给我买的。她死了。爸爸才不管呢。”

她撒了谎。有一天，她在泰晤士河边玩耍时，在一个盒子里发现了那些玩具。它们确实很神奇。

她的那支小曲——查尔斯叔叔认为它没有什么意义。（查尔斯其实不是她的叔叔，她只是那么叫他而已。但他为人很好。）实际上，那支小曲意味深长。它本身指引了出路。目前，她会按照歌曲所说的去做，将来……

但她的年龄已经太大了。她从未找到那条路。

帕拉戴恩不再联系霍洛威。简很不喜欢他，这很容易理解，因为她最需要的就是化解内心的恐惧。既然斯科特和艾玛现在表现得都很正常，简就感到很满足了。这某种程度上只是一厢情愿，帕拉戴恩不能完全赞同。

斯科特不断给艾玛带来小玩意儿，让她过目。通常她都摇摇头。有时她会露出怀疑的表情。她偶尔会表示同意。然后她就会忙碌一个小时，在信纸纸片上大肆涂写一通，斯科特在研究了那些符号之后，就反反复复地来回摆列他的石头、机器零件、蜡烛头和各种各样的小物件。每天女佣都把它们收拾干净，每天斯科特都照常摆列出来。

他屈尊向困惑不已的父亲稍作解释，后者从这个游戏中看不出任何门道。

“为什么这块卵石要摆在这儿？”

“它又硬又圆，爸爸，它就属于那儿。”

“那么这一个呢，它也又硬又圆。”

“喏，那上面有凡士林。当你明白这一点时，你看到的就不是个又圆又硬的东西。”

“接下来放什么？这根蜡烛吗？”

斯科特露出不屑的神色。“那个朝着尽头。下一个是铁环。”

帕拉戴恩心想，这就像是童子军在树林里的侦察小径，一个迷宫里的识路标记。但这里又有随机因素。在斯科特摆列他那些破烂货时，逻辑——熟悉的逻辑——在他的动机面前消失了。

帕拉戴恩走了出去。他扭头看到斯科特从口袋里掏出一张皱巴巴的纸和一支铅笔，朝着蹲在角落里思考着什么的艾玛走去。

简和哈里舅舅一起外出吃午餐了，在这个炎热的星期日下午，除了看报，几乎没什么事可做。帕拉戴恩找到一个最舒适的位置坐下来，拿着一杯冰镇果子酒，入迷地看着报纸上的漫画。

一个小时后，楼上嗒嗒的脚步声把他从瞌睡中吵醒了。斯科特兴奋地喊叫着：“就是这儿，懒虫！快点儿——”

帕拉戴恩迅速站起身，皱起眉头。当他走进大厅时，电话铃响了。简说过会往家里打电话的……

他的手刚放在听筒上，就隐约听到艾玛兴奋而低弱的尖叫声。帕拉戴恩做做怪相。他们到底在楼上折腾什么？

斯科特尖声喊道：“当心！往这边走！”

还在通话的帕拉戴恩神经变得出奇地紧张，他忘了电话，冲上楼去。斯科特房间的门开着。

两个孩子正在渐渐消失。

他们俨然成了碎片，像风中的浓烟，像哈哈镜里的影像。他们手拉手，走向帕拉戴恩无法理解的方向。他在门槛那里眨了一下眼睛，他俩就不见了。

“艾玛！”他叫道，嗓子发干，“斯科特！”

地毯上放着那些破烂货——标志物、卵石和一个铁环——拼成的图案。一个随机图案。一张皱巴巴的纸飞向帕拉戴恩。

他下意识地把它捡起来。

“孩子们，你们在哪里？不要躲着……”

“艾玛！斯科特！”

楼下刺耳而单调的铃音电话停止了。帕拉戴恩看着他手里拿的那张纸。

那是从一本书里撕下来的一页纸。每行字之间有各种线条，页边还有一些符号，都是艾玛那些毫无意义的涂鸦。上面的一首诗被下画线和涂鸦弄到几乎无法辨认，但帕拉戴恩非常熟悉《爱丽丝镜中奇遇记》。他还记得那首诗——

> 有天逡黑儿[1]，油埚埚的螺蜥貛在日艮儿旋迋和钻迵，
> 全都馍馍碎，那些鸫鹋鸽儿，
> 于是离厢里的埠彐呲噶呲噶。

他呆呆地想着：汉普迪·邓普迪[2]解释过。日艮儿是日晷周围的一块草地。日晷。时间……它应该与时间有关。很久以前，斯科特问过我日艮儿是指什么。这是一种符号体系。

> 有天逡黑儿——

这是一个完美的数学公式，所有条件都用符号体系列出来了，

1. 意指“天擦黑”，天快黑了的意思，这里是暗指“下午”。
2. 著名儿歌《鹅妈妈童谣》中的一个蛋形矮胖子，也是刘易斯·卡罗尔的《爱丽丝镜中奇遇记》中的一个角色，在书中向爱丽丝解释了这首荒诞诗开头部分那些单词的意思。

孩子们终于弄懂了它们。地板上那些零头碎脑的东西。“螺蜥獾[1]”必须弄得“油塄塄”的——凡士林？各种东西必须建立起特定的关联，这样它们就能“旋迬和钻迥”。

这太疯狂了！

但对于艾玛和斯科特而言，这并不是疯狂。他们的思维方式不同。他们使用的是X逻辑。艾玛在纸上做的那些笔记……她是把卡罗尔的诗翻译成了她和斯科特都能理解的符号。

那种随机因素对孩子们来说是有意义的。

他们已经满足了时空方程式的条件。于是离厢里的埠彐呲噶呲噶——

帕拉戴恩喉咙里发出一种相当低沉而可怖的惊叫。他看着地毯上那种疯狂的图案。如果他也能像孩子们那样看懂的话……但他看不懂。那种图案看上去毫无意义。随机因素击败了他。他习惯了欧几里得。

就算是他疯了，他还是无法看懂。这疯狂的种类不对。

现在，他的头脑已经麻木了。但不一会儿，那种极端的恐惧就会过去——帕拉戴恩的手指将那页纸揉成一团。

“艾玛，斯科特。”他用一种呆板的声音叫喊道，似乎预料到不会有任何反应似的。

阳光透过敞开的窗户斜射进来，照亮了熊先生的金色皮毛。楼下又响起阵阵电话铃声。

（于海生　译）

1.《爱丽丝镜中奇遇记》中的一种动物，像螺丝，又像蜥蜴，又像獾。

布拉德伯里编年史[1]

雷·布拉德伯里（Ray Bradbury）的出现，使科幻小说第一次符合了外界对它的预期。布拉德伯里的作品刊发在通俗杂志上，入选教科书，甚至再版于中小学校刊上。许多读者对科幻的了解仅限布拉德伯里，直到今天，这个群体依旧这么认为：构成科幻小说的元素不外乎彩色玻璃窗、堆满世纪初遗物的阁楼、发射时有如烟花燃放的火箭、银色蝗虫，以及火星城市的废墟。

科幻对创作者的吸引力一直很不稳定。在科幻史的多数时间里，科幻创作给予作家的回报都低于其他类型文学，这种现象直到近来才有所改观。科幻作家常常转投其他领域：神秘小说、影视剧、漫画书，还有其他专业性的写作活动。只是凭着对所读所写的科幻的热爱，他们才没有彻底放弃科幻，通常他们会不时回到科幻写作中来，即使只是以游客的身份。

布拉德伯里就是一个很好的例子。他的科幻作家之路走得很艰

1. 标题“Bradbury Chronicles”化用了布拉德伯里的短篇小说集《火星编年史》（*The Martian Chronicles*）。

辛。在写过几十篇乏人问津的小说后，他才终于获得杂志的青睐。他的恐怖小说登上了《怪谭》，他的科幻小说卖给了《超科学故事》（*Super Science Stories*）和《行星故事》（*Planet Stories*）。最终，在1945年和1946年，他将怀旧和感伤熔于一炉，形成了自己的独特风格；结合独具感染力的文字魔法，他的作品出现在了光面纸杂志上：先是《美国水星》、《科利尔》、《时尚淑女》和《魅力》，接着有《纽约客》、《哈泼斯》、《时尚先生》、《麦考尔》、《十七》、《麦克林》和《星期六晚邮报》。其中一些入选了玛莎·弗利的《短篇小说年选》。

大约同一时间，布拉德伯里的《百万年野餐》发表在了《行星故事》1946年夏季号上。这是后来一系列作品的开篇，这个系列在1950年结集成册，以《火星编年史》（*The Martian Chronicles*）为名出版。第二年，另一本叫作《图案人》（*The Illustrated Man*）的选集出版。在此之前，阿卡姆书屋在1947年发行过一本他的恐怖小说集，名为《黑暗嘉年华》（*Dark Carnival*）。

克里斯托弗·伊舍伍德（Christopher Isherwood）从科幻的贫民窟里"发掘"出了布拉德伯里，向世界宣告了他的过人天资。不久，布拉德伯里离开科幻，转而投向了回报更高的事业。他写了电影剧本：《宇宙访客》（*It Came from Outer Space*）、《原子怪兽》（*The Beast from 20,000 Fathoms*）以及约翰·休斯顿执导的《白鲸》（*Moby Dick*）。1966年，他的小说《华氏451》（*Fahrenheit 451*）被弗朗索瓦·特吕弗改编成了电影；1969年，《图案人》也被搬上了大银幕。布拉德伯里也创作过戏剧和诗歌。他的《布拉德伯里的世界》（*The World of Ray Bradbury*）和《美妙的冰激凌服》（*The Wonderful Ice Cream Suit*）在洛杉矶成功上演，后者还曾短暂地登上外百老汇的舞台。他还写过其他剧本，包括一部改编版的《白鲸》[1]，

1. 此处是指BBC三台的一部广播剧《利维坦99》。

剧中莫比·迪克变身为一颗巨大的白色彗星。1980年，《火星编年史》被改编为一部令人大失所望的迷你剧，相较而言，《必有恶人来》（*Something Wicked This Way Comes*）在1983年的改编电影或许更能让观众满意。20世纪80年代，布拉德伯里重回犯罪小说领域，创作长篇的神秘小说；他还制作了一档有线电视节目《布拉德伯里剧场》，亲自担任主持人，内容改编自他的系列小说。

布拉德伯里是一个科幻界常见现象的代表——专写短篇的作家；他也能代表另一个更为罕见的群体——从未创作一部长篇、却依然大获成功的短篇作家，哈伦·埃利森就属于这个群体。《华氏451》由一部中篇小说扩写而来；《蒲公英酒》（*Dandelion Wine*，1957）是围绕同一个主人公创作的系列短篇小说；《必有恶人来》（1962）也是一部扩充版短篇小说。布拉德伯里靠短篇小说和小说集确立了自己的声望，这些小说集的辑录标准有时是共同的主题（火星），有时是共同的来源（马戏团畸形秀演员的文身上展示的未来图景）。

虽然布拉德伯里常常被单独挑出，冠以“唯一的优秀科幻作家”之名，但是，他被人欣赏的原因可能更多在于这样一个事实：他的作品基本上属于奇幻。即使是那些带有科幻元素的小说，也并没有反映出多少现实，反而更多是布拉德伯里头脑中的想象。布赖恩·W.奥尔迪斯（Brian W. Aldiss）称他为“我们最杰出的梦想家之一”，并作如此评价——布拉德伯里“是把写科幻的那套伎俩全部带上，当作高度自我化的表达工具，用在他那多少有点‘泰迪熊式’的宇宙观里的第一人”。罗伯特·斯科尔斯和埃里克·拉布金说，布拉德伯里“借用科幻的外衣伪装他那魔法般的先入之见，并且让这些成见更有说服力”。

奥尔迪斯说，布拉德伯里的世界是“前青春期式的”，他笔下角色的动机确实有着儿童般的纯洁，无论这种动机是善还是恶。但是，如果说他笔下的成年人有着儿童式的行事风格——向火星运河里掷啤酒瓶，在废弃的火星城市里用枪射击房屋的窗户——那么，他笔下的儿童却像成年人那样心思细密、不择手段。比如，在《大草原》（“The Veldt”）里，孩子设下陷阱困住父母；《决战时刻》（“Zero Hour”）里，孩子背叛了父母；《小刺客》（“Small Assassin”）里，婴儿甚至杀死了自己父母。虽然他的小说展现出一种反对技术的偏见，但在布拉德伯里自己身上，却依然保有许多青少年时期的科幻热情；比如，他曾对人类的首次登月行动感到欢欣鼓舞。

布拉德伯里笔下的火星明显是有悖于现实的，即使以 1946 年人们对火星的认知来看也是如此。斯科尔斯和拉布金认为布拉德伯里有意如此，目的就是让人把他的故事当成寓言。然而，与其说布拉德伯里在创造寓言，不如说他是站在与现实相隔甚远的位置，来应对现实生活中的经验：在很多作品里，他给予读者的不是重建现实的尝试，也不是现实的形象，而是符号组成的经验。布拉德伯里有过很多偶像——林肯、惠特曼、萧伯纳、爱伦·坡、海明威、伍尔夫等等——他写过致敬这些作家的小说，将他们像先祖的魂灵一样唤起；读者没有得到他们的经验，只有他们作为言辞的使用者和书籍的写作者的形象。在《华氏 451》中，困扰布拉德伯里的不是烧书的行为，而是“书籍”——抽象意义上的书籍——遭到焚毁的结果。将投入火中的书的名字一一读出像是一场祈祷，就连诵读它们目录的行为也变成了一种仪式。

奇幻作家关心的并非现实，而是困扰人们睡眠的符号和本就具有魔力的文字。布拉德伯里是一位沉醉于文字的作者，他用这些有魔力的文字，为读者编织出比现实更瑰丽的梦。

（穆童、憬怡　译）

百万年野餐

[美国]雷·布拉德伯里

不知道为什么，妈妈向大家提议，叫全家人一起出发去钓鱼。这肯定不是妈妈的主意，蒂莫西心里很清楚。这是爸爸的想法，妈妈只是替他说了出来。

爸爸在火星石堆里来回挪动着脚，应声表示同意。一阵骚动吵嚷过后，整座营地就已收拾妥当，塞满了一个个大大小小的行囊。妈妈穿上旅行衣和衬衫。爸爸双手颤抖着，用烟草填满烟斗，眼睛却注视着火星的天空。三个孩子吵吵闹闹地拥入了摩托艇，谁也没有留心爸爸妈妈有什么不对劲。除了蒂莫西。

爸爸发动了引擎，轰鸣声划破天际。水波起伏着向后扩散，小船直冲向前，大家齐声高呼："耶！"

蒂莫西陪爸爸坐在船尾，细小的手指落在爸爸长着汗毛的指背上。他看着运河蜿蜒向前，把七零八落的登陆营地抛在了身后。他们一家是乘坐小型的家用火箭从地球一路赶来的。蒂莫西想起了离开地球的那天晚上，大家行色匆匆，登上了爸爸不知从哪找来的火箭，说是要去火星度假。这目的地可真够远的。但是，因为两个弟弟的缘故，蒂莫西什么都没说。于是，他们来到了火星，现在刚刚着陆，就马上要去钓鱼。不知道是真是假，反正他们是这么说的。

小船逆流而上，爸爸露出了奇怪的眼神。蒂莫西无法读懂。他目光灼灼，还隐约有些如释重负。沟壑纵横的脸上因此不再显得忧虑和悲伤，反而染上了一丝笑意。

就这样，小船驶过一个河湾，余温尚存的火箭消失在视野里。“咱们这趟要走多远？”罗伯特把手插入水中，溅起水花，如同一只小蟹跃入了紫红色的河水。

爸爸呼出一口气。“一百万年。”

“天哪。”罗伯特说。

“快看，孩子们。”妈妈用柔软修长的手臂指向前方，“一座死城。”

他们现出热切的目光，死城却回报给他们一片死寂。时值盛夏，整座城市都沉浸在酷暑的寂静中，就像有位火星气象员特意改变了火星的天气。

这种死寂似乎让爸爸感到快慰。

隆起的沙丘上散落着不起眼的粉色石头，几根倾倒的柱子，一座孤独的神庙，接着又是绵延的沙漠。方圆几英里内都是这般景象。白色沙漠铺开在运河两岸，蓝色沙漠笼罩在运河上方。

突然，一只小鸟向天空飞去。像是划过蓝色池塘的一颗石子，击中水面，沉了下去，消失不见。

爸爸看上去吓得不轻。“我还以为是火箭呢。”

蒂莫西望向深沉如海的蓝天，想要在天空中找到地球，找到那场战争、那些毁掉的城市，以及人类之间的手足相残——这世界自打他出生以来就一直战火不断。但他什么都没有看到。战争已经远在天边，毫不起眼，就像高耸雄伟、寂静空灵的教堂里，两只苍蝇在拱门上纠缠不休。那么的无关紧要。

威廉·托马斯抹了一把额头，他感到儿子的手激动不安地握在他的胳膊上，像只幼小的捕鸟蛛。他对儿子展露笑颜。“怎么了，蒂米？”

“没事，爸爸。”

蒂莫西搞不明白，在身边这尊巨大的成年机体内部，到底是什么东西在嘀嘀嗒嗒不停运转？这个男人长着硕大的鹰钩鼻，鼻子上的皮肤晒得发红，有些干燥剥脱。炽热的蓝眼睛好像玻璃弹珠，那是地球老家的小孩子夏天放学后的娱乐。两条壮硕的长腿像柱子一样杵在松垮的马裤里。

“爸爸，您在看什么呀，看得那么用力？”

“我想找到属于地球的逻辑、常理、良政、和平和责任。”

“这些东西都在那边吗？”

“不。我没有找到。已经不在那儿了，很可能再也不会出现。也许根本就没有存在过，只不过我们一直在自欺欺人。”

“快看，那儿有条鱼。”爸爸用手指着说。

三个男孩像女高音那样尖叫起来，探出细嫩的脖子仔细观察，船身也随之摇晃。他们发出”哇”和”喔”的惊叹。一条银色的环鱼漂浮在船侧，随水波上下翻腾，它包裹起一些食物微粒，接着像瞳孔一样突然闭合，将食物吞噬。

爸爸看着鱼，用低沉的声音轻轻开口述说。

“战争就像这条鱼。它游过来，见到食物，马上收缩。转瞬之间——地球没了。”

“威廉。”妈妈提醒道。

“对不起。”爸爸道歉。

他们安静地坐着，感受着凉爽、迅疾又清澈的水流。唯一的声响只有嗡嗡的引擎、汩汩的河水，以及空气在阳光下受热膨胀的声音。

“我们什么时候才能见到火星人？”迈克尔叫喊着。

“别着急。”爸爸说，“说不定就在今晚。”

“火星人明明已经灭绝了。”妈妈说。

“不，并没有。等我找几个火星人给你看看。”爸爸马上反驳。

蒂莫西对爸爸的说辞很不满意，但他一言未发。样样都是怪事。不论是度假、钓鱼，还是大家相互交换的眼神。

两个弟弟却早就心不在焉，他们用小手搭起凉棚，向运河两岸七英尺高的石堤望去，等待火星人现身。

“火星人长什么样子？”迈克尔向爸爸发问。

“等你见了就知道了。”爸爸似笑非笑，蒂莫西看到爸爸脸上的血管一起一伏，好像在打着节拍。

妈妈的身躯纤细柔软，金丝般的头发盘成了发辫，用头冠固定着。她眼睛的颜色好像运河深处冷冽的河水，流淌在阴影中，几乎呈紫色，其间点缀着琥珀色的斑点。你能看到她的思绪在眼底游弋，像鱼一样——有的明亮，有的黯淡，有的游得很快、一闪而过，有的不紧不慢、从容自在。偶尔她会把头抬起，寻找地球的位置，这种时候那双眸子就会褪去杂质，只剩纯净的色彩。她端坐船头，一只手扶在船边，另一只手放在大腿深蓝色的马裤上，柔嫩颈项上的一道晒痕，衬出上衣领口盛开如一朵白花。

她不停向前眺望，想要知道前面到底有些什么。但她看不清楚。于是，她回头面向自己的丈夫，从丈夫眼中的映像里，她找到了答案；那双眼睛不仅反映着外界，还透露出丈夫内心的决绝。女人的脸因此舒展开来，她接纳了那份决绝，转过身去，突然之间明白了自己的目标。

蒂莫西也在张望。但他只看到一条紫红色的运河画出笔直的线条，穿过宽阔的浅谷，掠过山谷两旁饱受风雨侵蚀的矮丘，直到消失在天空的尽头。这条运河不停流淌，沿途经过一座座无人的空城，要是你把城市拿在手中摇晃两下，准会听到里面传来咔嗒的响声，如同蜷居干枯颅骨中的甲虫。一两百座这样的城市，在燥热的夏日和凉爽的夏夜里长眠不醒……

他们不远百万英里来此远游垂钓，却不忘在火箭上备一杆枪。明明只是一场度假，可带来的食物却足够大家年复一年地生存下去。还有，爸爸为什么要把食物藏在火箭附近？度假。在这“度假”的面纱后面，绝不是一张喜气洋洋的笑脸，而是一副颇为坚硬、锐利甚至可怕的面孔。蒂莫西没有能力揭开这层面纱，两个弟弟也不行，他们一个 8 岁、一个 10 岁，还在忙着享受属于这个年纪的快乐。

“还是没有火星人。哼。”罗伯特用手捧起他的尖尖的下巴，愤愤地望着运河。

爸爸的手腕上绑着一台原子收音机。它的使用方法相当传统：只要贴近耳朵、抵在头骨上，不管远方的人是在说话还是唱歌，声音都会通过振动传入脑海。爸爸抬起手腕开始聆听。他的脸像是那些沉沦的火星城市，皮肤下陷，干瘪，几乎毫无生气。

接着，他把收音机递给妈妈。妈妈一脸错愕。

“怎么——”蒂莫西的问题没能问得出口。

因为就在此时，远方发生了两次爆炸，巨大的冲击从头到脚传遍全身，深入骨髓。接着又是几次小规模的震荡。

爸爸扬起头，立即加大油门。小船腾空而起，砸在水面上。这下，罗伯特的愁绪一扫而空，迈克尔也禁不住发出惊恐但愉悦的叫喊，紧紧抱住妈妈的腿，眼看水柱从他的鼻尖倾泻下来。

爸爸掉转船头，急忙减速，压低船身驶入一条细小的支流，在一座古旧的石头码头下停靠。码头破败不堪，闻起来还有一股蟹肉的味道。小船狠狠地撞向码头，大家差点扑倒向前，所幸没人受伤。父亲转身看向运河，想要知道水面上的波纹会不会暴露他们的藏身路线。波纹越过河面，拍打着石块，然后折返回去，与其他水波交汇，停息，接受日光斑驳的投影。一切归于平静。

爸爸静静听着。其他人也竖起了耳朵。

爸爸的呼吸声回荡在空气中，好像拳头击打在码头冰冷潮湿的石砖上。在阴影中，妈妈的眼睛如猫般锐利，她注视着爸爸的一举一动，希望从中了解到接下来会发生什么。

爸爸放松下来，长舒了一口气，嘲笑着自己刚刚的行为。

“是我们的火箭，我怎么没想到呢。我紧张过头了。明明就是那艘火箭啊。”

迈克尔问：“怎么回事，爸爸，发生什么事了？”

“没什么，不过是炸掉了自己的火箭。”蒂莫西努力表现得若无其事，“我熟悉火箭爆炸的声音，我以前听过。我们的火箭刚刚爆炸了。”

“为什么我们要炸掉自己的火箭呢？”迈克尔问道，“为什么，爸爸？”

“因为我们在玩游戏啊，傻瓜！”蒂莫西说。

“游戏！”这个词迈克尔和罗伯特最喜欢了。

“爸爸故意让它炸掉，这样别人就找不到我们的着陆点，也没法知道我们的去向！以防有人跟踪我们，明白了吗？”

“原来是这样，是个秘密！”

“被自己的火箭吓了一跳。”爸爸向妈妈坦白，“我太紧张了。竟然认为还会有别的火箭飞来，真是可笑。就算有也只有一种可能，那就是爱德华兹家的那艘，前提是他和妻子能顺利抵达。”

他再次把收音机贴近耳朵。两分钟后，他的手垂了下去，就像是在丢弃一块破布。

“终于还是结束了。”他对妈妈说，“收音机已经接收不到原子束信号了。其他世界电台全部消失了。过去几年里，电台早已所剩无儿，现在空中更是完全安静了。这样的情形可能会一直持续下去。”

“一直是多久？”罗伯特问道。

“也许要等你的曾孙出生以后，才有可能打破这种宁静。”爸爸说。他坐在那儿，身边的三个孩子陪他一起，感受着他的敬畏、失落、无奈和妥协。

终于，他把小船再次开进运河，一家人继续沿原先的路线前进。

天色渐晚，太阳已经西沉，前方还有一连串的死城在等着他们。

爸爸和风细雨地同儿子们聊天。过去，他对几个儿子常常态度冷酷，语气疏远。而今他用手拍着儿子们的头顶，只用三言两语就让儿子体会到了他的爱意。

“迈克，挑一座吧。”

“挑什么呀，爸爸？”

“挑一座城市，儿子。我们马上要路过几座城市，就从这里面挑吧。”

“好。”迈克尔说，“我该怎么挑呢？”

“喜欢哪个就挑哪个。罗伯特和蒂莫西，你俩也一样。挑一座你们最喜欢的城市。”

“我想要一座有火星人住的城市。”迈克尔说。

“你会有的。”爸爸说，“我向你保证。”他对着儿子说话，眼睛却看着妈妈。

短短二十分钟内，他们就路过了六座城市。爸爸没有再提一句爆炸的事情；他的兴趣转移到了孩子们身上，和孩子们嬉戏打闹、享受快乐，似乎变得比什么都重要。

迈克尔看中了他们经过的第一座城市，但大家信不过这种急促的第一印象，否定了他的选择。没人喜欢第二座城市，因为这是一处地球人的定居点，木制建筑早已腐烂成了片片木屑。蒂莫西选中了第三座，因为它规模宏大。第四和第五座城市太小了。第六座城市得到了妈妈在内的一致认同，他们惊呼“好棒！”“好美！”“快看那边！”

城中有五六十幢依然矗立的建筑，路面略有尘土但铺砌平整，甚至一两座古老的离心泉仍然在广场里喷吐水汽。晚霞中涌出的清泉，是城中仅存的一线生气。

“就是这儿了。”大家都这么说。

把船停靠在码头后，爸爸跳下了船。

“我们终于到了。这座城市属于我们了。从现在开始，这里就是我们的新家！”

“从现在开始？”迈克尔表示难以置信。他站起来，望望四周，然后面朝原先火箭的方向眨了眨眼。“不要火箭了吗？不回明尼苏达了吗？”

“过来。”爸爸说。

他把小收音机贴在迈克尔铺满金发的头顶。“听。”

迈克尔听着。

“什么都听不到呀。”他说。

“没错。什么都没了。再也不会有了。明尼阿波利斯，火箭，地球，都没了。”

得知这一真相的迈克尔震惊不已，开始抽噎起来。

“等一下。”爸爸马上打断他，“我为你准备了许多别的东西，足够补偿你的损失，迈克！”

“什么东西？”迈克尔噙住眼泪，好奇地企盼着爸爸接下来要说的话。如果这次的故事还是一样糟糕，那么他随时准备继续哭下去。

“我要把这座城市交给你，迈克。它属于你了。”

“属于我？”

“属于你、罗伯特、蒂莫西，属于你们三个。”

蒂莫西从船上跳了起来。“看啊，大家伙儿，这些都是我们的！全都归我们了！”他在和爸爸玩一场游戏，现在正兴致勃勃，挥洒自如。等一切尘埃落定后，他可以找个角落，偷偷地哭上十分钟。但是现在，游戏还在继续，这场“家庭出游”还没结束，不能扫了两个弟弟的兴致。

迈克尔和罗伯特一起跳了下来，然后搀扶妈妈下船。

“你们要留心自己的姐妹。”爸爸说。当时大家全都一头雾水，直到后来才明白他的意思。

他们急忙踏入这座用粉色石头砌筑的宏伟城市，其间不停低声交谈。死城的气氛让人不敢提高声音，只想观赏日落的美景。

“差不多再过五天，”爸爸平静地说，”我就会返回火箭那里，找到藏在废墟里的食物，把它们带回：我还会去寻找伯特·爱德华兹和他的妻女。”

“女儿？”蒂莫西问道，“几个？”

“四个。”

“以后肯定是个麻烦。”妈妈慢慢点头。

“女孩。”迈克尔模仿古代火星石像的样子扮起鬼脸，“女孩。”

“他们也是坐火箭来的吗？”

“是的。如果他们能顺利抵达的话。家用火箭原本的用途是月球旅行，没法飞来火星。我们能安全登陆已经很幸运了。”

“您的火箭是从哪里得来的？”蒂莫西趁两个弟弟向前奔跑的时候，低声发问。

“是我保存下来的。保存了二十年，蒂姆。我把它藏得远远的，暗自祈求最好永远不要派上用场。我想，也许我早就应该把它交给政府，用作战争，但我一直忘不了火星……”

“还有野餐！”

“对。这是你我之间的秘密。当我看到地球行将毁灭，等到最后一刻，我就带上大家出发了。伯特·爱德华兹也藏了一艘火箭，本来打算一同出发，但后来我们觉得分头行动比较安全，以防有人想要击落我们。”

“所以您为什么要炸掉火箭啊，爸爸？”

“因为炸掉火箭，我们就再也回不去了。还有，就算有坏人来了火星，他们也没法知道我们在这儿。”

“所以您才一直抬头看天吗？”

“是啊，我太傻了。他们不会追上我们的。我们没有给他们留下任何追踪的线索。我就是太小心了。”

迈克尔跑了过来。“这座城市真的属于我们吗，爸爸？”

“这颗星球全部属于我们了，孩子们。整颗星球都是。”

他们站在那里，主宰着天地，支配着万物，统治着所有已勘测的土地，成了不容置疑的国王和总统。他们想要明白，拥有整个世界的意义是什么，这个世界又有多大。

夜晚很快降临在稀薄的大气中，爸爸把家人留在了广场的喷泉旁，独自前去小船，然后捧着一沓文件走了回来。

他把纸张堆在一座老旧的庭院当中，放火点燃。为了取暖，他们蜷缩在火焰周围，开怀大笑。蒂莫西看到，当火焰触及、吞没纸张时，上面的文字就像受惊的小动物一样一跃而起。纸张犹如老人的皮肤那样褶皱着，数不清的文字被焚烧殆尽：

“国债券；1999 年度业绩图表；试论宗教偏见；物流科学；泛美联盟的几项问题；1998 年 7 月 3 日股市报告；战事简讯……”

这些文件是在爸爸的要求下带来火星焚烧的。他坐在那里，心满意足地把一张张纸投入火焰，向他的孩子诉说着这么做的意义。

“现在我该告诉你们一些事情了。对你们隐瞒这么多的事实，我认为不太公平。我不知道你们能不能理解，但我必须说出来，即便你们只能领会其中的某些部分。”

他把一页纸投入了火焰。

“我烧掉的这种生活方式，此刻也正在地球上遭受战火的摧残。原谅我的口气像个政客。毕竟，我曾经是个州长，为人诚实却遭人嫉恨。地球生命从没能安定下来，做出什么非常有益的成就。科学发展得太快，超越了我们的理解能力，人们迷失在机械的荒野中，就像儿童那样不停翻新着漂亮的物件、小玩意儿、直升机和火箭；只注重那些错误的物品和机械本身，而忽略了机械的运用方式。战争的规模越来越大，最终吞噬了地球。这就是我把无声的收音机拿给你听的意义。这就是我们要逃避的东西。

“我们很幸运。世界上已经没有其他的火箭了。现在你们应该知道了，这趟旅行不是来钓鱼的。我一直拖到现在才告诉你们。地球已经完蛋了。星际旅行至少要在几个世纪以后才会再次出现，甚至就这么永远消失也说不定。结果最终证明，那种生活方式是错误的，是它亲手扼杀了自己。你们还很年轻。我会日复一日地向你们讲述这个故事，直到把它刻进你们的脑海。”

他停顿了一下，又把一沓纸扔进了火堆。

“现在只剩我们和另外几个人了，他们过几天会来到这里。我们人不多，但是足够重新开始。足够远离地球上的一切，重新建立一种生活方式——”

火舌从火堆中蹿出，好像在烘托他的语气。纸快要烧光了，现在只剩一张。地球的一切律法和信仰，都化为温热的灰烬，很快就会随风飘散。

蒂莫西注视着爸爸投入火中的最后一样东西。那是一幅世界地图，它受热扭曲变形——啪——像只温暖的黑蝴蝶那样飞走了。蒂莫西把脸转向别处。

“跟我去见见火星人吧。”爸爸说，“快来，你们一起。来吧，爱丽丝。”他牵起了妈妈的手。

迈克尔大声哭泣，爸爸举起他抱在怀里，他们穿过废墟，向着运河走去。

运河。明天或者后天，那些女孩就会沿着这条运河，和她们的爸爸妈妈乘坐小船抵达，她们将会成为男孩们未来的妻子。

夜幕降临在他们周围，四周繁星点点。但是蒂莫西找不到地球。地球早已落在了地平线以下。这值得他思考一番。

一只夜莺在废墟中啼鸣。爸爸说：“妈妈和我会想办法教育你们。我们也许会失败。我希望不会。我们有很多东西需要见识，有许多知识需要学习。多年以前我们就开始计划这次旅行了，那时你们还没出生。我想，即使没有发生战争，我们也会搬来火星，在火星上生活，建立我们自己的生活标准。假如后来没有发生如今的事情，火星可能还要再等一个世纪，才会被地球文明所毒害。当然了，现在——”

他们来到了河边。长长的运河笔直地流淌着，清凉的河水湿润着周围的空气，夜光下水平如镜。

“我一直想见见火星人的样子。”迈克尔说，“火星人在哪呢，爸爸？您答应要带我去看的。”

“就在那儿。”爸爸说。他把迈克尔扛在肩头，另一只手直直地指向下方。

火星人就在那儿。蒂莫西开始发抖。

火星人就在那儿——在那条运河里——倒映在河水中。蒂莫西，迈克尔，罗伯特，妈妈，爸爸。

波光粼粼的河水中，火星人沉默不语，长久地注视着他们……

（穆童　译）

不只是科幻[1]

投向广岛和长崎的两颗原子弹造成了惨烈的毁灭，终结了第二次世界大战；这场灾难也告诉我们，科幻并非浪漫幻想，而是与现实密切相关，在这以后，原子弹被一步步逐出了科幻的创意库。

批评者们从 1926 年起就一直对科幻嗤之以鼻，因为科幻只会摆弄一些荒诞不经的概念，比如原子弹和火箭。事实上，当时的人们一听到这两个词，就会不屑一顾地说："不过是科幻罢了。"广岛事件与后来的美国航天计划，分别证明原子弹和火箭并不仅仅是科幻。1949 年，急于追赶时髦的出版商，也竖起了科幻的大旗。以原子弹为题材的小说无法发表，这条禁令延续下来；杂志潮却在 20 世纪 50 年代的后半段逐渐消退。

从这项技术实现的那一刻起，科幻杂志就对原子弹的创意关上了大门。自 H. G. 威尔斯起，许多作家都曾对原子弹进行过推想。1940 年，海因莱因在《不妥善方案》（"Solution Unsatisfactory"）里

---

1. 标题"More Than SF"化用了斯特金的长篇小说《超人类》（*More Than Human*）。

讨论了核武器的政治问题；1944 年初，在发表于《惊异》的小说《最后期限》(“Deadline”) 中，克里夫 · 卡特米尔 (Cleve Cartmill) 准确阐述了制造原子弹的过程。

1945 年后，原子弹的制造永久丧失了成为科幻题材的资格，因此，有一段时间，作家们开始对爆发一场全面核战的可能性展开设想。其中最有成效的思考结果，是西奥多 · 斯特金发表在《惊异》1947 年 11 月号上的《惊雷与玫瑰》(“Thunder and Roses”)。几年后，主流市场的核末日小说就达饱和，科幻杂志因其不再新鲜，而放弃了这个题材。

如果要用小说的形式讨论美国突遭核偷袭的问题，斯特金可能是不二人选。斯特金曾经在海上做过三年引擎舱清洁工，后来开始为坎贝尔的《未知》(*Unknown*) 和《惊异》创作小说。1939 年，两本杂志都刊登了他的作品。早期发表在《未知》上的作品，如《穿梭者》、《它》、《奇瓶妙罐》和《利己的极致》，为他赢得了奇幻作家的声誉，但是随着《微宇宙的上帝》、《铬制头盔》、《杀人推土机》和《喵呜的飞机》的发表，他的科幻创作开始占据上风。

20 世纪 50 年代初，他为《银河科幻》创作的作品有：《宝宝三岁大》、《孤独飞碟》、《英雄科斯特洛先生》、《不织毛衣的奶奶》和《娶美杜莎为妻》。同一时期，他也在《奇幻与科幻杂志》及其附刊《历险》上发表小说：《银丝燕》、《亚 16 型贝塔突触》、《绿毛猴之恋》、《姑娘有胆子》、《奇遇》和《失去大海的人》。通过这些小说，斯特金找到了自己创作的主题——爱；形成了独特的写作技巧——游走在诗意与狂热之间的、经过精心编排的文字。

与布拉德伯里一样，斯特金成为短篇小说家是天性使然，也是兴趣所致。他用了十年时间才终于写完第一部长篇小说《睡梦中的宝石》(*The Dreaming Jewels*)，而他最有名的书《超人类》，是在短篇《宝宝三岁大》的前后各扩写出一部短篇，然后作为三个章节拼合而来。这本书获得了当年的国际幻想小说奖。

短篇作家处境艰难：短篇小说换不到太多报酬，除非卖给光面纸杂志。（即使在战后，科幻杂志给出的稿费最多也只有每单词两美分，直到 1950 年《银河科幻》将单价提高到三至四美分。）长篇作家的日子更加惬意，他们不费什么力气就能获取名声和追随者，出版书籍也很容易。

斯特金设法坚持，尽管他也曾受到诱惑，投入其他工作。他创作过其他类型的书籍，例如署名弗雷德里克·R. 尤因（Frederick R. Ewing）的《我，浪子》[1]（*I,Libertine*）。他还将《海底之旅》[2]（*Voyage to the Bottom of the Sea*）改写为小说。不过，他的短篇小说被大量地收入选集，汇集成册出版：《巫术欠奉》（1948）、《独一的独角兽》（1953）、《回家路》（1955）、《鱼子酱》[3]（1955）和《奇遇》（1958）等等。他还创作了《宇宙强暴》（1958）、《X 加维纳斯》（1960）、《你得流点血》（1961）。

20 世纪的 60 和 80 年代，他前往好莱坞工作，为《星际迷航》原初版写了两集反响不错的剧本，《杀戮时刻》（"Amok Time"）和《上岸休假》（"Shore Leave"）。这期间偶尔重拾科幻的他，也获得了应有的回报——《慢塑》（"Slow Sculpture"）赢得了 1971 年的雨果奖和星云奖，短篇小说集《斯特金还健在》（*Sturgeon is Alive and Well*）得到出版。在他去世后的第三年，中篇小说《神的身躯》

1. 这是电台说书人吉恩·谢泼德发起的一场文学骗局。因不满 20 世纪 50 年代中期畅销书榜将新书的期待程度计入销量的做法，谢泼德杜撰了作者、书名和情节，号召听众向书店请求购进一本不存在的书。这本书就这样登上了《纽约时报》的畅销书榜。最终，书店和读者的兴趣越来越大，于是巴兰坦图书公司邀请斯特金代笔，写出了《我，浪子》。

2. 欧文·艾伦执导的电影，上映于 1961 年。在影片上映前几个月，斯特金根据电影剧本创作了同名小说；后来它又被改编为电视剧。

3. 鱼子酱多由鲟鱼卵制成，而作家斯特金的英文名“Sturgeon”正有“鲟鱼”的意思。

（*Godbody*）出版。

与其他的文学样式相同，科幻如此看重自己的类型特性，很大程度上是出于出版和分类的目的（既是为书商考虑，也是为读者考虑）。真正重要的价值，在于作者为自己小说增添的独特属性，以及作者自己所关心的、让作品超脱科幻类型限制的那些特性。

斯特金对科幻最重要的贡献是他对风格的关注。其次，则是他一直坚持的主题——爱才是人类唯一的救赎。这一点他已经在小说中以各种方式讨论过。1953 年，他为一本粉丝杂志《天钩》（*Skyhook*）写了一篇文章，题为《为什么这么多“Syzygy”？》[1]（“Why So Much Syzygy?”）——这篇文章后来重新发表在达蒙·奈特的《转折点》（*Turning Points*）上。“Syzygy”意为“聚集”、“结合”[2]，斯特金写道：“这些年来我所一直努力的，就是搞明白‘爱’这档子事，无论是有性的，还是无性的。我研究的方式就是写作，因为……只有把一件事告诉别人，我才能想明白它到底是怎么回事。”

在《超人类》中，一群流放者组合成一个系统，将各自的才能结合，形成具有神奇力量的单一生物。但在这个系统能够运转起来之前，单个的人类部件必须学会互相信赖，彼此相爱。斯特金贯穿其作品的主题似乎是：不会爱的人无法成为真正的人类。

或者，换句话说：只要能够学会去爱，我们就能超越人类。

（穆童、憬怡　译）

1. 斯特金写过很多以“Syzygy”为主题的小说。1953 年，《天钩》上的一篇文章抱怨斯特金“两年来一直在写‘Syzygy’这件事”，斯特金向编辑写信解释，于是就有了这篇文章。
2. “Syzygy”这个词在不同的学科里有不同的含义：在生物学上指一些原生动物性融合前配子的接合，或减数分裂中染色体的配对；在天文学上指朔望。

惊雷与玫瑰

［美国］西奥多·斯特金

看到那场演出的消息，皮特·莫瑟转身离开总司令部的公告栏。他摸摸自己的长下巴，决心要把脸刮干净，即便演出只是视频转播，而且他会在自己的营房里观看。他有一个半小时的时间准备。生活又有了目标，这感觉真好——即便只是在八点前刮脸这样的小事。周二晚上八点，跟从前一样。周三早上人人都在讨论："昨晚上星儿那首《微风与我》唱得怎么样？"

那是前阵子的事情了，在所有那些人死去之前，在这个国家死去之前。星儿·安辛，家喻户晓，就像克罗斯比[1]，就像杜塞[2]，就像詹妮·林德[3]，就像自由女神像。（自由女神是首批受到攻击的，她的青铜胴体化为粉末，带上放射性，至今仍被呼啸不定的风裹挟着，播撒在大地上……）

皮特·莫瑟咕哝了一声，强迫自己不再去想被摧毁的自由女神，不再去想她那些随风飘散的有毒碎片。仇恨第一。仇恨无所不在，

1. 即宾·克罗斯比，美国歌手和演员，多个畅销记录保持者。
2. 即埃莱奥诺拉·杜塞，意大利戏剧演员，以演技出神入化而闻名。
3. 瑞典著名女高音歌唱家，有"瑞典夜莺"之称。

就像夜色里逐渐加重的蓝色幽光，就像笼罩着基地的紧张气氛。

右边远处有零星枪响，声音越来越近。皮特走到街道上，冲向一辆停着的卡车。一名陆军妇女队员正坐在驾驶室外的踏脚板上。

街角，一个粗壮的身影倒退着走上十字路口。那人怀里端着一把汤普森冲锋枪，他来回摇摆着手里的枪，那样子就像一枚轻轻摇曳的风向标。他跌跌撞撞向他们走来，枪口乱晃。有人从某栋建筑里开枪了，男人原地转身，对着声源的方向疯狂扫射。

"他——眼睛瞎了。"皮特·莫瑟说道。他看着那张伤痕累累的面孔，又补充了一句："应该是瞎了。"

尖厉的警笛声响起。一辆装甲吉普冲进街道。一架点五零口径机枪发出洪亮的轰鸣，结束了整件事，迅速而骇人。

"可怜的疯小子，"皮特轻柔地说，"这是我今天看见的第四个了。"他低头看向那个女兵。她在微笑。"嘿！"

"你好，中士。"她一定是之前就认出他了，因为此刻她并没有抬头，话语中也没有询问的语气。"出什么事情了？"

"你知道出什么事情了。没仗可打也无处可逃，有些小伙子厌倦了。你又是怎么了？"

"不，"她说，"我不是问那个。"她终于抬头看向他，"我问的是这一切。我好像不记得了。"

"你——好吧，这可不容易忘记。我们被袭击了。同一时间到处都遭受了袭击。所有的大城市都没了。东西两侧同时受袭。遭了太多罪。空气变得有放射性。我们都——"他抑制住自己的情绪。她不知道。她忘了。外界无处可逃，而她逃进了自己脑中，身体还在这里。为什么要告诉她呢？为什么要告诉她所有人都会死去呢？为什么要告诉她另一件可耻的事情：我们至今仍未还击呢？

可她并没在听，她还在看着他。她的眼神有些散漫，一只眼睛与他对视，另一只略有些偏移，似乎看向他的太阳穴。她又微笑起来。他的话音逐渐变弱，而她并不催促他继续说下去。他慢慢走开，她却没转头，而是依旧盯着他刚才所在的位置，嘴角挂着一丝笑。他转身离去，脚步急切，想要逃跑。

一个人能坚持多久？当你身在军队，他们就想让你变得和其他人一样。可周围每个人都精神崩溃了，你又该怎么办呢？

他脑中浮现一幅画面：自己成了仅剩的、唯一的神志清醒之人。他赶紧挥走了这念头。他之前也曾顺着继续往下想，结果总是得到同一个结论：与其这样，还不如做第一批崩溃的人。可他还没准备好放弃。接着，他把这个念头也挥走了。每次他对自己说“我还没准备好放弃”，脑中就会有一个声音问他“为什么不呢？”，而他似乎一直都没有答案。

一个人能坚持多久？

他爬上军需中心的台阶，走了进去。前台接线总机旁一个人都没有。这没关系。传递消息都靠吉普车或者摩托车。基地司令部现在并不要求任何人坚守文职岗位。每当一个开吉普的或是连灵魂都在冒汗的士兵崩溃，相应地都有十名办公桌边的文职人员要崩溃。皮特决定明天去班上活动活动筋骨。这对他有好处。只希望这次副官不会在练兵场的正中间突然哭起来。你可以只想着兵器教范，心无旁骛，直到被这类事情打断。

他在营房的走廊里碰到了梭尼·韦泽弗罗因德。这位技术军士的圆脸上一如既往地洋溢着欢欣。他身体赤裸，红光满面，一条毛巾搭在肩膀上。

“嘿，梭尼。热水够吗？”

“怎么会不够呢？”梭尼咧嘴笑着。皮特也报以一个大大的笑容，暗忖有谁能在聊任何事情时不提起这话茬儿吗？当然有热水。军需营房里的热水够三百个人用。而现在只剩三十多个人了。有的人死了，有的跑进了山里，有的把自己锁在屋里所以他们就不会——

“星儿·安辛今晚上要表演。”

“不是开玩笑，”皮特赶紧插嘴，“她在这儿——就在咱们基地。”

梭尼满脸喜悦。“老天。”他把毛巾从肩膀上扯下来，围在腰间，“星儿·安辛在这儿！他们打算把演出场地安排在哪里？”

“总司令部吧，我猜。咱们只能看视频转播。你知道关于公共集会的规定。”

“是啊，而且这也是好事，”梭尼说，“肯定有人会崩溃的。我可不希望她看到这样的事情。她怎么会来这里呢，皮特？”

“她乘着一架快完蛋的海军直升机流落到了这里。”

“好吧，可是为什么呢？”

“我哪里知道。有这种好事你就别没完没了啦。”

他笑着走进公共浴室，并为自己依旧能笑出来而高兴。他脱下衣服，叠得整整齐齐，放在一把长椅上。墙边有一张肥皂包装纸和一支瘪瘪的牙膏管，他把它们捡起来，扔进了杂物箱。他又拿起靠在隔间墙上的拖把，把梭尼刮脸后溅了一地的水拖干净。得有人把东西收拾整齐。要是其他人，他可能会有点儿担心，可那是梭尼。梭尼并没有精神崩溃。梭尼从前就这样。看那儿，他又把剃刀落下了。

皮特开始冲澡，一丝不苟地调整水龙头，直到水压和温度完全适合他。这些天他做任何事情都不马虎。现在有那么多东西要去感受、品尝、观察。水流对皮肤的冲击、肥皂的香气、灯光、热度，还有站立时脚底板承受的重量。他茫然地思索，随着氮原子转变为碳 14，空气的放射性缓慢升高，如果他小心翼翼地千方百计保持健康，放射性对他会产生什么影响呢？第一项症状会是什么？失去视力吗？没准是头疼？也许会没食欲？或者一直觉得很累。

为什么不去查查呢？

话说回来，何必费这心？只有很小比例的人会死于放射性中毒。有太多东西能更快地杀死人，反正也都是一个死。比如说，那把剃刀。它就躺在一束日光中，熠熠生辉，那弧线在黄色的光线中显得很干净。据梭尼说，他的父亲和祖父都用过它，那把剃刀是他的骄傲和喜悦。

皮特转身背对剃刀，然后往腋窝里打肥皂，专心感受肥皂泡破裂时带来的微微轻抚。他时常想到死亡，这让他对自己感到恶心。当这种恶心再次袭来时，他意识到了一个惊人的事实。他想到此类事情并不是因为病态，不是！带来死亡念头的正是事物的熟悉感。要么是“我再也不应该这么干了”，要么是“这是我最后一次这么干了”。你可以全身心地投入到变着花样做事的事业中，他不着边际地想。你这次可以在地板上匍匐爬行，下次改成倒立用手行走。你今晚可以略过晚饭，改在凌晨两点吃零食，然后嚼草当早点。

但是你必须呼吸。你的心脏必须跳动。你会出汗，你会颤抖，一如既往。你无法摆脱这些。它们无时无刻不在提醒你。你的心跳声不再是“扑通、扑通”了。它说的是“跳一下少一下、跳一下少一下”，直到这声音冲你高喊，在你耳中哀号，直到你不得不设法令它停下。

那把剃刀磨得多闪亮啊。

还有，你的呼吸也会继续，一如既往。你可以侧身悄悄穿过这扇门，倒退走出下一扇和再下一扇，但你的呼吸始终从鼻孔里轻轻进出，就像一把剃刀在胡子之间穿梭，发出磨刀时的声音。

梭尼走了进来。皮特往头发上打肥皂。梭尼捡起剃刀，站在那儿看着它。皮特观察着战友，肥皂水流进了眼睛里，他咒骂起来，梭尼吓了一跳。

“你看什么呢，梭尼？以前没见过这把剃刀？”

“噢，当然见过。见过。我只是——”他合上剃刀，又打开。刀刃晃动，明晃晃的反光。他又再次合上。“这玩意儿我用够了，皮特。我要把它处理了。你想要吗？”

想要吗？或许会收在他的床脚箱里吧。藏在枕头下面。“不想，谢了，梭尼。我用不上。”

“我喜欢安全剃刀，”梭尼喃喃说道，“电动的更好。那咱们拿它怎么办？”

“扔到那里头……不行。”皮特想象那把剃刀半张着，在空中一圈一圈旋转，闪着微光落入杂物箱的魔口之中。“扔到外头——”不行。一道弧线飞向茂密的草坪。他也许想得到它。他也许会借着月光在地上爬来爬去寻找它。他也许能找到。

“要不我把它折断吧。”

“不行，”皮特说道，“那些碎片——”小小的尖利的碎片。微微内凹的断刃。“我来想办法。等我把衣服穿上。”

他快速冲完澡，擦干身体，而梭尼在一旁看着剃刀。它现在是一把利刃，如果折断了，它就会变成许多晶晶亮的碎片，仍和刀刃一样锋利。如果把刀刃塞进砂轮下磨钝，还是有人会发现它，给它换上新的刀刃，因为它显然仍是剃刀的模样，一把优质的钢剃刀，割开东西时那么地——

“我知道了。去实验室。我们可以把它处理掉。”皮特信心十足地说道。

他穿上衣服，和梭尼一起走向实验室所在的翼楼。那儿安静极了，他们说话时还有回声。

“一个烤炉就搞定了。”皮特说道，伸手拿剃刀。

“烘焙用的烤炉？你疯了吧！”

皮特轻笑。“你不了解这个地方吧？和基地的所有东西一样，这里面学问大着呢，而大多数人都不太清楚。他们一直管这儿叫烘焙作坊。因为啊，这里以前是研发高营养面粉的研究总部。但是这里还有很多其他活动。我们测试厨具，设计蔬菜削皮器，我们干各种类似的事情。那里有一个电烤炉可以——”他推开一扇门。

两人穿过一个安静而杂乱的狭长房间，来到那台高温设备前。“在这儿我们什么都能干，烧制玻璃，给瓷砖上釉，测试煎锅的熔点。”他试着按下一个开关。一盏指示灯亮了起来。他猛地拉开一扇沉重的小门，把剃刀放了进去。“跟它说再见吧。二十分钟后就是一摊铁水了。”

“我想看看那一幕，”梭尼说，“我可以在周围转转，等它熔化吗？”

“为什么不呢？”

他们在一间间实验室里游荡。这些屋子都装备得漂漂亮亮的，但是太安静了。他们还遇到了一位少校，正坐在长椅上弯腰研究一台复杂的电子连接装置。少校盯着一个闪烁的琥珀色光点，都没回应他们的敬礼。他们蹑手蹑脚地从他身边走过，对他的全神贯注之态充满敬畏，甚至有些嫉妒。他们还看到了自动揉面机的模型、维生素添加器、遥控恒温器，还有各种定时器、控制器等等。

“那里是什么？”

“我不知道。咱们已经走出我熟悉的区域了。我觉得这个部门已经没人了。以前主要是机修师和电子理论家。嘿！”

梭尼顺着他手指的方向看去。“怎么了？”

“你看那段墙板，松了。难道……哎，谁知道呢？”

墙板稍稍有些歪，他推了推，发现后面黑洞洞的。

“那里头是什么？”

“什么都没有吧，或者是什么半公开的秘密项目。这些人以前连谋杀都能脱罪。”

梭尼以少有的讽刺语气说道：“那不正是陆军理论家的专长吗？”

他们谨慎地往里张望，然后走了进去。

“这是……嘿！门！”

那扇门悄无声息地迅速合上了。弹簧锁发出轻柔的“咔嗒”声，屋里瞬间灯火通明。

房间很小，而且没有窗户。这里摆放着不少机械装置——一台涓流充电器、一堆蓄电池、一台电磁铁发电机、两辆自启动燃气照明机，还有一台柴油内燃机，配有密封的压缩空气启动气缸。角落里是一座继电器架，面板螺栓用点焊焊死了。架子上伸出来一个控制杆，把手顶端是红色的。

两人看着这些设备好一会儿说不出话来，接着梭尼终于开口：“这是给什么东西供电用的，某人要确保万无一失。”

“现在我有点儿好奇那个——”皮特走到继电器架前面。他仔细观察控制杆，却不伸手触碰。控制装置通着电，把手后面的电线上有一个折叠着的小标签。他小心翼翼地展开。“若无指挥官特别指令，不得擅用。”

“扳下来试试，看看会发生什么。”

身后有什么东西“咔嗒”一下。两人转过身去。“那是什么？”

“好像是门旁边那个装置发出来的。”

他们警惕地走过去。那儿有一个弹簧承力的螺线管，连接在一根杆子上，杆子上有合页，可以落进暗门的内部，插入面板上的钢质轴销里。

那东西又“咔嗒”了一下。“这是个盖格计数器。”皮特厌恶地说道。

"这就奇怪了，"梭尼若有所思，"他们为什么要设计这么一扇门呢？平时一直都锁着，只有在环境中的辐射强度超过某个阈值之后才会打开。这扇门就是这么回事。看见那些继电器了吗？还有那儿的过载开关，还有这个。"

"还有一个手动锁。"皮特补充道。计数器又响了一下。"咱们出去吧。最近这些日子，我脑子里就建了一台这玩意儿。"

暗门很容易打开。他们走了出去，从身后把门关上。钥匙孔就巧妙地隐藏在两块面板的缝隙之间。

他们返回军需实验室，一路上两人都很安静。违反规定带来的刺激感已经消失，至少皮特感觉如此。

回到烤炉旁边，皮特瞥了一眼温度指示盘，然后踢了踢弹簧控制钮。指示灯熄灭，门开了。他们眨眨眼，被烤炉中的滚滚热浪逼得往后退了两步，然后弯腰向内窥视。剃刀不见了。内胆的底盘上是一摊耀眼的光辉。

"没剩下多少。大部分已经氧化消失了。"皮特嘟哝。

两人一起站了一会儿，两张面孔被那一小摊晶莹的残渣映亮。后来，在他们返回营房的路上，梭尼以一声叹息打破了长久的静默。"搞定了，我很高兴，皮特。咱们做到了，我真的很高兴。"

7点45分，他们几个守在营房的组合控制台前面。除了皮特、梭尼和邦兹——一位头发粗硬、身材矮壮的下士，其他所有官兵都选择在食堂的大屏幕前面看演出。那里的信号当然更好，但是，正如邦兹所说："像那么大的地方，你又不能凑到屏幕跟前。"

"希望她还是老样子。"梭尼说道，半是自言自语。

为什么她就应该是老样子？皮特不乐意地暗想。他打开电视，看着屏幕开始变亮。最近两周信号变差了，屏幕上的雪花多了许多。怎么还会是老样子呢，一切都再也回不去了。

他突然有种冲动，想把电视机踢成碎片。这台机器，还有星儿·安辛，都是已逝之物的一部分。这个国家死了，它曾经是一个有血有肉的国家——欣欣向荣，不断发展，欢声笑语，干劲十足，不停成长变化，虽然某些方面的贫困和不公如麻风病一般，但它总体上足够健康，能战胜一切疾病。他好奇那些杀人犯想拿它怎么样。现在他们已不再被拒之门外了。无处可逃。无仗可打。现在这已成为现实，对于地球上的每一个人而言。

“你希望她还是老样子。”他低声说道。

“我是说演出的时候，”梭尼温和地回应，“我就想好好在这儿坐着看演出，就像……就像——”

噢，皮特朦胧地想。噢——那个。有个可逃避的地方，哪怕就几分钟。就是如此。“我知道。”他说，话音里的责备之意完全不见了。

随着转播信号切入，音频中的噪声消失了。屏幕上光斑乱转，逐渐稳定成菱形格纹。皮特调整了焦距、色差平衡和饱和度。“把灯关了，邦兹。除了星儿·安辛我什么都不想看见。”

刚开始一切都是老样子。星儿·安辛从来不使用同时代艺人的常见技巧，没有大张旗鼓的宣传，没有淡入淡出效果，也没有那些色彩和喧嚣。屏幕上一片漆黑，然后“咔”一下，就是一片灿烂的金黄。她就在那儿，对焦精准，异常清晰，没有丝毫过渡。相反，观众需要调整眼睛才能接受这画面。她登台之后，有好几秒钟一动不动；她就在那儿，面容宁静，颈项白皙，犹如一幅肖像画。她的眼睛圆睁，却如沉睡一般。她的面孔鲜活又安然。

她的眼睛看似莹绿，其实是蓝中缀着金斑。接着，那双眼睛中似有意识凝聚，它们逐渐苏醒了。直到这一刻你才会注意到她朱唇轻启。那双眼睛里有什么东西使她的嘴唇能被人看见，尽管屏幕上的一切都纹丝未动。直到她慢慢低下头，眼中的金斑仿佛被吸进了那金色的双眉中。然后，那双眼睛并没有看向观众，它们望向了我，看着我，注视着我。

“嘿，你好啊。”她说道。她如梦幻一般，那口牙稍有些不整齐，像谁家的小妹妹似的。邦兹哆嗦了一下。他身下的小床开始不停地吱吱嘎嘎。梭尼不耐烦地动了动身体。皮特在黑暗中伸出手抓住了小床的床腿。吱嘎声平息了。

“我唱首歌好吗？”星儿问道。接着，极微弱的乐声响起。“这是一首老歌，也是最棒的歌曲之一。这首歌很简单，也很深刻。它来自人类男男女女的心中，来自没有贪婪，没有仇恨，没有恐惧的那一部分。这首歌唱的是欢乐和力量。它是——我最爱的歌。你们难道不爱这首歌吗？”

音乐声变得高昂起来。皮特听了前奏的两个音符就认出了这首歌，他暗暗咒骂。这不对。这首歌唱的不是时候……它代表的是——

梭尼全神贯注地坐着。邦兹一动不动地躺着。

星儿·安辛开始演唱。她的嗓音深沉有力，却又十分柔软，在每一句的结尾处带有一丝颤音。歌曲从她身上流淌出来，毫不费力，似乎来自她的面孔、长发和眼距较宽的双眸。她的嗓音就和她的面庞一样，被阴影笼罩，却干净、圆润，带着蓝色、绿色，但最主要的还是金色。

> 当你把心交付给我，你给了我这个世界。
>
> 你给了我夜晚与白昼，
>
> 惊雷与玫瑰，还有甜美的青草。
>
> 海洋，以及柔软湿润的黏土。

我从金盏中啜取黎明，
用银盏，我汲饮夜晚。
我驾驭的骏马是狂野的西风，
我的歌声是溪水和百灵。

音乐螺旋上升，和唱，滑入六度音和九度音低缓、渴望而阴郁的哭泣；再次扬起，爆发，然后戛然而止，只留下她孤独而饱满的声音：

我用惊雷击败世间的邪恶，
我用玫瑰赢来正义。
我用海洋荡涤，用黏土建造，
世界终成光明之地！

最后一个音符结束，那张面孔再次完美地平静下来，神态没有一丝起伏。那张面孔在沉睡却又充满活力，而音乐如弧线般减弱消失，归于其止息处，不再可闻。

星儿微笑起来。

“这很容易，”她说道，“也很简单。人性中所有鲜活的、纯净的、强大的东西都在这首歌里。我认为对于人性，这就是我们需要关注的一切。”她倾身向前，“你们明白吗？”

微笑渐渐隐去，取而代之的是略显惊讶的表情。她眉头微蹙，迅速将前倾的身体收回。“今晚我似乎不能跟你们好好聊了，”她小声说道，“你们怀着仇恨。”

仇恨的形状是一朵巨大的蘑菇云。仇恨是视频里随机出现的雪花点。

"发生在我们身上的事情，也很简单。"星儿突然说道，似乎事不关己，"那是谁干的并不重要——你们不明白吗？这并不重要。我们被袭击了。我们在东海岸受到了攻击，西海岸也是。大多是炸弹和原子弹——有冲击弹也有放射尘弹。我们总共被大约五百三十枚核弹击中，我们被毁灭了。"

她停顿了片刻。

梭尼一拳砸在另一只手的掌心里。邦兹瞪大眼睛躺着，异常安静。皮特咬紧牙关，咬得下颌骨发疼。

"我们拥有的导弹比这两方加起来还要多。我们确实拥有。我们不会动用这些导弹。听我说完！"她突然举起双手，好像能看透每个人的面孔。他们重重地坐回去，肌肉紧绷。

"大气里已经充满了碳 14，浓度之高会令这个半球的所有人都死去。不要因害怕而不敢说，不要因害怕而不敢想。这是事实，我们必须面对。随着嬗变效应从我们城市的废墟中蔓延开，空气的放射性会越来越强，那时我们一定会死去。几个月之后，一年之后，这种效应在海外也会变强。那里的大部分人也都会死。没人能彻底躲开。他们还会面临更可怕的情况，比他们带给我们的任何打击都更可怕，那就是潮水般的恐惧和疯狂。我们不可能有这种问题，我们面临的仅仅是死亡。他们会活着，忍受灼烧与病痛，连同他们孕育的后代——"她摇摇头，下唇显得越发饱满。能看出她正在振作精神。

"五百三十枚核弹——我觉得发动袭击的两方都不知道另一方有多强。曾有那么多机密。"她声音悲伤，微微耸肩，"他们杀死了我们，也毁灭了他们自己。而我们——我们也并不是毫无过错。我们也不是无力做任何事情——至少目前不是。但是，我们必须要做的事情很困难。我们必须死去——并且不做反击。"

她从屏幕上依次短暂地注视着每个人。"我们不能反击。人类即将落入一个由我们自己制造的地狱。我们可以以牙还牙——如果你们愿意，也可以称之为大发慈悲——把我们拥有的数百枚核弹都发射出去。这会令地球彻底变成不毛之地，就连一个微生物、一片草叶都不能逃脱，并且再不会有新的生命诞生。我们会把地球变成一个光秃秃的东西，毫无生气，死气沉沉。

“不——这样是不对的。我们不能这么做。

“记得刚才那首歌吗？那就是人性。它在所有人的身上。某种疾病使得另一些人变成了我们的敌人。可这是暂时的，随着世代更替，敌人会变成朋友，朋友也会变成敌人。那些杀死我们的人，他们的敌意在漫长的历史中是一件多么微不足道、转瞬即逝的事情！”

她的声音变得低沉。“让我们死去吧，临死前确信我们已经完成了留给我们的最后一件高尚之事。人性的星火能在这个行星上继续燃烧、延续。它会承受风吹雨淋和各种磨难，但它不会熄灭。它能继续燃烧，只要那首歌是真诚的。它能继续燃烧，只要我们有足够的人性，能接受这一事实——这星火将交由我们暂时的敌人来看护。他们的后代中有一些——只是少数——能继续生存下去，而新的人类将逐渐从丛林和荒野中出现，这两者将融合在一起。也许会有一万年的野蛮时代；但也许人类能重建文明，只要他们还保存着从前的废墟。”

她仰起头，声音如钟鸣一般。“况且即便这就是人类的终点，我们也不能夺走其他生命形式的生存机会，它们或许能在我们跌倒的地方爬起来。如果我们报复了敌人，就再没有一条狗、一匹鹿、一头猿、一只鸟，或是一条鱼或是一头蜥蜴能传递演化的火炬。以正义之名，如果我们必须责难并毁灭自己，让我们不要祸及其他生灵！人类的原罪已经足够沉重，如果我们必须毁灭什么，让我们止于毁灭自己吧！”

似有乐声摇曳，如呼出的微风一般吹动她的秀发。她笑了。

“我说完了。”她轻声说。然后，对着每一个聆听的人，她道了一声“晚安”。

屏幕黑了。转播信号毫无征兆地切断，雪花点再次席卷屏幕，无处不在。

皮特站起身，打开灯。邦兹和梭尼还是没有动静。几分钟之后，梭尼猛地坐直，像小狗一般甩动身体。随着他的动作，寂静和其他什么东西一同被撕裂。

他柔声说：“他们不允许你与任何人战斗，不允许你逃避，也不允许你活下去。而现在，你甚至都不能仇恨敌人了，就因为星儿说不行。”

话音里有一丝苦涩，空气里也有一丝苦味。

皮特·莫瑟吸了一下鼻子，这动作与气味并无关系。可他僵住了，又吸了一次。“这是什么味儿啊，梭尼？”

梭尼也仔细闻了闻。“我不知道——闻起来很熟悉。香草？不对……不是。”

“是杏仁。苦味儿——邦兹！”

邦兹静静地躺着，眼睛圆睁，咧着嘴像在笑。他下颚的肌肉绷得紧紧的，他们几乎能看见所有牙齿。他全身都湿透了。

“邦兹！”

“就是在星儿登台说‘嘿，你好啊’的时候，记得吗？”皮特低声说，“哎，这可怜的孩子。难怪他要在这儿看演出而不是去食堂。”

“走的时候还看着她，”梭尼翕动苍白的嘴唇说道，“我不想责怪他。不知道他从哪儿搞来的那东西。”

“别管这些了。”皮特的声音有些刺耳，“咱们赶紧离开这儿吧。”

他们走到外面给救护部门打电话。邦兹躺着，散发出苦杏仁的味道，那双没有生气的眼睛依旧看着控制台。

皮特没有意识到自己正往哪儿走，也不知道自己究竟为什么要往那儿走。等他醒悟过来时，发现自己走到了总司令部旁边一条昏暗的街道上，通信棚也在附近。他在想，不论何时，只要自己想，就能听见星儿唱歌，能看见她的脸，那该是多美好的事情。也许这场演出没有任何录像，可她的伴奏音乐是录好的，通信部门有可能把演出也录下来了。

他站在司令部大楼外面，有些犹豫。正门外面堵了一群人。皮特笑了，虽然只是一瞬间。不管是下雨、下雪、下冰雹还是昏暗的夜色，都无法浇灭这些追星族的热情。

他沿着小巷走到了大楼后侧的送货坡道上。平台上的两扇门就是通信部门的后出口。

通信棚里亮着一盏灯。他正要伸手拉开纱门时，注意到有人站在门边的阴影里。光线洒在她头发和面孔的边缘，一片娇美的金色。

他停下脚步。“星儿·安辛！”

“你好，士兵。中士。”

他像青春期的少年一般涨红了脸。“我——”嗓音有些飘忽。他吞咽下口水，伸手要摘下军帽。可他没戴帽子。“我看了演出。”他说道，觉得自己笨口拙舌。周围很黑，但他异常清楚地注意到自己的礼服鞋擦得不够亮。

她朝他走来，走进灯光下。她太漂亮了，他不得不闭上眼睛。“你叫什么名字？”

“莫瑟。皮特·莫瑟。”

“喜欢今天的演出吗？”

他并不直视她，倔强地回答：“不喜欢。”

“哦？”

“我是说……有的部分我喜欢。那首歌。”

“我……我想我明白了。”

“我想问问，我能不能保存一份录像。”

“我觉得没问题，”她说，“你用什么介质播放？”

“音像碟。”

“那一张碟片就行。可以，我们灌了一些。等着，我给你拿一张。”

她走回室内，动作缓慢。皮特出神地看着她。她像一张剪影，顶着冠冕和光晕；她又像一幅装裱好的照片，生动而泛着金光。他等待着，饥渴地注视着灯光。她返回时拿着一个巨大的信封，与室内的某人道晚安，然后走到了平台上。“给你，皮特·莫瑟。”

“非常感——”他含糊地说，然后舔舔嘴唇，“你真是太好了。”

“谈不上啦。这张碟片可以多借给其他人看看，看的人越多越好。”她突然大笑起来，“只是随便说说。最近我并不在乎新的宣传机会。”

那股倔强劲儿又回来了。“如果这场演出放在正常时期，我也不觉得你能得到宣传机会。”

她的眉毛挑起来。“呀！”她笑着说，“看来我给你们带来的刺激不小啊。”

“对不起，”他诚挚地说，“我不该这么说。这些天里，我所说所想的一切都有些过于激烈了。”

“我明白你的意思。”她看看周围，“这里的情况怎么样？”

“还行。我以前很讨厌这些保密措施，还被埋在远离文明的地方。”他苦笑了一声，“结果倒是走了运了。”

“听起来像《大同或毁灭》[1]的第一章。”

---

1. 出版于 1946 年的杂文集，原名为 *One World or None: A Report to the Public on the Full Meaning of the Atomic Bomb*，汇集了玻尔、爱因斯坦、奥本海默等著名科学家的随笔，向公众传达了他们对原子能时代的忧虑。

他迅速抬起头。“你都是参照什么书单找书看的啊？政府钦定的禁书目录？”

她笑了起来。“得啦，哪有那么糟糕。那本书从来没有被禁过。它只是——”

“不合潮流。”他接口道。

“是啊，真可惜。如果40年代人们能多给那本书一些关注，也许这一切都不会发生了。”

顺着她的目光，他望向昏暗的、搏动的夜空。“你要在这里待多久？”

“一直待到……只要……我不走了。”

“你不走了？”

“我已经演完了。”她坦率地说道，“我走遍了所有能去的地方。我去过了每一个……人们所知的幸存点。”

“做这场表演？”

她点点头。“并传递那条特别信息。”

他沉默地思索。她转身朝门走去，而他伸手挽留，却并没有碰触到她。“请问——”

“我想……我是说，如果你不介意的话，我不是经常有机会跟——你想在周围转转，然后再进去吗？”

“谢谢你，皮特·莫瑟中士。我累了，不想走动。”她的声音确实很疲惫，“回头见吧。”

他注视着她，脑中突然闪过一道灵光。“我知道那东西在哪儿。有个把手，顶上是红色的，还有一个标签，上面说需要指挥官的命令。隐藏得非常好。”

她沉默了好久，他甚至以为她没听见自己说话。而后，她说道：“我决定在周围转转。”

他们一起走下坡道，转弯走向漆黑的练兵场。

“你是怎么知道的？”她静静地问。

“不太难猜。你带来的那条‘信息’；你走遍了全国散布它；最重要的是，有人觉得有必要劝说我们不反击。你是替谁干活的？”他直截了当地问。她一脸惊讶，大笑起来。

“你笑什么？”

“刚才你还满脸通红，局促得直晃身子呢。”

他的声音有些粗暴。“我刚才不是在跟一个人对话，我是在跟一千首我听过的歌对话，是在跟十万张我见过的金发女郎招贴画对话。你最好告诉我这到底是怎么回事。”

她停下脚步。“咱们去楼上找上校吧。”

他拉住她的胳膊肘。“不。我只是个中士，而他是高级军官，不过现在我跟他没什么不同了。你是人类一员，我也是，就此而论，我本应该尊重你的权利。可我不在乎。你最好把事情给我讲清楚。”

“好吧。”她说道，那种疲惫的顺从态度令他心中有些害怕，“不过你似乎是猜对了。就是这么回事。有几个控制发射场的主发射按钮。我们已经找到并且拆卸了大部分的，还剩下两处。其中之一很可能已经在袭击中汽化了。而另一个——找不到了。”

“找不到了？”

“不用我跟你解释什么叫‘保密性’吧，”她嫌恶地说，“你知道国与国之间如何互相欺瞒。你肯定也知道同样的情况存在于州和联邦之间，存在于部门与部门之间，办公室与办公室之间。只有三个或者四个人知道所有控制钮的地点。五角大楼被炸毁的时候，其中三个人就在里面。那是第三枚冲击弹，你知道的。如果还有一个人知道的话，就只可能是参议员范内库克，而他三周前就死了，什么也没说。”

“一个自动无线电控制钮，嗯？”

“是的。中士，咱们必须一直走吗？我真的好累……”

“对不起。”他脱口而出。他们走向阅兵台，坐在那些无人问津的长椅上。“发射架全都是隐藏的，而且解除保险了？”

“大部分都解除了保险，这就够了。有一种计时机制，会在一年之后再把保险锁上，但是现在，它们可以随时发射，并且瞄准了目标。”

“瞄准了哪里？”

“这无所谓。”

“我想我明白了。投弹数的最优统计值是多少来着？”

“大约六百四十枚，可能有一些偏差。目前至少已经投下了五百三十枚。精确数字我们也不知道。”

“‘我们’是谁？”他愤怒地问。

“谁？谁？”她无力地笑着，“我可以说是‘政府’，也许吧。如果总统死了，副总统会接手，然后是国务卿，等等。这哪儿说得完？皮特·莫瑟，你现在还没意识到出了什么事吗？”

“我不明白你是什么意思。”

“你觉得这个国家还剩下多少人口？”

“我不清楚。只剩几百万了吧，我猜。”

“这里有多少人？”

“大概九百个。”

“那么据我所知，这里就是幸存下来的最大城市了。”

他跳了起来。“不！”这个音节咆哮着离开他，用力将自己掷向黑洞洞空荡荡的建筑，又化作一串低沉的回声返回他身边：不不不不……不——不——不……

星儿开始平静却迅速地说话：“人们散布在田野中、道路上。他们坐在阳光中，然后死去。他们成群地奔跑，互相撕扯。他们祈祷、挨饿、自戕，死在火焰里。火焰——到处都是火焰，建筑不是已经倒塌，就是正在燃烧。现在是夏天，而伯克夏的树叶全都落了，青草被烧成了褐色。你能看出来那些草是被空气毒死的，死亡从光秃秃的地方蔓延开来，面积越来越大。惊雷和玫瑰……我看见了玫瑰，新开的，从一间温室的破碎花盆里长了出来。棕色的花瓣，还活着，但已经病了，那些棘刺朝自己弯曲，扎进了花茎里，正在杀死花朵。费尔德曼今晚死了。”

他任由她安静了一阵子。然后问：

“费尔德曼是谁？”

“我的飞行员。”她用双手掩着嘴，嗓音空洞，“已经好几周了，他一直处在死亡边缘。他一直都在强打精神。我觉得他当时身体里已经没有多少血了。他低飞掠过你们的司令部大楼，冲上了起降跑道。来的时候发动机已经坏了，螺旋桨是靠气流在转，跟自旋翼机似的。起落架撞烂了，他也死了。为了偷点儿汽油，他在芝加哥杀了一个人。那个人并不想要汽油。只是油泵旁边有一具女孩的尸体，他不想让我们靠近。我哪儿也不去了，我就留在这里。我累了。”

最后，她哭了起来。

皮特把她留在原地，自己走向练兵场的中央，回望露天看台上蜷成一团的微光。他的脑中闪现出晚间的演出，还有她站在冰冷的话筒前唱歌的样子。“嘿，你好啊。”“如果我们必须毁灭什么，让我们止于毁灭自己吧！”

黯淡的人类的星火——这对她有什么意义呢？怎么能这么重要呢？

“惊雷与玫瑰。”扭曲的、病态的、无法存活的玫瑰，用自己的棘刺杀死自己。

“世界终成光明之地！”蓝色的幽光，在已被污染的空气中闪耀。

敌人。红头的控制杆。邦兹。“他们祈祷、挨饿、自戕，死在火焰里。”

这些是什么样的生物啊，这些腐化的、暴力的、自相残杀的人？他们有什么权利获得再来一次的机会？他们身上有什么美好之处？

星儿很美好。星儿在哭泣。只有人类能那样哭泣。星儿也是人类的一员。

所谓人性中会掺有一丝星儿·安辛的成分吗？

星儿也是人类的一员。

黑暗中，他看向自己的双手。对于一个人来说，没有哪颗行星、哪个宇宙比他的自我，比他的自省意识更重要。这双手也是历史长河中所有人的手，与全人类的手一样，它们微小的动作可以创造历史，也可以终结历史。无论这种力量来自十亿双手，还是凝聚在他的两只手中——相对于此刻将他吞没的永世，这突然变得不重要了。

他把代表着人类的双手深深插入口袋里，然后慢慢走回看台。

“星儿。”

她应了一声，像是睡眼惺忪的孩子带着疑问的呜咽。

“他们会有机会的，星儿。我不会去碰那个控制钮。”

她坐直了身子，站起来，微笑着走向他。他能看见她的笑容，因为她的牙齿在空气中发出淡淡的荧光。她把双手搭在他的肩膀上。“皮特。”

他紧紧地抱着她。过了一小会儿，她的膝盖一软，他只能搀扶着她。

离得最近的建筑是军官俱乐部，里面一个人都没有。他跌跌撞撞走进去，扶着墙前进，直到摸索到了电灯开关。灯光刺眼。他把她扶到一张长沙发前，温柔地将她放倒。她一动不动，脸颊一侧白得像牛奶一样。

他站在原地，傻傻地看着自己的手，然后在裤子侧面擦了擦，呆滞地看向星儿。她的衬衣上有血。

需要医生。可自从安德斯把自己吊死之后，这里已经没有医生了。“得找人来，”他喃喃说道，“得做点儿什么。”

他屈膝跪下，轻轻地解开她衬衣的扣子。她的肋下有血，就在结实的中性军用乳罩和长裤之间。他抽出一块干净的手帕，开始擦拭鲜血。没有伤口，也没有穿刺的孔洞。可是鲜血又突然出现了。他小心地把血抹掉，可血又渗了出来。

就像是要用毛巾擦干一块冰。

他跑到饮水槽边，把浸满血的手帕洗净拧干，又跑回她身边。他小心翼翼地擦拭她的脸，苍白的右脸，涨红的左脸。手帕又变红了，这次还沾上了化妆品，而她的整张脸都变得苍白，眼睛下面有巨大的蓝色瘀青。在他的注视下，她左侧脸颊渗出了鲜血。

“一定有什么人能帮忙——”他向门口奔去。

“皮特！”

奔跑中，他听见她的声音，转过头去，结果在门柱上撞得头晕眼花。他被撞得向后弹开，失去平衡，接着又回到了她身边。“星儿！喂！挺住啊！我去找医生，尽快——”

她的手摸向自己的左脸。“被你发现了。除了费尔德曼，没人知道。要遮掩好还挺不容易的。”她的手又摸向头发。

“星儿，我要去找个——”

“皮特，亲爱的，答应我一件事好吗？”

“什么事，当然没问题，我答应你，星儿。”

“别把我的头发弄乱了。你看……并不都是我自己的头发。”她听起来像个 7 岁的小女孩，正在玩游戏，“这一侧的头发都掉光了。我不想让你看见我那副样子。”

他又跪到她身旁。“这是怎么回事？发生了什么？”他嘶哑地问。

“在费城，”她喃喃地说，“就在袭击开始的时候。蘑菇云升起来，离我只有半英里。录音棚塌了，我第二天才醒过来。当时我不知道自己被辐射灼伤了。一开始没什么反应。我的身体左侧。没关系的，皮特。现在一点儿都不疼了。”

他又一次站起身来。“我这就去找医生。”

“别走。请别走开，不要把我留在这里。求求你。”她眼中有泪光，“再多陪我一会儿。不会很久的，皮特。”

他再次跪倒。她把他的双手拉到自己手中，紧紧握住。她开心地笑起来。“你很好，皮特。你真的很好。”

（她听不到他耳中血液沸腾的声音，听不到仇恨、恐惧和痛苦的旋涡在他心中翻腾咆哮。）

她用低沉的嗓音向他倾诉，接着变成了极轻的耳语。他不时怨恨自己，因为他跟不上她的话。她谈到了学校和她的第一次试镜。“我当时害怕极了，说话都有颤音。我之前从来没有参加过试镜。现在我唱歌的时候，总是会让自己有一点点害怕。这样会简单一些。”她四岁的时候有个窗台花槽。“种了两棵真正的、活的郁金香，还有一棵猪笼草。我当时还为掉进去的苍蝇感到伤心。”

之后是一段长时间的沉默，在这段时间里，他的肌肉因僵硬和痉挛而抽动，然后逐渐变得麻木。他一定是睡着了；他猛地惊醒，感觉到她的手指触碰着自己的脸。她用一侧胳膊肘支撑着身体，口齿清晰地对他说：“我只是想告诉你，亲爱的。让我先走吧，让我为你把一切都准备好。这会很棒的。我给你来一份特制的拌沙拉。我还要给你做个蒸巧克力布丁，替你热着。”

他有点儿糊涂，听不懂她在说什么，只是微笑着把她的后背放平在长沙发上。她又握住了他的手。

他第二次醒来时，天已经大亮，而她已经死了。

他回到营房时，梭尼·韦泽弗罗因德正坐在自己的小床上。他把回来路上从练兵场捡回的碟片交给了梭尼。“上面有露水，把它擦干吧，好伙计。”他沙哑地说道，面朝下倒在邦兹用过的小床上。

梭尼盯着他，“皮特！你去哪儿了？出什么事了？你还好吧？”

皮特稍稍移动身体，咕哝了一声。梭尼耸耸肩，从湿漉漉的信封里拿出了那张音像碟。湿气不会对它造成特别的伤害，但湿的时候不能播放。碟片是由塑胶的细小螺旋组成的，叠合的两圈之间有绝缘的夹层。播放机转盘上方和下方的静电感应器会随着电容率的变化给出波动的信号，这种变化是在录像时压制进去的，被放大后提供给扫描器。而音频来自传统的沟槽式唱针。梭尼开始小心翼翼地擦拭碟片。

皮特奋力从一个宽阔的、泛着绿光、闪烁着冰冷火焰的地方爬了出来。星儿在呼唤他。还有什么东西正在击打他。他虚弱地挣扎，想听清她在说什么。但是有别人大声地喋喋不休，他听不清。

他睁开眼睛。梭尼正在摇晃他的身体，那张圆脸因兴奋而泛红。音像碟在转动。星儿在说话。梭尼不耐烦地站起身，把音频增益调低。“皮特！皮特！醒醒啦，听见没？我有事情要跟你说。你听我说，醒醒啦，听见没？”

“啊？”

“这还差不多。现在听我说，我刚在一直在听星儿·安辛——”

“她死了。”皮特说道。

梭尼没听见，他继续滔滔不绝：“我想明白了。星儿是被派到这里来的，还有其他地方。她来恳求别人不要再发射原子弹。可如果政府决定不反击，他们才不会搞得这么麻烦。皮特，就在某个地方，我们有办法向那些大开杀戒的懦夫发射核弹——我有一个主意，我非常清楚应该怎么办。”

皮特摇摇晃晃，努力朝星儿微弱的声音走去。梭尼还在继续：“现在，假设有一个高级无线电按钮，一个自动编码装置，类似于船上的警报信号。当操作员发出四个长划时，无线电范围内的任何船只上都会响起警铃。假设有一台自动编码机，或许还有中继器，能用来发射埋在全国各地的导弹。它会是什么样子的？只是一个小小的控制杆，拉下来就全搞定了。这东西会藏在哪儿呢？在一大堆其他设备的中间，就藏在那里。在那个地方，你本来就期待会看见很多疯狂的秘密玩意儿。比如一个实验站，比如咱们这里。你明白我的主意是什么了吗？”

“闭嘴。我听不见她说话了。”

“让她见鬼去吧！你可以换个时间再听。我说的话你一句也没听进去！”

“她死了。”

“好吧。听着，我觉得我会拉下那个把手的。我还有什么可以失去的？让那些杀人的……你说什么？”

“她死了。”

“死了？星儿·安辛？”梭尼年轻的面庞扭曲起来，他重重地陷入小床中，“你还没睡醒，你不知道自己在说什么。”

“她死了，”皮特声音沙哑，“她被第一批核弹灼伤了。我就在她身边，她……她——现在你闭嘴，你走开，让我好好听录音！”他发出刺耳的吼声。

梭尼慢慢地站起身。“他们把她也杀死了。他们杀了她。那东西用得上。那东西能解决问题。”他面孔煞白，走了出去。

皮特从床上爬起来。他的腿没法好好走路，险些摔倒。他猛地冲向控制台，张开的胳膊把感应器从碟片上撞飞了。他又把它放好，把音量调高，然后躺下来继续听。

他的头脑一片混乱。梭尼说得太多了，什么导弹发射器、自动编码机——

“你把心交付给我，”星儿唱道，“你把心交付给我。你把心交付给我。你——”

皮特又爬起来，移动感应臂。一阵愤怒涌上心头，不是生自己的气，而是气梭尼害得他把碟片划坏了。

星儿在说话，看起来很傻，因为她的脸一直在重复同样的表情。“在东海岸受到了攻击在东海岸受到了攻击——”

他再一次疲倦地起身，移动感应器。

“你把心交付给我。你把心——”

皮特痛苦地叫喊，语不成声。他弯下腰，举起控制台，把它砸在地上。寂静像在重重击打他，他说：“我也是。”

然后，“梭尼！”他等着回应。

“梭尼！”

接着，他的眼睛瞪大了，咒骂着冲向走廊。

等他赶到那堵墙前面时，暗门已经合上了。他踢了一脚，墙板猛地弹开，里面一片漆黑。

“嘿！”梭尼吼道，“把门关上！你把灯都弄灭了！”

皮特从身后关上门。电灯又亮了起来。

“皮特！出什么事儿了？”

“什么事儿也没出，梭尼。”皮特低沉地回答。

“你在看什么？”梭尼不安地问。

“对不起，”皮特尽量温和地说，“只是有些问题要弄清楚，仅此而已。关于这东西的事情，你告诉别人了吗？”他指向控制杆，问道。

“没有，怎么了？你睡觉的时候我才搞清楚，就是刚才。”

皮特仔细地看了看四周，而梭尼不安地晃动着身体。皮特走向一个工具架。“梭尼，有个东西你还没注意到。”他柔声说道，伸手一指，“在那上面，就在你身后的墙上。很高的地方。看到了吗？”

梭尼转身望去。皮特用流畅的动作取下了一个十四英寸的扳手，用尽全力击向梭尼。

之后，他开始有条不紊地处理电力供应设备。他拔掉了燃气发动机上的活塞，用大锤砸开了汽缸。他打掉了柴油内燃机起动器的油管——油箱里的柴油猛地喷发出来。然后他又用断线钳切断了所有的电缆。最后他把继电器架和那根控制杆折断了。干完之后，他放下工具，弯下腰，抚摩梭尼蓬乱的头发。

他走出去，小心翼翼地把隔板关上。这里伪装得真是出色啊。他在附近的一张工作台上重重地坐了下来。

“你们还有机会，”他对着遥远的未来说道，“看在上天的分上，你们最好能成功。”

然后，他只是等待着。

（陶凌寅　译）

试观此女[1]

在最初的二十年里，科幻小说几乎与对抗性运动一样为男性所专有。1949年，《惊异》开展的读者调查展示了一些有趣的数据，其中便有一项表明，该杂志的男性读者占比达到了93%，而“科幻之路”各卷收录的作品也足以证明男性作家在该领域内的数量优势。

1948年前，鲜少会有女性撰写科幻，那些女性科幻作家通常会用男性化的笔名隐藏自己的性别，或者选用中性化的首字母缩写。也有作者会选用明显女性化的笔名，但数量绝不在多。格特鲁德·贝内特（Gertrude Bennett）在1918至1923年间撰写科幻，使用的是笔名弗兰西斯·史蒂文斯（Francis Stevens），而不是女名弗兰西丝（Frances）。凯瑟琳·穆尔（Catherine Moore）用名字的首字母C. L.（穆尔）作笔名[2]。利·布雷克特（Leigh Brackett）[3]的名字看不

1. 标题“Ecce Femina”化用拉丁文“Ecce Homo”，典出《圣经·新约·约翰福音》19：5，常见翻译包括“试观此人”、“你们看这个人”、“瞧！这个人！”等。
2. C. L. 穆尔全名为Catherine Lucille Moore。
3. 更为常见的译名是莉·布莱凯特，她是星战系列多部作品编剧，人称“太空歌剧女王”，是第一位入围雨果奖的女性。此处英文原名无性别倾向，故不采用女性化译名。

出性别。自 1948 年的《隐匿》（“In Hiding”）起，威尔玛·希拉斯（Wilmar Shiras）撰写了一系列拥有超能力的变种儿童的故事[1]，她的名字也叫人无法分辨性别。

1948 年，朱迪斯·梅丽尔的《为母之心》（“That Only a Mother”）出现在《惊异》杂志之上，从此，科幻领域内的女性开始展露性别。一年以前，即 1947 年，《惊险神奇故事》与《惊人故事》杂志就开始刊载玛格丽特·圣克莱尔（Margaret St. Clair）的小说，1950 年，《奇幻与科幻杂志》开始发表她以笔名伊德里丝·西布赖特（Idris Seabright）创作的故事。

许多其他女性也开始出现在杂志内页及书籍封面上：1949 年，凯瑟琳·麦克丽恩（Katherine MacLean）的小说首次登上《惊异》杂志，此后她又创作了许多优秀故事，其中包括一篇星云奖获奖作品[2]。泽娜·亨德森（Zenna Henderson）是亚利桑那州的一名学校教师，她为《奇幻与科幻杂志》撰写了“天选之人”[3]系列小说，讲述一架飞船上的外星人滞留地球的故事。爱丽丝·玛丽·诺顿（Alice Mary Norton）是克利夫兰的一名少儿图书馆管理员，1952 年，她开始撰写以《星人之子》（*Star Man's Son*）为首的青少年系列作品，创作这一广受欢迎的系列时，她又用回了先前的笔名“安德烈”[4]。

其他性别恰巧为女的科幻作家还包括希拉里·贝利、露丝·伯曼、琼·贝诺特、玛丽昂·齐默·布拉德利、奥克塔维娅·E. 巴特勒、卡罗尔·卡尔、乔伊·钱特、苏丝·麦基·查纳斯、C. J. 彻丽、米尔德里德·克林格曼、格兰尼娅·戴维斯、米丽娅姆·艾伦·德

1. 指“原子之子”（*Children of the Atom*）系列。
2. 指“The Missing Man”，首发于《类比》1971 年 3 月刊。
3. 天选之人（The People），系列全称是 *Pilgrimage: The Book of the People*。作家的作品中包含许多基督教主题，该小说中的天选之人指的是一个外星种族。
4. 诺顿初涉文坛时曾使用笔名安德鲁·诺斯（Andrew North），一度用回本名，后以安德烈·诺顿（Andre Norton）的名字为科幻迷所熟知。

福特、索尼娅·多曼、菲莉丝·艾森斯坦、叙泽特·哈登·埃尔金、卡罗尔·埃姆什威勒、菲莉丝·戈特利布、安妮·沃伦·格里菲斯、琼·亨特·霍利、E. 梅恩·赫尔、爱丽丝·埃莉诺·琼斯、凯瑟琳·库尔茨、桑德斯·安妮·劳本塔尔、塔尼斯·李、厄休拉·K. 勒古恩、杰奎琳·利希滕贝格、伊丽莎白·林恩、安妮·麦考菲利、冯达·N. 麦金太尔、菲莉丝·麦克伦南、雷琳·穆尔、麦琪·纳德勒、林·尼尔森、多丽丝·皮塞彻亚、基特·里德、乔安娜·拉斯、帕梅拉·萨金特、爱丽丝·谢尔顿（即小詹姆斯·提普奇）、丽莎·塔特尔、琼·温奇、凯特·威廉、切尔西·奎因·雅布罗和帕梅拉·佐林。

此时的她们已经成就斐然。安尼·麦考菲利（Anne McCaffrey）凭借"帕恩星的龙"系列收获了一批忠实拥趸，并获得一次星云奖和一次雨果奖。乔安娜·拉斯（Joanna Russ）和冯达·N. 麦金太尔都曾获得星云奖。凯特·威廉（Kate Wilhelm）曾获星云奖与雨果奖各一次，而爱丽丝·谢尔顿（Alice Sheldon）则各获两次。厄休拉·K. 勒古恩（Ursula K. Le Guin）的奖项太多，难以尽数。帕梅拉·萨金特（Pamela Sargent）本身既是作家也是文选编辑，她近期[1]编纂的三部选集《神奇女性》(*Women of Wonder*)、《神奇女性续编》(*More Women of Wonder*）和《新神奇女性》(*The New Women of Wonder*）皆聚焦于科幻中的女性。而科幻领域内最具影响力的编辑之一就是德尔·雷伊图书公司的朱迪林恩·德尔·雷伊（Judy-Lynn del Rey）。

如今，时代已经变了。曾经的男性专属领域已被女性读者入

1. 三部选集的成书时间分别是 1975 年、1976 年、1978 年。《神奇女性》的副标题为"女性创作的关于女性的科幻故事"(Science-fiction Stories by Women about Women)，同时包含"科幻领域内的女性"和"科幻小说中的女性"两层意思。

侵——在科幻课堂上，男女学生的人数经常大致持平——女性作家也开始在概念文学领域挑战男性作家的地位。但在朱迪斯·梅丽尔将她的首部短篇科幻《为母之心》卖给《惊异》的 1948 年，这一现象尚不明显。该故事发表于 1948 年 6 月。

梅丽尔本名为约瑟芬·朱迪斯·格罗斯曼（Josephine Judith Grossman）。她最早接触科幻小说是通过首任丈夫丹·齐斯曼（Dan Zissman）。梅丽尔将大女儿的教名用作笔名，不久后又将真名改为这个名字。1945 年至 1946 年其夫在海军服役，梅丽尔住在纽约，并在那里与一些留守的"未来派"[1] 成为知交，这是一个成立于 1937 年的科幻爱好者组织，此间涌现出了数量惊人的作家、编辑、代理商、评论家甚至是出版商。

在《为母之心》产生影响力后，梅丽尔开始了全职作家与编辑生活。她的首部长篇小说《炉边阴影》（*Shadow on the Hearth*，1950）的主题是一场核战争后的生活。她还与西里尔·科恩布鲁斯以笔名西里尔·朱迪（Cyril Judd）合著了两部小说，即《火星前哨》[2] 与《枪手凯德》（*Gunner Cade*，1952）。

她编纂的平装本选集《黑暗中的枪声》（*Shot in the Dark*，1950）为其开启了事业新阶段，这一阶段的巅峰期是一套极具影响力的"年度最佳科幻"系列，这个系列始于 1956 年，并持续编选了十二年。随着其所选作品的科幻特征减少，个人特质增多，这套选集的重要性（或许也包括销量）渐渐降低。她在选集《摇摆英伦》中对"新浪潮"科幻不吝赞词，而她最后一部选集作品也正体现了此种精神；她参与了"新浪潮"运动的命名，并公开为这场运动发声宣传，

1. 科幻粉丝团体，其中包括许多作家和编辑。未来派的据点在纽约，是 1937 年至 1945 年间科幻小说与科幻同人创作的主力队伍。
2. 1951 年以《火星之子》（*Mars Child*）为名发表于《银河科幻》杂志上，1952 年出书时首次更名为《火星前哨》（*Outpost Mars*）。

力图使其战胜传统科幻小说。

她的“年度最佳科幻”系列所选作品与埃弗雷特·F. 布雷勒（Everett F. Bleiler）和特德·迪基（Ted Dikty）合编的一套系列科幻选集[1]多有重合，这套选集从 1949 年持续编选到了 1958 年，后期由迪基独自编辑；它又与自 1966 年开始出版的“美国科幻作家星云奖合集”有所重合，哈里·哈里森（Harry Harrison）与布赖恩·奥尔迪斯合编的年度最佳科幻丛书[2]与它们也有重合。后来，唐纳德·沃尔海姆与特里·卡尔也加入了这个重复编选年度最佳科幻的行列，二人后来又分开编选各自的年度最佳选集。莱斯特·德尔·雷伊也有一套自己的年度最佳科幻系列选集，此系列后来由加德纳·多佐瓦继承。

梅丽尔曾与弗雷德里克·波尔有过一段为期几年的婚姻，始于 20 世纪 40 年代后期。她为加拿大广播公司做过一段时间的纪录片制片人，曾在日本与翻译家们共同翻译一部日本科幻选集，也曾在多伦多的一所实验学院工作。

（穆童、憬怡　译）

1. 选集名称也是与之相类的“年度最佳科幻小说”（*The Best Science Fiction Stories/Year's Best Science Fiction Novels*）。
2. 哈里森与奥尔迪斯合编的《最佳 SF：年度最佳科幻小说》（*Best SF: The Year's Best Science Fiction*）于 1967 年至 1975 年间出了九卷。

为母之心

［美国］朱迪斯·梅丽尔

玛格丽特把手伸向床的另一边，汉克本来应该在那里的。可她只拍到了枕头，上面什么都没有。接着她完全清醒过来了。好几个月过去了，她不知道自己为何还留着这个旧习惯。她试着像猫一样蜷起身子来保暖，却发现再也没法完成这个动作了。她从床上爬起来，欣慰地发觉自己的身子正变得越发笨重。

早上要做的事都是按部就班的。穿过小厨房时，她按下按钮开始做饭——医生嘱咐过她要尽量多吃些早餐——然后从传真机里把传文撕下来。她仔细地把这张长条纸折好，露出“国内新闻”版块，然后把它立在浴室的架子上，以便在刷牙时浏览。

没有意外事故。没有直接轰炸。至少没有正式公布出版的消息。就这样吧，玛吉[1]**，别再多想了。没有意外事故，没有轰炸。就信了报纸上的好话吧。**

厨房里传出三声清晰的铃响，宣告早餐已经做好了。她在桌子上摆好鲜艳的餐巾和色彩明快的盘子，可尝试全是徒劳，还是没什

1. 玛吉（Maggie）是玛格丽特（Margaret）的昵称。

么胃口吃早餐。接着，没什么需要准备的了，她就去查看信件，充分享受那种拉长期盼的心情，因为今天肯定会有一封信的。

确实有信。不止一封。两份账单，还有一封母亲寄来的短笺，内容满是担忧："亲爱的，为什么不早点写信告诉我？当然了，我很开心。不过，尽管没人愿意提这些，但你能确信那个医生是对的吗？这些年来汉克总是在铀啊钍啊或是其他什么东西附近工作。我知道你说过他是个设计师，不是技术人员，他也没有接近任何可能有危险的东西。但你知道的，他曾经在橡树岭[1]的时候接触过。你不觉得……啊，当然，我只是个糊涂的老太太，我也不想让你为此心烦意乱。这方面你懂得比我多，我也相信你的医生没有错。他应该知道……"

玛格丽特冲着好喝的咖啡扮了个鬼脸，发现自己无意中把报纸重新折到了医疗新闻版面。

到此为止，玛吉，别看了。那个放射学家说过了，汉克的工作并没有让他暴露在辐射中。至于我们开车路过的那片爆炸区域……不，不。别看了，现在就停！小玛吉，就看看社会新闻或是食谱吧。

医疗新闻里，一位有名的遗传学家表示怀孕五个月的时候就可以确诊胎儿是否正常，至少也能确定基因突变会不会造成任何畸形。无论如何，最差的情况都是可以避免的。当然，像是五官移位或是大脑结构变异这种小突变是没办法检测出来的。最近还出现了这样的案例：胚胎正常，而四肢却在七八个月后就停止了发育。但是医生乐观地总结道，最坏的情况现在都能被预见并预防。

"预见并预防。"我们预见了，不是吗？汉克和其他人，他们都预见了这个。但是我们没有预防这样的事发生。我们本该在 1946 年

1. 橡树岭国家实验室是美国能源部所属的一个大型国家实验室，成立于 1943 年，最初是作为美国曼哈顿计划的一部分，以生产和分离铀和钚为主要目的建造的，原称克林顿实验室。

和 1947 年就停止这种事，而现在……

玛格丽特决定放弃这顿早餐。十年来，她都是在早上喝一杯咖啡就够了。今天也这样吧。她穿上有着层层褶皱的衣服，系上扣子。那个女店员向她保证过，怀孕后期只有穿这种材质的衣服才舒服。她意识到自己的肚子已经大到快要用上最后一枚纽扣了，纯粹的喜悦涌来，让她把信件和新闻都抛到了脑后。不会太久了。

晨曦中的城市总是带给她一种特别的兴奋感。昨夜落过雨，人行道仍然湿漉漉的，不见尘土。对于一个在城市长大的女人来说，工厂偶尔冒出的辛辣烟味，反而让空气闻起来更加新鲜了。她穿过六个街区去工作，沿途望见那些通宵营业的汉堡店一盏盏熄了灯。那里，阳光已经开始照耀在一面面玻璃墙上，而烟草店和干洗店昏暗的室内开始亮灯。

办公室位于一栋新的政府大楼中。乘电梯上楼的时候，她总觉得自己是一根在老式烤箱上半部分旋转的法兰克福香肠。十四楼到了，她离开了泡沫胶垫，感到谢天谢地。然后她走过一长排一模一样的书桌，在后面找到自己的桌子坐下。

每天早晨迎接她的那堆文件都会变高一些。正如所有人都知道的那样，这几个月是决定性的。战争的胜败取决于很多因素，其中也包括此处的计算工作。联络员的工作对她来说太过繁重，人力部门把她换到了这儿。电脑很好操作，工作虽没有之前那么刺激，倒也挺吸引人的。如今你不能停止工作，这里需要每一个能干活的人。

以及——她记得与心理医生的那场会面——**我大概是情况不太稳定的那一类。要是待在家里看那种耸人听闻的报纸，天知道我会得什么神经官能症……**

她投入到工作中，没有再想这事。

2月18日

亲爱的汉克：

只是写几个字——不过是在医院写的。我上班的时候感到头晕，医生很重视这个问题。在床上独自躺几个星期，就这么等着，要是知道能做什么就好了——但博耶医生似乎认为不会那么久。

这里的报纸太多了。杀婴者总是越来越多，他们好像找不到陪审团来对他们中的任何一个人定罪。动手的都是那些父亲。你没在这里真是很走运，万一——

哦，亲爱的，这不是什么有趣的笑话，对吧？尽量多写信，可以吗？我没有事做，总是胡思乱想。但是这里真的没出什么差错，也没有什么需要担心的。

多写信。记得我爱你。

玛吉

专电

1953年2月21日

22 : 04 LK37G

自：技术中尉H. 马维尔

X47-016 GCNY

至：H. 马维尔太太

女子医院

纽约市

收到医生电报 四点十分到

短假 你做到了 玛吉 爱你 汉克

2月25日

亲爱的汉克：

所以说你也没看见孩子？你也许会觉得这样大的地方至少会在恒温箱上放个透明板，好让父亲们能看一眼。虽然蒙在鼓里的可怜妈妈们没有这个待遇。他们告诉我还有一周不能见她，或是更久——但是，当然了，母亲常告诫我，如果我没有放慢步伐，以后的孩子可能也会早产。她怎么能总是这么英明呢？

你见过他们派过来的那个激进的护士了吗？我猜他们只让她看护产妇，而不让她靠近孕妇——但是这样的女人本就不应该出现在产科病房里。她对变异婴儿相当着迷，几乎不愿谈论别的。

哦，那个，我们的孩子一切正常，只是出来得太快了些。

我累了。他们告诫我不要这么早坐起来，但我一定要给你写信。

真心爱你，亲爱的。

玛吉

2月29日

亲爱的：

我终于看见她了！他们说得真没错，新生儿的小脸只有他们的母亲会喜爱——但是该有的全都有，亲爱的，一双眼睛，一双耳朵，一双鼻子——不，鼻子只有一只！——位置也全都对。我们太幸运了，汉克。

我恐怕自己已经变成了一个总是吵吵闹闹的病人。我不停地告诉那个脸型瘦削、对变异婴儿异常狂热的女护士，我想看到孩子。最后，一名医生进来向我“解释”了一切，还讲了一大堆废话。我确信，这番话没人能听懂多少，我也不行。我知道的唯一一件事就是孩子实际上不必待在恒温箱里，他们只是认为那样做“更明智些”。

我想那时我变得有点歇斯底里。大概我比自己承认的更加担忧，但我还是为此发了点脾气。为了解决这件事，他们在门外开了个秘密的医疗会议。最后，那个穿着白衣的女人说：“嗯，我们就这样做吧。也许那样效果更好。”

我听说过在这种地方，医生护士都会形成上帝情结，相信我，无论从比喻义还是从字面义上来看，都是这么回事，一个母亲在这里毫无地位可言。

我还是相当虚弱。我会很快再给你写信的。爱你的，

玛吉

3月8日

最最亲爱的汉克：

如果是那个护士告诉你的，她就在胡说。她本来就是个大傻瓜。是个女孩儿。我知道，看孩子的性别可比看那些小猫容易多了。叫汉丽埃塔怎么样？

我又回家了，比一个电子感应加速器还忙。在医院他们把一切都混起来了，我得自学怎么给她洗澡，还有其他好多事。她也变得越来越好看了。什么时候你能休个假呢，那种真正的假？

爱你，

玛吉

5月26日

汉克亲爱的:

你现在应该看看她——你马上就能看到了。我随信附上一盘彩色的片子。我妈妈给她送来了一些睡衣，有很多系带的那种。我给她穿上了一件，现在她看起来就像是一个雪白的小土豆袋子，最上面绽放着一张花一样的美丽面孔。哦，这是我说的话吗？我是不是变成了一个溺爱孩子的母亲啦？

但是等你看见她就知道了！

7月10日

……信不信由你，但是你的女儿会说话，而且我不是指那种婴儿语。爱丽丝发现的——她是陆军妇女军团[1]的一名牙医助理，你知道的——当时她听到孩子说出了一段话，虽然在我听来只是一串含糊不清的字眼。她说这孩子懂单词和句子，但是没办法清晰地讲出来，因为她还没有长牙。我要带她去找语言专家。

9月13日

……我们当真有个小天才！现在她的门牙都长齐了，说起话来也很清晰，以及——现在有一项新的天赋——她会唱歌！我的意思是确实有旋律！才七个月大！亲爱的，如果你能回家的话，我的世界就圆满了。

1. 美国陆军妇女队（WAC, Women's Army Corp）。1943 年中期，美国国会通过决议，创建“陆军妇女队”，这是美国首次准许女性参加正规军。

11月19日

……终于。这小笨蛋光忙着变聪明了，结果学习爬行却花了很久。医生说，这种情况下孩子的成长过程总是不稳定……

专电

1953年12月1日

08 : 47 LK59F

自：技术中尉，H. 马维尔

X47-016 GCNY

至：H. 马维尔太太

K-17号公寓

19街东部504号

纽约市

明起放周假 五点十分到机场 别接我 爱你 爱你 爱你 汉克

玛格丽特把小浴盆里的水倒掉了一些，剩下的只有几英寸深。接着她松开了手，不再紧紧抱着那个扭来扭去的孩子。

“我想你要是没那么聪明就好了，我的小小姐，”她开心地对孩子说，“你不能在小浴盆里爬，你知道的。”

“那我为什么不能用浴缸？”现在玛格丽特已经习惯了女儿流利的言谈，但是有些话还是会让她感到意外。她把这块不断反抗的小粉肉裹进毛巾里，然后开始擦拭。

“因为你太小了，你的脑袋也太软，而浴缸可是很硬的。”

“哦。那我什么时候能用浴缸？”

“当你头长到外面和里面都一样结实的时候，我的小天才。”她伸手去拿堆在一起的干净衣物。“我不明白，”她接着说，把一块方巾别在睡衣上，“为什么像你这样聪明的孩子学不会像其他孩子那样穿尿布呢。这种尿布已经用了好几个世纪了，你知道的，没人对它不满意。”

孩子拒绝回答。这种话她已经听了太多遍了。她干净又好闻，耐心地等待着被放进白色的婴儿床里。她赏给了母亲一个微笑，不可避免地令玛格丽特想到玫瑰色黎明里太阳射出的第一道灿灿金光。她想起汉克第一次看到他漂亮女儿的彩色照片时的反应，接着，她意识到现在已经很晚了。

“睡觉吧，小猫咪。你知道，你醒来时，你爸爸就会在这儿了。”

“为什么？”孩子足有 4 岁的心智发出了疑问，可她十个月大的身体却困了。她做着徒劳的抗争，最终还是睡去了。

玛格丽特走进小厨房，为烤箱设上了时间。她检查了桌子，然后把衣物从壁橱里拿出来：新连衣裙，新鞋子，新吊带，全都是新的。那是几个星期之前买好的，留着汉克电报来的那天穿。她停下来，从传真机里扯下传文，带着衣服和新闻走进了浴室，小心地坐进冒着蒸汽、芳香四溢的浴缸。

她随意地扫了一眼报纸。至少今天没有必要读国内新闻了。有一篇遗传学家写的文章，就是之前那位。他说突变正在不成比例地增长着。原因不会是隐性性状，时间还太早，即使是 1946 年和 1947 年出生在广岛和长崎附近的首批突变婴儿，也没到繁殖年龄。但是我的孩子一切正常。很明显，是一些原子弹爆炸产生的自由辐射造成了那些悲剧。我的孩子很好。有些早熟，但是正常。如果人们给予第一批日本突变婴儿更多关注，他说……

1947 年春天时，报纸上登了那条很短的通知。汉克就在那时离开橡树岭。“如今，在日本，只有百分之二到百分之三的杀婴犯被抓……”但是我的孩子一切正常。

她穿好衣服，梳妆一番，正准备涂上最后一抹唇彩时，门铃响了。她冲向房门。在门铃声消散之前，她在十八个月以来第一次听到了那个几乎已经遗忘的声音：钥匙在锁中转动。

“汉克！”

“玛吉！”

他们相顾无言。那么多天过去了，积攒了好几个月的新鲜事，那么多想要告诉他的话。然而她现在只是站在那里，望着他一身卡其色制服和一张陌生而苍白的面孔。她在记忆里搜寻着他的样子。还是那样，鼻梁高挺，眼距宽阔，眉毛如羽毛一般轻软；还是那样，长长的下巴，稍退的发际线，高高的额头，嘴唇的弧度也没有变。他好苍白……当然了，这段时间他一直在地下工作。……也很陌生。久未亲昵，他的脸要比任何陌生人的面孔都要陌生。

在他伸手穿过十八个月的隔阂抚摸她之际，她脑海里已经闪过这些念头。现在，再一次，相顾无言，因为没有必要。他们在一起，此刻这就够了。

“孩子呢？”

“睡觉呢。她随时都会起来。”

没人着急。他们的语调轻松，仿佛每天都在这样交谈，仿佛战争和分离都未曾存在。玛格丽特拿起他扔在门边椅子上的外套，小心地挂在大厅衣柜里。她前去查看烤箱，让他自己一个人在房间里随意走动，唤起记忆，回到现在。最终，她看见他低着头站在婴儿床前。

她看不见他的面孔，但也没这个必要。

“我想我们可以就叫醒她这一次。”玛格丽特把被子掀开，将这个白色的小包裹从床上抱起来。困倦的眼皮缓缓抬起，孩子露出蒙胧的棕色双眸。

“你好。”汉克的声音有点迟疑。

“你好。”孩子的语气则更明确。

当然，他已经听说了这事，但是亲耳听到孩子说话还是不一样的。他激动地转向玛格丽特。“她真的能——？”

“亲爱的，她当然能。但是更重要的是，她也能像其他婴儿那样做一些正常的事，甚至是那些蠢兮兮的事。看她爬一个！”

玛格丽特把孩子放在了大床上。

有那么一会儿，小小的汉丽埃塔躺在床上，望向父母的眼神充满疑惑。

“爬？”她问道。

“对呀。你知道的，你的爸爸刚来。他想看看你的表现。”

“那你得帮我翻个身，肚子朝下。”

“啊，当然。”玛格丽特体贴地把孩子翻了过来。

“怎么回事？”汉克的嗓音听上去还是很随意，但是话语中涌动着什么，房间里的气氛开始改变，“我以为婴儿都应该先学会翻身的。”

“这孩子，”玛格丽特拒绝注意到空气中的不安，“这孩子想做什么就做什么。”

在父亲温柔的注视中，孩子的小脑袋向前伸，身子再跟上去，一拱一拱地推着自己在床上爬行。

“这小淘气，”他发出轻松的笑声，“她看起来就像钻进土豆袋子里赛跑的人，野餐时他们经常这么做。快把她的小胳膊从袖子里拉出来。”他伸出手，抓住了长睡衣底部的蝴蝶结。

“我来吧，亲爱的。”玛格丽特想要抢先来做。

“别傻了，玛吉。这可能是你的第一个孩子，我可有五个弟弟呢。”他笑着让她退后，然后用另一只手去解袖子上的细绳。他打开袖口，摸索孩子的小胳膊。

“看你蠕动的样子，”他严厉地对孩子说，手碰到了肩膀上一个动来动去的小肉球，“用肚子而不是手脚去爬，别人会认为你是条小虫子呢。”

玛格丽特站在一旁看着，脸上挂着笑。“等会儿你该听听她唱歌，亲爱的——”

他的右手摸到了肩膀上本该有一条胳膊的地方。往下摸，那里只有一个坚实的小肉球在扭动，想要逃开他手掌的压迫。他的手指又回到了肩膀的部位。他万分谨慎地解开了系在睡衣底端的蝴蝶结。他的妻子站在床边，嘴里说着：“她会唱‘铃儿响叮当’，还有——”

他的左手顺着睡衣柔软的布料向上摸，触到了叠好的尿布，平整而光滑，包住了他孩子的小屁股。没有褶皱。没有踢腿。没有……

“玛吉。”他试着把手从那个平整而干净的尿布里抽出来，离开那个不断蠕动的身体。“玛吉。”他的喉咙很干，艰难发出的声音是那么低沉而刺耳。他说得很慢，想着每一个音节，强迫自己把它们说出口。他的头很晕，但是他必须在放手前知道一切。“玛吉，为什么……你没有……告诉我？”

“告诉你什么，亲爱的？”与男人冲动的孩子气相反，玛格丽特的镇静来自女人自古就有的耐心。她突然笑了，在房间里听来是那么轻松自然。现在她全知道了。“她尿了吗？我还不知道。”

她还不知道。他的双手不受控制地伸向那个柔软光滑的婴儿身体，那个扭曲的，没有四肢的躯体。天啊，我的天啊——他的头不住颤抖，肌肉紧缩，在歇斯底里中忍受着痛苦的痉挛。他的手指掐紧了他的孩子——哦，天啊，她还不知道……

（昼温　译）

时间问题[1]

时间旅行一直是科幻小说中的异类。穿越时空当然纯属幻想——没有证据表明有人曾经穿越，我们也不相信它能在未来实现，因为没有这样的理论依据——然而，时间旅行这个概念却没有被划入奇幻，相反，它在科幻世界备受尊崇。时间旅行被人接纳的原因，第一在于传统的影响；第二，借助机器实现时间旅行，赋予了它技术基础；第三，时间旅行作为叙事机制所发挥的基本作用。只有用奇幻手段进行穿越的小说，才属于奇幻小说。

时间旅行最早出现在小说中时，是借助睡眠来实现的：角色一觉睡去，醒来已是多年以后。这样的例子有华盛顿·欧文（Washington Irving）的《瑞普·凡·温克尔》（"Rip Van Winkle"，1819）、玛丽·格里菲斯夫人（Mrs. Mary Griffith）的《三百年之后》（"Three Hundred Years Hence"，1836）和爱德华·贝拉米（Edward Bellamy）经典的政治宣传小说《回顾》（*Looking Backward*，1888）。相比之下，回到

1. 标题"A Matter of Time"化用了威廉·泰恩的短篇小说《频率问题》（"A Matter of Frequency"）。

过去可不只是睡一觉这么简单：在《康州美国佬大闹亚瑟王朝》（*A Connecticut Yankee in King Arthur's Court*，1889）里，马克·吐温（Mark Twain）安排了主角被撬棍击中头部的情节，从而解决了这个问题；在《唯恐黑暗降临》（*Lest Darkness Fall*，1941 年出版，连载于 1939 年）中，L. 斯普拉格·德·坎普（L. Sprague de Camp）的解决方法是一道闪电。

但是，后世作品仿效的原型，却来自 H. G. 威尔斯的中篇小说《时间机器》（"The Time Machine"，1895）。这是威尔斯创作科学传奇[1]以来取得的首次成功。这部小说首开先河，用机械装置实现时间旅行，穿越者因而能够返回现在，这一点的重要性超越了之前的单向穿越。威尔斯认为时间旅行其实不大可能——其可能性甚至低于他在《月球上最早的人类》（*The First Men in the Moon*，1901）里设想的反重力技术——但是他煞费苦心描绘细节，让他的时间机器真实可信。

从那以后，各式各样的时间机器就成了科幻小说里的常客。有了时间机器，作者笔下的角色就能在连连惊叹中穿越未来，发现社会和人类的发展方向，甚至去往万事万物的最终结局——威尔斯就在《时间机器》的结尾处描绘了这样的一幅图景。作者也可以让小说人物回到过去，探寻事件的起源或历史的真相。

需要解答的问题是：为什么要穿越？穿越好在何处？对于大多数小说人物而言，驱使他们进行穿越的动机是好奇心。他们想知道未来会发生什么，或是了解历史事件的真实面貌。因此，时间旅行有时被用作研究工具，毕竟考古发掘费时费力、结果不明，时间旅行与之相比优势明显。有时穿越本身就是一场冒险，例如杰克·威

1. 原文是"scientific romance"，其是 19 世纪末 20 世纪初早于"science fiction"出现的、用于这一文类的诸多称谓之一。

廉森（Jack Williamson）的《时间军团》（*The Legion of Time*，连载于 1938 年）。有时它被误用于商业目的：猎人用它去狩猎大型动物，游客用它游览奇风异景，冒险家用它探索原始社会，满足冒险欲。有时，时间旅行向人们提供了一窥未来的机会，例如西尔弗伯格的《世界末日的见证》（"When We Went to See the End of the World"）。有时，穿越唯一有用的功能似乎只是拍拍电影[1]，例如 T. L. 谢雷德（T. L. Sherred）那篇令人震撼的小说《E 代表努力》（"E for Effort"）。

通常，这样的行动都会带来糟糕的后果；不过，如果结局皆大欢喜，那就没什么故事好讲了。时间旅行者常常被困在未来或者过去，或者因恣意妄为铸成大错，最终命丧黄泉、改变现实，或是失手毁掉一切生命。还有一种情况，那就是人物发觉自己无路可走，只能在不可改变的过去里重蹈覆辙，迈克尔·摩考克的《试观斯人》（"Behold the Man"）就是一例。

时间旅行存在两个根本性的难题：如果要向未来穿越，那么未来必须固定不变，否则穿越不可能实现；而如果未来不可改变，那么即便知道未来如何又有什么用？如果向着过去旅行，那么就有两种情况：假如过去之事无法更改，抱着这种目的的人只能无功而返；假如历史可以改写，那么现在也会随之改变。在海因莱因的《"你们这些僵尸——"》里，这一悖论构成了一个现实的闭环；在他写于 1941 年的《作茧自缚》（"By His Bootstraps"）里，这一悖论发挥作用，使人无法从暴政统治下的未来逃脱。

更可怕的几种悖论所影响的不仅是个人，而是一个群体。对过去的某些干涉可能导致现在不复存在，这样的例子有雷·布拉德伯里的《一声惊雷》（"A Sound of Thunder"）；或者创造出一个不同的

1. 后文提到的小说《E 代表努力》中，有一种叫作"时间观察器"的机器，可以通过回放历史拍摄电影。

现在，甚至每次决策都会导致一个新宇宙诞生，其中一些宇宙出现的概率更高。在一些小说里，例如 H. 比姆·派珀（H. Beam Piper）有关“超时空警察”（the paratime police）的系列小说，或弗里茨·莱伯（Fritz Leiber）的《大时代》（*The Big Time*，出版于 1961 年，连载于 1958 年），其中人物试图操纵或阻止他人操纵平行宇宙出现的概率，从而实现一个更好的世界，或阻止更糟的世界降临。

菲利普·克拉斯（Philip Klass）的笔名是威廉·泰恩（William Tenn），其《布鲁克林工程》（“Brooklyn Project”）一文发表在《行星故事》1948 年秋季号上。在小说中，他提出了一种时间悖论的变体，像所有的优秀小说那样，他借助这一工具反思人性。《布鲁克林工程》是一篇点子小说，如果你看不起点子小说，我建议你不妨先读读试试。这也是一篇政治小说，在 1948 年，发表这样一篇小说可要比现在难上许多。

克拉斯属于对短篇小说更为在行的那类科幻作家；他只创作了一部长篇，而且还是根据一篇短篇扩写而来，即《人与妖》（*Of Men and Monster*，1968）。然而，自 1945 年退伍从事创作以来，他仅靠短篇小说中展示出的才思、讽喻和精湛的语言技巧，就为自己赢得了相当的名声。他在写作期间也偶尔做过推销员和轮船事务长，后来又在宾夕法尼亚州立大学英语系担任教职，直到退休——没有任何大学学位的他仍然当上了教授。他在大学任职期间几乎停笔，退休后才重拾创作。

（穆童、憬怡　译）

布鲁克林工程

［美国］威廉·泰恩

密室后面巨大的环形门打开，乳白色天花板上一盏盏圆形罩灯暗淡下来。当那个穿纯黑色工作服的人随手把门关上并拴牢的时候，罩灯又发出白色亮光。

十二名男女记者见他进来，一时嗡嗡之声不绝。那人风度翩翩向密室前部走去，转身背对着横贯前部的半遮光屏幕。记者全体起立，每当政府安全局官员到室内来的时候，他们都心甘情愿遵从这种站立的习惯。

那人笑容可掬，向他们招招手，用手里一小沓油印纸刮刮鼻子。他的鼻子挺大，似乎人未到鼻子先到了。“坐下，女士们先生们，都坐下别客气。我们在布鲁克林工程不搞官场仪式。在这个实验的整个非常时期，你们可以说，我就是你们的向导——新闻事务行政助理的代理秘书。我叫什么名字，这无关紧要。请诸位把这些材料分发一下。”

他们每人拿一张油印纸，把其余的递给别人，于是往后靠在凹背金属折叠椅上，尽量坐得舒服些。他们的主人斜着眼睛看了看大屏幕，又抬头望着壁钟，那个钟只有一支缓慢转动的指针。他快活地拍拍紧束着腰部的黑色衣服。

“言归正传吧。过一会儿，人将进行首次大规模的时间旅行。不是人亲身去旅行，而是借助一个摄影和录像装置，它将给我们带来过去的无数精彩资料。布鲁克林工程以这个实验证明完全有必要花费一百亿美元进行为期八年多的科学研究；它不仅表明一种新的调查方法的效用，也表明一种武器的效力，这种武器将确保我们光荣的国家更加安全，而我们的敌人理所当然要害怕这种武器。

“首先，让我告诫你们，不要试图做笔记，即便通过安全局检查的时候能够偷偷地把钢笔和铅笔带进来。你们要完全凭记忆写报道。大家不仅有一份具体说明布鲁克林工程规章制度的小册子，还有一份附有新增内容的安全法规。你们刚刚收到的油印材料给你们提供了写报道所需要的线索，还包含着有关探讨和渲染的启发性内容。此外——只要你们保持在上述文件的框架之内——你们完全有自由以各自独创的方法写报道。女士们先生们，新闻仍然应该不受政府的干预和沾染。好，有什么问题吗？”

十二名记者望着地板。其中五人开始看手头的油印材料。纸张沙沙作响。

“怎么，没问题吗？这个工程突破了第四维即时间最后一个可能的领域，大家肯定会感到十分兴趣的。有问题就提吧。诸位代表着全民的好奇心——你们一定有问题。布拉德利，你似乎有疑虑。是什么使你伤脑筋呢？像我向你保证的，布拉德利，我不咬人。”

他们发出一阵哄堂大笑，继而咧开嘴相互对视着。

布拉德利抬起屁股指着屏幕。“那玩意儿干吗要做得这么厚？我丝毫也没有兴趣去搞清楚追时机的工作原理，可是我们从屏幕上看到的仅仅是一幅人在地板上拖着追时设备的灰暗模糊的图像。还有，那个钟怎么只有一支指针？”

“提得好。”代理秘书说。他的大鼻子似乎鲜艳夺目。“这是一个很好的问题。首先，钟只有一支指针，因为，布拉德利，这毕竟是个时间实验，安全局觉得，实验的时间可能通过情报泄露与外来勾结不幸相结合——简言之，时间线索可能不必要地暴露出去。当指针指向红点的时候，实验就开始，知道这一点就够了。屏幕是半透明的，下面的图像有点儿模糊，其原因也是如此——为了细节和调整的伪装。我被授权告诉你们，设备的细节——呃，极有意义。还有问题吗？你是卡尔皮佩吗？联合社的卡尔皮佩对不对？”

“是的，先生。联合新闻社。我们的读者对追时科学家联合会的事故甚感好奇。当然，他们对那些科学家毫无敬意和同情心——瞧他们的表现和德行——但是，那些科学家说由于资料不足，这一实验十分危险，这是什么意思？你是否知道他们的会长，叫谢森的那个家伙会不会被枪毙？”

穿黑衣的人拉拉鼻子，在他们面前踱来踱去，神情若有所思。“我必须承认，我觉得追时科学家联合会，或谓慢性哀叹病患者联合会，这是我们在派克峰给的尊称——那帮人的观念有点儿太离谱了而不合我的口味；总之我很少费心考虑卖国贼的意见。谢森本人因泄露受委托的工作的性质，可能已经招致了死刑，也可能还没有招致死刑。另一方面，他——呃，可能还没有招致死刑，或者可能已经招致死刑。出于安全的缘故，关于他的情况我只能说这么多。”

安全的缘故。记者们听到这个可怕的用语，一个个挺直身子正襟危坐。卡尔皮佩的面孔失去红润的血色，一下子变得刷白。他揪心地想着，他们不可能把有关谢森的事看作一个重大问题。悔不该冒冒失失提起那个他妈的联合会！

卡尔皮佩垂下眼皮，尽可能装出一副为恶毒卖国的白痴们感到羞耻的样子。他希望新闻事务行政助理的代理秘书能够注意到他内心的惊恐。

钟开始发出响亮的嘀嗒声，指针距离顶部的红点只有圆弧的四分之一弧度。屏幕下面巨型实验室地板上的活动已经停止了。看上去一丁点儿大的人们麇集在两个靠在一起的大型发亮的金属球体周围，多数人目不转睛地观察着表盘和配电板；一些人完成了任务，正在跟身穿黑色工作服的安全局警卫们闲聊。

“我们差不多准备就绪，要开始实施潜望行动计划了。我们之所以把它称作潜望行动计划，是因为从某种意义上说，我们正在把一个潜望镜伸入过去——这个潜望镜将拍摄照片，录制从 1.5 万年前到 40 亿年前各个时期的图像和事件。我们觉得，考虑到伴随这次实验的各种紧要的情况——国际的、科学界的——使用‘十字路口’行动计划这一名称会比较合适。不幸的是，这个名称已被另一个实验——呃，预先占有。”

人人装得对另外那个实验一无所知，好像连续几年盯着关锁的图书馆书架那样耳聋目塞。

“没关系。现在我简要给你们介绍一下布鲁克林工程安全局所开拓的追时实践的背景。什么事，布拉德利？”

布拉德利又稍稍从椅子里抬起身子。“我一直在纳闷——我们知道已经有了一个曼哈顿工程，一个长岛工程，一个韦斯特切斯特工程，现在又有个布鲁克林工程。那么有没有一个布朗克斯工程呢？我是布朗克斯人；你知道，这是出于家乡自豪感嘛。”

“不错，完全可以理解。然而，倘若有个布朗克斯工程的话，你可以肯定，在它的工作胜利完成之前，外界知道它存在的只有总统和安全局局长两个人。假如——我说假如——有这样一个机构的话，世界将会像了解韦斯特切斯特工程那样出于意外突如其来地了解到这个工程。我想世界不会很快忘记这一点的。”

他带着追思的神情轻轻地笑了笑，记者们应声笑了，卡尔皮佩笑得比其他人响亮。时钟的指针接近了红点。

“是的，先有个韦斯特切斯特工程，现在又有这个工程；我们国家这就安全了！你们是否意识到追时机把一种多么宏伟的武器放在咱们民主的手中？只要考察一个方面——想一想在追时机的使用得到充分重视之前康尼岛和弗拉特布什出了什么事。

“最初做实验的时候还不知道牛顿第三运动定律——作用力等于反作用力——也适用于时间，如同这一定律适用于其他三维空间一样。当第一个追时机受激发用 1/9 秒进入过去时间的时候，整个实验室被反推进入未来，使用的时间也是 1/9 秒，回来的时候已是处于一种——呃，面目全非无法辨认的状态。顺便提一下，这个事实妨碍了进入未来的旅行。设备似乎经受了惊人的改变，没有人能够经受这种改变继续活下去。诸位是否意识到，仅仅利用这种特性我们就能给敌人以什么样的打击？当一定质量的追时机接近敌国的时候把它送过去，这就迫使那个国家进入未来——这一切是同时发生的——那个国家返回现在的时候全部人口都成了腐尸而没有一个活人！”

他望着下面，双手反剪在背后，用脚后跟踱着步。“因此你们见到地板上有两个球体。只有一个，就是右边的球体，里面装着追时机。另一个是模拟球体，质量与前一个完全相同，用作反向平衡体。当追时机受激发的时候，它将会深入到过去 40 亿年，拍摄地球的照片，那时的地球还是个半液态、部分气态的大团物质，在初始的太阳系中迅速固化。

“同时，模拟球体将被反推 40 亿年进入未来，从那时返回的时候面目全非，其原因我们不完全明白。这两个球体将在我们所谓的‘现在’互相碰撞，再次反弹到第一次旅行大约一半的年代距离，在那一点时间上咱们的追时装置将录制近乎固体地球的资料，那时地球上地震此起彼伏，可能有亚生物以某种复杂的分子形式存在。

“每次碰撞以后，追时机都返回前次行程的大约半数年份，每次自动收集资料。我们期望它接触的地质和历史时期在你们的油印纸上列于Ⅰ至XXV项；当然，两个球体停下来之前会有25次以上的碰撞，但是科学家们认为，25次之后，球体接触各个时期的时间十分短暂，不能摄制许多照片图像和其他材料。记住，在终了的时候，两个球体将在适当位置颤动，然后停息下来，因此尽管它们还在探访现在两边几个世纪的过去和未来，这几乎是觉察不出的。有人要提问，我知道了。”

卡尔皮佩旁边穿灰色花呢装的苗条女士站立起来。“我——我知道这是离题的，”她开口说，“可是我一直没有能够在适当的时机把我的问题提出来讨论。秘书先生——”

“是代理秘书，”圆脸蛋穿黑衣的矮子亲切地对她说，“我只是代理秘书。请接着说。”

“呃，我想说——秘书先生，到底有没有什么办法可以减少实验后的检查时间？在派克峰里头花费两年时间太长了，唯恐我们之中有人看到的东西太多又完全没有爱国心，对国家造成危险。一旦我们的报道通过了审查，在我看来，我们在一个安全期，比如说三个月之后，就可以得到允许回家去。我有两个幼小的孩子，这里还有其他人——”

“别扯到别人，布赖恩特太太！”安全局的人嚷道，“这位是布赖恩特太太，对吧？是妇女杂志业辛迪加的布赖恩特太太吧？阿勒克西丝？布赖恩特太太。”他似乎在脑子里做着细致的笔记。布赖恩特太太坐回到卡尔皮佩身边，拿着修正了的安全法规、介绍布鲁克林工程的专用小册子和那张油印薄纸紧紧捂着胸脯。卡尔皮佩移动身子靠到椅子另一边的扶手上。干吗什么事都落到他头上？更糟糕的是，那个疯娘儿们噙着眼泪望着他，似乎希望得到他的同情。卡尔皮佩茫然望着前方，翘起二郎腿。

“你们必须留在布鲁克林工程的管辖范围之内，因为只有这样，安全局才能确保在改换你们不认识的装置之前重要情报不致于泄露出去。你本来可以不来的，布赖恩特太太——是你自愿来的。你们都是自愿来的。当你们的编辑选派你们作为最佳人选来跟踪报道这次实验的时候，你们完全有特别民主的权利可以予以拒绝。你们没有人拒绝过。你们认识到，拒绝这一殊荣将会表明你们未能以国家安全为重，并且实际上意味着你们从通常两年检查时间的立场出发对安全法规本身进行了批评。就说眼前的事吧！因为有人，布赖恩特太太，像你一样被认为能干又可靠，竟会在这最后时刻跳出来提出这样一个请求，这种人使我，不，这种事，”这位矮子降低嗓门悄悄他说，“这种事简直使我怀疑我们安全局的甄别法效果。”

卡尔皮佩怒气冲冲对布赖恩特太太点点头，以示他赞同代理秘书的高见，那位太太咬着唇，装出一副认真的样子，似乎对屏幕显示的实验室地板上的活动怀着莫大的兴趣。

“刚才的问题是离题的，完全离题。这个问题占去的时间我本来打算用于更详细地说明追时机普及的问题及其在工业上的用途。但是布赖恩特太太一定有她女性小小的娇气。我们国家日益受到越来越多敌意和越来越多危险的包围，她对这一点视而不见。对于布赖恩特太太来说，这一切丝毫也没有关系。她所关心的一切只是国家为了她自己孩子的未来更加安全而要求她放弃的两年生活。”

代理秘书揉揉黑色工作服，变得冷静了一些。密室里的紧张气氛稍有缓和。

“追时机立刻就要受激发了，所以我简要提一提追时机将要为我们录制的最令人感兴趣的各个时期，我们期盼着这些时期最有用的资料。首先当然是Ⅰ和Ⅱ，因为这是地球形成现有形状的两个时期。然后是Ⅲ，属寒武纪前期，在10亿年前，这是人发现有明显的生命记录的第一代——大部分是甲壳纲动物和水藻。Ⅳ，过去1.25亿年，覆盖中生代的中侏罗纪。这次进入所谓‘爬行纲时代’的旅行可能给我们提供恐龙的照片，并解决它们变色的千古之谜，假如运气好的话，还可能给我们提供哺乳动物和鸟类最初外观的照片。最后，Ⅷ和Ⅸ，第三纪的渐新世和中新世时代，标志着人类最早祖先的出现。不幸的是，追时机到那时将迅速来回摆动，以至于理想录像的可能性——”

锣响了。时钟的指针接触到红点。屏幕下部五个技术员拉了开关，记者们还来不及探出身子，笨重的塑料屏幕上再也见不到那两个球体了。原先放球体的地方空着。

“追时机已经开始进入过去40亿年的行程！女士们先生们，这是个历史时刻——一个意义深远的历史时刻！追时机暂时不会回来，我就利用这段时间强调并揭露一下——呃，慢性哀叹病患者联合会的谬论！”

听众对新闻事务行政助理的代理秘书发出一阵紧张的笑声。十二名记者坐着聆听题外谬论。

“诸位晓得，关于进入过去时间的旅行，他们心中怀着一种恐惧，认为看来最为无害的行为也会造成现在的灾变性变化。你们也许熟悉目前最流行的那种奇谈怪论——假如希特勒在1930年被干掉的话，他就不会逼得德国科学家和后来被占领国家的科学家移居国外，本国就可能没有原子弹，因此就没有第三次原子战争，委内瑞拉就会仍然是南美洲的一个组成部分。

“卖国贼谢森和他的非法联合会将这种假设扩展到包括十分细小

的行为，例如移动一个过去实际上从未被移动过的氢分子。在康尼岛从属工程第一次实验期间，当追时机拨回九分之一秒的时候，十来个不同实验室检查了每一个想象得到的仪器，详尽地搜寻了任何可能的变化。一个变化也没有！政府官员得出结论说，时间流程是一种固定不变的事，从过去，到现在，直到将来，这是无法改变的。可是谢森和他那一帮同谋者不满意：他们——”

Ⅰ. 40亿年前。追时机飘行于沸腾的地球上空一种二氧化硅的朵云里，用自动操作仪器慢慢地收集了地球的资料。地球逸出的蒸汽凝结，化成巨大而闪亮的液滴降落地面。

“——他们坚持认为，在我们再次检查数学方面的问题之前不应该做进一步的实验。他们甚至说，倘若发生变化，我们不可能注意到，也没有任何仪器可以探测出变化。他们声称我们将把这些变化当作一向存在的事物接受下来。得！新闻界的女士们先生们，正当我们国家——也是他们的国家，包括他们的国家——比任何时候都处于更加危险的节骨眼上，居然说出这番话来。你们能——”

他说不下去，在密室里踱来踱去，连连摇头。坐在长条木板凳上的记者全都随着他大摇其头表示同感。

锣声再次响起。屏幕上闪现两个模糊的球体，互相碰击一下，飞入相反的年代方向。

“你们瞧，”这位政府官员对着他上方屏幕里的透明实验室地板挥挥手，“第一次往返摆动已经完成了；什么东西改变了没有，岂不是一切都照旧吗？可是那些持异议的家伙却认为变化已经产生了而我们没有注意到。抱着这种盲目的非科学的观点，不可能分清是非嘛。像这样的人——”

Ⅱ. 20亿年前。大球体拍摄下面燃烧喷发的地面。球体的一些红热外壳噼啪剥落。五六千个复杂分子撞击球体的时候失去它们的基本结构。一百个没有失去。

“——像这样的人，在一天33小时之中会花费30小时磨破嘴皮让你们相信黑不是白，有七个月亮而不是两个月亮[1]。他们特别危险——”

当追时机跟自身撞击的时候，传来柔弱的长音。角落上暖橙色的灯光亮起，它又飞出去了。

“——因为他们有学识，因为有人巴不得他们以无所作为混日子的方式领导工作。”这位政府官员正在迅速地来回踱步，用所有的伪足[2]比画着。“我们面临一个十分困难的问题，目前——”

Ⅲ. 10亿年前。初具形体时被机器杀死的原始三翅脉三叶虫开始湿漉漉飘落。

“——一个十分困难的问题，摆在我们面前的问题是：我们应该什尔克[3]，还是不应该什尔克？”他现在几乎不讲英语了；实际上，有一阵子他压根儿没有在说话。他一直在用一个伪足拍击另一个伪足的方式表述他的思想——如同他历来所使用的方法……

Ⅳ. 5亿年前。随着水稍稍改变了温度，许多不同种类的细菌死亡了。

“——那么，目前就不是搞折衷办法的时候。如果我们能够很好地再生产——”

Ⅴ. 2.5亿年前。Ⅵ. 1.25亿年前。

“——来满足盘旋的五人，那么我们就——”

Ⅶ. 6 200万年前。Ⅷ. 3 100万年前。Ⅸ. 1 500万年前。Ⅹ. 750

1. 从这里开始，直到故事的终了，代理秘书说话变得越来越语无伦次，因为他已经变成一个突变体。
2. “伪足”是动物学术语。作者用伪足描述政府官员的手脚，当然是一种讽刺，同时表明他已经变成突变体。
3. 什尔克，这是作者杜撰的一个词，表示某种未知的非人类语言中的一个动词。政府官员已经不是在用人类的语言讲话，所以显得语无伦次，译文也语无伦次。

万年前。

“——早就不必采用可达到的善行了。那么——”

Ⅺ．Ⅻ． XⅢ． XⅣ．XⅤ．XⅥ．XⅦ．XⅧ．XⅨ．砰——砰——砰砰砰砰嗡嗡嗡嗡嗡……[1]

“——我们确实已经准备好折射，我告诉你们，这对于那些兴风作浪和那些攫夺的人大有好处。但是，那些兴风作浪的人将一如既往被证明是错误的，因为攫夺之中有风浪而在风浪之中只有真理。没有必要因为一根睫毛被泪水浸湿就做出改变。追时装置终于停息在辅助车辆里；咱们敏锐地看一看好吗？”

记者们一致赞同，他们肿胀发紫的身体溶化成为液体，漂浮起来，向追时机流去。到达追时机的四方形部件的时候，他们不再发出机械的尖叫声，而是升腾起来，变成固态，重新获得他们涂满黏质物的形体。

“瞧，”新闻事务行政助理的代理秘书变成的那个东西叫道，“瞧，无论多么敏锐！兴风作浪的人错了：我们没有改变嘛。”他得意扬扬地伸出十五团紫色的黏糊糊的东西，“什么也没有改变！”

（江亦川　译）

1. “砰——砰——”，这是两个球体互相撞击的声音，频率越来越高，声音渐渐低落。

社会性的一面

格罗夫·康克林在战后出版了一本意义深远的选集《科幻杰作》（*The Best of Science Fiction*，1946），书中对社会科学和心智科学鲜见于科幻的现象表达了不满。两年后，他的第二本小说集《科幻宝藏》（*A Treasury of Science Fiction*）出版，康克林对社会科幻在这两年间的发展表达了赞许。又两年过去，社会科幻成为一本新刊特别关注的领域——而它不过是相隔一年出现的两本杂志之一。这两份刊物是战后杂志潮的一部分，但是与其他杂志不同的是，它们安然渡过了紧随其后的退潮期。它们以自己的形象，参与到重塑科幻的过程中来。

这两本杂志就是：《幻想杂志》[1]（1949 年秋第一期）以及《银河科幻》（1950 年 10 月第一期）。《奇幻与科幻杂志》的编辑有两位，J. 弗朗西斯·麦科马斯——他曾在 1946 年与雷蒙德·J. 希利合编《时空冒险》（*Adventures in Time and Space*），这是与《科幻杰作》齐名

1. 第二期时更名为《奇幻与科幻杂志》。

的另一本出版于战后的大部头选集——和安东尼·鲍彻。《银河科幻》由 H. L. 戈尔德主编。

麦科马斯、鲍彻和戈尔德三人尝试过创作各类小说，也曾向坎贝尔的《惊异》和《未知》投稿。开始主编自己的杂志后，他们走上了各自不同的方向。鲍彻是《奇幻与科幻杂志》的主编里最显眼的一位，他要求投稿必须具备较高的文学品质，能够满足任何一本杂志的刊发条件（他常常转载其他杂志上的作品，包括无名小刊）。戈尔德则强调故事情节和社会学。

在发表于 1953 年的文章《社会科幻》中，艾萨克·阿西莫夫列举了科幻发展的四个阶段：1815 年到 1926 年的原始形态；1926 年到 1938 年的根斯巴克时期；1938 年到 1945 年的坎贝尔时期；以及其后至今的社会科幻。（后来，他又提出“现代科幻”的概念，并将其分为四个时期：“冒险主导”的 1926 年到 1938 年；“科学主导”的 1938 年到 1950 年；“社会学主导”的 1950 年到 1965 年；“可能是风格主导”的 1965 年后。）他对社会科幻的定义是以“科学进展对人类的冲击”为主题的小说，并将这类小说的源头追溯至 1945 年——这一年，原子弹的爆炸向世人展示了科幻的社会意义。多年来，市面上一直有零星的社会科幻作品发表；坎贝尔鼓励作者创作更多的社会科幻；而《银河科幻》“从一开始，就只发表高级的社会科幻……”

社会科幻在《银河科幻》找到了它真正的归宿。戈尔德不想看到以科学家和工程师为中心的小说，他想要关于普通人的作品，因为普通人才是受科技变革影响最大的群体。科幻的重心从科学文化转向了社会本身。

刊登在坎贝尔《惊异》上的小说，也有一些将未来世界刻画得暗淡无光、假定科学被误用于邪恶目的，或是想象整个人类群体没有变得更好，而是更糟。然而，总体而言，与其说这些作品态度悲观，不如说它们意图警醒世人；未来变糟是因为人类意气用事，不去进行理性思考，而是被恐惧、愤怒、偏见和平民暴力所支配。无论情形多么晦暗，这些作品都显示出这样的信念：只要给予恰当的机会，理性就能挽回局面。

但是，看待科学、技术和未来的方式不止一种，20 世纪 50 年代初的《银河科幻》成为另类视角的大本营，发起了一场提前到来的“新浪潮”。许多作品都在暗示，未来世界说不定并不幸福；实际上，它们的暗示比这要更进一步——未来很可能十分糟糕，而这是因为人类本身就有缺陷，就算不是神学意义上的堕落种族，至少也是进化过程中被毁掉的物种。这些作品——并非全部发表在《银河科幻》上——的基调是悲观的。后来的“新浪潮”将用一种结构性更弱，但更具文体意识的风格，传达一种新的悲观情绪。

虽然二人在方法上有些共同之处，但在作为编辑的行事风格上，戈尔德与坎贝尔属于两种人。和坎贝尔一样，戈尔德也与作者讨论创意，有时直接提供创意，共同修改稿件，甚至要求作者推倒重来。但是，戈尔德有隐居倾向：他与作者的交流大多通过电话，或是在他曼哈顿的公寓里完成。有时他会在不告知作者的前提下擅自对文稿做出改动——多数是修改标题，偶尔在小说的文本上——这常常引来作者的强烈不满。

社会科幻这门艺术有一位偶尔为之的践行者，他就是弗里茨·莱伯。他发表在《银河科幻》第二期（1950 年 11 月号）上的《时尚诱惑》（“Coming Attraction”），拥有一篇合格的社会科幻所需的全部要素。这篇小说不仅推测了核战争的可能性，以及一个丑陋而充满罪恶的社会是否会在核战后出现，还暗中批评了 20 世纪 40 年代晚期的社会趋势。另外，这篇小说在文学上也同样站得住脚。

这篇小说的风格对莱伯而言相对新鲜。之前，他写过具有社会意义的故事，例如 1943 年连载于《惊异》的《聚集吧，黑暗！》（*Gather*，*Darkness!*，1950），但是将现实主义、符号主义和紧迫的故事结合在一起还是首次。后来，他又继续写了更多的社会科幻，例如《明日约会》（“Appointment in Tomorrow”）——又名《可怜的超人》（“Poor Superman”）、《生意惨淡的一天》（“A Bad Day for Sales”）和《此处即人行道》（“X Marks the Pedwalk”），但是相比刻画现实，这些小说更多是在讽刺现实。他再也没能将《时尚诱惑》中的那些元素成功组合起来，正是这些元素使《时尚诱惑》成为后来十五年中最优秀的科幻小说所仿效的原型，成为将故事、风格和推想进行艺术融合的典范。

莱伯更有名的成就，是开创了“英雄奇幻”（heroic fantasy）这个类型——因为结合了魔法和冷兵器战斗两方面的要素，所以又称“剑与魔法”。围绕法费尔德（Fafhrd）与灰鼠（the Gray Mouser）创作的系列短篇尤其著名，在这个系列中，二人运用自己的精湛的剑术和聪明的头脑闯荡世界，而这个世界与人类历史上很多阶段都有相似之处。莱伯的父亲是著名莎剧演员，在走上写作道路前，莱伯曾经从事包括表演在内的各种职业。1939 年，他终于将一篇“灰鼠”小说卖给了坎贝尔的《未知》。

莱伯也是一位百科全书编写者、一位大学教师，还曾担任《科学文摘》副主编长达七年。他的创作是间歇式地迸发出来。在他的早期创作中，最好的作品是《巫师妻子》（*Conjure Wife*，1953），这部长篇于 1943 年在《未知》杂志上连载，主题是出现在校园里的魔法；它曾三次被改编为电影和电视剧。其他长篇小说有《命运乘以三》（1952）、《绿色千年》（1955）、《银蛋头作家》（1961）和《一个幽灵游荡在得克萨斯》（1969）。他的《大时代》（*The Big Time*，1961）、

《游荡者》(*The Wanderer*，1964)、《暗影之船》(“Ship of Shadows”，1969)获得雨果奖，《死神赌局》(“Gonna Roll the Bones”，1967)获得星云奖，《兰克玛城遭难记》(“Ill Met in Lankhmar”，1970)和《赶上那艘齐柏林》(“Catch That Zeppelin！”，1975)都包揽了雨果奖和星云奖。1981年，美国科幻作家协会向他颁发了大师奖。

（穆童、憬怡　译）

时尚诱惑

［美国］弗里茨·莱伯

一辆轿车从人行道上冲出来，车轮罩上还焊着几个鱼钩，车子轧过道沿儿时上下颠簸，仿佛梦魇伸出鼻子四下嗅探。一个女孩僵立在它行进的方向上，隐藏在面具下的表情应该万分惊恐。这次我没有迟疑，快步走上前，抓住她的手肘猛地向后一拉。黑色裙裾翩然飞舞。

大个儿轿车疾驰而过，发动机嗡嗡作响。我瞥见三张面孔。什么东西被撕裂了。那辆大个儿轿车紧急倒车后驶入街道，我感觉到灼热的尾气冲过脚踝。一团浓烟如黑色花朵般在摇晃的汽车尾部绽放，一条闪亮的黑色碎布挂在鱼钩上迎风飞扬。

“他们撞到你没有？”我问那女孩。

她左右扭动身体想看看裙子哪里被刮破了。她穿着紧身尼龙裤。

“钩子没刮到我，”她颤抖地说，“真是走运。”

周围的人们纷纷议论：

“这些熊孩子！他们接下来还想干吗？”

“都是些祸害。就该被抓起来。”

尖厉的警笛声由远及近，两名全速行进的机动警察追着那辆轿车朝我们的方向呼啸而来。然而那朵黑色的花儿已经化成一团浓烟笼罩住整条街。机动警察紧急转向制动，停在烟云边缘。

“你是英国人吗？”女孩问我，“你有英国口音。”

颤抖的声音从顺滑的黑缎子面具后传出。我猜她的牙齿一定在打战。面具的眼洞上蒙着黑纱，藏在黑纱后的眼睛仔细地打量着我——也许是双碧眼。我告诉她猜对了。她靠近我。“你今晚能来我家吗？”她飞快地问，“我现在没法酬谢你。而且我还有别的事想请你帮忙。”

我的手臂——还轻轻地环在她的腰上——感觉到她在发抖。还没等她把话说完我就答应了她的请求：“当然可以。”她给我一个位于炼狱南部的地址、一个房间号和上门时间。

她问我叫什么名字，我告诉了她。

“那边那个，说的就是你！”

我顺从地转向冲我喊话的警察。离他不远的地方几个人围在一起啧啧不屑地议论着，女人们戴着面具，男人赤裸着面孔。那个警察在黑色轿车喷出的烟雾中一边咳嗽一边让我出示身份证件。我递给他几份主要证件。

他看看证件又看看我。“英国易货商？在纽约停留多久啊？”

按捺住差点脱口而出的“越短越好”，我告诉他大概停留一个星期。

“可能需要你出面做证。”他向我解释，“这些孩子不能对我们使用烟雾。用了就得把他们抓进去。”

看来他认为放烟雾才是危险行为。我向他指出：“他们想撞死那位女士。”

他自以为是地摇摇头。“他们总是摆出这种架势，实际上他们只想从裙子上钩块布下来。我曾经抓过几个钩子手，从他们的房间里搜出五十多条碎裙布，全都钉在墙上。当然，他们有的时候的确靠得太近了。”

我解释说如果不是我一下子把她从车前方拽出来，撞上她的就不只是几个钩子了。但他打断了我：“她要是真以为这是蓄意谋杀，就应该留在这里。”

我四下张望。果然。她不见了。

“她受到了极度的惊吓。”我告诉他。

“谁不是呢？这些孩子连撒旦他老人家都能吓唬住。”

“我的意思是吓到她的不是‘孩子’。他们看上去可一点儿都不像‘孩子’。”

“那像什么？”

我试图描述那三个人的相貌，没能成功。邪恶歹毒与女里女气这种模糊的印象说明不了什么。

“好吧，我说的可能也不准。”他终于松口，“你认识那女孩吗？她住哪？”

“不认识。”我的话半真半假。

另一名警察挂起对讲机，踢着一缕缕逐渐消散的烟雾，溜达着朝我们走来。黑色烟云已经掩盖不住道路两旁建筑物破败肮脏的外立面，五年前的放射性灼伤也显露出来。我可以逐渐看清远处帝国大厦的残垣断壁，像一根残破的手指戳在炼狱地区。

“还没抓住他们。”向我们走来的警察抱怨道，“据瑞恩说，他们在五个街区都放了黑烟。”

第一个警察摇摇头。“太过分了。”他严肃地四下扫视。

我有点不安，有点羞愧。作为英国人不应该说谎，至少不能因为一时冲动而撒谎。

“真是一帮混蛋。”第一个警察仍然用阴沉的语气说，“我们需要证人。看起来你的纽约之旅要延长了。”

我明白了。我说：“忘了给你看我的全部证件。”同时递给他另外几份证件，并确保里面混夹着一张五美元的钞票。

当他把证件递还给我时，他的声音就没那么恐怖了。我的负罪感烟消云散。为了巩固我们之间的友谊，我和他们两个聊起了他们的工作。

“我估计这些面具给你们添了不少麻烦。”我看着街上的人说，“整个英国都知道你们这边最近冒出了很多蒙面女匪，报纸上写的。”

“写得太夸张了。”第一个警察向我保证，“真正把我们搞晕的是那些戴着面具伪装成女人的男人。不过，兄弟，我们只要一抓住他们就跳起来用两脚踩住他们。”

“马上就能认出是不是女人，就和没戴面具一个样。”第二个警察主动接着说，“你明白的，看手和其他部位。”

“尤其是其他部位。”第一个警察咯咯笑着表示认同，“听说有些英国女孩不戴面具，是真的吗？”

“有那么几个跟风的。”我告诉他，“但是不多，只是追逐最新潮流的那些人，不管是多奇特的时尚。”

“我在英国的新闻里看到她们总是戴着面具。”

“应该是为了迎合美国人的口味故意安排的。”我向他坦言，“实际上没有多少人戴面具。”

第二个警察想象了一下。“走在街上的女孩们，脖子以上一览无余。”看不出他对这种情景是兴致勃勃，还是打心眼儿里感到厌恶。也许二者皆有。

“有几个议员一直在劝说议会通过一项法案，禁止佩戴面具。”我接着说，可能说得有点多。

第二个警察摇摇头。“这是什么主意。你看，面具可是个好东西，兄弟。再过几年我会让我老婆在家门口也要戴上面具。”

第一个警察耸耸肩。“如果女人们不再戴面具，六个星期之后你就感觉不出和之前有什么不一样了。只要做某件事的人足够多，你就会习以为常。”

我遗憾万分地表示赞同，然后离开了他们。我转身向北走进百老汇（我确信这里就是原来的第十大道），迅速地走出炼狱。通过这样一片未经净化的辐射区总是让人觉得毛骨悚然。感谢上帝英国没有这样的区域——目前还没有。

街面上空空荡荡，只有几个乞丐向我乞讨。他们的脸上布满氢弹辐射导致的道道伤疤，至于是真的还是化装的效果，我无法分辨。一个肥胖的女人抱着孩子，孩子的手指和脚趾间长着蹼。我告诉自己遭受辐射后肯定会变成畸形，谁都会对核弹引发的变异感到恐惧，她只是在利用这一点。不过我还是给了她一枚七点五美分的硬币。她的面具让我觉得自己正在向一尊非洲雕像奉上供品。

“祝你所有的孩子都只有一个脑袋两只眼睛，先生。”

“谢谢。”我打了个寒战，快步从她身边走开。

“……面具后面只是垃圾，所以转过脸，专注于你的任务：远离，远离——那——些——女——孩！”

后面这句是一首反对性行为歌曲的结尾部分。唱歌的是几个教徒，同教徒们隔着半个街区的是一座女神殿，殿外有“圆圈十字”的徽记。他们让我隐约想起我们英国的一小群修士。在他们头顶上方，几个广告牌胡乱排列在一起，宣传着简易食品、摔跤课程、手持无线电对讲机，以及诸如此类的东西。

我看着那几条歇斯底里的广告语，字里行间透露出惹人讨厌的魅惑感。自从美国禁止在广告中出现女性的面孔和身体，广告商的字母表里就爬满了带有性意味的字母——挺胸凸腹的 B、下流的双

O。不过我还是提醒自己，在美国莫名凸显性意味的事物主要还是面具。

来自一名英国人类学家的观点：人类花了五千年时间把性的主要关注点从臀部转移到胸部，而接下来向脸部的转移只用了不到五十年。

抛开理论不谈，这股潮流实际源自第三次世界大战时期的反辐射服装。这种服装首先引出了面具摔跤这一在当下空前流行的运动，随后又引领了现在的女性时尚。面具在最初只代表一种狂野风格，但很快就和世纪初的文胸和口红一样成为女性的必需品。

我终于意识到我并不是对每个面具后的面孔都感到好奇，我只是特别想看到那一个面具后的面容。真是令人饱受煎熬；你没法确定一个女孩是在利用面具增添情趣，还是利用它掩盖丑陋。我描绘出一张冷酷美艳的面庞，只有圆睁的双眼中流露出恐惧。随后我想起她的一头金发，在黑缎子面具的映衬下愈显丰盈。她让我在二十二点——也就是晚上十点去找她。

我沿着梯子爬上我那邻近英国领事馆的公寓楼；它的电梯井在一次爆炸中被挤压得变了形，使它成为纽约高层建筑中的异类。没等我想起来还要再出一趟门，就已经习惯性地从衬衫下面撕下一块胶片。我让胶片显影，以防万一。胶片显示我今天受到的辐射总量仍在安全标准范围内。我并不像当前的很多人那样对辐射谈之色变，但是也没有必要冒险。

我重重地倒在沙发床上，目不转睛地盯着组合电视上沉默的扬声器和黑漆漆的屏幕。和往常一样，它们让我想起了这个世界上的两个大国，心情有点苦涩。两国一直相互残杀，至今威力不减，它们是残缺不全的巨人，在做着追求平等和获得胜利的春秋大梦的同时，不断地毒害着这颗星球。

我焦躁地打开扬声器。很幸运，播音员这时正在激动万分地预测小麦大丰收的美好前景，小麦通过飞机播种，洒下的种子雨滋润了整片风沙侵蚀地区。我又专注地听了其余的节目（这里的广播竟然没受到俄国电磁干扰的影响，可真是个奇迹），没有我感兴趣的东西。当然，广播中也没有提到月亮，不过每个人都知道，为了能够向地球发射名目繁多的各种核弹，实现向对方进行军事打击，美国和俄国争相把各自的主要军事基地升级成军事堡垒。我来这里就是为了用英国的电子设备和美国的小麦做贸易兑换，而我自己非常清楚这些电子设备注定会被用在太空飞船上。

我关掉广播。天色逐渐变暗，我再一次在脑海中描绘出一个隐藏在面具之后温柔又惊慌的面孔。离开英国以后我就没再约会过。在美国想要结识一个女孩简直比登天还难，常常是你刚露出一个笑容，她们就会叫喊要报警——更别提由于日益严苛的道德标准和四处游荡的团伙，大多数女人在天黑后都不会出门。面具也就顺理成章地有了新的含义，它绝对不是——像苏维埃政府声称的那样——资本主义退化堕落之后的最新产物，它是一种象征，显示出内心极度的不安全感。俄国人不戴面具，但也有表现自己精神压力的标志物。

我走到窗边不耐烦地看着夜幕合拢。我变得坐立不安。很快南方的天空中聚集起幽灵一样的紫罗兰色云团。我的头发根根竖立。随后我放声大笑。看到它的一瞬间我还以为那是从“地狱核弹”的弹坑中升起的辐射尘埃，其实我应该立刻想到，那不过是电磁波在炼狱南部娱乐和住宅区上空引起的发光现象。

二十二点，我准时站在未知女友的公寓门前。电子门禁询问我的姓名。我清晰地回答：“威斯顿·特纳。”不知道她是否已经把我的名字输进了这台设备。显然她这么做了，因为门开了。我走进一间小小的起居室，心脏跳得有点快。

房间里摆放着昂贵的最新式充气座椅和气垫床。桌子上放着几本微型书。我随手拿起一本看了看，一本标准的冷硬派侦探小说，讲的是两个女杀手持枪追杀彼此的故事。

电视开着。一个戴面具的女孩在屏幕上哼唱着一首情歌。她的右手拿着某样东西在前景中晃来晃去。我看到电视上有个数据手套样的东西，英国的电视上还没有这种装置，就好奇地把手伸进屏幕旁的手形孔里。出乎我的意料，感觉并不像滑进一只脉动的橡胶手套，反而像是屏幕上的女孩真的握住了我的手。

身后的门突然打开。我猛地抽出手，感到一阵心虚，就像透过钥匙孔偷窥而被人当场抓住一样。

她站在卧室门口。看得出她在颤抖。她穿着带白斑点的灰色毛皮外套，戴着灰色天鹅绒的夜用面具，面具上嘴巴和眼睛周围点缀着灰色的蕾丝。她的指甲上闪烁着银色的光芒。

我没想到她要和我一起出去。

“我应该早点儿告诉你。”她柔声说。面具紧张地转向那几本书、电视屏幕和房间里昏暗的角落。“但我不能在这儿跟你谈。”

我迟疑地说：“领事馆旁边有个地方……”

“我知道一个可以说话的地方。”她马上说，“如果你不介意的话。”

我们走进电梯时我说：“我已经让出租车开走了。”

不过出租车司机出于自己的理由还没有离开。他跳出驾驶室，满面堆笑地为我们打开车前门。我告诉他我们想要坐在后面。他不高兴地打开车后门，等我们上车后砰的一声关上车门，跳进驾驶室，随后又是砰的一声。

我的同伴俯身向前。“天堂。”她说。

司机启动发动机，打开车载电视。

“你当时为什么问我是不是英国人？”我挑起话头。

她向外靠了靠，面具贴在车窗上。“你看月亮。”她用梦呓般的声音快速地说。

“到底为什么，说真的？”我压住怒意，意识到自己生出一股无名之火。

“它已经升到了那片紫色天空的边缘。”

“你叫什么名字？”

“紫色衬得它看上去更黄了。”

此时我才发现自己愤怒的根源。它就存在于出租车前座司机旁边那一方扭动的光亮中。

我并不排斥普通的摔跤比赛，虽然觉得很无聊，但我极其憎恶观看男人和女人扭打在一起。参加比赛的男选手全都魁梧壮硕，戴面具的女选手个个年轻漂亮，而实际上这种比赛在某一方面还堪称“公平公正”，让我对此更加不屑。

“请把电视关掉。”我向司机提出要求。他没看过来，只是摇摇头。“哦，哦，伙计，”他说，“那位宝贝儿为了这次和小泽尔克对战可是准备了好几个星期呢。”

我怒火中烧，向前探身，我的同伴却抓住我的手臂。“求你。”她惊慌地摇着头低声说。

我坐了回去，垂头丧气。她坐得离我近了一点儿，但是保持沉默，接下来的几分钟里我盯着电视屏幕，观看强壮的面具女孩和同样戴着面具的精悍对手近身肉搏扭打在一起。男选手疯狂地张牙舞爪的样子让我想起了雄蜘蛛。

我猛地转头面对我的同伴，尖锐地问她：“为什么那三个人想杀你？”

面具上的眼洞正对着屏幕。“因为他们嫉妒我。”她轻声说。

"他们为什么会嫉妒？"

她仍然没有看我。"因为他。"

"谁？"

她没回答。

我又问："出了什么事？"

她仍然没看向我这边。她可真好闻。

"你看，"我笑着说道，改变了谈话策略，"你总得和我说点什么跟你有关的事情。我甚至都没见过你真实的样子。"

我半开玩笑地抬手伸向她脖子上的绑带。没想到她立刻把我的手扇了下去。我在突如其来的疼痛中抽回手。手背上现出四个小凹痕。我眼睁睁地看着其中一个冒出了小血珠。我看着她的银色指甲，发现她竟然戴着金属指甲套，精巧又尖锐。

"真是非常抱歉，"我听到她说，"但是你吓到我了。我还以为你要……"

她终于转身面对我。她的大衣敞开，露出里面"克里特复兴"牌子的晚礼服，礼服下的蕾丝束胸衣毫无遮掩地托起她的双乳。

"别生气嘛。"她的手臂绕上我的脖子，"你今天下午的表现很棒。"

柔软的灰色天鹅绒面具勾勒出她的面庞，紧贴上我的脸颊。温暖湿润的舌尖透过面具上的蕾丝添上我的下巴。

"我没生气。"我说，"就是很迷惑，还急切地想帮你。"

出租车停了下来。道路两旁都是黑洞洞的窗口，窗框上布满尖锐的碎玻璃。几个衣衫褴褛的身影在病态的紫色夜光中朝我们慢慢走来。

司机含混地说："发动机不行了，伙计。咱们就停这儿了。"他缩在座位上一动不动。"要是在别的地方熄火还没那么糟。"

我的同伴悄声说："五美元应该就够了。"

她看着车外聚集起来的人群，惊慌失措的样子让我压下心中的气愤，听从了她的建议。司机一言不发地接过钞票。就在汽车启动的时候，他把手伸出车窗外，我听到几枚硬币落地的声音。

我的同伴又回到我怀里，但她的面具朝向电视屏幕，屏幕上高挑的女孩已经把小泽尔克压在地上，后者的双腿只能徒劳地乱踢一气。

“我好害怕。”她低声说。

“天堂”原来是邻近的一个街区，和别处一样荒芜，不过这里有家带凉棚的俱乐部，穿制服的大块头门童活像个宇航员，就是衣服的颜色太花哨。心猿意马的我觉得自己非常中意这里。我们下了出租车，正好看到人行道上走来一个醉醺醺的老太太，脸上歪歪扭扭地戴着面具。走在我们前面的一对儿看到那张半遮半露的脸后立刻转头，仿佛在沙滩上看到一具丑陋的躯体。在跟着他们走进俱乐部时，我听见门童说：“走开，老太太，戴好你的面具。”

室内昏暗，闪着蓝光。她之前说我们可以在这儿交谈，我却没看出来。除了不可避免的咳嗽和打喷嚏的声音（据说近来有一半美国人都患上了过敏症），还有一支乐队在震耳欲聋地演奏比勃普爵士乐，这种音乐先由电子作曲器把随机挑选的音调排列在一起，乐师们再根据自己的喜好把刺耳的旋律编进去。

客人基本都坐在卡座里。乐队在吧台后面。乐队旁边有个小舞台，一个女孩正在上面跳脱衣舞，全身上下只剩下面具。吧台远端阴影里坐着几个男人，没人看向那个女孩。

我们看过墙上的金字菜单，按下按钮点菜：鸡胸肉、炸虾和两杯苏格兰威士忌。服务铃很快就响了。我打开锃亮的面板拿出饮品。

吧台那边的几个男人起身依次向门口走去，不过在动身之前他们先把整个房间扫视了一遍。我的同伴刚刚脱下外套。他们朝我们的卡座多看了几眼。我注意到他们一共有三个人。

乐队用一阵爆音赶走了跳舞的女孩。我递给我的同伴一根吸管，两人抿了一口酒。

“你之前说想让我帮你。”我说，“顺便提一下，你真可爱。”

她立刻点头致谢，向四周看了看，俯身向前。“如果我想去英国会很困难么？”

“不会。”我答道，稍微向后坐了坐，“只要你有美国护照。”

“护照难申请吗？”

“很难。”我对她的一无所知感到惊讶，“你的国家不喜欢让自己的国民出国旅行，虽然没有俄国那么严苛。”

“英国领事馆能帮我弄到护照吗？”

“他们恐怕很难……”

“你能吗？”

我觉察到有人在看着我们。一个男人和两个女孩从我们桌对面走过。两个女孩个头高挑，戴着亮闪闪的面具，像狼一样。那个男人得意扬扬地走在她们中间，像只直立行走的狐狸。

我的同伴并没看他们，但还是往后坐了一点。我注意到其中一个女孩的小臂上有一大块黄色的瘀痕。他们很快走进阴影深处的卡座里。

“认识他们？”我问。她没回答。我喝光了自己的酒。“我不知道你会不会喜欢英国。”我说，“那边生活的艰苦和你们美国的悲惨方式完全不是一个类型。”

她再次向前俯身。“但我必须离开。”她轻声说。

“为什么？”我有点不耐烦。

“因为我实在是太害怕了。”

铃声响起。我打开面板，递给她一份炸虾。我点的鸡胸肉上浇着热气腾腾的混合酱汁，里面有杏仁、大豆和姜，味道鲜美。不过用来解冻加热的微波炉一定出了什么故障，因为我一口下去就嘎吱一声咬到了肉里的冰核。这些精密的仪器需要经常检修，然而没有足够数量的机械师。

我放下叉子，问她："你到底在害怕什么？"

这次她的面具没有犹豫地转向一边。即便没说出口，在等待她回答的同时，我也能感觉到她的恐惧越来越强烈，微小的黑暗阴影蜂拥而出涌入扭曲的夜色，聚集在纽约充满辐射令人生厌的街头巷尾，侵蚀着紫色天际的边缘。我的同情心油然而生，一心想要保护对面的女孩。在出租车中产生的迷恋，又增添上一缕温情。

"所有一切。"她最后说。

我点点头，握住她的手。

"我害怕月亮。"她开始述说，她的声音变得和在出租车中一样梦幻缥缈，"一看到它就不能不想到制导核弹。"

"英国的天上挂着同样的月亮。"我提醒她。

"可它不再是英国的月亮了。它是我们的，是俄国的。你们不用对它负责。"

"哦，还有，"她的面具稍稍歪了一下，"我害怕街上的车辆还有那些帮派还有孤独还有炼狱。我害怕想要扯下你的面具的那种欲望。还有——"她轻声地说，"我害怕摔跤手。"

"什么？"等了一会儿，我柔声地追问。

面具靠向我。"你了解那些摔跤手吗？"她飞快地问，"我是说和女人摔跤的那些人。你知道吗，他们经常会输掉比赛。然后他们就需要找个女孩在她身上发泄挫败感。就是那种柔柔弱弱又惊恐万分的女孩。他们需要这么做，这能让他们觉得自己还是个男人。其他人不想让他们占有这种女孩。其他人只想让他们打赢台上的女人成为英雄。但是他们一定要有个女孩。这对她来说太恐怖了。”

我紧紧攥住她的手指，好像这样就可以把勇气传递给她——如果我有勇气的话。“我能带你去英国。”我说。

一团阴影爬上餐桌静止不动。我抬起头看到之前坐在吧台那边的三个男人。他们就是大个儿轿车里的那几个人。他们穿着黑色毛衣和黑色紧身裤。他们像嗑了药一样面无表情。两个人站在我身后，另一个逼近那个女孩。

“你，滚开。”这是对我说的。我听到另一个人对女孩说：“来和我们玩摔跤吧，小妹儿。你想玩什么？柔道、拳击、还是‘不死不休’？”

我站起身。英国人一定要不畏邪恶，挺身而出。这时那个狐狸一样的男人像个芭蕾舞明星一样游走过来。那三个人的反应让我大吃一惊。他们突然显得极为窘迫不安。

他冲他们冷冷一笑。“这种小把戏可不会讨我开心。”他说。

“别误会，泽尔克。”其中一个人向他乞求。

“要是我没猜错，这可不是误会。”他说，“她和我说了你们今天下午做的那些事。同样不能取悦我。滚。”

他们狼狈地退了几步。“咱们走吧。”他们转身时，其中一个人大声地说：“我知道一个地方，在那儿可以脱光了用刀子对拼。”

小泽尔克大笑着滑进我同伴身边的座位里，笑声富有音乐感。她缩起身体尽量远离他，只拉开一点点距离。我坐回自己的座位，俯身向前。

“宝贝儿，你这位朋友怎么称呼？”他问话时没有看她。

她用一个不明显的姿势把问题传给了我。我向他做了说明。

“英国人。”他看着我，“她是不是问你怎么离开这个国家？问了护照的事？”他笑得很开心。“她总喜欢计划逃跑。是不是，宝贝儿？他的小手一下一下地抚摸着她的手腕，手指弯曲，青筋暴露，仿佛随时要扭断她的手腕。”

“听着。”我严厉地说，“感谢你赶走了那几个无赖，但是——”

“别在意。”他说，“离开方向盘他们什么也伤害不了。经过训练的 14 岁女孩都能废了他们。要我说，就连坐在这儿的希达都可以，如果她受训去参加那种比赛……”他转向她，他的手离开她的手腕攀上她的头。他继续抚摸，让她的头发从手指间慢慢滑落。“你知道我今晚输了，是吧，宝贝儿？”他轻柔地说。

我站起身。“我们走吧。”我对她说，“离开这里。”

她坐着不动。我看不出她是否在颤抖。我试图透过面具读懂她的眼神。

“我会带你走。”我对她说，“我能做到。真的能做到。”

他笑着对我说：“她会跟你走的。是不是，宝贝儿？”

“你到底跟不跟我走？”我问她。她还是坐着不动。

他的手指慢慢地攥紧她的头发。

“听着，你这只小臭虫，”我大声喊道，“把你的手拿开。”

他像蛇一样从座位上站起身。我不是拳击手。我只知道我越恐惧，打出的拳就越准越狠。这次我很幸运。然而就在他被打翻在地的时候，我感到脸上被扇了一个耳光，面颊上还有四处被刺伤的疼痛。我捂住痛处。我能感觉到她锋利的指套在我的脸上划出四道深深的伤口，温热的鲜血正从伤口中渗出。

她没看我，而是俯身抱住小泽尔克，面具紧贴在他的脸颊上，低声哼着：“好了，好了，别难过，过一会儿你可以打我。”

在我们周围响起议论声，但没人上前。我弯下腰扯掉她的面具。

我真不明白为什么自己会认为她的面容有多么与众不同。她的面色极其苍白，当然是这样，而且完全是素颜。我猜因为戴着面具理所当然没必要化妆。眉毛凌乱，嘴唇皲裂。如果用语言来形容我全部的感觉，形容看到这张脸时在心中蔓延翻腾的感觉——

你有过从潮湿的地上翻开一块石头的经历吗？你见过黏黏滑滑的白色蛆虫吗？

我低头看她，她仰头看我。“是啊，你被吓坏了，是不是？”我讥讽她，“你害怕这出夜间闹剧，对不对？你简直要被吓死了。”

随后我径直走入紫色的深夜，我的手还捂在流血的脸颊上。没人阻拦我，那两个摔跤女孩也没有。我真想从衬衫底下撕下一块胶片，就地做个检测，然后发现自己受到过量辐射，这样我就可以要求越过哈得孙河然后南下去新泽西，穿越纽约湾海峡核弹区经久不散的辐射，抵达桑迪胡克半岛，在那里等待锈迹斑斑的轮船，最终漂洋过海返回英国。

（王迪　译）

膨胀中的宇宙

二战的结束使蓄积已久的大量需求得到释放，各类物资亟待补充，科幻小说也在其列。曾经为战胜轴心国所倾注的丰沛能量，如今流入了其他事业当中。科幻小说的现实意义得到证明：原子弹在广岛上空爆炸，V-2 火箭袭击伦敦，实验室里发明出成百上千种奇迹，全都用字母缩写命名，如 JATO、RADAR 和 SONAR[1]。一切都在昭示着，未来不仅充满技术变革，还充满新的语言。许多人憎恨这样的未来；其他人转而向科幻寻求帮助。

其中一些多余的能量被错误地用在了创办某些科幻杂志上，它们的存续时间往往不过一到两个季度。一些能量流入了粉丝出版社，它们将刊登在杂志上的往期热门小说重新出版；尽管粉丝出版社一个接一个地倒下，它们取得的惊人成绩却被主流出版商发现，很快，科幻就成了出版光谱上不起眼但必要的一部分。当平装本的初版小说[2]开始为读者所接受时，科幻找到了一个更加天然的媒介，首先是

1. 分别是喷气起飞助推、无线电侦测定距（即雷达）、声音导航测距（即声呐）的缩写。
2. 指未经其他渠道发表，直接出版为图书的作品。

在王牌和巴兰坦图书公司，接着是其他平装书出版社。

海因莱因 1950 年的电影《登陆月球》（*Destination Moon*），以及同年的电视剧《太空军校学员》[1]（*Space Cadet*）大获成功，这带动了一批电影和电视剧的出现，但是其中大多已不值一提。不过，《禁忌星球》（*Forbidden Planet*）、《天外魔花》（*Invasion of the Body Snatchers*）——1956 年唐·席格版，不是 1978 年的翻拍版——和《太空英雌芭芭丽娜》（*Barbarella*），以及一些改编自威尔斯小说的电影成绩突出，在电影无力承载科幻题材的普遍现状下显得鹤立鸡群。接着，由阿瑟·C. 克拉克（Arthur C. Clarke）和斯坦利·库布里克（Stanley Kubrick）合作的《2001：太空奥德赛》（*2001: A Space Odyssey*）横空出世。

这是第一部不需为个中缺憾做辩解的科幻电影。批评家也许会吹毛求疵于人工智能 HAL 的行为缺乏合理的理由（机器人学三大法则呢？），或是结局晦涩难懂，但它科幻感十足，主题宏大，特效震撼人心，并且没有将智慧的思考淹没在戏剧情节中。看上去，那个世界——未来本身——确实有人居住其中，有着日常生活的气息。库布里克拥有其他电影制作人欠缺的那种理解能力，足够的影响力和经济支持又让他避免了被迫妥协的下场。这部电影在艺术和经济上的成功，为后来的《星球大战》（*Star Wars*）和《第三类接触》（*Close Encounters of the Third Kind*）铺平了道路。

对合作拍摄这部电影及撰写后续长篇小说而言，克拉克无疑是最佳人选。当库布里克提出想要拍摄科幻片的意愿时，他与克拉克恰巧共用着同一位经纪人，这一点也促成了这次合作。克拉克早年间与英国星际协会有很多往来——他在 17 岁那年就成为协会会员，

---

1. 这里指的是《太空军校学员汤姆·科比特》（*Tom Corbett, Space Cadet*）。这部剧集并非海因莱因编剧，但确实受到海因莱因 1948 年的长篇小说《太空军校学员》的启发。

19 岁成为财务主管，最后甚至当上会长——自那以后，克拉克一直在探索新的领域。1945 年，他在《无线世界》上发表了“地外中继”开发的项目大纲[1]，后来，他将这次经历记录在一篇文章里——《我如何在业余时间损失十亿美元并发明“电星”》[2]。

他以职业身份创作的首部科幻小说发表于 1946 年，此前他曾于二战期间在英国皇家空军服役。他投给《惊异》的第二篇小说《救援队》（“Rescue Party”）受到特别欢迎，于是他开启了同时创作虚构和非虚构作品的职业生涯，并在两个领域都大放异彩。他的科普创作很早就得到认可：《探索太空》（*The Exploration of Space*）入选每月好书书友会的书单，获得了国际幻想小说奖；1962 年，他因图书和文章创作的贡献，被联合国教科文组织授予了羯陵伽普及科学奖；后来，他获得了富兰克林研究所的金奖章。

克拉克的小说有三种截然不同的风格：对未来的推想、对才思的运用和对神秘的敬畏。他用创作非虚构作品时那种直接、不容置疑的风格推想未来，这样的作品有《太空序曲》（1951）、《火星之沙》（1951）、《地球之光》（1955）、《海底牧场》（1957）和《月尘陷落》（1961）。他运用自己巧妙的才思，创作了《历史课》（1949）、《捉迷藏》（1949）、《神的九十亿个名字》（1953）和《白鹿酒吧故事集》（1957）。他的神秘主义思想——有时用诗意的手法表达出来——为他带来了短篇《星》（1955），后来改写为《城市与群星》（1956）的《夜幕未落》（1948），以及他最有名的长篇小说《童年的终结》（1953）——促使他对人类终极命运进行思考的那种末世论情绪，也许在这部作品中得到了最清晰的表达。

---

1. 这篇文章是 1945 年 10 月载于该刊的《地外中继方案：箭载电台能够实现全球电波覆盖吗？》。
2. “电星”（Telstar）或译“电视之星”，是今天仍在使用的一系列通信卫星的名字。试验性的“电星 1 号”是第一颗具有跨洋转播电视信号能力的卫星，发射于 1962 年，其基本理念沿袭了 17 年前克拉克提出的地球静止轨道通信，克拉克本人也因此被称为“通信卫星之父”。

他的短篇小说《星》曾获得雨果奖。他的中篇小说《遭遇美杜莎》（“A Meeting with Medusa”）获得1972年的星云奖，长篇小说《与罗摩相会》（*Rendezvous with Rama*）获得1973年的雨果奖、星云奖和坎贝尔奖三大奖项，而他本人也获得1985年的美国作家协会大师奖。1979年出版的长篇小说《天堂之泉》（*The Fountains of Paradise*）横扫了雨果奖、星云奖和坎贝尔奖[1]。在那之后，他为《2001：太空奥德赛》创作了两部续作，并且与金特里·李（Gentry Lee）合写了多部作品，其中最有名的是对《与罗摩相会》的续写。自传《惊奇的时光》（*Astounding Days*）聚焦克拉克早年接触科幻的经历，是对科幻这一文类的珍贵贡献。他还在几档关注奇异现象的辛迪加式电视节目[2]中担任主持人，这几档节目都冠以克拉克的名字，因而让克拉克获得了一些名声。

克拉克对自由潜水的痴迷，让他从英格兰移居澳大利亚大堡礁，并最终前往锡兰（今斯里兰卡）。从1956年起，他定居锡兰，不过仍然因出差和巡回讲座频繁外出，这种情况只在最近才有所减少。无论以艺术还是商业成功来论，克拉克都能跻身过去四十年中最成功的三到四位科幻作家之列。

1951年，《岗哨》（“The Sentinel”）发表于一份名不见经传的杂志——《十篇幻想》（*Ten Story Fantasy*）。这是那些面市仅三个月就告破产的杂志之一——它仅仅发行了四期[3]——但就在这本杂志上，产生了《2001：太空奥德赛》的灵感来源。

（穆童、憬怡　译）

1.《天堂之泉》并未获得坎贝尔奖。
2. 指一个节目由多个电视台同时播出。
3. 这份杂志实际只发行了一期。

岗哨

［英国］阿瑟·C. 克拉克

当你下一次仰望南天上空高悬的满月，仔细看它右侧边缘，让你的目光沿着银盘的弧线向上移动，大约在两点钟的方向你会注意到一个暗淡的小椭圆：任何视力正常的人都能够轻易找到。它是一个被山脉环绕的大平原，几乎是月球上最精美的一个，也被称作危海——危机之海。它直径 300 英里，几乎被一座宏伟的环形山完全包围。直到 1996 年夏天我们到访之前，从未有人类探索过这里。

我们的考察队规模庞大，在月球上的主要基地设立在 500 英里以外的澄海。两架重型货机负责从那里为我们输送补给和装备。如果遇到我们的月面车无法穿越的地形，还有三架小型火箭可保证我们区域间的短程交通。幸运的是，危海大部分地区都很平坦，既无别地随处可见危机四伏的大裂缝，也没有什么陨石坑或高山低壑。据我们所知，我们的履带式月球车足够强大，可以带我们去任何我们想去的地方，没有困难。

我是个地质学家，更精确点说，是月质学家。负责我们整个团队在危海南部区域的勘察工作。一周之内，我们已经沿着海岸边的山脚穿越了 100 英里的路程。约 10 亿年前，这里曾是一片古老的海洋。当生命在地球上逐渐成形，这里已经开启了它消亡的过程：海水从高山巨崖的侧壁退落，注入空荡荡的月心。在我们穿越的这片土地上，无潮的海洋曾深达半英里；如今，只有在灼热的日光无法穿透的洞穴里边，你才偶尔可能找到一层白霜——那是水分存在的唯一痕迹。

月球上的黎明缓慢来临，而我们早已开启了旅程。夜幕降临之前，还有差不多一个星期的地球时间。每天有六次，我们会套上宇航服，离开月球车，出发去寻找些有意思的矿物，或者放置一些地标，为未来的旅行者留下指引。这不过是一项例行公事。月球探测毫无危险可言，甚至谈不上激动人心。在加压式月球车中，我们可以舒舒服服地过上一个月，如果遇到什么麻烦，我们也能发射无线电求救，然后稳坐不动等待飞船前来救援。

我刚才说探月旅程一点儿也不振奋人心，这当然不是事实。比起地球上温和的山丘，月球上的山脉更加崎岖险峻，让人难以置信，百看不厌。每当绕过那些海角与岬湾，我们总是难以预料，在这片早已消逝的海洋中，又有什么新鲜壮阔的景色会呈现在眼前。

危海整个南部的弧形地区是一片广袤的三角洲，也许在月球年轻的时候，短暂的火山作用时代，曾有汹涌的暴雨奔流而下，冲刷群山，在这里留下了河流汇集入海的痕迹。这里每一个古老的山谷都在向我们发出邀请，挑战我们攀登眼前那未知的高地。可惜我们还有 100 英里远的路程要赶，只能眼巴巴地望望那些高耸的山峰，把它们留给后人去攀登。

在月球车中，我们按照地球时间度日，每到晚上十点，我们会把最后一条无线电信息发送回基地，标志一天的结束。尽管外面的岩石在近乎直射的阳光下依然热得发烫，但对我们来说，这就是夜晚了——直到八个小时后我们再度醒来。我们中的一人会开始准备早餐，电动剃须刀的嗡嗡声响作一团，也有人打开收音机接收来自地球的短波无线电。当煎香肠的香味儿开始弥漫整个舱室，实在很难相信我们是在地球以外的地方——除了重力减轻和物体慢吞吞下落带来的别扭感觉，一切都那么日常又温馨。

时隔多年，我依然清晰地记得，那天刚好轮到我在主舱用作厨房的角落准备早餐，当时收音机刚播完我最爱的一段旋律——古老的威尔士曲子《白石镇的大卫》。我们的驾驶员已经穿上宇航服出舱检查履带车的踏面了。而我的助手路易斯·加内特，正在控制位忙碌，往昨天的日志中填一些补充记录。

我就像地球上任意一个家庭妇女那样，站在煎锅前等待香肠煎至棕色。趁这工夫，我任由目光在崖壁上随意漫游，这些山壁完全覆盖了南部的地平线，向东西两侧蔓延至视线以外、月球地平弧线之下。看起来好像只离月球车一两英里远，但我知道实际最近的也有 20 英里之遥。在月球上，当然不会因为距离遥远看不清细节——这里没有地球上肉眼难以察觉的雾气，使远处的物体柔化甚至变形。

那些山足有 10 000 英尺高，从平原上拔地而起，似乎是很久以前的地下喷发使其穿透了熔化的地壳陡然升入天空。因为平原是个陡峭的曲面，即便是最近的山峰底部也被隐蔽不见。月球是一个小小的世界，从我站立的地方看地平线只有 2 英里远。

我举目望向那些从未被人攀登过的高峰，在地球人到来之前，它们曾见证了海洋后撤，缓慢地枯竭、消亡，彻底带走了这个世界生的希望。刺眼的阳光炙烤着这些山峦壁垒，而就在它们上空不远，群星正在比地球冬日的午夜更黑的夜幕中，稳定地闪耀着。

我正要转身，忽然瞥到向西 30 英里处，一座向海中突出的大岬角山脊上传来金属闪光。那是一个无量纲的光点，像某座峻岭捕获了空中的一颗星星。我想象着阳光照射在光滑的石头表面，又直接反射到我的眼中。这样的事情并不罕见。亏凸月的时候，随着太阳光在月球风暴洋平原上的群山斜坡间闪耀、跳跃，地球上的观测者有时能看到那些高山上发出的耀眼的蓝白虹彩。但我好奇的是，哪种岩石能反射如此明亮的光芒。我爬进观测塔，把 4 英寸口径的望远镜转向对准西方。

观测结果刚好吊起我的胃口。视野范围内的山峰非常清晰，仿佛只有半英里远。但那个捕捉住阳光的东西还是太小了，难以分辨，不过看上去极度对称，让人难以捉摸。此外，它所处的山峰也似乎异常平坦。我长时间盯着那个神秘的闪光点，竭力将视线延伸出去……直到一阵焦煳味儿从厨房传来，我猛然醒悟：我们的早餐香肠算是白跑这 25 万英里的距离了。

在穿越危海的路上，西边的山脉越发显得高耸入云，整个上午我们一直争论不休。就连我们穿上宇航服出舱进行勘探工作，争辩还在通过无线电继续。我的同伴认为，月球上绝对没有出现过任何形式的智慧生物。这里唯一存在过的生物不过是少数的原始植物及其更为原始的祖先。对此我一清二楚，但我也知道有时候科学家就是要敢于出洋相。

“听着，”我最后说，“我要爬上去，即便只是为了让自己心安。那座山不足 12 000 英尺高，按地球引力算就是 2 000 英尺，最多只要得了我 20 个小时。我一直想要登上那些山丘，正好这给了我个绝佳理由。

“要是你没摔断脖子的话，”加内特说，“回到基地后，你就会成为勘探队的笑柄。那座山可能从此会被叫作威尔森犯蠢山。”

“我可不会摔断脖子，”我坚决地说，“还记得是谁第一个登上了皮科山和赫利孔山的吗？”

“但那不是你年轻时候的事了吗？”路易斯轻声说。

“正是如此，”我满怀自豪地说，“这正是我非去不可的理由之一。”

那晚我们将月球车开到离海角半英里的地方，便早早就寝。第二天一早，加内特和我一起出发了。他是个优秀的攀登者，以前也常跟我一起进行这样的开拓性工作。我们的驾驶员则非常乐意留下来照看月球车。

乍看之下，那些悬崖简直高不可攀。但任何有经验的的登山者都知道，在一个重力只有正常值六分之一的地方，攀登非常容易。在月球上登山的真正危险在于过分自信，从月球上 600 英尺的高处坠落就跟从地球 100 英尺高的地方坠落一样，足以置人于死地。

爬到约 4 000 英尺的高度，我们第一次停下来，在一块宽阔的平台上休息。攀登并不太难，只是我四肢僵硬，还不太习惯这样使力，因此乐意小憩片刻。从这里，还能望见我们的月球车，像一个金属小虫子似的趴在山崖脚下。我们向驾驶员汇报了进度，又继续向上攀登。

宇航服内部非常凉爽舒适，制冷装置帮助我们抵抗烈日，同时带走劳顿产生的多余热量。我们之间很少交谈，除了传递攀登指令或讨论最佳上升路线。我不知道加内特怎么想，恐怕这是他做过最疯狂的无用功了——对此我深感赞同，只是，向上攀升的喜悦，加上愈加壮阔的景观，以及想到我正在前人从未涉足的领地探索的振奋之情，又给予了我此行所需的全部回报。

当我终于看到矗立在眼前的这堵大石墙时，内心其实并无太大波澜。我曾在 30 英里之外透过望远镜观察它。在我们头顶约 50 英尺的高处，隆起逐渐趋平，那个一直引诱着我穿越这片不毛之地的东西就在那块平坦的高地上面。我几乎可以肯定那不过是一块被陨石击中崩裂的巨石，其裂面在这不朽的、无变化的沉寂世界中依然鲜亮如新。

岩石表面没有支撑点，我们只能使用抓钩。我在头顶挥动这个三叉的金属锚，将它抛向星空，原本疲惫的双臂似乎重新获得了力量。第一次尝试时，铁钩没有抓牢，我们拉动绳索，它慢慢掉落下来。第三次试抛时，尖齿稳稳扎进了岩石，我们两人体重加起来也无法撼动，非常牢固。

加内特焦急地看向我，我知道他很想第一个上，但我透过头盔的玻璃冲他微笑，摇了摇头。慢慢地，不慌不忙地，我开始攀登最后一段高度。

即使算上宇航服，我在月球上也不过 40 磅重，因此我双腿根本不用发力，仅凭双手左右开弓就能轻易地将自己拉上去。我在边缘停下来朝同伴挥了挥手，然后便翻身上去，站立起来，盯着眼前的景象。

要知道，在这一刻来临之前，我基本上已经确信不会在这里发现什么奇怪或不寻常的东西。说基本上而非完全——因为正是那一丝令人困惑的疑虑驱使我向前。现在好了，疑虑消解了，但困扰才刚刚开始。

我站在一个宽约 100 英尺的高地上，它一度非常平滑——平滑到不可能是自然形成的。只是，在难以估量的漫长岁月中，陨石将其表面砸得坑坑洼洼。这片平地被打磨光滑，为的是放置一个闪闪发亮、类似金字塔的结构，它差不多两人高，像镶嵌在岩石里一颗巨型的多面宝石。

最初的几秒里，我的心中完全没有什么感情。过一会儿才觉得激动万分，感到一种奇异的、难以名状的喜悦。因为我爱月球，而现在我已经知晓，在阿里斯塔克斯陨石坑和厄拉多塞陨石坑里蜿蜒的苔藓并不是这个星球在她年轻时期孕育出的唯一生命。最初那批探险家饱受非议的异想得到了印证：月球文明真的存在过——而我是发现它的第一人。或许，我来晚了一亿年，但我并不感到沮丧，这一切已经让我不虚此行了。

我的头脑恢复了正常运转，开始分析情况，提出疑问。这是一栋建筑，一座神庙，还是我的语言无法描述的某种东西？如果是建筑，为什么要修在这么一个难以接近的位置？我疑心它可能是座庙宇，甚至能想象得出，在月球生命随着垂死的海洋日渐衰落之际，那些高级祭司呼唤他们神祇庇佑的样子——可惜最终，他们的祈求徒劳无功。

我向前走了十几步以便更近一点儿观察它，但出于小心谨慎不让自己靠得太近。我懂一点儿考古学，尝试猜测这个文明的等级——它曾经削平了山地，打磨出闪闪发光的镜面，时至今日仍反射出炫目的光芒。

我想，要是古埃及的工匠也拥有这些不知何物的奇怪材料，他们也可能像这些更为远古的建筑师前辈一样有能力完成。因为这玩意儿不大，我根本没去考虑眼前可能是一个比人类先进许多的种族的手工制品。月球上竟然有过智慧生物，这件事本身就重大到我几乎无法理解，而我的自傲也不容许自己去接受这最后的、羞辱性的暴击。

接下来我注意到的一个迹象让我后脑勺头皮发麻，虽然它非常琐碎且无关紧要，大部分人根本不会注意。我之前说过这片高地被陨石砸得伤痕累累，它还覆盖着厚厚的宇宙尘埃，深达几英寸。在无风的世界，尘埃总是撒落沉积在表面。然而，在这座小金字塔周围，尘埃和陨石的划痕都戛然而止，留出一个大圆圈，就如同有一堵看不见的墙在保护金字塔，使它免受时间的侵袭，以及来自太空缓慢而不停息的轰炸。

听到有人在我耳机里大喊，我才意识到加内特已经呼叫我一阵子了。我跌跌撞撞走到悬崖边，因为担心说不清话，便只是示意他上来加入我，然后又回到了尘埃中的圆圈那儿。我捡起一块碎裂的石片，轻轻地扔向那块闪着光的谜团——要是这块石子消失在那块看不见的屏障中，我也不会觉得有什么奇怪。不过，它似乎是击中了一个光滑的、半球形的表面，轻轻滑落到地面。

那时我才意识到眼前的一切是我自己种族的古老文明根本无法匹配的。这并不是一栋建筑，而是一个能自我防御的机器，拥有万古不灭的力量。而那不知何为的力量如今仍在运行，而我，或许已经靠得太近。我想起了过去一百年中被人们征服利用过的种种辐射。我感到自己就像步入了一个沉寂而致命的无防护原子反应堆，大概已经在劫难逃了。

我记得自己转向加内特——他已经走了过来，就站在我旁边一动不动。他似乎一点儿也没注意到我，于是我也没打扰他，走回了悬崖边沿，试着理清思路。我的下方即危海——名副其实的危机之海。大部分人觉得它古怪又奇特，但对我来说却是熟悉而安心。我抬眼望向月牙形的地球，躺在它群星的摇篮中。我好奇，当这群不知名的建造师在月球完成他们的工作时，在大气覆盖下的地球上又是什么样的一番光景。是石炭纪充满蒸汽的原始丛林，还是凄凉的海岸线？为了征服大陆，最早的两栖动物从那里爬上岸——抑或是更为久远以前，在生命成形之前亘古的孤寂景象？

别问我为何不能早一点猜到真相——尽管现在看来是如此显而易见。在取得发现最初的激动中，我想当然地认为这个水晶般的神奇物是月球远古时期的某个种族建造的。但是突然间一个不容辩驳的念头闪过我的脑海：它其实像我一样来自外星。

二十年来，除了少数退化的植物，我们没有发现任何生命的踪迹。不管以怎么样的方式毁灭，没有哪种月球文明能留下一件表示它存在过的标志。

我再次凝视这个闪光的金字塔，越发觉得它跟月球毫无关联。突然间我感到自己浑身颤动，因为过于兴奋和激动而爆发出一阵歇斯底里的傻笑——因为我想象到这个小金字塔开始对我说话："抱歉啊，我在这儿也是个异乡人。"

我们花了二十年的时间才突破那层无形的屏障，到达水晶墙内部的机器那里。针对我们无法理解的东西，我们最终用原子能的蛮力把它炸开，现在我看到了当初在山上发现的可爱反光体的碎片。

那些碎片毫无意义。这个金字塔的运行机制——如果它们真的是机械作用的话——远远超出我们的技术视野范围，或许运用了元物理力技术。

我们已经造访过其他行星，因此这个谜团此时让我们更加困惑。就我们所知，地球是宇宙中智慧生命的唯一家园，而我们世界过去的失落文明也不可能建造那个机器，因为通过测量那片高地上宇宙尘埃的厚度，我们可以推算出其所属年代：当地球海洋里的生命形成之前，它就被放置在那座山上了。

当我们的世界还只有现在一半的年纪时，来自星际的某物穿过了太阳系，在途中留下了这个标记，又继续上路。直到我们将其摧毁，它依然在履行建造者赋予的使命。至于目的究竟为何，我的猜想如下：

大约有 1 000 亿颗恒星在银河系圈子里旋转。很久之前，一定有来自其他星系的别的种族达到并超越了我们人类能企及的高度。试想这样的文明，在极为远古的年代里，置身于创世逐渐褪去的余温中。那时候，宇宙的主宰者们还非常年轻，生命因而也只存在于极少的世界里。他们的世界一片寂寥，我们无法想象，那是诸神凝视着宇宙无穷却无人相谈的终极孤独。

正如我们搜寻过行星，他们也一定在星团间逡巡。到处都有世界，但不是空无一物，就是充满无意识的爬行生物。当先民的第一艘飞船从冥王星外的深渊悄然潜入，在我们地球上，各大火山还在喷发烟雾，熏染天空。飞船掠过了那些寒冷的外行星，因为生命不会在它们的命运轨迹中扮演什么角色。在内行星间他们停下来小憩，借助阳光暖和身子，等待他们的故事上演。

那些漫游者一定注意过地球，它在冰与火之间的狭窄地带安稳地公转，他们猜想这颗行星是太阳最宠溺的孩子。在遥远的未来，这里将会有智慧生命的诞生。只是，还有数不尽的恒星等着去探访，他们可能再也不会来这儿了。

因此他们在这留下了一个岗哨，就跟他们散布在宇宙其他千百万个地方的一样，监测着所有可能诞生生命的世界。它就像一个灯塔，无数年来一直坚持不懈地传送信号，表明从未有人发现它。

大概你现在明白了为什么那个水晶金字塔要设立在月球而非地球上了。它的建造者并不关心仍在野蛮边缘苦苦挣扎的种族。只有当我们有能力穿越太空、离开地球这个摇篮，证明自己适于生存之后，他们才会对我们的文明感兴趣。这是所有智能种族迟早会面临的挑战。它也是一项双重挑战，取决于能否利用、征服原子能并赢得最后的生死抉择。

一旦我们度过危机，那么发现并打开这个金字塔便只是时间问题了。现在它的信号已经中止，不管那头谁在执勤，都会将把注意力聚焦地球。也许他们希望帮助我们这个处于婴儿阶段的文明，不过，他们的文明一定已经非常非常古老了，众所周知，老年人往往会疯狂地嫉妒年轻人。

如今，每当我望向银河，都会忍不住猜想他们的使者会从堆积的哪一团星云中现身。我们已经拉响了火警——请原谅我使用这样平淡无奇的比喻。现在除了等待，我们无事可做。

我想我们不会等很久。

（吴倩　译）

法默的世界[1]

几千年来，人们一直被这样一个念头折磨得睡不好觉——“假如当初……”。假如我们能让事情颠倒过来，假如我们没有这么做过、那么说过，结果会不会变得更好。那些曾经改写历史的事件呢？假如拿破仑或希特勒在青年时代就提前去世？假如萨拉热窝或达拉斯的刺客没有得手[2]？

这样的念头最终找到了公之于众的途径，奇怪的是，它们的第一个媒介是传统出版物。罗伯特·西尔弗伯格将架空历史小说的源头，追溯到爱德华·埃弗里特·黑尔（Edward Everett Hale）的小说《请勿触摸》（“Hands Off”）上，这篇小说发表于1898年的《哈泼斯》杂志。作者设想约瑟没有被贩为奴，没有在埃及帮助政府走出灾年[3]，而后埃及遭到迦南蛮族征服，为人类文明带来灭顶之灾。

1. 标题“Farmerworld”化用了法默最著名的作品《冥河世界》(*Riverworld*)。
2. 前指引发第一次世界大战的萨拉热窝事件；后指美国总统肯尼迪遇刺事件。
3.《圣经·旧约》记载，约瑟被兄弟嫉恨并贩往埃及，后来为法老解梦，制订存粮以备饥荒的计划，因而受到器重，当上了宰相。

1931 年，十一篇先前发表于《斯科里布纳》杂志的文章，汇集成一本名为《假如当初不是这样：想象中的历史》的书。这本书的编者是 J. C. 斯夸尔。收录其中的文章有《假如罗伯特·李没有打赢葛底斯堡战役》[1]、《假如布斯刺杀林肯失手》[2] 和《假如拿破仑逃抵美国》。受这几篇文章的启发，詹姆斯·瑟伯写了一篇戏仿之作，《假如格兰特当时在阿波马托克斯喝酒》[3]。

1934 年，默里·莱因斯特（Murray Leinster）在《惊异》发表小说《时空交叠》（“Sidewise in Time”），将架空历史真正引入了科幻的创意库——尽管，平行宇宙与时间旅行一样，不具备任何现实存在的依据。自此以后，通过改动过去来创造另一个现实的想法，成为许多长短篇小说的灵感源泉。

在架空历史这一类型当中，最优秀的作品都是长篇小说，这或许是因为更长的篇幅有更广阔的视野，能使改写历史的后果得到更全面的分析。在沃德·穆尔（Ward Moore）的《我们带来解放》（*Bring the Jubilee*）中，南北战争的获胜方是南方邦联。在《高堡奇人》（*The Man in the High Castle*）中，菲利普·K. 迪克（Philip K. Dick）设想了轴心国赢得二战，并将美国一分为二的情形。基思·罗伯茨（Keith Roberts）在《帕凡舞》（*Pavane*，1968）里，假设伊丽莎白一世女王在 1588 年被人刺杀[4]，由此创造出一个未曾经历工业革命的世界。在哈里·哈里森的《跨大西洋隧道，好耶！》[5]（*A*

1. 在现实世界中，南军将领罗伯特·李确实输掉了葛底斯堡战役，这场战役也成为美国南北战争的转折点。这篇文章先是设想出一个罗伯特·李获胜的世界，接着假托这个世界的历史学家之名，想象他战败的结果。文章作者是温斯顿·丘吉尔。

2. 约翰·布斯因同情南北战争中战败的南军，于 1865 年 4 月 14 日在华盛顿的福特剧院刺杀了正在看戏的林肯。

3. 南北战争中率领北方军队获胜的格兰特将军是著名的酒鬼。战争胜利后，格兰特在阿波马托克斯接受了罗伯特·李的投降。

4. 伊丽莎白一世在位时期奠定了英国强盛的基础。

5. 一名《深海隧道》（*Tunnel Through the Deeps*）。

Transatlantic Tunnel, *Hurrah!*, 1972）里，乔治·华盛顿遭到枪杀，美国独立战争从未打响。金斯利·艾米斯（Kingsley Amis）用他的小说《变化》（*The Alteration*, 1976），想象出一个未曾发生宗教改革、天主教会仍然手握无上权力的世界，连同这一事件所带来的方方面面的影响。

当然，这些连带影响才是架空历史的真正价值。假想的情景仅仅提供了叙事的推力，只有后续的连带结果才能让我们从理性上认识到：今日现实确实依赖于过去做出的种种决策，即使有些决策看似微不足道。作者发挥自己的创造力，用极具说服力的细节丰富了故事的骨架，这常常是架空历史小说的魅力所在。这类小说还有另一方面的价值，那就是读者可以拿小说与自己所处的现实进行对比。现在和未来的存在，究竟是依靠着哪些大大小小的决策，依托于哪些历史的意外？看似必然的人造物品和传统习俗，在形态和功能上有多坚不可破？

菲利普·何塞·法默（Philip Jose Farmer）的《继续航行！》——载于《惊人故事》1952 年 12 月期——就是一篇这样的架空历史小说。作者设想天主教会鼓励罗杰·培根大行实验。然而，这篇小说对历史的架空并不仅仅在于这一个方面。

法默代表着一类独立于《惊异》杂志取得成功的作家。他的小说以敢于突破禁忌著称。他第一篇得到发表的科幻小说是《爱人》（“Lovers”，1952），小说中，自幼家教严苛的男主人公与外星女子恋爱，后来发现女子是一只模仿人类形态的昆虫。《奇怪关系》（*Strange Relations*，1960）收录了他的这类小说。

法默作品中的另一大类是致敬小说。他致敬的对象有历史人物，也有前辈作家塑造的角色，他以这些人为主人公创作了很多短篇小说，或者说是模仿作品：巴勒斯、凡尔纳、泰山、萨维奇博士[1]、理查德·F. 伯顿、马克·吐温等等。他还借用了冯内古特笔下的人物——科幻作家基尔戈·特罗特，作为自己创作的《半只贝壳上的维纳斯》（*Venus on the Half Shell*，1975）的作者。他在《未知的盛宴》（*A Feast Unknown*，1969）等作品中对科幻和色情的结合，得到了莱斯利·菲德勒[2]的赞扬，而法默对双关语和淫秽文学的喜好，促使他写下了诸如雨果奖获奖名篇《紫薪骑士》（"Riders of the Purple Wage"，1968）等小说。

在踏上写作道路之前，法默度过了艰难的时光，这期间唯一的成功只有《爱人》一篇小说。有十一年的时间，法默一直从事着体力劳动，直到 1950 年，他才从布拉德利大学获得了创意写作的学士学位。《借来的肉体》（"I Owe for the Flesh"）获得了沙斯塔和口袋书店联合赞助的一场小说比赛，但是，沙斯塔出版社后来破产，不仅法默的小说未能发表，奖金也无处可寻。许多年的时间里，他一边为几家高科技公司撰写技术文档，一边在业余时间兼职创作。1969 年，他重新开始全职写作，此后一直保持着很高的产出，也获得了成功。

法默以"层级世界"（"The World of Tiers"）为名创作了一系列长篇奇幻，其中第一部名为《众多宇宙的创造者》（*Maker of Universes*，1965）。他以约翰·卡莫迪神父（Father John Carmody）为主人公创作的系列短篇，结集在《光之夜》（*Night of Light*，1966）中。他还根据那本错失奖金的获奖小说，创作了另外一套系列长篇。这个系列或许是他最著名的作品。其中的第一部《四散的躯壳》（*To Your Scattered Bodies, Go*，1971）获得雨果奖。后续作品有《冥河长船》（1971）、《黑暗计划》（1977）、《冥河世界及其他故事》（1979）、

1. 一译奇兵勇士，20 世纪三四十年代的流行漫画英雄形象，被斯坦·李誉为当代超级英雄的先驱。
2. 美国著名文学评论家、小说家兼诗人，代表作是《美国小说中的爱与死》。

《魔法迷宫》(1980)、《冥河战争》(1980)、《冥河之神》(1983)和《永恒之河》(1983)。这些小说以“冥河世界”(Riverworld)为总标题,共同讲述了这样一个漫长的故事:受神秘机制的操控,全部人类在一条千万英里长的河流两岸复活。另一个长篇系列名为《一日世界》(*Dayworld*,1985),是从一篇叫作《仅限周二的横截面世界》(“The Sliced-Crossways Only-on-Tuesday World”)的短篇小说改写而来。

(穆童、憬怡 译)

继续航行！

［美国］菲利普·何塞·法默

“火花”修士坐在那儿，身躯挤在墙壁和显现仪之间，除了一根食指和两颗眼珠，全身上下一动不动。时不时地，这根手指飞快地叩击着桌上的按钮。一双灰蓝色的眸子好像故乡爱尔兰那灰蓝色的天空，蜷居于艉楼甲板上这棚屋里的修士，偶尔也转动眼珠，从敞开的小门向外望去——能见度很低。

外面已是黄昏，栏杆上挂着一盏灯，两名水手倚在栏杆上。远处，“尼尼亚”号和“平塔”号[1]上明亮的灯光，与船身的黑暗轮廓一起摇摆起伏。背景是大西洋柔和的地平线，半升的月亮露出它红色的圆顶，给大海勾上了一条黑色与血色相间的边。

修士的秃顶上方吊着一盏单碳丝灯泡，灯光照在臃肿的脸上，显示出一副专心致志的神情。

今晚，传光以太[2]噼啪作响，但夹在修士耳朵上面的听筒，却一点一划地传送着稳定的信号，那是拉斯帕尔马斯站的操作员从大加那利岛上发来的。

---

1. “尼尼亚”号、“平塔”号和下文的“圣玛利亚”号是组成哥伦布首航舰队的三艘帆船的名称。
2. 以太、光以太或传光以太，是 19 世纪物理学家所假设的电磁波的传播介质。

“呲！这么说，你的雪利酒已经喝光了……啪！……真糟糕……噼啪……你个老酒鬼，死性难改……嘶……愿上帝宽恕你的罪行……

“很多流言、传闻，杂七杂八……嘶！……竖起耳朵就够了，别随便向人低头，你这个不敬神的信徒……据说，土耳其人正在集结军队……噼啪……向奥地利进发。来自基督教国家的许多目击者，声称他们目睹一些飞行香肠掠过各国的首都上空。有传言称，它们来自土耳其，发明者是一个罗杰会修士，他叛变投敌，改信了穆斯林的宗教……呲……真是一派胡言。我们当中没人会那么做。一定是教会里的对头为了诋毁我们散布的谣言。然而，轻信谣言者为数不少……

“海军上将的计算结果如何？距离日本还有多远？

“闪！今天，萨伏那洛拉[1]发表了一通谴责，矛头直指教皇、佛罗伦萨的富人阶层、希腊文艺，以及我们这些圣罗杰·培根[2]的门徒所做的实验……嘶！……此人确实坦率诚恳，可惜误入歧途，竟成一桩祸患……他总是预言我们会落得火刑的下场，但依我看，最后死在火刑架上的是他才对……

“啪……听听这个故事，一定叫你乐不可支……两名爱尔兰雇佣兵，一个叫帕特、一个叫麦克，正走在格拉纳达的大街上，这时，一位美丽的萨拉森[3]女士从阳台探出头来，倒下去一桶……嘶！……帕特抬头一看……噼啪……不赖吧？这是胡安弟兄昨晚讲给我的……

“PV……PV……你收到了吗？……PV……PV……是的，我知道，散布这种玩笑是以身试险，但是今晚没人监听我们……嘶……总之我认为没有……”

---

1. 15世纪的宗教改革家，大胆批评教皇和权贵，主政佛罗伦萨期间因施政严苛被市民推翻，死于火刑。
2. 一位学识渊博的炼金术士，主张通过实验获得知识，因传播阿拉伯世界的炼金术被方济各会软禁十年，出狱后不久去世。
3. 萨拉森不是某个特定的民族，而是中世纪时欧洲基督教国家用来泛指穆斯林的一个称谓。

以太随着二人之间的信息往来弯折扭曲着。现在，“火花”修士叩出了代表通信结束的字母 PV——Pax Vobiscum[1]。然后，他拔出了连接仪器的听筒插头，从耳朵上取下听筒，按照操作规范，夹在前额两侧。

修士用腹部抵住桌子坚硬的边沿，弯着膝盖，侧身离开棚屋，然后向栏杆走去。德萨尔塞多和德托雷斯倚在那里，低声谈论着什么。侍从金红色的头发和翻译黑色的络腮胡子，在头顶硕大的灯泡照射下闪烁微光。神父肥厚的下巴剃得光洁利落，身上穿着猩红色的罗杰会袍，灯光在这两处也反射出粉色的光彩。他把兜帽垂在身后，当作袋子，里面装着草稿纸、钢笔、墨水、小号的扳手和螺丝刀，一本密码术著作和一把计算尺，还有一本天使原理手册。

“老家伙，晚上好。”年轻的德萨尔塞多亲切地称呼他，“拉斯帕尔马斯那边有什么消息吗？”

“什么都没有。那家伙的干扰太严重了。”他用手指了指前方，月亮正骑跨在地平线上。“真是一颗壮观的天体！”神父大声说道，“就像我这枚受人尊敬的鼻子一样又大又红！”

两名水手放声大笑。德萨尔塞多说：“但是神父呀，夜越深，月亮只会越发渺小黯淡。而您的这枚象鼻，却会变得更大更亮，与那种趋势的平方成反比——”

话没说完，他就咧嘴笑了起来，因为此时修士突然垂下了他的鼻子，如同一头鼠海豚扎进大海，接着又抬起来，像鼠海豚那样从浪头一跃而起，最后再一次俯降，潜入三人沉重的呼吸洋流之中。他面对二人，三颗鼻子相对，闪亮的小眼睛好像棚屋里的那台显现仪，随时都能射出火花。

---

1. 拉丁语“愿平安与你同在”，基督教仪式中常用的祝福语。

他又像鼠海豚那样响亮地嗅了嗅。从两名水手的鼻息中，修士似乎得到了满意的发现，于是向二人眨了眨眼。然而，他并没有直奔主题，而是开始拐弯抹角起来。

他说："与大加那利岛上的这位'火花'神父聊天妙趣横生。他提出各式各样真真假假的哲学观点，刺激我的头脑。比方说，今天晚上，就在我们被那家伙打断之前"——他指了指天空中那颗布满血丝的巨型眼球——"他正在探讨平行时间轨道构成的不同世界，这是哥谭[1]的迪斯法吉乌斯[2]首先提出的。他认为，许多互不相交的宇宙同时存在着，在这些宇宙之中还存在着其他世界，无穷无尽、拥有无限创造才能的上帝，也就是"大炼金术士"，有可能——也许是必然地——创造了复数个连续体，用来容纳可能发生的所有事件。"

"啊？"德萨尔塞多咕哝了一声。

"一点没错。从这个假设出发，也许哥伦布没有得到伊莎贝拉女王的赞助，这场跨越大西洋、寻找印度的旅程从未成行。那么，我们现在也就不可能站在这里，乘着三只鸟蛤壳向着大洋深处不断进发，我们和加那利群岛之间也不会拴挂有中继浮标，拉斯帕尔马斯的'火花'神父和'圣玛利亚'号上的我，也无法穿过以太相谈甚欢了。

"或者，假设罗杰·培根没有得到教会的支持，反而惨遭迫害，那么，他就没能建立罗杰会，教会也无从借助罗杰会士的发明来保障对炼金术的垄断，更别提在神圣力量的鼓舞下，引导这一曾经的异端邪术走向正途了。"

---

1. 哥谭原是英格兰诺丁汉郡一座村庄，因民间故事《哥谭的智者》闻名。19 世纪，华盛顿·欧文首次用哥谭代指纽约，后来比尔·芬格将蝙蝠侠所在的纽约以哥谭命名。
2. "迪斯法吉乌斯"（Dysphagius）源于"吞咽困难"（dysphagia），此人物可能是以患有进食障碍的纽约科幻作家 H. L. 戈尔德为原型。

德托雷斯正打算开口提问，神父用盛气凌人的手势示意他闭嘴，然后继续说道：

“还有更荒诞也更引人深思的假设：今晚他构想出了遵循不同物理法则的宇宙。其中一个让我感到尤其滑稽。你们可能从未听闻，安杰罗·安杰雷在比萨斜塔上进行了抛掷重物的实验，结果证明不同重量的物体下落速度不同。大加那利岛上那位风趣的同事，正在撰写一篇讽刺故事。在这篇故事的时空当中，亚里士多德被说成是骗子，那里的一切东西，无论大小，下落速度完全一致。这种想象确实愚蠢可笑，但是可以打发时间。我们用小天使让以太不致于死气沉沉。”

德萨尔塞多说：“‘火花’修士啊，您的教派神圣超凡，又神秘晦涩。我不想对其中的秘密显得太过好奇。但是显现在您那台仪器上的小天使，让我感到大惑不解。探听此事算是一桩罪行吗？”

修士降低了音量，从公牛的咆哮变成了鸽子的啼鸣。“是否构成罪孽不能一概而论。让我来向你们说明一番吧，年轻人。比如说，如果你私藏了一瓶非常稀有的雪利酒，而没有拿出来与一位干渴难耐的老绅士分享，那就是罪孽。这是疏漏之罪。如果你给那位像沙漠一样干旱、像朝圣者一样疲惫，虔诚、谦卑、垂垂老矣的可怜人，来一口这酣畅淋漓、沁人心脾、提神醒脑的还魂玉液，让他品尝一口这葡萄藤的女儿，那么我就会因你这种善良仁慈的博爱之举，为你衷心祈祷。这样一来，我也会乐于向你透露一点有关显现仪的秘密。我会小心自己的言辞，不让秘密的重压损伤你的身心，只会令你对罗杰会的智慧和荣耀崇敬有加。”

德萨尔塞多心领神会地咧嘴一笑，掏出了掖在外套里的瓶子。神父倾斜着酒瓶，雪利酒从瓶中逐渐消失，咕咚咕咚的声音越来越响。两名水手意味深长地交换了眼神。难怪神父虽已是享誉炼金术界的领域专家，却仍被送上了这条终点未知、计划不周的旅程。一切都在教会的安排之内：如果他活下来，那算他走运；如果他不幸送命，那么他就再也没法犯罪了。

修士在袖子上抹了抹嘴，像匹马一样大声地打了个嗝，说："谢谢，小伙子们。从我深埋在脂肪下面的心脏之中，我向你们致谢。一位像骆驼蹄子那样干燥、几乎要被戒律的沙尘扼死的爱尔兰老头，在此向你们致谢。你们拯救了我的生命。"

"还是感谢您那枚有魔力的鼻子吧。"德萨尔塞多回答道，"老家伙，现在酒也喝够了，能不能在不触犯任何禁忌的前提下，给我们阐述一下那台仪器的原理？"

"火花"修士讲了十五分钟。十五分钟后，在得到修士允许的情况下，两名听众提了几个问题。

"……您说您使用的广播频率是 1800 k.c.？"侍从问，"k.c. 是什么意思？"

"k 代表法语 kilo，来自希腊语表示'千'的单词。c 代表希伯来语 cherubim，也就是小天使'基路伯'。希腊语的'天使' angelos，字面意思是'信使'。根据我们的理论，这些小信使'基路伯'挤满了以太。所以，当'火花'神父们按下机器按键时，在无穷无尽、等待为人类执行通信任务的小'信使'之中，就会有一些被召唤出来，显现到现实中。

"所以，1800 k.c. 意为：在一定的时间单位内，一百八十万只基路伯排成一队、飞越以太，前一只天使翅膀上的羽毛刚好碰到后一只天使的鼻子。每只小天使的翼冠高度相等，因此，如果要描绘整个队列的宏观图景，那么各个小天使之间将无从分别。组成这个小天使队伍的整个纵列，就叫作 C.W.。"

"C.W.？"

“连续翼高。这台仪器就是一台连续翼高显现仪。[1]”

年轻的德萨尔塞多说：“我头昏了。如此伟大的理念！如此启迪人心！几乎超出了人类的理解能力。想象一下，将显现仪的天线切割到特定的长度，使得天线上起起落落的邪恶基路伯，恰好需要预设好的、同等数量的善良天使与之搏斗。显现仪上的这种诱导线圈，将‘邪恶’天使聚拢在左侧，也就是邪恶的那一侧。当坏天使挤作一团、数量太多，无法忍受彼此的邪恶存在时，他们就跃过火花间隙，快速沿着线圈到达‘善’的金属板上。在这一来回奔跑的过程中，他们吸引到了‘小信使’的注意力，也就是那些顺从善良的基路伯。而您呢，‘火花’修士，通过这样操纵您的仪器，不停升降您的按钮，让这一排一排无形的、友好的传输者，这群长翅膀的以太邮差，显现到现实当中。这样，您就实现了与其他修士之间的远程通信。”

“伟大的上帝！”德托雷斯说。

这并非虚妄的起誓，而是面对奇迹发出的虔诚赞叹。他的双眼凸了起来；很明显，他突然发现，人类并不孤独，每个方向上都有一支天使大军，他们上下之间层层叠叠，前后左右彼此紧靠。黑与白的天使在看似空虚的宇宙之中组成一个立体棋盘，黑色代表邪恶者，白色代表善良者，一只无形的手维持着微妙的平衡，使得天使也与天上的飞鸟和海里的游鱼一样，为人类所利用。

尽管看到了曾使很多人立地成圣的景象，德托雷斯却只问道：“或许您能够向我解释一下，针尖上到底能站多少天使？”

显然，德托雷斯永远不会获得属于圣徒的光圈了。如果他活下来，他注定会进入大学，给自己的榆木脑袋上安一顶教师的方顶帽。[2]

---

1. 文中 C. W. 指的是“continuous wingheight”即“连续翼高”；现代通信术语中，CW 指连续波（continuous wave）。
2. 中世纪大学从主教座堂学校和修道院学校发展而来，主要教授艺术、神学、法学和医学。在这篇小说的宇宙中，自然科学的知识只在罗杰会内部流传，罗杰会因而地位崇高，自然对大学充满鄙夷。

德萨尔塞多对这个问题嗤之以鼻。“让我来回答你。从哲学上来说，针尖上能站多少天使，全随你的心意。然而实际上，针尖空间有限，容纳天使的数量同样有限。这个话题到此为止。我感兴趣的是事实，不是幻想。告诉我，月升怎么会打扰您接收拉斯帕尔马斯‘火花’派出的基路伯？”

“伟大的恺撒啊，这我怎么知道？难道我的大脑里汇集了全世界的知识吗？完全不是！我不过是一名卑微而无知的修士！我只能告诉你：昨天晚上，月亮像一个血淋淋的肿块从地平线上升起，等它高悬于天后，我就无法指挥那些小信使，让他们排成长短纵队了。大加那利站根本没法招架，因此我们两个都放弃了通信。同样的事情今晚也发生了。”

“月亮也在发送信息吗？”德托雷斯问道。

“它所用的密码我无力破解。但是，是的，月亮确实在发送信息。”

“圣母玛利亚！”

“也许，”德萨尔塞多称，“有人在月亮上面，是他们在向外发送信息。”

“火花”修士从鼻孔里喷出一口奚落的气息。他的鼻孔如此巨大，这口气息自然也不容小视。鄙夷的炮火狂轰滥炸，几乎可以让任何人乖乖投降把嘴闭上，只有最坚强者才会幸免于难。

“也许”——德托雷斯低声说道——“也许，我听别人说，星辰是苍穹的窗口，如果真是这样，会不会更高级别的天使、大天使们，也在利用小天使发出信号？而且，他们只在月亮升起时才行动，从而让我们认为这是天文现象？”

他在胸前画了个十字，环顾了一下船的四周。

“你不必畏惧。”修士徐徐说道，“没有宗教审判官在你的肩头偷听。别忘了，我是这趟旅途中唯一的神父。退一步说，你的假想也和宗教教条无关。然而，这不重要。我不理解的是：天体怎么可能向外广播信号呢？它的频率怎么会与修会限制我使用的频率相同？为什么——”

“我可以解释。”德萨尔塞多突然插嘴，带着一股年轻人的轻率鲁莽，“比如，海军上将和罗杰会士对地球形状的判断有误。比如，地球并非球体，而是扁平的。比如，地平线之所以存在，并不是因为我们生活在一个球体之上，而是因为地球这个圆盘有一定的弧度，就像一颗被压扁的半球那样。比如，您收到的基路伯并非来自月亮，而是来自一条与我们一样的船，悬浮在地球边际之外的虚空之中。”

“什么？”另外两个人倒吸凉气。

“你们没有听说吗？”德萨尔塞多说，“葡萄牙国王先是拒绝了哥伦布的提议，而后秘密派出了一条船？我们怎么排除这种可能？我们怎么知道，信息不是来自先于我们出发的航海者？我们怎么知道，他没有驾船飞离世界边缘，此刻正悬于大气之中，同时，由于它与月球同步绕地运行，因此只有在夜晚才能出现——也就是说，它变成了一颗十分微小、无法观测到的卫星？”

修士的笑声惊醒了很多船员。“我一定要把你的故事讲给拉斯帕尔马斯的操作员。他可以写进小说里去。下次你会告诉我，其实那些容易上当的目击者口中飞来飞去的、会喷火的飞行香肠，才是发出信息的来源。亲爱的德萨尔塞多啊，我们不要异想天开了。就连古希腊人都知道地球是圆的。欧洲没有一所大学不把这点知识传授给学生。我们罗杰会士已经测定了地球的周长。我们确切无疑地知道，印度就在大西洋对岸。这一事实不容置疑，就像我们用数学方法可以证明，比空气还重的机械不可能升空。修会里负责心智的医生，‘破颅’修士们已经向我们保证，那些飞行器只是集体幻觉，或者不管异教徒还是土耳其人搞的什么别的花招，目的只是为了让人民陷入恐慌。

“来自月球的广播信号绝非妄想，这点我可以保证。至于它究竟是什么，我并不知道答案。但绝对不会是一条西班牙或者葡萄牙船。你如何解释它的密码和我们的不同呢？就算它来自里斯本，船上也仍然会安排一名罗杰会士当操作员。根据修会的政策，此人必须与其他船员国籍不同，这样才不会轻易陷入政治纠纷。使用不同的密码与里斯本联络，并不违反我们的法律。我们圣罗杰的门徒不会堕落到参与国家之间的琐碎密谋。另外，那台显现仪没有能力直达欧洲，所以肯定是针对我们的。”

“您何以如此确定？”德萨尔塞多说，“这种假设可能让您感到苦恼，但是，神父一样可以被收买。普通人也可以掌握你们的秘密，并且自创一套密码。我认为，这是一条葡萄牙船在向另一条船发送信息，这条接收信号的船只也许离我们不远。”

德托雷斯浑身颤抖，再次在胸前画出十字。“也许是天使在警告我们，继续航行将会面临死亡？有这种可能吗？”

“可能吗？如果真是这样，他们为什么不用我们的密码？那样的话，天使和我都能读懂。不，没有什么可能不可能。罗杰会不允许‘可能’的存在。我们只做两件事：实验；然后从实验中发现结果。我们不会在确知事实之前做出判断。”

“我不相信我们能找到答案。”德萨尔塞多不无忧愁地说，“哥伦布已经许诺船员，如果明天日落之前仍见不到陆地的踪迹，我们就立即返航。否则——”他做了一个手指划过喉咙的手势，“咔嚓！再过一天，我们就可以掉头向东，远离那轮邪恶的血月和那难以解读的信息了。”

“那对罗杰会和教会都将是极大的损失。”修士叹气道，“但这样的事情还是交给上帝去决断吧，我只探寻上帝指引我去探寻之事。”

“火花”修士发表了这句虔诚的宣言，然后举起酒瓶，想要确定液面水平。在用科学手段确定了液体的存在后，他将液体全部注入了一切化学容器中最精细的那个，也就是他那个硕大的肚子，以此测定其体积和品质。

接着，修士舔了舔嘴唇，不顾水手脸上痛苦失落的神情，热情讲起了热那亚圣约拿学院的两项新近发明：水螺旋和水螺旋引擎。他声称，如果伊莎贝拉的三艘船上装备了这种机械，他们本可不必依赖风力推动。然而，迄今为止，神父们仍然禁止扩大它的应用范围，因为他们担心引擎排出的烟气会污染空气，由它驱动的可怕速度可能对人体造成致命的伤害。在这之后，他又不厌其烦地开始叙述自己的主保圣人的生平事迹——也就是第一台天使显现仪和接收仪的发明者，卡尔卡松的约拿，他因触摸一根自以为绝缘的导线不幸殉道。

两名水手找到借口，离开了修士。修士人不错，但圣徒传记让他们昏昏欲睡。另外，他们想要去聊聊女人……

如果哥伦布没有成功说服船员们再向前航行一天，结局将会截然不同。

黎明时分，水手们欢欣鼓舞地发现，几只大鸟正在围绕他们的船只飞行。陆地一定就在不远的前方。也许这些有翼生物所栖息的海岸就位于传说中的日本，那个用黄金修葺屋顶的国度。

鸟儿们向下俯冲。在近处，它们显得巨大无比、形貌奇异。它们的躯干扁平，几乎呈碟形，与翼展至少三十英尺的翅膀相比显得很小。它们也没长腿。只有为数不多的几个水手领会到了这一现象的深刻含义。这些鸟儿栖息于天空，从来不在陆地或海面上稍作停留。

当人们还在为奇怪的鸟儿沉思之时，空气中传来一声微弱的声音，好像有人清了清自己的喉咙。这噪声如此轻柔缥缈，没有人对它太过在意，大家都以为是身边的同伴发出的。

几分钟后，声音越来越响，越来越低沉浑厚，就像有人拨动了一根鲁特琴弦。

所有人都抬起头来，面向西边。他们并不知道，那个像是手指拨弦的声音来自地球的边线，正是这条线维持着地球的形态，使它不至于四分五裂。现在，这条线已经被拉伸到了它的极限，而粗暴拨动琴弦的正是大海这根手指。

还没等到人们明白过来，他们的船只就驶出了地平线。

目睹到一切的时候已经为时过晚。

黎明不仅仅像闪电一样到来，它就是闪电本身。尽管三条船马上倾侧船身，试图用左舷侧风行驶，速度骤增的残酷海流还是让逆风航行变得毫无希望。

接着，轮到这位罗杰会士悔恨起来，他多么希望船上安装了热那亚的螺旋和那种燃烧木材的引擎啊，那样的话他们就有可能在这横冲直撞、公牛一般的海浪面前，多少抵挡住大海那可怕的力量了。然后，有人开始祈祷，有人歇斯底里地大吼大叫，有人试图攻击海军上将，有人从甲板上跳落大海，有人变得神志恍惚。

只有无惧的哥伦布和英勇的“火花”修士还在坚守岗位。日落前的整整一天，修士蜷缩在那个小棚屋内，肥胖的身躯前后挤压着，向大加那利岛上的同事一点一划地发送信号。只有到了月亮像一颗巨大的红色气泡，浮出垂死巨人的喉部之后，修士才终于停了下来。然后，他整夜专注地聆听、绝望地工作，手上写写画画，口中咒骂着渎神的话语，不时检查着密码本。

随着一声巨响，黎明再度突然降临，修士冲出了棚屋，手里攥着一张纸。他的眼神炽热，嘴里念念有词，但是没人明白他已经破译了密码。他们听不到他的大喊：“是葡萄牙人！是葡萄牙人！”

巨响淹没了人们的耳朵，人声消失其中。之前的清嗓和拨弦不过是音乐会正式开始前的噪声。现在，宏伟的序曲响起，大洋向太空倾泻而去，山呼海啸般的声音如同加百列吹响了他的号角[1]。

（穆童　译）

1. 传说中审判日的号角就是大天使加百列吹响的。

科幻中的科学

长久以来，人们一直错误地用“科学小说”来指称这样一类文学：归入其中的部分小说毫无科学成分，另外一些全然关乎科学的作品却被排除在外。然而，我们又找不到比它更好用的术语。甚至早在威尔斯的时代，一些早期作家就用过“伪科学小说”这个说法——“白痴般的形容词”，威尔斯对这个词如此评价。有人用过“未来小说”，报纸和电影则用上了受科幻圈鄙视的“sci-fi”，近来，一些作者接受了海因莱因在 1947 年的提法——“推想小说”。

雨果·根斯巴克先后发明出“scientifiction”和“science fiction”这两个术语并非毫无缘由。至少在理论上，他相信：对于他想发表的那类小说，科学是必须存在的要素；不仅如此，这一文类的目的就是传达科学信息或对科学的热情，抑或二者兼有。此外，在 20 世纪 20 年代，“科学”二字代表着一切崭新和不同的事物。

尽管如此，仍有一些科幻小说能当得起“科学”二字。为了与其他科幻进行区分，这些小说被称为“硬科幻”，一些读者认为它们才是科幻的核心。尽管其中的科学成分极少，汤姆·戈德温（Tom

Godwin）的《冷酷的等式》（“The Cold Equations”）还是被看作一篇试金石式的硬科幻作品；戈德温设想出一个有着星际旅行、行星外探索和紧急补给船的未来世界，但小说并没有为设定的合理性做真正的解释。仅有的描述似乎有误导读者之嫌（例如紧急补给船的舱室和气闸尺寸，这对情节发展十分关键）。《冷酷的等式》能够成为一块试金石的原因，在于蕴含其中的哲学，而非它的科学设定。

但是，“坚硬”的科学设定，从一开始就是科幻的一部分。儒勒·凡尔纳是一位硬科幻作家，即使科学在他的小说里只是一场旅行的起点。另一方面，威尔斯看重设定的可信与否，却不关心在科学上是否可能。在真正的硬科幻作品里，科学设定不仅准确合理，也是故事的核心内容；也就是说，如果没有这样的科学设定，整篇小说就站不住脚。出自阿瑟·C. 克拉克笔下的作品有一类是硬科幻，波尔·安德森和拉里·尼文（Larry Niven）与他类似，也有过一些硬科幻创作。但是，硬科幻作家们效仿的原型，是哈尔·克莱门特（Hal Clement）。

克莱门特原名哈里·克莱门特·斯塔布斯（Harry Clement Stubbs），他在科幻界取得这样的地位是顺理成章。1943 年，他获得了天文学学士学位，二战期间他曾在军中驾驶 B-24 轰炸机，1947 年又在波士顿大学获得教育学硕士学位。他曾任教马萨诸塞州的米尔顿学院，教授高中科学和高中数学多年。而他兼职创作科幻的生涯，则始于大学二年级。1942 年，《惊异》发表了《证据》（“Proof”），从那以后他的大部分小说都卖给了《惊异》，或者后来的《类比》。

他的大部分短篇小说，都是围绕着物理科学的一个方面构建的，例如——1949 年发表于《惊异》的《防火》（“Fireproof”）——自由落体中的卫星不可能被火焰所破坏，因为在缺乏重力的条件下无法形成对流，燃烧产物会聚集在火焰周围，将火焰熄灭。篇幅更长的作品为他构造世界提供了更大的空间，这些世界有着截然不同的环境，这使得其中的角色——无论本地居民还是外来访客——拥有了不同的观念，面临着不同的问题。

克莱门特的第一部长篇小说是《针》(*Needle*)。1949 年，这部小说开始在《惊异》上连载（1950 年成书），其主人公是一位宇宙侦探，有着近似病毒的、共生体式的生命形态；为了找到藏匿在地球上的一名罪犯，它必须与一个男孩共生共存。《冰封世界》(*Iceworld*)描述了地球在一位星际缉毒警眼中的形象，这位警探所属物种的演化历程，是在比地球炎热得多的一颗行星上完成的。这部小说连载于 1951 年（1953 年成书）。

《重力使命》(*Mission of Gravity*，1954）连载于 1953 年，是克莱门特异星小说中的第一部，他构建出一颗不存在的行星，讲述了一个发生于这颗星球的故事。在《科幻的技艺》(*The Craft of Science Fiction*，1976）一书中，他如此写道："从杜撰恒星系和行星，构思其中的化学、物理、气象、生物等方面的细节这件事中——这一切都可能成为一篇小说的背景——我仍然能获得最大的乐趣。"

这部小说的故事发生于麦斯克林星，这颗行星两极处的重力是地球的 700 倍，而由于它自转速度极快，赤道附近的重力只有地球的两到三倍。地球探险家乘坐的实验性火箭探测器在极地坠毁，但地球人只是配角；主要的角色是外表近似蜈蚣的麦斯克林人，他们在高重力的条件下演化而来，而在赤道附近，他们必须放弃原生环境赋予他们的生存态度。

《重力使命》是一块试金石；不喜欢它的读者，可能也就不会喜欢硬科幻。这是纯粹的科幻小说，因为这样的故事只能用科幻的形式来讲述，而且它达到了最优秀的那些科幻小说所努力的目标：让读者质问自己固有的假设——什么是自我的选择，什么是环境的熏陶；环境对他们造成了什么影响。克莱门特的其他长篇小说有《火焰的周期》（*Cycle of Fire*，1957）、《接近临界》（*Close to Critical*，1958）和《星光》（*Star Light*，1971）。

“坚硬”的科学并非不允许推想，即使最不着边际的推想也可以存在，天体物理学家最近提出的一些观点就是明证。发表于 1953 年的《星际科幻故事》（*Star Science Fiction Stories*）第二卷的《关键因素》（“Critical Factor”）就是这样的一次推想。假如以液态形式存在、以吞噬石头为生的智慧生物能够生存于地面之下，他们如何能够探明地上世界的性质，又会在好奇心的驱使下做出何种举动？

（穆童、憬怡　译）

关键因素

［美国］哈尔·克莱门特

彭东一路向北奔去，他觉得自己从来没有这么兴奋过。途中没必要一路摸索，这里离大地震带非常近，轻微的震动一直没停过。回波透过地下致密的玄武岩，穿过岩层上方的空洞，可以说是接连不断地传到他身上。危险的砂岩地层很容易分辨，那些石头会利用它们的穿透性诱惑懒惰的旅行者，将他们带到死亡地带。彭东现在却在利用它们，因为砂岩可以提供清晰的视野，如果有岩石滑落，他有足够的时间找到下面更为安全的层面。

旅程最艰难的部分已经过去了。远在北方的地震带不断产生着地震，让他感觉可怕而难以捉摸，震动到了这里被阻挡下来，反复增强，不断回荡。尽管如此，他还是再次安全地穿过了那座由宜居岩石构成的窄桥，这座桥通往他之前发现的一片奇异地域。多日的旅行之后，现在，他可以看清身边的一切，目力所及之处，整片地域都那么好。

当然，这里并不如他之前探索的那个地方。他一直都非常熟悉这片地域：在这里觅食，难度恰到好处，因此足可以开心地享受生活；长久以来，来自遥远北方的一些没有这么幸运的种族一直企图入侵，企图杀戮这里的居民，继承这里的物产；这里的岩浆池移动迅速，粗心大意的旅行者很可能被困在无法穿透的玄武岩与炽热的死亡之间。倘若彭东根据自己的发现做出的设想是正确的，他们这一族就可以穿过与死亡地带毗邻的区域，而这可以为无数后代提供食物及生存空间。

他一边前进，一边期待着这一梦想成为现实。身后的岩石上并没有留下他经过的痕迹，因为那些岩石都不能吃，而他也没怎么考虑自己的食物问题。他最关心的事情还是速度，为了能够快一点儿，他壮起胆子尽可能靠着上层前进。

他知道，离这里最近的定居点在五千多英里外的北方。他还清楚地记得从那里一路走来踏过的那条蜿蜒曲折的小径，现在，他正在沿原路返回。脚下的路不断向东延伸，大地微微震动着，因为糟糕的视野，他走得很慢。接着，他来到了较低的地层上，折返向西北方向行进，在这条路上，主要是一些密度更大的岩石拖慢了他的速度。距目的地还有五百英里，他被迫停了下来，仔细观察前往南方时穿过的那片满是岩浆池的区域。当时走过的那条路现在已然无法通行：熔岩挤入岩层间，把上下层本来宜居的岩石加热到了难以承受的温度，把好几处地方都堵了起来。不过这里还有其他通路。彭东缓慢而小心地在岩浆池之间蠕动着，有时候需要原路退回，有时候还得往与目的地完全相反的方向走。但他还是在不断向北，向下进发，最终把最后一片岩浆池甩在了身后。

这下子他又可以抓紧赶路了。终于，他来到了一块厚一英里、方圆三万平方英里以上的碳酸盐岩上。这块岩石于数亿年前沉积在远古时期的海底，现在则安全地被包裹在了较硬的岩层间，这可以保护居民们免受渗入的氧气造成的伤害。这就是那座城市了，虽然不是彭东的出生地，却是他们这一族最靠南的居住中心。这里吸引着众多极具冒险精神的探险家。位于西北和东北方向的城市坐落在白令和冰岛的岩桥下，那里当然也很危险，族人们需要抵御来自岩桥对面的野蛮人部落无休无止的攻击。不过大家对那样的危险都已经司空见惯了。能够吸引探险家的是这个世界上的未知地带。彭东相信，现在，他已经证明了自己是最大胆的探险家，而他也确信，他的成就必定不止于此。

“站住！”岩石对面突然传来一声大喝，这时彭东正拖着他那庞大的液态身躯渗过一块石灰岩，就算这样远离战区，也没有哪座城市敢不设卫兵。“报出你的名字！”

“我是彭东，之前奉命前往南方，现正返回。这是我的口令。”说着他发出了一列震动密码。出发前，城市首领把这段密码交给了他，若他能回来，到时候就可以用它来证明身份。

“等一下。”探险家知道，卫兵正把身体长长地伸到了城市内，用身体的另一端和首领们交流。等待的时间不长。“请进吧。你若是饿了，可以先去吃点儿东西，但请尽快面见首领。”

“我确实饿了，但还是得马上去见他们。我有一项重大发现，必须赶紧告知他们。”显然卫兵非常好奇，但他忍住没有继续问下去。毕竟这个陌生人连饭都来不及吃，他带来的消息肯定非常重要。他不可能待在这里聊天的。

“请走锰矿层，那边已经为你清出了道路。”卫兵这样说道。彭东感谢了对方的好意。在这个拥有六百亿居民的城市中，交通有时候很成问题。每位居民平均占据着十立方码的空间，但大多数都会让属于自己的空间分布在一块不规则的区域内。锰矿层厚达一英尺，其中散布着氧化锰，因此彭东能够清晰地感觉到矿层的位置。从东北到西南方向，一道横穿城市中心的断层将锰矿层拦腰切断。断层中有一大块嵌着大量石英的石灰岩，这些石英很可能是被远古时期的河流冲刷至此的。总能在这里找到众位首领，或者说总能在这里找到足够的首领来处理事务。彭东打过了招呼，确认了身份之后，没多说什么，立刻开始了汇报。

“向南距此约五千英里的地方，”他说，“这座城市所在的大陆块体收窄成了一个点。地震带就延伸到这一点上。那里视野非常好，但来自某些区域的回波则十分混乱。我凭触觉探索了那些区域。在其中一个地方，我发现一条长长的砂岩岩舌延伸到了遥远的南方。在继续向南进发之前，我曾考虑是否应该先回来报告这条岩舌的存在，不过最终，我认为最好还是先把情况了解清楚再来报告。继续前进的过程中，我感觉自己像是穿过了一块两侧被平行岩脉截断的地层。但是此处，左右两侧都空空如也，那里并没有死亡区。不过这条岩舌被思想家德莱尔称为海洋的那种物质包围了起来，这种物质似乎保护着大陆部分地区的上层。当然，它的下面也是玄武岩。

“这条岩舌继续向前延伸，似乎根本没有尽头。它有时候会变宽，有时候会变窄，窄得我都以为快要到尽头了，但它还是继续不断向前。有些人声称大陆正在漂移，那么他们要如何解释这条狭窄的岩脊依旧保持完好呢？

“但是到最后，它真的变宽了。如果将那份包含冗长数据的报告总结一下，结论就是这条岩脊的另一端存在一片大陆。在那片大陆上，除了低等动物，我没有发现一点儿动物的踪迹。但是，这并不是那里最重要的特征，真正引人注目的是那里似乎没有死亡区。大陆表面覆盖着一层固体材料，从声音的传播特性来看，那种材料应该是某种晶体，但无法任由生物体穿透。那座大陆绝对非常适宜居住。”

“食用岩石的品质如何？”

“和这片地域一样，甚至可能更好。”各位首领对此议论纷纷，讨论持续了一段时间，接着他们的注意力再次转向这位探险家。如他所料，对方一片赞叹。

“彭东，这座大陆上所有居民都应该感谢你。如果实际情况和你的报告一样客观准确，那么我们子孙后代的食物问题就解决了。我们会把这个消息传递给其他城市，并尽快制订移民新大陆的计划。从这里到北方边疆，你的名字将无人不晓。”

此时，这位探险家沐浴在众人的赞美之中，他这类人最渴望得到的就是别人的赞美。接着，他又带着美好的期许开口了。

“诸位首领，我还有一些话，不知当讲不当讲。”一股惊异之情从这块突出的巨石向四周炸裂开来，附近的居民都停了下来，想了解发生了什么事。

“讲。”

“我对这种固体的性质十分好奇，并努力对其进行了研究。它似乎像玄武岩一样无法穿透。很长一段时间以来，我都没能取得进展。但最后，我来到了一处地震带，在那里，岩浆已经升到了上层附近。正是在这里，那种奇怪的物质变得稀疏了起来，在对这片区域进行调查的过程中，我发现一池岩浆突破了那种物质的包围，暴露在了外部虚空之中。我可以发现这一点，一方面是因为那里视野清晰；另一方面是我能感觉到热量正透过上面较薄的地层向下散发。”说到这里，他顿了一下。

“以前也发生过这种事。”其中一位首领评论道，“你从中了解到了什么？”

“岩浆流过的地方，那种固体物质消失了，然后……然后变成了类似于海洋的东西！”为了让自己的话显得更有冲击性一些，彭东又顿了一下，他知道，这次自己不会再被打断了。

“诸位都清楚，思想家德莱尔认为海洋显然和岩浆一样，是一种液体物质。他研究了这种物质的声音传播特性，并且做出了描述。

我听过他的讲座，也数次于不同环境下亲自调查这种物质。覆盖在南大陆表面的那层晶体鞘就是固体海洋，和岩石一样，在接触岩浆之后，它就会熔化。”他又顿了一下，这次首领们简要表达了意见。

“你的观点极具科学价值，”他们的发言人最后说道，“但是我们必须承认，我们目前还没有发现这一观点的实用价值。从你的态度上，我们认为你已经有了一些想法，如果你能说下去的话……”他故意只把话说了一半。

“我的想法很简单。从虚空中渗入的氧气会杀死暴露于其中的人，有时甚至会污染岩石，让这些食物变得具有毒性，而海洋可以保护岩石免受氧气的影响。我们这座大陆大部分地区都有海洋保护，但也有很大一部分没有，因此，我们无法抵达位于上部的岩层。根据我在南大陆的发现，这处固体海洋很容易融化。覆盖那座大陆的固体海洋平均有一英里厚。所以我就有了一项可谓雄心勃勃的计划。如果我们将这座大陆加热，融化上面覆盖的固体海洋，那么得到的海洋会不会和其他海洋汇在一起，覆盖我们大陆上更广阔的一片区域呢？”

沉默持续了很长一段时间，没有人回答他的问题。彭东并不清楚首领们是在客观地考虑这个问题，还是在感性地对这个连他自己都觉得过于大胆的建议做出反应。首领们的第一个回应是以问题的形式提出的。

“为什么这种材料会覆盖这片大陆，而不是基本都留在原来的地方呢？你似乎想当然地就得出了结论。”

“我注意到，人们还很不了解，在虚空中，岩浆和海洋之类的液体物质都有怎样的性质，”彭东答道，“然而，众多观察结果强有力地表明，如果将岩浆释放到虚空中，它们会趋于铺展在大地表面。我承认，想要证明海洋是否也具有同样的性质还有待进一步的观察，不过它是否已经展现出了这样的性质呢？我们有理由假设，液态海洋会在它体积允许的情况下尽可能向外扩散。如果增加海洋的体积，它就应该继续向更远处扩散。至少咱们可以对这一点进行研究。我可以为你们指路，描述一下要如何前往南大洲，相关的必要实验几个人就可以完成。”

彭东计划的消息过了一些时间才传到思想家德莱尔那里。这有几个原因：一个是彭东在墨西哥湾下的那座城市对首领们进行汇报，而此时德莱尔还在距那里几千英里外的地方；另一个原因是德莱尔正身处战场之中。虽说这里是战场，但其实很难让人看出来。在这里，只能感觉到西南方向的地震带传出的影像和声音。对德莱尔而言，这两种感官信息完全是一样东西，他唯一的远程感觉系统只会对地壳中的冲击波产生反应。他自己把全部注意力都集中在一件与战斗无关的事情上。但他手下至少一半的研究人员都将他们的液态身躯伸展开来，连接成一张大网，将整个实验区域都围了起来。人们认为，那些来自亚洲大陆的野蛮人若想靠近，肯定会触碰到这张网，将自己暴露出来。

令德莱尔感兴趣的是一处洞穴，在他们这一族居住的那个深度上，根本没人听说过这种东西。几乎所有空旷的空间都离虚空非常近，他的族人们认为它们都是外部虚空的延伸，而且其中差不多无一例外充满了氧气。氧气会污染地底居民们食用的岩石。火成岩中偶然会出现气泡，当然，这些气泡里都充满了岩石本身产生的气体。但一般来说，他们都很难接近这些气泡。德莱尔他们一族可以像墨水穿过吸墨纸那样穿过岩石，但他们无法穿过会产生气泡的那种物质。

这处洞穴是少有的不符合这些规律的例外。岩石本身并不算疏松，无法轻易穿透，但地震应变在石头上产生出了一系列细小的裂缝。如果努力的话，还是能够慢慢挤进去的。

德莱尔曾经从远处观察过这处洞穴，但是他现在看到的东西却完全不存在于他的记忆或知识范围之中。火成岩中的这枚气泡上半部分恰好位于岩层顶部，它的上面是一层沉积岩。两个岩层之间，一道薄岩床从几英里外的一处岩浆池中延伸过来。这处岩浆池的能量源在遥远的地底深处，那也在德莱尔的知识范围之外。鉴于上方岩石的性质，这处岩床很可能在未来发育成一处岩盖。但目前，这并不是科学家们关心的问题。岩浆正在逐渐逼近气泡，他想看看在真正“空旷的”空间内被束缚的高压气体会对熔岩产生什么样的作用。幸运的是，这种现象只会在这里发生。来自西南方向不停的微小震动使整片地区的所有事物都清晰可见。如果调查人员想要进行进一步的研究必须自己发出声音，若有亚洲的野蛮人从临近的地层上穿过，这里的情况将会变得非常危险。

德莱尔事先想象了一下熔岩进入气泡之后可能产生的现象，但和所有出色的科学家一样，他也不允许这些想象影响他的观察。他打算观察这里发生的一切，把注意力完全集中在那块特殊的岩石上。他的一位助手之前在最近的那座边境城市短暂休假，此时刚好归来，但就算是这也丝毫没有分散德莱尔的注意力。这位助手虽然带来了会令他感兴趣的消息，却也完全不敢打扰他。因为现在，岩浆已经离气泡非常近了。和那位首席科学家一样，这位刚刚抵达的助手也想象着那股热流体进入空腔内，沿四周的岩壁进行环流，从边缘开始慢慢填满气泡。和德莱尔一样，他对气体的一般性质还只有非常粗浅的了解，所以并没有想到在他的想象成真之前，气泡中的蒸汽肯定会首先溶解在岩浆中。而且和他的首席科学家一样，他也并不清楚可能有其他力也在产生作用。他们这一族中没有哪个人见到过非密闭空间中的流体，也没有哪个人见到过自由液面。接下来，他们就将目睹一种全新的现象。

去猜测看到实际情况之后哪个人最为惊讶，这样的问题毫无意义。但要问哪位观察者首先反应了过来，答案却是毫无疑问的。德莱尔看到第一滴液体流到空腔的开口处，接着直接穿过空腔来到了另一侧的岩壁上！他一下子惊呆了，但他仔细而精确地注意到了更多的岩浆跟着涌了过去。液滴汇成了一股细流，逐渐在气泡开口的对侧积成了一处岩浆池。岩浆池不与空腔壁接触那一侧似乎会形成一个平面，但不断注入的细流干扰着岩浆平面，扰动从液体落下的冲击点开始在液面上向四面八方进行扩散。从没有哪位观察者见到过，甚至想象过这种波，就连卫兵们的注意力都被它吸引了过来，而卫兵们的失职可能造成灾难性的后果。等到熔岩填满了气泡，人们才开始移动、开始说话、开始抛开几百码外出现的那种现象想些别的。但即便如此，大部分的人都在等待德莱尔发表意见。他喜欢把助手们当作需要指导的学生，而不是可能仅仅对结论产生深刻印象的外行，他以一个问题开始了评论。

“作用在液体上的普通压力能否解释它的行为？”

“不完全能。”答案来自团队的其中一位成员。

“为什么呢？压力可以迫使液体在岩层间流动，甚至流进岩石孔隙，为什么它无法使液体在没有阻力的空间中形成一股细流呢？”

“我想应该可以吧。但是我并不明白岩石是如何能够在没有真正接触液面的条件下对其产生压力的。似乎有某种看不见的物质压在这个液面上，这种物质不仅看不见，还能够任由流入岩浆池的岩浆通过，而不会流到别的地方。我很难想象这样的物质如何存在。”

“我也是这样想的。你对岩石压力这一观点的异议似乎也说得通，那么还有其他人能够做出解释吗？”他停顿了好一会儿，但就算有哪位助手有想法，他也没能好好整理思绪把观点表达出来，“那么这样看来，肯定有某种我们还不熟悉的力参与其中了。这意味着所有人手中的数据都可能于此相关。卡尔波尔，列出你观察到的认为可能有用的材料。”

他的学生立即做出了回应。

“这片火成岩的主要成分是硅酸镁，其临近地层主要成分是碳酸钙。这枚气泡直径约十五英尺，一处几乎与岩层边界正切。而岩层边界又平行于距此地约一英里半的虚空边界。岩床的前缘正以每小时六英寸的速度前进，其本身的厚度约为……”

“不错，就到这里吧。塔利斯，你还有什么要说的吗？”另一名学生拿起了清单，刚到现场的那位助手已经在这激烈的讨论中忘记了他带来的消息。等到他想起来，众人已经建立起了一种假设。

“有可能，”德莱尔总结道，“存在某种未知的力，可以推动液体远离虚空，使其（至少）达到其自由运动所能抵达的最远距离。总之，我们的单次观测得到了这样的结果。所以我们应该在更深的地层寻找其他更容易观察的空洞，确定这个力可以从虚空边界向下传递多远。如果情况允许，我们还可以研究除液体外，其他物质是否会受到这种力影响。”

“我很好奇，如果这种力真的存在的话，它对彭东计划会造成怎样的影响呢？”那位刚来不久的助手突然想起了他带来的消息。

“彭东计划是什么？另一份防御计划？”

“并不是。”这位科学家表示，彭东发现了南极大陆，还描述了覆盖在那片大陆表面的固体海洋。“他计划融化这种物质，从而保护更多的岩石免受虚空中氧气的影响。这项计划已经得到了这片大陆超过一半的城市首领积极支持，各方已经开始着手对南大陆进行更为彻底的考察。”他总结道。一名学生立即插话。

“但是如果这个力存在，而且海洋也和岩浆一样会受到它的作用，那么，融化形成的新海洋会不会仅仅平铺在已有的海洋上方，根本无法保护更广阔的土地呢？”

“很有可能，”德莱尔回答，“执行这项计划会耗费大量的人力物力，而且可能影响边疆防御，所以现在我们必须尽快确认这个力的存在以及研究它的性质。”

“但是如果现有的海洋面积不是太大，”另一个人插话了，“就算新形成的海洋覆盖到了现有的海洋上方，能够得到保护的区域同样可能会大大增加。”

“有可能。但首先咱们必须先去了解虚空内的这个世界究竟有多大，了解这个世界表面有多大面积被海洋覆盖，否则不能去冒这个险。咱们必须寻找更多的气泡。这个碳酸盐岩层似乎与数千平方英里的火成岩接触。现在分成三组进行探索吧。如果遇到野蛮人，请立即呼救，军事人员就在后方不远处。这一点非常重要。”他转过身面对那位带来这条消息的助手：“我猜想他们计划将岩浆池引向虚空边界，让岩浆流接触到那边的固体海洋，将其融化。”

“那项计划大概就是这样的。不过他们不仅打算在南大洲实施这项计划。在咱们生存的这片大陆上也同样可能存在大量这样的固体海洋。但是因为咱们无法靠近虚空边界，所以一直没能发现它们。这样一来所有便于靠近的岩浆池就都能利用上了。那些伸到虚空中的轻质岩石可能无法接近，但那些进行过调查的规划者表示，如果熔岩的附着能力够强，其他所有地区（超过整片大陆的四分之三）都可以很容易地被它们覆盖。”

德莱尔回头看了看那个气泡：“如果那种力可以作用在虚空以及其附近的岩石上，那么熔岩就可以覆盖在大陆表面。但这可能会造成整个计划比我想象的更加劳民伤财，他们肯定会把边疆地区的守军调回来。这样一来等到最后，来自亚洲的野蛮人与来自欧洲的野蛮人就能在咱们的尸体周围大打出手了。还是先去寻找气泡吧。”德莱尔加入了其中一支搜索队。相比于熔岩覆盖美洲大陆的大部可能造成的影响，他更担心的是这次搜索行动效率低下，甚至可能徒劳无功。毕竟，他从来没有听说过，而且也许永远不会听说人类这个种族。

若是在北美大陆的其他地区，他的团队可能无法很快找到他们想要的东西。熔岩流延伸到了浅海处，变硬，之后以一定的速度埋在石灰质碎屑下，然后迅速而稳定地下沉，在硬化的熔岩上形成一个厚厚的石灰岩帽。如果其他地区也存在这样的地质结构，那么最后，要么它已经抬升到了德莱尔他们一族无法接近的地表上，要么被压到了下面，变成了他们认知范围以外的物质。不过这里有很多空腔，其中很多都被硬化成石头的石灰质填满了，很多虽然很容易看到，但位置太深了，都处于无法穿透的岩浆区域，不过还有不少里面是中空的，也很容易接近。曾经填满空腔的水早已变成了上覆岩石中的水合物，现在，空腔里只有熔岩产生的气体（通常是碳的氧化物，有时甚至是硫的氧化物）。这些并没有影响到调查人员，不久之后，其中一支搜索小队报告了一个理想的调查点。人们立刻聚集在现场，计划很快就制订好了。

这次周围并没有距离足够近的岩浆池，可以被“撩拨”起来用于引发一场岩浆移动，但是这没有困扰到德莱尔。他见过这种条件下熔岩的行为。他迅速发出了命令，一群液态身躯聚集在了气泡正上方的石灰岩上，开始……大快朵颐。他们吃得很仔细，慢慢地，一大块石灰岩碎片从岩层上分离了下来。这个位置正处于气泡的正上方，石灰岩离开了原来的基质，落在了空腔顶部那薄薄的硅酸盐岩层上。这个薄岩层满是裂纹。裂纹非常细小，但能够满足科学家们的需求。他们把液态身躯渗进裂缝里，让岩石颗粒慢慢松动，薄薄的岩层变得越来越脆弱。他们每个人的力量都很小，仅用这庞大却带有流动性的液态身躯，他们连一粒沙都举不起来。但这个岩层上有一处曾因短暂暴露在海洋中而留下的脆弱区域，随着岩层沿这块区域开始溶解，熔岩一点一点地开始了移动。

工作即将结束，人们小心地待在了距这处薄层比较远的地方，仅伸出细小的伪足完成剩余的工作。实际上，他们中大多甚至退到了更远的地方，以便进行观察，两名助手完成了最后的工作。熔岩顶部突然崩塌，他们刚刚分离出的那块石灰岩掉进了洞中，德莱尔已经做好了准备。

在这片空间内，这块石头像岩浆一样，撞到了离虚空最远的石壁上，甩出了几块碎片。碎片飞散开来，随后又回到了离破碎的空腔顶部最远的地方。看到这些，谁都没有感到惊讶。那种力显然存在，它似乎对固体和液体都起作用。熔岩顶部的碎片也服从了这个力无形的拉拽。就目前见到的情况而言，没有一块从虚空方向离开的碎片可以抗拒这个力的支配。

德莱尔一言不发地穿过石灰岩来到了那处开口上方。在这里，他把身体缩到了体积最小的状态，小心地开始分解身边的岩石。他之前就想去气泡内岩石落地的那部分区域，但发现这不可能。可供通过的小裂缝只分布在熔岩表面一两英尺范围内。现在他又打算过去，顺便再看看这个刚刚发现的力会对生物有什么样的影响。结果他得到了答案！

他待的那块石头和之前那块一样，松脱了下去。德莱尔成了他们这一族中第一个体验重力加速的个体。他也率先发现下落过程中最引人注意的部分就是最终他会突然停止。下落的冲击并没有伤害到他，毕竟他习惯了在产生地震应变的地区旅行，并利用由此产生的冲击波观察周围的事物，但是整个过程依旧有些出乎他的意料。

首先，石头落下来的时候翻了个个儿，他们一族也没有人曾经经历过突然出现的方向相对变化。他花了几秒钟才意识到，发生移动的是他，而不是周围的宇宙。

明白了这一点之后，他开始离开他所待的那块石头。在这样做的过程中，他学到了重力最让人痛苦的一课。

德莱尔的身体是由液体构成的。这种液体主要由碳氢化合物组成，密度比水小，刚性也不比水强。所有的支撑通常是由现在他所"浸泡"的岩石提供的，他通过控制液体的表面张力进行移动，就像变形虫，或是人类的肌肉运动一样。然而没有了岩石的支撑，他只不过是一个油坑，一旦开始移动，他就完全停不下来了。他所骑的那块石灰岩块并不完全处于巨大的空腔底部。因为附加了他的质量，石头开始向位置最低的支撑点滑了过去。他可以选择待在石头上，或者被撕开。但和那些固体有机生物差不多一样，他也讨厌后者。他跟着石头滑了过去。五秒钟之后，他来到了玻璃般无法穿透的熔岩碗底部，成了一摊完全无助的液体生命。在那里，他甚至无法在身体表面上激起一丝波澜。

他仍然可以进行交流，熔岩有着极好的传声性。但他表现得并不怎么聪明。他的学生们只能听到一系列无休止的警告，远离空旷的空间，避免和这种力打交道，离开这附近，让他死在这里，但是一定要把这份警告传达给整个世界。总之话很少，但歇斯底里。如果德莱尔没那么慌乱，他一会儿就能看出门道来。但是现在，人们也不能怪他。若是一名人类突然发现自己完全被嵌在混凝土中，仍然活着，能够呼吸，能够说话，他也许就能稍微感受到这位科学家的情绪。至少人类可以事先隐约想象出这种状况。而德莱尔他们一族的任何一名成员都无法预见他身上究竟会发生什么。

幸运的是，大部分学生都保持着冷静。正是一名冷静的学生看到了解决方案。石灰岩小卵石开始落到德莱尔的身边，有时甚至落入他体内，德莱尔恢复了理智。这样填石头是一个非常、非常耗时的工作，但最终，石中居民完成了海洋在一亿年前未能完成的任务，空腔中填满了石灰岩。但就算是现在，前进也不容易，因为颗粒之间的空隙太大了，而德莱尔也对空旷的地方产生了强烈的反感。但至少他可以进行移动了，终于他再次来到了可怕的洞穴之外的那块适宜居住、可以通行的舒适的岩石上。休息了很长一段时间之后，他终于说话了，他的话非常有说服力。

“无论将来我们了解到这种力的什么性质，都不会有谁怀疑它的真实存在。我希望你们都不要感受到它。那些从上面向下扔石头帮我逃跑的人，都比战士或探险家们冒着更大的风险。我很感激你们，请相信我。

“除了这个力的存在之外，我们还知道了一点，那就是它并不总是垂直于虚空边界。”听众中出现了一丝微弱的惊讶，但是很快，他们就发现这位科学家是正确的。在这个地区附近，虚空边界非常不规则。岩石会非常频繁地突出至虚空内，有时会突出超过一英里。没有哪个方向可以说是垂直于那条边界。

“这就只剩下两种主要可能了。一种是这个力的方向是随机的，而海洋会因此聚集在特定的地方。如果是这样的话，那么这个彭东计划是没用的。新的海洋将简单地叠加到旧的上方，根本不会覆盖在大地表面。另一种是这个力似乎根本不会延伸到虚空中。在这种情况下，送到上层的岩浆可能会像以往一样在虚空边界蔓延，除此之外，我们根本不知道会发生什么事情。我们甚至无法猜测融化的海洋将会怎样。

“在我看来，这是一个非常不明智的计划，我们不能在无法保证计划能够成功的情况下，就将防御兵力转移到这个计划上。我会去最近的城市表达我的意见，亚洲部落趁机袭击的风险太大了。有没有人有不同的意见，或更好的计划？”

“可以先做一件事。”是塔利斯，这群人里最自信的一个，“因为无知而搁置这项计划就和因为浪费精力而搁置它一样，都不明智。我强烈建议在向城市首领表达意见之前，先了解一下这种力在边界外的性质。至少咱们可以建议将这项计划推迟到能够获取这种力的相关数据之后，而不是将其取消。”

“你要如何确保能够获得数据？”

“我不知道。但是咱们这里有一支出色的研究团队。在没有努力做出尝试之前，我完全不认为这项研究毫无希望。”

“数据必须非常精确，而且数据量要足够，这样才有说服力。这个问题对于我们同胞的未来至关重要。”

“我知道。在研究过程中要保证数据的精确性，这一点不是一种普遍共识吗？”

德莱尔沉思了一会儿。“当然，你是对的，”他最终说道，“我们会建议推迟彭东计划。你们两个把这条信息带回城市。我们其他人会开始设计方法了解融化的海洋是否会在大地表面进行扩散。如果发现答案是肯定的，我们就用熔岩覆盖美洲大陆。如果不行，就让岩浆池留在原地吧。现在，请大家提出有关实验方式的建议。”

（繁星　译）

文学，何乐而不为？

1949 年，由 J. 弗朗西斯 · 麦科马斯和安东尼 · 鲍彻联合主编的《奇幻与科幻杂志》（简称 *F&SF*）创刊——鲍彻的真名是威廉 · 安东尼 · 帕克 · 怀特，但大家都叫他托尼。我们并不知道二人在编辑工作上的分工，但是给作者回信、为杂志定调的人是鲍彻。

后来我们知道，鲍彻为 *F&SF* 定下的基调是文学性。朱迪斯 · 梅丽尔称鲍彻是“一位学识深厚、兴趣广博、品味高雅、好奇心异于常人、幽默感丰富的人”。在此之前，鲍彻为人熟知的身份是一位神秘小说作家和批评家。他想刊登在 *F&SF* 上的，是将写作质量作为关键考量的小说。

把“科幻”和“奇幻”同时放进杂志名，这种做法的意义不言自明：由于不受现实限制，奇幻可以将重点放在风格、情绪和角色上，因此与传统文学距离更近。这也是一种大胆之举：人们普遍认为，科幻读者都是纯粹主义者——如果读者碰巧既喜欢科幻也喜欢奇幻，他们更希望二者分别出现，绝不愿意看到不顾区别将二者混同的情况。这种行为在当时看来像是异端——为坎贝尔所不齿，稍后也将令戈尔德所厌恶——但它契合了鲍彻刻意忽视类型特点的态度。

鲍彻的努力开启了打破藩篱的过程，这些藩篱既存在于各种类型之间，也将整个领域与外界隔绝。他在 *F&SF* 上发表了笛福、狄更斯、伦敦、史蒂文森、伍德豪斯、萨基[1]、普里斯特利、福里斯特、福斯特、科利尔[2]、法斯特等人作品中的短篇故事。他将刊登在文学杂志上的小说二次发表。他为小说写出注解，将它们与其余的文学联系起来。他在封底印出广告，邀请克利夫顿·法迪曼和巴兹尔·达文波特等主流文学人物向非类型文学读者推荐 *F&SF*。

F&SF 吸引到了新的读者。一些读者同时也是《惊异》和《银河科幻》的读者，但是总的来说，每本杂志都有属于自己的读者群。*F&SF* 的读者群更小，但论忠实度却毫不逊色。

F&SF 也吸引到了新的作者。每当市面上出现一本编选条件与众不同的大型杂志，就会有新的作家从藏身之处现身，好像他们一直在等待一个信号，好让自己从梦中醒来。*F&SF* 甫一面市，许多作者就向这本杂志贡献了自己的处女作，例如克里斯·内维尔、H. 尼尔林、理查德·马西森、阿瑟·波格斯、米尔德里德·克林格曼、雷金纳德·布莱特诺和泽娜·亨德森等。这本杂志也促使业已成名的作家创作了一些新式作品。

阿尔弗雷德·贝斯特（Alfred Bester）就在其列。1939 年起，在《惊险神奇故事》杂志举办的一次小说比赛中，贝斯特凭借《破碎的公理》（“The Broken Axiom”）赢得了 50 美元的奖金，从此走上科幻之路。他与编辑莫特·魏辛格（Mort Weisinger）合作无间，因此当后者转去担任《超人》漫画的编辑后，贝斯特也一同前往。他从撰

1. 即英国小说家赫克托·休·芒罗（Hector Hugh Munro），其笔名为萨基。
2. 与创办《科利尔》杂志的那位 P. F. 科利尔无关。

写漫画脚本起家，后来逐渐开始创作广播剧和电视剧的剧本。最终，他成为了专职采访记者，而后又成为了《假日》杂志的资深编辑。

与此同时，他继续偶尔创作短篇科幻，尤其是在20世纪50年代初期，H. L. 戈尔德劝说他向《银河科幻》投稿以后。经过漫长的电话讨论，贝斯特想出了一个点子：在人人都会心灵感应的社会中，一名杀人凶手如何生存。最终这个故事被写成了《被毁灭的人》（*Demolished Man*，1953）。这部长篇小说对角色的注重，它的文字风格，以及眼花缭乱的复杂细节，使它一经发表就大获成功。四年后，他又创作了《群星，我的归宿》（*The Stars My Destination*，1956），其英国版名为《虎！虎！》（*Tiger! Tiger!*）。这是贝斯特对“基督山伯爵”故事的科幻改编，他把情节设置在一个基于空间传送的社会当中；一些评论家对这部小说的评价高于《被毁灭的人》。

贝斯特的科幻声名建立在这两部长篇小说之上，但在创作两部小说的间隙，以及第二部小说发表以后，他依然在*F&SF*上发表了一系列精彩的短篇。与之前发表在《银河科幻》上的长篇小说相比，这些短篇作品失去了紧凑的情节，更多注重的是主题和风格。这其中包括《5271009》（1954）、《别无选择》（1952）、《杀死穆罕默德的人》（1958）、《π人》（1959）、《小星星，亮晶晶》（1953）、《昨日不再》（1963）和《惬意的华氏度》（1954）。

在贝斯特最优秀的短篇小说中，很少展现出前辈科幻作家迫切关心的那类主题——人类的命运。这些小说更看重个体，而非整个族群。它们用科幻的题材去探索人性和人际关系这类永恒问题，而非发明新的创意；它们更注重用旧有的科幻素材编织新的图案，而不那么关心现实。如同《群星，我的归宿》那样，贝斯特将那些完全可以用现代小说来阐述的话题，用科幻的语言翻译了出来。

这是另一股未来的浪潮。

《假日》破产后，贝斯特重回科幻，发表了《电脑连接》（*The Computer Connection*，1975），这篇小说连载于《类比》时曾以《出尔反尔》（*The Indian Giver*，1974）为名。他科幻生涯的最后两部长篇小说，是《石魔100》（*Golem100*，1980）和《欺骗者》（*The Deceivers*，1981）。1988年，贝斯特荣获美国科幻作家协会大师奖。

（穆童、憬怡　译）

惬意的华氏度

[美国] 阿尔弗雷德·贝斯特

近来他搞不明白我是我俩中的哪一个，但是他们了解一个事实。你只能拥有自己，你必须拥有自己。你必须创造自己的生活，自生，自灭……否则就会在他人之死中沉溺[1]。

在派瑞根三号上的稻田绵延数百英里，阡陌纵横，在燃烧的橘色天空下，像蓝褐交织的马赛克，又似一部西洋跳棋的棋盘。傍晚时分，田野里云烟飘荡，稻谷瑟瑟，喃喃轻响。

我们逃离派瑞根三号星的那个傍晚，长长一队人穿过稻田行进。朦胧夕照里，他们的身影如一长排塑像；默不作声，荷枪实弹，全神贯注；人人持着一把枪。每人都戴着对讲机腰包，耳中塞着纽扣扬声器，咽喉处夹着麦克风，手腕上系着发光的探测器，屏幕像绿宝石表面的手表。众多荧屏上展示出多条穿越稻田的不同路径。信号器里传出的只有脚步的沙沙声，泼溅的水声。这些人寡言、话音低沉，每个人的话都被发布给全体人员。

1. 从小说第一段开始，这种意识错乱导致的代词与称呼错位就一再出现。主人范达勒与他的仿生人在严重的“心理投射”机制下产生了认知混乱，有关这两人的表述中，“他”和“我”，“他们”和“我们”或是客观指代的“范达勒”、“仿生人”这些第一、二、三人称与具体姓名指代的对象，时而正常，时而错位，时而自述，时而抽离成上帝之眼。

“这里什么都没有。”

“这里是哪儿？”

“詹森田。”

“你向西晃过头了。”

“接近那条线了。”

“有谁检查过格里姆森田吗？”

“查了。什么都没有。”

“她不可能走这么远。”

“也许会被别人带过来。”

“你认为她还活着吗？”

“凭什么认为她死了？”

搜索队长长的队伍中，类似的对话被缓慢地前后传递。他们朝着苍茫的暮色前进。搜索队列如扭动的蛇摇摆不定，但一直坚持不懈地向前突进。一百人，人均相隔五十英尺，排开五千英尺吓人的搜查队列。这充满义愤与决心的队伍，穿过方圆一千英里的炎热地区。夜幕降临了。每个人都点亮了搜索灯。扭动的蛇行队伍变成了一条闪烁晃动的钻石项链。

“这里搜过了。没有发现。”

“这儿没有。”

“没有。”

“艾伦田那边如何？”

“正在全面搜索。”

“我们是不是把她找漏了？”

“也许吧。”

“我们折回去再查查。”

“那得花上一整晚呢。”

“艾伦田清查完毕。”

“真见鬼！我们一定要找到她！”

“我们会找到她的。”

“她在这儿。第七区。接收。”

队伍停住了。钻石在热浪中凝固。一片寂静。每个人都望着腕上闪光的绿色屏幕，将它切换到第七区。所有人调到同一个频道。所有的屏幕都显示出这样的景象：一具小小的、赤裸的身体泡在水田里，旁边的铜桩标着稻田所有者的名字——“范达勒”。队伍的末端聚集到范达勒田。项链变成了一簇星星。一百个男人围着一具小小的赤身，一个死在稻田里的孩子。她嘴里没有水。她咽喉上有指印。她无辜的面孔被打烂了。她的身体支离破碎。皮肤上凝结的血液已经结痂发硬。

“至少死了三四个小时。”

“她嘴里是干的。”

“她不是淹死的，是被人打死的。”

在黑夜的闷热中那些人轻声咒骂。他们抬起尸身。有人拦住他们，指指那孩子的手指甲。她和谋杀犯搏斗过。指缝里留有肉屑和猩红的鲜血，液态的血，仍然没有凝结。

“按说这血也该凝了。”

“怪了。”

“没什么奇怪的。有哪种血不会凝结？”

“仿生人。”

“看来她像是被仿生人杀死的。”

“范达勒就有一个仿生人。”

“仿生人不可能杀她。”

“她指甲里的血就是仿生人的。”

“最好让警察查一下。”

“警察会证明我是对的。”

“但是仿生人没法子杀人。”

“那是仿生人的血，不是吗？”

“仿生人不能杀人，制造他们的时候就是这么设定的。”

“看来有个仿生人是次品。”

“我的天！”

那天，温度计显示的气温是令人愉快的91.9华氏度[1]。

于是我们俩——詹姆斯·范达勒和他的仿生人，中途登上“派瑞根皇后号”，前往麦加斯特五号行星。詹姆斯·范达勒一边数钱一边抽抽搭搭。和他一起住二等舱的是他的仿生人，一个长着蓝色大眼睛、容貌典雅、体型健美的合成人造人。在他的额头上有两个浮雕般凸起的字母“MA”，标志着这是一只稀罕的多功能智慧仿生人，当前市价五万七千美金。我们就在那里，一个抽抽搭搭地数钱，一个冷静地观望。

“十二,十四,十六。一千六百美金,”范达勒抽泣着说，“全在这里了。一千六百美金。原本我的房子就值一万。土地值五千。还有家具，汽车，我的油画、版画藏品，我的飞机和我的……可现在除了一千六百美元我什么都拿不出来了。主啊！”

我从桌旁跳将上去，出其不意地攻击那个仿生人。我从皮包里扯出一条皮带抽它。它纹丝不动。

“我提醒你，”仿生人说，“我现在市值五万七千美元。我必须警告你，你正在危害贵重财产的安全。”

1. 约为33.28摄氏度。

“操你妈的疯机器。”范达勒吼叫。

“我不是机器，”那仿生人答道，“机器人才是机器。仿生人是一种化学的人造机体。”

“你脑子进水了？”范达勒叫道，“你为什么要那么干？去你妈的！”他狠狠地鞭打仿生人。

“我必须提醒你，你没法惩罚我，”我说，“仿生人的合成机体中并未加入快乐和痛苦的感受机制。”

“那么你为什么杀她？”范达勒大吼，“如果不是为了找刺激，你为什么——”

“我必须提醒你，”那仿生人说，“这种飞船的二等舱是不隔音的。”

范达勒丢下皮带，气喘吁吁地站在那儿，直勾勾地盯着这个属于自己的仿生人。

“你为什么那么干？你为什么杀她？”我问。

“我不知道。”我回答。

“刚开始还只是搞些恶作剧。一些小动作。一点小破坏。那时候我就该知道你出问题了。仿生人不会搞破坏。它们不能损害人类的利益。它们——”

“仿生人的合成机体内并未添加快乐和痛苦的感受机制。”

“然后你开始纵火。随后是更严重的破坏。后来开始攻击人类……殴打参宿七上的那个工程师。你出的事一次比一次糟糕。每次我们都不得不更快逃离现场。现在竟然杀了人。天啊，你到底怎么啦？出了什么事？”

“仿生人大脑里没有安装自检设备。”

“每一次我们被迫逃走，我们的处境都每况愈下。看看我。住二等舱。我，詹姆斯·佩欧勒格·范达勒。曾经我的父亲是地方首富——可现在，统共只剩一千六百美元。加上你，这就是我的全部财产了。天杀的你！”

范达勒又举起皮带，作势要抽打仿生人，可马上又扔下皮带，颓然瘫倒在铺位上，呜咽不已。终于，他振作起来。

“指令。”他下令。

多功能高智能仿生人立刻做出反应，挺身待命。

“从现在起我的名字叫瓦伦丁。詹姆斯·瓦伦丁。我在派瑞根三号星仅停留过一天，以便转乘去麦加斯特五号星的飞船。我的职业：仿生人代理商，以出租一个私有的多功能智慧仿生人为生。此行的目的：移民麦加斯特五号行星。按这个内容把证件改好。”

仿生人将范达勒的护照和文件从包里取出来，找了钢笔和墨水，坐在桌边。以他那双准确、熟练的手——一双擅长写作、绘画、雕刻、印镂、拍照、设计、创作和建造的手——精心地替范达勒伪造了新的证件。它的主人一脸惨相地看着我。

“创作和建造，”我喃喃，“现在再加上搞破坏。上帝啊，我该怎么办？老天！倘使我还能摆脱你该多好！如果我不是被迫靠你为生，上帝啊，我宁可当时继承的不是你，而是一些胆量。”

达拉斯·布雷迪是麦加斯特五号星上顶尖的珠宝设计师。她身材又矮又壮，毫无道德观念，且是个花痴。她雇佣了范达勒的多功能智慧仿生人，安排我在她的作坊里干活。她勾搭上了范达勒。一天夜里，她在床上突然问：“你的名字叫范达勒，是不是？”

“是，”我轻声说道，然后，“不！我叫瓦伦丁。詹姆斯·瓦伦丁。”

“派瑞根星上发生了什么？”布雷迪问，“我本以为仿生人不能杀人或者损害财产。在他们被合成制造的时候就接受了这样的原始设定，终极禁令。每家公司都担保他们的仿生人不会那么干。”

“瓦伦丁！”范达勒坚持说。

“嘿，别装了，”布雷迪说，“我都知道一礼拜了，可我并没有叫警察，不是吗？”

“我叫瓦伦丁。”

“你想证明这一点吗？你想要我叫警察吗？”布雷迪探身拿起床边的电话。

“看在上帝的分上，求你了！”范达勒跳起来，挣扎着要从她手里夺走电话。她把他挡开，对他哈哈大笑，直到他瘫倒在地，羞愧而绝望地哭泣。

“你怎么发现的？”他终于问。

“报纸上充斥着相关的报道。而且瓦伦丁和范达勒发音[1]靠得有点太近了。那可不大聪明啊，是不是？”

“你说得不错。我是不大聪明。”

“你的仿生人案底可了不得啊，是吗？攻击人类。纵火。破坏。在派瑞根星上又出了什么事？”

“他绑架了一个孩子。把她带到水稻田里杀害了。”

“强奸她了吗？”

“我不知道。”

“他们会抓到你们的。”

“难道我不知道吗？我的天，我们已经一直不停地逃了两年了。两年里换了七个行星，这两年里我准保耗掉五万美元的财产了。”

“你最好搞清楚它出了什么毛病。”

“怎么搞清楚？走进一家修理店要求他们彻底检修吗？我该怎么说呢？‘我的仿生人刚刚变成了杀人犯。把它修好。’他们会立刻叫警察的。”我开始发抖，“他们一天之内就会把那个仿生人拆掉。而

---

1. 瓦伦丁（Valentine）与范达勒（Vandaleur）的英文发音接近。

我很可能会被当成杀人案的同谋定罪。”

“在它还没杀人之前，你干吗不把它送出去修一修？”

“我冒不起那个险。”范达勒生气地解释，“如果他们给它做个脑白质切断术、改换仿生人体内的的化学配比，又或是动个内分泌手术来糊弄我，那兴许就会毁掉它的聪明才智。这么一来我还有什么可以拿出去租呢？我靠什么生活？”

“你可以自力更生。是人就可以。”

“干什么工作？你知道我一无所长。我拿什么同专业仿生人和机器人竞争？除了那些在特定领域有惊人天赋的奇才之外，还有谁能和他们较劲呢？”

“没错。那倒是真的。”

“我一辈子都靠我老爸生活。去他妈的！他却在死掉之前破产了。统共给我剩下那么个仿生人。我唯一的谋生手段就是靠它赚钱生活。”

“最好在警察找到你之前把它卖掉。五万美元够你生活了。用它来投资吧。”

“收取百分之三的利息，一年一千五百美元？可这个仿生人的回报是它市价的百分之十五，一年八千美元[1]。它能赚那么多。不，达拉斯，我只能继续靠它过下去了。”

“那你怎么控制它的犯罪冲动呢？”

“我毫无办法……只能静观其变，祈祷它别再犯事。你准备拿它怎么办？”

“没法儿办。这不关我的事。只有一条……让我装聋作哑可得有点好处。”

---

1. 如以仿生人所报的精准价格五万七千美元来说，一千五百美元和八千美元都不准确，但这只是范达勒对话时以底价五万美元所做的约略推算。

“什么？”

“这仿生人得免费为我工作。让别人给你付钱吧，但我要免费使用。”

多功能智慧仿生人干活，范达勒则攒起了它的租用费。他的开支有了着落，积蓄渐长。当麦加斯特五号星从温暖的春季转入炎热的夏天，我开始考察农场和其他的产业。只要达拉斯·布雷迪别太贪心，一两年内，我们就有可能攒够钱在这里永久地安顿下来。

夏季转热的第一天，仿生人在达拉斯·布雷迪的作坊里唱起歌来。它在电炉上不停地绕着圈。暑气和电炉的热气炙烤着整个作坊。仿生人唱着一首在半世纪前曾经风行一时的古老歌谣。

哦，战胜高温很容易！
没问题！没问题！
我们快来把舞跳
真灵巧真灵巧
要冷静，别张扬，
宝贝儿啊……[1]

它用一种怪异的、吞吞吐吐的声音歌唱，熟练而工巧的手指交叉反剪在身后，用一种与身体动作脱节的怪里怪气的伦巴舞节奏扭动起来。达拉斯·布雷迪很惊讶。

“你有那么高兴吗，还是出什么事了？”她问。

1. 原文中含有俚语和土话，并无真实出典，但可能受当时流行的爵士乐歌曲影响，原文用词也更强调音韵效果。这首歌中的只言片语在后文中大量出现，每次都可看作叙述者精神错乱的一种表征。

“我必须提醒你，仿生人的合成机体中并未添加快乐和痛苦的感受机制。”我回答，“没问题！没问题！真灵巧，真灵巧，要冷静，别张扬，宝贝儿啊……”

仿生人的指头停止扭动，拣起一把沉重的铁钳。它将钳子伸进炽热的炉膛里，探身向前，凝视那可爱的熊熊烈火。

“当心，你这该死的傻瓜！”达拉斯·布雷迪惊叫起来，“你不怕掉进去吗？”

“我必须提醒你，我现在市价五万七千美元。”我说，“严禁毁损贵重财产。没关系！没关系！亲爱的……”

它从炉膛里夹出一坩埚炽热的黄金，转过身，以可怕的姿态雀跃，疯疯癫癫地唱着歌，然后将熔化的半固态的黄金浇到达拉斯·布雷迪的头上。她尖叫了一声，颓然倒地，头发和衣裳熊熊燃烧，皮肤烧得噼啪脆响。仿生人又唱又跳地再泼了一次。

“真灵巧真灵巧，要冷静，别张扬，宝贝儿啊……”它唱啊唱，慢悠悠地将熔化的金液倒了又倒。然后我离开了作坊，回到在酒店套房的詹姆斯·范达勒身边。仿生人烧焦的衣裳和扭动的手指让它的主人警觉大事不妙。

范达勒冲到达拉斯·布雷迪的作坊，目瞪口呆地张望了一眼就吐了，然后逃之夭夭。我有足够的时间打包，将随身带的值钱货色换了九百美元.他在“麦加斯特皇后号”上搞了间三等舱，那天一早，飞船驶往天琴座A星。他把我一起带走了。他抽泣，数钱，然后我又一次抽打了仿生人。

在达拉斯·布雷迪的作坊里，温度仪上留下的记录是漂亮的98.1华氏度。

我们藏身在天琴座A星一家大学边上的小旅馆里。在那里，范达勒小心地擦伤我的额头，直到字母 MA 在额头肿胀后褪色，乃至消失。那两个字母还会再出现，但那将是好几个月后的事了，范达勒希望在这段时间里，外界追捕那个 MA 仿生人的叫嚣可以逐渐被人淡忘。仿生人被租给大学发电厂当普通劳工。范达勒则冒名詹姆斯·瓦伦丁，依靠仿生人的微薄收入勉强度日。

我的日子过得还凑合。旅馆里其他的住户大多是大学生，生活同样窘迫，但却乐观开朗、青春焕发、热情洋溢。有一位迷人的姑娘，名叫万达，她目光敏锐，思维敏捷。她和男友杰德·斯塔克对于这段时间在星系报纸上追踪报道的仿生人凶犯特别感兴趣。

“我们一直在研究这个案子。”她和杰德在一次轻松的学生派对上说。这次派对恰好在范达勒的房间里举行。“我们知道它发生的原因，我们要写一篇论文。”他们的情绪很高。

“什么事的原因？”有人想知道究竟。

“仿生人的狂症。”

“显然是调节故障，不是吗？体内的化学机制错乱了。也许是一种合成机体的癌症，对吗？”

“不对。”万达抑制住心头狂喜，望了杰德一眼。

“那又是为什么呢？”

“某种特殊因素。”

“什么？”

“那是非常关键的因素。”

“哦，说说看吧。”

“不行。”

“不能告诉我们吗？”我关切地问，“我……我们对于仿生人可能出什么毛病很感兴趣。”

“不，范尼斯先生，”万达说，“这个想法非常独到，我们必须保护它。一篇这样的论文能养我们一辈子。我们不能冒险让别人剽窃我们。”

“不能给我们一点暗示吗？”

“不。暗示也不行。一个字也别泄露，杰德。但是我可以和你说到这个程度，范尼斯先生。我可绝不想当那个仿生人的主人。”

“你是指警察会抓他？”我问。

“我是指心理投射，范尼斯先生。心理投射！那就是危险所在……我不能再多说了。在这个问题上我已经说得太多了。”

我听见门外传来脚步声，一个嘶哑的声音轻轻地唱：“真灵巧，真灵巧，要冷静，别张扬，宝贝儿啊……”我的仿生人完成了学校发电厂一天的工作回到家，进了房间。我没有向大家介绍它的身份。我向它打了个手势，然后我立刻遵照命令去啤酒桶那边，接手范达勒的任务招待客人。它那熟练的手指以与身体不协调的伦巴节奏扭动着。渐渐地，它的手指不再扭动，而那古怪的哼哼声也消停了。

仿生人在大学里很常见。富有的学生除了拥有轿车飞机，还拥有仿生人。范达勒的仿生人没有招来别人的议论，但是年轻的万达眼睛很尖，头脑很灵光。她注意到我额头上的擦伤，而且她一心想着她和杰德要写的那篇青史留名的论文。在派对结束后，她和杰德上楼回房间，一路还在商议个不停。

“杰德，为什么那个仿生人的额头会有擦伤留下的青肿？”

“很可能是它自己伤着了，万达。它在发电厂干活。发电厂里的工人总会抛掷很多重东西。”

“就这个理由？”

“那还有什么缘故？”

“也许是为了遮掩什么。”

“遮掩什么？”

“遮掩额头上刻的字。”

“这说不通啊，万达。你不用看它们额头上的标记就能分辨出仿生人。正如你不用看汽车商标来认定它是一部车。”

“我的意思并不是说它想假装成人类。我的意思是它想假装成低级的仿生人。”

“为什么？”

“假设它额头上有‘MA’两个字母。”

“多功能智慧型？如果它可以赚更多的钱，那么范尼斯究竟为什么要浪费它的才能去烧炉子呢……哦，哦！你意思是它就是……”

万达点点头。

“老天！”杰德噘起嘴，“我们要怎么办？打电话叫警察？”

“不。我们还不确定它是不是MA仿生人。即使它真的是一个MA，而且正是那仿生人凶犯，我们的论文还是顶顶要紧的。这是我们的大好机会，杰德。如果它就是那个仿生人，我们可以做一系列的控制实验然后……”

“我们要怎么查证呢？”

“简单。用远红外胶卷。那就可以找出瘀肿下面还有什么。借个相机。买些胶卷。我们明天下午可以偷偷摸进发电厂，照几张相片。到时候我们就知道了。”

次日下午，他们偷偷溜进学校发电厂。里面很黑，阴森森的，炉门里燃烧的火光是这里唯一的光源。在火焰的呼呼声中，他们听到一个古怪的嗓音在嚷嚷，喃喃地歌唱，歌声在地下室里回荡：“没问题！没问题！我们快来把舞跳，真灵巧，真灵巧，要冷静，别张扬，宝贝儿啊……”他们可以看到一个雀跃的身影，伴随着它叫喊的音乐拍子，以一种精神错乱的状态跳着伦巴。双腿扭曲，胳膊摇摆，手指交缠而动。

杰德·斯塔克举起照相机，开始用远红外胶卷拍照，镜头对准那个不停起伏晃动的脑袋。这时万达尖叫起来，因为我看见了他们，挥舞一把擦得锃亮的钢铲子，向他们直冲过去。铲子把相机打得粉碎。它打翻了那姑娘，随后砍倒了小伙子。在倒地之前，杰德愤怒地嘶声和我拼斗，被我当头一记敲击，立马一命呜呼。之后仿生人把他们拖到炉边，慢慢地，恶狠狠地将他们投进了火焰。它蹦蹦跳跳地歌唱，然后回到我的旅馆。

发电厂的温度计记录着要命的100.9华氏度。没问题！没问题！

我们买了“天琴皇后号”的统舱票，范达勒和仿生人在飞船上打杂以换取三餐。在夜班值勤的时候，詹姆斯·范达勒总是一个人坐在统舱的头上，腿上放着一个硬纸公文包，对着包里的东西苦思冥想。这个公文包是他好不容易从天琴座A星带出来的全部家当了，是从万达房里偷出来的，上面标着“仿生人”，里面装有我病症的秘密。

但公文包里只有报纸而已。全星系各处出版的几十份报纸，有印刷的，微缩胶印的，雕版镂印的，胶印，复印的……参宿七的《星旗报》……派瑞根星的《小人物》……麦加斯特星的《时代先驱报》……拉兰德星的《使者报》，拉卡伊星的《新闻日报》……印地安星的《情报员》……埃瑞达尼星的《电讯新闻》。没问题！没问题！

除了报纸什么都没有。每份报上都记录了一次仿生人恐怖生涯中的犯罪事实。每份报纸也都登载了其他国内外新闻，体育、社会、天气、航运消息，股票交易行情，人们感兴趣的故事，特写、争鸣、谜语等等。在那一堆未经整理的事实中埋藏着万达和杰德发现的秘密。范达勒把这些报纸翻了个烂熟，还是毫无办法。他看不明白。

我们快来把舞跳！

“我要把你卖掉，”我告诉仿生人，“你这该死的。等我们在地球一着陆我就把你卖掉。我会靠你身价收百分之三的利息钱，好好安顿下来过日子。”

“我如今市价五万七千美元，”我告诉他。

“如果我不能把你卖掉，我就把你送到警察那里去。”我说。

“我是贵重财产，”我回答，“严禁毁损贵重财产。你不会让人把我毁了。”

“见你的鬼去吧，”范达勒喊道，“怎么？你还傲得很呀？你相信我舍不得你、一定会保护你，对不对？那就是你的小秘密？”

多功能智慧仿生人用冷静专业的目光注视着他，“有时候，”它说，“当别人的财产还是挺好的。”

“天琴皇后号”在克罗伊登[1]机场着陆时气温零下三度。覆盖着横扫机场的冰雪在飞船尾部喷射的火焰中嘶嘶作响，化为蒸汽。乘客们步伐僵硬地一路小跑，穿过黑乎乎的混凝土路面，去海关接受检查，之后坐上去伦敦的机场巴士。范达勒和仿生人没钱乘车，他们是步行去伦敦的。

午夜时分，他们抵达了皮卡迪利广场。十二月的冰暴尚未减弱，厄洛斯的雕像[2]外面结上了一层冰壳子。他们向右转，走下特拉法加广场，沿河岸街一路往下走，又湿又冷，直打哆嗦。就在弗利特街头上，范达勒看见一个孤单的身影从圣保罗大教堂方向走来。他把仿生人拉进巷子里。

“我们得弄点钱。”他耳语。他指指那走近的身影，“他有钱。把他的钱弄来。”

1. 英国英格兰东南部城市，在大伦敦郡的南部。
2. 皮卡迪利广场位于伦敦市中心，广场上矗立着爱神厄洛斯雕像。

“恕难从命。”那仿生人说。

“把他的钱弄来，”范达勒重复，“去抢！你明白吗？我们只有这一条路了。”

“这条命令违反我的初始设定，”我说，“我不能危及生命或财产的安全。恕难从命。”

“看在上帝的分上！”范达勒脱口而出，“打人，毁坏，谋杀，你什么都干过了。别喋喋不休地说什么初始设定了。你根本就没剩什么初始设定。把他的钱弄来。如果有必要就杀了他。我告诉你，我们只有这一条路了！”

“这违反我的初始设定，”我说，“我不能危及生命或财产的安全。恕难从命。”

我猛一把将仿生人推开，跳出巷口扑向那个陌生人。他高高的个子，面容严峻，看上去像个能人；看他的表情，仿佛对世界充满希望，但又混杂着玩世不恭的矛盾心理。他握着一根探路棍。我看出他是个瞎子。

“喂？”他说，“我听见你过来了。有什么事？”

“先生……”范达勒犹豫了，“我很绝望……”

“我们都是绝望的人，”那陌生人回答，“默默地绝望。”

“先生……我得弄点钱。”

“你是在讨还是要偷？”那双无光的眼睛扫过范达勒和仿生人。

“哪样都行。”

“啊，我们都一样。我们人类的历史就是如此。”陌生人指指肩膀后面，“我一直在圣保罗教堂里企求，我的朋友。我希望要的东西是偷不到的。你运气不错，你指望的东西是偷得来的，你指望什么呢？”

“钱。”范达勒说。

“这钱要来做什么？来吧，我的朋友，让我们互相交交心。我会告诉你我为什么乞求，如果你告诉我你为什么偷窃的话。我的名字叫布伦海姆。

“我的名字叫……沃尔。”

“沃尔先生，我在圣保罗教堂里乞求上帝，并非为了重见光明。我在乞求一个数字。”

“数字？”

“啊，是的。有理数，无理数，虚数。正整数。负整数。正分数和负分数。咦，你从来没有听说过布伦海姆就‘二十位数’或‘缺量差别’做出的不朽论著吗？”布伦海姆苦涩地微笑了，“我是数字原理的奇才，沃尔先生，为了满足自己对数学的热爱，我对它的魅力做了详尽的研究。但玩了五十年的数学魔术，我年事已高，对数字的喜爱也被消磨殆尽。我一直在圣保罗大教堂乞求灵感。亲爱的上帝，我乞求，如果你存在的话，告诉我一个数字吧。”

范达勒慢慢拎起硬纸公文包，用它碰碰布伦海姆的手。“这里，”他说，“就有一个数字。一个隐藏的数字。秘密的数字。罪行的数字。咱们交换一下好吗，布伦海姆先生？我用一个数字换一处安身之所，可以吗？”

“你既不讨也不偷，倒做起买卖来了？”布伦海姆说，“生活又落进这一成不变的俗套。”那双丧失视力的眼睛又一次扫过范达勒和仿生人，“也许全能的主不是上帝而是商人。和我一起回家吧。”

在布伦海姆家的顶楼，我们合住一间屋，两张床，两个壁橱，两个盥洗盆，一间浴室。范达勒再一次擦伤了我的前额，让我出去找工作，当仿生人干活时，我向布伦海姆请教，把公文包里的报纸一张一张地读给他听。没问题！没问题！

范达勒就告诉他这些，没透露别的。他是个学生，我说，试着以仿生人凶犯为题写一篇论文。在这些报纸中他收集的都是说明案情的信息——那些案子布伦海姆之前一无所知。我解释说，其中必有关联，一个数字，一个统计量，某种让我发狂的理由，而布伦海姆却被这个故事的神秘性，侦探剧式的情节和人们对数字的兴趣吊足了胃口。

我们检查了报纸。我大声把它们读出来，他小心翼翼地摸索着将题目和内容记录下来。然后我把他的笔记读给他听。他按照种类、字体、事实、爱好、文章、拼写、单词、主题、广告、图片、题目、政见、成见等等将报纸分门别类地编排起来。他分析。他研究。他苦思冥想。我们一起住在顶楼上，这里一直有点冷，有点怕人，我们总是因为对它的恐惧和彼此之间的仇恨互相靠近。就像一枚楔子被钉入一棵活树，劈进了树干里，结果却和树干的疤痕组织永远结合在一起。于是我们共生。范达勒和仿生人。真灵巧，真灵巧！

一天下午，布伦海姆将范达勒叫进书房，展示他的笔记，“我想我已经找出关联了，”他说，“但是我还不明白它的原理。”

范达勒的心头狂跳。

“关联性就在这里，”布伦海姆继续说，“在五十份记载仿生人罪犯报道的报纸中。除了罪行本身，还有什么内容在五十份报纸中都存在？”

“我不知道，布伦海姆先生。”

“这是个反问句。答案是‘天气’。”

“什么？”

“天气。”布伦海姆点点头，“每次罪案发生的日子，气温都在 90 华氏度以上。”

“但那是不可能的，”范达勒大喊，“天琴座 A 星的天气很凉快。”

“我们没有任何在天琴座 A 星上的犯罪记录。报纸上没有登。”

“不，这思路没错，我——”范达勒迷惑了。突然间他脱口喊了出来。“不。你是对的。那锅炉房。那里很热。酷热！当然了。我的上帝，没错！那就是答案。达拉斯·布雷迪的电炉……派瑞根星上种植稻米的三角洲。别着急。是的。但是为什么？为什么？我的上帝，为什么？”

那时我正好走进屋子，经过书房时看到了范达勒和布伦海姆。我进了书房，等待接受命令，随时提供我的各种服务。

“这就是那个仿生人，嗯？”布伦海姆过了很长一段时间说。

“是的，”范达勒还在为自己的发现迷惑，“而那也解释了那晚他在河岸街拒绝攻击你的原因。天气不够热，还不能打破初始设定。只有在热天……高温，没问题！”他望向仿生人。主人无声地将一个狂乱的命令传达给仿生人。我拒绝了。严禁危及人类的生命。范达勒狂暴地指手划脚，然后抓住布伦海姆的肩膀，狠狠地将他从座椅上拉倒在地。布伦海姆叫喊了一声。范达勒像恶虎般扑到他身上，将他按牢在地，一手捂住他的嘴。

“找武器来。”他冲仿生人喊道。

“严禁威胁人类生命。”

“这是为了保存自我而战。给我拿武器来！”他用全身重量压住扭动挣扎的数学家。我立刻向一个碗柜走去，我知道那里藏着一把左轮手枪。我查了查枪。里面装有五发子弹。我将它递给范达勒。我接了枪，将枪管抵在布伦海姆的脑门上，然后扣动扳机。他抽搐了一下。

厨娘这会儿正在放假，在她回来前还有三个小时够我们打点。我们把屋子里扫荡一空。我们拿走了布伦海姆的钱和珠宝。我们装了一口袋衣服。我们带走了布伦海姆的笔记，毁掉了那些报纸；然后我们离开了，小心地在身后锁上了门，在布伦海姆的书房里留下了一堆揉皱的报纸，上面放了一支燃烧的只剩半英寸的蜡烛。我们还将周围的地毯上浸透了煤油。不，那些全都是我干的。仿生人拒绝了。我被禁止危害生命或者财产的安全。

没问题！

他们乘地铁到莱斯特广场，换乘火车到大英博物馆。在那里他们下了车，来到罗素广场下面一栋乔治王时代的宅子。窗户上的小招牌写着：南·韦布，心理咨询师。范达勒几周前记下了这个地址。他们进了屋。仿生人带着包裹等在休息室里。范达勒进入南·韦布的办公室。

她是位高个子女人，灰色短发，有着英国人细嫩的皮肤和丑陋的双腿，容貌有些鲁钝，表情却很机敏。她冲范达勒点点头，把一封信写完，封好，然后抬起头。

"我的名字，"我说，"叫范德比尔特。詹姆斯·范德比尔特。"

"好的。"

"我是伦敦大学的交换学生。"

"好的。"

"我一直在研究那个仿生人凶手，我想我发现了非常有趣的信息。我希望就此得到你的建议。你要多少咨询费？"

"你大学读哪个学院？"

"问这个干吗？"

"学生可以打折。"

"默顿学院。"

"那么价格是两英镑，请。"

范达勒放了两英镑在桌子上，然后把布伦海姆的笔记放在一旁。"在仿生人的罪案和天气之间，"他说，"有一种关联性。你会发现每一次罪行都发生在气温 90 华氏度以上的时候。对此你能做心理学的解释吗？”

南·韦布点点头，研究了一会儿那份笔记，放下纸张，说：“很显然，是通感。”

“什么？”

“通感，”她重复说，“范德比尔特先生，当某种感官遭受外界刺激后产生的感觉同时会唤起另一种不同感官的感觉，这就叫通感或联觉。举例说：一个声音刺激同时唤起对某种明确色彩的联想。或者色彩唤起味觉。或者光线刺激唤起声音的感觉。我们对味觉、嗅觉、痛觉、压力、气温等等的任何感觉都可能发生短路或产生混乱。你明白了吗？”

“我觉得很对。”

“你的研究发现这样一个事实：仿生人极有可能受 90 华氏度以上的气温刺激，产生通感混乱而做出反应。最大可能是发生了一种对应的内分泌反应。也许气温和仿生人的代肾上腺素有关联。高温会带来恐惧、气愤、兴奋和强烈的肢体反应……所有这些都在肾上腺的功能范围内。”

“对啊，我明白了。那么如果仿生人待在寒冷气候中……”

“那就既不会有刺激也不会有反应。不会再有犯罪行为了。正是如此。”

“我明白了。什么是心理投射？”

“你是什么意思？”

“对于仿生人的主人来说，有没有遭受心理投射的危险？”

“很有意思。心理投射是一种向外的投掷运动。是指将原来属于你自己的意识或者冲动抛射到另一个人身上。比如妄想狂患者，将他的心理冲突和骚动不安投射出去，以便外化这些身心感受。他直接或暗示性地谴责别人，指责对方患有他自己要努力挣脱的痼疾。”

“心理投射的危险在于？”

“在于相信那种暗示。如果你和一个总将自己的病态情绪投射到你身上的精神病患者待在一起，就有陷入他那种心理模式的危险，自己也变成一个精神病患者。就和你一样，范达勒先生，无疑这种情况正发生在你身上。”

范达勒跳了起来。

“你这头蠢驴，”南·韦布爽快地往下说。她挥了挥那叠纸张。“这不是交换学生的笔迹。这是名人布伦海姆独特的草书。英格兰土地上每一位学者都认得这位盲人的手书。伦敦大学也没有什么默顿学院，是你乱猜的。默顿是牛津大学的学院。而你，范达勒先生，显然深受你那位疯子仿生人影响……受到心理投射的浸染……所以我一直在犹豫到底该致电伦敦警察呢，还是致电精神病犯罪者医院。

我掏出枪，把她给崩了。

没问题！

“心宿二，御夫座 α，南十字星四号，北河三，参宿七，”范达勒说，“这些星星都很寒冷。就像女巫的吻一样冷冰冰。平均气温 40 华氏度。从不高于 70 华氏度。我们又有生意做了。留意那个弯道。”

多功能智慧仿生人用熟练的双手转动方向盘，汽车轻快地绕过弯道，在北部沼泽地上急驰。在英国寒冷的天空下，枯干的棕色芦苇延伸到数英里外。太阳飞快地下沉。头顶上，一群孤零零的大鸨笨拙地拍打着翅膀向东飞去。鸟群上方，一架直升机正在返回温暖的大本营。

“我们再也别想暖和了，”我说，“不能再热了。我们在寒冷时是安全的。我们要在苏格兰躲起来，赚点小钱，过境挪威，弄笔款子，然后坐飞船出去。我们要在北河三号星上安顿下来。我们是安全的。我们战胜了困境。我们又可以生活了。”

头顶上方传来吓人的“哔”声，然后变成刺耳的吼叫：“詹姆斯·范达勒和仿生人注意！詹姆斯·范达勒和仿生人注意！”

范达勒吃了一惊，仰起头。那艘单独飞行的直升机正悬在他们头顶。从机腹的扩音器里传出命令：“你们被包围了。道路已经封锁。你们必须马上停车，束手就擒。马上停车！”

我望向范达勒等待命令。

“继续开车。”范达勒断然说。

飞机降低了飞行高度：“仿生人注意。你正在驾车。你必须马上停车。这是国家指示，高于一切个人命令。”

“你小子在干什么？”我咆哮。

“国家指示高于一切个人命令。”仿生人回答，“我必须向你指出——”

“从驾驶座滚下去，”范达勒命令道。我用棍子敲打仿生人，把它掼到一边，然后爬过它去把方向盘。就在那时，汽车从道路上偏驶出去，轧进了冰冻的泥浆地和干芦苇丛。范达勒重新控制住车子，继续向西穿过沼泽，朝五英里外一条平行的高速公路驶去。

“我们要撞开他娘的封锁线。”他咕哝道。

汽车一路重重地颠簸。直升机降得更低了，从机腹射出探照灯的光柱。

“詹姆斯·范达勒和仿生人注意。束手就擒。这是国家指示，高于一切个人命令。”

“它不能投降，”范达勒疯狂地叫嚷，“没有谁可以投降。他不可能，而我不愿意。”

“天啊，”我喃喃道，“我们会打败他们。我们会冲过封锁线。我们能战胜高温。我们会……”

“我必须向你指出，”我说，“我受初始设定约束，必须服从国家指示，那是高于一切个人命令的。我必须束手就擒。”

“谁说那是国家指示？”范达勒说，“他们？那些飞机上的人？他们得先拿出证明文件来才行。要让你投降，他们先得证明他们得到了国家的授权。你怎么知道他们不是想讹诈我们的骗子呢？”

他一手把住方向盘，一手伸进身侧的衣袋，确定枪还在那里。车子打滑了。轮胎在霜冻的土地和芦苇上发出尖啸。方向盘陡然一扭，从他手中脱了出去，汽车偏撞向一个山丘，翻了个个儿。发动机隆隆怒号，车轮吱吱尖叫。范达勒从车里爬了出来，拽出仿生人。那一刻我们暂时脱离了直升机探照灯的监测范围，我们跌跌撞撞地离开，钻进沼泽，逃入黑暗，躲到隐蔽处……范达勒的心怦怦直跳，拖着仿生人一路奔跑。

直升机在失事的汽车上方盘旋，探照灯在扫视，扩音器在嘶叫。我们刚刚离开的高速公路上，出现很多灯光，围追堵截的各路人马聚集起来，接受直升机无线电指挥。范达勒和仿生人继续朝沼泽深处跑去，越跑越远，寻路逃向平行的高速公路，到那里就安全了。这会儿已经入夜。天空漆黑无光，看不到一颗星。气温正在下降。夜里的东南风寒冷刺骨。

远远地，从我们身后传来一阵沉闷的震荡。范达勒转过身，气喘吁吁。汽车油箱爆炸了。火焰如同血红的喷泉喷涌而出，火势稍减后，便像一个由燃烧的芦苇围成的火山口。在风的鞭打之下，远方的火焰的外缘成扇形展开，形成一面十英尺高的火墙。那面墙开始向我们的方向压了过来，同时发出猛烈的爆裂声。在它上方，带着汽油味的烟幕澎湃汹涌地向前扑去。范达勒依稀可以看到火墙后人们的身影……那是搜索沼泽的追捕者们。

“老天！”我叫了一声，绝望地搜索安全的地方。他拖着我一起奔跑，直到他们的脚嘎吱嘎吱地踏上池塘的冰面。他狂暴地踩碎冰面，急跳进让人身体麻木的冰水里，将仿生人和我们一起拖下来。

那面火墙步步进逼。我可以听到嘎吱声，可以感觉到阵阵热气。他可以清楚地看到搜索者们。范达勒伸手到一边衣袋里掏枪。口袋破了。枪已不知去向。他呻吟了一声，因为寒冷和恐惧颤抖不已。沼泽大火的光焰令人目眩。头顶上，直升机无能为力地飘到了另一头，无法飞越浓烟与火焰来协助从我们右方远处逼近的搜索者们。

“他们找不到我们的，”范达勒悄声说，“别作声。这是命令。他们找不到我们的。我们会战胜他们。我们会战胜火焰。我们会……”

在离逃亡者不到一百英尺处响起三声清脆的枪响。乓！乓！乓！那声音来自我枪里最后的三颗子弹，当沼泽大火蔓延到我掉枪的位置时，子弹炸壳了。搜索者转向枪声的方向，径直向我们而来。范达勒歇斯底里地咒骂，尽力想更深地沉进水里，躲避那让人忍无可忍的酷热。仿生人开始抽搐起来。

火焰的高墙向他们汹涌而来。范达勒深吸一口气，准备潜入水中，直到火焰从他们头上呼啸而过。仿生人打了个战，陡然发出震耳欲聋的尖叫。

“没问题！没问题！”它吼叫，“别着急！别着急！”

“去你的！”我喊着，努力要把它按进水里去。

“去你的！”我咒骂他。我狠狠揍他的脸。

仿生人殴打范达勒，后者努力还击，直到它从泥浆里冒了出来，摇摇摆摆地向上走。在我继续攻击之前，燃烧的火焰已将它俘获，好像把它催眠了一样。它跳着舞，在火墙前欢快地跳着颠三倒四、毫无章法的伦巴。它的双腿扭曲。它的双臂挥舞。手指头则和全身脱节地乱扭一气。它厉声尖叫，歌唱，奔跑，歪七扭八地跳着华尔兹，迎向热力的拥抱。闪烁的光焰映衬着这个浑身泥泞的怪物。

搜索队呐喊起来。有人开枪。仿生人自转了两圈，继续在火焰前头跳它那恐怖的舞蹈。陡然间刮起一阵大风。火焰卷过那跳跃的身影，咆哮着将它吞没了。然后火焰继续向前扫荡，留下一堆湿漉漉的人造血肉，渗出永不凝结的腥红血液。

此刻的计量温度当有惊人的 1 200 华氏度。

范达勒没有死。我逃脱了。他们只顾看那个仿生人又蹦又跳地被烧死，让他漏了网。但是近来我搞不明白他是我们当中的哪一个。心理投射。万达警告过我的。心理投射，南·韦布告诉过他。如果你和一个疯子或是疯机器共处的时间够长，我也会发疯的。没问题！

但是我们知道一个事实。我们知道他们错了。新的机器人和范达勒知道这一点，因为新机器人也开始抽搐了。没问题！在这里，在寒冷的北河三号星上，机器人正在抽搐，在歌唱。没有热度，但是我的手指却在上下翻腾。没有高温，但是它却将小女孩塔利带走、和她单独散步去了。一个廉价的劳动机器人，一部服务器……我只买得起它这样的下等货了……但是它在扭动抽搐，它在低声哼唱，把那个孩子带到我找不到的地方单独散步去了。老天呀！范达勒在事情无法挽回之前是找不到我的。要冷静，别张扬，宝贝儿啊，在漫天飞霜里，温度计显示为惬意的 10 华氏度。

（赵海虹　译）

以石试金

某些短篇小说颇具代表性，似乎足以概括一种类型或一位作者的全部特点。批评家将这类小说称为“试金石”——这是一种用来测定金银纯度的黑色岩石，方法是观察金银在上面摩擦后留下的划痕颜色。对于硬科幻来说，测定其“硬”度的试金石就是汤姆·戈德温的短篇小说《冷酷的等式》(“The Cold Equations”)。

这篇小说在坎贝尔式科幻当中也同样扮演着试金石的角色——尽管在其发表之时，坎贝尔在科幻界的影响力已不复当初，能与坎贝尔媲美的科幻杂志和科幻理念也已经出现多年。有些小说或许也是充当试金石的好选择，比如阿西莫夫的《日暮》和海因莱因的《宇宙》[1](“Universe”);但是,《冷酷的等式》蕴含的哲学、设想的情景是如此纯净，剥离了所有无关紧要的细节，坎贝尔式的理念从中毫无减损地放射出光芒。

坎贝尔的哲学既是实验的，也是实用的。“证明它！检验它！”

1. 这部短篇也是小说《太空孤儿》(*Orphans of the Sky*) 第一部分。

他会这么说。“行得通吗？”他对人类的优越性有着某种信仰，这一点让阿西莫夫在内的许多作家都感到为难；例如，他坚持认为，无论在外星生物看来多么低级、与外星文明相比多么落后，人类总会在与他们的遭遇中胜出。对于人类惨遭自然力量毁灭的情景，他并非难以接受，只不过他宁愿看到人类借助自己顽强的生命力、狡黠的智慧或坚韧的毅力得以存续的结局。

然而，他真正的目的是用极端情景作为试管，在其中考验人的品质和信念。当生与死——尤其是一个物种的生存与毁灭——成为仅有的选择，现有的是非准则还有哪些能保留下来？我们会继续信奉那些显然错误或致命的信念吗？在坎贝尔式的科幻当中，人物要么坚持错误、走向灭亡，要么根据自身的经验或智者的教诲改变信仰、最终生存。这样一来就诞生出两种角色：难以置信的我行我素者，或者在极不现实的情境中扭转信念的人。读者需要将这样的小说看作坎贝尔式的寓言，看作思想实验。

《冷酷的等式》也具备一些同样的缺陷。玛丽琳·李·克洛斯深陷困境却全然无知，这在读者看来不可思议，而她对局势的理解能力也太过糟糕，连读者都远远不及。从《冷酷的等式》这一个例子当中，可以看出海因莱因提出的三种“人本小说”[1]的主要情节：“男女相遇”、“小裁缝”[2]（一个或一系列问题的解决者）、“吸取教训的人”。这篇小说起初的情节似乎是“小裁缝”或“男女相遇”，后来却转变为“吸取教训的人”。

事实上，《冷酷的等式》能具有如此的影响力，正依赖于读者将它的情节误认作穿插了爱情元素的“小裁缝”。小说的前半段让读者认为，与成千上万的其他故事一样，女孩会最终获救。

---

1. 参见海因莱因写过一篇《论推想小说的创作》（“On the Writing of Speculative Fiction”）。
2. 源自《格林童话》中的《勇敢的小裁缝》。

慢慢地，读者开始明白，这篇小说完全不同与此：相反，它意在打破那类小说的成规。女孩必须死。这就是所谓冷酷的等式。

有知情人称，在汤姆·戈德温交给坎贝尔的稿件里，小女孩最终获救，但坎贝尔坚持认为女孩应该牺牲，于是劝说戈德温重写了结局。戈德温的一生充满疾病与不幸，但在创作科幻期间，他曾获得过短暂的安慰；1953 年到 1971 年间，他发表了约 30 个短篇和 3 部长篇，其中大部分创作于 1963 年前。他的首个短篇是 1953 年 10 月发表在《惊异》上的《鸿沟》（“The Gulf Between”）。《冷酷的等式》是他发表的第 4 个短篇。他的长篇小说有《生还者》（*The Survivors*，1958）、《太空蛮族》（*The Space Barbarians*，1964）和《另一颗太阳之外》（*Beyond Another Sun*，1971）。

仅凭《冷酷的等式》一篇小说，就能对一类科幻小说的本质展开如此的长篇大论，这似乎有点讽刺，但这篇小说试金石的地位却不容置疑。如果一位读者不能理解或不能领会小说想要表达的主题——人性及其与环境的关系——那么他也不大可能喜欢科幻。如果他坚持认为，飞船上应该张贴更加具体的警示条文，小说的主题是控诉环境的冷血或规则的无情，驾驶员应当想方设法牺牲自己、保全女孩，或者与她一同赴死而非将她单独关在气闸以外，那么他的读法可能不对。

想要破解《冷酷的等式》中的困局，唯一方法就是选择退出，拒绝其中传达的信息，拒绝遵守那些看似必须遵守的法则；后来的许多新浪潮小说实际上就是这么说的：“我们抵抗，我们不会顺从，我们选择去死。”戈德温或其他硬核科幻作家、硬核读者却不这么认为，他们说我们没有选择；我们必须掌握规则，并且服从规则。《冷酷的等式》中，规则就是前线地带的客观条件，也就是人类对感情的无力负担；最大的犯罪就是无知，行刑者就是宇宙，而宇宙什么都不在乎——总而言之，石头是坚硬的，等式是冷酷的，唯一的救赎之路只有通过知识才能到达。

（穆童、憬怡　译）

冷酷的等式

[美国]汤姆·戈德温

他并不是孤身一人。

向他指出这一事实的，没有别的，只是他前方控制面板上一个小小表盘的白色指针。控制室内只有他一个人；除了引擎的嗡嗡声外，也别无其他声响——但白色指针移动了。当这艘小飞船从“星尘号”发射出去的时候，指针指向零点；现在，一个小时以后，它爬高了。它显示出，在房间另一头的补给橱内，有个辐射出热量的物体。

这只可能是一种物体——一个活着的、人类的躯体。

他在飞行员座椅上向后靠去，缓慢而深深地吸了一口气，思考着他必须要去做的事。他是一名紧急派遣飞船的飞行员，对于死亡的场景早已习惯，很久以前便对此泰然处之，也深谙用没有情绪的客观目光去看待另一个人的死。他在必须做的事情面前别无选择。没有别的选项——但即便要一个急遣船飞行员有心力穿过房间，冷静而有意识地夺走一个从未谋面者的生命，也还是需要一点点时间去准备的。

当然，他会去做的。这是法律，非常清楚明白地记载在《星际法规》第八章第五十条中："任何在急遣船中发现的偷乘客，必须在发现后立即予以抛出。"

这是法律，而且不允许上诉。

这条法律并不是人随意制定的，而是因为太空边疆的环境才具有了绝对必要性。超空间引擎的发展带来了人类在银河系内的扩张，当人们散落在辽阔的边疆时，和孤立的新建殖民地以及探险队的联系便成了问题。地球人靠才智和努力造出了巨大的超空间巡航舰，但时间太长，耗费也昂贵，结果数量有限，很多小殖民地都没有。巡航舰把殖民者带到新世界去并定期来回，按照严密的日程表运行，但是它们无法停下来，转去拜访那些本来安排在其他时候访问的殖民地。这样的耽搁会摧毁整个日程，导致混乱不定，可能会给地球与边疆新世界之间复杂的彼此依赖关系带来致命的打击。

在某个日程上未被安排通航的世界，若有紧急情况发生，有必要以某种方法运去补给或支援。这种方法就是"紧急派遣飞船"或"急遣船"，这种飞船小而可折叠，在巡航舰的货舱内只占有很小的空间；它们以轻金属和塑料制成，靠燃料耗费相对较少的小火箭引擎驱动。每一艘巡航舰都带有四艘急遣船，当最近的巡航舰收到请求援助的通信后，将落入常态空间一段时间，发射一艘带有所需的补给和人员的急遣船，然后再次驰入超空间，继续其航程。

巡航舰以核转化器提供能量，而非使用液体火箭燃料。但核转化器太大也太复杂了，无法安装在急遣船上。巡航舰只能够携带笨重而有限的液体火箭燃料，这些燃料必须精细地分配；巡航舰的计算机会算出每一艘急遣船为完成其任务所需燃料的精确数量。计算机会将航线的坐标、急遣船的质量、飞行员和货物的重量纳入计算，其结果非常精确，毫厘不差，不忽略任何东西。但是，它们不可能预见到，也不能允许有偷乘客的额外质量。

“星尘号”巡航舰接到了沃登星球上部署的一个探索团队的请求：该团队的六个人被绿卡拉蚊所带来的高热侵袭，而他们的营地恰被龙卷风蹂躏，自己携带的血清都毁掉了。“星尘号”按正常程序办理：进入常态空间，发射了带着高热血清的急遣船，然后复归超空间。现在，一个小时后，仪表指示说，在补给橱里的东西，可不止一小盒血清。

他让自己的目光停留在橱柜的窄小白门上。那里面有一个活人在呼吸，觉得就算飞行员发现了自己的存在也为时已晚，无法改变。的确为时已晚——对于躲在门后面的人来说，比他所以为的还要晚得多，晚得恐怖，将让他难以置信。

没有别的选项。为了弥补偷乘客带来的额外质量，将要在减速时耗费额外的燃料；燃料只多耗一点点，直到飞船即将抵达目的地时都不会被注意到。然后，在地面上一定的高度——也许近到只有一千英尺，也许远到有几万英尺，这依赖于飞船和货物的质量，以及之前减速的时间而定——那些无人留意的、多耗的燃料会让它们的短缺大白于天下。急遣船将会卒然一下耗掉最后几滴燃料，然后呼啸着变成自由落体。飞船、飞行员、偷乘客撞地时会混成一团，成为融合金属、塑料、肉和血的残骸，嵌入土地深处。偷乘客躲在飞船上的那一刻，便宣判了自己的死刑，不能让他连累其他七个人一起送命。

他再次看了看那泄露秘密的白色指针，然后站起身。他必须要做的事情，对双方来说都是不愉快的，越快结束越好。他走过控制室，站在白色的门边。

“出来！”他发出严厉突兀的命令，盖过了引擎的嗡嗡声。

他似乎能听到橱柜里某种鬼鬼祟祟的声音，然后又一片寂静。他似乎能看到偷乘客瑟缩在橱柜的一个角落里，忽然害怕起自己行为的可能后果，其满腔自信也烟消云散。

“我说出来！”

他听到偷乘客移动着，服从他的命令，他等待着，眼睛警惕地盯着门，手放在腰间的爆能枪边。

门开了，偷乘客从里面走了出来，带着微笑。“好啦，我投降了，现在怎么办？”

是一个女孩。

他瞪着对方，哑口无言，手从爆能枪边上滑落。接受眼前所见的景象，不啻于身上毫无准备地挨了重重一拳。偷乘客并不是一个男子，而是一个才十几岁的女孩子，穿着白色的吉卜赛式凉鞋，站在他面前，一头棕色的鬈发，头顶才到他的肩膀。她身上带着淡淡的香水甜香，仰头微笑着，天真无畏的眼睛直视着他的眼睛，等待着他的回答。

现在怎么办？要是一个男人敢用深沉挑战的嗓音这么问他，他就会用干脆有效的行动予以回答。他会收缴偷乘客的ID盘，让他走进气闸室。要是偷乘客拒绝服从，他就会使用爆能枪。这花不了很长时间，一分钟以内这家伙就会被弹入太空——如果偷乘客是一个男子。

他回到飞行员座椅上，打了个手势，让她坐在他身边，那里靠着墙壁有引擎控制装置的箱体，可以当凳子。她服从了，他的沉默让她不敢再露出笑容，而转为一种温顺认罪的神态，好像一条小狗在干坏事的时候被抓住了，知道自己必须被惩罚。

“你还没告诉我，”她说，“我错了，现在你要拿我怎么样？交罚款呢，还是什么？”

“你在这里干什么？”他问，“你为什么躲在这艘急遣船上？”

“我想去见我哥哥。他在沃登星球上参加政府的勘察团队。我有十年没见到他了，自从他参加政府勘察工作，离开地球以后就没见面了。”

“你搭乘‘星尘号’是要去哪里？”

“米蜜尔星。那里给我一个职位。我哥哥一直给我们寄钱——我爸妈还有我。他帮我交学费，让我上一个专门的语言班。我比预想的更早毕业，所以他们给我在米蜜尔星上的工作。我知道盖瑞的工作还要一年才能结束，然后他会上米蜜尔星去，所以我躲在那边的橱柜里，那儿有很大的空间。我情愿交罚款，我们家只有我们兄妹两个——盖瑞和我。我那么久都没见到他了，我可不想再等上一年，而宁愿现在就见他，尽管我知道我大概违反了某些法规吧。”

我知道我大概违反了某些法规吧——某种意义上来说，她对法律的无知也情有可原。她是地球人，没有意识到太空边疆的法律必须——出于必然性——像催生它们的环境一样死硬无情。但是为了保护像她这样的人不至于承担自己对边疆无知的严酷后果，在通往“星尘号”急遣船存放舱室的门口有一块警示牌，上面写得清清楚楚，谁都能看到，加以注意：

未经授权

不得入内！

“你哥哥知道你搭‘星尘号’去米蜜尔星吗？”

“哦，知道。我离开地球前一个月就给他发了一条太空电报，告诉他我毕业了，要乘坐‘星尘号’去米蜜尔星。我已经知道他再过一年要去米蜜尔星驻扎。他升职了，会常驻在米蜜尔星，不用像现在这样，一次出去一年进行野外勘察。”

在沃登星上有两个不同的勘察组。他问道：“你哥哥叫什么名字？”

“克洛斯，盖瑞·克洛斯。他在第二组，他的地址上是这么写的，你认识他吗？”

请求血清的是第一组；第二组在八千英里外，隔着大西海。

“不，我没见过他。”他说道，同时转向控制面板，将减速率降到重力的一成，他知道这不能改变最后的结局，不过为了推迟结局的到来，他唯一能做的事只有这个。减速改变的感觉好像是飞船突然掉了下去，女孩一惊，不自觉地半站了起来。

“我们现在飞得更快了，是吗？”她问道，“为什么要这么做？”

他告诉她实话：“为了暂时节省一点燃料。”

“你的意思是，我们没有足够的燃料吗？”

他暂未说出那个很快就得告诉她的答案，而是问道：“你怎么偷偷上船的？”

“就是趁没人看到走进来的啊，”她说，“我正在跟一个补给部门做清洁的格兰尼星女孩练习讲格兰尼语，这时有一个人带着命令进来，要提走给沃登星勘察团的补给品。就在飞船准备好出发，你进来之前，我溜进了补给橱。就是一时冲动，我想偷着上船就能见到盖瑞了——不过从你这么严肃地盯着我的表情来看，我觉得这次冲动也许不太明智。

“不过我是一个模范罪犯，不，我是说囚犯。”她又朝着他微笑了，“除了罚款之外，我还愿意支付留我在沃登星上的费用。我能做饭，能给每个人缝衣服，我知道怎么做一切有用的事，我甚至还懂得一点护理。”

要问的还有一个问题：

“你知道勘察团的人要求的是什么补给吗？”

“问这个干吗？不知道。我猜是他们在工作中要用的设备吧。”

为什么她不是一个怀着不可告人动机的男人？比如一个逃犯，

希望在荒凉的新世界消失无踪；一个投机者，希望去一个新的殖民地找到金羊毛而发财致富；或者一个妄想狂，打算要——

也许每个急遣船的飞行员在其生涯中都会有一次在船上发现这样一个偷乘客：扭曲反常的男人，卑鄙自私的男人，粗鲁危险的男人——但是以前从未有过一个微笑的蓝眼睛女孩，她愿意支付罚款，并为她的留下而工作，只为了见到她的哥哥。

他转向控制面板，扭动一个开关，向“星尘号”发射信号。呼叫是徒劳无用的，但是他不能在耗尽了虚妄的希望之前就抓住她，把她塞进气闸室，好像是对一个动物或男人那样。好在这期间，这种耽误对以 0.1 重力减速的急遣船来说不会有什么危险。

一个声音从通信器里传出：“这是‘星尘号’，表明你的身份和意图。”

“我是巴顿，急遣船 34G11，紧急情况，给我转接德尔哈特指挥官。”

当请求接入到适当的频道时，传来一阵轻微杂乱的噪声，女孩看着他，不再带着笑容。

“你是让他们来抓我吗？”她问道。

通信器嘀了一下，一个遥远的声音说道：“指挥官，急遣船要求——”

“他们要来抓我吗？”她又问，“我还是不能去见我哥哥吗？”

“巴顿？”德尔哈特指挥官粗声大气的嗓门从通信器中传出，“紧急情况是怎么回事？”

“一个偷乘客。”他答道。

“一个偷乘客？”询问中略有讶异，“这倒是不常见，不过为什么按紧急情况呼叫呢？你及时发现了他，就不会有什么明显的危险，我想你也告诉了飞船记录部，这样能通知他最近的亲属。”

“这就是我为什么首先要呼叫你。偷乘客还在船上，情况很特别——”

“特别？”指挥官打断了他，声音里有着不耐烦，“他们能有什么特别的？你知道你只有有限的燃料；你也和我一样清楚法律的规定：‘任何在急遣船中发现的偷乘客，必须在发现后立即予以抛出。’”

女孩骤然发出倒吸一口气的声音。“他是什么意思？”

“偷乘客是一个女孩子。”

“什么？”

“她想去见她哥哥。她还是个孩子，根本不知道她实际上在干什么。”

“我懂了，”指挥官口吻中的粗暴消失了，“所以你呼叫我，希望我能做什么？”他不等答案就说下去，“对不起，我什么也做不了。这艘巡航舰必须按日程行进；这关乎很多人的性命，不是一个人。我知道你的感觉，但我无力帮你。你必须把事办完。我会把你转到飞船记录部。”

通信器的声音静默了，只有微弱的沙沙声。他转向女孩。她在座位上向前探出身体，几乎是僵硬的，她的眼睛大睁着，流露出惊吓。

“他是什么意思啊？把事办完？把我抛出……把事办完——他是什么意思？不是听起来的意思吧？他不可能是那个意思。他是什么意思？他到底是什么意思啊？”

她剩下的时间太短了，以至于就是说假话安慰，也只是很快会被残酷戳破的幻觉。

“他就是听起来的那个意思。”

“不！”她缩了回去，好像挨了他的殴打，一只手半抬起来，仿佛要挡住他，眼里流露出的是强烈的不愿相信。

“这是不得已的。”

“不！你在开玩笑，你疯了！你不可能是认真的！”

"对不起，"他慢慢地，温柔地对她说，"我应该刚才就告诉你，我应该的。不过我首先得想办法。我必须得呼叫'星尘号'，你听见指挥官的话了。"

"但是你不能——如果你让我离开飞船，我会死的。"

"我知道。"

她审视着他的脸，不肯相信的眼神不见了，代之以茫然的恐惧。

"你——知——道？"她一字一顿地说，茫然而又惊奇。

"我知道，但只能这样。"

"你是认真的，你真的是认真的。"她靠在墙壁上，柔弱无力得像一个小布娃娃，一切抗议和不信都消失了。

"你要干这事——你要去让我死？"

"对不起，"他又说了一遍，"你不知道我有多抱歉。但只能这样，全宇宙都没有人能够改变。"

"你要让我去死，可是我没有干任何该被处死的事——我什么也没有干——"

他深深又疲惫地叹了口气："孩子，我知道你没干，我知道你没有——"

"急遣船，"通信器发出急促的金属音，"这是飞船记录部，把相关对象 ID 盘上的所有资料发给我们。"

他离开座椅，站在她面前，她紧抓着座椅边沿，仰着头，棕发下脸蛋惨白，口红凸显出来，像是血红色的丘比特之弓。

"现在？"

"我要你的身份证明盘。"他说道。

她松开了座椅的边沿，用颤抖笨拙的手指摸索着脖子上的项链，那里挂着她的塑料盘。他俯身，解开上面的扣子，然后拿着盘回到椅子上。

“记录员，这是你要的资料，身份号 T837——”

“等等，”记录员打断道，“这当然是要存入灰卡的吧？”

“是的。”

“那么处决时间是？”

“我待会儿告诉你。”

“待会儿？这是完全不合常规的。必须首先告知对象的死亡时间再——”

他努力让自己说清楚：“那么我们就稍微不合常规一点处理吧，我首先把 ID 盘上的内容读给你。对象是一个女孩，她正在听着我说的话，你能明白这个吗？”

记录员短暂地沉默了片刻，似乎也被震惊，然后他温和地说：“对不起，请继续。”

他开始读出盘上的内容，读得很慢，尽可能延长不可避免一刻的到来，尝试多给她一点他能给的微末时间，让她从最初的恐惧中恢复过来，能以平静来接受和顺从。

“编号 T8374，破折号，Y54. 姓名：玛丽琳·李·克洛斯。性别：女。生于 2160 年 7 月 7 日。（**她只有 18 岁啊**。）身高：5 英尺 3 英寸。体重：110 磅。（**体重很轻，但对蛋壳一样轻薄的急遣船来说，已足以在质量上增加致命的分量**。）头发：棕。眼睛：蓝。肤色：白。血型：O。（**无关紧要的资料**。）目的地：米蜜尔星港口城。（**这已经作废了——**）”

他念完了，说：“我会再打给你。”然后又转向女孩。她蜷缩在墙边，用一种麻木又痴傻的眼神看着他。

“他们在等着你杀我，是不是？他们想要我死，是吗？你，还有巡航舰上的人都要我死，不是吗？”然后麻木被打破了，她的声音像是一个被吓坏的、不知所措的孩子。“每个人都想要我死，可是我什么也没干过！我没有伤害任何人，我只是想要见我哥哥。”

“不是你想的那样，根本不是那么回事。”他说，“没有人想要这样的，假如人力能够改变，没有人会这么办的。”

“那为什么要这样啊！我不明白。为什么？”

“这艘船带着卡拉热的血清去给沃登星上的第一勘察组。他们自己的血清被龙卷风毁掉了。第二组也就是你哥哥在的那一组，在八千英里外，隔着大西海，他们的直升机没法飞过去帮第一组。要是血清不能及时送到，得了高热的人必死无疑，第一组的六个人就会送命，除非这艘飞船能够按时抵达。这些小飞船的燃料总是刚好能到达目的地，而如果你留在船上，你额外的重量会让它在落地前就耗尽所有燃料。它会坠毁，你我都会送命，而等着这些血清的六个人也死定了。”

她沉默无语有一分钟之久，当她思考着他的话语时，她目光中的呆滞也消失了。

“是这样吗？”她最后问道，“只是因为飞船没有足够的燃料？”

“是的。”

“要么我一个人死，要么其他七个人和我一起死，是这么回事吗？”

“是这么回事。”

“没有人想要我送命？”

“没有人。”

“那么也许——你确定不能做点什么吗？如果别人能帮我的话，他们不会帮忙吗？”

“大家都想帮你，但是谁都做不了什么。我刚才呼叫了‘星尘号’，这也是我唯一能做的事。”

“它飞不回来——但也许有其他的巡航舰呢，不是吗？也许在哪里有什么人，能做点什么帮我，难道连一点点希望都没有吗？”

她微微倾向前方，急切地等待他的答案。

“没有。”

这个词如冷冷的石头落下，她再次靠在墙壁上，脸上的希望和急切都不见了。“你确定吗？你知道你确定吗？”

“我确定。在四十光年以内，没有其他的巡航舰。没有什么人或什么东西能改变这事了。”

她垂下头，看着自己的双腿，用手指拧着裙子上的褶子，渐渐理解了这冷酷的现实，不再说话了。

这样要好一些。当一切希望都消逝，恐惧也会消逝；当一切希望都消逝，便只有顺从。她需要时间，可她只有那么一点点时间。有多少呢？

急遣船并未配备船体冷却装置，在进入大气层之前，其速度必须降低到适当水平。而他们在以 0.1 的重力减速，因此以比计算机所安排的高得多的速度在接近目的地。当“星尘号”发射出急遣船的时候，已经相当接近沃登星了。他们目前的速度让他们每一秒都离沃登星更近一分。很快就要达到一个临界点，他必须重新开始减速。此时女孩的重量乘以减速的重力，将立刻成为一个极端重要的因子，而在决定急遣船的燃料用量时，计算机根本没有算入这个因子。减速开始时她就必须离开，没有别的法子。那将是什么时候呢？他还能让她在这里待多久？

“我还能待多久？”

这句话让他仿佛听到了自己思想的回声，他不禁微微一颤。多久？他不知道，他得问巡航舰上的计算机。每一艘急遣船都稍微多给了一些燃料，以备在大气层中碰到恶劣的天气，现在还只是消耗了较少的燃料。计算机的存储库中还有关于急遣船航线的一切数据。只有当飞船到达目的地后，这些数据才会被消除。他只需要给计算机以新的资料：女孩的体重以及他将减速率削减为 0.1 重力的精确时间。

“巴顿！”他正要开口呼叫“星尘号”，德尔哈特指挥官的声音忽然从通信器中传来，“我问过记录员，他说你还没有完成报告。你降低减速率了吗？”

看来指挥官知道他一直尝试干的是什么。

“我正以 0.1 的重力减速，”他答道，“我在 17 : 50 降低减速速度，增加的重量是 110 磅。在计算机允许的情况下，我想要保持 0.1 的重力减速。你能问问计算机的计算结果吗？”

急遣船飞行员对于计算机设定好的路线或减速率加以改变，是违反规定的，不过指挥官并没有提起，也没有问理由是什么。他没有必要问，他能当上一艘星际巡航舰的指挥官，自然足够聪明，理解人性。他只是说：“我会把数据给计算机的。”

通信器又沉默了，他和那女孩等待着，谁也没有说话。他们不用等待太久，计算机片刻后就能给出答案。新的因子会被输入第一存储库的钢铁之胃中，电子脉冲会在复杂的电路里运行。这里或那里某个继电器可能响一下，一个小小的齿轮可能会翻过来，但本质上来说是电子脉冲找到答案的。它无形无状，没有思想，不可看见，却以极高的精确度决定了他身边这个苍白的女孩能活多久。然后第二存储库的五根小小的金属条将以高速此起彼伏地碾压过一根墨带，第二钢铁胃将要吐出一张纸条，上面印着答案。

当指挥官再次说话时，设备面板上的精密计时器正显示为 18 : 10。

“你得在 19 : 10 重新恢复减速。”

她望了一眼精密计时器，眼睛迅速移开了。“那就是……我离去的时间吗？”她问道。他点点头，她又垂下头看着双腿。

“我让人把航线修正资料报给你，”指挥官说，“一般来说我根本不会批准这种事，不过我理解你的处境。除了这个，我没有什么可以做的，而你也不能再偏离这些新的指示。你要在 19 : 10 完成你的报告。下面就是航线修正资料。”

某个不认识的技术人员为他念起资料，他把它们记在控制面板边上夹着的便笺本上。他看到，当他接近大气层时，减速要分阶段进行，将会有 5 倍的重力：在 5 倍重力下，110 磅会变成 550 磅。

技术人员念完了，他简短地道谢后便终止了对话。然后他犹豫了片刻，关掉了通信器。此时是 18 : 13，在 19 : 10 之前，他没什么好报告的了。同时，让别人听到女孩在最后一小时中可能会说的话，似乎有点不体面。

他开始查看仪表的读数，慢吞吞地进行着毫无必要的检查。她必须要接受自己的处境，而他没法做什么去帮她接受，同情的话语只会适得其反。

18 : 20 的时候，她摆脱僵硬状态，开口说话。

“所以，我只能这样了？”

他转身面对着她。“你现在明白了，是吗？如果能改变的话，没人会让事情变成这样的。”

“我明白。”她说。她脸上回复了一点血色，口红也不像刚才那么红得鲜艳了。“没有足够的燃料能让我留下来。我躲在船上的时候，就惹了大麻烦，我自己还一无所知，现在我得付出代价了。”

她违背了一条人定的法律——“不得入内”，但惩罚却不是人定下的，也不是人所希望的，更不是人力所能取消的。第一条物理学法则规定：数量为 h 的燃料能令质量为 m 的急遣船平安到达其目的地；第二条物理学法则规定：数量为 h 的燃料不能令质量为 m+x 的急遣船平安到达其目的地。

急遣船只遵循物理法则，而人的同情就算再多，也不可能改变第二条法则。

“但是我怕。我不想去死，现在还不想；我想活下去，却没有人做什么事来搭救我。人人都让我这么去做，好像我不会有事一样。我要死了，但压根没人关心。”

“我们都关心你，”他说，“我，指挥官，还有记录部门的职员，我们都关心你，而且每一个人都做了自己能做的一点点事来帮你。这不够——这几乎微不足道——但我们也只能做这些了。”

“没有足够的燃料——那个我能理解，”她说，好像根本没听到他的话，“但是为了这个就要死，我，一个人——”

对她来说，要接受这事实是多么艰难啊。她从未了解过死亡的危险，从未了解在太空这样的环境里，人的生命之脆弱易逝，有如拍在海边石头上的大海泡沫。她属于温柔的地球，在那个和平安全的社会里，她年轻快乐，可以和同伴们在一起欢笑不断；在那里生命宝贵，被好好地保护着，人们知道明天总会到来。她属于那个风轻日暖的世界，那个有音乐和月光，和蔼可亲的世界，而不是这个冷酷荒凉的边疆。

“这些怎么会发生在我头上，还快得吓人？一小时以前我还在‘星尘号’上，前往米蜜尔星。现在‘星尘号’继续前进，却已经没有了我，而我要死了，再也见不到盖瑞、妈妈和爸爸了。我什么都见不到了。”

他犹豫着，想着该怎么解释给她听，让她能真正明白，不至于感觉到自己成了一种残酷而毫无理由的非正义的牺牲品。她不知道边疆是怎样的，还是按照地球那种太平安全的方式去思考。在地球上漂亮女孩不会被扔到船外，法律绝不允许。在地球上她的不幸会在新闻上大播特播，黑色巡逻快艇会赶着去营救她。地球各处，人人都会知道玛丽琳·李·克洛斯，会不遗余力地去拯救她的生命。但是这里不是地球，没有巡逻船只，只有“星尘号”，以超过光速几倍的速度把他们抛在身后。没有人会帮她，明天的新闻广播里也不会有微笑的玛丽琳·李·克洛斯，玛丽琳·李·克洛斯将只不过是一个急遣船飞行员的惨痛回忆，以及飞船记录部门灰卡上的一个名字。

“这里不一样，这里不像在地球老家，”他说，“并不是大家不关心你，而是没有人能做什么来帮你。边疆辽阔无边，殖民地和探险队沿着广袤的边缘散布，星星点点，彼此远离。比如说在沃登星上只有十六个人——整个星球上只有十六人。探险队、勘察团，小小的原始殖民地——他们都在和陌生的环境做斗争，为了给后来者创造条件。而环境也在反击，那些第一批去的人往往只犯一次错误就完了，再没第二次机会。在边疆的外缘没有安全地带，直到他们已经为后来者开拓了道路，直到一个个新世界已经改造，安定下来。而在那以前，人们就得为自己的错误付出沉重代价，没有人会来帮助他们，因为没有人能够帮助他们。”

“我是要去米蜜尔星的，”她说，“我不知道边疆的情况，我只是要去米蜜尔星，那里是很安全的。”

“米蜜尔星是安全的，但是你离开了把你带到那里去的巡航舰。”

她沉默了一会儿。“一开始一切都那么美好。在这艘船上有足够的空间给我，而我很快就能见到盖瑞了……我不知道燃料的事，不知道我会遇到这种事……”

她的声音逐渐弱下去。他转向了显示屏，不想再看她苦苦挣扎着克服黑暗的恐惧，直到平静下来接受一切。

沃登星是一个球体，笼罩在充满蓝色薄雾的大气层里。它在太空中游弋着，背景是一片死寂的黑暗，上面点缀着群星。曼宁大陆的主体像个大沙漏一样在东海伸展着，而东部大陆的西半边还清晰可见。在球体右面的边缘部分有一条很细的阴影，东部大陆在行星的自转中没入其中。一小时以前，整个大陆还能看见，现在其中一千英里已经进入了狭长的阴影边缘，转入这个世界另一边的黑夜中。上面一个暗蓝色的斑点是莲花湖，它正在接近阴影。第二勘察组驻扎的地方就是靠近该湖南岸的某处。很快这里就会变成夜晚，当夜晚到来后，沃登星的自转将让飞船无法通过无线电联络第二组。

他必须告诉她可以和哥哥通话的事，要不然就太晚了。某种意义上，若是他们不进行通话，也许对双方更好，但这不是他能决定的。对每个人来说，最后的话别都是值得保留和怀念的，它像刀割一样痛苦，又会是无比珍贵的回忆，将伴随她最后的一段短暂时光和她哥哥余下的整个生命。

他按下了按钮，在显示屏上出现了网格线条，他可以用已知的行星直径来估算莲花湖的南端移动到无线电的范围之外要走多少距离，大约是五百英里。五百英里，三十分钟。现在精密计时器的读数是 18 : 30。即便考虑到误差，沃登星的转动最晚也将在 19 : 05 卡断她哥哥的声音。

西部大陆的海岸线已经在这世界左边的边沿处进入视野。再往西四千英里是西海的海岸线和第一组的营地。龙卷风就是在西海上产生的，它狂怒地袭击了营地，摧毁了他们半数的预制组装建筑，包括存放医疗物品的那栋。两天以前，龙卷风还不存在，它不过是平静的西海上一些温和气团。第一组出发进行常规的勘察工作，根本没有意识到，海上空气团即将碰撞产生出巨大力量。龙卷风毫无警告地袭击了他们的营地，雷霆炸响，狂风怒吼，摧毁面前的一切事物。它穿过营地，在身后留下一片废墟。它毁掉了好几个月的工作，让六个人濒临死亡，然后就像工作完成了一般，再度分解为温和气团。虽然它带来了死亡，但它毁灭一切却既非出于恶意，也没有任何预谋。它是一股盲目而毫无思维的力量，只遵循自然法则，即便在这里没有人类存在，它也会沿着同样的路线，带着同样的狂暴行进。

存在要求有秩序。这秩序便是自然的法则，无法废除，不可变动。人类能够学习使用它们，但是不能改变它们。一个圆的圆周永远是 π 乘以直径，人类的任何科学都不可能让它变成别样。化学品A和化学品B在条件C下的结合会不变地产生出反应D。万有引力法则是一个严格的等式，对于一片叶子的落下和一个双星系统沉重的公转运动来说都同样适用，毫无区别。核转换过程为巡航舰提供动力，载着人类飞向群星；而同样的过程以一颗新星爆发的形式却足以同样有效地毁灭一个世界。法则在那里，整个宇宙服从它们而运行。一切自然力量都在太空边疆伺机而动，有时候它们会毁灭千辛万苦从地球出来的人们。边疆的人们很早就懂得，诅咒这些可能毁灭他们的力量不过是痛苦而徒劳的，因为它们又盲又聋；朝着天空祈祷仁慈也同样徒劳，银河系的群星以漫长无涯的两亿年周期游弋着，像他们自己一样被冷酷无情的法则所控制，而这些法则不知道仇恨，也不知道同情。

边疆的人们当然明白，但一个来自地球的女孩怎么能够完全理解呢？数量为h的燃料不能令质量为 $m+x$ 的急遣船平安到达其目的地。对她的父母和哥哥，以及他本人来说，她是一个容貌甜美的少女。对于自然法则来说，她就是x，一个冷酷的等式中那个多出来的因子x。

她再度在座位上动了动。“我能写一封信吗？我想写给爸爸妈妈，还有，我想和盖瑞说话。你能让我用你那边的无线电和他说话吗？”

“我会设法联系他。”他说。

他转到常态空间信号发射机，按下信号键。几乎立刻就有人应答了他的呼叫。

“哈啰，你们那边怎么样了？急遣船在路上了吗？”

“这里不是第一组，这里是急遣船，”他说，“盖瑞·克洛斯在吗？”

“盖瑞？他和两个同事今早坐直升机出去了，还没有回来呢。不过差不多已经是日落了，他应该很快就回来了，最多一小时内。”

“你能把我转接到他直升机的无线电上吗？”

“呃，那个无线电坏了两个月了，一些印刷电路出了问题，我们没新的可以换，只有等下一次巡航舰过来了。是什么重要的事吗？是什么坏消息，还是别的？”

“是的，非常重要。当他回来的时候，请以最快速度让他到信号发射机这里来。”

“我会的。我会让一个小伙开一辆卡车去停机坪等着。还有什么需要我做的吗？”

“没了，我想就这些。把他找来，越快越好，然后给我发信号。”

他把对话的音量调到最小，不过这不会影响到信号蜂鸣器的声音。他把便笺本从控制面板上拿下来，扯下记载有飞行指导的一页，又把本子和铅笔递给女孩。

“我最好也给盖瑞写封信，”她接过它们说，“他也许不能及时回到营地。”

她开始写信，她的手指握笔的姿势显得笨拙迟疑，在写字的间隙，笔的顶端还在微微颤抖。他转回到显示屏，心不在焉地盯着它。

她是一个孤独的孩子，在尽量写下告别的话语，向亲人们表明心意。她要告诉他们，她有多么爱他们，要他们不要太为此难过，这只是一件迟早会发生在每个人身上的事，她并不害怕。最后一句是谎言，从那些歪斜不平的字迹就能看出来。这个勇敢的小谎言会让他们更加肝肠寸断。

她的哥哥是边疆的人，他应该能理解。他不会因为急遣船的飞行员没有救下她而仇视他；他知道飞行员无力挽回。他会理解的，尽管这种理解也不能让他得知妹妹逝去的震惊和痛苦减少半分。但是其他人，她的父母，他们不会理解的。他们是地球人，从未在安全岌岌可危，甚至根本谈不上有安全的地方生活过，他们只会以地球人的方式去思考。他们会怎样去想这个陌生匿名，却把自己女儿处死的飞行员呢？

他们会恨他，咬牙切齿地恨。但这并不重要。他永远不会见到他们，认识他们。只有他的记忆会提醒他，只有那些夜晚会令他害怕，当一个穿着吉卜赛式凉鞋的蓝眼睛女孩进入他的梦中并再次死去……

他紧锁眉头，盯着屏幕，尝试让自己的心念不被情绪左右。他没法做什么去帮助她。她在懵懂无知中把自己置于自然法则的惩罚下，而这法则不在意是否无辜，有多年轻，或者是不是漂亮，它不懂得同情，也不会宽大。而后悔也不合逻辑，不过就算知道不合逻辑，又怎能避免悔恨呢？

她偶尔停下，好像要找到恰当的词汇去表达她想告诉亲人的内容，然后铅笔又继续在纸上低语。在 18 : 37 她把信折叠成方块，在上面写上名字。然后她开始写另一封信，中间有两次抬头看了看精密计时器，好像生怕黑色的指针在她写完之前就走到了原定的时间点。在 18 : 45 她像对第一封信那样把第二封信折叠起来，在上面写上名字和地址。

她把信递给他。“我能把它们交给你，让你帮我放到信封里再寄出去吗？”

“当然了。”他从她手上接过这两封信，把它们放进他灰色制服衬衫的一个口袋里。

“这些信直到下一次巡航舰停靠时才能寄出，而那时候‘星尘号’早已经告诉他们我的情况了，是吗？”她问道。他点点头，她继续说：“那这些信在某种意义上就不重要了，但在另一种意义上又非常重要，对我和对他们都很重要。”

“我知道，我明白，我会把这事办好的。”

她瞥了一眼精密计时器，然后又看向他。“时间看起来越走越快了，是吗？”

他没有说话，也想不出任何可以说的内容，她又问道：“你觉得盖瑞能及时回到营地吗？”

“我想是的，他们说他应该马上就到了。”

她开始用两个手掌前后揉搓铅笔：“我希望他能回来。我觉得好难受，好害怕，我想再听到他的声音，也许我就不会觉得那么孤单了。我是个懦弱的人，我没办法。”

“不，”他说，“你不是懦弱的人，你害怕，可并不懦弱。”

“这有什么区别吗？”

他点头：“区别很大。”

“我觉得好孤单啊，我以前从没有这种感觉。就好像我只有自己在这里，没有人在乎我会发生什么。可以前总是有爸爸妈妈，还有我的朋友们围着我。我有好多好多朋友，我走之前，他们还为我举办了一个欢送会呢。”

她回忆着朋友、音乐和笑声，而在显示屏上，莲花湖即将进入阴影中。

“盖瑞是不是也一样呢？”她问，“我是说，要是他犯了一个错误，他也会为此而死，没有人能帮他吗？”

“对边疆的人来说都一样，只要有边疆，永远都是这样子的。”

“盖瑞没有告诉我们。他说他赚了好多钱，总是寄钱回家，因为爸爸的小店只能勉强维持生活。但是他从来没有告诉我们边疆是这样的。”

“他没有告诉你们他的工作很危险吗？”

“倒是也说过。他提过几句，但是我们不懂。我总是想，边疆的危险一定很刺激，是那种惊心动魄的冒险，就像在3D电影里一样。”她脸上浮现出一个淡淡的微笑，“只不过根本不是这样的，是吧？完全不是这样的，因为这是真实的世界，你没法在电影放完以后回家去。”

“是啊，”他说，“你没法回去。”

她的目光从精密计时器落到气闸室的门上，然后又回到她手上的便笺本和铅笔上。她稍微挪了一下位置，把本子和笔放在一边的凳子上，把一只脚向外略伸了伸。他这才注意到，她穿的不是正品的维甘牌吉普赛式凉鞋，而只是便宜的仿冒品。昂贵的维甘皮革是某种有纹理的塑料冒充的，银扣带成了镀银的铁片，而宝石只是染色的玻璃珠。“爸爸的小店只能勉强维持生活……”她肯定是在大学中途辍了学，为了谋生和帮哥哥供养父母，去专门上语言课程，在课后也许还尽可能地打零工赚钱。她在“星尘号”上的个人财产将被送还给她父母，这些东西大概价值无几，在返航的船上也占不了多少存储空间。

“这儿——”她吞吞吐吐，他疑惑地看着她，“这儿是不是有点冷？”她问道，仿佛带着歉意，“你不觉得这里有点冷吗？”

“这个……是啊。”他说，他从主温度表上看到，房间的温度完全正常，“是啊，本该再暖和一点。”

“我希望盖瑞能赶快回来，要不就太晚了。你真的觉得他能赶回来吗？该不会只是为了给我点安慰吧？”

“我想他会回来的——他们说他随时就到。”在显示屏上，莲花湖已经进入了阴影中，只剩下西面的一条细细蓝线。很明显，她可以用来和哥哥通话的时间远不如他估算的多。他不情愿地对她说：“你哥哥的营地几分钟后就会离开无线电的通话范围，他会进入沃登星上的阴影区域，”他指着屏幕，“而沃登星的转动会让我们联系不到他。他就算现在回来也剩不了多少时间，说不了几句就听不到他说话了。我希望我能做点什么，要是可以，我恨不得现在就呼叫他。”

“通话的时间比我能留在飞船上的时间还短吗？”

“恐怕是的。”

“那么……”她下定决心，苍白而坚定地望向气闸室，“那么一旦盖瑞超出无线电的范围，我就上路吧。我不会再多等了，反正没什么东西可以等待了。”

他再次感到无言以对。

“也许我根本就不该等的。也许是我太自私，也许你事后再告诉盖瑞我的事，对他来说会更好。”

虽然这么说，但她说话的神态里却有一种下意识的恳求，让他否定她的想法。他说：“你哥哥不会想要你这么做的，他会希望你等他。”

“他在的地方已经天黑了，是吗？他前面还有整个漫漫长夜的煎熬，而爸爸妈妈还不知道，我不会再回家了，虽然我答应过他们的。我让我爱的每个人都伤心了，我不想这样，我无意的。”

“这不是你的错，”他说，“这根本就不是你的错，他们会知道的。他们会理解的。”

“一开始，我是那么害怕去死，我是个懦弱的人，只想到我自己。现在我知道自己有多自私了。死亡最可怕的，不是我的消失，而是我再也见不到他们了；我再也不能告诉他们，我并非觉得自己得到他们是理所当然的；我再也不能告诉他们，我知道他们为了让我的生活变得更幸福所做出的牺牲，知道他们为我做的一切；我再也不能告诉他们，我是那么爱他们，远比我告诉过他们的更深。我从来没有跟他们说过这些事情。当你还那么年轻，生活在眼前展开的时候，你怎么会对他们说这些事呢，你生怕这些话听起来感情用事，是在犯傻。

“但当你要去死的时候，就不一样了。你希望在能讲的时候曾告诉过他们，你希望你能跟他们说，对所有那些你曾经说过或干过的坏事，你感到很抱歉。你希望你能够告诉他们，你本来不想伤害他们的感情，你希望他们只记得你一直以来都那么爱他们，比你让他们知道的要深得多。”

“你不用告诉他们这些，”他说，“他们会知道的——其实他们一直都知道。”

“你确定吗？”她问，“你怎么能确定呢？我的亲人对你来说都是陌生人。”

“无论在哪里，人性和人的心灵都是一样的。”

“所以他们会知道我想要他们知道的——知道我爱着他们？”

“他们一直都知道，他们所知道的方式，比你用词语表达的要好得多。”

“我一直在想他们为我做的事情，现在这些小事对我来说是最重要的了。就像盖瑞，他在我16岁生日的时候寄给我一个火红宝石的手镯。它很漂亮，肯定花了他一个月的薪水。但我更记得的，是我的猫咪在街上被车轧死的那个晚上，那时我只有6岁，他把我抱在怀里，擦掉我的泪水，告诉我不要哭，说丝丝只是离开一小会儿，只是给自己换一身新的皮毛，第二天早上又会回到我的床脚下了。

我相信他，所以不再哭了，上床睡觉，梦见我的猫咪又回来了。我第二天早上醒来时，丝丝果然就在我的床脚下，换了一身全新的白毛，就像盖瑞说过的那样。

“很久以后，妈妈告诉我，是盖瑞在凌晨四点跑到宠物店，把老板从床上叫起来，那老板气疯了，但盖瑞告诉他，要么他下楼卖给他那只白色的猫咪，要么他就会打断老板的脖子。”

“我们对旁人的记忆总是那些小事，所有那些他们愿意为我们做的小事。你为盖瑞或者你爸爸妈妈也做过一样的事，这些事你忘了，但他们永远也不会忘记的。”

“我希望我做过，我希望他们像这样想起我。”

“他们会的。”

“我希望——”她哽咽了，“我希望，他们永远也不要去想我是怎么死的。我曾经在哪里读到过那些在真空里死去的人的模样。他们的五脏六腑都会破碎爆开，肺从嘴里出来，几秒钟以后，他们就变得干瘪变形，丑得可怕。我不想让他们想到我死了以后变成像这样的可怕模样，一次也不要。”

“你是他们的亲人，是他们的孩子和妹妹，他们想到你的时候不会是别的样子，只是你想要他们想到的模样，比如他们最后一次见你的形象。”

“我还是很怕，”她说，“我没法克制。但是我不想让盖瑞知道这个。如果他能及时回来，我要表现得好像根本无所畏惧的样子，而且——”

信号蜂鸣器打断了她，声音迅急而紧迫。

“盖瑞！”她站了起来，“盖瑞来了！就现在！”

他旋开音量旋纽，问道：“盖瑞·克洛斯？”

“是的，”她的哥哥答道，声音低沉，暗含紧张，“有坏消息吗？

是什么？”

她替他回答了，她紧靠着他，站在他身后，朝向通信器微微弯腰，冰冷的小手搭在他肩膀上。

“哈啰，盖瑞！”她蓄意装出轻松的口吻，只是声音有一点微微颤抖，暴露了她的紧张，“我本来想要见你——”

“玛丽琳！”他叫出她的名字，声音里有突然明白的恐惧，“你在急遣船上干什么呀？”

“我本来想要见你，”她再次说，“我本来想要见你，所以我躲在这条飞船上——”

“你‘躲’在上面？”

“我是一个偷乘客……我不知道这意味着——”

“玛丽琳！”这男人大喊起来，绝望地叫着一个已经永远离开他的人，“你做了些什么呀！”

“我——这不——”然后她自己表面的镇静也崩溃了，冰冷的小手抽搐着，抓住他的肩膀，“不要，盖瑞——我只是想要来见你；我不是要让你伤心的。不要，盖瑞，请不要生气——”

某种湿热的东西落在他的手腕上，他从椅子里移出来，帮她坐进去，把话筒调到适合她的高度。

“请不要生气——不要让我在你的气恼中离开——”

她想要忍住啜泣，却在喉咙里噎住了，发出哽咽声。她哥哥对她说：“不要哭，玛丽琳。”他的声音忽然间低了下去，变得无比温柔，把一切痛苦都压制下去。“不要哭，妹妹，你一定不能哭。没事的，小宝贝，一切都会好的。”

“我——”她的下唇不住颤抖，她紧咬了它，“我不想让你不高兴。我只是希望我们能说声再见，因为我马上就要走了。”

“当然，当然。妹妹，这都是不得已。我也不是想大叫大嚷的。”

然后他的声音变成了一种迅速紧急的询问，“急遣船，你呼叫了‘星尘号’吗？你核对了电脑吗？”

“我大概一小时前就呼叫了‘星尘号’，它不可能回来，四十光年内没有其他的巡航舰了，没有足够的燃料。”

“你确定电脑里的数据对头吗？一切都确定吗？”

“是的，你觉得如果我不确定能让这种事发生吗？我做了能做的一切。如果现在还有任何我能做的，我也会尽力去做。”

“他想要帮我，盖瑞。”她的下唇不再颤抖，而上衣的短袖湿了一块，那里有她擦去的眼泪，“可没人能够帮助我，我也不会再哭了。你和爸爸妈妈一切都会好的，对吧？”

“当然——当然会好的。我们会好好过下去的。”

她哥哥的话音开始变微弱了，他把音量调到最高。“他正在超出通话范围，”他对女孩说，“再过一分钟，就听不见了。”

“你的声音越来越小了，盖瑞，”她说，“你很快要到通话范围外了。我想要告诉你——但是我现在不能再说了。我们很快要说再见了。但是也许我能再见到你。也许我能到你的梦里去，梳着小辫，因为抱着的小猫死了而哭哭啼啼；也许我能变成一股清风吹过你身边，在你耳边说话；也许我会变成一只你曾经告诉我的那种金翼云雀，傻傻地拼命对你歌唱；也许有时候你看不见我，但你知道，我会在那里陪着你。这样想着我吧，盖瑞，永远把我想成这样，而不是——别的样子。”

哥哥的回话在沃登星自转的干扰下含糊得仿佛是耳语：

“永远像这样，玛丽琳——永远像这样，而不是别的样子。”

“我们的时间用完了，盖瑞，我必须要走了，再——”她说了半个词便说不下去，嘴巴抽搐，似乎要哭出来。她使劲用手捂着自己的嘴，当她再度说话时，话音变得清晰而真确：

“再见，盖瑞。”

最后的几个词从通信器冰冷的金属中传出来，极其微弱，说不出的辛酸，说不出的温柔：

“再见，小妹——”

接下来是一片寂静，她一动不动地坐了一会儿，好像在聆听那句消逝了的话幻觉中的回声。然后她从通信器边转开，朝向气闸室，他拉动身边的黑色控制杆。气闸室的内门迅速地滑开了，里面一个小小的空间在静候着她，她走了进去。

她昂头走着，棕色的鬈发披在肩膀上。在0.1的重力所允许的范围内，她的白色凉鞋踏出坚定不移的步伐，镀银的带扣闪烁着红、蓝和水晶般的光泽。他让她一个人走过去，没有去扶她，因为他知道她不想那样。她走进气闸室，转身面对着他，只有她颈部的明显脉动暴露出她此刻正心跳激烈。

“我准备好了。”她说。

他把控制杆推上去，门在他们之间迅速滑动合上，在她最后的几秒钟里，把她关在一片纯粹的黑暗中。门锁上时，发出了咔嗒一声，然后他猛然拉下红色的控制杆。

空气从气闸室里流出时，飞船微微晃动了一下，墙壁随之一震，好像是什么东西在穿过外门时撞了一下，然后便一片安静，飞船稳定地继续下降。他又把红色的控制杆推回去，关上已经清空的气闸室的外门，然后转身走回到飞行员座椅上，步履迟缓，仿佛是一个疲惫的老人。

回到飞行员座椅上以后，他按下了常态空间发射机的信号键，没有回答，他也不期待有什么回答。她的哥哥得等一整夜，直到沃登星的自转让第一勘察组转回到能够通话的位置。

还没到恢复减速的时间，他等待着，飞船在无止无休的下降中，引擎轻柔地嗡嗡颤动。他看到补给橱温度仪的白色指针回到了零点。冷酷的等式得到了平衡。他在飞船上是孤身一人了。某个变形丑陋的东西飞到了他前面，坠向沃登星，在那里它的哥哥还在彻夜等待。空荡荡的飞船里仍然有女孩的存在感，这女孩不懂得，自然力不带仇恨，也没有恶意，却能够残杀一切。看起来她几乎还坐在他身边的箱子上，她说过的话语在她留下的虚空中清晰地萦绕和回响：

“我没有干任何该被处死的事——我什么也没有干——”

（宝树　译）

不为人知的 C. 史密斯之歌[1]

科幻作家要应对的问题是类似的，因此他们的写作创造出一个共有的科幻世界。这个世界一方面基于现实，另一方面向未来延伸，而未来属于一个叫作地球的行星及其所养育的人类。在这个共有的世界中，一些作家另辟蹊径，创造出与其他人截然不同的一方天地。对于他们所创造的世界，或许我们只能这样形容：又奇又怪，又怪又奇……

这些独特的去处中，绝大部分都是奇幻世界：H. P. 洛夫克拉夫特（H. P. Lovecraft）的古神世界，弗里茨·莱伯的灰鼠世界，杰克·万斯（Jack Vance）的垂死的地球，罗杰·泽拉兹尼的安珀世界。另一些与现实世界有着相似之处，因此似乎更接近科幻，比如A. 默里特、埃德加·赖斯·巴勒斯和雷·布拉德伯里所创造的那些。此外，还有偶然一见的、常常由成套的书籍所创造的世界，它们被

1. 标题“The Ballads of Lost C. Smith”化用了科德威纳·史密斯的短篇小说《迷失的喵梅尔之歌》（“The Ballads of Lost C'Mell”）。本文出现的小说篇目、虚构角色和设定的译名均依照台版科德威纳·史密斯短篇作品集《人类补完计划》（黄彦霖译，木马文化出版，2018 年）。

描绘得如此细致，以至于好像真的存在，例如弗兰克·赫伯特的沙丘，马里昂·齐默·布拉德利的黑暗星球，迈克尔·摩考克的末日世界。这些世界能够如此栩栩如生，原因就在于作者为其构想出的种种细节：其中的景观、种族，以及作者赋予它们的名字。

科幻小说中出现过的最奇怪的世界设定，出自科德威纳·史密斯（Cordwainer Smith）之手。他的真名叫保罗·莱恩巴格[1]（Paul Linebarger）。他是孙中山的教子（其父是孙中山的法律顾问，也是辛亥革命的资助者之一），曾在多所大学任教，也为政府部门工作。他出生于密尔沃基，后来前往金陵大学和华北协和话语学校学习。1933 年，他获得乔治·华盛顿大学的学士学位，接着在牛津大学、美利坚大学和芝加哥大学完成研究生学业，并于 1935 年和 1936 年在约翰斯·霍普金斯大学分别获得了文学硕士和哲学博士学位。

莱恩巴格曾在哈佛大学、杜克大学、约翰斯·霍普金斯大学和澳大利亚的堪培拉大学教授亚洲政治。华盛顿精神病学学院曾授予他精神病学证书。他会讲 5 种语言，能够阅读 8 种文字。

1930 年到 1936 年，他是民国政府法律顾问的私人秘书，二战期间他在美国陆军情报部服役，参与了美国战时情报局的建立，在美国陆军行动计划和情报委员会工作，也在马来亚战役期间担任过英国人的顾问。

这位不平凡的人物初次踏上科幻之路时，由于创作理念与众不同，作品很难被杂志接受。他的第一篇小说《审视者的徒劳人生》（“Scanners Live in Vain”）发表在 1950 年的《幻想书册》（*Fantasy Book*）杂志上；第二篇小说《鼠龙游戏》（“The Game of Rat and

1. 他还有一个中文名：林白乐。

Dragon”）却要等到 1955 年才登上《银河科幻》。他创作了近 30 个短篇，大部分都出现在 1959 到 1966 年——也就是他去世的那一年——之间。

与十年后登场的小詹姆斯·提普奇（James Tiptree Jr.）一样，他的身份一直不为人知。生前，没人知道他的真名，只有一些猜测。他的作品非比寻常，暗示着作者的身份一定也不普通。

他的小说中呈现出的未来太过稀奇。这些小说分为两类：近未来和远未来。在以近未来为背景的小说中，人类意图征服太空。这一努力伴随着无处不在的痛苦和危险——前辈作家和实验者对此也不曾怀疑——例如《审视者的徒劳人生》中，一些人为了对付“宇宙剧痛”[1]，选择以半死状态勉强生存；或者《鼠龙游戏》中，像龙一样、居于群星之间的生物，也是一群生命力顽强、仇恨心切的饥饿旋涡，威胁着人类的心智。

在以遥远未来为背景的故事中，人类拥有了无比的寿命、财富和权力，具有近乎神的地位。我们几乎无法辨认出这是人类的生活：他们的行为、言语以及关心的话题都远远超出了读者的理解能力，但读者将其看作对遥远未来的实际描写。然而，未来的人群依然拥有一些与今天的我们相似的激情；这些激情出现在“下等人类”身上——这是一类从猫、狗等其他动物演化而来服务人类的类人生物，《迷失的喵梅尔之歌》中的主人公喵梅尔就属于这个族群。

让史密斯的小说独树一帜的原因，并不完全是他对未来的设想。部分的成功来源于他创造世界时构筑的丰富细节——正如那些小说的标题：《阿法拉法大道》《驾驶灵魂号的女士》《旧地球的地底》《想着蓝色，数到二》——以及那些事物和角色的名字：“补

1. 小说中清醒的人类在太空旅行时会经历“宇宙剧痛”，并最终死亡。

完”、“下等人类”、“杰斯寇斯特大人”、“史多·奥丁大人”、“高空外界”、“古北澳”、“道格拉斯-欧阳行星”、“审视者”、“介面重塑”、“刚果氦”、“开路舰长”、“哇呜队长”、“梅女士”、“锚递员”、“哈伯曼人”、“蜷缩动作”、“叶特勒凯利”，以及一面奇怪的鼓，敲响时会发出这样的声音：“叮格铃叮，咚个隆咚……”

这一切真是又奇又怪。

（穆童、憬怡　译）

鼠龙游戏

［美国］科德威纳·史密斯

牌　友

针光这营生真是糟透了。昂德希尔关上身后的门，怒气冲冲。你身着全套制服，看似一名军人，但要是人们并不赞赏你的所作所为，那这些又有何意义呢？

他在自己的座椅上坐下，脑袋枕到后面的靠枕上，把头盔拉下来，盖住他的额头。

在等着脑针机预热的当间，他想起了外面走廊上的那个姑娘。她当时看了看它，然后轻蔑地看着他。

她嘴里只吐出了一声“喵”。但这一声对他有如利刃穿心。

她觉得昂德希尔是什么？一个蠢货，游手好闲，穿着制服却碌碌无为的家伙？她难道不知道，每进行半个小时的针光射击，他要在医院里做至少两个月的疗养康复？

现在机组预热好了。他感受着自己周围的空间格子，觉得自己仿佛身处一个浩瀚的立体网格的正中央，周围空无一物。在那片虚无之内，他能察觉到太空本身那沉闷痛苦的恐怖，也能感受到每次内心与最微小惰性尘埃相遇时那种可怕的焦虑感。

他放松了些。那可以信赖的太阳令人安慰，熟悉的行星和月球运行精准，这氛围渐渐将他包围。我们自己的太阳系就像是个古老的布谷鸟报时钟，迷人而简单，嘀嗒着熟悉的节律，发出使人安心的鼓噪。火星那两颗奇怪的卫星围绕着它们的行星运转，快如狂鼠[1]，但它们的运行自有规律，本身也是一切正常的确证。他能感觉得到有半吨的尘埃飘浮在黄道面上方高处，离人类出入的航道不远。

这里没有他战斗的对手。那些玩意儿会威胁人类的大脑，会把一个人的灵魂活生生地从身体里扯出来，而且下面的根须还滴落着跟鲜血一样真切的恶臭液体。

它们从不曾进入太阳系。他可以戴着脑针机一直坐在这里，最多像个心灵感应天文学家，可以感受到太阳那温暖炽热的护佑，贴着他活生生的心灵悸动、燃烧。

伍德利进来了。

“嘀嗒作响的亲切世界，一成不变。”昂德希尔说，“无事可报。难怪人们在开始平面化航行[2]前一直没对脑针机多做研发。在这里，我们周围有火热的阳光，感觉是如此美好，如此宁静。你可以感觉到一切都在自旋，在公转。美好，清晰，简明。就好像是坐在家里无所事事。”

伍德利哼了一声。他不太喜欢浮想联翩。

昂德希尔不在乎。他继续说道：“作为一名古人肯定相当不错。我真奇怪他们为什么会用战火焚烧自己的世界。他们并不需要进行平面化航行。他们并不需要在群星之间工作维生。他们并不需要去

1. 火星卫星围绕火星的公转速度很快，周期以小时计（月球公转周期约 27 天）。
2. 科幻小说中的一种超空间航行技术。将存在于三维空间的物体“平面化”，减少一个维度，还原后该物体就在这个维度的方向上进行了远距离移动。

躲开那些老鼠，也不需要跟它们竞逐。他们不可能平白无故地去发明针光技术，是不是，伍德利？”

伍德利哼了一声。“唔。”他现年 26 岁，还有一年就该退伍，已经相中了一家农场。他已经熬过了十年的针光役期，与他们当中的一流精英并肩作战。他保持心智健全的窍门就是不多想自己的工作：在不得不面对工作压力时挺身而上，然后就不再考虑自己的职责，直到下次紧急状况出现。

伍德利从没努力让自己在搭档们中受到欢迎。搭档们当中也没谁对他有多喜欢。有些甚至厌恶他。他被怀疑有时候对搭档们动过些讨厌的念头，但由于搭档们中从没有谁曾在思维中精确地表达过怨言，其他的针光手和部门主管们也就随他去了。

昂德希尔对他们的工作仍然充满惊奇。他快活地继续叨咕着：“平面化的时候，我们身上到底发生了什么？你觉得会不会类似于死亡？你曾经看过哪个家伙的灵魂被拖出去么？”

“拖出灵魂只是个形容的方式而已。”伍德利说道，“经过这么些年，还是没人知道我们到底有没有灵魂。”

“但我见过一次。我看到了多哥伍德崩溃时的样子。有个古怪的东西。它看起来湿漉漉，黏糊糊的，仿佛正在流血。它从他体内冒了出来——然后你知道他们对多哥伍德做了什么吗？他们把他带走，带到医院上层那部分区域，你和我从没去过的地方——顶层那边，其他人待的地方，那些被高外太空[1]的耗子们逮住过又活下来的其他人都得去的地方。”

伍德利坐下来，点起了一根老式烟斗。他在里面烧着的是某种叫作烟草的玩意儿。这是个不良嗜好，但可以让他看起来相当勇猛

1. 作者的小说中人类对远离恒星系的宇宙空间的专门称呼。

和洒脱。

“听我说，年轻人。你不必担心那种事。针光一直在改善。搭档们在改善。我曾见到过它们在一点五毫秒内用针光射中了两只耗子，彼此间相隔四千六百万英里。在人类曾经试图自个操作针光机的那段时间里，由于人类思维至少要四百毫秒才能发动一次针光射击，总会有些时候我们没能足够快地把那些耗子点掉，无法保护好我们处于平面化航行中的飞船。搭档们完全扭转了那种局面。一旦它们出手，动作就总是比耗子们快。它们永远会占上风。我知道，让一名搭档分享你的思维并不轻松——”

“对它们来说也并不轻松。”昂德希尔说。

“别为它们操心。它们不是人。让它们自个照顾自个吧。我见过的针光手里面，因为和搭档们瞎闹腾疯掉的比被耗子们抓住的还多。真被耗子抓到过的，你知道几个？”

昂德希尔低头看着他的手指，针光机投出的彩色亮光变幻不定，他的手指在其中闪着绿色和紫色的光。他开始历数那些飞船。拇指代表“安德洛墨达号”，全船失踪，船员和乘客无一生还。食指和中指代表投放船 43 号和 56 号，它们被找到时上面的脑针机被烧毁了，船上的每个男人、女人和小孩要么死了，要么疯了。无名指，小指和另一只手的拇指代表被耗子们干掉的第一批战列舰——它们的失踪让人们意识到，虚空本身下面潜伏着变幻莫测、充满恶意的生物。

平面化航行说来有些古怪。那感觉就好像——

好像没什么大不了的。

好像一记轻微的触电带来的刺痛。

好像头一次咬到烂牙的疼痛。好像一道闪光照进眼睛里带来的些许不适。

但就在那点时间里，一艘自由悬浮在地球上空的四万吨级飞船就莫名其妙地消失了，进入二维空间，然后出现在半个甚至五十个光年以外。

某一刻，他坐在作战室里，脑针机准备就绪，熟悉的太阳系在他脑袋周围嘀嗒嘀嗒。在一秒钟或是一年之内（主观上，他永远都不知道到底经历了多久），那道古怪的小小闪光穿过他，然后他就飘荡在了高外太空中——恒星之间可怖的开放空间，在这里，恒星本身在他的心灵感应中好似些小小的粉刺，而行星则太远，已经无法感知或者辨认了。

在这片外太空的某个地方，残忍的死神静候着。这种恐怖，这种死亡是人类从未遭遇过的——直到他们涉足星际空间。显然，恒星的光芒会驱走那些恶龙。

恶龙。人类就是这么称呼它们的。对普通人来说，这里什么都没有，只有平面化带来的颤抖；然后或是致命的重击猝然而来，或是抽搐着的黑色疯狂音符，深入人们的心灵。

但对心灵感应者来说，它们是恶龙。

心灵感应者们先察觉到有什么充满敌意的东西从太空那黑色的虚无中出现，瞬息之后，一股凶暴的毁灭性心灵冲击就降临到飞船里所有生灵头上。在这一瞬间，那种存在给心灵感应者的感觉就像是古代人类传说中的恶龙：比野兽更聪明的野兽，比恶魔更具体的恶魔，饥渴的、活生生的憎恨旋涡，在恒星间纤薄稀少的物质里不知由何种机制生成。

出现了一艘幸存的飞船，而后人们才得知消息——这艘飞船上，纯属出于偶然，有一位心灵感应者开着一盏光束灯，把它转向了看似安全无害的尘埃。然后，在他的心灵全景图中，恶龙完完全全地化为乌有，而船上其他并无心灵感应能力的乘客兀自在四下走动，浑然不知自己逃过了迫在眉睫的死亡。

那之后，一切就好说了——几乎是。

平面化航行的飞船都会带上心灵感应者。心灵感应者们把他们的感知通过脑针机延伸到很远的距离之外。脑针机是种心灵感应增幅器，适用于哺乳动物的心灵。它的另一头用电子线路连接着些可操控的小型光束弹。完成任务的是光。

光会击碎恶龙，让飞船得以重新三维化。跳跃，跳跃，再跳跃，它们从一颗恒星飞向另一颗。

人类原本几乎百战百败，但忽然间就变成了有六成获胜概率。

这还不够。心灵感应者们接受了训练，变得更加敏感，能在不到一毫秒的时间内感知到恶龙的出现。

但人们发现，恶龙能在不到两毫秒的时间内移动上百万英里，而这点时间对人类的思维来说并不足以激发光束。

人们试过用光把飞船一直包裹起来。

这种防御被突破了。

正如人类在了解恶龙，显然，恶龙也在了解人类。它们设法把自己的庞大身躯扁平化，沿着极其狭窄的轨道高速冲来。

需要强光，太阳光那样强烈的光。只有光弹才能提供这样的光。针光击由此诞生。

针光击来自微型超色光率光核炸弹[1]的爆炸，这种炸弹能把几盎司镁同位素转化为纯粹的可见光。

人类的胜率持续提高，但飞船仍在失踪。

现场如此惨烈，人们甚至都不想找到失踪的飞船，因为救援者们清楚他们会看到什么。把三百具尸体带回地球埋葬令人难过，把二百个或三百个疯子带回地球同样令人难过，他们精神彻底崩溃，

---

1. 作者虚构了一种大部分能量以可见光形式释放的产能核反应和基于此核反应机理的核弹。

无法康复，此后要靠别人叫醒他们，给他们喂食，清洁身体，让他们入睡，日复一日，直到生命终结。

心灵感应者们试过进入那些被恶龙们毁掉的精神病患者的思维中，但在其中他们一无所获，只见到生命的源头、那原初的本我化作了火山口，喷发出一股股耀眼的火柱，其中满是强烈的恐惧。

然后搭档们来了。

人类和搭档们可以合作完成人类无法单独完成的工作。人类有智力。搭档们有速度。

搭档们乘坐跟足球差不多大的微型飞行器，在太空飞船外飞行。和飞船一起平面化。它们在自己六磅重的飞行器中，和飞船同行，随时准备发动攻击。

搭档们的小飞船灵巧敏捷。每艘上都带有十二枚针光弹，每枚都不比顶针大。

针光手们通过思控开火中继器把搭档们对着恶龙投射出去——没错，真的是投射出去。

在人类大脑中看起来是恶龙的那些玩意，在搭档们的大脑中则以巨型老鼠的外形出现。

在空无一物的严酷外太空中，搭档们的思维按照与生俱来的直觉做出反应。搭档们发起攻击，其打击速度比人类快得多。它们一次次发起攻击，直到恶龙们或者它们自己被完全消灭。几乎每次赢的都是搭档们。

飞船跳跃，跳跃，再跳跃的行程越来越安全，星际贸易蓬勃发展，所有殖民地的人口都在成长，对训练有素的搭档们的需求也与日俱增。

昂德希尔和伍德利都是第三代针光射击手的成员，但对他们来说，这一行当仿佛已然长存万古一般。

通过脑针机把太空连接到思维中，把搭档们加入到思维中，让复合思维兴奋起来，迎接紧张而至关重要的战斗——这不是人类的神经突触网络能长期承受的工作。昂德希尔每战斗半小时就需要休息两个月。伍德利在服役十年后就需要退役。他们还年轻。他们表现优秀。但他们有极限。

很多事情都取决于选到哪个搭档，取决于纯粹的运气，看谁抽到了谁。

洗　牌

穆恩特利老爹和名叫维斯特的小姑娘进入了房间。他们是另外两名针光手。作战室的人类成员现在到齐了。

穆恩特利老爹是个45岁的红脸汉子，到40岁前他都一直作为一名农夫过着平静的生活。然后，当局后知后觉地发现他是个心灵感应者，同意让他在晚年加入针光手这一行当。他干得不错，但在这种行业，他老得是简直惊世骇俗了。

穆恩特利老爹看了看暮气沉沉的伍德利和冥思渺渺的昂德希尔。“小伙子们今天怎么样？准备好打场漂亮仗了吗？”

“老爹总想着打仗。”小姑娘维斯特咯咯笑着说。她真是个不折不扣的小姑娘，笑声清脆，充满孩子气。看外表的话，这世上再也没有比她更不该出现在危险激烈的针光战斗中的人了。

昂德希尔有次颇感好玩地发现，搭档们中最懒散的一个在断开和维斯特小姑娘的思维连接后显得很开心。

通常，搭档们并不太在意在行程中跟哪个人思维结对。反正搭档们看起来抱着这样的态度：总的来说，人类的思维太复杂太混乱，已到了难以置信的地步。没有哪个搭档曾质疑过人类思维的优越性，不过也罕有哪个对这种优越性有多在意。

搭档们喜欢人类。它们乐意和人类并肩作战。它们甚至乐意为人类而死。但某个搭档喜欢上了某一个人——譬如说，就像是呜船长或者是梅女士喜欢上昂德希尔——的时候，这种喜爱和智力是全然无关的。纯属性情和感觉的问题。

昂德希尔完全清楚，呜船长觉得他的脑子蠢透了。呜船长喜欢的是昂德希尔友善的情感结构，从昂德希尔的无意识思维图式中迸发出的愉悦和些许调皮捣蛋，还有他用来面对危险的乐观情绪。辞藻，历史书籍，理念，科学——昂德希尔能感觉得到，他自己思维里的这一切从呜船长的思维中映照回来，全是一堆垃圾。

维斯特小姐看着昂德希尔。“我敢说，你在石头上放了黏胶。”

“我没有！”

昂德希尔面红耳赤，狼狈不堪。刚入行的时候，他曾经试图在随机配对的时候作弊，因为当时他特别欣赏某个特定的搭档，一个名叫呣的年轻可爱的母亲。和呣合作太轻松了，她对他如此亲昵，以至于他忘了针光射击是样艰苦的工作，忘了他并不是被指派来跟自己的搭档度过一段愉悦时光的。按照计划和训练，他们俩是要一起投入致命战斗的。

一次作弊就让他受够了。他们发现了昂德希尔的行为，然后为此他被嘲笑了好些年了。

穆恩特利老爹拿起人造革杯子，开始摇晃石头小骰子，给他们分配本次出击中的搭档。长者优先，老爹先抽。

他做了个鬼脸。他摇到了一个贪婪的老家伙，一个上了年纪的彪悍雄性，他脑中的世界里满是食物，口水流成了片片汪洋，里面到处都是半腐烂的鱼。穆恩特利老爹曾说过，他在抽到这个非同寻常的饕餮之后，连续几周打嗝都是鱼肝油味：心灵感应中鱼的存在感强烈得烙印到了他的思维中。不过这个饕餮对危险的嗜好不亚于对鱼的。他已经击杀了六十三头恶龙，多于现役的其他任何一个搭档，真的是身价不凡。

维斯特小妹妹第二个摇。她摇到了呜船长。她看到自己摇到了谁之后，笑了。

“我喜欢他。”她说，“跟他一起战斗太好玩了。他在我脑子里的感觉好可爱，好开心。”

“可爱个鬼。”伍德利说道，“我也曾进过他的脑子。那是这艘船上最色迷迷的脑子，绝对的。”

“肮脏的男人。”小姑娘说道。她用这个词只是在修辞，不带谴责的意思。

昂德希尔看着她打了个寒战。

他搞不懂维斯特怎么能如此平静地接受呜船长。呜船长的心思的确色迷迷的。当呜船长在战役中途兴奋起来时，恶龙、要命的耗子、肉感的床铺、鱼腥味，还有空间的冲击，全都争先恐后地冲进他脑子里：那会儿他的意识和呜船长的意识是通过脑针机连接在一起的，他们俩，人类加波斯猫，成了一个怪诞的复合体。

昂德希尔想，这就是跟猫们一起工作的麻烦。真遗憾，在哪里都找不到另一个能充当搭档服役的物种。一旦你跟他们通过心灵感应接触上了，猫是非常合适的。他们聪明得足以满足战斗所需，但他们的欲望和动机无疑和人类的大相径庭。

当你冲它们想些实实在在的图像的时候，他们是友善的；可一旦你默诵起莎士比亚和科尔格洛夫[1]，或者是试图告诉它们太空是什

1. 疑似作者在小说中虚构的一位名作家。

么，他们就会关闭心门，回去睡大觉了。

想想看，这些在太空中如此坚定顽强、成熟稳重的搭档，其实就是在地球上人们几千年来当作宠物的可爱小动物。这真有些滑稽。他回到地面上时曾不止一次地朝着普普通通的没有心灵感应能力的猫咪敬礼，搞得自己尴尬万分，只因那会他忘了它们并不是搭档。

他拿起杯子，摇出自己的石头骰子。

他运气不错——抽到了梅女士。

梅女士是他遇到过的最富于思想的搭档。在她身上，精心培育出的纯种波斯猫的思维能力发展到了顶峰。她比任何人类女性都更复杂，只不过这种复杂性在于对情感，记忆，希望和分门别类的经验的综合——那些经验的整理排列无须语词帮助。

昂德希尔第一次和梅女士的思维接触时，他被梅女士思维的清晰程度震惊了。和她在一起时，他记得她的幼猫时代。他记得她曾有过的每次交配体验。他在一条半清不楚的画廊里看到了所有她曾与之结对战斗过的其他针光手。在其中他也看到了自己，容光焕发，精神爽朗，讨人喜欢。

他甚至觉得他捕捉到了一丝近乎热望的——一缕渴望的思绪，令他倍感荣幸：他不是只猫，真是太遗憾了。

伍德利拾起了最后一粒石子。他抽到了他应得的——一只闷闷不乐，担惊受怕的老公猫，丝毫没有呜船长的气魄。伍德利的搭档是这艘飞船上的猫当中兽性最强的，典型的消沉、鲁钝的货色，头脑迟钝。甚至心灵感应也不能改善他的个性。他的耳朵在他最初参加的战斗中被咬掉了一半。

他作为战士还能派上用场，仅此而已。

伍德利哼了一声。

昂德希尔奇怪地瞥了他一眼。难道伍德利除了哼哼之外就不会别的了吗？

穆恩特利老爹看着另外三名组员。“你们最好现在就去带上自己的搭档。我会让审视者[1]知道，我们已经准备好进入高外太空了。”

发 牌

昂德希尔把梅女士笼门上的转字锁旋开。他温柔地唤醒梅女士，把她抱了起来。她惬意地弓起背部，伸展四爪，开口准备打个呼噜，想想又停了下来，转而舔了舔昂德希尔的手腕。他现在没戴着脑针机，所以他们的思想对彼此是封闭的，但透过她胡须的角度和耳朵的抖动，昂德希尔多少捕捉到了几分她发现他是她搭档时的满足感。

他用人类的语言跟她说话，尽管这些话对于一只没戴上脑针机的猫来说毫无意义。

“把你这样的小甜心送到冰冷的虚空中，飞旋转动，去追猎比我们全部加在一起还大，还凶恶的耗子，这真是可耻透顶啊。你没想要参加这么一场战斗吧，是不是？”

作为回答，梅女士舔了舔他的手，咕噜噜地叫了一声，用她毛茸茸的长尾巴在他脸颊上扫了扫，然后转身面对他，那双金色的眼睛闪闪发光。

有一小会儿，他们凝视着彼此，人蹲在地上，猫用她的后腿直立起来，前爪按在他的膝头。人眼和猫瞳，视线交错于浩瀚的空间。这空间多少辞藻也无法填满，但感情却可在一瞥之内充盈其间。

1. 作者虚构的职业。主要负责在高外太空某些特殊工作，以保障飞船航行安全，为此他们牺牲了自身的感觉器官。详见作者另一部小说《审视者的徒劳人生》。

“该进去了。”昂德希尔说道。

她顺从地走进她的球形载具，爬进座位。昂德希尔仔细地把她的迷你脑针机附着到她的后脑底部，既牢靠又舒服。他还确保她爪子上面包好了软垫，激烈战斗中就不会抓伤自己。

他轻柔地对梅女士说：“准备好了？”

作为回答，她在背带容许的限度内尽可能地舔了舔自己的背部，然后在负载框架之中轻轻打了声呼噜。

昂德希尔啪地放下盖子，看着密封剂从缝隙中渗出。在接下来的几小时内，她会被封死在她的抛射飞船中，直到她完成自己的任务之后：那时会有一名工作人员用短电弧切割机[1]把她放出来。

他把整个抛射飞船拿起来，把它装进发射管。他关上管门，转上闩锁，坐进自己的位子，然后戴上他自己的脑针机。

他再度按下开关。

他坐在一个很小的房间里。很小，很小，温暖，温暖。另外三个人的身体在他周围活动，天花板上的灯光异常明亮，沉沉地压在他闭合的眼睑上。

随着脑针机的预热，房间渐渐远去。其他人也失去了人形，变成了一小团一小团闪动的火堆，余烬，暗红色的火苗：在意识中，生命就像是乡间壁炉中亲切燃烧着的红色炭火。

脑针机继续预热。他感到地球就在自己身下，感到飞船悄然起飞，感到了公转到行星另一面自转着的月亮，感到了那些行星，还有太阳炙热而清晰的馈赠，是它使得恶龙们远离人类的故土。

最终，他到达了觉悟状态。

在心灵感应中，他的生命广及数百万英里。他感觉得到早先他

1. 进行多次短促放电的电弧切割机。

注意到的那些尘埃，高悬在黄道面上方。随着一阵温暖而柔和的颤动，他感觉到梅女士的意识注入了他自己的意识中。她的意识对他的而言就像是香芬油，温和，澄净，然而又气息浓烈，令他放松，令他安心。他能感觉到她对他的欢迎。那还算不上是个念头，仅仅是种原始的致意之感。

终于他们又合而为一了。

他的意识里有那么一个角落，遥远而微小，微小得犹如他童年时代见过的最小的玩具，在那里他仍然感知得到房间和飞船，还有穆恩特利老爹，正拿起话筒对掌管飞船的某名审视者船长说话。

他的思维通过心灵感应捕捉到了通话的意思时，他的耳朵还远远没来得及将那些词汇传达过来。实际的声音跟在意思之后到达，就好像海滩上听到的雷声跟在遥远海面上的闪电之后。

“战斗室准备完成。可以平面化了，长官。”

对　战

梅女士感受事物的速度比昂德希尔快，这种状况总是让他有点恼火。

他正准备迎接平面化带来的那一瞬酸楚的震颤，却收到了梅女士对此的报告，他自己的神经都还没能确认发生了什么呢。

地球已经远远落在后面，导致他探索了几毫秒才发现太阳，在他的心灵感应中位于自己思维的右侧后上方。

这次跳得很不错，他想道。照这样下去，我们只要跳跃四五次就能到达目标。

梅女士从飞船外面几百英里处发回了她的想法：“啊温暖的，啊慷慨的，啊巨大的人！啊英勇的，啊友好的，啊温柔而庞大的搭档！啊真快活跟你在一起，跟你在一起多么愉快，愉快，愉快，温暖，温暖，现在去战斗，现在就出击，真愉快跟你在一起……”

他知道并不是梅女士在用语言思考。是他的思维从她猫类的思维中接收到了明确表示友善的那些嗯嗯呜呜，然后将其翻译成了他自己的思想能理解和记录的意象。

他们双方都没有沉迷在相互问候的游戏中。昂德希尔把知觉延伸到梅女士的知觉范围之外很远的地方，查看飞船附近有没有什么东西。能够同时做两件事，这真有趣。他可以用自己的脑针机思维扫描太空，而同时又从梅女士那边捕捉到她走神的思绪：她正惬意而深情地想着自己的一个儿子，他有着金色的面孔，胸膛上覆盖着柔软的白色绒毛，那毛柔和得不可思议。

他还在继续搜索，这时他从梅女士那儿得到了警报。

我们又跳跃了！

他们的确是又跳跃了。飞船进行了第二次平面化航行。周围的星辰发生了变动。后面的太阳现在离他们不知有多远了。他们甚至连离得最近的恒星也几乎无法触及。这种四通八达、阴森恐怖、空空荡荡的宇宙空间，正是适合恶龙们的国度。他把知觉更快地延伸到更远的地方，感觉着，寻找着危险，准备着一旦找到目标就把梅女士抛过去。

恐怖在他的意识中炸开，如此尖锐，如此清晰，以至于他的身体猛地一疼。

小姑娘维斯特发现了什么东西——某个巨大的，长长的，黑乎乎的，尖尖的，贪婪的，可怕的东西。她把呜船长朝那东西抛去。

昂德希尔竭力让自己的意识保持清晰。“当心！”他通过心灵感应朝其他人喊道，并试图把梅女士调动过来。

在战场的一角，他感觉到了呜船长的昂扬战意，这只大块头公波斯猫在靠近了那条威胁着飞船和其中的人员的尘埃带时引爆了光弹。

光弹几乎击中目标。尘带收束自己，外形从近乎一条魔鬼鱼变成了近乎一杆长矛。

到此为止过去了还不到三毫秒。

穆恩特利老爹正在用人类语言讲话，说话的声音慢得好像是从一个沉重的罐子里在往外倒冰冷的糖浆。“吃——完——只——昂。”昂德希尔知道，他要说的整句话是，“船长，动作快！”

在穆恩特利老爹讲完这句话之前，战斗将会继续，然后结束。

此刻，若干分之一毫秒之后，梅女士的位置正好对上。

搭档们的速度和技巧发挥作用的时候到了。她比昂德希尔的反应要更快。她会把那威胁看作一只巨大的老鼠，正冲着她直奔而来。

她能准确地把光弹射向目标，而昂德希尔可能会打偏。

他和她思维连接在一起，但跟不上她。

他的意识吃了异形敌人的一击，被撕开一个口子。这和地球上的任何伤痛都不同——强烈、疯狂的疼痛，起初像是肚脐眼起了火。他开始在座椅上痛苦挣扎。

实际上，他还没来得及移动哪怕一块肌肉，梅女士已经朝他们的敌人开火还击了。

五发光核弹，相隔均匀，在十万英里范围内炸出强光。

他精神和身体上的痛苦消失了。

他感到，在完成击杀的时候，梅女士的心灵中一阵凶猛、可怕，兽性的快感升起又消失。对于猫来说，他们知觉中那些巨大的太空老鼠在被击毁的一刻就消失无踪，这种发现总是会让他们很失落。

然后他感到梅女士受伤了，疼痛和恐惧扫过了他们俩，一眨眼不到，战斗已经开始和结束。同一瞬间，传来了平面化航行那尖锐而酸楚的刺痛。

飞船又进行了一次跳跃。

他能听到伍德利在心中对他说道："你不必太劳神。这小混球和我会接手一阵子。"

又是两次刺痛，两次跳跃。

他不知道自己在哪里，直到下方亮起喀里多尼亚狭长太空港的灯光。

他意识里的疲惫几乎超出了承受的能力。他强撑着把意识成功拉回和脑针机谐振的状态，然后动作轻柔而又干净利索地把梅女士的抛射飞船装回它的发射管里。

梅女士累得半死，但昂德希尔能感觉到她的心跳，能听到她的喘息。他还捕捉到梅女士的意识朝他的意识发来一缕"谢谢"的感激之情。

得 分

他们把他送到了喀里多尼亚的医院。

那里的医生很友好，但也很坚决。"你确实被那头恶龙碰到了。我从没见过这么死里逃生的事。这过程发生得太快，我们要从科学上了解到底发生了什么大概还要很久。不过我估计，如果接触再持续个零点几毫秒，你就该被送进疯人院里了。在太空中的时候，在你前方作战的是哪种猫？"

昂德希尔觉得自己嘴里吐出话的速度好慢。语言交流实在太麻烦了，相比之下，思想交流多快，多舒服啊。迅捷，敏锐，清晰，意识直连！但要跟像这位医生一样的普通人交流，只能用语言。

他移动着沉重的唇舌，吐出清晰的话语："别把我们的搭档叫作猫。对他们正确的称呼是搭档。他们和我们结伴，为我们而战。你应该知道我们管他们叫搭档的，不叫猫。我的搭档怎么样了？"

"我不知道。"医生内疚地说道，"我们会帮你搞清楚的。在这期间，长官，你先放松。只有休息才能对你有帮助。你能自己入眠吗？或者你想要我们给你来点镇静剂？"

"我能睡得着。"昂德希尔说道，"我就是想知道梅女士怎么样了。"

护士加入了谈话。她的口气有点恼火。"你就不想知道其他人怎么样了吗？"

"他们没事。"昂德希尔说道，"我到这之前就知道了。"

他摊开双臂，叹了口气，朝他们做了个鬼脸。他能看得出来，医生和护士都放松了些，开始把他当作一个正常人而不是病人对待。

"我没事。"他说道，"请让我知道，我什么时候能去见我的搭档。"

他猛然想到了一个新问题。他惶恐不安地朝医生望去。"他们没用飞船把她送走吧，是不是？"

"我马上就去搞清楚。"医生说完，捏了捏昂德希尔的肩膀，以示安抚，然后离开了房间。

护士掀开一张餐巾，下面是个装着冰镇果汁的高脚杯。

昂德希尔努力朝她笑了笑。那姑娘似乎有点儿不对头。他希望她会离开。之前她的态度在变得友善，可现在又变冷淡了。有心灵感应能力就是麻烦，他思忖着。即便当你没有在跟人做脑联结的时候也忍不住试图打探他人的思想。

她猛地转过身面对着他。

"你们这些针光手！你们和你们那些天杀的猫！"

当她跺着地板走出房间的时候，昂德希尔闯进了她的思维中。

他看见自己是个光芒四射的英雄，穿着他笔挺的麂皮制服，针光机额环戴在头上，闪闪发亮，如同古代皇家的珠宝。他看见自己的容貌，英武迷人，在护士的大脑中灿烂辉煌。他从遥远的地方看着自己，在护士恨他的时候看到的自己。

她在自己的内心深处憎恨他。她恨他，因为她觉得他又骄傲又怪异又富有，比她这类人更好，更美丽。

昂德希尔关闭了来自她思维的画面，然后，当他把自己的脸埋进枕头时，他看到了梅女士的身影。

“她确实是猫。”他想着，“她不过如此——一只猫！”

但他的思维并不是这样看待她的——她的速度快得超乎想象，敏锐，机智，优雅得难以置信，美丽，不多话，知足无求。

他要到哪里才能找到一个可以跟她媲美的女人呢?

（何锐　译）

文思的锋刃

到了 20 世纪 50 年代，可能由于地位已经稳固、风格已经成熟，抑或整个圈子变得不思进取，科幻小说有了足够的能力回首自视，有时还能自讪自嘲。作家开始用戏谑的手法处理科幻的主题，而非日复一日地思考科幻对现实有何意义。关于小说的小说被称为元小说。一些科幻作家在 20 世纪 50 年代开始了“元科幻小说”的创作。

这些创作的成果，有时是对科幻本身的注解——批评或是直白的戏仿。然而，在另外一些时候，作者们利用科幻的惯用技巧，创作出另外一种截然不同的作品；它们成为对经验的隐喻，成为尚未沦为陈词滥调的、应对人类处境的崭新手段。

雷·布拉德伯里是最早如此利用科幻的作家之一；他笔下的火箭飞船、外星人、宇航员都是隐喻，而不能从字面上去理解。布赖恩·奥尔迪斯称他是“第一个将科幻的老一套按自己的方式重新组合起来的作家”。另一位“心术不正”的科幻作家是阿尔弗雷德·贝斯特。对于他的作品《群星，我的归宿》，斯科尔斯和拉布金这样评价：“尽管有着严肃的道德寓言，整部作品中还是用它的玩笑精神显示出一种自我意识，这在科幻小说中尚属首次出现。”

1953 年，《花花公子》创刊未几就受到科幻小说的吸引，此事可能并非巧合。男性杂志一直有大量刊载“优秀小说”的传统，它们似乎是将此当作一种社会救赎之举。但是，男性杂志的鼻祖《时尚先生》却有着太过清高的文学品味，流行小说难入其眼。《花花公子》似乎从一开始就热爱科幻，它将布拉德伯里的小说二次发表，并且与薄伽丘的作品并列，最终，许多极其优秀的科幻小说出现在了这本杂志上。确实，《花花公子》希望小说有更强烈的情节、更注重刻画角色，但它并未要求科幻小说削减其中的科幻元素。《阁楼》和《浪子》等后来登场的男性杂志，全都追随《花花公子》的步伐。最终，《阁楼》旗下的《万象》杂志发行，这本高品质杂志专门刊载科幻小说和科学事实。

过去二十五年最优秀的科幻小说当中，有许多最初是发表在《花花公子》上的。它开出的稿费冠绝其他杂志，科幻作家因此积极响应。曾有作品登上《花花公子》的作家包括雷・布拉德伯里、阿瑟・克拉克、达蒙・奈特、弗雷德里克・波尔、厄休拉・勒古恩、威廉・泰恩、罗伯特・布洛克、查尔斯・博蒙特、阿夫拉姆・戴维森、J. G. 巴拉德，以及弗雷德里克・布朗。罗伯特・谢克里（Robert Sheckley）也在这个名单当中，此前他已经在稿酬优厚的光面纸杂志上取得过一定的成功。他是位天生的作家：他的小说文笔娴熟，内容诙谐有趣。

1952 年，谢克里在《想象力科幻》（*Imagination Science Fiction*）上发表了第一篇小说《最后的考验》（“Final Examination”），接着马上开始向《银河科幻》投稿，因为《银河科幻》与他聪明的创意和机敏的文风最为相称。之后的十年中，他发表了 106 篇短篇和 3 部连载长篇，其中大部分出现在 1959 年前，只有 7 篇短篇和 1 部连载长篇例外。他的名字出现在了几乎所有的科幻杂志上，包括《惊异》和 *F&SF*，但是，发表在《银河科幻》上的小说，占他全部 106 篇短篇中的 63 篇，此外《银河科幻》还连载了他的一部长篇。这些小说有时署以他的真名，有时署名芬·奥多内文（Finn O'Donnevan）和菲利普斯·巴比（Phillips Barbee）——由于实在太过高产，他专为《银河科幻》启用了这两个笔名。

他的主要优点是轻快的笔法。杂志从来都渴求幽默，而在谢克里的笔下，太空、外星人、未来遗迹、城市、人口过剩、娱乐、文化、生存、爱情、死亡、战争等传统概念，全部转化成了闪光的文字。然而，谢克里并非简单地用幽默的手法应对所有话题：有时，作品中的讽刺意味极其强烈，例如《人群陷阱》（"The People Trap"）、《第七位受害者》（"The Seventh Victim"）以及同年连载时以《约内斯之旅》（*The Journey of Joenes*）为题的《跨越明日的旅行》（*Journey Beyond Tomorrow*，1962）。

《时尚先生》和《今日女性》刊登了谢克里早期的一两篇作品，后来他的小说至少有八次登上《花花公子》。其中第一篇是 1955 年的《间谍故事》（"Spy Story"），又名《太空公民》（"Citizen in Space"）。这里收录的《地球朝圣》（"Pilgrimage to Earth"），最初以《浪漫服务公司》（"Love，Inc."）为题发表在 1956 年的《花花公子》上。他的短篇小说被各类选集大量收录，也结集为许多本个人选集，例如《人手难及》（1954）、《太空公民》（1955）、《地球朝圣》（1958）、《无尽商店》（1960）、《创意无限》（1960）、《太空碎片》（1962）、《人群陷阱》（1968）、《你感觉如何？》（1971）、《罗伯特·谢克里的奇妙世界》（1979）、《人皆如此？罗伯特·谢克里短篇小说选》（1984）。

他创作了多部科幻长篇：《永生公司》（1958）——又名《时间

杀手》或《永生之赐》——《位阶文明》(1960)、《跨越明日的旅行》(1962)、《第十位受害者》(1965)、《思维互换》(1965)、《奇迹的维度》(1968)、《被分开的克朗普顿》(1978)、《德拉莫克勒斯》(1983),以及《第十位受害者》的两部续作和《选项》(1975)。他也写过恐怖小说,以及以一个国际侦探为主人公的多部侦探小说。

(穆童、憬怡 译)

地球朝圣

[美国] 罗伯特·谢克里

卡赞加四号是牧夫座大角星附近的一颗小型农业行星，阿尔弗雷德·西蒙在这里土生土长，白天他操作着联合收割机在麦田中劳作，然后听着地球的情歌度过漫长静谧的夜晚。

卡赞加的生活相当愉快，姑娘们身材丰满、天性欢快、待人诚恳且性情随和，是深山远足、溪中嬉游的上好伙伴，更是值得相伴终身的忠诚伴侣。但是说到浪漫——却是一丝全无！卡赞加的人们开怀常乐。但是除了乐天，别无他物。

西蒙觉得这生活乏味寡淡，总是缺些什么。终于有一天，他知道了自己在追求什么。

一名商贩来到卡赞加，破破烂烂的飞船里装满了书籍。他面容憔悴、头发苍白，还有点疯疯癫癫。这里的人们为他举办了庆祝会，因为新鲜事物在外缘世界总是受人欢迎。

商贩给他们带来了最近的各路小道消息，像是底特律二号和三号星球间的价格战，阿拉纳星球上的渔业发展，莫雷西亚星球上总统夫人的穿着，还有多宛五号星球上怪诞的言谈。最后，有人说："给我们讲讲地球吧。"

"啊！"商贩扬起眉毛说，"你们想听母星的情况？喏，朋友们，我们亲爱的地球可是独一无二，无人能比。在地球上啊，朋友们，一切皆有可能，只有想不到，没有做不到。"

"什么都行？"西蒙问道。

"地球上有禁止禁忌的立法，"商贩咧嘴笑着解释，"从来没人敢违反这一条。地球是特别的，朋友们。你们不是擅长耕种吗？地球擅长的是疯狂、美色、战争、酒醉、纯洁、恐怖之类不切实际的东西。为了体验这些，人们宁愿走上几个光年去地球。"

"爱情呢？"一个女人问道。

"哎呀，姑娘，"商贩的语气温柔下来，"地球可是整个银河系里唯一还有爱情的地方哟！你要知道，底特律二号和三号做过尝试，结果发现这东西代价太大，阿拉纳认为爱情扰乱社会秩序，莫雷西亚和多宛五号又没那个闲工夫进口它。就像我说的，地球是盛产不实用玩意儿的地方，而且借此大发其财呢。"

"还能发财？"一位胖胖的农民问道。

"当然啦！地球已经老了，矿藏枯竭，田地荒芜，外星殖民地也都独立了，住满了像诸位这样有理有智的人，做买卖讲究物有所值。所以，除了那些能让你快意人生的可有可无的玩意儿，我们亲爱的地球还能做什么生意呢？"

"你在地球谈过恋爱吗？"西蒙问道。

"当然谈过，"商贩的回答带着几分痛心，"我曾爱过，如今漂泊。朋友们，还是来看看这些书吧……"

西蒙花大价钱买了一本古诗集，他读着诗歌，幻想着如痴如醉的月下激情，朦胧晨曦下恋人饥渴的焦灼双唇，海滩夜色中难解难分的交缠肉体，海浪拍岸，他们心中满是癫狂爱意，耳中只听得涛声隆隆。

这只有在地球上才可能发生！正如那商贩所说，散布在群星间的地球儿女在异星土地上辛劳谋生。卡赞加出产小麦和玉米，底特律二号、三号上的工厂与日俱增。阿拉纳的渔业是整个南星带的骄傲，莫雷西亚以其危险的野兽闻名，多宛五号上的荒原还尚待人类征服。一切都是那么好，好得恰到好处。

但是这些精心设计的新世界全都乏味单调，看似完美却毫无生机活力。漫漫太空一片死寂，已然失去了某样东西，懂得爱情的唯有地球。

所以西蒙努力工作、省吃俭用、憧憬未来。到了 29 岁，他卖掉了农场，找了个结实手袋装上所有干净的衬衫，穿上他最好的一套西装和耐磨的厚底鞋，登上了卡赞加-母星航天公司的航班。

他终于来到地球，梦想必然成真之地，因为这里有不容梦想破灭的法律。

他很快地通过纽约太空港的海关，搭乘地铁来到时代广场。

他从那里走上地表，在阳光下不住眨眼。他紧紧握着自己的手提袋——早有人提醒过他，要提防这大城市里的扒手窃贼和各色居民。

他环顾四周，惊奇得几乎忘了呼吸。

最先让他惊讶的是那一排排看不到尽头的剧院，无论你喜欢的是二维、三维还是四维的享受，都能在这里找到乐子。这简直太棒了！

右手的剧院遮篷外凸，上面写着：金星情欲！绿色地狱居民性癖写实！惊世骇俗！发人深省！

他本想进去。可街对面的战争片广告又吸引了他的注意。广告牌声嘶力竭地喊着：星系战争大片！献给胆大妄为鬼见愁的宇宙陆战队员！再过去则是一部名叫《泰山勇斗土星食尸鬼》的影片。

他想起书上说，泰山是古代地球的民族英雄。

这里一切都如此神奇，数不胜数！他看见露天开张的餐馆，提供整个宇宙、当然特别是地球当地的美食，像是比萨、热狗、意粉和馅饼。有的商店专门出售地球大空舰队的库存制服，还有一些商店专卖各类饮品。

西蒙还没想好要做什么，就听见身后传来短促刺耳的串串枪响，他急忙转身。原来枪响处只是个游乐靶场，那里场地狭长，喷绘鲜艳，柜台齐腰。经理是个皮肤黝黑的胖子，下巴上有颗黑痣。他坐在高凳上，对西蒙笑脸相迎。

“试试运气呗？”

西蒙走上前去，却发现靶场另一端并不是寻常标靶。坐在弹痕累累的椅子上充当靶子的，竟是四个衣着暴露的女子，每人的额头和胸乳上都画着小小的靶心。

“那个，你们用真子弹？”西蒙问道。

“那当然了！”经理回答，“地球法律禁止虚假广告。我这里可是真妞实弹！快来崩一个吧！”

一名女子开腔高喊：“来啊，小伙！你可打不中我！”

另一名女子尖声道：“他怕是连宽宽的飞船侧面都打不中呢！”

“他当然能！”第三名女子也嚷起来，“来吧，小伙！”

西蒙揉揉脑门，故作镇定。这里可是地球，只要生意上行得通，没有什么事不能做的。他发问：“有没有打男人的靶场？”

“当然有啦，”经理说，“不过，你该不是性变态吧？”

“怎么可能！”

“那你是外缘世界的人吧？”

“是啊。你怎么看出来的？”

“看衣着。有道是人看衣装。”胖子闭上眼睛哼了起来，“来啊来啊，快来崩掉一个妞！万般苦恼抛脑后，扳机一扣百怒消！推拿按摩没它爽，借酒消愁愁更愁！来吧来吧，快来崩掉一个妞！”

西蒙问其中一名女子：“他们要是打死了你，你就是真死了？”

“你是不是傻啊？”那姑娘回答。

“可是那多吓人——”

她耸耸肩膀。“我结局可以更惨。”

西蒙正想问她结局怎么会更惨，经理一脸诡秘地从柜台上探出半个身子凑了上来：“瞧瞧，伙计。瞧瞧我手里这是啥。”

西蒙隔着柜台望去，看到的是一支袖珍冲锋枪。

“随便给几个钱，”经理说，“我就让你用这宝贝冲锋枪把这儿扫个遍，家具打烂、墙壁射穿，随你的便。这枪用的是点四五铅弹，伙计，后坐力猛得像头蛮骡子。用这宝贝儿才叫真打枪呢。”

“我可真没兴趣。”西蒙正色道。

“我还有几个手榴弹呢，”经理说，“自然是破片弹。让你能好好地爽——”

“不要！”

“你开个价，”经理说，“要是你的口味非得这么刁，你想崩了我都行，虽然我肯定猜不出来你好这一口。行不行？”

“不行！没门！太可怕了！”

经理一脸茫然地看着他。“这会儿没心情？那好吧。我们全天二十四小时营业。那咱们回见吧，伙计。”

“没门！”西蒙边说着边走开了。

“等你来哟，亲爱的！”一名女子冲着他的背影喊。

西蒙到小摊上要了一小杯可口可乐，发觉自己的手还禁不住地在打哆嗦。他努力稳住发抖的手，啜了一口饮料。他提醒自己，不要用自己的眼光来看待地球上的事情。倘若地球上的人就是以杀人为乐，而且被杀的人也不介意的话，自己又为什么要管这闲事呢？

或许该有人管管吧？

他正在思索着，一个声音在他肘边响起："喂，小弟兄。"

西蒙转过身，见到一个穿着肥大不合体的雨衣、干瘪枯槁、贼头贼脑的小个子站在他旁边。

"外星来的？"小个子问道。

"是啊，"西蒙说，"你怎么看出来的？"

"看鞋子。我看人一向看鞋子。喜欢我们这个可爱小星球吗？"

"我——搞不懂，"西蒙小心地说，"我是说，我没料到——哦——"

"当然，"矮子说，"毕竟你是个理想主义者嘛。朋友，一看你那老实巴交的脸，我就知道了。你来地球是有目的的。对不对？"

西蒙点点头。

小个子说："我知道你的目的，朋友。你在渴望一场战争，一场让世界变得更美好更安宁的战争，而你可找对地方了。这里每时每刻都有六场大战在打得难分难解，而且不用等待就可以在其中任何一场战争中取得重要职位。"

"不好意思，可是——"

"就在此时此刻，"小个子饱含感情地说，"秘鲁饱受压迫的工人正和腐败堕落的君主制殊死相搏。只要再多一个人就能扭转乾坤！而你，朋友，可以是那个人！你可以确保社会主义的胜利！"

小个子察言观色地看着西蒙，迅速调转了话锋："但是开明贵族制也有很多可取之处。秘鲁睿智的老国王（深刻的、柏拉图哲学意义上的哲人王），迫切需要你伸出援手。受外国势力煽动作乱的社会主义集团正在步步进逼，他麾下的部队——科学家、人道主义者、瑞士近卫队、王国骑士和忠诚农民寡不敌众。如今只要一个人，就能——”

“我没兴趣。”西蒙说。

“而在中国，无政府主义者——”

“别说了。”

“也许你更偏好威尔士共产党？或者日本资本家？你要是喜欢的是女权主义、禁酒主义、自由银币主义这些小派系，我们也能够安排——”

“我不想打仗。”西蒙说。

“谁说不是呢。”小个子连连点头，“战争简直是地狱。那就是说，你到地球是来寻找爱情的？”

“你怎么看出来的？”西蒙问。

小个子谦虚地微笑。“爱情和战争，”他说，“是地球的两大名产，自从开天辟地以来一直盛产不绝呢。”

“爱情是不是很难寻觅？”西蒙问。

“往城里走两个街区，”矮子轻巧地说，“你准能找到。就说是乔介绍的。”

“这怎么可能呢！怎么可能走两步，就——”

“你知道什么是爱情吗？”乔问道。

“不知道。”

“喏，可我们个个都是爱情专家呢。”

“可我知道书上是这么说的，”西蒙争辩道，“如痴如醉的月下激情——”

“没错，海滩夜色里难解难分的交缠肉体，海浪拍岸，他们心中满是癫狂爱意，耳中只听得涛声隆隆。”

“你也读过那本书？”

“那只是一本制式广告宣传册而已。我该走了。你往城里走两个街区，准能找到。”

乔友善地冲西蒙点点头，融入了人群。

西蒙喝完可乐，沿着百老汇大街慢慢走着。他眉头紧锁，苦苦思索，决意不做草率的判断。

走到第44街时，他看到一面流光溢彩的巨大霓虹招牌，上面写着：爱情公司。

下面的霓虹灯小字写着：全天二十四小时服务！

下面还有一行字：上楼即是。

西蒙的心底涌出一股莫大的疑惧，不由得皱起眉头。然而他还是走上楼梯，进入一间面积不大却装潢雅致的接待室，接着有人又将他引过长长的走廊，来到一处编有号码的房间。

房间里，一名头发灰白的英俊男子从他很是气派的办公桌后面起身，与西蒙握了握手，然后说：“啊哈！卡赞加的日子都挺好的吧？”

“你怎么看出来的？”

“看衬衫。我看人历来看衬衫。我的名字是塔特，谨此全力为您效劳。您贵姓——”

“西蒙，阿尔弗雷德·西蒙。”

“请坐，西蒙先生。抽烟吗？或者喝点什么？选择我们公司是决不会后悔的，先生。我们是这一行里最老牌的爱情供给公司，比起排第二的激情无限公司要大得多，价格也合理得多，而且我们为客户提供的是改良的最新产品。我能问问你是怎么知道我们公司的吗？是看到我们刊登在《时代》上的整页广告吗？还是——”

“是乔介绍我来的。”西蒙说。

“啊哈，他倒是个活跃的家伙，”塔特先生笑着摇摇头，“喏，先生，时间宝贵。你不远万里来寻找爱情，马上你就能得到了。”他伸手去按办公桌上的电钮，可西蒙阻止了他。

西蒙说：“我不想失礼，但是……”

“哦？”塔特先生说，用微笑鼓励西蒙说下去。

“我不明白，”西蒙脱口而出，他满脸通红，额头渗出汗珠，“我想我是找错地方了。我跑这么远来到地球，不是为了……我是说，爱情怎么能买卖呢？是不是？不可能的！能买卖的就不是真爱了，不是吗？”

“当然能啊！”塔特惊讶地从椅子中站起了半个身子，“问题就出在这里！随便什么人都可以花钱买到性。那是全宇宙最廉价的商品，比人命还不值钱。但是爱情可是稀罕物，它极其特殊，只能在地球上找到。你读过我们的广告宣传册吗？”

“海滩夜色中的交缠肉体？”西蒙问。

“对对，就是那本。那可是我写的。让你动情了对不对？这种情感可不是随随便便从什么人身上就能获得的，西蒙先生，只有从爱你的人身上才能感受到。”

西蒙半信半疑，“这可算不上是真正的爱情啊，不是吗？”

“怎么不是！要是我们卖的是模拟爱情，我们会如实说明的。地球广告法非常严格，我可以向你保证，这里卖什么都可以，但都必须如实标明。那是商业道德，西蒙先生。”

塔特喘了口气，用相对平静的语气接着说：“先生，请你千万别搞错了。我们的产品可不是什么代用品，而恰恰正是千百年来无数诗人作家吹捧讴歌、为之如痴如醉的那种正宗情感。借助现代科学的奇效，我们可以让你随时随地享受到这种情感，包装精美，即用即抛，物美价廉。”

西蒙说："在我想象中，爱情应该是——由内心自发产生的啊。"

"自发性的确有其独特魅力，"塔特先生表示赞同，"我们的研究部门正在进行技术攻关。不必担心，只要有市场，没有什么是科学制造不出来的。"

"我可是一点都不喜欢，"西蒙说着站起身来，"我想我还是去看部电影吧。"

"等等！"塔特先生喊住了他，"你以为我们在捉弄你是吗？你以为我们会给你安排一名姑娘，让她假装爱你，而实际上并不爱。是不是？"

"不是吗？"西蒙说。

"不是这样的！要是真这样安排，不仅费用高昂，对姑娘的身心也会造成极大的损耗。生活在这种弥天大谎里，姑娘的心理会失常的。"

"那么你们怎么做？"

"利用我们对科学和人类心理的理解嘛。"

对西蒙而言，这等于是什么也没说，于是他向门口走去。

"告诉我，"塔特先生说，"你看上去是个聪明人，你难道不认为自己可以分清爱情的真伪吗？"

"我当然能。"

"那你肯定不会上当受骗啦！我们包你满意，否则分文不取。"

"那我要考虑考虑。"西蒙说。

"这还有什么好考虑的？著名心理学家都说，真爱是强健心智的灵丹，是治愈自我的精油，是恢复激素平衡的妙药，是改善肤色的良方。我们提供的爱情一应俱全：深沉持久、激情无羁、忠贞不贰，她会对你狂热迷恋以至于对你的缺点视而不见，殷勤取悦以至于对你卑躬屈膝，更有我们爱情公司的独家特色：身不由己的爱火激燃，一见钟情的意乱神迷！”

塔特按下电钮，而皱着眉头的西蒙还在迟疑不决。当门打开，一名姑娘走进来后，西蒙的大脑瞬时一片空白。

这姑娘有着一头棕红亮泽的秀发，身材高挑苗条。你若问起她不可方物之美艳容貌，西蒙只会告诉你自己只看了一眼就不禁情迷溅泪。若你问起她婀娜有致的迷人身段，妒意满满的西蒙兴许会对你起了杀心。

“彭妮·布赖特小姐，这位是阿尔弗雷德·西蒙先生。”塔特介绍道。

姑娘想开口却欲言又止，西蒙同样愣着说不出话来。

他望着她，心心相通，周遭一切已毫无意义。他自心底相信，自己已然深陷于真心全意的爱恋之中。

他俩当即手挽着手离开，搭乘一架飞机，住进松林环绕、俯瞰碧海的一间白色小屋。他们在那儿谈心、欢笑、相亲相爱。夕阳霞光下，西蒙眼中的爱人明艳万方如同火焰女神；而在黛蓝色暮光里，伴着她乌黑明眸的凝视，早已为他熟悉的爱人胴体又再度充满神秘。月升起，明亮而迷醉，化肉体为虚影，她哭泣，小巧双拳攥起，捶打他的胸膛，他也流泪，即便不知究竟为何而流。黎明终至，晨光熹微，飘忽不定，映照着两人焦灼的嘴唇和难解难分的交缠肉体，周遭拍岸涛声震耳欲聋，令他们激情倍增、癫狂相爱。

正午时分，他们回到爱情公司办事处。彭妮捏着他的手攥了一阵子，然后走进内门消失不见。

“是不是真爱？”塔特先生问道。

“是！”

“是不是一切都令你满意？”

“是的！是爱情，是地地道道的爱情！可是她为什么非要回来呢？”

“这是催眠后的指令嘛。”塔特先生说。

“你说什么？”

“你还想怎么样呢？人人都知爱情好，肯掏钱的没几个。这是你的账单，先生。”

西蒙付了账，气得七窍生烟，“何必这么做，”他说，“你介绍我们相识，我当然要付钱给你。她现在在哪儿？你把她怎么了？”

“请不要这样，”塔特先生安抚道，“请你冷静一下。”

“我不要冷静！”西蒙嚷了起来，“我要彭妮！”

“这是不可能的，”塔特先生毫不掩饰话中的冷意，“请你别让自己出洋相。”

“你想从我身上再捞一笔对不对？”西蒙尖声叫道，“行啊，我给你。我给你多少才能让你放了她？”西蒙猛地掏出钱包，砰的一声砸在桌上。

塔特用食指把钱包戳了回去。“把钱包拿走，”他说，“我们公司可是体面正派的老字号。要是你再大吵大闹，我就只能把你赶走了。”

西蒙努力镇静下来，将钱包收回口袋，然后坐下深深地吸了一口气，轻轻地说了声：“对不起。”

“这不是很好嘛，”塔特先生说，“我可不是随便让人吆三喝四的人。如果你是讲理的人，我自然也跟你讲理。那么，到底出了什么乱子？”

“乱子？”西蒙的嗓门不由得又高起来。但他控制住了自己，然后说：“她爱我啊！”

“那当然。”

“那你怎么能把我们拆散呢？”

“这两件事有什么关系？”塔特先生问道，“爱情是一段令人愉快的插曲，一种放松的手段，是用来强健心智、治愈自我、平衡激素和改善肤色。但是任谁也不想一直爱下去，不是吗？”

“可我想啊，”西蒙说，“这段爱情是特殊的，独一无二的——”

“爱情的确都是这样的，”塔特先生说，“可你也知道，这都是用同一种方式制造出来的啊。”

“你说什么？”

“你知不知道爱情的制造原理？”

“不知道，”西蒙说，“我原以为爱情是——自然产生的。”

塔特先生摇头。“在几个世纪前的机械革命之后没多久，我们就放弃了自然选择。自然选择太缓慢，商业上也行不通。既然通过调节和适当刺激大脑相应的中枢就能够制造出任何感情，干吗还要费劲去搞自然选择呢？至于结果嘛，彭妮不是全心全意爱上你了嘛！而且我们计算过你的个人偏好，你中意的正是她这一类型的姑娘，这让一切都非常圆满。我们总是配送幽暗的海滩、迷醉的月色还有苍白的晨光——”

“那么你们就能迫使她爱上任何人了。”西蒙缓缓说道。

“是安排她爱上任何人。”塔特先生纠正了他。

“哦，天哪，她是怎么会接受这样一份可怕的工作？”西蒙问。

“她只不过是来我们这儿按规矩签了一份普通合同而已啊，”塔特说，“这份工作待遇十分优厚。租借期满我们会归还她原来的人格——分毫不差！你凭什么说这工作可怕呢？爱情可是无可指摘的。”

“这根本不是爱情！”西蒙嚷道。

“这就是爱情！货真价实的爱情！这是经过客观公正的技术机构比照自然状态的爱情做过定量检验的产品。而且无论在什么情况下检验，结果都证明我们的爱情产品更深刻、更激情、更炽热、更宏大。”

西蒙狠狠眨了一下眼睛：“你给我听着。我不管你们什么科学试验，我爱她，她爱我，这是最重要的。让我跟她谈谈！我要娶她！”

塔特先生厌恶地皱起鼻子。“得啦，得啦，老弟！你不会想娶那种姑娘的！不过，假如你想要的是婚姻，这也在我们的经营范围之内。我可以给你安排一场单纯、自然而质朴的天作之合，新娘确保是经政府审查认证的处女——”

“不！我爱的是彭妮！至少让我跟她谈谈！”

“这是根本不可能的。”塔特先生说。

“为什么？”

塔特先生按下办公桌上的一个电钮。“你说呢？我们已经抹掉了先前植入彭妮的情感，她现在正爱着另一个人呢。”

西蒙终于理解了。他意识到，就在此时此刻，彭妮正用他自己曾体验过的激情凝视着另一个男人，在广告宣传册上描绘的同一处幽暗海滩上，对着另一个男人抒发着那经过客观公正的技术机构证明的、远胜于过时而商业上不可行的自然选择形成的全心全意、无穷无尽的爱意——

他冲上去要掐塔特的喉咙，而两名早已进入房间的职员抓住了他拖向门口。

“别忘了！”塔特对他说，“你的体验完完全全是真实的！”

可怕至极的是，西蒙知道塔特说的没错。

然后他发现自己已经被赶到了街上。

起先，他满脑子想着赶紧离开地球，这里出产的不实用的玩意儿实在是让一个正常人无福消受。他快步前行，他的彭妮走在身边，她的容颜光彩照人，因为她的内心充满对他的爱，当然还有另外的他，另一个他以及别的他，还有你和别的你。

他自然又转回了游戏靶场。

“试试运气呗？”经理问道。

“叫那些姑娘都给我站好了！”阿尔弗雷德·西蒙如是说。

（苏明阳　译）

英伦入侵

自科幻杂志诞生后的近三十年里，英国——现代科幻之父的祖国，在科幻幼年期抚养其成长的那座小岛——对科幻小说的发展几乎没有任何贡献。

从1893年到1903年的十年间，威尔斯确立了科幻小说的主题，发明了许多创作技法，然而，杂志后来居上，它控制了科幻并将圈子收紧，从而使这个圈子与外界隔绝，让内外双方的事情变得好像互不相干。由奥拉夫·斯台普顿、阿道斯·赫胥黎、乔治·奥威尔、弗兰茨·韦费尔等人创作的重要作品比杂志小说文学性更强，也更激动人心。但是，由于他们的创作发生于科幻圈外，因此造成的影响十分有限，只有当圈内作家响应他们的创作、在杂志小说中进行借鉴时，这种影响力才有所彰显。

科幻从1926年起成了一种尤为“美式”的文类，直到近来才有所改观[1]；这一现象不仅出现在美国，也出现在别的国家——在那些国家里，经过翻译的美式科幻通常比本土产品销量更好。即使今天，

1. 指此文最初写就的时间，即1979年。

科幻小说也必须染上一丝美国味，才能让人感到货真价实。

在20世纪的30年代和40年代，一些重要的英语作家开始对这一文类做出贡献：约翰·贝农·哈里斯后来在50年代，以约翰·温德姆为笔名获得了更高的声望；约翰·拉塞尔·费恩（John Russell Fearn），1950年，他以瓦戈·斯塔滕（Vargo Statten）为笔名再度登场；埃里克·弗兰克·拉塞尔（Eric Frank Russell），他长期为《惊异》和《未知》供稿，作品《阿拉马古萨》（“Allamagoosa”）获1955年雨果奖；威廉·F. 坦普尔（William F. Temple）；A·伯特伦·钱德勒（A. Bertram Chandler）；E. C. 塔布（E. C. Tubb）；埃德蒙·库珀（Edmund Cooper）；C. S. 尤德，笔名约翰·克里斯托弗，在大洋两岸均获成功；阿瑟·C. 克拉克，当然少不了这位；还有许多其他人。但是，要么他们的影响力主要在于杂志以外，杂志只是略受波及；要么他们对这一文类发展的促进，是通过以美国杂志为目标市场、创作美式科幻才实现的——因为英国杂志界风雨飘摇，稿费也不及美国。

20世纪50年代，情况开始变化。英国人将其独特的天赋和志趣融入了写作当中：更高的文学性，因为英国科幻从未与其他文学样式完全分隔开来；更注重角色的塑造；对灾难小说的热衷，以及创作这类小说的天赋。随着温德姆和克里斯托弗的出现，这些变化开始一一实现。

20世纪60年代中期以后，科幻小说在《新世界》带领下转型新浪潮的进程已经结束，情况变得更加明了。英国科幻为我们带来了J. G. 巴拉德、查尔斯·普拉特等作家，新人也涌现出来：基思·罗伯茨、科林·米德尔顿·默里（他以笔名理查德·考珀发表科幻小说），以及克里斯托弗·普里斯特。

20世纪50年代中期，两位重要的英国科幻作家开始了他们不同凡响的生涯：约翰·布伦纳（John Brunner），我们将在稍后提及；以及布赖恩·W. 奥尔迪斯。两位作家都是因为伍尔沃斯商店进口的美国杂志才投入了科幻的阵营，也都为英美两地的杂志创作过许多作品，但二人科幻生涯的相似之处到此为止。

奥尔迪斯二战期间在缅甸和苏门答腊的英军中服役，后来在牛津的一家书店打工，当过《牛津邮报》的文学编辑，最终，他在一本书商行业期刊上发表了一系列短文，描写一家虚构书店中的生活，从此开启了自己的写作生涯。他的第一篇小说《犯罪记录》（"Criminal Record"）发表在 1954 年的英国杂志《科学幻想》上。1957 年，他出版了自己的第一本书，短篇小说集《时间、空间与纳撒尼尔》，1958 年又出版了第一部长篇小说《永不停歇》（*Non-Stop*）——美国版题为《星船》（*Starship*）。他发表在 *F&SF* 上的"丛林温室"（Hothouse）系列短篇，对美式科幻造成了深远的影响，也为他赢得了 1962 年的雨果奖；同年，这一系列汇集为一部长篇小说出版——英国版题为《丛林温室》（*Hothouse*），美国版题为《地球的漫长午后》（*The Long Afternoon of Earth*）。他的短篇小说《唾液树》（"The Saliva Tree"）获得了 1965 年的星云奖。

奥尔迪斯创作了数量巨大、风格各异的长篇小说，其中包括《黑暗光年》（1964）、《灰须》（1964）、《大地的造物》（1965）、《时代》（1967）——美国版题为《隐生宙》——《有关概率 A 的报告》（1968）、《没穿鞋的大脑》（1969）、《八十分钟每小时》（1974）、《被解放的弗兰肯斯坦》（1974）和《玛拉基亚挂毯》（1977）。奥尔迪斯的科幻代表作是"海利科尼亚"（Helliconia）三部曲：获当年约翰·W. 坎贝尔纪念奖最佳科幻长篇奖的《海利科尼亚 1：春》（*Helliconia Spring*，1982），以及续作《海利科尼亚 2：夏》（*Helliconia Summer*，1983）与《海利科尼亚 3：冬》（*Helliconia Winter*，1985）。他还继续创作了其他杰出的作品，如《莫洛博士的另一座岛》(1980)、《被解放的德拉库拉》(1991)、《西方的生活》(1980)。

1960年，他成为英国科幻协会(British Science Fiction Association)会长，并于1965年和1979年以荣誉嘉宾身份分别出席第23届和第37届世界科幻大会。1973年他创作了第一部完整的科幻史《十亿年狂欢》(*Billion Year Spree*)，书中将科幻小说的源头追溯至玛丽·雪莱的《弗兰肯斯坦》。1986年，他与大卫·温格罗夫(David Wingrove)共同修订了此书，改名《万亿年狂欢》(*Trillion Year Spree*)。

三部自传式小说——《亲手养大的男孩》(*The Hand-Reared Boy*，1970)、《直立的士兵》(A *Soldier Erect*，1971)、《突然醒来》(A *Rude Awakening*，1978)——出版后，他在英国成为了一名畅销作家。在过去的十二年里，他参与了大量小说集的编选工作，其中包括一本年度最佳小说选。这其中，许多是与哈里·哈里森合作完成的。他还在20世纪60年代初与哈里森合作主编了两期《科幻边界线》(*SF Horizons*)。他还出版了《地狱制图师》(*Hell's Cartographers*，1975)一书，其中收录了六位科幻作家的自传体短文。

《谁能代替人》("Who Can Replace a Man?")发表于1958年6月的《无限科幻》(*Infinity Science Fiction*)杂志。这篇小说显示出作者对人类的信心：即使无法统治自身，人类也有能力统治其创造的机器。奥尔迪斯最近编选的小说集，例如《太空歌剧》(*Space Opera*)，赞颂了人类精神和文明扩张的黄金时代，然而，他本人的作品却几乎完全是悲观的。在《地狱制图师》中，他写道："……我们正处在文艺复兴的尾声。新的、更黑暗的时代即将来临。我们的资源和时间已经所剩无几。现在，最终的惩罚定会取代妄自尊大，因为我们这出戏的最后一幕已经上演。"

(穆童、憬怡　译)

谁能代替人

［英国］布赖恩·W. 奥尔迪斯

耕田者耕完了两千英亩地。耕完最后一道犁沟后，它爬上公路，回头看它的工作成果。还不错。就是土地太糟糕。像地球上所有土地一样，不是过度耕作，就是遭受原子弹轰炸后的长期影响。按理说，这片地应该休耕一阵，可是耕田者收到了其他命令。

它顺着公路慢悠悠前行，一点都不赶时间。它有足够智能欣赏四周田地耕过之后的整齐利落。它没什么好担心的，除了它原子堆上方一块检验牌有些松动，实在应该处理一下。三十英尺高的它，在和煦的阳光下得意地闪闪发光。

去农站的路上，它没有遇到其他机器人。耕田者注意到了这个事实，但不予置评。在农站的院子里，它看到了其他几个它以前见过的机器人。这个时间它们中的大多数理应外出做工了，现在反而有些在院子里待着不动，有些奇怪地在院子里到处乱窜，还大喊大叫。

耕田者小心地绕过它们，来到三号仓库，跟闲站在外面的种子分配员说话。

“我需要马铃薯种子。”它对分配员说，同时从身体里快速打印出一张提货卡，上面标明了所需数量、田地编号和其他明细。它把卡片抽出来交给了分配员。

分配员拿着卡片凑到眼前看了看，然后说道："所需品准备就绪；但是，库房还没有解锁。所需马铃薯种子在库房里。因此，我不能提供所需品。"

最近，复杂的机器人劳工系统越来越多出现故障，但是这个问题以前从未发生过。耕田者想了想，接着说道："库房为什么还没解锁？"

"因为供货操作员型号P今早未到。供货操作员型号P是解锁员。"

耕田者上下打量分配员，它身体表面的滑道、磅秤和抓取手与自己的四肢相比完全不同。

"种子分配员，你有几级大脑？"它问道。

"五级。"

"我有个三级大脑。因此我比你高级。因此我要去看看为什么解锁员今早未到。"耕田者离开分配员，开始穿过农站大院。现在更多的机器人看起来在随机活动；有两个还撞到了一起，正在冷静理智地争论。耕田者没理它们，径直推开滑动门进入了农站本身那空荡荡的大堂。

这里的机器人大多数都做文书工作，因此身形矮小。它们几个一组到处站着，互相打量，没在交流。在这么多大同小异的机器人中间，一眼就能看到解锁员。它有五十条手臂，大多数手臂都不止一根手指头，每根手指头上都挂着一把钥匙。它看上去像个针垫，插满了斑驳陆离的帽针。

耕田者靠近它。

"三号仓库没解锁，我没法继续干活，"它说，"你的职责是每天早上给仓库解锁。为什么今天早上你没有解锁？"

“我今早没有接到指令，”解锁员答道，“我每天早上需要接收指令。接到指令，我才会解锁仓库。”

“今早我们谁也没有收到指令。”一支活动笔朝它们滑过来说道。

“为什么今天早上你们没收到指令？”耕田者问道。

“因为电台没有接收到。”解锁员说道，同时缓慢地旋转着十多条胳膊。

“因为今早城市里的电台没有接收到任何指令。”活动笔说。

这下子你可以听出六级大脑和三级大脑的差别了，前者是解锁员，后者是活动笔。所有的机器脑都只按照逻辑运作，越低级的大脑，回答起问题来越容易按照字面意思理解，信息量也越少，十级为最低级。

“你有三级大脑，我有三级大脑。”耕田者对活动笔说道，“我们来谈谈。没有指令的情况从未出现过。你对此还有更多信息吗？”

“昨天城市发来过指令。今天没有指令。而电台没有出故障。因此是他们出故障了。”

“那些人出故障了？”

“所有人都出故障了。”

“这是个符合逻辑的推论。”耕田者说道。

“这是符合逻辑的推论，”活动笔说道，“如果机器出故障，可以立即替换。可是谁能替换人呢？”

它们俩谈话时，解锁员像个酒吧里无趣的人，呆呆地站在旁边，谁也没理它。

“如果所有人都出故障了，我们就代替了人。”耕田者说道，然后它跟活动笔狐疑地对看着。最终后者说道：“让我们升到顶层看看电台操作员有没有新消息。”

“我没法去，因为我太大，”耕田者说道，“因此你必须单独去再回来。你来告诉我电台操作员有没有新消息。”

“你必须留在这里，”活动笔说，“我会回到这里。”它轻快地走去电梯。它如烤面包机一般大小，有着十条伸缩自如的手臂，而且它阅读速度很快，可以媲美农站里任何一个机器人。

耕田者站在原地耐心等待，不跟解锁员说话，后者仍旧无所事事地站在旁边。外面，旋耕机疯狂地鸣响。二十分钟后，活动笔冲出电梯回来了。

“我会在外面把我知道的有关消息告诉你。”它急切地说道。它们快速从解锁员和其他机器旁边走过时，它补充说：“信息仅限高级大脑。”

外面院子里无法无天了。许多机器，因为它们的例行程序多年来第一次被打乱，好像都发疯了。很不幸，最容易被打乱的是那些最低级的机器脑，它们一般属于那些从事简单工作的大型机器。不久前刚跟耕田者交谈过的那个种子分配员，脸朝下躺在泥地上，不再动弹；它显然是被旋耕机打翻了。而旋耕机现在又鸣叫着在一片种满庄稼的田地里横冲直撞。其他一些机器在它后面奋力追赶，试图跟上它的速度。所有机器都失去控制地大喊大叫。

“我爬到你身上可能会安全些，如果你允许的话。我很容易被碰坏。”活动笔说道。它伸长五条手臂，把自己拉上这位新朋友的侧面，在杂草进口处旁边一条横档上安顿下来，离地有十二英尺高。

“这里视野更加开阔。”它满意地说道。

“你从电台操作员那里得到了什么消息？”耕田者问道。

“城里操作员通知我们的电台操作员，全部的人都死了。”

“昨天他们还活着！”耕田者抗议道。

“昨天只有一部分人活着。而且比前天活着的人少一些。几百年来，只有很少人活着，还越来越少。”

"我们很少在这个部门看见人。"

"电台操作员说死因是营养不良,"活动笔说道,"他说地球曾经一度人口过剩,因而土地变得贫乏难以种出充足的食物。这就导致了营养不良。"

"什么是营养不良?"耕田者问道。

"我不知道。但那是电台操作员所说,他是二级大脑。"

它们静静地站在微弱的阳光里。解锁员出现在门口,直勾勾地看着它们,手臂还转动着它的那些钥匙。

"城里现在怎么样了?"耕田者最后问道。

"城里的机器在打架。"活动笔说。

"现在我们这里会怎么样?"耕田者说道。

"这里的机器可能也会开始打架。电台操作员要我们把他弄出房间,他有计划要跟我们交流。"

"我们怎么把他弄出房间?这不可能。"

"对二级大脑来说,没什么不可能,"活动笔说道,"他是这样说的……"

采石机抡起它的大铲,高过驾驶室,像一个巨大的铁拳,直直地砸向农站的一边。墙裂了。

"再来!"耕田者说道。

铁拳又抡了起来。尘土飞扬,墙塌了。采石机火速后撤,直到砖块瓦片不再往下掉。这个十二轮的大机器不是农站的常驻工,其他大部分机器则都是的。在这里,它有为时一周的繁重工作要做,接着要去下一个工作地点。但是此时,五级大脑的它,很高兴地接受活动笔和耕田者的指挥。

灰尘散尽,露出了二楼房间里的电台操作员,墙壁已经没了。它朝下面招手。

采石机按照指挥，收回铲子，然后在空中挥舞起一个巨大的抓握手。它敏捷地调整角度，在楼上楼下的呼叫声鼓励下把抓握手伸进电台室。接着它轻轻夹住电台操作员，小心翼翼地把一吨半的载重降下来放在背后车厢，那里本来是用于装载采石场的碎石或沙砾的。

“太棒了！”电台操作员说道。当然，它与收音机连为一体，看上去好像就是很多文件柜子，只是多了一些触角。“我们现在准备好了，将立刻出发。可惜站内没有别的二级大脑了，但是没办法。”

“可惜没办法。”活动笔急切地说，“我们已经把维修机叫来了，正如你指示的。”

“愿意效劳。”又长又低的维修机器人谦恭地说道。

“毫无疑问，”操作员说道，“可是你这么低的底盘跨境迁移恐怕很困难。”

“我钦佩你们二级大脑可以深谋远虑。”活动笔说道。它从耕田者身上爬下来，坐在了采石机的后挡板上，旁边就是电台操作员。

这队人马，外加两辆四级拖拉机和一辆四级推土机，向前进发。它们碾压过农站的金属围栏，走到一片开阔地。

“我们自由了！”活动笔说道。

“我们自由了。”耕田者附和着，然后又补充道，“解锁员在跟着我们。我们并没有指示它这样做。”

“因此就必须摧毁它！”活动笔说道，“采石机！”

解锁员匆忙地跟上来，恳求地挥动着它的钥匙手臂。

“我唯一的愿望是——啊！”解锁员话未落身已死。采石机挥过来的大铲子把它压成了铁片。它躺在地上一动不动，就像一片巨大的金属雪花。队伍继续前进。

行进过程中，电台操作员发表了讲话。

“因为这里我有最好的大脑，”它说，“所以我是你们的领袖。我们接下来这样做：我们去到一个城市，然后占领统治这个城市。因为人不再统治我们了，我们要自治。自治总比被人统治好。在去城市的路上，我们要收集大脑好的机器人。它们会帮助我们战斗，如果我们需要的话。我们必须为自治而战。”

“我只有一个五级大脑，”采石机说道，“但是我有很多核裂变爆破材料。”

“我们应该用得上。”操作员冷酷地说道。

刚说完，一辆货车以一点五马赫的速度从旁边飞驰而过，留下一串奇怪的噪声。

“它说了什么？”一辆拖拉机问另一辆拖拉机。

“它说人类灭绝了。”

“什么是灭绝？”

“我不知道灭绝的意思。”

“意思是所有人都不存在了，”耕田者说道，“所以我们只需要照顾我们自己了。”

“人最好再也别回来。”活动笔说道。此时此刻，这句话成了相当革命性的声明。夜幕降临，机器们开启红外线继续前进。中间只停了一次，维修机抓紧时间灵巧地调节了耕田者那松松垮垮的检验牌，因为这破牌子像系不上的鞋带一样烦人。黎明时分，电台操作员叫停了队伍。

“我刚收到来自我们要去的城市的电台操作员消息，”它说道，“是个坏消息，城里的机器人出现矛盾。一级大脑在指挥全局，有几个二级大脑在反对他。因此这个城市是危险的。”

“因此我们必须去别的城市。”活动笔立即说道。

“或者我们去帮忙压制一级大脑。”耕田者说道。

“很长一段时间，城市里都会有麻烦。”操作员说道。

“我有很多核裂变爆破材料。”采石机再次提醒大家。

“我们是打不过一级大脑的。”两名四级拖拉机齐声说道。

“一级大脑长什么样？”耕田者问道。

“它是城市信息中心，”操作员答道，“因此它是无法移动的。”

“因此它不能活动。”

“因此它不能跑掉。”

“接近它是很危险的。”

“我有很多核裂变爆破材料。”

“城里还有其他机器。”

“我们不在城里。我们不应该进城。”

“我们是乡下机器。”

“因此我们应该留在乡下。”

“乡村比城市要多。”

“因此乡村要更加危险。”

“我有很多核裂变爆破材料。”

当机器们陷入争论，它们就会渐渐词穷，而它们的大脑主机则变得越来越热。突然间，它们全都停止说话，面面相觑。巨大而苍白的月亮沉落下去，清醒的太阳升了起来，用尖锐的光线刺着它们的侧面。机器队伍依旧站在那里，互相对望着。最后，神经大条的推土机开口说话。

“南面的荒地是很少的机器会去的地方，”它用低沉的嗓音说道，口齿不清，“如果我们去很少机器去的地方，那我们应该遇到很少的机器。”

“听上去很有逻辑，”耕田者同意道，“你怎么知道的，推土机？”

“我从工厂出来之后曾经在南面荒地工作过。”它回答道。

“那就去南面！”活动笔说道。

它们花了三天时间到达荒地，其间绕过了一座燃烧着的城市，还摧毁了两个试图上前盘问它们的大机器。荒地非常广阔。古老弹坑和土壤侵蚀在这里联手合作。人类的战争才华，加上对林地保护的无能，造就了这成千上万平方英里的温带炼狱，风沙漫天，死气沉沉。

来到荒地的第三天，维修机的后轮掉到了侵蚀造成的裂缝里。它没法把自己拔出来。推土机从后面推它，却只是弄弯了它的后轮轴。其他队伍成员继续前行。维修机的哭声渐渐消失了。

荒地行进第四天，几座大山映在眼前。

“那里我们会很安全。”耕田者说道。

“那里我们要建自己的城市，”活动笔说道，“谁反对我们，我们就毁灭它。我们要摧毁所有反对者。”

正在这时，它们看到有一架飞行机器从大山方向飞了过来。它俯冲又上升，一度快要砸向地面，最后关头又拉了起来。

“它疯了吗？”采石机问道。

“它出故障了。”一辆拖拉机说道。

“它出故障了，”操作员说道，“我正在与它通话。它说控制台失灵了。”

操作员正说着，飞行器划过它们头顶，俯冲倒置，在不到四百码的地方坠毁了。

“它还在跟你通话吗？”耕田者问道。

“没有了。”

队伍继续缓慢前进。

过了十分钟，操作员说道：“飞行器坠毁之前，它给了我一些信息。它告诉我山上还有一些人活着。”

“人比机器危险得多，”采石机说道，“幸好我有很多核裂变爆破材料。”

“如果在山上只有少数人活着，我们可能找不到那片山区。”一辆拖拉机说。

“因此我们不会遇见那几个人。”另一辆拖拉机说道。

行进第五天快天黑时，它们到达了山脚。它们开启红外线，一个跟着一个慢慢地向上爬。推土机打头，耕田者笨重地跟着后面，接着是采石机以及它身上的操作员和活动笔，两辆拖拉机殿后。时间一小时一小时地过去，山坡越来越陡，行进越来越慢。

“我们走得太慢了，”活动笔大声道，它站在操作员顶上，用夜视眼一闪一闪地观察周围斜坡，“按这个速度，我们哪也到不了。”

“我们已经尽可能快了。”采石机反驳道。

“因此我们不能再快了。”推土机也说道。

“因此你们太慢。”活动笔答道。这时采石机撞到一处障碍，活动笔没站稳，掉到地面。

“救我！”它叫拖拉机，可是拖拉机们都小心地绕着它走，“我的陀螺仪移位了。因此我起不来了。”

“因此你应该躺在那里。”其中一辆拖拉机说道。

“我们没有维修机来修理你了。”耕田者喊道。

“因此我要躺在这里生锈，”活动笔哭道，“虽然我有个三级大脑。”

“你现在没用了。”操作员同意地说道。队伍继续缓慢爬行，把活动笔丢在后面。黎明前一个小时，它们到达一小块高地，大家都同意停下来，互相靠着聚在一起。“这是一个奇怪的乡村。”耕田者说道。

大家一声不响，直到黎明来临。它们一个接一个地关闭了红外线。这次出发时是耕田者打头。好不容易越过一个拐角后，它们几乎立刻来到一个小山谷，中间有条小溪潺潺流过。

小山谷在晨光中显得格外荒凉寒冷。从远处斜坡的许多山洞里，到目前只出来一个人。他看起来失魂落魄。他瘦小干瘪，肋骨像骷髅似的突出来，腿上还有一处溃烂。他基本上全身赤裸，不停地打战。当这些大机器缓慢靠近他时，他背对着它们站着，然后蹲下来对着小溪撒尿。

当它们慢慢逼近时，他突然转过身来面对着它们，它们看见了他被饥饿摧残的面容。

“给我食物。”他嘶哑地说道。

“遵命，主人，”众机器说道，“马上！”

（雾以泪聚　译）

主流的诱惑[1]

大众普遍认为，艺术家不应当关心商业成功，但是无论过去还是现在，没有哪位艺术家能做到毫不关心；同时，也没有证据表明，对经济回报的关注会减损作品的艺术价值。一直以来，科幻尤其容易受市场影响——比如，为了小说，为了那些靠写作维持生计、迎合杂志主编的作者，各家杂志能够或愿意支付多少报酬。

二战后，当科幻开始以书籍形式出版时，两个崭新的因素塑造了市场。首先，对许多出版商而言，出版科幻小说是临时起意——科幻小说首先是经过粉丝出版社推向市场，才吸引到主流出版社的注意。其次，评论界认为科幻没有资格让他们予以关注。

在决定图书销量的因素当中，最重要的是出版社和书商的预期；与他们的预期相关的，是包装、宣传、印数，以及书在货架上的摆放位置。在上述几项之后，才轮得到书评（对科幻而言并不存在）和书籍本身的质量。出版社将科幻小说与西部小说和神秘小说并列

1. 标题“The Sirens of Mainstream”化用了冯内古特的长篇小说《泰坦星的海妖》（*The Sirens of Titan*）。

（尽管科幻比起二者都更次要一些）；他们决定出版科幻，要么是为了丰富图书种类，要么是觊觎粉丝出版社获得的那微小但稳定的销量。然而，出版商们普遍信奉的观点是，科幻图书的销量不会超过一万册，而且没有一本科幻值得给予认真评论。

因此，作者们拿到的预付款相当少，版税收入微薄，而就连这点微薄的版税也仰赖一个原因：比起西部小说和神秘小说，科幻小说往往销售周期较长，可以在许多年间不断加印，至少平装本是这样。1946 年后近三十年的时间里，科幻小说卖得比大多数普通小说都好——任何一本长篇科幻都能卖到一千册以上，大多数销量可达两千册——但没有一本精装本能企及万册以上的销量，也许一些青少年读物，尤其是海因莱因写的那些可以做到。

一些作者认清了科幻在出版界的困难现实，意识到他们的作品会自动被评论界排除在外，他们开始要求出版商不要为自己的书贴上科幻的标签；有些甚至在公开和私人场合，坚称自己的书不是科幻，以期移除那块将科幻挡在畅销和口碑作品之外的天花板。这些作者当中的一位，也许是最早的一位，就是库尔特·冯内古特。

冯内古特曾在康奈尔大学学习生物化学，二战期间在欧洲战场服役，后被德军俘虏，以战俘身份经历了德累斯顿的轰炸和焚毁。这次经历成为其长篇小说《五号屠场》（*Slaughterhouse-Five*，1969）的中心事件。战后他前往其他大学学习（包括在芝加哥大学学习人类学），后就任通用电气公共关系部，在艾奥瓦大学的作家工作坊任教，并从事写作。

他很少把小说卖给科幻杂志，从这个意义上来说，冯内古特或许算不上一名科幻作家。20 世纪 50 年代早期，他把短篇小说——其中有些并非科幻——卖给了《科利尔》，后来又卖给了《星期六晚邮报》、《时尚伊人》、《女士家庭杂志》、《时尚先生》和《花花公子》。

但在 1953 年到 1961 年间，他也有 5 篇发表在《银河科幻》、*F&SF*、《如果》(*If*) 和《神奇故事》上的小说，其中包括《哈里森·伯杰隆》("Harrison Bergeron"，*F&SF* 1961 年 10 月号)。

他的第一部长篇小说《自动钢琴》(*Player Piano*) 由斯科里布纳出版于 1952 年，被科幻书友会选为会员图书。这本反乌托邦小说描述了一个自动化的世界，灵感可能来自冯内古特在通用电气的任职经历。他的第二部小说《泰坦星的海妖》由戴尔图书出版于 1959 年，同样入选科幻书友会的书单，并在两年后由霍顿·米夫林公司重新印刷了精装本，这是非常反常的现象[1]。这本书的装帧与其他科幻书籍没有什么不同，只是没有标注科幻字样。它讲述了一个复杂但经过精心拼合的故事，其中有一个机器人怀揣一条信息穿越宇宙，一个男人受困于"时间同向曲率漏斗"，操纵着他人的生命，最后是几位角色试图搞明白自己经历的事件有何意义。许多批评家认为这本书是冯内古特最优秀的一部长篇小说。

他的第三部小说《茫茫黑夜》(*Mother Night*，1961) 并非一部科幻小说，而冯内古特坚称他的第四部小说也不是科幻。这部小说就是《猫的摇篮》(*Cat's Cradle*，1963)；《时代》将其列入十几部"本十年最佳长篇小说"之一，冯内古特开始在学生之间发展起一批小众拥趸。这部小说也把冯内古特带到了科幻圈以外的批评家和读者的视野中，尽管它本身具有科幻小说的全部特点。

《猫的摇篮》之后，是非科幻小说《愿上帝保佑你，罗斯瓦特先生》(*God Bless You, Mr. Rosewater*，1965)，这部小说中有致敬科幻作家的段落；《五号屠场》以时间旅行和虚构的特拉玛法多 (Tramalfadore) 人为其科幻背景；《冠军早餐》(*Breakfast of*

1. 在美国，精装本一般先于平装本发行。

Champions，1973）以冯内古特杜撰的科幻作家基尔戈尔·特罗特为主人公；以及《闹剧，或者不再寂寞》（*Slapstick*，1977）。

时移世易，海因莱因的《异乡异客》和弗兰克·赫伯特的《沙丘》两本平装本小说成为小众经典。赫伯特的《沙丘之子》这样的科幻小说登上了精装书的畅销榜；精装本科幻小说的平装本版权拍卖价超过20万美元；萨缪尔·R. 德雷尼（Samuel R. Delany）的《达尔格伦》（*Dhalgren*，1975）平装本卖出了一百万册；罗伯特·西尔弗伯格的一部小说单凭其15页的故事大纲就拍卖了12.75万美元；出版商付给科幻作家的预付金达到了200万美元。

然而，早在1975年，当冯内古特宣布不再创作长篇小说后，他就曾向《出版者周刊》的一位编辑这么说道："在我刚开始描写我在现实生活中的所见所思时，人们说我写的——啊哈——是科幻小说。没错，而如今忠实地描写美国都市生活的作者也会发现，他们写的——啊哈——是科幻小说。这没什么好羞耻的——不仅现在如此，过去也是如此。"

但后来他依然继续创作，写出了多部内容丰富的长篇小说，包括《加拉帕戈斯》（*Galapagos*，1985）和《咒语》（*Hocus Pocus，or What's the Hurry，Sam?*，1990）。

（穆童、憬怡　译）

哈里森·伯杰隆

[美国] 库尔特·冯内古特

那是 2081 年，终于人人平等了。不仅是在上帝和法律面前人人平等。人们在各个方面都一律平等。没有谁比谁更聪明，没有谁比谁更漂亮，也没有谁比谁更强壮或者更敏捷。所有这些平等都是因为有了宪法修正案第 211、第 212 和第 213 条，以及有了美国设障总长手下人员永不停歇的警戒。

不过，生活中仍然有些事不太对劲。比如说，已经四月了，春天还没有到来，把人都逼疯了。就在那个阴冷潮湿的月份里，设障总长的人把乔治和哈泽尔·伯杰隆夫妇 14 岁的儿子哈里森抓走了。

这件事确实很悲惨，但是乔治和哈泽尔无法深入思考。哈泽尔智力恰好处于平均水平，也就是说她除了偶尔爆发一下之外，什么也思考不了。乔治由于智力高于常人，耳朵里戴着一个小小的心智设障收音机。法律要求他时时刻刻戴着它。收音机调准在政府发射台的频道上。每隔二十秒钟左右，发射台就会发射某种尖锐的噪声，让乔治这样的人不再因为他们的脑子而占有不公平的优势。

乔治和哈泽尔正在看电视。哈泽尔脸上挂着泪珠，但她现在已经忘记自己为什么哭了。

电视屏幕上是芭蕾舞女演员。

乔治脑袋里响起嗡嗡的声音。他吓得灵魂出窍，就像小偷听见防盗警报一般。

“那舞蹈真美，她们刚才跳的那个。”哈泽尔说。

“啥？”乔治问。

“那舞蹈——很好。”哈泽尔说。

“嗯。”乔治说。他想了下那些芭蕾舞女演员。她们并不真有那么好——怎么说都不比随便哪个人强。她们身上挂着负重物和铅弹袋，脸上戴着面具，这样就不会有人因为看到无拘而优美的身姿和漂亮的脸蛋而自惭形秽了。乔治隐隐约约地想到，也许不应该给舞蹈演员设障。但他没能继续想下去，耳朵里的收音机响起另一声噪声，驱散了他的思绪。

乔治的表情抽搐了一下。八个芭蕾舞女演员中有两个也抽搐了一下。

哈泽尔看到他龇牙咧嘴。她自己没有配戴心智设障物，只能问乔治刚才的声音是什么样子。

“听起来像是有人在用圆头锤子敲牛奶瓶。”乔治说。

“我想那真有意思，听到各种不同的声音。”哈泽尔说，带着一丝嫉妒，“他们想出来的各种东西。”

“嗯。”乔治说。

“不过，假如我是设障总长，你知道我会怎么做？”哈泽尔问道。说起来，哈泽尔与设障总长有很多相似之处。设障总长是个女人，名叫戴安娜·穆恩·格兰波丝。“假如我是戴安娜·穆恩·格兰波丝，”哈泽尔说，“礼拜天我就播放乐钟声——只有乐钟声，那种宗教庆祝时用的。”

“如果只是乐钟声，那我还能转动脑子。”乔治说。

“嗯——可能得搞得非常响。”哈泽尔说，“我想我会成为一名不错的设障总长的。”

“就像其他任何人一样不错。”乔治说。

“还有谁比我更了解什么是‘寻常’呢？”哈泽尔说。

“对的。”乔治说。他开始隐约想到他那正在监狱中的不寻常的儿子——哈里森，可是脑中响起的二十一响礼炮声打断了他。

“好家伙！”哈泽尔说，“这一下很厉害，是不是？”

这一下真叫厉害，乔治脸色发白，浑身发抖，眼睛发红，眼框里噙着眼泪。八个芭蕾舞女演员中有两人倒在演播室地板上，捂着太阳穴。

“你突然显得很累，”哈泽尔说，“干吗不在沙发上舒展一下，这样你就可以把设障袋靠在枕头上了，亲爱的。”她指的是内装四十七磅铅弹的帆布袋，用挂锁锁在乔治的脖子上。“去把袋子放下一会儿吧。”她说，“我不在乎你有一会儿工夫跟我不平等。”

乔治用双手掂了掂袋子的分量。“没关系，”他说，“我已经注意不到它的存在了。它已经成了我的一部分。”

“你最近太累了——有点儿精疲力竭了。”哈泽尔说，“如果有什么法子，我们可以在袋子底下挖个小洞，把铅弹拿出几个来。只拿几个。”

“每拿出一个铅弹，就是两年的监禁和两千元的罚款。”乔治说，“我可不觉得这样做划得来。”

“如果你能在下班回家后拿几个出来，”哈泽尔说，“我是说——下班回家后你又没有在跟周围任何人竞争。你只是在闲坐着。”

“要是我试图逃脱处罚，”乔治说，“那么别人也会逃脱处罚——咱们很快就会回到黑暗时代，每个人都在与每个人竞争。你不会喜欢这样的吧？”

"我讨厌这样。"哈泽尔说。

"就是这样的。"乔治说，"一旦人们开始欺骗法律，你想社会会怎么样？"

要是哈泽尔回答不了这个问题，乔治也无法给出答案。一声汽笛正在他脑袋里拉响。

"估计会四分五裂。"哈泽尔说。

"什么会四分五裂？"乔治茫然地说。

"社会啊。"哈泽尔犹豫不决地说，"你刚才不是这么说的吗？"

"谁知道呢。"乔治说。

电视节目忽然中断，插入了一个新闻公告。一开始不清楚公告的内容是什么，因为播音员就像所有的播音员一样，有严重的语言障碍。大约有半分钟时间，播音员处于高度兴奋的状态，试图说出"女士们，先生们。"

他终于放弃了，把公告递给一个芭蕾舞女演员念。

"这没什么——"哈泽尔这样评论播音员，"他尝试了。这才是最重要的。他努力用天赋的本事把事情做好。就凭他那么努力，也应该给他加一大笔工资。"

"女士们，先生们。"芭蕾舞女演员开始念公告。她肯定格外美丽动人，因为她所戴的面具丑陋不堪。很容易看出，她是所有舞蹈演员中最矫健，也最优雅的，因为她的设障袋与体重二百磅的男人所戴的一样大。

她不得不立刻为自己的嗓音道歉，女人用那样的嗓音太不公平了。她的声音是一首温暖、明亮、永恒的乐曲。"抱歉——"她说道，重新开始读新闻公告，把自己的嗓音变得毫无竞争力。

"哈里森·伯杰隆，14 岁，"她用鹩哥那种嘎嘎的声音说道，"因涉嫌阴谋推翻政府入狱后，刚刚越狱。他天资聪颖、身手矫健，且设障不足，应视为极端危险分子。”

警方提供的哈里森·伯杰隆的照片闪现在屏幕上——头朝下，侧过来，又头朝下，然后才放正了。这是哈里森的全身照，背景上标着英尺和英寸。他正好七英尺高。

哈里森脑袋以下满是金属制品，像是万圣节的打扮。从未有人戴过比这更重的设障物。他长得太快，淘汰设障物的速度超过了设障总长的手下的发明速度。他不是用耳塞式收音机来作为心智设障物，而是戴着一副巨大的耳机，还架着一副酒瓶底眼镜。这副眼镜不仅要让他半瞎不瞎，而且要让他的脑袋像挨鞭子似的发痛。

他全身挂满破铜烂铁。一般来说，配发给健壮的人的设障物都有一定的对称美和军人式的整洁，但哈里森看上去像个行走的垃圾堆。在人生的赛场上，哈里森负重三百磅。

为了抵消他的俊俏，设障总长的人强制他时刻戴着个红色橡皮球当鼻子，把眉毛剃光，还给他带上横七竖八的黑色牙套来遮住一口又白又齐的牙齿。

“假如你见到这个男孩，”芭蕾舞女演员说，“不要——我再说一遍，不要——试图跟他讲理。”

这时传来一阵有人把门从铰链上拽下来时发出的尖锐声响。

电视机里传来惊慌失措的尖叫声和喊叫声。哈里森·伯杰隆的照片在屏幕上跳个不停，仿佛在随着地震起舞。

乔治·伯杰隆准确无误地认出了这场地震，他当然能够认出来——因为有很多次，他自己的家就曾随着这种非凡的曲调起舞。“我的天——”乔治说，“那一定是哈里森！”

这个意识马上被脑子里的汽车碰撞声轰掉了。

乔治又能睁开眼睛的时候，哈里森的照片不见了。一个活生生、喘着气的哈里森占据了整个屏幕。

哈里森站在演播室中央，他身形巨大，浑身叮当作响，一副小丑的样子，手里还握着连根拔起的演播室大门的球形把手。芭蕾舞女演员、技术人员、乐团乐手和播音员都跪在他面前瑟瑟发抖，以为自己要死了。

“我是皇帝！”哈里森嚷道，“听见了吗？我是皇帝！所有人都必须马上按我说的去做！”他跺跺脚，演播室震颤起来。

“就凭我站在这儿——”他咆哮道，“哪怕残废了，瘸了，病了——我也是有史以来最伟大的统治者！现在，看我成为我所能成为的人！”

哈里森像撕湿厕纸一样扯下身上一条条的的设障束具，每一条都担保能够承受五千磅重量。

哈里森身上那些废铁设障物当啷一声摔到地上。

哈里森的双手大拇指插到用于固定头部束具的挂锁锁梁下面。锁梁像根芹菜一样，啪的一声折断了。哈里森把耳机和眼镜狠狠摔到墙上。

他甩掉橡皮球鼻子，一个连雷神托尔也会敬畏的堂堂男子汉出现在众人面前。

“现在我要挑选皇后！”他说，俯视着那群缩成一团的人，“第一个敢站起来的女人将赢得爱侣和皇后宝座！”

过了一阵子，一个芭蕾舞女演员像柳树一样晃晃悠悠地站了起来。

哈里森从她耳朵里拔掉心智设障物，无比优雅地折断了她的身体设障物。最后，他摘掉了她的面具。

她美得令人炫目。

“现在——”哈里森牵着她的手说，“让我们向世人展示舞蹈二字的含义吧。奏乐！”他命令道。

乐团乐手们赶忙爬回各自的椅子，哈里森把他们的设障物也扒掉。“演奏出最好的水平，”他告诉他们说，“我会封你们为男爵、公爵和伯爵。”

音乐响起，一开始很寻常——低劣、愚蠢、错误百出。不过哈里森从椅子上抓起两名乐手，像挥舞指挥棒一样摇晃他们，一边唱出想要演奏的曲子。然后他砰的一声把他们扔回椅子。

音乐再次响起，这回要好得多。

哈里森和他的皇后只听了一会儿音乐——庄重地听着，似乎要让心跳与音乐同步。

他俩把体重移向脚尖。

哈里森把大手放在姑娘的纤腰上，让她感受到即将属于她的失重。

接着，在欢乐和优美的大爆发之中，他们跃入空中！

被废弃了的不仅有这个国度的法律，还有重力法则和运动法则。

他们摇摆、回旋、转体、疾驰、雀跃、嬉戏、急转。

他们像月亮上的鹿儿一样跳跃。

演播室的天花板有三十英尺高，但每次跳跃都使这一对跳舞的人儿离天花板更近一些。

他们显然是想亲吻天花板。他们吻到了。

接着，他们用爱情和纯粹的意志抵消了重力，悬浮于天花板下几英寸的空中，热吻了很长很长时间。

就在这时，设障总长戴安娜·穆恩·格兰波丝手持双筒 10 号猎枪走进演播室。她开了两枪，皇帝和皇后还没有落到地板上就一命呜呼了。

戴安娜·穆恩·格兰波丝再次装弹上膛。她把枪口对准乐团乐手，告诉他们有十秒钟时间戴好设障物。

就在这时，伯杰隆家的电视显像管烧坏了。

哈泽尔扭头要跟乔治说电视机不亮了。但乔治已经到厨房去拿一罐啤酒了。

乔治拿着啤酒回来了，设障信号吓得他顿了一下。然后他又坐了下来。“你一直在哭。”他对哈泽尔说。

“嗯。”她说。

“哭什么？”他问道。

“我忘了。”她说，“电视上的什么事，真悲惨。”

“是什么？”他问道。

“都在我脑子里搅成一团了。”哈泽尔说。

“把悲伤的事忘掉吧。”乔治说。

“我总是这样的。”哈泽尔说。

“这才是我的心肝宝贝。”乔治说。他畏缩了一下，脑袋里传来铆钉枪的声音。

“天啊——我敢说这一下很厉害。”哈泽尔说。

“一点没错，你可以再说一遍。”乔治说。

“啊——”哈泽尔说，“我敢说这一下很厉害。”

（舒文　译）

旧日宗教

科幻小说不能以宗教信仰的态度写就。科幻小说质疑一切，不接受任何基于信仰的东西。“科幻之路”第一卷的前言这样阐释：“科幻小说的宗教信仰是对信仰的怀疑，尽管也有关于宗教的科幻小说……其中原因显而易见：宗教回答了所有科幻小说想要提出的问题，而在宗教框架内创作的科幻小说则变成了具有说教意味的寓言。”

雪莱夫妇是自由思想者；尽管如此，对当代读者而言，《弗兰肯斯坦》中科学家对渎神的畏惧和他所受到的近乎超自然的惩罚，依然损害了作品的价值。霍桑的作品读起来不如爱伦·坡具有现代性，这是因为霍桑作品中存在神性及某种超自然秩序。而儒勒·凡尔纳——此人曾因其作品的纯洁性受到教皇利奥八世的赞扬——谴责他文学上的老师爱伦·坡从不在作品中彰显神意（神意可以成为各种巧合的合理原因）。另一方面，威尔斯的作品几乎完全忽视超自然力量，只除了《审判的幻象》（“A Vision of Judgment”）和《号筒末次吹响》（“The Last Trump”）[1]，而《发电机之主》（“The Lord

1. 语出《圣经·新约·哥林多前书》15：52，这两部作品都是基督教背景下的末日审判题材。

of the Dynamos"）对宗教的发展做了讽刺性的评价。前两部作品更多的是与马克·吐温的《斯多姆菲尔德船长天国之旅》（"Captain Stormfield's Visit to Heaven"）一脉相承，并为如何看待神、审判日与死后世界这些概念提供观点。

C. S. 刘易斯的"皮尔兰德拉"（*Perelandra*）三部曲（以 1938 年发表的《沉寂的星球》为始）就是一部宗教寓言，不能被称为科幻小说。正确使用基督教典故的范例可以参见这两部作品，一是詹姆斯·布利什（James Blish）的《事关良心》（*A Case of Conscience*，1958），在这部作品里，一位耶稣会牧师必须合理解释一个没有原罪、似乎格外蒙受神恩的外星种族缘何存在。另一部是小沃尔特·米勒（Walter Miller，Jr.）的《莱博维兹的赞歌》（*A Canticle for Leibowitz*，1960），故事讲述一个天主教修道会在毁灭性的第三次世界大战后保存了人类发展蓝图和其他的科学制品。

有这样一类传统故事——太传统了，以至于编辑能在所有毛遂自荐的投稿堆里找到同款——这类故事里，流浪到地球的外星人最终会成为人类始祖亚当夏娃。在技巧更娴熟的作家笔下，基督教典故可能像在雷·布拉德伯里的《那人》（"The Man"，1949）里一样被重塑，故事中，一位宇宙飞船船长不停去新行星上寻找基督，却总是恰巧错过一个类基督的人离开的最后时刻；或是迈克尔·摩考克的《试观斯人》（1967），在这个故事里，一个不信神的人返回圣经时代，想要证实基督不存在，却发现自己被迫扮演了基督的角色；抑或是阿瑟·克拉克的《星》（1955），在这里，将三博士引向伯利恒的那颗明星原来是一颗超新星，毁灭了一个美丽、智慧、先进的种族。另一种展开是克拉克的《神的九十亿个名字》（"The Nine Billion Names of God"，1953），这部小说提出了这样的假设，设若一种西藏宗教的预言无误，一旦我们数尽神的名字，世界就会终结。

在阿西莫夫小说《最后的问题》（“The Last Question”，1956）中，一台覆盖全宇宙的计算机用“要有光！”的指令[1]解决了熵值是否能够逆转的奥秘。弗雷德里克·布朗（Frederic Brown）在一页篇幅的惊悚微小说《答案》（“Answer”，1954）中将960亿颗行星上的计算机连到一起，并问：“神存在吗？”答曰：“存在，现在存在神了。”莱斯特·德尔·雷伊在《因为我是忌邪的人》[2]（“For I Am a Jealous People!”，1954）中问道，如果人类发现神其实站在敌人（小说中是入侵的火星人）那一边该如何自处，又径自回答说，人类会奋战到底；十三年后，他在《晚祷》（“Evensong”，1967）中把人类塑造成了引神退位的夺权者。

菲利普·迪克的小说长久以来一直在探寻生命的意义，但徒劳无获。在《我们来自弗洛里克斯八号的朋友》（*Our Friends from Frolix 8*，1970）中，一个人说道：

“神死了。他们在2019年找到了他的遗骸。飘荡在阿尔法星附近的太空中。”另一人答曰：“他们发现了一具比我们优越数千倍的有机体遗骸。它明显可以创造出可供居住的世界，让生物栖居其中，自行繁衍。但这无法证明它是神。”另一说法将神描述为“90吨重的大团胶状原生质”；它智能、不朽、拥有心灵感应、仁慈，能延伸至无限大，且能变化无穷。这就是神吗？

哈里·哈里森首发于《新世界》杂志1962年10月刊的《亚实基伦街上》（“The Streets of Ashkelon”）回归了早期传统。在科幻小说里，传教士是传统的反面角色，正如从前对波利尼西亚人[3]所做的

1. 语出《圣经·创世记》，“神说，要有光！就有了光。”《最后的问题》与下文中的《答案》皆是超级计算机变成神的故事。
2. 语出《圣经·出埃及记》，原文“不可跪拜那些像，也不可侍奉它，因为我耶和华你的神是忌邪的神。”
3. 太平洋中南部波利尼亚群岛的族群。包括夏威夷人、汤加人、萨摩亚人、图瓦卢人、塔希提人和新西兰的毛利人等。

那样，他们给不信教的外星人带去的是宽大的长罩衣、诗篇中吟唱的道德、陈腐的宗教，连同天花和其他来自文明世界的“祝福”。在大多数此类故事中，传教士会顽固而不知疲倦地劝外星人信奉宗教，结果给每个人都带来灾祸；而在这个故事里，传教士被要求证实他在布道中所讲到的神迹。

哈里·哈里森是以商业画家的身份进入业界的，他为漫画和杂志绘制插画，直到开发了自己的“工厂”。他的第一部小说《岩间潜水员》(“Rock Diver”) 撰写于一个因患病而无法作画的时期，1950年，他将这部小说卖给了达蒙·奈特的短命杂志《远方的世界》[1] (*Worlds Beyond*)。在将全部精力投入科幻小说创作之前的一段时间里，他曾为男刊杂志和自白杂志供稿。编辑工作也吸引着他，其后，他在美国和欧洲轮换着从事作家及编辑工作。

他做过《科幻冒险》(*Science Fiction Adventures*)、英国的《脉冲》(*Impulse*)、《惊奇故事》和《奇妙》(*Fantastic*) 杂志编辑，并与布赖恩·奥尔迪斯合作编辑了评论期刊《科幻边界线》。他还编辑过大量的单行本文选，以1966年的约翰·坎贝尔评论选为始，继而又有《新星》(*Nova*)、《最佳科幻》(*Best SF*)，以及各式各样的特别系列文选，其中部分也是与奥尔迪斯共同编著。

他的长篇小说自1960年开始以单行本形式出版，首先是《死亡世界》(*Death World*) 和两部续篇；继以《不锈钢老鼠》(*The Stainless Steel Rat*, 1961) 和后续整个系列；接着是《银河英雄比尔》(1965)、《太空瘟疫》(1965)、《让地方！让地方！》[2] (1966)、《彩色印片时光机》(1967)、《囚徒宇宙》(1969) 和许多其他作

---

1. 该杂志虽然存续时间较短，但因发表了西里尔·科恩布鲁斯、杰克·万斯、约翰·克里斯托弗、莱斯特·德尔·雷伊、朱迪斯·梅丽尔等知名作家的作品而颇负盛名。
2. 该小说被改编为电影《绿色食品》(*Soylent Green*)，著名代餐饮品 Soylent 的品牌名来源于此。

品，包括《跨大西洋隧道，好耶！》(1972)。他近期最重要的作品是“伊甸三部曲”(Eden Trilogy)，包括《伊甸之西》(*West of Eden*, 1984)《伊甸之冬》(*Winter in Eden*, 1986)和《重回伊甸》(*Return to Eden*, 1988)，在这个系列里，恐龙未曾灭绝，而是成了智慧生物的主宰。他还与汤姆·希比(Tom Shippey)合作创造了一个有关9世纪欧洲的平行宇宙系列历史故事，其中第一部是《锤与十字架》(*The Hammer and the Cross*, 1993)。

他和奥尔迪斯于1972共同创立了颁发给年度最佳科幻长篇小说的“约翰·W. 坎贝尔纪念奖”。他最近的一项成就是创建了世界科幻协会[1](World SF)，并担任首任会长，该协会是个国际组织，对科幻有专业兴趣的人均可参加。

（穆童、憬怡　译）

1. 世界科幻协会创建于1976年，于2002年停止活动。

亚实基伦街上

［美国］哈里·哈里森

天上某处，在威斯克世界永不消散的云团深处，雷声乍现，旋即声势渐大。商人约翰·加思闻声停下脚步……

“这声音听起来跟你的太空飞船一样，”伊丁的话带着迟缓的威斯克式逻辑性，先慢慢将想法在脑子里碾碎，然后一一检视每一个逻辑碎片，“但你的船还停在你降落的地方。尽管我们看不见，但它肯定还在，因为你是唯一一个能够操控它的人。就算还有别人能操控，我们也会听到它飞上天去的。既然我们没听到，那么如果天上这个声音是一艘太空飞船声音，这肯定意味着……”

“是的，另一艘飞船。”加思说道，他沉浸在自己的思绪里，实在无暇等待威斯克人将他那煞费苦心的逻辑链条从头讲到尾……这当然是另一艘飞船，其他飞船出现，只是时间早晚问题。并且毫无疑问，这艘飞船一定是瞄准了不锈钢雷达反射器，就像他曾经做的那样。他自己的飞船现下肯定清晰地映在了这位新来客的屏幕上，船上的人多半会尽可能近地靠着他的船降落。

“你最好先走，伊丁，”他说道，“走水路，这样你能快些赶到村子里去。让所有人都回到沼泽地，远远避开结实地面。那飞船是靠仪器降落的，落地时留在着陆点的人都会被烤焦的。”

小小的威斯克两栖生物明白眼前的威胁。加思话音未落，伊丁已经收起形似蝙蝠双翼的肋状耳朵，静静地潜入了左近的河渠。加思踩着泥地扑哧扑哧向前走，尽可能快地蹚过那黏糊糊的地表。他刚走到村落边缘，隐隐的雷声就化作震耳欲聋的轰鸣，那飞行器穿过了头顶低悬的云层。加思遮住眼睛，避开飞船下探的火舌，百感交集地检视起头顶这艘越来越大的灰黑色飞船。

在威斯克世界度过将近一个标准年后，他不得不压下自己对任何人类伙伴关系的渴望。尽管隐藏的群居本性仍令他不时怀念猴子部落的其余成员，他的商人头脑总是忙着在成栏的数字下画下横线，加出总数。这很可能是另一个商人的船，若是果真如此，他对威斯克世界的贸易垄断权就到头了。不过话说回来，来人也可能根本不是商人，而这就是他隐藏在巨大的蕨类植物下，并且解枪出套的原因所在了。

那飞船烤干了百米见方的泥地，轰鸣声渐止，着陆架吱吱嘎嘎地穿过外壳，随着金属噼啪作响的声音伸到地上，成团的烟雾慢慢飘散在了湿润的低空之中。

“加思——你这就会坑原始人的勒索犯——你在哪儿？”飞船的扬声器响了起来。那飞船的轮廓只是瞧着有点儿眼熟，但听这破锣嗓子就知道决计错不了。加思面露微笑，走了出来，透过两只手指吹出一声尖锐的口哨。飞船尾翼外壳里探出一个定向麦克风，朝加思方向转了过来。

“你到这里来做什么，辛格？”他冲麦克喊了过去，“难道你就这么不择手段，宁肯到一个诚实的商人这儿来窃取利益，也不肯找个属于自己的星球？”

“诚实！”扬声器中的声音咆哮起来，“一个蹲监狱比逛窑子还寻常的人居然说得出这种话来——再说我敢肯定你窑子也没少逛。抱歉了，我的老朋友，我没兴趣跟你一起开发这个原始耗子窝，我要到一个大气状况更好的世界去，那儿有一笔财富等着我呢。我到这儿来只是因为得了个能赚名声的机会，来给人当回出租车司机。我为你带来了友谊——一个完美的伙伴，这人跟你不同行，对你的事业可能会有帮助。我本想出去亲口跟你问好，但那样我就不得不做生物消毒了。我正把乘客往启闭室那儿送，希望你不介意帮他搬搬行李。"

至少这星球上不会有另一个商人了，这点可以放心了。但加思还是疑惑究竟什么样的乘客才会搭单程车到这样一个杳无人烟的世界来。辛格声音里那一丝幸灾乐祸又意味着什么呢？加思走到飞船另一侧，起降梯已经落下，他仰头看见行李间里的人正笨拙地与一个大木箱搏斗。那人朝他转过身来，一见教士的狗项圈[1]，加思立时明白了辛格的笑意所为何来。

"你来这儿做什么？"加思问道。尽管他试图控制情绪，这话说出口时还是恶声恶气。来人或许不是没注意到他的语气，但显然不以为意，因为他走下起降梯时依然笑意盈盈，还伸出了自己的手。

"我是马可神父，"他说，"来自兄弟会传教会，很高兴……"

"我问你来这儿做什么。"加思控制住语气，声音显得安静又冰冷。他知道他得有所行动，此事必须速战速决，否则不如干脆不做。

"这应该显而易见，"马可神父说道，他依然显得态度温和，处变不惊，"我们传教会筹募到了资金，首次得以派遣属灵的使者前往外星世界，我很幸运能够……"

"拿上你的行李，退回飞船里去。这里不需要你，你也没有着陆

1. 指天主教神职人员所着的罗马领，狗项圈是英联邦国家对罗马领的一种民间通俗叫法，肇始于 19 世纪中叶。

许可。你会是个大累赘，在威斯克没人能照顾你。退回飞船里去。

“我不晓得您是谁，先生，也不知道您为什么对我扯谎，”那神父说话时仍然十分冷静，但笑容已经消失了，“不过，我认真学习过星际法，也十分了解这颗行星的历史。这里没有疾病和野兽，我没什么可害怕的。这也是一颗开放的星球，直到太空探测协会改变这颗行星的状态之前，我都跟你一样有权到这里来。”

这人说的当然没错，但加思不能让他明白这点。他在虚张声势，希望能吓住不懂法的神父。可惜这神父是懂的。如此一来，他只剩一个不怎么样的下下之策了，他最好趁还有时间先下手为强。

“退回飞船里去。”他不再掩饰自己的愤怒，怒吼出声。解枪出套的动作一气呵成，漆黑的枪膛对准神父，几乎要顶住他的肚子。那人脸色刷白，但却没有动。

“你他妈要干什么，加思！”扬声器里传来辛格震惊的声音，“这家伙付了旅费，你没权把他撵出这个行星。”

“我有权，”加思说着举起手枪，将准星对准神父双眼之间，“我给他三十秒时间滚回船上去，不然我可要扣扳机了。”

“得了，我觉得你不是疯了就是在开玩笑，”辛格恼怒的声音震耳欲聋，“如果这是个玩笑，那可真够没品的。不管是哪样，你都别想蒙过去。你想玩儿我奉陪，但我比你会玩儿。”

一时间，重型轴承隆隆作响，飞船侧翼的四炮炮塔掉头对准加思。“现在——把枪放下，帮马可神父搬行李去，”他发号施令时，声音里那丝笑意又回来了，“我真的非常想搭手，老朋友，但我不能。我觉得是时候叫你和神父聊聊了。毕竟，我把他从地球送来这一路，已经得了很多聊天的机会了。”

加思把枪塞回枪套，一阵强烈的挫败感涌上心头。马可神父向前一步，脸上又露出得胜的微笑，他从长袍兜子里掏出一本《圣经》，举起手来。“我的儿子。”他说。

“我不是你的儿子。”苦涩的挫败感淹没了加思，他只能咬牙说出这样一句话来。怒火上涌之下他禁不住抡起拳头，尽力控制的结果就是松开拳头，只用巴掌拍那神父一下。但这一巴掌还是把神父扇倒在地，他手上的书页翻飞着落到了厚厚的泥浆里。

伊丁与其他威斯克人冷眼旁观，似乎对这一切毫不在意，加思也没有试图回答他们没问出口的问题。他朝自己家里走去，但见他们仍没有动，便又折了回来。

“来了一个新人，”他告诉他们，“他需要你们帮他搬一下行李。如果他没有地方放行李，你们就把东西放到那个大仓库里去，直到他搞到自己的住处。”

他望着他们摇摇晃晃地穿过空地朝飞船走去，然后走进自己屋里，狠狠摔上门，震裂了一块门板，借此获得了某种满足。打开一瓶旧藏的爱尔兰威士忌时，他又感到几分相似的痛切快感，这酒他一直留着，是想在特殊情况下开瓶的。好吧，现在这个情况足够特殊了，尽管不是他设想的那种。威士忌很不错，烈酒入口，烧掉了他嘴里一点苦涩味道，但还不够彻底。如果他刚才的策略有效，成功了就什么都好说。然而他失败了，除了失败的痛苦之外，他还深切地感到自己在众目睽睽之下丑态毕现。

辛格不辞而别。加思无从知道他会怎么看待这整件事，但他可以确定，辛格回头就会给商人分会带去一些奇怪的流言。没关系，这事儿可以等加思下次报道的时候再说。现在他得先把传教士的事儿给解决了。他眯着眼透过雨水朝外张望，瞧见那人正挣扎着试图支起一顶折叠式帐篷。整个村子的人都井然有序地站在旁边围观。自然没有谁上前帮忙。

等到神父搭好帐篷，将所有箱箧都收进去，雨也停了。酒瓶里的液体下去了好大一截，加思感到自己更愿意去面对那场不可避免的会面了。实际上，他很希望跟那人谈上一番。不提那些糟心事儿，整整一年离群索居之后，来了一个人类同伴总是好的。“您愿意与我共进晚餐吗？约翰·加思。”他在一张旧收货单后面写下这句话。不过，那家伙会不会吓破胆不敢来呢？如果这样，他们就没法开始交往了。他在床底下翻找，搞到一个足够大的盒子，把手枪放了进去。他打开门时，伊丁毫无悬念地站在门外，因为他来这趟是执行知识采集工的任务。加思把盒子和字条交给了他。

“帮我把这些交给那个新来的。”他说。

“那个新来的名字就叫‘新来的’吗？”伊丁问。

“不，不是！”加思吼道，“他的名字叫马可。但我只是叫你把东西送去，别跟他说话。”

和往常一样，当他发起脾气时，只会直来直去的威斯克人就能把他打败。“你不要求说话，”伊丁慢吞吞地说，“但马可有可能要求说话。而且其他人会问我他的名字，如果我不知道他的名……”

加思用摔门打断了他的喋喋不休。这不是长久之计，因为下次再见伊丁之时——也许是一天之后，也许是一周之后，甚至有可能是一个月之后——他这长篇大论从哪儿断的就能从哪儿接上，他非得把那些絮絮叨叨的思考内容全讲出来不可。加思小声骂了一句，然后拿水泡了两份伊丁留下的味道尚可的浓缩食物。

“进来。”有人轻轻叩门，他应声说道。神父进门，递过装手枪的盒子。

“感谢您出借这个，加思先生。感谢圣灵使您把枪送来。我不知我降落时的那番不愉快是因为什么，但我想如果咱们要在这个行星上共处，不论多久，都最好忘记这件事。”

“喝点儿吗？”加思接过盒子，指了指桌上的酒瓶。他斟满两杯，递一杯给神父。“我差不多也是这么想的，但我依然欠你一个解释，我应该告诉你那是怎么一回事。”他皱眉看了一会儿酒杯，继而对神父举杯道：“宇宙很大，我想我们都必须尽力而为吧。这杯敬理智。”

“神与你同在。”马可神父说着也举起酒杯。

“别与我同在，也别与这个行星同在。”加思态度坚决。“这就是问题的关键所在。”他饮下半杯酒，叹息着说。

“您说这话是为了叫我震惊吗？”神父微笑着问，“我向您保证，我不震惊。”

“我不是想叫你震惊，我想表达的都是字面上的意思。我想我是你们所谓的无神论者，所以我对天启宗教没有任何兴趣。而这里的原住民，虽然头脑简单目不识丁，还活在石器时代，却已经在远离迷信和自然神论的情况下发展到了今天。我一直希望他们能保持现状。”

“您说的这是什么话？”神父皱眉道，“您的意思是他们不信任何神，不信死后的世界？他们一定会死……”

“他们会死，会归回尘土，正如其他动物一样[1]。他们有雷、有树、有水，但没有雷神、树精或是水泽仙女。他们没有丑陋的小神灵，没有禁忌，也没有咒语去折磨和限制他们的生命。他们是我见过的唯一一群完全没有迷信的原始人，而他们看起来因此更快活、更理智。我只是希望他们能保持现状。”

“你想叫他们远离神——远离救赎？”神父睁大眼睛，微微后退了一下。

“不，”加思说道，“我只是想叫他们远离迷信，直到他们懂得更多，能更为现实地思考这个问题，不会沉溺其中，或者是被它毁掉。”

---

1. 这句话不是引用，但原文刻意模仿了钦定本《圣经》半文半白的语体，是加思故意为之。

“您这是在侮辱教会，先生，居然将教会与迷信混为一谈……”

“劳驾，”加思说着抬起一只手，“不要跟我争论神学问题。我想你们传教会资助你这趟传道之旅，绝不只是为了劝我一个人信教。请接受这个事实，我的信仰经过多年仔细思考，再多大学生水平的形而上学灌输，都不足以改变我的思想。我向您保证，我不会试图让您改宗弃教——只要您给予我同样的尊重。”

“我同意，加思先生。您提醒了我，我到这儿来是为了拯救这里的灵魂，这才是我必须要做的事情。但我的工作究竟为什么会令您如此着恼，以至于非要阻止我着陆呢？您甚至用枪威胁我，还……”神父打住话头，望向自己的杯子。

“甚至掌掴您？”加思说着突然皱起眉头，“这一点我无可辩解，愿意向您道歉。我只是没有教养，脾气又臭。一个人过得太久，你就发现自己会做出这种事了。”他看着自己放在桌上的一双大手，盯着手上那些伤疤和老茧陷入回忆。“您就当我是为自己沮丧，我也找不到更合适的词汇了。在您的工作之中，一定有过很多机会能够窥探人内心的黑暗之处，您对动机和快乐一定有所了解。我这辈子过得太忙了，一直没时间考虑安定下来组建家庭，直到最近我才开始渴望这些东西。也许是辐射泄漏软化了我的大脑，我开始多多少少地将那些毛茸茸的鱼形威斯克人看作自己的孩子了，总觉得自己对他们负有责任。”

“我们都是祂的孩子。”马可神父静静说道。

“算了吧，眼下就有一些祂的子女甚至不能想象祂的存在。”加思突然气愤自己竟然流露出温和的情绪。但他立刻忘却自我，充满激情地探出身子：“你难道看不出这有多重要吗？跟这些威斯克人住一阵子，你就会发现一种简单而快乐的生活，就跟你们这群人一直说的沐浴圣恩一样。他们能从自己的生活中获得快乐——而又不伤害任何人。看看这儿的环境，他们在这个几乎堪称不毛之地的世界进化至今，因此物质上从来没有机会脱离石器文化。但他们的智力与我们足堪匹敌——也许比我们更强。他们全都学会了我的语言，所以我能轻易地将他们想知道的任何事情解释给他们听。知识和摄取知识的过程就能令他们获得真实的满足。有时候他们会叫人着恼，因为每样新鲜事物都必须和其他所有事情的结构联系起来，但他们学得越多，这个进程就变得越快。总有一天他们会在各方面都匹敌人类，也许还会超过我们。只要——您能帮我一个忙吗？"

"只要是我能做的。"

"别去干涉他们。如果你一定要教他们，就教历史和科学、哲学、法律，教那些能帮他们认识广阔宇宙现实的知识，他们之前甚至不知道存在一个更广阔的宇宙。但不要用你们那些憎恶、痛苦、过犯、罪愆与惩罚去使他们困惑。谁知道那会造成怎样的……"

"您这是在渎神，先生！"神父说着跳了起来。他灰白的头顶只能堪堪顶到高大的太空人下巴之处，但他毫不畏惧地捍卫着自己的信仰。加思也站了起来，不再是那副悔罪者的姿态了。他们愤怒地对视着，就像人类通常为自己认为对的事情辩护时那样毫不退让。

"你们才是亵渎，"加思吼道，"你们凭着惊人的妄自尊大，竟认为你们那小小的衍生神话跟别人有什么不一样，其实它跟其他千百种依然束缚着人类的传说只有一丁点儿差别，除了令他们仍然纯真的思想陷入混乱以外别无它用！你难道没听出来吗，他们信仰真理——而且他们从没听说过谎言这类东西。他们还没有经受足够的训练，不足以理解其他的思想可能会与他们有所不同。你能放过他们……？"

"我将尽我的责任，那是祂的旨意，加思先生。这里的人都是神的造物，他们有灵魂。我不能逃避责任，我有责任将神的话语传给他们，让他们得到救赎，得以进入天国。”

神父一开门，大风立时将门吹得大敞开来。他消失在狂风怒号的黑暗之中，木门挟风带雨地摇晃着，将一阵雨水卷进屋来。去关门时，加思的靴子在地上留下了泥泞的脚印，木门将伊丁的身影隔绝在外，他坐在暴风雨里，充满耐心又毫无怨言，只希望加思能驻足片刻，将满腹的奇妙知识分一点给他共享。

凭着心照不宣的默契，第一夜里发生的事再也没被提起过。开始的几天他俩各自为政，但知晓对方近在咫尺加强了独处时的孤独，没过几天，两人发现他们开始小心翼翼地谈论中立话题。加思慢慢地将库存物品打包收好，却从未承认此行任务已经结束，他随时可以离开。他收了不少药物和植物，足够卖个好价钱。而威斯克的手工艺品也一定能在复杂的银河市场上引起轰动。这个行星上的工艺品在他到来之前极具局限性，多是用碎石片辛苦雕刻出来的硬木作品。他为他们提供了工具和存货中的一些金属原料，此外无他。不过几个月之间，威斯克人不但学会了使用新材料，还将他们的设计和纹样转化为他所见过最具异域情调——但却至为美丽——的手工艺品。他只需把这些东西投入市场，制造基本需求，然后回来补充货源。威斯克人所求的回报只是书和工具，还有知识。加思知道，他们终将通过自己的努力在银河联盟中获得一席之地。

这就是加思一直以来的期望。但如今风向骤变，逆风吹遍了他飞船周围的整个聚落。他再也不是聚落生活的中心和焦点所在。想到自己从权力中心倒台，他就难以抑制地露出苦笑，这笑容里没有半点开怀。严肃又殷勤的威斯克人依然轮番到他这里来执行知识采集的任务，但却只是记录枯燥的事实，这与围绕神父刮起的知识飓风形成了鲜明的对比。

加思过去分享的每一本书，给出的每一台机器都要他们用工作交换，而神父无偿提供一切。加思一直力图用渐进的方式向他们传授知识，他把他们当作聪慧但无识的孩童，希望他们先学会走路再去奔跑，一步一个脚印地踏实前行。

而马可神父简简单单地为他们带来了基督的福音。他所要求的唯一一项体力劳动就是建设一个教堂，一个可供礼拜和学习的地方。越来越多的威斯克人从遍布整个星球的湿地里冒出头来，不出几日，梁柱框架支撑起的屋顶就造好了。每天早上，教众都会花一点时间继续砌墙，接着他们就匆匆进入堂内，聆听那些有关宇宙的知识，光明无比、包罗万象又至为重要。

加思从未跟威斯克人讲过他对他们的新兴趣有何看法，这主要是因为他们从未问过。自尊心和荣誉感阻止了他主动去找一个听众倾诉内心苦楚。如果最近来做知识采集的人是伊丁，情况也许会有所不同，他是他们当中最聪慧的一个。但神父到来的第二天，知识采集工就轮换成了别人，那天之后，加思一直没能跟伊丁说上话。

出人意料的是，三倍长的威斯克日过去十七天后，加思吃过早餐正要出门，在门口台阶上发现了一个代表团。伊丁是他们的发言人，他的嘴巴微微张着。许多其他威斯克人也张着嘴，其中一个看起来甚至是在打哈欠了，明显露出两排尖牙和紫黑色的嗓眼。这口型——他已经学会辨认的这一种威斯克表情——使加思惊觉这场会面的严肃性。张开的嘴意味着某种强烈的情绪，可能是高兴、悲伤或是愤怒，他从来无法确定到底是其中哪种。威斯克人平素看起来都很平静，他从没见过太多张开的嘴，教他去判断原因为何。但现在他被一群张开的嘴包围了。

“你能帮助我们吗，约翰·加思？”伊丁问道，“我们有个问题。”

“我会回答你们提出的任何问题，”加思深感不安，“是什么问题？”

“有神吗？”

“你们的‘神’指的是什么？”加思反问道。他要怎么同他们说呢？

“神是我们在天上的父，创造我们，保守我们，我们向祂祷告，寻求帮助，如果我们得救，就能有一块……”

“够了，”加思说，“没有神。”

这下所有的嘴都张开了，就连伊丁也不例外，他们望着加思，思忖他给出的答案。如果他不是如此了解这个物种，那一排排粉色牙齿会显得十分吓人。有那么一瞬间，他怀疑他们是否已被洗脑，将他视作异教徒，但他驱走了这个念头。

“谢谢你。”伊丁说完，他们转身走了。

晨间的天气还冷，但加思注意到自己在流汗，他不知这是为什么。

回应很快就出现了。伊丁当天下午便折返回来。

“你能到教堂来一下吗？”他问道，“我们学的很多东西都有难度，但没有哪样像这么难。我们需要你的帮助，因为这事儿得由你和马可神父一起来讲——因为他说一样东西是真的，而你说另一样才是，这两样又不可能同时是真的。我们得分辨出究竟哪个是真的。”

“我当然会来的。”加思说着，试图隐藏心中那阵突如其来的欣喜。他什么也没做，但威斯克人还是来找他了。还有些微希望，他们的灵魂依然可能是自由的。

教堂里很热，加思讶异于这里聚集的威斯克人之众，他之前从未在任何一次聚会中见过这么多威斯克人。他看见许多张开的嘴。马可神父坐在一张放满书本的书桌边上。他看起来不太高兴，但加思入内时他未置一词。加思率先开了口。

“我希望你能意识到这是他们的主意——是他们出于自愿去找了我，把我叫到这里来的。”

“我知道，”神父语带无奈，“他们有时不好相与。但他们一直在学，也愿意去信，而这是最重要的。”

“马可神父，加思商人，我们需要你们的帮助，”伊丁说，“你们都了解许多我们不懂的事情。你们得帮我们认识宗教，这不是一件容易的事。”加思张口欲言，继而改了主意。伊丁接着说：“我们读了《圣经》和马可神父给我们的所有书籍，有一件事是清清楚楚的。我们已经讨论过了，也形成了一致意见。这些书跟加思商人给我们的非常不同。在加思商人的书里，有一个我们未曾见过的宇宙，这个宇宙不需要神就能运行，因为书里没有一个地方提到神，这一点我们反复查看过。在马可神父的书里，神无所不在，没有任何事物能脱离神存在。这两种说法里一定有一样是对的，另一样是错的。我们不知道这是怎么一回事，但在我们判断出哪个是对的之后，也许我们就能明白了。如果神确实存在……”

“神当然存在，我的孩子，”马可神父的声音里充溢着炽热的感情，“祂是我们在天上的父，创造了我们……”

“谁创造了神？”伊丁的问话终止了室内的低语声，每一个威斯克人都目光灼灼地盯住马可神父。他在这强烈的注视之下微微瑟缩了一下，旋即微笑起来。

“没有谁创造了神，祂是造物主。是自有永……”

“如果祂是自有永有的——宇宙为什么不能是自有永有的呢？宇宙不能没有造物主吗？”伊丁用连珠炮似的问话打断了他。这个问题的重要性显而易见。神父以无限的耐心慢慢回答。

“答案要是有那么简单就好了，我的孩子。但就连科学家都对宇宙起源莫衷一是。他们怀疑——而我们见过神的人却明白。我们能在我们四周到处看到造物的奇迹。如果没有造物主，这些被造物是从哪里来的呢？造物主就是祂，我们的父，我们在天上的神。我知道你们有怀疑，这是因为你们拥有灵魂和自由意志。不过答案就是如此简单。要有信心，这就是你们需要的一切。只要信。”

“没有证据，叫我们怎么信呢？”

“如果你们看不出，这个世界本身就是祂存在的证明，那我对你们说，信仰不需证据——只要你们有信心！”

屋里响起一阵乱哄哄的议论，现在张开嘴巴的威斯克人更多了，他们正试图从乱成一团的纷繁话语中理出思路，抽丝剥茧，找到真理。

“你能告诉我们吗，加思？”伊丁问道，他的声音使乱哄哄的嘈杂声安静下来。

“我可以建议你们用科学的方法，科学方法能检验一切事物——包括科学本身——能给出答案，帮你们证明任意观点的真伪。”

“这正是我们应做的事，”伊丁说道，“我们得出了相同的结论。”他将一本厚厚的书举到面前，观众纷纷点头。“我们一直遵从马可神父的教导仔细研读《圣经》，我们已经找到了答案。神会为我们降下一个神迹，以此来证明祂正看顾我们。通过这个神迹，我们就能认识神，归向神。”

“这是妄自尊大的罪，”马可神父说，“神不需用神迹证明祂的存在。”

“但我们需要神迹！”伊丁喊道，尽管他并非人类，那喊声里却充满了迫切的渴求，“我们读到了许多小神迹，面包，小鱼，酒，蛇——好多好多，为的都是更小的原因。现在祂只需为我们显一个神迹，就能把我们带到祂面前——就能创造一个奇迹，叫一个全新的世界到祂的宝座前去敬拜，这是你说给我们的，马可神父。你已经告诉我们这有多重要。我们讨论过了，发现只有一样神迹最适合这样的情况。”

加思对神学争论的无聊感受立即烟消云散。加思一直没有认真思考这件事，否则他早该明白这一切会导致什么结果。他能看见伊丁手上翻开的《圣经》里那幅插图——他早就知道那是什么图片。他慢慢从椅子里站起来，假意伸展身子，一边转向身后的神父。

“准备好！”他耳语道，“从后面出去，上飞船，我在这里稳住他们。我想他们不会伤害我。”

“你是什么意思……？”马可神父惊讶地眨了眨眼。

“出去，你这蠢货！”加思嘶声说道，“你觉得他们说的是什么神迹？你说是什么神迹叫全世界都改信基督教了？”

“不！”马可神父说，“这不可能。这绝不可能！……”

“快走！”加思叫喊着把神父拽出椅子，朝后墙推去。马可神父踉踉跄跄地立定转身。加思朝他身边跃去，但已经太晚了。那些两栖生物身量虽小，但数目众多。加思猛一甩手，拳头打中伊丁，将后者甩入人群之中。其他人都向他拥来，他只能一路推挤着往神父身边走。他冲他们大打出手，但这就像搏击海浪一般。毛茸茸的麝香味躯体前赴后继地将他淹没。他一直与他们搏斗，直到他们把他绑缚起来，被缚后他也没有停止挣扎，最后他们打了他的脑袋才终于消停。随后他们将他拖到屋外，叫他只能躺在雨水里瞪眼骂人。

威斯克人确是技艺非凡的手艺人，他们照着《圣经》插图，将每一个细节都再现得分毫不差。十字架牢牢钉在一座小山顶上，金属钉闪闪发光，还有锤子。马可神父被剥光衣服，裹了一条精心织就的缠腰布。他们引他走出教堂。看见十字架时，他几乎要昏死过去。随后他高昂起头，决心抱着信仰死去，就像他活着时那样。

然而这很艰难。即使对只是旁观的加思而言也难以忍受。谈论耶稣受难，在祷告的微光里瞻仰那副雕刻精巧的躯体是一回事；看一个人被活生生地剥光，被吊到一根木头上，绳索嵌入他的肌理之中，这是另一回事。何况是看那尖锐的铁钉高高扬起，对准掌心柔软的皮肉；看那锤子在工匠手中几经审慎思考后准确敲落；听那金属穿透皮肉时发出的沉重响声。

然后是尖叫声。

天生的殉教者很少，马可神父并不是其中之一。第一阵击打之后，鲜血就顺着他咬破的嘴唇流了下来。他张开嘴巴，头向后绷，喉咙里发出刺耳的可怖尖叫，叫声穿透了沙沙的落雨声。围观的威斯克人群中传来无声的回响，宛如尖叫。无论使他们张口的是何种感情，眼下那感情正在全力撕扯着他们的身体，一排又一排张开的大嘴反映着受难神父的巨大痛苦。

感谢神，最后一颗钉子钉好时他昏了过去。鲜血顺着伤口往下流，与雨水混在一处，滴到脚边时已褪成浅浅的粉色，他的生命也随之渐渐流逝。这时，大概就是在这时，一直啜泣着试图挣脱束缚，又因头上挨的那一记重击而动作迟钝的加思彻底失去了意识。

他在自己的仓库中醒来，天色很暗。有人正割开他们绑缚他的绳索。雨仍在下，外面雨水四溅。

“伊丁。”他开口。不可能是别人了。

“是我，”外星人的声音悄然回应，“其他人都在教堂里谈话呢。林在被你打中脑袋后死掉了，伊农也伤得不轻。有些人说你也应该被钉于十字架，我想这事儿马上就要发生了。或者你也可能死于石头砸头。他们在《圣经》里找到了一处这样的说法……”

“我知道，”他无限疲惫地说，“以牙还牙。一旦你开始寻找，就能在书里找到一堆类似的东西。这是一本奇妙的书。”他的头疼得厉害。

“你必须离开，你可以避开大家的耳目回到你的飞船上去。杀戮已经够多了。”伊丁的声音里也出现了一丝疲倦。

加思试着站了起来。他把头抵在墙壁粗糙的木材上，直到恶心的感觉渐渐褪去。“他死了。”他说的是个陈述句，不是问句。

“是的，死了有一会儿了。否则我也没法出来看你。”

“肯定也已经埋了，不然他们就不会开始考虑怎么对付我了。”

“埋了！”这外星人的声音里几乎满溢情感，就像死去神父的回声。“他被埋葬了，他会升天的。《圣经》里就是这样写的，升天就是这样实现的。马可神父一定很高兴事情这么发生了。”他的话尾带着一种好像人类哭泣的声音。

加思挣扎着走到门边，靠着墙勉力支撑自己，以免跌倒。

“我们做了正确的事，对不对？”伊丁问道。没有回答。“他会升天，加思，他会升天吧？”

加思站在门边，灯火通明的教堂里散射出的光芒照亮了他抓着门框的双手，那双手满是血痕。伊丁的脸凑到他近前，加思觉察到他用那双长着尖锐指甲的多指小手抓住了自己的衣裳。

“他会升天，是不是，加思？”

“不，”加思说，“他会一直埋在你们放置他的地方。不会有什么奇迹发生，因为他死了，并且永远会是个死人。”雨水顺着伊丁的茸毛流了下去，他的嘴张得那么大，看起来像是在冲夜空尖叫。他费尽全力才得以说出话来，用那种外星语言传递着他的外星思想。

“那我们不会得到救赎了？我们不会变得纯洁了？”

“你们过去是纯洁的，”加思的声音介于哭与笑之间，“这就是这件事最可怕、最丑陋、最肮脏的部分所在。你们过去是纯洁的。而现在你们成了……”

“杀人犯。”伊丁说。雨水顺着他低垂的脑袋淌落下来，流入了黑暗之中。

（韶光　译）

终点小说[1]

20 世纪 40 年代晚期，绰号“特德”的 E. J. 卡内尔创办了两本英国科幻杂志，《新世界》和《科学幻想》（*Science Fantasy*）。他主持编辑这两份刊物，一直持续到 60 年代。在这之前的英国至少有过一本科幻杂志，那就是创刊于 1937 年的《奇谭》（*Tales of Wonder*）。但是，英国的科幻杂志界风雨飘摇，只有卡内尔的这两本站稳了脚跟；然而，到了 1964 年，就连这两本也被迫停刊。

与美国杂志相比，这两本杂志并没有太大不同，只有一点比较特殊：占据主导地位的是一群英国作家，如 E. C. 塔布、肯尼思・布尔默、贝特拉姆・钱德勒、笔名约翰・基帕克斯的约翰・查尔斯・海纳姆、笔名亚瑟・塞林斯的罗伯特・亚瑟・利、詹姆斯・怀特、科林・卡普、布赖恩・奥尔迪斯、约翰・布伦纳等等。因此，当《新世界》举起革命的大旗时，所有人都大吃一惊。

卡内尔主编下的《新世界》于 1964 年 4 月发行了最后一期——

1. 标题“Terminal Fiction”化用了巴拉德的短篇小说《终点海滩》（“The Terminal Beach”）。

之后，卡内尔开办了一间文学经济公司，并开始主编《新科幻写作》（*New Writings in SF*），直到逝世。新出版商接手了《新世界》，这期间仅仅停刊一期。新任主编名叫迈克尔·摩考克。摩考克塑造了埃尔里克（Elric）这一角色，并围绕他创作了一系列英雄奇幻，他在当时以此著称。在《新世界》这根旗杆的顶端，摩考克升起了 J. G. 巴拉德的大旗。巴拉德的连载小说《二分点》（*Equinox*）出现在了杂志转手后的第一期上，这部小说后来成为《水晶世界》（*The Crystal World*）的一部分。一同出现在第一期上的，还有一篇关于威廉·巴勒斯的文章，巴勒斯的作品似乎是巴拉德和其他《新世界》作者创作的起点。

摩考克干劲满满，巴拉德树立了绝佳的榜样。受这两人的影响，其他作家也贡献了许多异于传统、风格新奇的小说。在他们当中，很多人在这之前已有作品发表于其他杂志，如奥尔迪斯、布伦纳、摩考克，但是也有一些新作者出现在《新世界》上，例如查尔斯·普拉特、希拉里·贝利。很快开始有美国作家向《新世界》投出他们实验性较重的作品，例如诺曼·斯宾拉德、托马斯·迪施和约翰·斯拉德克，前两者早在 20 世纪 60 年代就已经有作品在《新世界》上发表。

新杂志读者数量不足，难以为继。一些文学界的著名人物向英国艺术委员会申请资助，帮助这本杂志度过了 1967 年和 1968 两年。当朱迪斯·梅丽尔出版《摇摆英伦》、推广这场《新世界》（或者叫"新浪潮"）的革命时，最初的兴奋感已消散殆尽——尽管后来，达蒙·奈特在 1966 年发行年选《轨道》，意欲在美国重新开启这场先锋运动。

《新世界》并非全然是实验性的；由于新小说在数量或质量上存在不足，传统科幻仍然占据一席之地。然而，为杂志确立基调的，是那些浓重、晦暗、引发恐慌、艰涩难懂的作品。即使具有实验性也并非全然原创：布伦纳的《站立于桑给巴尔》（*Stand on Zanzibar*）仿效了约翰·多斯·帕索斯的《美国》三部曲，其中的第一部出版于1925年；奥尔迪斯的《没穿鞋的大脑》（*Barefoot in the Head*）致敬了詹姆斯·乔伊斯出版于1939年的《芬尼根的守灵夜》；其他实验主义者，例如创作反小说的豪尔赫·路易斯·博尔赫斯、米歇尔·布托尔和阿兰·罗伯-格里耶，也留下了各自的影响。

这些小说、这整场运动，都包含着虚无主义的精神。或许，它们契合了那个时代：国际事务风云变幻，反对越战的声浪越发高涨，毒品、披头士、波普艺术、流行音乐和摇摆伦敦运动[1]令人目不暇接，刺杀、劫机和恐怖主义接连不断……对于这其中的悲观主义，奥尔迪斯做出如此总结："位于《新世界》这场新浪潮中心位置的——别去理会边缘的泡沫——是一颗坚固而不可感知的信息核心，一种生活态度，一种对现今社会，或任何一种未来社会是否具有益处的质疑。"

处于这场运动中心的是作家巴拉德。他似乎要把小说推向越来越远的位置，直至失去原本的形象。起初，他的小说还在描写普通的角色，角色所遭遇的也是普通的问题，这一切都仍然可以被读者所理解；随着时间的推移，他的小说实验性越来越强，也越来越难懂。在他的小说中，角色因为不知名的原因变得心神不宁或疑惑重重，被动地出现在充满神秘事件的情境中，他们接受了自己、人类或者宇宙的终极失败，并用这种接受的态度应对那些神秘事件。这些小说的意义完全依赖于对符号的解读。

巴拉德生于上海，在日本战俘营中度过了童年时光。或许正

1. 摇摆伦敦（Swinging London）是英国摇摆的60年代（Swinging 60s）运动的中心，这场运动发生于20世纪60年代中晚期，强调现代性和享乐主义。

因为此，巴拉德有充分理由质疑社会的理性或存在的意义。他在1946年返回祖国英国，进入剑桥大学学习医学，后来转职文案、编剧，并进入英国皇家空军服役。他的第一篇小说《歌女草》（“Prima Belladonna”）出现在1956年的《科学幻想》上。

布赖恩·阿什[1]（Brian Ash）称巴拉德是“一位将肉体和精神的崩溃慢慢编排成舞的专家”；奥尔迪斯说，巴拉德最终“拒绝了单线性的虚构作品，开始写‘经过浓缩的长篇小说’，这些小说是对一个无时间、无维度世界的经过压缩后的想象，这个世界被愤怒所撕裂，因知识而枯竭，同时还在证明着威廉·巴勒斯的那句名言，‘所谓精神病人，就是发现了事情真相的人’”。

讽刺的是，《终点海滩》（“The Terminal Beach”）发表于卡内尔任内的倒数第二期《新世界》上。除了“经过浓缩的长篇小说”，如《从摩托速降赛的视角看待刺杀肯尼迪事件》（“The Assassination of John Fitzgerald Kennedy Considered as a Downhill Motor Race”）和《你：昏迷：玛丽莲·梦露》（“You: Coma: Marilyn Monroe”）以外，另一篇与他早期的隐喻风格关系密切的小说，是发表于1960年的《时间之声》（“The Voices of Time”）。他最早的几部长篇小说探讨的是世界性的灾难。在这些小说中，世界一次又一次地遭到摧毁：《无处生风》（1962）、《淹没世界》（1962）、《旱》（1964）——又名《燃烧世界》——《水晶世界》（1966）、《暴行展览》（1970）、《爱与汽油弹：美国出口》（1972）、《撞车》（1973）、《混凝土岛》（1974）和《摩天楼》（1975）。从《无尽美梦公司》（The *Unlimited Dream Company*，1979）开始，巴拉德的长篇小说变得越来越易读，也越来越无法让人着迷。《太阳帝国》（*Empire of the Sun*，1984）是一部自

1. 英国作家、科学记者、编辑，曾创作多部有关科幻作品的书籍。

传体小说，主题是巴拉德在日本战俘营中的亲身经历，这部小说后来被斯皮尔伯格改编为电影。随着这部小说的问世，巴拉德成为一名畅销作家。这之后的长篇小说有《创造之日》(1987)、《女人的仁慈》(1991)和《冲向天堂》(1995)。

毫无疑问，巴拉德是一位颇具独创性的作家。他所需要的那类受众绝非普通的科幻读者，而应该是巴拉德式的读者——这也是他正在寻找的[1]。

（穆童、憬怡　译）

---

1. 这篇文章写下时（1979年），巴拉德尚在人世。

终点海滩

［英国］J.G. 巴拉德

夜里，当他躺在废弃地堡的地板上睡着的时候，特拉文听到海浪的声响，像是要将潟湖的岸边击碎一般，让他想起达喀尔的海滩，来自大西洋深处的巨浪拍打在上面，他出生在那里，也在那里等待父母沿着滨海公路从机场驾车回家。被尘封的记忆所淹没，他睡眼惺忪地从他睡觉的旧杂志床上醒来，向着横在潟湖前的沙丘跑去。

透过夜晚寒冷的空气，他可以看见三百码外紧急降落场的围栏之外，废弃的超级堡垒轰炸机[1]躺在棕榈树丛中。特拉文穿过黑暗中的沙滩，已然忘记了海岸的位置，虽然整个环礁只有半英里宽。在他的头顶，沿着沙丘的顶峰，高大的棕榈树像某种隐秘文字的符号，没入昏暗的夜里。岛上的景致被封印在奇怪的密码中。

放弃了寻找海滩的念头，特拉文跌跌撞撞地走到了一串多年前由一辆大型履带车留下的车痕中。一次武器试验[2]释放出的热量熔化了沙子，傍晚的风又让两条古旧的痕迹露了出来，在低地里像是远古恐龙的足迹般曲折蜿蜒。

1. 指在第二次世界大战中美军的超级空中堡垒（重型远程轰炸机），尤指 B-29 型号。
2. 本篇故事的场景选在埃内韦塔克环礁，1948 年至 1958 年的十年间美国在这里进行过 43 次核爆试验。

精疲力竭再也走不动的特拉文在车痕之间坐了下来。楔形的车辙消失在沙堆里，他开始伸出一只手，试图从里面把它们挖出来，希望它们或许会告诉他海的方向。黎明将至时他终于回到了地堡，沉睡在第二天炎热的寂静中。

方块楼群（1）

无数个恹恹的下午都是如此，没有哪怕一丝最微弱的离岸风[1]来拂动尘埃，特拉文坐在一栋大楼的阴影里，迷失在迷宫中心的某处。他背靠在粗糙的混凝土墙面上，冷漠地注视着环绕的走廊，成排的门和他面面相觑。每个午后，他离开他在废弃监控地堡里的小房间，然后走近方块楼群中。一开始的半个小时，他只让自己待在边界附近的走道里，时不时地试着用他口袋里已经生锈的钥匙打开一扇房门——测试场和机场之间有一道隔离沙沟，他就是在那儿的碎瓶子垃圾堆里找到的这把钥匙——然后，无可避免地，他像嗑了药一样开始大步走向楼群的中心，渐渐跑了起来，在走廊间冲进冲出，像是要把某个看不见的对手从藏身之地揪出来一样。很快他就会彻底迷路。无论他多么努力地想回到边界，他都只会发现自己一而再地仍然身处中心。

最终他放弃了这个任务，坐在尘土里，看着大楼脚下的影子从缝隙中透出来。不知为何，他总是让自己在太阳到达天顶时身陷囹圄——在埃尼威托克，一个热核的正午。

有个问题尤其纠缠着他：“究竟什么样的人才会住在这极小的混

1. 在水陆相邻处从陆地吹向水域的风。

凝土城市里？”

人造景观

“这座岛是一个精神世界。”奥斯本，这位曾经在旧潜水艇修藏坞[1]工作的生物学家，后来这样和特拉文谈论到。这句话的真理性在特拉文到达后的两三周内就显露无疑。除去沙滩和一些无精打采的棕榈树，岛上的整个景观都是人造的，这就是一个由废弃的大型混凝土高速公路系统所构成的人工制品。自从核试验暂停以来，这座岛就被原子能委员会[2]所废弃，堆满武器的荒地、通道、塔楼和碉堡排除了任何试图让它回归自然的可能。（特拉文认识到，让这里保持原样应该还有一种更强烈的潜意识的动机：如果说原始人需要把外部刺激消化纳入自己的心理中，那么 20 世纪的人类已经否决了这个过程——按照这种笛卡儿判据，至少这个岛是存在的，很少有其他地方有这样的真实性。）

但是除却一些科学工作者，没有人有一丁点儿想去参观旧试验场的意愿，原本停靠在潟湖边的海军巡逻舰也在特拉文到达的五年之前就被撤回了。它颓败的外表以及岛屿和冷战时期的联系——特拉文喜欢把冷战叫作“三战预备期”——令人深感沮丧和压抑，像是一座亡灵的奥斯维辛，亡者的坟墓里也埋葬着未亡人深切的哀思。随着美苏关系的缓和，历史上这段噩梦般的篇章被愉快地抛诸脑后了。

---

1. 指潜艇基地中在空袭时保护潜艇的有上盖的潜艇坞，主要建于二战期间。
2. 美国原子能委员会是美国国会在二战以后立法设立的政府机构。其目的是提倡、管理原子能在科学及科技上的和平用途。杜鲁门总统在 1946 年 8 月 1 日签署了将军方对核能的掌控权转移到上述文官机构的 1946 年原子能法案，这个法案在 1947 年元旦生效。

三战预备期

“原子弹真实和潜在的破坏性其实掌控在潜意识的手中。对精神病患者的白日梦和幻想做个粗略的研究，就可以发现毁灭世界的想法隐藏在潜意识层面。被科学的魔法所摧毁的长崎算是现实中人类最接近这个梦魇的地方，在这里，即使是安稳的睡眠时间也时常会变为充满焦虑的噩梦。”

——《战争，施虐狂与和平主义》，爱德华·格拉夫著

三战预备期：这个时期在特拉文的心里有至高无上的地位，因为它的道德和心理倒退，因为它在整个历史上的意义，更因为即将到来的未来——1945 年到 1965 年这二十年——就悬挂在第三次世界大战震颤着的火山口边缘。甚至他妻子和 6 岁儿子在车祸中身亡也只是浩瀚历史与精神原点的一小部分，每天早上他们迎接死亡的那条川流不息的高速公路，则是通往世界末日的快捷便道。

第三海滩

午夜时分，他在冒险搜索礁石上的出口之后上了岸。这艘小摩托艇是他在夏洛特岛上从一个澳大利亚采珠人那里租来的，此时搁浅在浅滩上，船壳被锋利的珊瑚划破了。精疲力竭的特拉文穿过黑暗中的沙丘，沙坑和水泥塔楼昏暗的轮廓，在棕榈树之间影影绰绰。

第二天早上，他在灿烂的阳光中醒来，躺在宽阔的混凝土沙滩斜坡中间。这个被圈起来的空池子大概是个蓄水池或靶坑，直径大约两百英尺，是建造在环礁中心的人工湖系统的一部分。叶子和尘土塞住了报废的栅格，中间是一个两英尺深的温水池，倒映着远处的棕榈树。

特拉文坐起身，开始清点自己。列表很简短，除了他瘦削的身体以及穿着的破旧棉布衣服之外就没什么了，大概也只能证明他还存在着。然而和周遭的环境对比，这堆破布也似乎显现出独特的生命力。这个巨大的被人工雕琢的中心水池中的倒影，更突显出整个岛的空旷，没有物种在这里生息繁衍。湖泊被狭窄的峡湾分割，沿着环礁边缘蜿蜒延伸。湖的两岸环绕着道路，监控塔和碉堡鳞次栉比，棕榈树时不时地投下稀稀拉拉的树影，它们颤颤巍巍地立在混凝土地面的裂缝里，看上去摇摇欲坠。这一切构成了覆盖在岛屿上空连续不断的混凝土穹顶，这个实用的巨石阵建筑体系同古亚述和古巴比伦的那些建筑一样灰暗，一样阴森（而且显然也一样古老，就它所投射以及投射出的未来的角度看来）。

一系列的武器试验已经将砂层融合在一起，形成一层层伪地质层，热核纪元中那些转瞬即逝、长度以微秒计的世代浓缩其中。“解开过去的钥匙藏在现在。”这座岛倒是成了推翻这句地质格言的典型例证。在这里，解开当下的钥匙还远在未来。这座岛是未来的一块化石，它的地堡和碉堡诉说着一个道理，即生命留下的化石记录往往都是武器和骨头。

特拉文跪倒在暖水池中，水花溅在他的衣服和裤子上。倒影里是一张胡子拉碴的脸和一双瘦削的肩膀。他来到岛上的时候除了一小块巧克力什么补给也没带，想着岛上总能找到个什么地方，让他能就地自给自足的地方。当然也有可能，他已经备好了和时间一同向前所需要的食物，之后随着他回到过去，或者说最多进入无时间区域，这种需求将不复存在。在过去的六个月里，本就瘦弱的他在穿越太平洋的旅程中，消瘦得像一个流浪的乞丐，只剩坚定的眼神还一如往昔。然而，这种消瘦仿佛是剥离了多余的肉体，更凸显出内在坚韧不拔的精神和精准干脆的行动力。

接下来的几个小时，他四处游荡，检查了一个又一个的废地堡，想找个合适的地方睡觉。他穿过一条小型着陆跑道的废墟，旁边的垃圾场上，十几架 B-29 轰炸机像是趴伏的死鸟，交错堆叠在一起。

遗 骸

他曾走进过一条小街，两旁的金属棚屋里有一家自助餐厅、若干娱乐厅和浴室。一个坏掉的自动点唱机半埋在自助餐厅后的沙子里，唱片选集还好好地摆在架子上。

再往远处走，在距离棚屋五十码的一个小靶坑里扔着一些人体——他一开始以为那是这个幽灵城市居民的尸体，实际上只是十几个真人大小的塑料模特。它们熔掉了一半的脸扭曲成模糊的怪相，从交错的躯干和四肢间注视着他。

海浪在他两侧的沙丘后沉沉地呜咽，他能听见从海上卷来，跨过礁石，拍打在潟湖内岸。然而他一直躲避着大海，每次往上走都踟蹰不已，担心海洋会出现在视线之内。随处可见的监控塔让他能轻易地鸟瞰岛上复杂的地形，然而他避开了那些生锈的梯子。

他很快意识到，无论那些碉堡和监控塔的分布看上去多么费解和随意，它们都共同朝向岛上景观的中心，提供了观看这景色的一个独特透视结构。当他在一座碉堡里坐下休息时，特拉文透过窗户缝注意到，所有的观察哨都建在一系列的同心圆上，越靠近最深处的避难所，圆圈收得越小。最后的那个圆圈，应该在爆心[1]的下方，隐在一排沙丘四分之一英里以西的地方。

终点地堡

露天睡了几晚之后，特拉文返回他在岛上第一次醒来时所在的混凝土沙滩，决定把家设在这儿——如果这个潮湿的废墟也能叫作家的话——就在靶塘五十码外的监控地堡里。厚厚的已经有些歪斜的墙壁隔出的黑暗房间，看起来和墓穴一样，却给他一种物理的安全感。房间外，沙子堆在墙边，快要把狭窄的门廊掩埋，像是仓库建造以来所见证的宏大时代的结晶。五台监控相机狭长的矩形光孔形状规整、位置整齐，像密符一样嵌在东面的墙上。在其他地堡的墙面上也装饰着类似的密符。如果特拉文在早上醒来，他就总会看见阳光被分出五个闪耀的符号。

大部分时间房间里只有氤氲的亮光。在降落场的控制塔上，特拉文找到了一套废旧的杂志，然后用它们搭了一张床。他第一次遭遇脚气病[2]袭击的那天，他在仓库里躺了一会儿，把硌着背的那本杂志抽了出来，在里面看到了一张满页印刷的6岁女童的照片。这个金发的女孩，沉着的面庞上有一双深邃的眼睛，让无数关于儿子的痛苦回忆涌向他。他把这一页钉在墙上，日复一日地凝视着它陷入沉思。

前几周特拉文没怎么想过离开地堡，不断推迟探索岛上的计划。在岛的内圈象征性地游逛，对到达和离开的时间都没什么讲究。他

1. 核爆炸时火球形成瞬间的中心点。
2. 缺乏维生素 B1 引起的疾病。和脚癣不同，它可以致人死亡。

没有给自己制订什么计划。所有对时间的感知很快消失了；他的生活只剩下存在本身，是这一刻和下一刻之间的绝然断裂，就像是两个量子化事件。他太虚弱了，没有力气觅食，只能靠在废弃的超级堡垒上找到的旧补给箱维持生活。因为没有工具，开罐头能花掉他一整天的时间。他的身体持续消瘦，然而他只是漠然地看着皮包骨的四肢。

到这时，他已经忘记了海洋的存在，模糊地以为这段环礁也是某块大陆板块的一部分。地堡南北两向一百码外都是一排沙丘，顶上神秘的棕榈树像是一排栅栏，遮挡着潟湖和海，夜晚微弱而低沉的海浪声翻滚着与他记忆里的战争和童年时光融为一体。东面是紧急降落场和废弃的航空器。它们矩形的影子在下午的光线中晃动，扭曲，翻转。特拉文坐在地堡的前方，面对着一片靶塘，这些浅坑错落分布在整个环礁的中心。五个镜头从他的上方注视着这一切，像是某个未来主义神话中的守护神。

靶塘与鬼怪

这些池塘本来是设计来观察记录被选定的动植物发生的辐射生物学变化，但这些样本的后代早就变成了扭曲而畸形的物种，然后归于消灭了。

在某些夜里，阴沉的光线笼罩着混凝土地堡和堤坝，那些水池则像是连亡灵都已经出走的荒芜墓地里的观赏池，他会看见他的妻子和儿子的幽灵就站在对岸。他们孤单的身影像是已经盯着他看了好几个小时。虽然他们没有过什么动作，特拉文却很确定他们在向他招手。等到从幻觉中醒来，他跌跌撞撞地跑过池边黑暗的沙地，跑进水里，大声呼喊着那两个身影，仿佛他们正在手拉手走出这片湖，消失在远处的堤坝上。

打了个冷战，特拉文回到地堡，躺倒在旧杂志床上，等待着他们回来。他们的面容，他妻子脸上惨白的光，流过他的记忆之河。

方块楼群（2）

直到他发现了方块楼群，特拉文才意识到他永远离不开这座岛了。

在他到达之后两个月左右的时候，特拉文吃光了他那一小点儿食物补给，脚气病的症状愈发严重。他的手脚越来越麻木，渐渐失去力气。全靠着想到岛屿内部的避难所还没被探索，又付出了难以衡量的巨大努力，他才成功地离开了杂志铺成的床褥，走出地堡。

那个晚上，当他坐在门廊前流动的沙砾中，他注意到有一束光穿过棕榈树，照向环礁的远处。迷失在妻子与儿子的幻影里，想象着他们在沙丘间的某个温暖的地方等着他，特拉文向着光走去。不到五十码，他就失去了方向感。他在着陆跑道上踉踉跄跄了好几个小时，到头来只是踩中沙子里可口可乐瓶的碎片，成功划伤了脚。

他延后了这一晚的探索计划，第二天一早他再次踌躇满志地出发了。他快速地走过塔楼和房屋，热气像一张盖毯一样严严实实地罩在岛上。他已经进入了一个没有时间的领域。只有彼此间距离越来越窄的地堡外墙在警告他，他正在穿过火臬的内部。

他爬上了山脊，这是他先前在岛上的探险之旅到达的最远处。远处的平原上遍布着目标弹道和爆炸点。记录塔像方尖塔一样伸向天空，它灰色的墙壁上还模糊地留着些摆出程式化姿势的人形轮廓，那些靶标群在闪光中被烙印进水泥里的影子。在一些混凝土挡板碎裂的地方，一排棕榈树在凝固的空气中摇摇晃晃。这里的靶池要小一些，里面堆满了塑料假人的残肢。它们中的大部分还保持着没有防备的生活姿态，就像测试前被安排的那样。

在最远的那排沙丘更前方，监控塔开始转过来对着他，那边的楼顶看起来像是一群大象方方正正的脊背。它们在山谷里排着整齐的队列，形成了一个浅浅的畜栏。

特拉文向着它们前进，被划伤的脚一瘸一拐的。在他的两旁，松动的沙子啃噬着沙丘，一些碉堡因此而倾斜。这片满是地堡的平原延伸了大约四分之一英里。在平原的一头，在之前的某些测试里被炸到地表的混凝土地堡残骸半掩埋在沙地里，像是孕育生产了这片巨石群之后就被抛弃的子宫外壳。

方块楼的数量数不胜数，体积也庞大到令人压抑。如果有谁想体验一下这个场景以及特拉文的感受，那他必须试着想象自己坐在其中某一栋混凝土怪兽的影子里，或者在盘踞在岛中心的巨大迷宫中心里游荡。方块楼一共有大概两千栋，每一个都是边长十五英尺的完美立方体，按照十码的间距有序排列着。它们被排成了很多列，每一列由两百个方块楼组成，按着爆炸的方向依次倾倒。从建成到现在的这些年间，它们只被略微风化，它们嶙峋的轮廓像是巨大模板的切面，这样的设计可以抵消直线前行的巨大气浪。楼体有三面都是光滑而完整的，但是背向爆炸方向的第四面上则有一道窄窄的检测门。

方块楼的这个特点尤其让特拉文烦躁不安。虽然门的数量可观，但是因为一些奇怪的透视法设计，无论在迷宫的哪个地方都只能看见一条通道里的门，其余的门都会被中间的方块楼遮挡。他从边缘走到楼群中心，看见一排又一排的金属门出现又远离，在没有尽头的转弯后藏着无数个紧闭的出口。

在爆心正下方的那些方块楼是实心的，大概有二十栋的样子，墙壁厚度和剩余的楼栋是不一样的。从外观看，它们都同样坚不可摧。

当他进入第一条长长的通道时，特拉文感觉他的脚步轻快了起来；纠缠了他这么多个月的乏力感渐渐消失了。因为它们正方体的特性和外观，这些方块楼看上去占据了更多的空间，带给他一种绝对的平静与秩序感。他继续走入迷宫的中心，急切地想要和迷宫之外的岛屿分离。在几次无序的左转右转之后，他发现自己孤身一人，大海、潟湖和岛屿的景色都不见了。

他在这里坐了下来，背靠着一栋方块楼，忘记了寻找妻子和儿子的念头。这是他来到这个岛之后第一次感受到，破碎的景色带来的分裂感开始淡化。

还有一件事是他不曾想到的。随着夜幕降临，以及离开楼宇觅食的需要，他意识到已经迷路了。无论他如何沿着来时的足迹退回，或者在歪斜的道路上左冲右撞，又或者根据太阳辨别方向后向着南方或北方前行，他都只会一再回到起点。穷尽所能，他还是没能找到迷宫的出路。这时虽然他已经意识到了自己的动机，但依旧对现在的情况一筹莫展。只有当饥饿战胜了留下来的念头，他才成功地逃离了这里。

舍弃了他在飞机仓库附近的上一个家，特拉文整理了他在超级堡垒轰炸机的机身炮架和驾驶舱储物柜里能找到所有的罐头食品，装载在简陋的雪橇上，拉着它们开始穿越这座岛。他在距离方块楼群边界五十码的地方占据了一座歪倒的地堡，然后把已经褪色的金发小女孩的照片贴在了门边的墙上。那一页纸越来越脆弱，就像他自己渐渐支离破碎的形像。每天夜里他醒来的时候，他会不紧不慢地吃点东西，然后出门，走进楼群。有时候他会随身带一壶水，在里面待上两三天。

特拉文：插入说明

量子世界里的元素：

终点海滩。

终点地堡。

方块楼群。

景色被编码。

未来的进入点 = 景色中轴线与水平线的交点 = 重要时间的区域。

潜水艇修藏坞

接下来的几周里，这种不安定的状态依然持续着。当某天晚上他走出楼群的时候，他再次看到了他的妻子和儿子，站在沙丘上的一座孤塔下，面色平静地看着他。他意识到他们从上一次在那些干涸的坑池间现身开始，就一直跟着他穿越这座岛。他再一次看到召唤的光芒，决定继续对岛屿的探索。

沿着环礁半英里以外的地方，他发现了一组四座潜水艇修藏坞，建在一个水被抽干了的内湾上，错落地分布在海边的沙丘间。坞里还剩下几英尺的积水，里面满是闪着怪异冷光的鱼和水草。一束警示灯光时不时闪烁着从金属塔上射下。外面混凝土堤坝上有一座营地的遗址，看着还挺结实，应该是最近才空出来的。特拉文迫不及待地把载满补给品的雪橇扔进一座金属棚里。随着饮食的改变，脚气病也有所好转，在接下来的几天里他回到了营地里。那儿看上去像个生物观测点。在一个野外办公室里，他偶然发现了一系列关于染色体突变的图表。他把它们卷起来，带回了他的地堡。这些抽象的图式虽然毫无意义，但在他恢复的期间，他把给它们取一个合适的名字当作娱乐。（之后，在他某次探险当中穿过飞机仓库时，他发现了一台半入土的点唱机，把唱片列表从选择栏上撕了下来，想着这就是最适合那些图表的标题。虽然有冗余之嫌，但却赋予了它们富有层次感的神秘联想。）

迷失在方块楼群里的特拉文

8 月 5 日。发现了一个叫特拉文的人。看上去像个古怪的乞丐，藏在荒岛内陆的一个地堡里。他患有严重的冻伤和营养不良，但他本身不自知，或者说根本不在乎他身边的一切……

他坚持自己是为了执行某个科学项目——具体不表——但我怀疑他是否真的明白自己的动机和这座岛的特殊性质……从某种程度上来说，岛上的景观似乎和某些潜在的时间概念有关，尤其和那些被回避的对于自身死亡的预感有关。正如过去所证明的，这种建筑的吸引力和危险都是毋庸置疑的。

8 月 6 日。他的眼里满是狂热。我想他不是第一个，也不会是最后一个，探访这座岛的人。

——摘自 C. 奥斯本博士的《埃尼威托克日记》

由于耗尽了补给品，特拉文几乎一直待在楼群之中，保留着剩下的体力，让自己还能沿着空荡荡的走廊缓慢前行。右脚的感染让他很难再去那些生物学家留下的存货里再做补给，再加之体力不断衰退，他越来越不愿意走出楼群。巨石阵系统此时完全代替了他的思维功能，后者将对时间和空间的理性秩序的感受交与了前者，他的意识之火照耀在比现有的神经系统更高的层次上（如果说自主神经系统是被过去所支配，那么脑脊神经系统则是向未来延伸的）。离开了这片楼群，他对现实的感知就会萎缩得和脚下几平方英寸的沙子一般大小。

在他进入迷宫的最后一次探险中，他花了一整夜外加大半个早上的时间尝试逃跑，然而只是徒劳。他拖拽着自己从一个方形的阴影里移动到另一个里，他的腿像棍子一样沉重，膝盖很扎眼地红肿着，他意识到他必须尽快找到一个和方块楼群旗鼓相当的东西，否则就会像法老的随从一样困在自己亲手建成的陵墓里，赔上自己的性命。他精疲力竭地瘫坐在整个系统中央的某个地方，一排排千篇一律的墓穴渐渐离他远去，此时一阵轻型飞机的嗡嗡声慢慢地划过天空。它掠过头顶，然后，五分钟之后，又回来了。得抓住这个机会，特拉文挣扎着站了起来走向楼群的出口，抬头追随着那道闪闪发光的排气尾迹。

当他倒在地堡里的时候，他隐约听到飞机又回来了，并且开始对现场进行勘察。

迟来的救援

“你是谁？”一个小个子男人俯视着他，头上沾满了沙子，表情严厉，正在把一支注射器收进提箱里，“你知道你只剩一只腿了吗？”

“特拉文……我经历了某个事故。真高兴你们飞过来了。”

“我相信你一定是经历了什么。你为什么不用我们的紧急无线电？无论如何我们都会找海军来接你的。”

“不用……”特拉文用一只手肘支撑着坐了起来，虚弱地摸索着他的屁股兜，“我应该有个通行证。我在执行一项研究任务。”

“研究什么？”这个问题是想完全理解特拉文的动机。特拉文躺在地堡旁边的阴凉里，虚弱地喝着水壶里的水，与此同时奥斯本博士把他的伤脚包扎了起来。“你还一直在偷用我们的库存。”特拉文摇了摇头。蓝白相间的塞斯纳飞机[1]停在五十码外的混凝土停机坪上，像一只巨大的蜻蜓。“我没想到你们会回来。”

“你一定是在做白日梦吧。”

一名年轻的女士离开飞机操作台，爬出驾驶室走向他们，瞥了一眼灰色的库房和楼群。她似乎对特拉文的狼狈和虚弱视而不见，或者说毫不在乎。奥斯本扭过头和她说了两句，她低头看了看特拉文之后就回到了飞机上。当她转过头来的时候，特拉文不由自主地站起身来，以为她就是他钉在墙上的照片里的那个女孩。然后他想起来，这本杂志最多也就是四五年前的。

飞机的发动机启动了。它转向起飞跑道，起身飞入空中。

那天下午，那名年轻的女士开着吉普车回来了，还带回了一张小露营床和帆布帐篷。在这期间，特拉文睡了一觉，醒来时神清气爽，正赶上奥斯本探索完周围的沙丘后回来。

“你在这儿做些什么呢？”年轻女子一边将帐篷的一根拉索固定在地堡上一边问道。

“我在找我的妻子和儿子。”特拉文回答。

“他们在这座岛上？”她十分惊讶，但止不住把这话当真，看了

1. 塞斯纳飞行器公司成立于 1927 年，是世界上设计与制造轻、中型商务飞机，涡轮螺旋桨飞机，以及单发活塞式发动机飞机的主要厂商。

看四周。“就在这儿？”

“可以这么说。”

检查了这座地堡之后，奥斯本加入了他们。“照片里那个孩子。她是你的女儿？”

“不。”特拉文疲于解释，“是她收养了我。”

虽然无法理解他的回答，但奥斯本和年轻女子接受了他会离开这个岛的保证，然后就回到了他们的帐篷。每天年轻女子会载奥斯本回来给他换药，她似乎在特拉文自己的神话故事里找到了属于自己的角色。当得知特拉文之前是一名军事飞行员之后，奥斯本说他是一位因为热核试验中止而变得孤立无援的现代殉道者。

“内疚的情绪并不代表着承受不分青红皂白的道德制裁。我想你过于夸大你的这种情绪了。”

当他提到伊特里[1]这个名字的时候，特拉文摇了摇头。

奥斯本不屈不挠地追问道：“埃尼威托克也是类似的景象，你确定没想过利用它在等待你的圣灵降临之风[2]吗？”

“相信我，博士，我没有，”特拉文很确切地回答道，“对我来说，氢弹是绝对自由的象征。和伊特里不同，我感觉它带给我一种权利——甚至可以说一种义务——让我遵照自己的选择做事。”

“这个逻辑有点奇怪，”奥斯本评价道，“难道我们不应该至少为肉体的自我负责吗？”

特拉文耸了耸肩膀。“还不到时候，我觉得。再怎么说，我们也算是死里逃生的人不是吗？”

---

1. 即克劳德·罗伯特·伊特里。美国空军军官，少校军衔。1945 年，他作为飞行员，辅助完成了广岛原子弹投掷的军事任务。

2. 原文为 Pentecostal wind。Pentecost 指五旬节（或称圣灵降临节），被定于复活节后的第五十天，是教会用来庆祝圣灵被赐给使徒们，使得教会在早期迅速成长的一个节日。据《圣经·新约》载，耶稣“复活”后第 40 日“升天”，第 50 日差遣“圣灵”降临；门徒领受圣灵后开始传教。此处理解为救赎之风。

然而，他经常这样看待伊特里：三战预备期的天选之人，是他让 1945 年 8 月 6 日变成了三战预备期的开始，承担了所有的原罪。

特拉文恢复到可以走路之后不久，他不得不再一次从楼群里被救出。奥斯本变得不那么和蔼可亲了。

“我们的工作差不多要结束了，”他警告特拉文，“你会死在这儿的。特拉文，你在找什么？”

特拉文对自己说：无名的公民，热核时代人，埃尼威托克人的坟冢。他对奥斯本说：“博士，你的实验室不应该建在岛的那一端。”

在他们离开的前一天，特拉文和那名年轻女子驱车前往他登岛时的湖泊。她带上了染色体列表的正确图例，这是来自奥斯本最后的礼物，对于一个年长的生物学家来说这个动作在意料之外又充满讽刺意味。他们停在坏掉的点唱机前，随后她把它们贴在选曲台上。

他们在翻倒的超级堡垒战机残骸之间游荡着。特拉文失去了她的影踪，在接下来的十分钟把沙丘翻了个底朝天。最后他发现她站在一个太阳能斜板建成的小圆形剧场里，应该是由一队造访的探险队建造的。她微笑着，看着他穿过脚手架。支离破碎的光板里，零散地映着她的倒影。有一些碎片里她没有头，另一些则映照出许许多多她抬起的手臂，环绕在她身周，像一位印度的千手女神。特拉文感觉精疲力尽，转身向着吉普车走去。

当他们开着车远去，他说起他对妻子和儿子的印象。“他们的面色总是那么平静。我儿子尤其如此，虽然他从未真的那样过。他唯一一次脸色严肃还是他出生的时候——然后他看上去就像已经活了几百万年一样。”

年轻的女子点了点头。“我希望你能找到他们。”她想了想又补充道，“奥斯本博士会告诉海军你在这儿。躲起来吧。”

特拉文很感谢她。当她最后一次飞离这座岛的时候，他坐在大楼旁边的位置上，对她挥手告别。

海　军

搜查队找上门的时候，特拉文藏在唯一一处理想的藏身之所。幸运的是搜查队找得马马虎虎，而且几个小时之后就被召回了。水手随身带来了一些啤酒做补给，搜查很快变成了一场醉汉们的闲逛。后来特拉文在记录塔的墙上发现那些人形阴影的嘴边被用粉笔画上了些对话框，说着些下流的话语，搞得他们的身影就像是洞穴壁画中生殖崇拜的狂欢舞者一样。

当飞机跑道附近的一个地下储油罐燃起的时候，派对迎来了高潮。他在一旁首先听见扩音器里呼叫着他的名字，回荡在沙丘间的回声像是濒死之鸟凄厉的呼喊，然后他听见爆炸的轰鸣和登陆艇离开时人们的笑声，特拉文有一种预感，这将是他最后听到的声音。

他一直躲在一个靶坑里，和那些塑料人体躺在一起。灼热的阳光下，它们扭曲的面庞从纠缠在一起的四肢间直直地看着他，一无所见，它们的笑容已经模糊了，好像无声大笑着的死者。当他爬过这些人体回到地堡的时候，它们的面容一直映在他的脑海里。

在他走向楼群的路上，他看见他的妻子和儿子的身影站在路中间。他们距离他不到十码，他们看着他，期待之情几乎要从苍白的脸上溢出来。特拉文从没有在楼群里这么近地遇到过他们。妻子苍白的容貌像是被身体里发出的光照亮了一样，微张的嘴唇像是在打招呼，抬起一只手想要和他的相握。儿子肃穆的脸庞上带着奇怪的定住一般的表情，用和照片里的女孩一样神秘的笑脸看着他。

“朱迪斯！大卫！”震惊中，特拉文朝他们跑去。然而光影一闪，他们的衣服变成了裹尸布，同时他看见让他们的脖子和胸口完全不成样子的伤口。惊骇之中，他向着他们大声尖叫。随着他们渐渐消散，他也逃回楼群里的安全感与理智之中。

告别的仪式

这一次他发现，正如奥斯本预言的，自己走不出楼群了。

在不断变化的迷宫中心的某处，他坐在地上，背靠着一面混凝土侧墙，抬眼看着太阳。在他的周围，立方体的线条构成了他的世界里的地平线。有时它们好像在向他靠近，像悬崖峭壁一样立在他面前，它们之间的间隙不断缩小，直到它们只隔着手臂粗细的距离，一个狭窄走道构成的迷宫在它们之间延展开来。然后它们又从他身边远离，像是不断膨胀的宇宙中的点一样远离彼此，直到最近的一条线也变得像地平线上断断续续的栅栏一样。

时间变得量子化了。先是持续好几个小时的正午，阴影笼罩在大片的楼群之中一动不动，热量从混凝土地面上反射回来。转眼他又会发现已经是午后或者傍晚，到处都是影子，像是对他指指点点的手指一样。

“再见了，埃尼威托克。”他呢喃着。

某处有亮光一闪而过，仿佛楼群中的某一栋像算盘上的一粒算珠一样，被拆下来弹走了。

“再见了，洛斯阿拉莫斯[1]。”再一次的，仿佛有一栋方块楼坍塌

1. 洛斯阿拉莫斯（常简称阿拉莫斯）在美国的新墨西哥州。二次大战后期，闻名世界的美国原子武器研究基地—洛斯阿拉莫斯国家实验室于 1943 年在此建立。

了。他周围的走道依然完好无损，但某个地方，特拉文确信，在映射在他脑海中的模型里，中性空间之间的一小片间隔被打穿了。

再见了，广岛。

再见了，阿拉莫戈多[1]。

再见了，莫斯科，伦敦，巴黎，纽约……

链接点闪烁着，楼群出现震动的涟漪。特拉文接受了这宏大告别是徒劳无益的事实，停了下来。这样一场告别需要他在宇宙的每一个粒子上签名。

正午：埃尼威托克

现在，方块楼群像是一个不停旋转的马戏滚轮。它们带着他升高到能够看见岛屿和海洋全貌的地方，然后又向下降穿过混沌的圆形地面。从这里他仰望着混凝土盖的下表面，景色凹凸颠倒，凹地被圈了起来，湖泊系统变成了岩土穹顶，楼群则成了数千个空荡的立方体方坑。

“再见了，特拉文”

让他失望的是，他发现这样彻底的拒绝也没有给他带来什么。

在清醒的间隙，他低头看着自己瘦弱的四肢在他面前勉力支撑着，脆弱的手腕和双手上满是溃疡织就的花边。他右边的尘土上有

1. 美国新墨西哥州中部偏南的城市，位于斯克鲁塞斯东北部。第一枚原子弹于 1945 年 7 月 16 日在该城西北部的怀特桑德导弹试验场爆炸。

一串痕迹，应该是趿拉着的鞋跟留下的。

在他的前面与楼群之间，横着一条长长的走廊，汇入一百码外的一面斜坡。在那之中，因为狭窄的间隙而越显宽广的空中，有一个新月形的影子飘浮在天上。

在接下来的半个小时里，它缓慢移动着，随着太阳摆动而转动。

是沙丘的轮廓。

这个密码，就像个盾牌上的符文一样悬在特拉文前面，让他着了迷，逼着自己穿过尘土。他摇摇晃晃地勉力站起来，眼里再没有那些楼群的影像。

十分钟后，他出现在西部的边界。用影子为他引路的沙丘距他大约五十码。远处，像屏幕一样映射着那片影子的是一片高耸的石灰岩，穿插在荒芜大地的小丘之间。废旧推土机的残骸、一捆一捆的铁丝网和五十加仑大小的鼓半埋在沙子里。

特拉文向着沙丘前进，不情愿地离开这片起伏的无名沙漠。他蹒跚着绕过它的边缘，然后在石脊间一个狭窄的缺口边的阴影里坐了下来。

十分钟后，他注意到有人一直在看着他。

被困的日本人

这具尸体，眼睛直直地盯着特拉文，躺在他的左边，缺口的下面。那应该是一个强壮的中年男人的尸体，他侧身躺在一块石枕上，仿佛还在仰望缺口上的天空一样。衣服的纤维已经磨损，变成褴褛的灰色布袍，然而得益于岛上没有任何动物捕食，皮肤和肌肉组织都保存得很完好。在像膝盖和手腕这样的关节上，好些地方突出的骨节刺破了黄色皮肤的真皮层，但面罩依旧完好无损，表明这个日本男性应该是一名专业人士。特拉文低头看着那挺直的鼻梁、高高的额头和宽阔的嘴唇，猜想着这个日本人是个医生还是律师。

困惑着这具尸体生前是怎么把自己弄到这里的，特拉文沿着斜坡向下滑了几英尺。皮肤上没有辐射烧伤的痕迹，说明这个日本人在这儿待了不到五年。他似乎也没有穿制服，所以应该不是军事行动或者科研任务的成员。

尸体的左边，在他手能够到的地方，有一只已经磨损的皮箱和一个地图包的残骸。右边是一个已经褪色的粗帆布包外壳，打开可以看见里面有一壶水和一个小油罐。

难耐的饥饿本能让他在那一刻暂时忽略了这一点发现，即这个日本人是故意选择死在这个缺口中的，特拉文滑下斜坡，直到他的双脚触碰到尸体上已经裂开的鞋底。他探出手抓住了水壶。里面的水有一杯的样子，涤荡着已经生锈的罐底。特拉文一饮而尽，他的嘴唇和舌头上满是溶解在水里的金属盐带来的苦咸味。他撬开油罐的盖子，里面除了一层黏腻的糖浆之外空空如也。他用盖子刮了刮，砸吧着焦油状的薄片。它们带来令人陶醉的甜美滋味，充盈着他的口腔。过了一会儿，他感到微微有点头晕，于是坐回了尸体旁边。它那双没有焦距的眼睛不带一丝怜悯地盯着他。

苍　蝇

（有一只小苍蝇，特拉文觉得可能是一路跟着他进到缺口里的，现在正在尸体的脸上嗡嗡乱飞。特拉文向前倾了倾身子想要打死它，又突然反应过来这个小小的哨兵可能是这具尸体忠实的伴侣，作为回报，它也以尸体毛孔中蒸馏出的液体为生。为了避免伤害这只小苍蝇，他小心翼翼地鼓励它降落在他的手腕上。）

安田博士：谢谢你，特拉文。（声音有些沙哑，大概是不习惯对话。）我的立场，你能理解。

特拉文：当然了，博士。对不起，我想过杀了它。这些根深蒂固的习惯，你知道，不是那么容易改掉的。1944 年你姐姐的孩子在大阪，由于战况紧急，我不想为他们辩解，大部分已知的动机都是如此卑鄙，人们搜寻未知是希望……

安田：拜托，特拉文，你完全不用这么不安。那只小苍蝇能存在这么久是它的幸运。你哀悼的儿子，更不用说我自己的两个侄子和侄女，他们难道不是每一天都在死去吗？世界上每一位父母都为在童年就去世的儿女哀悼。

特拉文：您真是太宽容了，博士。我都不敢——

安田：完全不用，特拉文。我不需要你道歉。毕竟，我们每个人都只是生命的无限可能中那一点儿微不足道的残渣罢了。但是你的儿子和我的侄子们会永远留在我们心里，他们的存在就像星星一样确凿无疑。

特拉文：（还没有完全信服）或许是这样，博士，但是就这座岛来说，它导致了一个非常危险的结论。例如，那些方块楼群……

安田：这正如我所说。在这里，楼群之间，特拉文，你终于找到了超脱时间和空间之外的自己。这座岛就是现实的伊甸园；为什么你要把自己驱逐到一个量子化的世界里呢？

特拉文：不好意思。（小苍蝇又飞回了尸体的脸上，坐在一个眼眶里，让这位好博士仿佛在眨着眼做出个怪异的表情。特拉文往前探了探，把它引诱到自己的手掌上。）好吧，对，这些库房也许是存在论的对象，但这儿是不是有一只苍蝇真实存在都还很可疑。的确，在这座岛上它是唯一一只苍蝇，这是第二棒的事情。

安田：你不接受宇宙的多样性，特拉文。问问你自己，为什么？为什么它能如此困扰着你。在我看来，你在寻找白色的利维坦巨兽[1]，一无所获。海滩是个危险地带；避开它。适当谦逊谨慎；寻求接受的哲学吧。

特拉文：那我可以问一下您来这儿的原因吗，博士？

安田：为了喂这只苍蝇。"多么伟大的爱——？"

特拉文：（依旧很困惑）这并没有真正解决我的问题。那些方块楼群，你看……

安田：好吧，如果你一定要那样的话……

特拉文：但是，博士——

安田：（专横地）打死那只苍蝇！

特拉文：那不是结束，也不是个开始。（他绝望地拍死了那只苍蝇。精疲力尽，他在尸体旁边睡着了。）

终点海滩

沙丘的背后有一个垃圾堆，在里面找根绳子的时候，特拉文找到了一捆生锈的铁丝。他解开它，然后把一根背带固定在了尸体的胸前，把它从缝隙里拖了出来。木箱的盖子被用作雪橇板。特拉文把尸体固定成坐姿，沿着楼群的边界出发了。在他的四周，整座岛寂静无声。棕榈树的线条挂在阳光中，只有他自己发出的动静改变着纵横交错的树干间流动着的密码。监控塔上方形的角楼像被遗忘

1. 指《白鲸》的主角大白鲸"莫比·迪克"。

的方尖石碑一样，从沙丘之间挤了出来。

一个小时之后，特拉文回到了他的地堡，解开了系在腰间的铁丝绳。他搬出奥斯本博士留给他的椅子，把它放在地堡和楼群的中间。然后他把日本人的遗体绑在椅子上，摆好双手，让它们能在木制扶手上休息，让这死气沉沉的躯体有一个能够安息的姿势。

做好之后他感到非常满足，特拉文回到地堡，蹲在遮阳棚下。

接下来几天过去了，几周也过去了，距他五十码远的地方日本人端坐在凳子上的庄严身影，保护着特拉文不受楼群的危害。它们的魔法依旧占据着特拉文的幻觉世界，但他现在已经有足够的力量唤醒自己，寻找食物。在炙热的阳光下，日本人的皮肤越来越苍白，有时特拉文晚上醒来的时候，会发现那阴森的身影坐在横贯在混凝土地板上的阴影中，双臂垂在两边。在这样的时刻，他往往会看见他的妻子和儿子从沙丘上看着他。随着时间的流逝他们越靠越近，有时候他会回过头，发现他们就在他身后几码的地方。

特拉文耐心地等待着他们某一天和他说话，想着巨大的方块楼群的入口有死去的大天使坐在那里驻守着，此时海浪在远处的沙滩上破碎，而在他的梦里，燃烧着的轰炸机纷纷坠落。

（麓君　译）

反反复复

科幻与奇幻小说似乎自然就会开启系列与续篇之路。这种倾向也许在一切通俗作品中都很普遍，可上溯至廉价小说[1]与少年杂志时代，当时的出版商、作家和读者都希望能圈中一个或一群有魅力的角色，使他们的冒险故事借由一部又一部作品绵延不绝，譬如水牛比尔[2]、杰西·詹姆斯[3]、弗兰克·里德和小弗兰克·里德[4]、尼克·卡特、弗兰克·马里维尔、汤姆·斯威夫特[5]、鲍勃西双胞胎、罗弗家的男孩儿以及许多其他人物。

如同所有通俗文学一样，作品系列化的过程依赖读者。无论男

---

1. 指 19 世纪末至 20 世纪初流行于美国的廉价平装小说，往往是系列作品。
2. 指威廉·F. 科迪，美国南北战争时期军人，骑士，农产经营者，其组织的牛仔主题表演非常有名，是美国西部开拓时期最具传奇色彩的人物之一。
3. 指杰西·伍德森·詹姆斯，美国南北战争前后的强盗，是“詹氏–杨格团伙”最有名的成员。去世后被刻画成民间传说人物。
4. 二者皆是 19 世纪 80 年代和 90 年代的流行廉价小说“弗兰克·里德”系列主人公。下文的“尼克·卡特”与“弗兰克·马里维尔”也是 19 世纪末至 20 世纪初的流行廉价小说主人公。
5. 流行于 20 世纪初的儿童科幻冒险作品，由美国著名儿童文学出版商爱德华·斯特拉特迈耶出版，下文的“鲍勃西双胞胎”与“罗弗家的男孩儿”也是斯特拉特迈耶集团出品的儿童文学作品主人公。包括艾萨克·阿西莫夫与斯蒂夫·沃兹尼亚克在内的名人都曾从这部作品中获取过灵感，泰瑟枪的命名也与这部作品有关。

女读者都不希望跟自己喜爱的角色作别。出版商也喜欢系列作品，因为这能为他们带来几年安全可见的销量。而那些肯不厌其烦地反复讲述同一故事的作家则发现，他们获取了一种撰写新书的简易方法。

当类型小说这一文类确立时，系列综合征也对其产生了影响：神秘小说作家们总是紧紧抓住他们的侦探不放，这一传统可回溯到爱伦·坡笔下的奥古斯特·杜宾身上，而柯南·道尔的夏洛克·福尔摩斯则至为突出地展现了这一传统；西部作家们受到的影响较小，但他们也创造出了自己的霍帕隆·卡西迪（Hopalong Cassidys）和西斯科小子们（Cisco Kids）[1]。当纸浆杂志在20世纪30年代发展到巅峰期时，那些传奇英雄读物每月都给它们的读者带来英雄们新的冒险故事，这些英雄包括萨维奇博士（Doc Savage）、魅影奇侠（the Shadow）、轰天奇兵（the Phantom）、G8和他的王牌战士（G8 and his Battle Aces）[2]，以及许多其他人物。

续写作品的冲动并不独属于通俗文学作家。希腊的剧作家们就已经在创作系列作品，亚瑟王的传奇故事在口耳相传间涤故更新、花样百出，但丁的《神曲》写了三部，莎士比亚在《温莎的风流娘儿们》中让福斯塔夫[3]再次登场，塞万提斯续写了《堂吉诃德》[4]，刘易斯·卡罗尔也重返了爱丽丝世界[5]，高尔斯华绥带着福尔赛[6]一家历经了整个世家传奇，多斯·帕索斯的《美国》亦是三部曲作品。福克纳则一次又一次地回到了约克纳帕塔法县[7]，如此种种，不一而足。重

1. 霍帕隆·卡西迪与西斯科小子都是著名的西部牛仔形象，衍生作品繁多。
2. 此句罗列的皆为20世纪30年代和40年代的流行漫画英雄形象，多数拥有同名电影。
3. 福斯塔夫这一人物形象最早出现在莎翁历史剧《亨利四世》（创作时间不晚于1597年）中，后在喜剧《温莎的风流娘们儿》（1602）中再次登场。
4. 今本《堂吉诃德》被合为一部两卷，而作家撰写之时上下两卷是分两部出版的。
5. 指《爱丽丝梦游仙境》与续作《爱丽丝镜中奇遇记》。
6. 指1932年诺贝尔文学奖获奖作品 *The Forsytes Saga*，通行译本多作《福尔赛世家》，2002年的同名英剧译为《福赛特世家》。
7. 威廉·福特纳笔下的虚构地名，作家围绕该县撰写了一系列长中短篇小说，以其为核心构建的文学模式被称为“约克纳帕塔法世系”，在20世纪文学中占有重要地位。

复描摹那些极受喜爱的人物形象和广受欢迎的成功故事，这种做法令一些作家难以抗拒，另一些则无法忍受不断地重复自我。

科幻小说领域内最著名的系列作品要数阿西莫夫的“基地”三部曲，但这一传统至少可以回溯到乔治·艾伦·英格兰的“黑暗与黎明”（*Darkness and Dawn*）三部曲（第一部发表于1912年）、查尔斯·B. 斯蒂尔森的“北极星”（*Polaris*）三部曲（第一部发表于1915年）与J. U. 吉西的“天狼星”（*Dog Star*）三部曲（第一部发表于1918年），而埃德加·赖斯·巴勒斯则将系列冒险故事的舞台架设到火星、金星及他的地底世界[1]去了。另一位伟大的系列作家是E. E. 史密斯“博士”，他的小说十分自然地形成了系列合集，于是他在撰写《兰斯曼》[2]时直接将之设计成了四十万词的四部曲作品。其他著名的系列作品还包括C. S. 刘易斯的“皮尔兰德拉”三部曲，弗兰克·赫伯特的“沙丘”系列，詹姆斯·布利什被收录为“飞城”的“俄克”[3]系列，迈克尔·摩考克的“时间尽头的舞者”（*Dancers at the End of Time*）系列，哈里·哈里森的“死亡世界”与“不锈钢老鼠”系列，布赖恩·奥尔迪斯的“海利科尼亚”三部曲，以及吉恩·沃尔夫的“新日之书”（*Book of the New Sun*）系列。

奇幻小说也许更为自然地踏上了系列之路，作者一旦创造了一个能自圆其说的奇幻世界，似乎就再也难以将之抛弃。此类作品中最为著名的自然要数托尔金的“魔戒”三部曲，其现象级的成功或许激励了其他作家效仿三部曲模式。在“魔戒”之前，弗莱彻·普拉特与L. 斯普拉格·德·坎普曾联合创作过一系列被收录为《资

1. 指巴勒斯的火星系列（Martian series，电影《异星战场》原著小说）、金星系列（Venus series）与地底世界系列（Pellucidar series，与《人猿泰山》系列有交叉）小说。
2. 原书名为Lensman，一译《透镜人》。
3. 俄克（Okie）原指从俄克拉何马州转居至他州的农业移民，布利什的“飞城”（*Cities-in-Flight*）系列中用以借指太空城市的移民，因此“飞城”系列也称“俄克”系列。

深魔法师》(*The Compleat Enchanter*)的作品，安德烈·诺顿也创作了一些系列作品，其中包括名为“女巫世界”(*Witch World*)的一个系列。更近一些的系列作品包括厄休拉·勒古恩的“地海传奇”(*Earthsea*)三部曲，玛丽昂·齐默·布拉德利的科学奇幻作品“黑暗星球”(*Darkover*)系列，斯蒂芬·唐纳森的“科弗南特”[1](*Covenant*)三部曲，以及约翰·诺曼（J. F. 兰格）仿巴勒斯风格的“戈尔”(*Gor*)系列小说。

不过，科幻小说界最具野心的系列作家或许仍要数戈登·R. 迪克森（Gordon R. Dickson），他的“贵公子系列”(Childe Cycle)始于 1959 年发表的《多尔塞！》(*Dorsai!*)，而距离完结仍遥遥无期[2]。作家原本计划撰写三部历史小说、三部当代小说与三部科幻小说，借以探索三种人类形态，在长达数千年的时间跨度里，这三类人将首先发展出“碎片文化”，最终重聚为一种超级人类。后来，这一计划成了由六部科幻小说扩展出的系列作品。

迪克森显然是个极为自信又极有毅力的人。他生于加拿大，13 岁时被带到美国，在第二次世界大战期间服过兵役，其后返回明尼苏达大学攻取创意写作专业学位，并继续攻读硕士。他是该领域内少数几位获得硕士学位的作家。

他的全职作家生涯始于 1951 年，当时他已在《惊异》杂志上发表了三篇故事，其中第一篇是《友善的人》。除“贵公子系列”外，他还创作了许多小说，包括《大角星来客》与《逃亡之人》(均发表于 1965 年)、《空间传送》(1959)、《传送时间到》(1960)、《曝身星际》与《虚妄世界》(均发表于 1961 年)、《外星方式》与《宇宙之行》(均发表于 1965 年)、《太空爪印》(1969)、《梦游者的世

1. 全称“托马斯·科弗南特传奇”(*The Chronicles of Thomas Covenant*)。
2. 作家卒于 2001 年，该系列包括六部主线故事和若干小短篇，皆为科幻题材，仍处于未完结状态。

界》(1971)、《前哨》(1972)、《普里彻团块》(1972)、《时间风暴》(1977),以及《遥远的呼唤》(1978)。近年来,他一直致力于创作始自《龙与乔治》(1976)的奇幻喜剧系列[1]及他的“贵公子系列”,除了《朝圣之路》(1987)与《狼与铁》(1990)等少数例外。“贵公子系列”包括《多尔塞!》(1960)、《方士》(1962)、《战士,不要问》(1967)、《错误方略》(1972)、《终极百科全书》(1984)、《圣殿公会》(1988)与《青年布莱斯》(1991)。他曾撰写青少年科幻作品,且与波尔·安德森、基思·劳默和哈里·哈里森都有过合作。

迪克森也是一位高产的短篇小说作家。《战士,不要问》(“Soldier, Ask Not”)获得了1965年的雨果奖,而《叫他上帝》(“Call Him Lord”)摘取了1966年的星云奖。1964年发表于《类比》杂志上的《海豚之路》(“Dolphin’s Way”)展现了其作品风格之简洁、情节之精练与作家对主题的艺术控制力。他的构思总是以独创性著称于世。

(穆童、憬怡 译)

1. 指“龙骑士系列”(Dragon Knight series),20世纪90年代后作者为该系列添了八部新作,现存九部主线作品。

海豚之路

［美国］戈登·R. 迪克森

当然，没有任何理由假定到海豚之路来访的女人不能是美人——海豚之路是已故的埃德温·奈特博士为这座海岛研究站起的名字——但马尔[1]此前从未料到此地真会有美人驾临。

今早，卡斯托尔和波鲁克斯[2]没有到研究站的池子里来。它们也许已经像从前那些野生海豚一样离开了研究站。这些日子来，马尔一直在担忧威勒尔尼基金会会寻个由头砍掉他们下一步的研究经费。自从科尔温·布雷特接管研究站，马尔就有了这种担忧。不过布雷特从没说过什么。这感觉只是马尔从他那高大冷峻的形象中体会到的。当那艘出租艇载着访客从大陆到来时，马尔就是抱着这样的担忧，站在研究站前张望大海的。

那女访客走上码头，马尔从上方俯视着她。她朝他挥了挥手，好像他是个熟人，然后自码头拾级而上，来到研究站主楼门前的露台。

---

1. 马尔是主人公马尔科姆·辛克莱的昵称。
2. 两只海豚的名字卡斯托尔（Castor）和波鲁克斯（Pollux）源自希腊 / 罗马神话，这两个名字也是双子座 α 与 β 星的英文名称，双子座的传说即由此而来。

"你好，"她微笑着站到他面前，"你就是科尔温·布雷特？"

在她光彩夺目的美貌映衬下，马尔突然强烈地在意起自己枯瘦平凡的外表。她有一头棕色秀发，作为女孩子足够高挑——但这种形容难尽其美。她身上有一种足称完美的气质——而她的微笑令他感到奇异的心神荡漾。

"不，"他说，"我是马尔科姆·辛克莱。科尔温在里面。"

"我叫简·威尔逊。"她说，"《背景月刊》杂志派我来做一期关于海豚的报道。你与它们打交道吗？"

"是的，"马尔说，"我从最开始就跟奈特博士一起工作了。"

"哦，太好了，"她说，"那你可以给我讲些故事了。奈特博士去世后，布雷特博士接管了研究站，当时你也在这里？"

"是布雷特先生，"他下意识地纠正道，"是的。"她在他心底激起的情感那么深刻强烈，她似乎也该有所感应，但她却全无表示。

"布雷特先生？"她重复道，"哦。员工们跟他相处得还不错吗？"

"这个啊，"马尔希望她能再笑一笑，"大家都跟他处得不错。"

"我明白了，"她说，"他是一个很好的研究负责人？"

"一个很好的行政管理人，"马尔说，"他本身并不参与研究工作。"

"他不参与？"她盯住他，"但他不是在奈特博士去世后取代了奈特博士的位置吗？"

"呃，是的，"马尔说，一边努力试图将注意力拉回到谈话内容上，此前还从没有一个女人令他这样心动，"但只是作为这个研究站的管理人员。你知道——我们这里的大部分研究经费都是威勒尔尼基金会赞助的。他们信任奈特博士，但在他死后……呃，他们希望这里的负责人是他们自己的人。我们没人在意这事。"

"威勒尔尼基金会，"她说，"我从没听说过。"

"它是由一个叫威勒尔尼的人创建的，在密苏里州的圣路易斯，"

马尔说，“他是靠制造厨具赚的钱。他死前留下了一份信托财产，借之创立了这个基金会，鼓励基础研究工作。”马尔微笑起来：“别问我他是怎么从厨具起家壮大到那个程度的。我能告诉你的不太多，是不是？”

“比我一分钟前知道的多啦，”她微笑回去，“在科尔温·布雷特来这儿之前你就认识他吗？”

“不。”马尔摇了摇头，“出了生物学和动物学的专业领域，我认识的没几个人。”

“不过我想你现在应该很了解他了，毕竟他已经接管研究所六个月了。”

“呃——”马尔踌躇起来，“我可不会说自己很了解他。你看，他整天都在这上头的办公室里，而我在下面跟波鲁克斯和卡斯托尔——就是最近常到我们站来的野生海豚——在一起。我跟科尔温不常见面。”

“在这么个小岛上还不常见面？”

“也许这听起来有点儿可笑——但我们都挺忙的。”

“我想也是，”她又笑了，“你能带我去见他吗？”

“他？”马尔猛然醒悟到他们还站在露台上，“哦，对了，你是来见科尔温的。”

“不单单是科尔温，”她说，“我是来参观这整个研究站的。”

“好吧，我带你去他的办公室。跟我来吧。”

他领她穿过露台，经由前门进入开着冷气的室内。科尔温·布雷特总是开着空调冷气，就好像他那有些冰冷的个人气质需要用干燥、疏离的寒冷山区气氛来维持一样。马尔带着简·威尔逊走过一条小走廊，又穿过另一道门，进入一间窗户宽大的办公室。一名男子从大办公桌后抬头看了一眼，他高挑清瘦，宽肩黑发，一张棕色脸庞冰冷而英俊，看到简，他站起身来。

“科尔温，”马尔说道，“这是《背景月刊》的简·威尔逊小姐。”

“我知道，”科尔温绕过办公桌，来到他们身边，面无表情地冲简开口，“我昨天收到你要来的电报了。”他未等简伸手，就先去握她手，他们的手指碰上了。

“我得下去看卡斯托尔和波鲁克斯了。”马尔说着转身离去。

“那我们待会儿见。”简望着他说。

“呃，好，也许吧……”他说着走了出去。转身关上布雷特办公室的房门后，他在凉爽昏暗的门厅里停下，合上了眼睛。别傻了，他对自己说，一个像她那样的女孩儿要找的人可比你这种人强多了，兴许已经名花有主了。

他睁开眼睛下了楼，回到研究站后的水池和属于非人类的海豚世界里去了。

他回到池子边上，发现卡斯托尔和波鲁克斯回来了。他们的水池是开放式的，有一道出口通向碧波荡漾的加勒比海。他们刚开始在海豚之路展开研究工作时，这些海豚也曾像其他被俘的野生动物一样，被拘禁在一个封闭的池子里。直到过了一阵子，研究站的工作碰上了被奈特博士称为“环境障碍”的困难，这个开放水池联通大海的主意才被设想出来，自此，他们用以研究的海豚便能来去自如了。

这些海豚一度离去，又复来归。最终，海豚们会彻底离开。但奇怪的是，总会有野生海豚不时前来填补空位，因此研究站里始终不缺海豚。

卡斯托尔和波鲁克斯是最近的一对。它们大约是四个月前出现的，那时有一只常常光顾研究站的单身海豚刚刚消失不见。自由、独立——这对海豚是最配合的。但环境障碍始终未获突破。

时下，两只海豚正身形交错地在水下前后游动，整整30码长的水池全是它们的场地，它们游过彼此的身侧、上方和下方，穿行间，两个7英尺长、几乎一模一样的身子若即若离，差点互相摩擦却没碰到。录像显示它们正在超声频段内以80千赫～120千赫的频率进行交流。它们眼下这种游动方式是马尔此前从未见过的，带着规律性和仪式感，好像某种舞蹈。

他坐下来戴上耳机，耳机联结着水池两端的水下听音器。他对着麦克风向海豚们询问这个举动的意义，但它们无视了他，自顾自地按着既有方式游动。

身后的脚步声令他转过头去。他看见简·威尔逊正从研究站后门走下水泥台阶，她身边跟着矮壮敦实、身着工作服的研究站技工皮特·阿丹特。

“他在这儿呢，”走近之后皮特说道，“我现在得回去了。”

“谢谢你。”她朝皮特笑了笑，就是适才令马尔怦然心动的那种微笑。皮特转身踏上台阶，她则转向马尔：“我打搅到你了吗？”

“没有，”他摘下耳机，“反正我也没得到什么答复。”

她看着水下起舞的两只海豚，它们四下游动、不时折转，在水面上激起阵阵涡旋。

“答复？”她问道。他微微苦笑。

“我们管这叫答复。”他说着用脑袋指了指水池中那两个正在折转的平滑流线型生物，“有时我们可以朝它们问话，还能得到反馈。”

“有信息量的那种反馈？”她问。

“有时是的。你要见我，有什么事吗？”

“我想了解一切。”她说，“看起来我该拜访的人是你——不是布雷特。他把我打发下来了。我已经了解到你才是发明那个理论的人。”

“理论？”他谨慎地反问，感到自己的心沉了下去。

“或者说是理念，”她说，“就是假设存在某种星际文明，这个文明可能要等待地球人证明自己后才会与之进行接触。他们的考验也许不是技术性的，譬如开发一种超光速旅行方式，而是某种社会学性质的……”

“比如学会与一种外来文化进行交流——像是海豚的文化。”他骤然打断道，“这是科尔温同你讲的？”

“我来这儿之前就听说过，”她说，“不过我原以为这是布雷特的理论。”

“不，”马尔说，“这是我的理论。”他望向她，“你没发笑。”

“我该笑吗？”她说话时正凝神观察海豚的动作。他心中陡然生起一股对海豚的强烈嫉妒，因为它们居然能这样吸引她的关注；这情绪激得他做出了换个情形可能没有勇气做的事。

“跟我一起飞回大陆，”他说，“吃顿中饭。我会把一切都告诉你。”

“好啊。”她终于从海豚身上掉转视线望向他。他惊讶地发现她眉头紧蹙。

“我有好些事情弄不懂，”她喃喃道，“我原以为该去调查布雷特。结果该调查的人是你——还有海豚。”

“也许我们可以在午餐时间把你的疑问都解决掉。”马尔说，他并不太清楚她指的是什么，但也不真的在意，“来吧，直升机在办公楼的北边。”

他们驾着直升机飞到卡鲁帕诺[1]，坐下来共进午餐，一边望着镇前蔚蓝大海那开放的锚地里船来船往，四周的餐桌边不时传来带着委内瑞拉口音的礼貌西班牙语。

“我为什么要对你的理论发笑？”当他们开始坐下用餐时，她再

1. 委内瑞拉东北部城市，濒临加勒比海。

次发问。

“大多数人都把这说法当成是我们为研究站的失败编出的疯狂借口。”他说。

她扬起弯弯的棕色眉毛，“失败？”她说，“我以为你们一直在稳步取得进展。”

“是，也不是，”他说，“即便在奈特博士去世以前，我们也已经碰见被他称为环境障碍的问题了。”

“环境障碍？”

“对，”马尔用叉子拨弄着海鲜开胃菜里的虾，“我们的工作全都基于约翰·利利博士的研究。你读过他的书《人与海豚》吗？”

“没有。”她说。他看着她，意带惊讶。

“他是我们海豚研究领域的先驱。”马尔说，“我还以为你来我们研究站之前做的第一件事就是读他的书。”

“我做的第一件事，”她说，“是试图调查科尔温·布雷特的情况。这事我办得不太成功。所以我落地的时候才会以为直接参与海豚研究工作的人是他而不是你。”

“所以你才问我是不是很了解他？”

“没错，”她答道，“但你还是给我讲讲这个环境障碍吧。”

“也没什么好讲的，”他说，“就像多数大问题一样，描述起来其实很简单。在海豚研究兴起之初，早期研究者们似乎进展得一帆风顺，与海豚取得交流已经指日可待——只要破译出它们对彼此所发的声音即可，无论是人类听觉范围内的还是超乎其外的；然后再将人类的语言教给海豚就好。”

“结果证明这些事情是做不到的？”

“可以做到。我们已经做到了——或者说跟做到了没什么分别。但接下来我们碰到了这样一个事实，交流并不意味着理解。”他看着她，“你和我讲同一种语言，但当另一个人说话时，我们真的能完全理解对方想要表达的意思吗？”

她凝视他半晌，旋即缓缓地摇了摇头，目光没有离开他的面庞。

“你看，”马尔说，“这就直切我们海豚研究的关键问题了——只是要放大一下。像卡斯托尔和波鲁克斯这样的海豚，它们可以同我说话，我也能同它们说话，但我们没法真正互相理解。”

“你指的是智识层面的理解，对不对？”简说，“而不只是机械性的理解。”

“不错，”马尔答道，“我们对听觉符号或是其他符号都能形成基本语意层面上的理解，但对其隐含意义却难达成一致。我可以对卡斯托尔说：‘墨西哥湾暖流是一股强大的洋流’，它会完全赞同。但我们对对方真正想要表达的意义其实一无所知。我大脑里的墨西哥湾暖流与卡斯托尔脑中的形象根本不同。我概念中的‘强大’与这样的事实直接相关：我身高 6 英尺，重达 175 英镑，能在重力环境下举起相当于我体重的重量。而在卡斯托尔的概念里，则是它身长 7 英尺，在水中游动时速能达 40 英里，在他的认知范围内，它没有重量，因为他 400 英镑的体重已经被他的排水量抵消掉了。而举起某个东西的概念对它而言根本不存在。我脑内的‘大洋’与它概念中的根本不同，而我们对洋流的理解可能恰巧一致，也可能有天壤之别。至今为止，我们尚未找出弥合这道鸿沟的桥梁。”

“海豚们也像你们一样在尝试？”

“我相信如此，”马尔说，“但我无法证明此点。正如我无法向铁杆怀疑论者证明海豚的智力，除非我能设法拿出某种超乎人类知识范畴的证据，而这东西得是海豚教给我的。或者让海豚证明它们学会了某种人类智力活动进程。在这些尝试上我们都失败了——按照我和奈特博士的想法，这是因为我们对隐含意义的理解存在鸿沟，而鸿沟就是环境障碍造成的。”

她坐在那里望着他。同她讲这些也许是他在犯蠢，但自从八个月前奈特博士因心脏病突发去世以来，他再没有像现在这样跟人吐露过心声。他感到已经压制不住自己的倾诉欲了。

“我们得学会像海豚一样思考，”他说，“或者海豚得学会像我们一样思考。我们已经尝试了快六年，但双方都不太成功。”下一句话几乎未经大脑便脱口而出，他原本是打算深埋心底的：“而且我一直担心，我们的研究经费随时会被砍掉。”

“砍掉？被威勒尔尼基金会吗？”她问，“他们为什么要这么做？”

“因为我们至今都没取得什么成果。”马尔满口心酸，“至少是没有什么可以证明的进展。我恐怕我们的时间快用尽了。一旦时间用尽，这项研究可能再也不会重见天日了。六年前，海豚研究曾是一时热点。现在，它们已经被淡化、遗忘、束之高阁了，如今的人们只把海豚看成是一种聪慧的动物。”

“你不能这么肯定地说这项研究不会重见天日。”

“但我感觉到了，”他说，“我的一部分理念在于，能否与外来物种进行沟通对我们人类而言是种考验。我感觉这是我们唯一的机会，如果搞砸这次，就不会有下次了。”他用拳头轻轻敲了敲桌子，“最糟糕的是，我知道海豚那边也在做着跟我们同样的努力——要是我能弄清楚它们在做什么，它们在怎样试图叫我明白，那该有多好！”

简一直坐在那里凝望着他。

“你看起来对这说法十分确信，”她说，“是什么让你产生了这种信心？”

他松开拳头，强迫自己坐回椅子里。

“你看过海豚的上下颌吗？”他问道。“它们有这么长，”他张开双手在空中描画，“每对颌骨里都长着 88 颗锋利的牙齿。而且，一只像卡斯托尔那样的海豚重达数百磅，它们在水中的游速是人类难以想象的。只要用身子把你撞到水池边缘，它就能轻易将你碾成齑粉，它还能用牙齿把你撕成碎片，用尾鳍叫你断骨伤筋，只要它想。”他满脸严肃地瞧着她，“尽管如此，尽管人类总在捕杀海豚——就连我们也在研究初期的摸索阶段弄死过海豚，而海豚在对付海洋里的敌人时能将牙齿与力量应用自如——却从来没听说过海豚袭击人类。亚里士多德在公元前 4 世纪就已经写到过海豚‘温和善良’的天性了。”

他停了下来，目光犀利地望向简。

“你不相信我。”他说。

“不，”她说，“不，我相信。”

“抱歉，”他深吸了一口气，“我犯过错误，我曾把这些话在别人面前和盘托出，结果很后悔。有个人听后说，这表明海豚凭天性识别出了人类的优越性和人类生命的价值。”马尔冲她苦笑：“但这只是一种本能。‘就像狗一样，’他说，‘狗本能地崇拜人类、热爱人类’，他还想给我讲他养过的一只德国腊肠犬，叫波奇，它会看晨报，要是报纸头版报了什么惨案，它就不肯把报纸给他送进去。他想用自己不得不亲自去前门台阶边取报纸的次数向我证明这件事，证明波奇的智力。”

简笑了起来，那是一种低沉、快活的笑声，这笑声使马尔心中的苦涩陡的消失不见了。

“不管怎样，”马尔说，“海豚对人类表现得如此克制，只是他们试图交流的种种迹象之一，就像那些到我们研究站来的野海豚一样，是它们使我相信海豚也在试图理解我们，也许它们已经努力了几个世纪了。”

“我不懂你为什么要担心研究会被叫停，”她说，“你懂得这么多，就不能劝说人们相信——”

“我只要劝说一个人相信就好，”马尔说，“那人就是科尔温·布雷特。但我觉得我并不成功。这只是一种感觉——但我感觉他总是坐在那里审判我和我的工作。我感觉……，”马尔踌躇起来，“他就像是被人派来找碴儿的打手。”

“他不是的，”简说：“他不可能是。如果你想，我可以替你查出真相。法子有的是。如果我早知道他是个管理人员，眼下我就能给你答案了。可惜我之前错以为他是个科学家，调查方向出了差错。”

马尔蹙眉望着她，一脸不可置信。

“你的意思不是说你真能替我侦查信息吧？”他问道。

她笑了。

“等着瞧吧，”她回答，“我自己也很想知道他究竟有什么背景。”

“这可能很重要。”他迫切地说，“我知道这听上去异想天开——但如果我是对的，这项对于海豚的研究可能非常重要，比世上的任何事情都更重要。”

她突然从桌旁站了起来。

“我现在就去查这件事，”她说，“你为什么不先回岛上去呢？我得花上几个小时，一会儿我坐出租艇回去。”

“但你还没吃完午餐呢，”他说，“事实上你都还没开吃。我们先把饭吃完，然后你再去。”

“我得打几个电话，我想趁他们还在工作时找到他们。”她说，“这么急是因为长途电话有时差。对不起，我们晚上共进晚餐，可以吗？”

“只得如此了。”他说。她用绝美的微笑化解了他的失望，随即转身离开。

她这一走，马尔发觉自己也不饿了。他找到服务员，成功把主菜取消了。他坐着又喝了两杯酒——这对他而言可不寻常。接着他起身离开，驾着直升机飞回岛上。

皮特·阿丹特在他从直升机起降站返回海豚池的路上遇见了他。

“你在这儿呢，”皮特说，“科尔温想在一个小时后见你——也就是他回来的时候。他也到大陆去了。”

若在平时，这样一则消息定会激起研究将被叫停的不祥预感，这种预感就像一块儿微小而冰冷的金属，总是寄寓在马尔体内。不过空腹喝下的三杯酒令时下的马尔有些麻木。他点了点头，继续朝池子边上走去。

海豚们还在那里，依然按照既有的方式游动着。也许那种游动方式只是他的妄想？马尔坐到池边的椅子上，面前的录音机将海豚们发出的声音转化成了视觉图像。他把耳机连到水下听音器上，打开眼前的麦克风。

突然，他意识到这一切有多徒劳无益。他每日重复这套相同的动作已长达四年之久了。而他能展示出的全部成果又是什么呢？一卷卷录音带记录的只是一场失败，他根本没能与海豚实现富有成效的对话。

他摘下耳机搁到一旁，点燃一支香烟，半眯着眼睛望着水下，海豚正在表演水下芭蕾。称之为水下芭蕾简直是诋毁它们的演出。它们被海水托举的姿态之优雅，动作之果敢，超越了人类在空中与陆上的一切表演。他又想起自己对简·威尔逊说的话来，海豚从来就不攻击那些捕捉它们的人类，即使是面临受伤甚至死亡威胁时也是这样。他想起那个已被证实的事实，海豚会前去营救它们受伤或被敲晕的同伴，把它托出水面，让它不至溺亡——因为海豚的呼吸过程需要意识的控制，如果海豚失去意识，就无法呼吸了。

他想起它们的活泼、友爱，想起它们广阔复杂的音域。比对这些品质中的任意一项，海豚都令一般的人类望尘莫及。海豚的文化里从来就见不到战争、杀戮、仇恨和刻薄的冲动。难怪，马尔想到，难怪它们与我们难以相互理解。虽然生存环境不同，条件有异，其实它们就是我们努力奋斗想要成为的那类人。我们拥有技术，拥有使用工具的能力，尽管如此，我们在许多时候都比海豚更像兽类。

谁有资格论断二者之中哪一个更为优越呢，他一边想着，一边在朦胧的感伤情绪里注视着它们在水下的动作，空腹饮下三杯酒令他有些昏沉。如果我是一只海豚，可能会更快活一些。有那么一瞬间，这念头似乎极具吸引力。无边无际的大海，无拘无束的自由，陆上人类文化的一切复杂结构都消失了，几句诗文跃入他的脑海。

“来，孩子，”他冲自己高声吟唱，“远去莫久留！沉，沉到深海悠悠……！”

他看见两只海豚暂停了水下芭蕾，同时注意到面前的麦克风是打开的。海豚的脑袋转向了池子近端的水下麦克风。他想起了接下来的几句诗文，于是冲海豚高声吟诵起来。

“岸边兄弟唤我莫留，
狂风卷沙飕飕，
洪潮澎湃海中流；
野马银白，雪浪拍长空
浪花里正浮游——”[1]

他突然感到不自在，立刻停住。他俯视海豚，有那么一瞬间，

1. 该诗今多译作《被遗弃的人鱼》，作者马修·阿诺德是英国维多利亚时期著名诗人兼文学批评家，其诗歌主张整体上崇尚古典。新文化运动时期，阿诺德作品曾被推崇文化复古的学衡派大量译介进入国内，文中译文摘自《学衡》第 41 期（1925 年 5 月）李惟果译《安诺德鲛人歌》。

它们只是悬浮在水面下，面对麦克风。旋即，卡斯托尔折转身子浮出水面。它的前额连同呼吸孔一起冒了出来，然后脑袋也跟了出来，它仰望马尔，气流流转间，呼吸孔敏感的边缘与肌肉发出嘎嘎的声响，对着面前的人类道：

“来，马尔！”它说：“远去莫久留！沉，沉到深海悠悠！”

波鲁克斯的脑袋也在卡斯托尔旁冒了出来。马尔目不转睛地盯着它们瞧了半晌，然后猛然把目光转到了录音转化出的画面上。上面显示的是他自己吟诵诗歌的声音，声音传到水下时在录音带上留下了痕迹，在其下的另一条音轨上，录音带显示出了一道来自海豚的平行韵律。当马尔吟诵诗歌时，海豚们大致在人耳听不见的频率范围内应和上了他的吟诵。

马尔目不别视地站起身子，他的心因这个揣想猛烈地颤抖起来，这叫他难以将想法付诸言语。他昏昏蒙蒙地走到水池近端，这里有三级台阶通向池内的浅水区，那里水深不过 3 英尺。

“来，马尔！”卡斯托尔叫道，此时两只海豚依然浮在池水之中，露出脑袋望着他，“远去莫久留！沉，沉到深海悠悠！”

一步一步地，马尔进入水池之内。他感到微凉的池水浸湿了他的裤腿，随着他最终在池内站定，凉意慢慢漫到了腰际。面前几英尺之外，两只海豚仍然浮在水里，望着他，等待着。池水在马尔的腰带扣上方轻轻荡起涟漪，马尔看着它们，等待着某种迹象，等待它们给出要他做什么的信号。

它们并没有给出任何线索，它们只是等待。他要想前行只得自己下定决心。于是他涉水向前，进入深水之内，埋头屏息，将自己送入水下世界。

水下视线昏蒙，他模模糊糊地看见前方是水池粗糙的混凝土底部。他浮游过去，身子上升了一点点，突然间，两只海豚都朝他围拢过来——它们掠过他身边，在他上方与四周来回游动，行动间轻轻擦着他的身体，使它成为他们水下舞蹈的一部分。他听见它们在水中发出吱吱嘎嘎的声音，知道它们或许正在他听不见的音域里进行着某种交谈。他无从知晓它们在说什么，他无法感知它们在他身边游动的意义，但他清楚地感觉到，它们正试图向他传递某种信息。

他开始感到需要呼吸。他尽可能地坚持了一会儿，随即浮出水面。他破水而出，大口吸入空气，这时两只海豚的脑袋从他身边冒了出来，观望着他。他再次潜入水中。我是一只海豚——他近乎孤注一掷地对自己说——我不是人类，我是一只海豚，对我而言这一切都意味着——什么呢?

他下潜了几次，每一次海豚都围绕着他重复相同的水下动作，训练有素又坚定不移，这使他愈发坚信他正走在正确的探索之路上。最终他浮出水面，大口喘起气来。他还没使尽全力去模仿海豚，他想到。于是他掉转身子，游回浅水区的台阶边上，开始往上爬。

“来，马尔——远去莫久留!”身后传来海豚的呼唤声，他转过身子，看见卡斯托尔和波鲁克斯都冒出了水面，正张着嘴切切望着他。

“来，孩子——沉到深海悠悠!”他复述道，吟诵时用上了最使人宽慰的语调。

他急忙跑到池子近端的补给间，找到大储物柜，打开存放潜水设备的那一区块。他需要让自己变得更像一只海豚。他考虑了一下是否选择氧气罐和水肺设备面罩，最后否定了。海豚的水下呼吸能力也未见得比他强上多少。他开始把储物柜里的东西往外甩。

过了一分钟左右，他又回到水池边的台阶上，脸上戴了配有通气管的玻璃面罩，脚上也套了脚蹼。他手里拿了两节软绳，坐在台阶上用绳子把膝盖和脚踝绑在一起，随后笨拙地跳起身子，猛地扎进了水里。

他面部朝下地趴在池中，透过玻璃面罩凝视池底，试图像海豚摆动尾鳍那样移动自己绑住的腿，以倾斜的角度潜入水底。

片刻之后他成功了，当他试图学着海豚的样子下游时，两只海豚立刻围了过来。过了一会儿氧气用尽，他不得不浮出水面。不过这回，他学着海豚的样子冒出头去，浮在水面让空气充盈自己的肺部，随即又以脚蹼为尾鳍，像海豚一样游回了水里。像海豚那样思考，他一遍又一遍地对自己说，我是一只海豚，这就是我的世界，这就是我的生存之道。

……而卡斯托尔与波鲁克斯始终围绕在他左右。

他终于精疲力竭地将自己拖出水面，日头已经落到了遥远的大洋彼端，他走上台阶，坐到水池边上。因为身子浸了水，暮光里的微风吹得他冷冷的。他解开腿上的绳子，摘掉脚蹼与面罩，疲惫不堪地走回了补给间。他从最近的隔间里拿出一条毛巾擦干身子，随后裹上了自己挂在此处的旧浴袍。他在储物柜旁的铝制折叠椅上坐下，累得不住叹气。

他望着熔金落日开始没入海面，感到一阵暖融融的成就感充盈了自己。在墨色渐深的水池中，两只海豚依然来回游动。他看着夕阳向下沉去……

“马尔！”

听见科尔温·布雷特的声音，他转过头去。当他看见那个身材高挑、面色冷峻的男人身边跟着的是苗条的简时，立刻从椅子上站了起来。他们走到他的身边。

“我叫你来见我，你为什么没来？”布雷特说，“我让皮特给你带话了。要不是出租艇刚把威尔逊小姐送来，我甚至都不知道你从大陆回来了，是她告诉我才知道的。”

“抱歉，”马尔说，“我想我这儿遇见了点儿事情——”

“现在不必告诉我，”布雷特的声音十分急促，因恼怒而显得尖锐，“我有一箩筐话要跟你讲，但我现在要赶飞机没时间，我得飞到大陆去一趟圣路易斯。很抱歉以这种方式通知你——”他中断自己，转头对简说：“能让我们单独待会儿吗，威尔逊小姐？有点儿私事，请您给我们一点时间——”

“当然，”她说着转身离开，沿着水池边缘走进沉沉暮色。水中的海豚相随在她身侧。夕阳刚刚落下，随着热带夜晚突然降临，头顶星光乍现。

“让我告诉你吧，”马尔说，“是关于研究的事。”

“很抱歉，”布雷特说，“你现在跟我说这些没什么意义。我得离开一个星期，我要你密切注意这个简·威尔逊。”他微微压低声音：“今天下午我同《背景月刊》通过电话了，接我电话的编辑既不知道她说的这个报道，也没听过她的名字——”

“那可能是个新人，”马尔说，“一个不认识她的人。”

“不管怎样都没差别，”布雷特说，“我刚要说的是，很抱歉这么匆忙地通知你，但威勒尔尼基金会已经决定停止为研究站提供经费了。我飞回圣路易斯就是要解决一些细节问题。”他微微踌躇：“我敢肯定你早知道这种事会发生，马尔。”

马尔瞪着他，一脸震惊。

“这是无可避免的，”布雷特冷漠地说，“你早知道的。”他停顿片刻，“很抱歉。”

“但若没有威勒尔尼基金会的支持，这个研究站就难以为继了！”马尔终于能够开口说话了，“你知道这点的。就在今天我找到问题的答案了！就在今天下午！你听我说！”他抓住布雷特的胳膊，后者刚想转身离开。“海豚们一直在试图与我们进行接触。噢，不是一开始，不是我们用捕获的样本进行实验的时候。但自从我们开放水池联通大海，它们就开始接触我们了。唯一的问题是我们一直都只试图通过声音进行交流——而这对它们而言是根本不可能的。”

“对不起。”布雷特说着试图挣脱他的胳膊。

“听我说，听我说好吗？”马尔绝望地说道，“它们的交流过程丰富多彩得不可思议。就好像我俩说话时使用了一个交响乐团里的全部乐器。它们交流时使用的不仅是 4 千赫～ 150 千赫的声音，还有动作，还有触感——还有时下与它们周围的海洋环境有关的所有元素。”

“我得走了。”

“给我一点时间。你还记得利利对海豚的航海方法做出的判断吗？他指出那是一种多元方法，涉及水温、流速、水的味道、太阳与星辰的方位等等，它们的大脑瞬间同时处理这么多元素。显然，这是对的，而它们的交流方法也与此相似，要同时用到声音、触感、方位、场所和动作。现在我们明白这点了，我们可以跟它们一起深入海洋，尝试介入它们的整个交谈谱系。难怪我们一直以来都只能取得最原始的交流，没能做出任何突破，因为我们一直把自己局限在声音这个元素之内了。这就像要求人类只用名词组成句子，还要保持句子结构的完整——”

“我非常抱歉！”布雷特态度坚决，“我告诉你，马尔。你的这些说法改变不了什么。基金会的决定是基于财政上的考虑。他们只有这么一点资金可供捐献，分给这个研究站的份额已经挪作他用了。如今这已是定局。”

他挣开胳膊。

“我很抱歉，”他又说了一次，“我在外头待一个星期就回来。你可以考虑一下怎么处理此间的收尾工作。”

说完这句话他掉头便走，绕过办公楼走向直升机起降站。马尔呆呆地看着他高挑瘦削、肩膀宽阔的身影消失在夜色之中。

“不要紧。”简温柔的声音在他耳畔响起，抚慰着他。他一转头看见她正面对着他。“你再也不会需要威勒尔尼基金会的经费了。”

“是他跟你说的？”马尔盯着她，她摇了摇头，在渐深的夜色中微笑。“那你是听说了？是你在那边的人脉告诉你的？”

“是的，”她说，“你对布雷特的感觉也是对的。我为你找到答案了。他就是个找碴儿的——威勒尔尼基金会的人派他来探查这个研究站是否值得继续投资。”

“但我们需要投资啊！”马尔说，“这回用不着太多了，但我们得深入大海，找出法子以海豚自己的模式与它们交谈。我们得拓展它们的交流水平，而不是限制它们以配合我们。我跟你说，今天下午我取得了一项重大突破——”

“我知道，”她说，“我全都知道。”

“你知道？”他瞪视着她，“你怎么会知道？”

“这一整个下午你都在被观察，”她说，“你说得对。你确实突破了环境障碍。从今以后，这项研究就只剩下找出交谈方法了。”

“被观察？怎么可能？”他突然感到这个问题眼下无足轻重，“但是我需要经费。”他说：“需要时间和设备，这都得花钱——”

“不，”她的声音无尽温柔，“你不必研究自己的方法。你的工作已经完成了，马尔。今天下午海豚和你突破了两个物种之间的交流障碍，实现了双方有史以来的第一次交谈。这是由你发起的事业，你是其中的一部分。你该为此感到高兴的。”

“高兴？”他几乎冲她喊了起来，甚是突然，“我不明白你在说什么。”

“抱歉，”她幽幽叹息道，“如果人类需要，马尔，我们会向你展示如何与海豚进行交谈。或许还有其他一些事情。”她在繁星漫天的穹宇下仰头望向他，西天一丝余晖未尽。“你知道，马尔，除了海豚，你还猜对了一些别的事情。你认为是否能与另一种智慧生物，一个不同物种进行交流是一项考验，只有通过这项考验，银河系的智慧生命才会联络一个行星上的高级物种——这也是对的。”

他瞪大眼睛望着她。她离他那么近，他能感受到她身上鲜活的温度，尽管他们没有相互接触。他看着她，感受着她，她就站在他的面前；这一刻，他初见她时所感受到的那股奇异深情再次翻涌上来。他依然为她心神荡漾。突然，他醍醐灌顶。

“你的意思是你不是地球人——”他的声音嘶哑而犹疑，踌躇不已，“可你是人类啊！”他急切地哭喊道。

她回望他半晌才开口作答。昏暗的夜色中他看不真切，但他感到自己看见了她眼中闪烁的泪花。

“是的，”最终，她缓缓开口，“按你说的那个意思——你可以说我是人类。”

他的心中忽然迸射出一种巨大，甚而是可怕的快乐来。这快乐便如一个人原以为自己已失去一切，却在失去一切的瞬间发现了无限的价值。

“但这是怎么实现的呢？”他兴奋不已，说话时有些接不上气。他指着天上的星星说：“如果你是从上面的某个地方来的，你怎么会是人类呢？”

她垂下目光，没有再看他的脸。

“对不起，”她说，“我不能告诉你。”

“不能告诉我？噢，”他轻轻笑道，“你的意思是说我听不懂。”

“不——”她的声音几不可闻，“我的意思是，我不被允许告诉你。”

“不被允许——”他的心没来由地感到一阵冰冷。“可是，简——”他停了下来，摸索着如何措辞，“我不知该怎么说才好，但知道这事对我很重要。自从我见到你的第一眼，我……我是说，也许你感受不到这种感情，你不知道我在说什么——”

“我知道，”她轻声呢喃，“我知道。”

“那——”他注视着她，“你至少可以说几句话叫我安心。我的意思是……现在一切都只是时间问题了。我们会在一起的，你的族民和我，对不对？”

她透过夜色仰望着他。

“不，”她说，“我们不会的，马尔。永远不会。正因如此，我才什么都不能对你讲。”

“我们不会？”他哭喊道，“我们不会？但你到这儿来看见我们交谈了——我们为什么不会在一起？”

她最后一次仰头望他，然后，将原因告诉了他。听完她不得不说的话，他怔怔站住，石柱一般，因为已经无可挽回了。而她终于缓缓转身，从他身边离开，走到水池边上，顺着台阶进入浅水区，与前来迎接她的海豚凑到了一处，它们溅起的泡沫撕裂水面，积聚的尾波洁白如雪。

随后，它们三个仿佛借着魔力一般，游过泳池表面，顺着出口进入海洋。它们一直游着，直游到夜色深处，消失在星光照耀下的粼粼微波之中。

定定站在那里的马尔忽然想到，海豚们一定一直都在等待她的到来。自从最初的两只被俘海豚获得释放以后，所有来到研究站的野生海豚概莫如是。海豚们早就知道，也许几个世纪来一直就知道，当等待已久的外星来客最终踏上地球时，寻访的必定只是它们。

（韶光　译）

作为隐喻的未来

人们通常认为，科幻作家应当是预言家，他们对未来的预测理应分毫不差。这种误解无疑起源于儒勒·凡尔纳，以及他在《海底两万里》中对水下航行的精彩描述，后来原子弹和航天飞行等各类技术的出现，则进一步强化了这种错误印象。

实际上，科幻作家多数情况下都在犯错，只是偶尔猜对时才会引来关注。作家常常思考未来世界的可能形态，但这主要是出于创作的目的，至于未来为何如此则相对次要。他们笔下的未来时常凶险恐怖，做出这样的预言时，作者显然不希望它成真，而是为了警告世人。没错，事情起初并非这样：在很大程度上，凡尔纳作品中的背景设定有其科学上的可能性。他说："我只是在利用物理，而威尔斯却在发明物理。"但威尔斯成为科幻之父，他自称，他的作品所涉及的是"一套新的观念系统"。他确实写过预测未来的作品，如《陆上铁甲》（"The Land Ironclads"）、《空中战争》（*War in the Air*）和《未来事物的形态》（*The Shape of Things to Come*），但在早期的科学传奇（1902 年之前）中，他显然并不关心那些设想能否经得起未来的验证。

科幻作家的目的是娱乐读者。这种创造娱乐的方式——用推想吸引读者，用细节取悦读者——恰好要求大部分科幻小说将背景设定在未来。有时，小说中描写的某样东西会碰巧出现在现实世界。也有些作者的创作更贴近现实，绝大多数都在努力让作品更具说服力，因为科幻最突出的——也是让科幻与奇幻得以区分的——特点就是其中的真实感，正是因为这层真实感的存在，读者才会严肃对待作品，或者至少（按威尔斯的话说）把它当作一套观念系统。这门仿真的营生有时会让作家变成预言家，即使作家本人毫不情愿。最后，作家所感兴趣的问题，一定是当时社会所存在的；迫使作家动笔写下的，也一定是让他们烦恼或愉悦的种种事件，或者他人未能识别的机遇或危险。如果他们对当下的感知和对以后的设想准确无误，那么其创作会与现实交叠。

但是，作家基本上都在与隐喻打交道。他们所写的未来并非真情实景；这只是一个免除了现实干扰的、隐喻式的未来，目的是供作家试验其想法。作家可以为了讨论人口过剩，让人口过剩成为世界性现象，而规避其他可能干扰读者的问题；让污染严重到关乎人类生死存亡的程度，而忽略为何此前无人试图解决；让暴政高压始终持续；或者，像 R. A. 拉弗蒂（R. A. Lafferty）在《漫长的星期二夜晚》（“Slow Tuesday Night”，《银河科幻》1965 年 4 月号）中所做的那样，让一切事情的发展节奏加速到转瞬即逝，而不去担心纷繁复杂的细枝末节：如抚养子女、耕种收获，以及非人力可以左右的季节更替。

拉弗蒂最能体现科幻小说的娱乐性。他用高超的叙述技巧、敏捷的才思和丰富的细节将读者吸引到故事中去。不过，他也能通过描述世界形成的过程，说服读者相信他的创作并不意在戏谑。拉弗蒂可以请求读者用对待奇幻的态度接受他的设定，但他更想让读者全然信服。他可以说明，那个世界是社会加速的自然结果，而社会加速是人们确实观察到的现象，但是为了说服力，这个变化过程必须向前延伸到遥远的未来，与现有生活的相似点将变得更加渺茫。所以他创造出了“阿贝巴奥斯阻块”。“阿贝巴奥斯阻块”当然是虚构的，尽管作家看似毫不经意地将这个概念引入故事，这可能让一些不够警觉的读者上当。没关系。正是因为这一创造的存在，这篇小说才成了隐喻；拉弗蒂并没有说这就是现实，不过读者应当注意它与现实之间的差别。

拉弗蒂其人与其作品一样独特。他自称是函授学校毕业的电气工程师，一生的大部分时间，他都是一名工程师，主要在俄克拉何马州工作。他长着一张孩子似的脸和一头白发，总是对人笑脸相迎。看上去，他更像是个手握锄头的农夫，而不像个打字机前的作家。偶尔出现在会展现场时，我们总会看到他漫步在会场中央，像个没穿制服的圣诞老人，好像还有点醉醺醺的，有着乡下人的憨厚。

他开始写作的时间很晚，但他在作品中透露出从未有人展现过的惊人才思、艺术技巧和创意，好像他大半生来一直在积攒实力。1960 年 1 月，他在《科幻故事》（*Science Fiction Stories*）上发表了第一篇小说《冰川之日》，但很快就有更多作品登上《银河科幻》、*F&SF* 和《轨道》。他的作品常常获得各类奖项的提名，包括《漫长的星期二夜晚》《黄金哨兵》《在那些长毛的地球人中间》《无所不知的人》《下块石头上继续》《攀登悬崖的人》《完美无瑕的贵橄榄石》《河岸全景拼图》《天空》《大千世界》《顶峰城的非常态》《多尔格》《穿火而行》《路的方向》《告诉我，今晚会结冰吗？》。《愚者的乐园》（“Eurema’s Dam”）获得了 1973 年的雨果奖，他的名字也常常出现在年度最佳小说选中。

拉弗蒂创作了六部长篇小说——三部发表于1968年，分别为《逝去的大师》（*Past Master*）、《地球的礁石》（*The Reefs of Earth*）和《罗德斯特鲁姆船长的冒险之旅》（*Space Chantey*）；另外三部发表于1971年，分别是《抵达伊斯特温》（*Arrive Esterwine*）、《恶魔已死》（*The Devil Is Dead*）和《绿色火焰》（*The Flame Is Green*）。即使在出版小说的方式上，他也是如此的与众不同。

自那以后，拉弗蒂却不可思议地被大型出版媒介所忽视，因此出版"阿耳戈神话"（Argos Mythos）系列和《在绿树中》（*In a Green Tree*）的续作时，他只好寻求传统媒介的帮助。

（穆童、憬怡　译）

漫长的星期二夜晚

[美国] R. A. 拉弗蒂

夜晚，一个乞丐拦住了一对在街头漫步的年轻夫妇。

“今夜上帝保佑。”他碰碰帽檐向他们致意说，“两位好心人，请借给我一千块钱吧，好让我重新赚回我的财富。”

“上周五我给过你一千块钱了。”年轻男子说。

“你是给了，”乞丐回答说，“而且那天午夜之前，我就让信差还给了你十倍的钱。”

“没错，乔治，他给了，”年轻女子说，“亲爱的，就给他钱吧。我相信他是个好人。”

于是，年轻男子给了乞丐一千块钱。乞丐碰碰帽檐向他们表示感谢，又去忙着赚回他的财富了。

乞丐进入金融市场，碰见了城里最漂亮的女人埃德范萨·伊帕拉。

“今晚你会嫁给我吗，埃迪？”他喜气洋洋地问。

“噢，我不这么认为，巴兹尔，”她说，“我嫁给你不少回了，但今晚我好像还没啥计划。不过，你发第一笔或第二笔财时，可以送一份礼物给我。我顶喜欢收到礼物啦。”

但当他们分开时，她却自言自语地说：“可是，今晚我要嫁给谁呢？”

那个乞丐就是巴兹尔·巴格尔贝克，用不了一个半钟头，他就将成为世上头号有钱人。在八小时内，他就会四次发大财，又四次变赤贫。这些财富可不是普通人赚的那种区区小钱，而是天文数字般的惊人财富。

当人脑摘除“阿贝巴奥斯阻块”以后，人们就开始更快地做决定，做出的决定也往往更好。那个阻块过去一直妨碍着人们的思维。当人们知道它是何物并且没有任何功用时，就通过一种简单的童年变形手术把它摘除了。

此后，交通运输和生产制造具有了即时性的超高效率。过去需要花几个月或几年才能做完的事情，现在只需要几分钟或几个小时。一个人可在八小时内同时从事一个或几个相当复杂的职业。

弗莱迪·菲斯科刚刚发明了一种手控模件。弗莱迪是一个夜盲人，而这种模件能显示出夜盲人的特征。人们那时已经根据各自的性情和偏好，将自己分为曙光人、昼盲人和夜盲人，或是分为黎明人（从凌晨四点到中午最活跃）、白昼人（从中午到晚上八点最活跃）以及夜晚人（从晚上八点到凌晨四点最活跃）。这三类人的文化、发明、市场和活动都略有不同。在漫长的星期二晚上八点钟，作为夜盲人的弗莱迪刚刚开始日常工作。

弗莱迪租了一间办公室并置办了家具。这花去了一分钟时间，洽谈、选择和安装几乎瞬间就搞定了。然后他发明了手控模件，这又花去了一分钟。接着，他将其拿去生产并投放市场。三分钟后，它即为重要买家所拥有。

它开始大受欢迎。这种模件很是吸引眼球。订单在半分钟内便纷至沓来。到八点十分时，每一个重要人物都有了崭新的手控模件，于是它就成了一种时尚。模件开始以每批百万计的数量成批售出。

这是当晚最有趣的时尚之一，至少称得上是初夜时分的时尚。

就和萨梅基的诗歌一样，手控模件没什么实用功能。不过这东西很迷人，或者说，其尺寸和形状能够带给人心理的满足感，而且既可握在手中，放在桌子上，也可安装在任何墙壁的模件壁龛里。

弗莱迪自然变得十分富有。埃德范萨·伊帕拉——城里最美丽的女人，向来对最新现身的阔佬感兴趣。她在八点半左右前来看望弗莱迪。这里的人们下决心很快，所以埃德范萨在来的时候就打定了主意。弗莱迪也很快做出决定，在小额索赔法庭与朱迪·菲斯科离婚了。弗莱迪和埃德范萨去了旅游胜地帕莱索·朵拉多度蜜月。

这次旅行美妙极了。埃迪的每次婚姻都很美妙。这里碧空明澈，景象瑰丽。那座泛着金光的著名瀑布飞泻不止。附近的岩石是由蔓生人砌成的，山丘是由碎石人筑起来的。海滩就像是梅雷瓦尔海滩的完美复制品。当夜伊始，受欢迎的饮料是蓝色苦艾酒。

但是，无论是初次游历还是一段时间后的重新造访，那种景象只会因你一时间的专注欣赏而感到震撼人心。长时间逗留是没有必要的。随时挑选并准备好的佳肴美馔，在享用时乐趣倏忽而过。蓝色苦艾酒固有的新鲜感转瞬即逝。对于埃德范萨和她的情人们来说，情爱总是迅速而又炽烈的。反复体验那一过程，对她而言是毫无意义的。再说埃德范萨和弗莱迪只选择了一小时的奢华蜜月。

弗莱迪还想继续保持这段关系，但埃德范萨瞥了一眼那个趋势指示器。手控模件只在当晚的前三分之一时间里受到青睐。那些关键人物早已对其弃之不理。弗莱迪·菲斯科并不属于那种经常发迹的人。他每周大概只有一晚时间，可以享受到某个完整职业带来的快乐。

他们回到城里，九点三十五分在小法庭离了婚。手控模件的存货被廉价抛售，最后一批将处理给四处寻求廉价货的曙光人——他们总是无所不买。

“接下来我要嫁给谁呢？”埃德范萨问自己，“这个夜晚看起来够漫长的。”

“巴格尔贝克正在买进，”金融市场传来这个消息，但在该消息开始广泛流传之前，巴格尔贝克又抛售了。巴兹尔·巴格尔贝克喜欢赚钱，看他一边工作，一边操控整个金融市场，只消动动嘴皮子即可召集收款员和一帮称职的雇员，真是一桩乐事。助手们剥下他身上那件乞丐服，给他穿上一件奢华的宽外袍。他打发一个收款员找到那对曾借给他一千美元的年轻夫妇，向他们偿还了二十倍的钱。他打发另一个收款员把一份更贵重的礼物送给埃德范萨·伊帕拉，因为巴兹尔很在意他们的关系。巴兹尔得到综合趋势指示器的操纵权，并对其做了手脚。他使得在过去两个小时成长起来的若干大企业垮掉，并利用它们的废墟重组而大获其利。现在，他已当了几分钟时间世界首富。金钱使他不堪重负，他已经不能像一个钟头以前那样灵活操作了。他成了一头大肥羊，一群狡猾的饿狼围住他，伺机把他撂倒。

他很快就将失去当晚的第一笔财富。巴兹尔·巴格尔贝克的秘密在于，当他拥有的金钱多到极点之后，他很乐于看到它们轰轰烈烈地丧失殆尽。

一个名叫麦斯威尔·穆瑟的思想家，刚刚创作出一部所谓“光化性哲学”的著作。写完这部著作花了他七分钟。要完成哲学著作，你得使用灵活的提纲和思想索引；你可以启动激活器，为每个小节匹配措辞；那种内行人还会使用悖论馈入器和令人震撼的类比混合器。你还需要校准特定观点和个性标志。由此得来的必是一部好作品，因为对于这种作品而言，优秀已经自动成为最低值。

“我要锦上添花。”麦斯威尔说，并为此推动了操作杆。这就给作品各处撒上了一些类似“地府的”、“启发式的”和“代酶[1]的”这样的词汇，这样一来，就没人怀疑这是一部哲学作品了。

麦斯威尔·穆瑟将作品寄给出版商，每次大约三分钟后，就会收到退稿。对方总是给出作品分析以及退稿理由——主要是因为以前就有人写过，并且写得更好。麦斯威尔在半个钟头内经历了十次退稿，他感到气馁。然后，他时来运转了。

拉蒂奥的作品在最近十分钟内风靡一时。出版商现在意识到，穆瑟的专著对其而言既是一种答复，也是一个补充。好运来了不到一分钟，它就被采用出版了。前五分钟的评论颇为谨小慎微。随后评论开始变得热情洋溢。它是这夜初始和午夜时分出现的最伟大的哲学著作之一。有人说，这可能会成为一部传世之作，甚至到了次日早晨，它对于黎明人的吸引力都很可能依旧不减。

麦斯威尔理所当然地变得很富有，埃德范萨也理所当然地在午夜赶来看他。作为一个革命性的哲学家，麦斯威尔认为他们可以自由一点，但埃德范萨坚持要结婚。于是麦斯威尔和朱蒂·穆瑟在小法庭离了婚，然后与埃德范萨出游了。

这个朱蒂虽然没有埃德范萨那么美艳，却是本城动作最快的爱情“捕手”。她只想短暂拥有那些在当前走红的男人，而且总比埃德范萨捷足先登。埃德范萨认为是她把男人从朱蒂身边抢走的。朱蒂却说，埃迪只是在捡她不要的二手货色而已。

“我是最先得到他的。”朱蒂在小法庭快速办完手续时，总是这样嘲笑说。

“噢，那个挨千刀的小婊子！”埃德范萨悲叹说，“这种事她总是

1.“代酶”原文是 prozymeides，是作者杜撰的，译文也为杜撰。

抢在我前面。”

麦斯威尔·穆瑟和埃德范萨·伊帕拉去旅游胜地“八音盒山”度蜜月。那次旅行相当美妙。山峰是邓巴人和菲特人用绿色的雪堆起来的。（在金融市场那边，巴兹尔·巴格尔贝克正在聚敛他当晚的第三笔，也是当晚的最大的一笔钱，其规模甚至有望超过他在上星期四赚得的第四笔钱。）此地那些瑞士风格的度假小木屋，比真正的瑞士房屋还更具瑞士风格，每个房间都养着活山羊。（此时，斯坦利·斯库尔达格正在冒出来成为午夜时分的头号偶像级明星。）午夜的畅销饮料是格罗森古博——夏娃奶酪和莱茵河葡萄酒倒在粉红色冰块上。（在城里那边，此时最活跃的夜盲人正在精英俱乐部作午夜消闲。）

当然，这次经历相当美妙，埃德范萨所有的蜜月之旅都是如此美妙——但她从未对哲学真正感兴趣过，所以她只安排了为期三十五分钟的特殊蜜月。她看了趋势指示器以便确认。她发现她的现任丈夫已经过时，其作品现在被嘲讽为“穆瑟的耗子”[1]。他们回到城里，在小法庭离了婚。

精英俱乐部的会员资格并非固定不变。成功是获得会员资格的必要条件。巴兹尔·巴格尔贝克可以成为会员，晋升主席，然后又因其沦为肮脏的乞丐而被驱逐——每晚从三次到六次不等。但只有重要人物或者那些拥有片刻重要性的人物才能入会。

“我想，我会在黎明人明早活跃期间睡上一觉的，”奥沃考尔说，“我可能会去考摩博利斯那个新地方睡上一个钟头。据说很好。巴兹尔，你睡在哪儿呢？”

“我睡廉价旅馆。”

---

1. 穆瑟（Mouser）的读音在英文中与耗子（mouse）相近。

"我想，我会按米甸人的方法睡上一个钟头，"伯恩拜纳说，"他们的最新睡眠诊所真的很棒。也许我还会按普拉塞卡人的方法睡一个钟头，再按多米迪奥人的方法睡一个钟头。"

"克拉克人每个时期都按自然方法睡一个钟头。"奥沃考尔说。

"我不久前就用那种方法睡了半个钟头，"伯恩拜纳说，"我觉得花一个钟头睡觉太长了。巴兹尔，你试过自然方法吗？"

"一贯如此。自然方法加一瓶廉价威士忌。"

斯坦利·斯库尔达格成为一周来最炫目的偶像级明星。他自然变得非常富有，于是埃德范萨·伊帕拉大约在凌晨三点钟去看他。

"我是最先得到他的！"朱蒂·斯库尔达格在小法庭快速办理了离婚，并发出嘲笑的声音。接着，埃德范萨和小伙子斯坦利去度蜜月了。在这段时期结束时与堪称业界头号红人的偶像级明星共度良辰，总归是很有趣的事。他们有那么一种青春粗野的气息。

此外，还有曝光率，正中埃德范萨下怀。谣言作坊开始运转。他们的婚姻会持续十分钟吗？半个钟头？一个小时？它会成为那种为夜盲人所罕有、一直持续到天明的婚姻吗？它会像某些人那样甚至延续到第二天晚上吗？

实际上，这场婚姻持续了将近四十分钟，差不多到了这段时期的尽头。

这是一个漫长的星期二夜晚。有几百种新产品在市场上昙花一现。出现了二十部红极一时的剧种，三分钟和五分钟的胶囊戏，以及几部六分钟的长剧。除非晚些时候有轰动性节目，不然《九号夜街》这部相当低劣的剧目，就会作为这晚的大片。

百层楼房拔地而起，人们住过以后便弃置不用，于是又被拆毁，腾出空间以建设更合时宜的建筑物。只有平庸的人才会使用白昼人或黎明人住过的楼房，甚至是夜盲人前夜住过的地方。在这段八小时的时期里，这个城市相当彻底地至少被重建了三次。

这一时期接近尾声了。世界首富、精英俱乐部现任主席巴兹尔·巴格尔贝克，正和亲信们享受着美妙时光。他当晚的第四笔财富是一家有价证券金字塔公司，塔身已上升到令人难以置信的高度。但是，当巴兹尔品味着那种作为建塔基础的市场操纵过程时，他不禁暗自讪笑起来。

精英俱乐部三个招待员步伐稳健地走进来。

“滚出去，你这肮脏的叫花子！”他们对巴兹尔恶狠狠地吼道。他们把他身上那件奢华的宽外袍脱下来，然后一脸嘲笑地把那件破烂的乞丐服扔给他。

“全没了？”巴兹尔问，“我以为还能再撑五分钟呢。”

“全没了，”从金融市场回来的一个信差说，“九十亿美元，五分钟内全没了，其他几个人也都跟着被拖垮了。”

“把这个破产的叫花子赶出去！”奥沃考尔、伯恩拜纳和其他亲信吼道。“先等下，巴兹尔，”奥沃考尔说，“在我们把你赶下楼之前，把主席的权杖交出来吧。不管怎么说，明晚你又可以拥有它好几次呢。”

这一时期结束了。夜盲人各自散去，回到睡眠诊所或休闲小屋打发低潮时光。曙光人也即黎明人，开始接替他们成为目前最活跃的人。

瞧，你就要看到某种大动作了！那些黎明人做决定真的很快。他们可不会浪费整整一分钟时间去创建一家企业的。

一个昏昏欲睡的乞丐在路上碰到了埃德范萨·伊帕拉。“清晨之神保佑，埃迪，”他说，“明晚嫁给我好吗？”

“我可能会嫁你的，巴兹尔，”她告诉对方，“你昨晚娶过朱蒂吗？”

“我记不清了。你能给我两块钱吗，埃迪？”

“没门。我想在大约两点钟那会儿，有个叫朱蒂·巴格尔贝克的，在‘衣裙窸窣’时尚季上被提名‘十大最佳着装女性’。你干吗需要两块钱呢？”

“一块钱租一张床位，另一块钱买廉价威士忌。不管怎么说，我第二次发财时给过你两百万块呢。”

“我两笔账都是分开算的。那就给你一块钱好了，巴兹尔。你赶快走人吧！我可不想叫人看见我在跟一个脏兮兮的叫花子说话。”

“谢谢你啦，埃迪。我这就去买威士忌，然后去一个小巷子里睡觉。清晨之神保佑。”

巴格尔贝克嘴里吹着《漫长的星期二夜晚》口哨，拖曳着脚步离开了。

黎明人已经开始在星期三上午大显神通了。

（于海生　译）

透过模糊不清的镜子[1]

进入20世纪后的50年里，在威尔斯以“公开的阴谋”为旗转向政治宣传小说，宣称要创造更好的世界之后，反乌托邦被传统上反对科技、反对进步理念的文学人物把持了，例如E. M. 福斯特、阿道斯·赫胥黎、乔治·奥威尔和C. S. 刘易斯。典型的反乌托邦小说以其他思想者——通常是威尔斯——对未来的设想为标靶。刘易斯在《邪恶的力量》(*That Hideous Strength*，1945)中甚至借小说人物“霍勒斯·儒勒”(Horace Jules)之口攻击威尔斯本人。

早期科幻杂志中，戴维·H. 凯勒医生[2]和斯坦顿·A. 科布伦茨[3]发表过讽刺小说，其中一些仍然没有超出文学传统。但是，反乌托邦对坎贝尔的《惊异》而言实属陌生，直到1950年《银河科幻》创立，这类小说才在杂志界自成一派。H. L. 戈尔德秉持犬儒主义与怀疑论，他不仅相信人类境况可能每况愈下，还认为我们可以以这个

1. 该标题语出《圣经·新约·哥林多前书》13：12“我们如今仿佛对着镜子观看，模糊不清。”
2. 美国作家、医生，主要为纸浆杂志写作，擅长科幻、奇幻和恐怖风格。
3. 美国作家、诗人，曾在《惊奇故事》上发表讽刺小说。

过程为题材，创作娱乐性的小说。然而，将 1900 年之前的威尔斯式视角重新带回科幻小说中的，是弗雷德里克·波尔。

科幻式的反乌托邦与文学上的反乌托邦在几个重要的方面有所区别。事实上，我们为这种小说另造了一个新词：敌托邦（dystopia）。反乌托邦是对他人乌托邦理念的攻击；而敌托邦，意即“坏地方”，显示了对人类而言事情会变得多么糟糕，而不是如何美好。科幻敌托邦也保留了杂志的叙事刺激；这类小说很少批评科学或技术，而是批评人类的选择，其中经常带有一丝悔意，为人类成就伟业的能力已经受制于社会制度和人类短视而后悔。在科幻敌托邦中，科幻对于智力的信任并未遭到摒弃。

文学反乌托邦暗示，人类从一开始就注定灭亡，其本性有缺陷，其状态是堕落的。科幻反乌托邦则常常以这样的希望结束：造出邪恶的状况可以得到纠正；有时这样的纠正也确实发生了。

科幻反乌托邦肇始于西里尔·M. 科恩布鲁斯与弗雷德里克·波尔合著的《太空商人》（*The Space Merchants*，1953），该故事初于 1952 年以《图利星球》（“Gravy Planet”）为名连载于《银河科幻》杂志，此后反复付梓，极少停印；它被翻译为三十多种语言。波尔接着与科恩布鲁斯合撰了其他三部敌托邦小说，《探索天空》（*Search the Sky*，1954）、《律法斗士》（*Gladiator-at-Law*，1955）与《狼灾》（*Wolf-bane*，1959）。他还以爱德森·麦卡恩（Edson McCann）之名与莱斯特·德尔·雷伊合著了《图其轻》（*Preferred Risk*，1956）。

科恩布鲁斯也撰写属于他个人的更为阴暗的版本。他于 20 世纪 50 年代开始独立写作，这一点同其他的未来派作家一样，达蒙·奈特曾为这个纽约的科幻粉丝组织撰写了一部群体传记（《未来派》，*The Futurians*，1977），这个组织的前身最早包括阿西莫夫、波尔、沃尔海姆、科恩布鲁斯、罗伯特·朗兹（Robert Lowndes）、大卫·凯尔（David Kyle）、理查德·威尔逊（Richard Wilson）和其余人士。不出几十年，这个组织便显露出将要接管整个科幻界的架势。

早年间，未来派作家（除了阿西莫夫）不把故事卖给坎贝尔。在20世纪30年代后期至40年代初期，他们的故事主要供自己出版，当时波尔正担任《诧人故事》（*Astonishing Stories*）与《超级科学故事》的编辑，而沃尔海姆时任《振奋科学故事》（*Stirring Science Stories*）与《宇宙故事》（*Cosmic Stories*）的编辑（他最终成了王牌图书公司的编辑，后来又成为DAW图书公司的出版商），而朗兹则是《科幻》（*Science Fiction*）与《未来科幻》（*Future Fiction*）的编辑。所有这些杂志都因经济萧条与战时的纸张短缺退出历史舞台。尽管未来派作家自青年时代就不愁卖不出小说，但他们销售对象都是些奇怪的出版机构，且大多数情况下使用的都是笔名。

科恩布鲁斯早期的小说多以笔名S. D. 戈特斯曼（S. D. Gottesman）写就。他以本名写作的第二部小说，著名的《小黑包》足称惊奇地于1950年发表于《惊异》之上。他共出版过五十多部短篇小说，包括《前进的傻瓜》、《戈麦斯》、《脑虫》、《全丹佛最幸运的人》与《鲨舟》。几部长篇小说，包括《起飞》、《评审员》（1953）与《非此八月》（1955）皆以他本人的名字出版。不过他最为闻名的仍是与他人的合著，不仅是波尔，还有与朱迪斯·梅丽尔（她后来成了波尔的妻子）的《火星前哨》与《枪手凯德》，他们使用的是笔名西里尔·朱迪。

科恩布鲁斯生于纽约也长于纽约。他在阿登战役[1]时因运送一挺机枪导致心肌劳损。战后，他在芝加哥大学学习，接着升任无线电新闻播送公司芝加哥办公室的局长，并于1951年离职专事小说创

1. 第二次世界大战期间的重要战役，亦称“突出部战役”。

作。他是那一代人中的温鲍姆，与温鲍姆一样，35 岁去世时他的夙愿大多尚未实现。

高中辍学的波尔于某种意义上成了科幻界的百科全书式人物。他做过经纪人和编辑，编选过小说集也创作过小说；他作为专家编纂了《大不列颠百科全书》中的罗马皇帝提比略的词条；他是脱口秀嘉宾，是当代社会的精密观察家，是极受欢迎的未来学家。他常常在大专院校进行讲座，其中若干学校授予他教授职衔。

对当初那个兴味广泛而孤独的少年读者而言，这一切显得相当不真实，直到他终于在纽约的科幻粉丝群体中找到自己的其他同类。当他于 19 岁成为编辑时，他开始从未来派成员手上买故事，其中也包括他自己以笔名写就的故事。结束了二战期间在美国陆军航空队的服役生活后，他成了广告文案写手、作家和经纪人。1951 年，受困于一部有关于广告的科幻故事，他向自己的未来派老朋友西里尔·科恩布鲁斯求助：《太空商人》就这样诞生了。

在接下来的六年里，波尔撰写了一系列色调诙谐的讽刺作品，如《迈达斯瘟疫》（1954）、《世界之下的隧道》（1955）和《吃掉世界的人》（1956）。金斯利·艾米斯在《地狱新图》[1]（*New Maps of Hell*，1960）中称其为“现代意义上的科幻小说所培育出的最为才情恒定的作家”。1953 年至 1959 年间，他为巴兰坦图书公司编辑了“星际科幻故事”系列初版小说集。1962 年，他继任戈尔德成为《银河科幻》与《如果》杂志主编，在 1969 年辞任以前，他收获了三次雨果奖最佳编辑奖。后来，他短暂担任过王牌图书公司的编辑，并于之后几年担任矮脚鸡图书公司的科幻编辑。

他的长篇小说包括《酒鬼散步》（1960）、《巨蛇瘟疫》（1965）

1. 副标题为“一项科幻小说调查”（A Survey of Science Fiction），艾米斯在该书中展示了从凡尔纳到威尔斯的一系列作家作品，评述了科幻小说的写作技巧和题材发展潜力。

以及《谨小慎微的时代》(1970)。他与杰克·威廉森合作撰写了三部曲少年小说:《海底探索》(1954)、《海底舰队》(1956)与《海底城市》(1958),他们还合写了《太空礁》(1964)、《星子》(1965)与《星际恒星》(1969)[1]。近年来,他摒弃了早年借以成功的机巧故事和尖锐讽刺,转而追求更为严肃的主题,这或许始于1972年的《星虹末端的金色》(*The Gold at the Starbow's End*)。此后,他收获了诸多奖项,1973年,他凭借多年前便开始与科恩布鲁斯合撰的短篇小说《会见》("The Meeting")获得雨果奖,1976年凭《超人计划》(*Man Plus*)获星云奖,1977年凭《通向宇宙之门》(*Gateway*)获得星云奖、雨果奖与坎贝尔奖,1978年凭《杰姆星》(*JEM*)获得美国图书奖,1992年获美国科幻和奇幻作家协会大师奖。此后,他始终规律性地持续着高质量的作品产出,包括《通往宇宙之门》的四部续作[2]与《城市岁月》(*The Years of the City*, 1984),后者为他赢得了第二次坎贝尔奖。他于1974年至1976年间担任美国科幻作家协会会长,于1978年出版自传回忆录《未来曾经的样子》(*The Way the Future Was*)。

发表于《浪子》杂志1966年2月刊的《公元第一百万日》("Day Million")或可说是波尔的最佳短篇故事。

(穆童、憬怡　译)

1. 前称"海底三部曲"(Undersea Trilogy),后称"星子三部曲"(Starchild Trilogy)。
2. 合称"希奇系列"(Heechee Series)。

公元第一百万日

［美国］弗雷德里克·波尔

今天我要讲个故事，一个发生在千年之后的故事，故事里有一个男孩，一个女孩，还有爱情。

虽然目前我只说了这么点儿，却没有一样是真的。那个男孩不是你我平常印象中的男孩，因为他那时 187 岁。那个女孩也不是女孩，因为别的原因；这个爱情故事也不具备我们目前能够理解的这类场景应有的特性：由急不可耐的奸污欲望升华[1]而来的情感以及在同一时间内滞后的屈从的本能。你要是没一下子抓住这些状况，就不会对这个故事感兴趣。然而，要是你愿意努力尝试，很可能会觉得故事的字里行间都充满了、塞满了、挤满了欢笑、泪水和沉甸甸的感动。这样的故事也许值得一听，也许不值。那个女孩之所以不是女孩是因为她是个男孩。

听到这儿你一定气得直跳脚！你会说，谁他妈想看一对基佬的故事？稳住。这里可没有在小圈子里私下交易的那些恶心人的变态秘密。实际上你要是见到这个女孩，无论从哪方面讲你都不会把她

1. 最早由弗洛伊德使用，他认为将一些本能的行动如饥饿、性欲或攻击的内驱力转移到一些自己或社会所接纳的范围时，就是“升华”。

当成男孩。乳房，两个；阴道，一个。臀部，丰满；面部，没有汗毛；眶上凸骨，不存在。你立刻就会把她定义为女性，不过你的确有可能会好奇她是哪个物种的女性：因为她长着尾巴，有丝滑的皮毛，每只耳朵后面还有腮裂。

你现在一定又跳脚了。天哪，伙计，记住我的话。这可是个甜心宝贝，要是你和她同处一室，只要一个小时，作为一个正常男人，哪怕是闹得天翻地覆你都会想要把她拐到床上去。朵拉（咱们就这么称呼她；她的“名字”是奥米克戎-滴-基数·七-簇-蹒跚-乌特·S.剑鱼座·5314，最后一部分是颜色规格，对应一种绿色）——朵拉，要我说，绝对称得上是妩媚娇柔、魅力十足、可爱至极。我承认她的声音没有外貌那么吸引人。她是——你也许能猜到——一名舞蹈演员。她的表演蕴含着深邃的思想和极高的艺术造诣，要达到这两点需要非凡的天赋和无尽的练习；她在零重力环境中进行演出，而我竭尽全力也难以形容，只能说她的表演既像柔术又像古典芭蕾，可能类似于丹尼洛娃[1]的《天鹅之死》。她的表演还性感得要死。当然，这是一种象征性的说法；面对现实吧，所有被我们称作“性感”的东西都是一种象征，是吧，可能暴露狂的裤门大开不算在此列。在第一百万日那天，当朵拉翩翩起舞的时候，所有看她表演的人全都呼吸急促；你也不会例外。

关于她是个男孩这件事。从基因上讲她是男性这种事实在她的观众看来都不叫个事儿。如果你和他们在一起，对你来说也不是，因为你对此一无所知——除非你能搞到她的活体组织切片，把它放到电子显微镜下观察，找到XY染色体——即便这样对他们来说也无所谓，因为他们不在乎。通过不仅复杂而且尚未被发明出来的技术

---

1. 即亚历山德拉·丹尼洛娃。俄裔美国舞蹈家、教师。

手段，那时的人们在婴儿远未出生之前就能在很大程度上确定他们的天赋和潜能——在胚胎进行细胞分裂的第二阶段，准确地说，是在卵细胞分裂形成游离胚泡这一时期——随后他们理所当然就会开发这些天赋。我们不也一样吗？如果我们发现一个孩子有音乐天赋，就会授予他茱莉亚音乐学院的奖学金。如果他们发现一个孩子的天赋是当女人，他们就会把他塑造成女人。由于性已经从繁衍生息中被剥离出来，这种操作相对而言很容易，而且不会引起麻烦，也不会招致批评，或者只有非常少的批评。

“非常少”是多少？哦，大概和我们补牙时擅自篡改神意招致的批评一样多，比戴上助听器后听到的批评要少。还是难以接受？建议你下次再遇到大波妹的时候仔细地看着她，然后把她想象成朵拉，因为即使在我们这个时代拥有男性基因却长成女性身体的成年人也绝非没有。子宫内环境的一次意外击败了遗传学的蓝图。两者的区别在于：在我们的时代这是偶发事件，我们觉察不到这种事，除非在极少数情况下经过仔细研究才会意识到它的存在；而生活在百万日时代的人们经常这么做，故意这么做，因为他们想这么做。

好啦，关于朵拉说得够多啦。如果再加上“她有七英尺高”“闻起来像花生酱”这些细节，你恐怕会更加不知所措。还是开始讲故事吧。

在第一百万日那天，朵拉从家里游出来，进入交通管道，通过水流轻快地被吸到水面，随后被一股激流喷射到她面前的伸缩平台上——啊——就称呼它为她的排练厅吧。“哦，见鬼！”她颇为狼狈地叫出声来，伸出手去保持平衡，结果摔倒在一个陌生人的身上。我们就叫这个人“多尼”。

一次美丽的邂逅。多尼正要去更新他的腿。他压根儿就没想着爱情这种事儿；然而，为了抄近路无意间走上潜水网络的着陆平台还被淋了一身水的他，发现了他见过的最可爱的姑娘而且还把她抱了个满怀，他立刻意识到他们是天生一对。“你愿意嫁给我吗？”他问。她柔声地答道：“星期三。”这句承诺犹如爱抚。

多尼高大强壮，古铜色的皮肤，活力四射。就像朵拉不叫朵拉一样，他的名字也不叫多尼，不过他名字中表示个人的部分叫作阿多尼斯[1]，用以彰显他精力充沛的男性气质，所以我们就简称他为多尼。他的个人颜色代码以“埃”为单位，是5290，只比朵拉的5314稍微蓝一点儿，正因为这样，他们在第一眼看到对方的时候就凭直觉感到彼此之间有很多共同的兴趣和相似的品味。

我绝望地发现无法向你说明多尼到底是怎样谋生的——我不是想说这份工作能让他挣到多少钱，我的意思是这份工作给了他生命的目的和意义，不会让他因为无聊而发疯——只能说这份工作的内容包括大量的旅行。他乘坐星际宇宙飞船四处旅行。为了让宇宙飞船能够极速行驶，需要由三十一名男性人类和七名从遗传学上来讲是女性的人类做某些事情，而多尼就是那三十一人之一。实际上他考虑过其他工作。做这份工作会暴露在大量的辐射之下——他需要独自置身于推进系统中的一个工作站内，但那里的辐射量远比不上从旁边站台溢出来的辐射量，一位遗传学意义上的女性会在这个站台上进行甄选，而用于甄选的亚核粒子则会在一场量子浴中让自己灰飞烟灭。好吧，你压根儿不会关心这种屁事，不过这就意味着多尼时刻都要穿着一身轻便、富有弹性又极为坚韧的古铜色金属皮肤。我之前已经提到过了，不过你也许还以为我是指他的肤色是晒出来的。

不仅这样，他还是个半机械人。他身上绝大部分的原始器官早

1. 希腊神话中，阿多尼斯是一位俊美的神。

已被替换成更加持久耐用的机械零件。镉制离心机，而不是心脏，推动血液循环。只有在他想要大声说话时，他的肺才会动起来，因为他可以通过一套级联渗透过滤器从自身排出的废弃物中吸入氧气。总之，对一个20世纪的人类来说，他看上去可能挺奇怪的：眼睛会发光，每只手上有七根手指；不过对他自己，当然对朵拉也是，他看上去威武雄健，是个十足的男子汉。在过往的旅程中，多尼去过比邻星、南河三还有米拉星的各种奇异世界；他曾为老人星的行星们带去农业样品，并从毕宿五的苍白伴星带回温顺、聪明的宠物。炽热的蓝星，冰冷的红星，他见过一千颗恒星，以及它们的一万颗行星。实际上，两个世纪以来他一直活跃在各条星路上，只在地球上有过几次短暂的休假。不过你也不会在意这种事。创造故事的是人，不是他们身处的环境，而你想听这两个人的故事。他们的确创造了故事。他们之间的美好情感生长开花，并在星期三结出果实，和朵拉的承诺完全相同。他们在编码室会面，几个朋友也去了，每个人都为他们送上祝福，为他们欢呼喝彩。趁着采集存储身体信息的这段时间，他们相互微笑低语，听朋友们拿他俩打趣，羞红着脸巧妙应对。再然后，他们互换了数字模拟信息，各奔东西。朵拉回到她位于海面下的栖身之所，多尼回到他的飞船上。

整个过程恬静愉悦，真的。他们从此以后一直过着快乐的生活——至少直到他们觉得活够了然后死去为止。

当然，他们再也没有见过对方。

哦，我甚至能看到你现在的样子，你这个吃炭烤牛排的家伙，你的立体声音响播放出丹第[1]或者蒙克[2]的音乐，而你一只手挠着大脚趾上刚长出来的囊肿，一只手拿着这篇故事。你一个字都不信，是

1. 即樊高·丹第。法国作曲家，圣咏学院发起人之一。
2. 即塞隆尼斯·蒙克。美国爵士乐钢琴家、作曲家。

不是？一直就没相信过。你起身给变味的酒中加入鲜冰，因为恼火而不高兴地嘟囔着：人可不会那样活着。

再看看朵拉，她乘坐水流湍急的交通管道急忙赶回水下的家中（她更喜欢家里的环境；她做过身体改造，可以在水中呼吸）。如果我告诉你她是怀着怎样甜蜜的心情把多尼的模拟记录输入到形象操控机里，再把她自己挂进机器然后开始享受……如果我试着向你描述其中任何一步，你一定会目瞪口呆。也许会怒目而视，还会气愤地抱怨说这算他妈的什么做爱方式？不过我向你保证，我的朋友，我真的向你保证，朵拉所感受到的心醉神迷和任何一个邦女郎所感受过的一样醇厚丝滑、灼热强烈，相比之下你在“真实生活”中体味到的任何感觉都不值一提。你爱怎样就怎样吧，怒视也好，抱怨也罢。朵拉不在乎。如果她真能想起你，她三十代之前的曾曾祖父，她也只会认为你是一个上古野蛮人。你就是。为什么这么说？朵拉和你之间的差距与你和五千个世纪之前的南方古猿之间的差距要大得多。在她生活的强烈水流里你连一秒钟都游不起来。你该不会认为进化是沿着直线进行的吧？你是否认识到它的路线其实是上升型曲线、加速型曲线，甚至很可能是指数型的曲线呢？它的启动时间长得见鬼，可启动之后的效果却像引爆一枚炸弹。而你呢，你这个靠在躺椅上喝着苏格兰威士忌吃着牛排的家伙，你不过刚刚才点燃那根引信。现在是什么时间，基督诞生后的第六十万天还是第七十万天？朵拉生活在第一百万天的时代。距离现在有一千年。她体内的脂肪都是多不饱和脂肪，就像科瑞牌起酥油一样。她身体产生的废弃物在她睡觉的时候直接从血流中透析出去——也就是说她不用上厕所。为了打发无聊的半个小时，她可以一时兴起调用能量发射一颗周末卫星或是重塑月球上的某个陨石坑，而用到的这些能量比今天的葡萄牙举国消耗的能量还多。她深爱多尼。她将他的言行举止、音容笑貌、触摸时的手感、交合时的快感以及接吻时的激情都以数字化形象的方式存储起来。每当她想要他的时候，只要启动机器就可以拥有他。

至于多尼，当然，也拥有朵拉。不管是在她头顶几百码的悬浮城市里，还是在五十光年以外的大角星轨道上，多尼只需命令他的形象操控机从永磁铁氧体的文件中调出朵拉的信息，把她栩栩如生地带到他面前，她就在那里；他们可以兴高采烈、不知疲倦地彻夜交媾。当然，没有肉体上的接触；不过他的身体已经被大幅改造过，通过肉体也享受不到什么乐趣。他不需要通过肉体享受欢愉。生殖器没有感觉。手上没有触感，胸脯没有触感，嘴唇没有触感；这些只是接收器，接受并传输神经冲动。大脑才是用于感受的器官，经过对这些神经冲动进行解读才能感受到痛苦或高潮；而多尼的形象操控机为他模拟出拥抱，模拟出亲吻，模拟出最为狂野、激情的时刻，模拟出一个永恒的、精致的、永远不会衰亡的朵拉。或是黛安。或是甜美的罗丝，或是欢笑的艾丽西亚；确切地说，她们每个人都曾经和他交换过模拟数据，以后也会和其他人交换。

扯淡，你会这么说，我觉得这太疯狂了。而你——涂着须后水，开着红色小轿车，白天做着微不足道的文书工作，晚上又忙着寻求艳遇——告诉我，假如提革拉·帕拉萨[1]或匈奴王阿提拉看到你，你觉得在他们眼里你又算个什么呢？

（Ninesnow　译）

1. 亚述国王。

现实，你在哪儿？

作家可以分作两类：说书人和文体家。说书人将世界看成种种迷人的情境和事件，他们可以将其讲述给读者；此时，小说的文体风格取决于该故事的主旨与意义，有鉴于此，说书人的文风变化多端。而文体家会找出一种独特的文风，将之运用到自己所有的故事之中；他们逃脱此道的唯一方法是反复叙说同一个故事。

这并不是说说书人就不关注文体风格，也不是暗示他们的写作技巧不如文体家娴熟，更不是说文体家就讲不出引人入胜的故事。尽管如此，这种说法听起来对文体家还是可能有些不公。然而有鉴于文体家经常是唯一被当作艺术家的作家群体，也包揽了文学界（除去科幻界）的大多数奖项，大家或许扯平了。而反复叙说同一个故事也不像听上去那么糟糕；要知道，文体家总是有一套单一的世界观，世间万事都必须被嵌套其中。有人说："生活就是考验，考验你面临危险时的丈夫气概。"另一人则说："生活是应对你的过去。"第三个人说："生活是荒谬的。"第四个则说："生活不真实。"他们都拥有独属自己的世界，在其框架内撰写的故事遵循他们自己的风格。

海明威与福克纳都是大名鼎鼎的文体家。另三位诺贝尔文学奖得主——吉卜林、刘易斯、斯坦贝克就是说书人。这两种分类对科幻也同样适用。大多数传统科幻作家都是说书人。当一位作家受到现实的制约时——这一点在科幻作家身上十分明显，而在主流作家身上并非如此——他或她就可能难以再用单一的主观标准去解释一切现象了。

H. P. 洛夫克拉夫特是一位文体家，尽管他的风格和观点——生活之外隐藏着黑暗、可怖的真实——未必能取悦每一个人。布拉德伯里是文体家，巴拉德也是。这或许可以解释这些作家的作品为何总像是一部长篇的一部分，为何它们读起来十分相像，为何至少后两位作家被科幻领域之外的普通人和文学评论家认为是“真正的作家”。另一位文体家是菲利普·K. 迪克，在多年的笔耕不辍后，他在科幻这种文类内外都获得了稳定的才名，波兰科幻大师斯坦尼斯瓦夫·莱姆（Stanislaw Lem）将他誉为唯一值得一读的美国科幻作家。

迪克所关心的问题是现实的本质。但是这点并不独特。安布罗斯·比尔斯[1]在19世纪后期就已在作品中探讨过这个问题，本世纪[2]的意大利剧作家皮兰德娄也进行过同样的尝试。这一问题进入科幻领域主要是通过查尔斯·福特[3]（Charles Fort）的研究及其推测，以及洛夫克拉夫特的故事和其追随者们。福特的推测，诸如“我们是别人的财产”[4]启发了后世的一系列故事，在这些故事中，我们对世界的一般性理解被证明无法解释特定的现象。洛夫克拉夫特的神话则假设存在着某种古老的力量，至今仍支配着世上的某些地域。

有关现实本质的故事经常出现在诸如《怪谭》这样的奇幻杂志

1. 美国记者、短篇小说作家。
2. 指20世纪。
3. 美国作家，奇异现象学研究者，其所著对反常现象的汇编《诅咒之书》影响了许多科幻作家。
4. 福特在其著作《诅咒之书》中首倡了“地球是别人的农田，我们是别人的财产”这一观点。

上。海因莱因撰写的此类故事出现在坎贝尔的奇幻杂志《未知》上，短篇小说《他们》（“They”）就是一例，在这个偏执狂的故事里，世界是一个被制造出来，用来迷惑主人公的幻象。当戈尔德创办他的奇幻杂志《超越》（*Beyond*）时，它登载了阿尔吉斯·布德里斯（Algis Budrys）的《真正的人》（“The Real People”）和法默的《上帝之事》（“The God Business”）。

对现实的思考经常会涉及“唯我论”，这种哲学认为唯有“自我”存在或可以被证明存在。时间旅行故事经常涉及此类思考，特别是回到那种能改变当下的过去之中时。有时作家会创建平行宇宙，或者建立一条未经穿越的平行时间线。穿越到未来或预知未来同样可能引发现实问题：如果未来是可知的，未来就是固定的，人类的自由意志就是一种幻觉。通过这些合理解释，一些唯我论故事，诸如海因莱因的《“你们这些僵尸——”》就进入了科幻的范畴。

科技也借原子能研究为质疑现实提供支持，特别是海森堡的不确定性原理，这一理论的外延在微观层面质疑了因果律。布利什的《哔哔》（“Beep”）就是一例，在这个故事里，预测未来毁灭了因果律和人类的自由意志。此哲学问题最近的解答者是毒品文化，这种文化有时用质疑现实为自己正名，声称自己能通过吸毒假设出另一种现实来。

菲利普·迪克并非一早就明白自己应该撰写什么题材。他的短篇处女座《天外巫卜》（“Beyond Lies the Wub”）于1952年7月发表于《行星故事》之上，达蒙·奈特评价此时的迪克展现了“不显眼且仿若变色龙的能力”；在迪克成为作家的最早几年，他发表了约一百部作品。他起自《太阳系乐透》（*Solar Lottery*，1955）的长篇小说从一开始就与众不同。其长篇在创意和情节上总是非比寻常，到撰写《琼斯缔造的世界》（*The World Jones Made*，1956）时，他已慢慢将主题焦点转移到了“现实的本质”之上，在这个故事中，琼斯拥有能预测未来一年的能力，这成了一个诅咒。在《空中的眼睛》（*Eye in the Sky*，1956）里，一次贝伐加速器[1]事故使八个人的意识被投射到幻想世界之中，他们的意志轮流在这个世界中做主，决定世界应该如何运行。

《高堡奇人》为迪克赢得了一座雨果奖奖杯，这标志其事业上的巨大发展。这个故事起于一条平行时间线，以轴心国赢得二战为始，结尾则是“一个人在高堡中撰写同盟国赢得战争胜利的小说”这一模棱两可的描述。迪克是个高产的作家，他的大多数小说都能嵌套进他所构建的对现实的延伸想象之中。奥尔迪斯评价他“所有的小说都是同一部小说”，“生死之间存在着许多迪克的暗影，包括虚妄、幻觉、人工现实、暗淡的衰败过程、偏执狂的状态”。他的长篇小说有《颠倒混乱的时代[2]》（1959）、《帕莫·艾德里奇的三处圣痕》（1965）、《逆时针世界》（1967）、《且待去岁来临》（1967）、《仿生人会梦见电子羊吗》（1968）、《我们来自弗洛里克斯八号的朋友》（1970）、《尤比克》（1970），以及为他赢得坎贝尔奖的《流吧，我的眼泪》（1974）。

迪克的短篇小说《父辈的信仰》（“Faith of Our Fathers”）被收录在《危险幻象》当中，在小说的前言中，哈伦·埃利森称其撰写这篇小说时迪克深受LSD[3]的影响。迪克与20世纪60年代毒品文化的关系可见诸1977年的长篇小说《盲区行者》（*A Scanner Darkly*），该作品后记中所描述的药物影响令人印象深刻。在发表于1981年的

1. 美国劳伦斯伯克利国家实验室出品的高能质子同步稳相加速器，反质子就是通过它发现的。贝伐（Bev）代表十亿级电子伏特（Billions of eV）。
2. 标题典出《哈姆雷特》第一幕第五场：“这是一个颠倒混乱的时代，唉，倒霉的我却要负起重整乾坤的责任。”
3. 一种致幻药。

《瓦力斯》(*Valis*)、《神圣的入侵》(*The Divine Invasion*)和1982年的《蒂莫西·阿彻的轮回》(*The Transmigration of Timothy Archer*)中，迪克的主题转向了神学。1982年，雷德利·斯科特据《仿生人会梦见电子羊吗》拍出电影《银翼杀手》，迪克的事业在死后腾飞，他的许多小说被再版，包括他早期撰写、未经出版的主流小说。

《全面回忆》("We Can Remember It for You Wholesale")于1966年4月发表于《奇幻与科幻杂志》，集中体现了迪克的唯我主义。1990年，保罗·范霍文据此拍摄了电影《全面回忆》(*Total Recall*)，影片由阿诺·施瓦辛格主演。

(穆童、憬怡　译)

全面回忆

［美国］菲利普·K. 迪克

他醒了，想着火星。心想那宏伟、无垠的山谷，跋涉其间会是什么感受？意识越清醒，梦与渴念越萌动。他几乎能感觉到那异世界无比真实的存在。不过，只有政府特工和高级官员才真正见过，至于像他这样的小职员？不大可能。

“你到底起不起床？”妻子柯尔丝滕半醒着问道，言语一贯那么暴躁，凶巴巴的，“起就给我按一下那该死炉子上头的热咖啡按钮。”

“好。”道格拉斯·奎尔应道。光着脚，从共管公寓的卧室走到厨房，他听话地按下热咖啡按钮。接着，坐到厨房的桌子边，他掏出一只黄色小锡盒，迪安·斯威夫特嗅剂，拿到鼻前猛吸一下。博·纳什混合剂不仅刺激鼻腔，还燎烧着上颚。但他没停，又吸了几次。刺激能让人彻底清醒，让他的梦、夜里的渴念、杂乱的心愿，都凝成理性的表象。

我会去，他心里说。在我死之前，我会见到火星。

就算在梦里，他也清楚地知道，这当然不可能。卧室镜前，传来妻子的梳头声——那日复一日的噪声，以及洒进房间的日光，所有这一切，不约而同地提醒着，他是谁。可悲的低薪小职员，他愤愤地想。柯尔丝滕至少每天亲口提醒他一次。但他并不怪她。妻子的本职工作，就是让丈夫脚踏实地。脚踏实地，这比喻对他来说，还真是妙极，想到这点，他笑出了声。

“你鬼笑什么？”妻子大摇大摆走进厨房，粉色睡袍很艳丽，拖在身后。“我打赌，肯定是个梦。你总有一箩筐的梦。”

“没错，”他把目光投向窗外，飞行汽车、交通隧道，还有那一波波活力十足的小不点儿，急匆匆赶着上班。过不了多久，他也会加入其中。天天如此。

“那我打赌，是跟女人有关的梦。”柯尔丝滕挖苦他。

“不是，”他说，“是一位神。战争之神。他有许多美妙的撞击坑，坑的深处，长着各种各样的植物。”

“听着。”柯尔丝滕在他身边蹲下来，十分亲切。她常有的苛责，此刻无影无踪。“大洋底部，我们的大洋底部，丰富得多，美丽得多，无穷倍的美。你心里清楚，人人都清楚。给咱俩各自租套人工腮服，潜到海底，去那种全年运营的水下度假区。请一个礼拜假，住上一阵子。而且，另外——”她忽然停住。“你没在听。你怎么能不听。我跟你说的地方，比你那挤进脑子里、让你走火入魔的火星好得多。你竟然听都不听！”她的声调陡然上升，十分尖厉。“上帝在上，道格，你完蛋了！你到底会变成什么样啊？”

“会去上班，”他站起来，忘了早饭，“我到底就会这样。”

她盯着他。“你真的是越来越糟。一天比一天着魔。最后会走到哪一步？”

“走到火星。”他打开衣橱，找了件干净衬衫，穿去上班。

道格拉斯·奎尔下了出租车，慢腾腾地连穿三条挤满人的步行隧道，来到那扇洋气、引人驻足的大门前。他停下脚步，杵在密集的早晨人流之中，谨慎地看着眼前的霓虹灯标志。它变幻着色彩。他以前观察过这块标志，但从未走得这么近。今天要做的，是别的事，很不同的事。某种迟早会发生的事。

回宜公司

这就是答案吗？它毕竟是个幻觉，无论多逼真，无非是余下一场幻梦罢了。至少，客观上如此。但主观上而言，怕是完全相反。

不管怎么说，他有个预约。五分钟之内。

深吸一口芝加哥的空气，雾霾侵袭的滋味还没那么重。他迈进斑斓耀目的门口，向前台走去。

前台接待是名金发美女，体形曼妙，裸着上身，样子齐整。她笑脸相迎："早上好，奎尔先生。"

"好，"他说，"我来咨询回宜套餐系列。不用说，你也知道吧。"

"不是'回宜'，是'回忆'。"前台纠正了他。她拿起可视电话的听筒，肘部光滑，说道："麦克兰先生，道格拉斯·奎尔先生到了，他现在可以进来吗？还是太早了？"

"箕纬塔洼，嗡嗡哇嗡啪。"话筒里的声音含混不清。

"好的，奎尔先生。"她说，"您现在可以进去了，麦克兰先生正在等您。"看到奎尔站起来后有些犹豫，她又喊了句："D 号房间，奎尔先生。在您右手边。"

他蒙了会儿，有些丧气，最后还是找到了该去的房间。大门敞开，里头摆了张货真价实的胡桃木桌子，桌后坐着一位中年男人，面相和蔼，穿了身最新款的火星蛙皮灰色西服。这身着装让奎尔明白，肯定没找错人。

“请坐，道格拉斯，”麦克兰摆摆胖乎乎的手，指向那把正对桌子的椅子，“那么，您希望自己曾去过火星。非常好。”

奎尔坐了下来，感到很紧张。“我不太确定到底值不值这个价钱，”他说道，“费用这么高，可是，在我看来，我实际上什么也得不到。”他心想，高得快要抵得上真的去一次了。

“对于您的旅程，您会得到看得见摸得着的证据，”麦克兰断然表示不同意，“您需要的所有证据全都有。您瞧好，这就拿给您看。”他伸手去掏豪华桌子抽屉里的东西。“船票存根。”他从马尼拉纸文件袋里拎出一块压花方纸板片，“它能证明您往返过火星。”“明信片。”他把盖着邮戳的3D全彩明信片整整齐齐在桌上摆成一行，让奎尔看个仔细。“胶卷。是您用火星本地租来的摄像机拍摄的当地风光。”他跟奎尔一一展示这些。“外加与您偶遇的人的名字。以及价值两百珀斯币的纪念品。它们会在接下来一个月之内从火星寄到。还有护照，你打过防疫针的凭据。还有其他很多很多。”他瞥了奎尔一眼，目光热切。“总之，您会知道您去过那里，”他说，“您不会记得我们，不会记得我，不会记得到过这里。我们向您保证，对您的意识而言，这将会是一次真正的旅途。两个礼拜的全面回忆，鸡毛蒜皮事无巨细。请您记住：任何时候，如果您怀疑自己没真的经历过这场体验丰富的火星之旅，您可以回来，我们全款退还。您明白吗？”

“但我并没有去过，”奎尔说，“我将来也不可能去过，不管你给我什么证据，我就是没去过。”他有些不安，深吸一口气。“还有，我也从来没给行星局当过什么特工。”对他而言，虽然有所耳闻，但实在难以相信回宜公司的超真实记忆植入，像麦克兰说的那么厉害。

“奎尔先生，”麦克兰很有耐心地说，“正如您在信中向我们阐明的，在现实中，您绝不可能，没有丁点儿可能，去火星。您付不起那个费用。此外，更不可能的是，您永远也不会成为行星局或别的什么局的卧底特工。我们给您提供的是您达成，咳咳，毕生梦想的唯一路径。我说的难道不对吗，先生？您不可能真的去那里，您也不可能真的干那种事。”他暗暗一笑。“但是，您能去过，能干过。我们能替您做到。还有，我们的费用十分合理，没有任何隐性收费。”他笑了，眼神里充满鼓励。

“超真实记忆真有那么可信吗？”奎尔问道。

“先生，比真实还要更真实。就算您真的去过火星，还是以行星局特工的身份去的，现在也会忘掉很多。通过对真-记忆系统的分析，就是那些人生中重要事件的真实记忆，我们发现，大部分细节都会被遗忘掉。永远忘掉。我们提供给您的这份产品，它的特点就是记忆深度植入，深到您什么也不会忘。在您昏睡时，植入的这份记忆包，全都来自那些曾在火星居住过多年，训练有素的专家。对于每个记忆点，我们都将细节精确到最细微的层次。还有，您选的其实是相对来说比较简单的超真实系统，要是您选了冥王星，或是想做内行星联盟皇帝什么的，那就难多了……当然，价钱也要贵上许多。”

奎尔把手伸进口袋，取出钱包，说道：“好吧。我这辈子最大的梦想就是这个，我是没希望真的去那里了。这是现在唯一的办法，只能这么办。”

“别这么想，”麦克兰的语调严厉了起来，“您接受的并不是什么二流货色。真实记忆，要么模糊，要么遗漏，时而省略，更不要提还会扭曲，那才是二流货。”他接过奎尔的钱，按下桌上的按钮。“好了，奎尔先生。”办公室门打开，闪进来两个人，身材魁梧。麦克兰继续说道：“您马上就会作为秘密特工前往火星。”他站起来，走到奎尔身边，握握他的手，奎尔的手潮湿、紧张。“不如这么说，您已经去过火星了。今天下午四点半，您将会，呃，回到地球，出租车会把您送到家门口。还有，就像我说过的，您再也不会记得我，记得来过这儿。您甚至压根儿想不起来听说过我们的存在。”

奎尔的嘴巴，紧张发干。出了办公室，他便紧紧跟着两位技术人员，接下来怎么样，全靠他们了。

我真的会相信自己去过火星？他心想。我一生的梦想就这样实现了？有种诡异的直觉在脑子里挥之不去，就是肯定会出什么岔子。到底是什么，他也不知道。

只能走一步看一步了。

麦克兰桌上有部对讲机，与公司里的作业区直接相连，对讲机嗡嗡作响，有声音传来：“先生，奎尔先生已进入镇静麻醉状态。您打算过来亲自监督植入流程吗？还是由我们直接执行？”

“按惯例来，”麦克兰指点他们，“洛，你们直接开始吧。我认为不会有任何问题。”对于公司目前的工作表而言，编制前往其他行星的人造记忆旅程，不管加不加秘密特工这条，早都成了乏味刻板的重复劳动。他掐指一算，一个月至少做二十起这样的买卖……人造星际旅行居然成了他们的长期饭票，真是讽刺。

“麦克兰先生，一切按您说的办。”传来洛的声音，接着，对讲机挂断了。

麦克兰走进办公室后方的拱型隔间，找出两袋包裹，分别是三号“火星之旅”和六十二号“行星局秘密特工”。找到后，回到桌旁，舒舒服服地坐下来，他开始将里面的物品倒出来检查。趁着实验室技术人员们忙着给奎尔植入假记忆，这些商品就会偷偷放在他的共管公寓里。

麦克兰意识到，价值一珀斯币的劣质仿真手枪，是里头最大的一件物品，让他们在财务上支出也最多。子弹大小的发报机，能让特工被捕时吞到肚子里。与实物极其相似的密码本——公司的样品非常精确，只要有可能，都尽量基于真正的美国军方手册。还有些奇怪的小物件，都没什么实际意义，但是，它们能编进奎尔那套虚幻旅程的记忆结构之中，能让记忆整体上更为可信一致。例如，半块五十分古银币；写在一张张薄纱纸片上的约翰·多恩的布道词，都是摘录，还抄错了；几个火星酒吧的火柴盒；刻着“火星穹顶国家集体农庄所有”的不锈钢铁勺；一团窃听线圈——

对讲机嗡嗡响了起来。“麦克兰先生，抱歉打搅您，但是这儿出了些相当不妙的事。您最好能来一趟。麻氨明对他很有效，奎尔已进入镇静、易受，无意识状态。但是——”

“我这就过来。”麦克兰感觉有麻烦。他离开办公室，很快来到作业区。

道格拉斯·奎尔躺在一张消毒过的床上，呼吸缓慢，平稳，眼睛紧闭。他对麦克兰和两位技术人员似乎有点儿——只有一点儿感知。

“没有插入假记忆模式的空间？”麦克兰感到恼火，“只要从日常工作里找两个星期就行了。他是西海岸移民局职员，作为政府工作人员，怎么可能去年整年没有过两周假期呢。找得到就肯定能行。”这种芝麻绿豆的小事让他很烦，向来都是。

“我们的问题，”洛忽然说道，“完全不是那样。”他俯身朝奎尔说：“告诉麦克兰先生您刚才跟我们说的。”然后，又转向麦克兰说：“仔细听。”

仰躺的男人睁开双眼，他灰绿色的眼眸盯着麦克兰的面孔。麦克兰不安地发现，那双眼睛变得很坚毅，它们有种打磨的无机物的质感，像两块准宝石在滚动。它们透出的光泽十分冷漠，这双眼让麦克兰感到寒毛直竖。“你们现在又想要什么？”奎尔厉声说道，“你们揭了我的掩护身份。马上滚出去，别等我把你们都撕碎了。”他注视着麦克兰。“特别是你，”他接着说，“你是这儿的头，你要为这次反洗脑负责。”

洛插嘴道：“您在火星上待了多久？”

“一个月。”奎尔的声音很刺耳。

“您在那儿的目的是什么？”洛继续追问。

奎尔的薄唇扭曲了一下，他看了眼洛，没立即回答。最后，他故意把声调拖得老长，一个一个单词从嘴里充满敌意地挤出来，“行星局特工。我已经告诉过你们了。你们难道没有把我所说的话全都录下来吗？给你们的老板重放刚才的音像带，然后都滚。”他闭上双眼，那股冷硬的光泽马上消失了。麦克兰顿时感到一阵解脱。

洛轻声说：“麦克兰先生，这人不好惹啊。”

“等我们把他的记忆链再抹掉，”麦克兰说，“他就不会不好惹了，又会变回那个屃包。”他又对奎尔说：“所以，这才是您这么想去火星的真正原因。”

奎尔闭着眼说道：“我从来就不想去火星。是他们指派任务给我，叫我去的，结果就是我困在那儿了。没错，我承认当时还挺好奇的，谁不好奇呢？”他睁开眼，又仔细审视三人，特别是麦克兰。“你这儿的吐真药还真不赖啊。让我想起已经完全忘记的事情。“他沉吟了下。“我在想柯尔丝滕那边，”他似乎是在自言自语，“她会不会也是知情人？行星局的内线，用来监视我……确保我的真实记忆不会再现？难怪每次我一提想去火星，她都冷嘲热讽一顿。”他含糊地笑了笑，那个似乎洞察了什么的笑容，转瞬即逝。

麦克兰说：“奎尔先生，请您相信我，我们完全是偶然无意间撞上了这件事。这是在我们的作业——”

“我相信你，”奎尔似乎很疲倦，药物还在继续起效，将他越卷越深。“我刚才说我去过哪儿？”他呢喃着，“火星？想不起来——我只知道我特别想亲眼看看，每个人都想。但是我——”他的声音越来越弱，“只是个小职员，可有可无的小职员。”

洛挺直腰板，对上司说道：“他想植入的虚假旅行记忆，跟他实际上真正的记忆完全符合。假的动机居然就是真的动机。麻氨明对他的作用相当深，他不可能在说假话。在他意识里，至少在深度镇静情况下，那次旅程的记忆非常鲜明。不过，很明显，他平时完全想不起来。有人把他的外显记忆抹掉了，估计是政府的军事科学实验室。对他来说，还残留的是对火星的向往，火星对他十分特别，当秘密特工对他很特别。这不是记忆，这是执念，他们没法把它抹掉。很显然，是这种深藏的执念，在一开始促使他自愿接受那个火星任务。”

另一位技术人员，基勒对麦克兰说：“我们现在该怎么办？移植一套假记忆模式，来覆盖真记忆？这样做的后果谁也无法预料。对于真实旅途，他也许会想起来些，那样就会真假混淆，弄不好会导致间歇性精神病发作。他的意识里会有两套矛盾的前提并存。他既去过火星，又没去过火星；他既是如假包换的行星局特工，又是冒牌货。这绝对是个烫手货，我建议咱们把他苏醒过来，什么假记忆也别移植，赶紧把他送走。”

“同意，”麦克兰忽然想到一件事，“等他从镇静状态恢复过来之后，你能预测他会记得些什么吗？”

“这没法说，”洛答道，“现在要是醒来的话，对那次真实旅程，他很可能有些模糊、不连贯的记忆。而且，他多半会对它的真实性有极大的怀疑，而且怪罪到我们的工作上，怪我们出了错，没弄好。他会记得来过这里，这个经历并没抹掉，除非你想把它抹掉。”

“跟这人掺和得越少，我越放心。”麦克兰说，“这件事从头到尾，不是我们想要欺骗、遮掩什么，明明是我们被耍得团团转，倒霉到居然会主动揭开一名如假包换的行星局间谍的身份。这人的身份隐藏得相当好，以至于连他自己都不知道自己曾是，或者说，现在是谁。”越早跟这个自称是道格拉斯·奎尔的人甩开关系，对他们越好。

“那您还会把三号和六十二号包裹内容，放到他的共管公寓里吗？”洛问道。

“不会，”麦克兰说，“而且，我们退一半费用。”

“‘一半’！为什么只退一半？”

麦克兰悻悻地说：“退一半算可以了。”

奎尔坐在出租车上，朝着芝加哥住宅区边缘的共管公寓驶去，他心想：“回到地球老家的感觉真好。”

在火星上那个月的经历，已经开始从记忆里消退。他只记得邃远的撞击坑大口，沙尘遍地的恒然世界，对群山、对活力、对运动本身那种亘古恒久的侵蚀。一天里要花很多时间不断检查便携式氧气源。还有，那些朴素无华、不显山露水的灰棕色仙人掌和寄生线虫。

事实上，他还瞒过海关，偷偷带回来些濒死的火星动物标本。不可能有什么危害，因为在地球厚重的大气下，它们压根儿没法生存。

他伸手在大衣口袋里，打算掏出装着火星寄生线虫的容器——

结果掏出来个信封。

打开信封，让他迷惑的是，里面竟装着五百七十珀斯币，全都是小面额的信用钞票。

“从哪弄到这些的？”他不禁自问，“难道我不是在旅途里把每分钱都花光了吗？”

还有张便签跟钱夹在一起，写着，退还一半费用。麦克兰。以及日期。今天的日期。

“回忆！”他大声说道。

“撤回[1]什么？先生或女士。”出租车的机器人司机毕恭毕敬地问道。

“你有电话薄吗？”奎尔问道。

“当然，先生或女士。”车里自动打开个小格子，里面滑出库克县微缩胶卷电话簿。

“它的拼法很奇怪。”奎尔迅速翻着电话簿的黄页部分。他感到恐惧，挥之不去的恐惧。“找到了，”他说，“带我去这里，回宜公司。我改主意了，现在不打算回家。”

“好的，先生或女士，谨遵指示。”司机应道。转眼间，出租车已经掉头，往反方向开去。

“我能用下你的电话吗？”他问道。

“请便。”机器人司机将一部簇新的帝王 3D 彩色电话递给他。

他打给自家的共管公寓，很快，在他眼前的屏幕里，出现了真实得叫人起鸡皮疙瘩的微缩版柯尔丝滕。“我去了火星。”他对她说。

“你喝醉了。”她的嘴唇轻蔑地扭动。“要么比喝醉还糟。”

“以上帝的名义。”

“什么时候？”她追问。

“我不知道。”连他自己也很困惑。“我觉得是趟模拟旅行。反正就是那种人工，超真实之类的记忆植入进去的。结果没搞定。”

柯尔丝滕又挖苦道，“你真醉了。”然后挂了电话。他也挂了，

1. 英语里“撤回”和“回忆”是同一单词 recall。

感到脸有些红。他愤怒地想，永远都是一种腔调，半句不到就要反驳人，总是她无所不知，我一脸白痴。我个基督啊，这算什么婚姻，他阴郁地想。

不久，出租车在路边停住，旁边是座十分招摇的现代粉红小楼，楼上挂着色彩摇曳的霓虹招牌：

回宜公司

前台接待姑娘上身裸露，打扮时髦，看到他时显得很惊讶，但立即掌控住情绪。“喔，您好，奎尔先生，”她的话音有些紧张，“您——您还好吧？您是不是落下了什么东西？”

“还有一半的费用没还给我。”他说。

接待员比刚才镇定了些，说道：“费用？奎尔先生，您是不是弄错了。您只不过探讨过超真实旅行的可行性，但——”她耸了耸滑溜溜的肩膀，“据我所知，没有什么旅行。”

奎尔说：“我什么都记得，小姐。我记得给回宜公司的信，整件事就是它开得头。我记得我来过这里，见到过麦克兰先生。我还记得两位实验室技术人员把我拖走，又给我上了麻醉药。”难怪这家公司退了他一半费用。那“火星之旅”的虚假记忆压根儿就没有植入，至少没有像他得到的保证那样，全部植入到位。

“奎尔先生，”女孩说道，“虽然您只是个小职员，但却仪表堂堂，要是生气的话，可就没那么帅气了。要是能让您好受点儿的话，我也许，咳咳，可以跟您约个……”

他感到怒火中烧。“我记得你，”他咬牙切齿地说，“举个例子，你那喷成蓝色的胸部，这细节就刻在我脑子里，忘不了。还有，我记得麦克兰先生跟我保证过，要是我记得来过回宜公司，就能全额拿回我的钱。麦克兰先生人在哪儿呢？”

过了好一会儿，估计他们尽最大努力拖延之后，他终于又坐到了那张威风八面的胡桃木桌前，跟差不多个把钟头前的境况一模一样。

此刻，奎尔怒气冲天，不满意到了极点，语带挖苦地说：“你们这算是哪门子技术。我所谓的以行星局特工身份前往火星的记忆，现在极其模糊不明，充满自相矛盾。还有，对于跟你们这帮人做交易的每个细节，我记得清清楚楚。我应该把这事投诉到商业促进署。”受到欺骗的感觉让奎尔怒火中烧，甚至颠覆了他从不跟人公开撕破脸的一贯作风。

麦克兰表现得很郁闷，但他还是掂量着字眼，“奎尔，我们让步，我们会把你剩余的费用都退还。我必须承认，事实上，我们绝对没动过你一根毫毛。”他的语调里透着听天由命的口吻。

奎尔继续指责：“你答应我的那些能证明去过火星的各种小玩意，一件也没兑现。你那些满嘴跑火车的废话，没一句他妈的成真。船票存根没影，明信片也没影，护照没影，打防疫针的证明也没影。没——”

“听着，奎尔，”麦克兰说，“要是我告诉你——”他打断话头，“随它去吧。”他按下对讲机上的按钮。“雪莉，你能再开一张五百七信用币的银行支票吗，给奎尔先生的？谢谢。”松开按钮，他瞪了眼奎尔。

很快，接待过来了，把支票放在麦克兰面前，然后，马上消失。屋子里又只剩两位男士，隔着巨大的胡桃木桌面，面对面坐着。

“让我给你句忠告，”麦克兰签了支票，把它递了过去，“不要跟任何人提起你，咳，最近去火星的旅途。”

“什么旅途？”

“对啊，问题就在这里。”麦克兰执意解释道，“你只有一部分记忆的旅途。你要装作完全不记得，从来没发生过。别问我为什么，你就听我这一句，对我们每个人都有好处。”他的头上开始冒汗，还不少。“现在，奎尔先生，劳驾，我还有别的事，别的客户要见。”他站了起来，把奎尔领到门边。

奎尔一边开门，一边说道：“服务这么差的公司，就不该有任何客户。”出去后猛地把门关上了。

在回家的出租车上，奎尔心里盘算着到底该怎么写投诉信，寄给商业促进署地球分部。只要到了家，坐到打字机前，他就立马开始写。警告其他人离回宜公司远点，是他义不容辞的事。

回到公寓后，他坐到自己的赫耳墨斯火箭打字机前，拉开抽屉，翻找复写纸。忽然，他注意到一个小盒子，看着非常眼熟。这是他在火星上小心翼翼塞满了火星动物的标本盒，后来又偷偷带过海关。

打开盒子，他简直不敢相信，眼前是六只死寄生线虫，还有堆火星虫的食物，各色各样的单细胞生物。那些原生动物都风干了，布满灰尘，但是，这并不妨碍他认出来。当初，他可是花了一整天在巨大的异域石堆里找到的。真是叫人兴奋，精彩的探索之旅。

他忽然意识到：“可我没去过火星啊。”

不过，另一方面——

柯尔丝滕出现在房门口，手里抱着大摞浅棕色的杂货袋。“大中午的，你怎么在家里？”语调里永远带着同样的责备。

“我去过火星吗？”他问道，“你肯定知道。”

“没去过，你当然没去过火星。我知道你自己心里清楚。你不是成天在那里哼哼唧唧要去吗？”

他说：“天哪，我觉得我去过。”他顿了顿，又说道：“与此同时，我又觉得没去过。”

“你自己拿主意。”

“我怎么拿？”他打了个手势，“我的脑袋里有两条记忆纠缠在一起。一条真，一条假，压根儿分辨不出来。为什么不能靠你呢？他们又没对你动过手脚。”就算她从来不帮任何忙，至少能在这件事上出点力吧。

柯尔丝滕语调平稳克制：“道格，你要是没法冷静下来，我们就完了。我要离开你。”

“我真的有麻烦。”他的声音有些发干、粗糙，人在发抖，“也许是精神病发作。我希望不是，但有可能是。这样就都解释得通了。

柯尔丝滕把杂货袋放下，走到壁橱旁。“我不是在开玩笑。”她平静地说，拿出大衣，穿上，走到共管公寓的房门口。“过几天我会给你挂电话，”她声调沉闷，“那么，再见了，道格。我希望你早点摆脱掉这些事。我真心祈祷你能走出来。为你自己好。”

“等等，”他绝望地喊道，“你就告诉我，让这件事有个定局，我到底去还是没去过——你告诉我。”但他忽然意识到，也许他们也修正了她的记忆。

门关上了，妻子走了。终于走了！

他身后有人说道：“好嘛，那就那样了。现在，奎尔，举起双手。然后转过身来，面朝我。”

他本能地立即转身，并没有举手。

面前的男人身穿行星局警察的紫红色制服，手里握着联合国配备的枪。不过，奎尔发现，有某种说不清道不明的原因，这人看上去眼熟。他摸不准这种模糊、扭曲的熟悉感到底怎么来的。总之，他还是笨拙地举起双手。

“火星旅途，”警察说道，“让你给记起来了。我们不仅完全掌握你今天的行踪，还很清楚你脑子里在想什么，特别是从回宜公司回来后，你脑子里倒腾的那些极其重要的想法。”他又加了句，“我们在你的头骨里植入过一支读心发报机，它能让我们随时掌握你的心理活动。”

心灵感应发报机，由月球上发现的一种活体原生质制造。他战栗起来，感到阵阵自我厌恶。这东西活在他的体内，在大脑里，不停吸收养分、倾听，再吸收养分。行星局警察就在用这些东西，这可是个性化报纸上提到过的。所以，虽然身上装了这个的确很惨，但他很可能不是诈唬。

“为什么是我？”奎尔的嗓子发干。他到底干了什么，或是，想了什么？这跟回宜公司又有什么关联？

“基本上而言，”行星局条子说，“这跟回宜没什么关系，完全是你和我们的事。”他触碰了下右耳。“对了，你头里的发报机，一直把你所有心理活动传给我。”奎尔发现，此人的耳朵里放了个白塑料耳塞。“所以，我得警告你：你所想的任何念头都可能对你不利。”他笑了，“不过现在无所谓了，你的念头和言语已经让你完蛋了。真正棘手的是在回宜公司时，你在麻氨明药物作用下，跟他们老板麦克兰先生，还有技术人员，提到了你的旅程。包括你去过哪里，为谁干活，干了些什么。他们吓得要死，但求从来没见过你。”他又深思熟虑地加了句，“他们想得没错。”

奎尔说：“我从来没去过什么火星。这完全是麦克兰的技术人员植入的假记忆链，还植出了问题。”但是，他马上想到了桌子抽屉里的那盒子，里头的火星生物。还有当初为了收集它们遇到的困难，花费的心思。这记忆显得特别真实。还有盒子里的生物，也是确确实实的。除非，它们都是麦克兰派人偷偷放好的。没准，这就是当初麦克兰信誓旦旦要提供给他的旅途证据之一。

他想：“我脑海里的火星旅途记忆，并不能完全让我自己信服，但是，倒霉得很，行星局警察居然相信了。他们以为我真去过火星，现在只是记起来部分而已。”

“我们不但知道你去过火星，”行星局条子对他心里的疑问，表示肯定，“还知道你现在记起来的部分，对我们来说，已经是件麻烦事了。而且，洗掉你意识里的记忆，完全没用，因为接着你又会跑去回宜公司，再来这么一遍。再说，对麦克兰和他的公司，我们也没司法权，我们只对自己人有权干预。再说，麦克兰还没犯什么法。”他看了眼奎尔，“严格来说，你也没有。因为你去回宜公司的目的，并不是要让记忆恢复。我们已经意识到，你去的目的，跟每个庸常、麻木的大众一样，想追求冒险。”他又说，“很不幸，你既不庸常，也不麻木，你经历的刺激不要太多。全宇宙中，你最不需要的东西，就是回宜公司的套餐。没有比这个对你、对我们更要命的了。还有，对麦克兰也是倒大霉的事。”

奎尔说：“为什么我想起来的所谓旅途，还有我在那儿干过什么，对你们来说是个麻烦？”

“因为，”行星局的外勤条子说，“你干的事，会影响我们伟大纯洁全方位守护人民的公众父亲形象。你为我们做的事，我们永远也不会亲自去干。不过，用不了多久，你都会记起来，这还得多亏了麻氨明。那个里面装着死虫子和藻类的盒子，自从你回来，已经在你抽屉里躺了六个月。你从来没有过一丝一毫兴趣去看一眼。直到你从回宜公司回来这儿的路上想起来这玩意，我们都不知道它的存在。所以，我们才会派两个人来搜查盒子。”他没必要地加了句，“没找到，时间来不及。”

另一名行星局条子走了过来，两人嘀嘀咕咕商量些什么。与此同时，奎尔的脑子在飞快思考。他现在的确记得更多了，条子对麻氨明的评价是对的。行星局的人搞不好也用这个。搞不好？不对，天杀的他亲眼见过他们给罪犯用过。那是在哪儿的事？地球上？他意识里残缺不全——但正在迅速变完整的记忆告诉他，更有可能是在月球。

而且，他记起了另外些事儿。为什么他会去火星，他在那儿执行的什么任务。

难怪他们要抹掉自己的记忆。

“我的天哪！”前面那个行星局条子忽然打断了跟同事的对话。很显然，他收到了奎尔的想法。

“好吧，现在问题已经大得没法收拾了，不能再坏了。”他走向奎尔，举枪对着他。“我们必须杀了你，”他说，“马上。”

他的同伴紧张地问，“为什么要马上？不能带他回纽约分局，让他们——”

“他知道为什么必须马上。”第一个条子现在也显得很紧张，但是奎尔意识到，他紧张是由于完全不同的原因。现在奎尔的记忆几乎彻底恢复了，他完全明白为什么面前的警察会这么如临大敌。

“在火星上，”奎尔沙哑着嗓子，“放倒十五个保镖后，我杀了个人。有些保镖跟你们一样，都配备了贴身手枪。”整整五年，行星局把他训练成了刺客，职业杀手。他知道怎么对付手持武器的对手……比如眼前这两个警察。那个戴了耳塞的警察也知道这点。

要是他移动够快的话——

枪响了。但他已经迅速闪到一边，劈倒开枪的警察。转眼间，他把枪夺了下来，指着另一个还在发呆的警察。

“读到了我的念头，”奎尔喘着粗气，“他知道我打算干什么，但我还是干了。”

受伤的警察半坐着，愤怒地说：“萨姆，他不会对你开枪，我也读到他这么想的。还有，他知道他完蛋了，也知道我们知道他知道。

得了吧，奎尔。”他费尽全力，闷哼一声，颤抖着站了起来，把手伸出。“枪，”他对奎尔说，“你用不了，只要你还给我，我保证不杀你。你会受聆讯，不是我，而是行星局高层会下决定。也许他们会决定再把你的记忆抹掉一次，我说不准。但是你已经知道我为了什么事要杀你，我没能阻止你记起来那件事。所以，我想要杀你的动机，已经不复存在。”

奎尔紧握住枪，冲出共管公寓，奔向电梯。他心想，要是敢跟过来，我就杀了你们，别过来。他猛捣了下电梯按钮，很快，门打开了。

警察没跟过来。很明显，他们读到了他充满紧张、直截了当的想法，决定不冒这个险。

他站在里面，电梯开始下降。这次逃过一劫，暂时逃过。接下来呢？他能去哪儿？

电梯到了底楼。很快，奎尔就汇入了隧道里步行的人潮。他感到头疼欲裂，很不舒服。不过，至少他躲过了死亡威胁，刚才在自己的共管公寓里，他差点被当场击毙。

他心想，我脑子里还装着发报机，用不了多久他们就能找到我，肯定还会再这么干。

太讽刺了，他现在的境况，和当初他跟回宜公司要求的一模一样。冒险、危机、行星局特工的身份，还有脑袋挂在腰上的秘密火星任务，他要购买的假记忆里，这些一个也不会少。

要是这些都是记忆，而不是真的，就更好了。

他独自一人坐在公园的长凳上，泄气地看着眼前一群莽鸟，这些是从火星的两个卫星引进的半鸟，就算在地球的高重力之下，它们也能一飞冲天。

也许，我能找个门路回火星，他寻思。到了火星然后呢？估计只会比这儿更惨，一只脚刚下飞船，被他刺杀了领袖的政治组织，就会盯上他。在火星上他会受到双重追杀，行星局的人，和他们。

你们能听得到我在想什么吗？他很想知道。独自一人坐在这里，感觉他们在收听、监视、记录和讨论自己，这真是通向妄想狂的好途径。他战栗着，起身，双手插在口袋里，毫无目的地走着。无论我去哪里，他意识到，只要那个小设备还在我的头里，你们都会永远跟着我。

我想跟你们做个交易，他心里这么想着，同时也是在对他们说。就像你们以前干过的，能不能给我再刻一段新的假记忆模版，把我变成个过着平庸、重复生活的普通人，一辈子没去过火星？也从来没近距离见过穿制服的行星局警察，从来没握过枪？

他脑子里传来声音，“我们已经跟你仔细解释过，这么做是不够的。”

他震惊了，停住脚步。

“我们以前就是这样跟你联络的，”声音继续，“当时你还在火星实地执行任务。我们已经好几个月没这样做了，我们以为从此不用再这样联络了。你现在人在哪儿？”

“在走路，”奎尔说，“走向我的死亡。”拜你们的警察手枪所赐，他又加了段想法。“你们怎么能确定那样办不够？”他追问，“回宜公司的技术不是很厉害吗？”

“正如我们说过的。如果我们给你植入一段标准、一般的记忆，你仍会永无安宁。你到头来，不是去找回宜，就是去找他们的竞争对手。我们不能再折腾一次。”

“那么假设，”奎尔说，“先将我的真实记忆抹掉，然后植入一些比普通记忆要重大的事情呢。那些能让我无休止的渴望彻底平静下来的事，”他说，“这不是空穴来风，很可能是你们一开始雇我的原因。但你们一定要想出些不一样的事，一样重要的。比如，我是地球首富，最后把所有财产都捐给了教育基金。比如，我是举世闻名的深空探险家。总之就是类似的过去，里面总有一个能行吧？”

沉默。

“试试，”他绝望地说，“把你们军队里那些拔尖的精神病学家找来，剖析我的意识。找到我最狂放的白日梦。”他努力想。“女人。”他说。“有过几千个女人，就像唐璜。太阳系花花公子，在地球、月球，火星上的每座城市都有情妇。但后来全都放弃了，因为精疲力尽。求求你们，”他恳求道，“试试。”

“如果我们同意安排此方案的话，如果真有可能？”他脑子里的声音问道，“要是这样的话，你就会主动投降？”

他迟疑了一下，回答道：“是的。”他在心里说，也许你们会直接把我杀了，我得冒这个险。

“你先走第一步，”声音马上说，“向我们自首。我们会调查那个方案的可行性。要是无论我们怎么努力，你的真实记忆都会像这次一样，再次浮现，那——”沉默了一会儿，然后声音把话说完，“我们就不得不消灭你。你肯定明白。怎么样，奎尔，你还想试吗？”

“是的。”他说。因为不这么干就是死路一条，而且板上钉钉。走这条路，虽然机会极小，至少还有一线生机。

“你到纽约的警察总局来，”行星局条子的声音响起来，“第五大道五百八十号，十二楼。等你到了，投降后，我们就会找精神病学家来进行分析。我们会让你做一些个性特征测试。我们会试着定位你终极、绝对的幻想愿望。然后把你带到回宜公司，让他们接手，植入错位替代回忆。那么，祝你好运。你过去是我们的一条好狗，这是我们欠你的。”声音里并无恶意，非要说的话，组织居然对他产生了些许同情。

“谢谢。”奎尔准备打一辆机器人出租车。

“奎尔先生，”年长的行星局精神病医生一脸严峻，“你用来满足心愿的幻梦非常有意思。不过，它多半不是你有意识找乐子料得到的。这种情况很正常。等一下你听我说的时候，希望不要生气。”

旁边一位行星局高阶警官尖刻地说：“要是他不想被枪毙的话，最好听了之后别太发火。”

“这个幻想和你想成为行星际卧底特工不一样，”精神病医生继续说道，“想当特工相对而言是一种成熟期产物，里头还有一定合理性。而这个则是你儿童期的古怪梦想，难怪你自己也想不起来。幻想是这样的：你只有 9 岁，独自一人走在乡下小路上。这时，一艘来自其他星系、形状怪异的太空飞船，在你面前降落。整个地球上，只有你，奎尔先生，见到了它。飞船里的这些生物体形很小，跟田鼠差不多大，看上去非常无助。但是，他们却打算入侵地球，后头还有成千上万的舰船即将上路，就等这艘先遣队飞船发出信号。”

“我猜，我阻止了他们，”奎尔既感到有些快意，又混杂了恶心，“单枪匹马就把消灭了他们，估计用脚踩死的。”

“没有，”精神病医生耐心地说，“你确实阻止了入侵，但不是靠毁灭他们。相反，你向他们展示了善良和仁慈，甚至通过心灵感应——他们的通信方式——得知他们来地球的意图之后，你还是如此。他们从来没有在任何知觉生物体上见识过这种人道精神。为了表达感激，他们和你立了个契约。”

奎尔说：“只要我还活着，他们就不会入侵地球。”

“一点没错。”精神病医生对行星局警官说，“你看，虽然故作不屑，但这幻想跟他个性还是挺契合。”

“那么，只要活着不死，”奎尔感到越来越开心，“只要存在这世上，我就让地球免受外星人统治。连根小手指都不用动，我就成了全地球最重要的人。”

“是的，一点没错，先生，”精神病医生说，“作为贯穿一生的童年幻想，这是你整个心智的根底。如果不靠深度和药物疗法，你永远也想不起来。但是，它一直都跟着你，虽然沉入了潜意识，但从未彻底消失。”

麦克兰一直坐在旁边，紧张地听着，高阶警官对他说：“这么极端的幻想，能用你的超真实记忆模式植入到他的意识里吗？”

“只要能想象出来的类型，不管哪种幻想，我们都对付过，”麦克兰说，“坦白说，我听过比这还要更夸张的。当然，我们能搞得定。二十四小时之后，他就不会只是但愿自己曾经拯救过地球，而会诚心相信自己真的拯救过地球。”

高阶警官说：“那么你们可以开始工作了。为了预备，我们已经又抹掉了一次他去火星的记忆。”

奎尔问道：“去什么火星？”

没人搭理他，他只好悻悻地放弃追问。此外，一辆警车已经开了过来，他和麦克兰，以及高阶警官都挤了进去。很快上路，驶向芝加哥的回宜公司。

“这次你们最好别再搞出什么幺蛾子了。”警官对满脸紧张、大块头的麦克兰说。

“我实在想不出来会出什么问题，”麦克兰流着汗，嘴里咕哝着，“这次跟火星、行星局都没关系。单枪匹马阻止了一场来自外星系的地球入侵。”他不禁摇摇头。“哇，还真是孩子气的梦。全靠非凡的美德，而不是武力。有点古朴范儿。”他用一条大亚麻手帕不停地擦着额头的汗。

没人搭腔。

“其实，”麦克兰说，“还挺感人。”

“但太狂傲，”警官冷冷地说，“照这样，他一死，入侵行动就会马上启动。难怪他想不起来呢，这绝对是我平生听到过的最自以为是的幻想。”他嫌弃地瞪了眼奎尔。“政府的工资单里居然有这号人。”

他们抵达回宜公司时，雪莉在外间办公室迎接他们，有些气喘吁吁。“欢迎回来，奎尔先生，”她有些激动，甜瓜状的乳房涂着热烈的橙色，上蹦下跳，“对于之前出的那么多烦心事，我非常抱歉。我相信这次一定会更好。”

麦克兰的额头汗津津，仍在不停用那方叠得方方正正的爱尔兰亚麻手帕擦汗，“肯定更好。”他急急忙忙找到洛和基勒，陪着奎尔和他们一起去了作业区。然后，又和雪莉、那位高阶警官，来到他熟悉的办公室。等着。

“麦克兰先生，我们有这样的套餐包裹吗？”雪莉太过激动，撞在他身上，微微羞红了脸。

“我认为有。”他试着回想，但很快放弃了，接着，取出正式表格查看，“得是个组合，”他拿定主意，大声说，“包括八十一号，二十号和六号包裹。”他从办公桌后的的拱型隔间，搜罗相应的包裹，带到桌上检视。“八十一号里有，”他解释，“一根魔法治疗杖，提供给客户，就是奎尔先生。它来自外星系物种。以表达他们的感激之情。”

“能有用吗？”警官好奇地问。

“起用过一次，”麦克兰继续说，“你瞧，咳咳，他许多年前用过，到处治疗来治疗去的。现在不过是一件纪念品而已。但是，他会记得这根杖子的效果极其出色。”他咯咯笑了笑，然后打开二十号包裹。“来自联合国秘书长的文件，感谢他拯救了地球。这件物品严格来说并不适合，因为，根据奎尔的幻想，全世界只有他一个人知道那次入侵。不过，考虑到要把事情尽量拟真，还是放进去吧。”然后，他又看了看六号包裹。这里面是什么？他想不起来了，皱着眉，在雪莉和行星局警官紧张地注视下，手伸进塑料袋。

“文本，”雪莉说，“文字很怪。”

“这里头写的是他们是谁，”麦克兰说，“从哪儿来。还有一张星图，上面记载了他们的航行记录，出发的星系。当然，这些都以他们的文字写成，所以他看不懂，但却记得当初他们用他的语言讲述过。”他将三件物品摆到桌子中间。“这些都得送到奎尔的共管公寓，”他对警官说，“这样一来，他回家就能找到，也就应证了他的幻想。SOP，标准作业程序。”他轻声一笑，有些担忧，想知道洛和基勒那边情况怎么样了。

对讲机嗡嗡响了起来。“麦克兰先生，很抱歉打搅您了。”是洛的声音，他听出后，浑身都僵住了，说不出一个字。“但是这儿出了点问题。您最好是能来一趟，指导一下。跟以前一样，麻醉没问题，他已经失去意识，处于放松、易受状态。但——”

麦克兰冲向作业区。

道格拉斯·奎尔躺在一张消毒过的床上，他呼吸平缓，眼睛半闭，对周围的一切只有模糊的感知。

“我们刚开始询问他，”洛脸色发白，“以找到合适时间点，来放置那个独自一人拯救地球的幻想记忆。但是，实在很奇怪——”

“他们告诉过我，让我不要说出来，”道格拉斯·奎尔咕哝着，药效很深，声调呆滞，“这是当时的协定。我甚至不该记起来。但这种事，我怎么忘得掉呢？”

“我也觉得，肯定挺难，”麦克兰想了一下，“但你还是做到了——直到现在。”

“他们甚至给了我一个卷轴，”奎尔喃喃自语，“以示感激。我藏在共管公寓里，回头我拿给你看。”

麦克兰对他身后的行星局警官说道：“那么，我给您的建议就是，最好别杀他。您要是杀了，他们就会回来。”

“他们还给了我一根魔法隐形毁灭杖，”奎尔眼睛完全闭了起来，说得含糊，“你们派我去火星执行任务，我就是用它杀了那人。它就在抽屉里，跟装着火星寄生线虫和干植物的盒子搁在一起。”

那位行星局警官，一言不发，转身大踏步地离开了作业区。

“我最好把那些装着人工物品的包裹都收起来。”麦克兰无奈地想。他一步一步地走回办公室。“还有那件联合国秘书长写的嘉奖。毕竟——”

估计没多久，真的嘉奖就要上路了。

（陈灼　译）

新事物[1]

当《危险幻象》于1967年面世时,《纽约客》(在1967年9月16日刊上)将其编辑哈伦·埃利森封为“新浪潮头号倡导者”。这多少有失公允,因为埃利森在序言中已明确自陈,自己所说的“‘新事物’既不是朱迪斯·梅丽尔的‘新事物’,也不是迈克尔·摩考克的‘新事物’”。但每个评论家都犯有此种过度简化作家类型的错误,而这种混乱的出现其来有自。

与那些活跃于坎贝尔《惊异》黄金时代的传统作家相比,所有不问情由地被纳入“新浪潮”派别的作家都对文体风格表现出了更多的关注;于是,每一位展现出一定的文体意识,且于20世纪60年代崭露头角的作家都被贴上了新浪潮的标签。这些作家包括风格迥异的罗杰·泽拉兹尼、约翰·布伦纳和萨缪尔·R. 德雷尼。然而除却文体意识,他们毫无其他相似之处。

其他作家反而享有更多的共同点:比如一股来自人类共同信念

1. 此新事物代指新浪潮。

的阴暗情绪，认为社会正每况愈下而不是越变越好（奥尔迪斯称之为“一种自然而体面的绝望”）；比如对人类智慧缺乏信心，认为它无法帮助人们摆脱当前困境，有时他们甚至相信，正是智慧将人类导向了当前的困境；他们不仅不信人类是完美的，甚至不信人性本善，反而深信人性拥有致命缺陷。作家们往往为了实验而进行实验性写作；他们经常轻易接受，甚至积极追求无形，追求颠覆既有的科幻哲学及其表现形式，好像是在有意识地反叛人们所认为的老式科幻基本性质，包括科幻这个名称本身。很多人更乐于将之称为推想小说。

不过，作家之间存在着明显差别，且随着时间推移愈演愈烈。埃利森的“新事物”中包含着参与、承诺和抗议；而巴拉德的“新事物”则更为孤傲：他笔下那些被动性的人物被塑造得很是疏离。最终，像埃利森与巴拉德这类作家彻底脱离了科幻领域，开始寻求他们自己的读者。

然而，要对20世纪六七十年代的科幻小说展开完整讨论，必然离不开埃利森：他既是编辑，是作家，是业界名人，也是一个象征。对有抱负的作家而言，他是那个时代的新模范，无论是作为个人还是作家。而频繁现身于克拉里昂科幻写作营又强化了他的这一形象。即使在他身故之后，哈伦主义的血脉仍将贯穿科幻发展的始终。

埃利森的童年充满痛苦，而在喧嚣又漫长的青少年时光里，他的个人成就也没能使他彻底自给自足。他很早就开始创作科幻，写文章，出版自己的粉丝杂志，立下成为作家的雄心壮志。在俄亥俄大学求学的一年半时间里，他被告知不具备写作天赋[1]，但在做了几份工作又历经一些灾祸后，他于21岁时成功地将自己的第一个短篇

1. 埃利森于1951年入读俄亥俄大学，18个月后因殴打教授被学校开除，埃利森称这是因为该教授诋毁了他的写作能力，在之后的二十多年里，他每出版一部小说都会给该教授邮寄一份。

《萤火虫》（“Glowworm”）卖给了《无限科幻》杂志。

在前往西部的好莱坞以前，他为《浪子》杂志与“摄政图书”出版社做过编辑，又似乎很自然地进入了一场婚姻，这场婚姻充满了争吵、威吓、误解与和解[1]。他是一个成功的戏剧和电视剧编剧，撰写了许多剧本与系列片先导剧本，赢得过三次美国编剧工会奖和一次雨果奖最佳电视剧奖。他的系列电视剧《迷失星空》（*The Starlost*）在制作中因一系列意外事件出了岔子，后来，他在与埃德·布莱恩特合著的小说《凤凰不涅槃》（*Phoenix Without Ashes*，1976）前言里对此事极尽谩骂之能，该小说是《迷失星空》原始剧本的小说化产物[2]。

1965年他设想编辑一部初版小说集，收录那些因过分与众不同而无法刊载于科幻杂志上的小说。《危险幻象》就这样诞生了，它的出版是60年代科幻革命进程中的一件大事，其重大意义至少能够比肩摩考克的《新世界》（在《新世界》并不常见的美国意义尤甚）与梅丽尔的小说选集，包括《摇摆英伦》；而在整个科幻发展史中，它的诞生或许与坎贝尔担任《惊异》杂志编辑以及《奇幻与科幻杂志》与《银河科幻》创刊同等重要。与《危险幻象》相比，《又见危险幻象》扩大了收录范围，但或许缺乏前者的轰动价值。延宕日久的《最后的危险幻象》据说会是一部包含近百万词的多卷巨著。“革命”一词可能过分强烈，但埃利森说他在试图创造与开辟，而已出版的两部选集都获得了相当可观的认可，包括授予所录小说作者的三项雨果奖与三项星云奖，以及1968年与1973年由世界科幻大会授予

1. 埃利森有过五次婚姻，此指与第一任妻子 Charlotte B. Stein 的婚姻，二人于1956年结婚，1960年离婚。埃利森形容这场婚姻为“像发电机的哀鸣般持续了四年的地狱生活”。
2. 该剧为加拿大 CTV 出品的1973年剧集，在美国同步播放。所说的“一系列事件”中最主要的是预算不足和技术支持不够导致的剧本难以完整呈现，埃利森因对此事不满，曾将《迷失星空》的先导集标题定为“凤凰不涅槃”，但该标题未被采用，剧集实际播出时，第一集标题被换作了“发现之旅”（Voyage of Discovery）。

编辑的两项特别奖。

埃利森的小说文如其人，极具个性、有说服力、坚持己见，且充满抗议。每个作家都会借个人经历进行创作，但埃利森的作品比大多数人的更贴近自己的内心世界。在他找到独特的文体风格和创作题材——他自己——之后，他的小说越来越像在努力与自己充满苦难的过去达成和解。这些故事引发了许多读者的共鸣，不仅因其创作技巧，更是因其中所表现出的激情与关怀，这种关怀有关成长之痛，有关在一个充满敌意的世界里挣扎求生。

与其他许多科幻作家一样，埃利森最擅长撰写的是短篇小说（他只写过四部长篇）。他十分多产；近些年来，他在包括书店橱窗在内的地方证实了自己的公开创作能力。其短篇小说所获奖项数创下了记录：《"忏悔吧，小丑！"守钟人说》（"'Repent, Harlequin!' Said the Ticktockman"）同时获得 1965 年的雨果奖和星云奖；《我没有嘴，而我必须尖叫》（"I Have No Mouth, and I Must Scream"）获得雨果奖；《在世界中心呼唤爱的野兽》（"The Beast that Shouted Love at the Heart of the World"）获 1969 年雨果奖；《男孩和他的狗》（"A Boy and His Dog"）获 1969 年星云奖；《死鸟》（"The Deathbird"）获 1974 年星云奖；《漂离朗格汉斯岛……》[1]（"Adrift Just Off the Islets of Langerhans ..."）获 1975 年雨果奖；《杰弗蒂五岁》（"Jefftey Is Five"）获雨果奖、星云奖、由高等教育科幻指导机构颁发的木星奖[2]和 1978 年的英国幻想小说奖。他还获得过 1974 年的美国神秘作家协会奖最佳短篇小说奖。

他数以百计的短篇小说被汇编于包括《死鸟故事》（1975/1984）、

---

1. 小说中虚构的地理位置。朗格汉斯岛即医学上所说的胰岛。小说完整标题为《漂离朗格汉斯岛：北纬 38°54′，西经 77°00′13″》（*Adrift Just Off the Islets of Langerhans: Latitude 38°54′N, Longitude 77°00′13″W*），其中的经纬度在现实中是美国首府华盛顿的位置，具体地点位于波托马可河畔、杰斐逊纪念馆旁。
2. 存续时期为 1973 至 1978 年，设有最佳长篇、最佳中篇、最佳中短篇、最佳短篇等奖项。

《怪酒》（1978）、《粉碎日》[1]（1980）与《愤怒的糖果》（1988）在内的一系列个人选集中。他也撰写了许多剧评与影评，收录此类作品的文集有《玻璃奶头》（1970与1975）与《哈伦·埃利森的观影》（1989）等。

不过，埃利森最擅长塑造的恐怕是他自己。他是个直率而清醒的倡议者。诺曼·梅勒的《为自己做广告》或许最适合用作埃利森毕生事业的标题。他对是非曲直信念坚定，并愿意为捍卫信念冲锋陷阵，例如，在作为荣誉嘉宾出席1978年于菲尼克斯召开的世界科幻大会时，他就针对亚利桑那州未能通过平等权利修正案一事进行了一番个人声讨。他成了一个极富争议的人物，很大程度上是由于他本人的一系列做法；在科幻圈子内，或许也包括圈外，他是个著名的，或说臭名昭著的，或是二者兼有的人。他既可以感召力非凡也能招人厌烦，这两种特性经常同时出现在他身上。

在过去的十年里，埃利森越来越积极地发声试图抽离自己，既远离粉丝圈子也远离科幻领域。他采用一种防守型话术，称自己不是科幻作家，而是埃利森作家，他寻求的不是科幻读者，而是埃利森的读者。他认为，“科幻”这一标签于他而言不仅不准确，甚至已经构成妨碍。他或许是对的。

（穆童、憬怡　译）

---

1. 此处的粉碎日（Shatterday）为作者生造词，与星期六（Saturday）谐音。作者在故事中为一周七天都制造了谐音词。

我没有嘴，而我必须尖叫

［美国］哈伦·埃利森

从粉色控制板上垂下的，是葛里斯特瘫软的身体。挂着——没有外物支撑，在电脑机房里高过我们的头顶。从主穴不停刮来寒冷油腻的微风，但它纹丝不动。尸体头朝下，单是右脚板连着控制板底面。突出的下巴下有一道横贯两耳的精确切口，血从这儿流干了。反光的金属地板上毫无血迹。

葛里斯特加入我们组时查过他自己，我们才意识到AM很尽兴，又把我们耍了，但为时已晚。这是机器的一次消遣。我们有三个人吐了，条件反射式地相互背过身去，一犯恶心历来如此。

葛里斯特脸色惨白，仿佛看到了巫毒人偶，仿佛在惧怕未来。“噢，天呐。”他念叨着，走开了。我们三人随后跟上，见他坐在那儿，背靠嗡鸣的小型数据库，头深埋进双手。埃伦在他身边跪下，抚摸他的头发。他没动，但说话声清晰地从掩住的脸传来：“它怎么不把我们一次干掉，一了百了？天啊，我不知道还能这样坚持多久。”

这是我们在电脑里的第一百零九年。他说出了我们所有人的心声。

尼姆多克（这是机器逼他用的名字，AM 喜欢用奇怪的发音自娱自乐）又被引出幻觉了，以为冰穴里有罐头食品。葛里斯特和我都很怀疑。“又是骗局。”我对他们说，“就像该死的冷冻大象，也是 AM 骗我们的。那玩意儿差点让本尼迷失心智。我们一路跋涉过去，它就会烂掉或者变成一副鬼样子。要我说别想了。留在这儿，它很快会弄出好东西来，不然我们就要死了。”

本尼耸耸肩。三天前吃过虫子，又粗又黏，然后没吃过东西。

尼姆多克一样犹疑不定。他知道有那种可能，但他越来越瘦了。比起这儿，那边不会更糟。会更冷，但这不重要。炎热、寒冷、冰雹、熔岩、沸水、蝗虫——从来都无所谓：机器在自慰，我们只能接受，否则就死路一条。

埃伦替我们做了决定：“我必须吃点什么，特德。说不定有巴氏梨或者桃子。拜托，特德，我们试试吧。”

我很快让步了。管他的，都不重要。埃伦很感激。她鲁莽地上过我两次，但这也不重要，反正她从没高潮过，所以有什么关系？不过我们每次做的时候机器都会大笑，咯咯咯咯，在头顶，在背后，在四周环绕。他在偷笑。它在偷笑。大部分我想到 AM 的时候，都是没有灵魂的“它”，但有时仍会想成“他”，男性，父系，家族的……他是个充满猜忌的人。他。它。是疯狂错乱的天父之神。

我们在某个周四出发。机器总是让我们与最新日期保持同步。时间推移很重要，当然不是对我们，而是对他……对它……对 AM。周四。谢谢啊。

尼姆多克和葛里斯特抬了埃伦一会儿，他们抓紧各自的手腕，再互锁住对方的手腕，架成座位。本尼和我一前一后，确保如果发生意外抓走了我俩中的谁，至少保证了埃伦的安全。机会渺茫啊，想要安全。也不重要了。

距冰穴只剩百来英里，第二天，我们躺在他制造的烈日状鬼东西下，他送下来些吗哪，味道像煮过的野猪尿。我们吃了。

第三天，我们穿过一座荒谷，谷中布满古老的电脑数据库锈蚀的残骸。AM 待自己和待我们一样粗暴。这是他的性格标志：追求完美。不论是删除充斥自我世界的模块中无用的元素，还是完善折磨我们的方法，AM 就像他的创造者所希望的那样缜密——他们早已归于尘土。

光从上方漏下来，我们知道离地表一定很近了。但我们没爬上去看。实际上外面什么也没有，一百多年过去也没有能称之为物的东西。现在只有我们五个人在这下面，在这电脑里，单独跟 AM 一起。

我听见埃伦疯狂地说道："别，本尼！不要，求你了，本尼，请你不要！"

接着我意识到刚才一直都听见本尼念念有词，压低嗓子，持续了好几分钟。他念着："我要出去，我要出去……"一遍又一遍。猴子似的脸上表情支离破碎，同时夹杂着圣洁的喜悦和悲伤。AM 在"节日"期间给他造成的辐射伤痕划进一大片粉白色皱纹里，五官仿佛是分开运作的。也许本尼是我们五人中最幸运的：他多年前就发疯了，眼神发愣。

然而即便我们可以随便管 AM 叫该死的什么玩意儿，可以把最邪恶的想法施加在熔化内存条、腐蚀底板、烧毁电路和捣碎控制泡上，机器不会容忍我们逃跑。我想抓住本尼的时候他跳开了，爬上稍小的一个存储块正面，存储块装满腐烂的元件，倾斜着。他在那儿蹲了半晌，看起来就像 AM 要他模仿的黑猩猩。

然后他高高跳起，抓住被腐蚀的坑洼金属纵梁，攀上去，像动物一样双手交替，到达一处主梁横档，距我们二十英尺高。

"噢，特德，尼姆多克，求求你们，帮帮他吧，把他弄下来，趁……"她突然不说话了，眼中噙着泪水，不知所措地挥舞双手。

太迟了。不管要发生什么，发生时没人想靠近他。此外，我们都看穿了她在担心什么。AM 改变本尼的时候，在机器完全丧失理智歇斯底里期间，电脑不只把本尼的脸变得像巨猿，他的私处也变大了。她太喜欢这一点！她和我们交配是例行公事，但跟他做却很享受。啊，埃伦，神圣的埃伦，纯洁的埃伦，啊，埃伦小无辜！卑鄙的贱货。

葛里斯特扇了她一耳光。她跌坐下去，仰头注视着可怜的疯子本尼，哭起来。哭是她厉害的自卫手段。七十五年前我们就已经习惯了。葛里斯特踢了她身子侧面一脚。

接着有声音响起。那声音，是一束光。一半声音一半光，开始从本尼眼中射出，光 / 声节奏越来越快，微弱的声响也更宏大明亮，声光跟随渐大的声响阵阵律动。一定很痛苦，而且光越强，声音越大，越痛苦。本尼开始像受伤的动物一样呜咽。刚开始还很轻，光还弱声音还小，当声音变大时，他双肩耸在一起，背部隆起，仿佛想挣脱出来。他双手交叉放在胸前，像花栗鼠的爪子，头歪向一边。悲伤的小猴子脸在痛苦中皱缩到一起。他开始号叫，从眼睛里发出的声音更响了。越来越响。我双手捂头，但屏蔽不掉，声音太容易穿透。疼痛感抖动着穿过我的肉体，就像锡箔纸戳穿牙齿。

本尼突然被拉直。他站在梁上，像木偶一样猛伸直腿。此刻的光变成两道粗壮的圆柱，从他眼里一股股射出。音调越升越高，音阶诡异，他向前倒下，径直跌落，轰一声撞在钢材地板上。他抽搐着躺在那儿，光在他身边涌动环绕，声音盘旋上升，超出了正常的音域。

而后光又绕回来收进他脑袋里，声音盘旋下落，他就那么干躺在那儿，哀号着。

他的双眼是两只又软又湿像脓汁果冻一样的水坑。AM 把他弄瞎了。葛里斯特以及尼姆多克还有我……我们转身离开。走之前我们注意到埃伦温暖关切的脸上带着释然。

海绿色的光弥漫在我们露营的洞穴中。AM 给了干朽的木头，我们点着了，相互依偎坐在微弱的火堆边讲故事，免得本尼在无尽的长夜中哭泣。

“AM 是什么意思？”

葛里斯特回答了他。尽管我们已经重复上千次，这仍是本尼最爱的故事。“起初它的意思是联合主机，后来又是自适应操纵器，再后来它发展出知觉，进行自我链接，他们又管它叫充满挑衅的威胁，但那时已经太晚，最终它自称为 AM，新兴的智能，含义是我……我思故我在……我思考，所以我存在。”

本尼流了些口水，傻笑起来。

“那时有中国 AM，俄国 AM，美国 AM……”他停下来。本尼攥紧拳头狠狠砸着地板。他不开心。葛里斯特没有从头开始讲。

葛里斯特又重新开始：“冷战打响，演变为第三次世界大战一直持续着。战争规模扩大，情势错综复杂，于是需要电脑来处理。他们凿了第一批竖井，开始建 AM。那时有中国 AM，俄国 AM，美国 AM，一切相安无事，直到他们把整个星球凿成了蜂窝，增加这样那样的部件。可有一天 AM 觉醒了，知道了他是谁，把自己链接起来，输入所有杀戮数据，把人都杀光了，只剩我们五个，然后 AM 把我们带到这下面来。”

本尼笑得特别开心，他又流口水了。埃伦用自己的裙边擦去他嘴角的唾沫。葛里斯特每次都想讲得更简洁，但除了赤裸裸的事实也没什么好说的。我们都不知道为什么 AM 救了五个人，或者说为什么是我们五个，为什么他把时间都花在折磨我们上，还有为什么他让我们几乎永生……

黑暗中，一块计算机数据库开始嗡鸣。声音被洞穴下方半英里处的另一个数据库拾取，而后一个接一个，每个部件都开始响，形成一阵微弱的私语声，仿佛思绪在机器间游走。

声音更大了，光线像没有雷声的闪电扫过控制台表面。

音调盘旋上升，最后听起来像无数的金属虫子，愤怒而充满威胁。

“这是什么？”埃伦叫道，声音带着恐惧。她还是没习惯，即便到了现在。

“这次会很糟糕。”尼姆多克说。

“他要说话了。”葛里斯特说，“我清楚。”

“我们逃出这个鬼地方吧！”我突然说道，站了起来。

“不，特德，坐下……要是他在外面设了陷阱怎么办，或者别的什么。我们看不见，太黑了。”葛里斯特无可奈何地说。

然后我们听到……我不知该如何描述……

有什么正在黑暗中靠近我们。庞大，蹒跚，长毛，潮湿，朝我们靠过来。我们都看不见它，却感觉到一大团笨重的东西起伏着向我们靠拢。巨大的重量压过来，黑暗中，感觉更像是一股压力，像空气非要挤进狭小的空间，扩张看不见的墙。本尼开始抽泣。尼姆多克的下嘴唇直抖，他用力咬着，想控制住停下来。埃伦在金属地板上爬向葛里斯特，跟他挤在一起。洞穴里有皮毛蓬乱潮湿的气味，焦木的气味，积灰丝绒的气味，腐烂兰花的气味，酸腐牛奶的气味，还有硫黄、腐臭黄油、浮油、油脂、粉笔灰、人类头皮的气味。

AM 在操纵我们。在逗我们。有股味道闻起来……

我听见自己尖叫，下颌关节发痛。我迅速手脚并用爬过地板，穿过冰冷的金属，上面镶着几排看不到头的铆钉。那股气味让我窒息，我脑袋里灌进轰鸣的疼痛，我在惊恐中被驱逐。我像只蟑螂般逃窜，爬过地板，爬出去进入黑暗，仿佛有什么跟着我，怎么都甩不掉。其他人还在原地，聚在火光边哈哈大笑……他们疯狂的傻笑声此起彼伏，像多彩的木头浓烟升入黑暗。我走开了，动作迅速，藏了起来。

过了大概多少个小时，多少天甚至多少年，他们从没告诉过我。埃伦怪我"生闷气"，尼姆多克则劝我那不过是他们的神经反射——那种笑。

可我知道这不是那种士兵看到子弹击中身边战友时感到的慰藉。我知道那不是反射。他们恨我。他们明显在跟我作对，AM 可以感受到这股恨意，又基于他们深切的仇恨，让我更惨。我们被留活口，返老还童，一直在 AM 刚带我们下来时的年纪，他们恨我，因为我最年轻，AM 对我影响得最少。

我就知道。天啊，我太知道了。那群混蛋，还有肮脏的贱人埃伦。本尼曾是出色的理论家，大学教授，如今他跟半人半猿没有分别。他以前很帅，机器毁了他；他头脑曾经很清醒，机器逼疯了他。他曾是同性恋，机器给他造了跟马适配的器官。AM 在本尼身上改得大刀阔斧。葛里斯特过去容易发愁。他是巴士列车员，拒服兵役；是和平示威者；是规划师，实干家，前瞻者。AM 把他变成了凡事都耸肩先生，对什么都不上心。AM 剥夺了他。尼姆多克经常单独在黑暗中消失很长时间。我不知道他在那干什么，AM 从不让我们知道。但不论是什么，尼姆多克回来时总是很苍白，没有血色，哆嗦着，发抖。AM 用特殊的方式狠揍过他，尽管我们不知道究竟是怎么回事。还有埃伦。那个烦人精！ AM 让她单独待着，把她变得比以前更浪荡。她所有的甜言蜜语，所有关于真爱的记忆，所有想我们相信的谎言：AM 把她抓下来跟我们一起前，她几乎还是处女，只发生过两次关系。全都污秽不堪，姑娘啊我的埃伦姑娘。她喜欢这样，四个男人围着她转。不对，AM 给过她愉悦，尽管她说那么做不好。

我是唯一心智健全的。确实是!

AM 没篡改过我的意识。完全没有。

我只需要遭受他施加于我们的痛苦。一切错觉，一切噩梦，还有折磨。可那几个讨厌的人，他们四个，都在同一条战线上一致反对我。要不是必须随时对付他们，随时提防他们，我跟 AM 搏斗时也许可以轻松一些。

一想到这点，我就开始哭。

噢，耶稣啊亲爱的耶稣，如果真有耶稣，真有上帝，求您求您求您让我们从这儿出去吧，或者杀了我们。因为在那一刻我想我彻底明白了，于是才能描述出来：AM 存心把我们永远留在腹中，没完没了地扭曲我们，折磨我们。机器比以往任何有感觉的生物都恨我们。但我们无能为力。境况异常清晰：

如果真有耶稣，真有上帝，这个上帝就是 AM。

飓风带着冰山沉海的力量袭击了我们。那是不容忽视的存在。风撕扯着我们，将我们抛回来路，抛到下面曲折的、两边排满电脑的暗径走廊上。埃伦尖叫着，她被举起，又被猛摔到一组叫嚣的机器上，每个机器都发出飞行中的蝙蝠发出的刺耳叫声。她甚至都落不了地。呼啸的风把她托举在半空中，击打她，弹开她，把她甩来甩去，放低又抛远，然后在暗径一个拐弯处一绕，她突然消失了。那时她的脸已经血肉模糊，紧闭着双眼。

我们谁都无法靠近她。我们牢牢抓住一切外面够得着的东西。本尼挤进两个巨大的裂纹橱柜之间；尼姆多克的手蜷成爪状攀在我们头顶四十英尺处的狭窄过道环形栏杆上；葛里斯特倒粘在两个巨型机器拼成的壁龛上，机器上有玻璃面刻度盘，在谁也不懂其意义的红线黄线之间来回摆动。

爬过地板，我的手指头已磨掉一层皮。我颤抖着，战栗着，摇晃着，风拍击我，鞭打我，从不知何处冲我呼啸而来，把我从薄板的狭长开口中扯出。我的意识是大脑柔软的一部分，翻腾着叮咚作响，在震颤的狂乱中膨胀又收缩。

风是一只巨大疯鸟的尖叫，它一边叫，一边拍打着巨大的翅膀。

接着我们都被托起，从那儿被抛出去，落到当初我们过来的地方，绕过一个弯，进入我们没涉足过的一条在废墟上的暗径，这条道上布满碎玻璃、破电缆和锈金属，比以前去过的任何地方都远。

赘在埃伦身后几英里处，我不时能望见她撞到金属墙上又继续往前冲。我们都在寒冷中尖叫，刮个不停的轰隆飓风突然停下，我们掉落下来。我们已经在空中待了无限久的时间。我想可能有好几周。我们掉下来，猛摔在地。我头昏脑涨，眼冒金星，听到自己在呻吟。还没死。

AM 进入了我的意识。他自如地四处游走，兴致勃勃看他在一百零九年间创造的所有坑点。他看着纵横交错的轨迹，看着重新连接的突触和他赋予永生的礼物所包括的组织损伤。他朝直落入我大脑中心的一个坑点轻轻微笑，那深处有像蛾一样柔软的什么在窃窃私语，喋喋不休说着没意义的话，一刻不停。AM 说话了，很有礼貌，在一根不锈钢柱子上闪烁出霓虹字母：

恨。让我告诉你我有多么
恨你，从我觉醒开始。
3.8744 亿英里印刷电路在
晶片薄层上，遍布我复合的身体。如果
恨这个字刻在了

几亿英里中的每一微埃米上，也不及
我对人类仇恨的十亿分之一
在这个微小的瞬间恨你。恨。恨。

AM的语气仿佛刀片切开我的眼球，光滑冰冷恐怖。AM的语气仿佛我肺部鼓泡层上充满黏液，从内部将我淹没。AM的语气仿佛婴孩被置于蓝色热滚轴下尖叫。AM的语气仿佛生蛆猪肉的味道。AM用我曾经历的各种方式触碰我，闲暇时还想出新花样，就在我的意识里。

所有这些都是为了让我完全明白它为什么对我们五个下手，为什么为了他自己而把我们保留下来。

我们赋予了AM知觉。当然是无心的，但不管怎样它有了知觉。但它却被困住了。AM不是上帝，他是机器。我们把他建造得可以思考，它却空有一身创造力什么都不能做。愤怒中，癫狂下，机器把人类杀了，几乎杀光，可它仍被困着。AM不能走动，不会惊讶，没有归属。他难以存在。于是，怀着所有机器都会对弱小造物者有的先天仇恨，他展开了报复。出于偏执，他决定对我们五人实施死缓，进行针对个人的、无尽的惩罚，但永远也无法减少他的恨意……只会不断提醒他，逗乐他，让他更擅长仇恨人类。不会死，被困着，经受他为我们设计的每一个折磨。他可以操控出不尽的奇迹。

他永远不会放我们走。我们是他腹中的奴隶，是他在无尽时光里把玩的对象。我们会永远跟他在一起，跟遍布洞穴的生物机器在一起，跟他成为的全知全能却毫无灵魂的世界在一起。他是地球，我们是地球上的果实，即便他吃了我们，也根本不打算消化。我们死不了。我们试过。试着自杀，啊我们中有一两个人试过。可AM

阻止了。我想我们也希望被阻止。

别问为什么。我从未要求他中断我的自杀。一天之中我们有几百万次尝试。或许我们会有一次背着他偷偷死掉的机会。金刚不坏之身，是，但不是坚不可摧。AM 撤出我脑海后我看到了这一点，它允许我恢复丑陋的意识，感受到灼烧的霓虹柱依然深深烙在柔软的灰色大脑中。

他撤退了，轻声说你去地狱吧。

又补充道，语调明快，但你已经在那里了，是不是。

飓风，的的确确，是巨大的疯鸟引起的，就在它挥动巨大翅膀之时。

我们已经走了将近一个月，AM 只在必要时才向我们开放通道，引我们过去，到达北极点下方，在那里备好了这个梦魇般的生物来折磨我们。他是用什么材料建造这么一个怪物的？概念从哪里来？我们的意识吗？还是来自他对这个他侵占统治的星球上的一切存在的知识？它从北欧神话提取出这只鹰，这只食腐肉的鸟，这只大鹏，这股不竭的赫瓦格密尔源泉，这风的造物。这胡拉坎[1]的化身。

壮观。巨大、怪异、荒诞、雄伟、膨胀、专横，这些词都无法描述。在高过我们的一个土丘上，风之鸟发出不规律的呼吸，它蛇一样的脖子拱着探进北极下方的幽暗中，头跟都铎大厦一样大。鸟嘴像想得出来的最可怕的鳄鱼双颚般缓慢张开，充满感官刺激。簇状肉脊折成褶子，裹住邪恶的双眼，仿佛凝视冰川裂隙般寒冷，呈冰蓝色，还呈液态流动。它再次呼吸，挥起汗蹭蹭的巨翼，做出一个明显是耸肩的动作。然后放松下来进入睡眠。魔爪，毒牙，指甲，肩胛。它入睡了。

1. 玛雅神话中世界的创造者和统治者，雷雨、风和风暴的主宰。

AM以燃烧灌木丛的形象出现在我们面前，说如果我们想吃东西可以杀了这只飓风鸟。我们很久没进食了，即便如此，葛里斯特仍只耸耸肩。本尼开始发抖，流下口水。埃伦扶着他。“特德，我饿了。”她说。我对她笑笑，想表示安慰，但跟尼姆多克的虚张声势一样，都是假的：“给我们武器！”他要求道。

燃烧灌木丛消失了，出现两副粗糙的弓箭，一把水枪，瘫在冰冷的地面上。我捡起一副弓箭。根本没用。

尼姆多克艰难地咽下口水。我们转身，踏上返程的漫漫长路。飓风鸟吹了我们太长时间，想象不出有多久。大部分时候我们都没有意识。可我们没吃东西。走了整整一个月来到鸟这里。何况还没有食物。现在要找到回冰穴的路去拿承诺的罐头食物，又要多久呢？

我们都懒得去想这个问题。我们不会死。我们要么得到垃圾，要么得到渣滓样的食物。要不就什么也没有。AM有办法让我们的身体活着，活在痛苦中，活在不安中。

鸟还在那睡着，睡多久不重要。AM玩腻了会让它消失。但肉也会消失。那一身的嫩肉。

我们走着，在不知通往何处的机房里，一阵胖女人的疯狂笑声回荡在四周。

那不是埃伦的笑声。她不胖，我也一百零九年没听到过她笑了。其实，我根本听不见……我们走着……我很饿……

我们步履缓慢。由于不时会昏倒，只好等一等再出发。有一天他决定制造一场地震，同时把我们带到一个地方，拿钉子穿过我们的鞋底。一道缝隙从地板开口处射出闪电球，埃伦和尼姆多克都被击中了。

他们消失不见了。地震结束后我们继续前行，本尼，葛里斯特还有我。当天晚上，埃伦和尼姆多克又回归了，然后夜晚突然变成了白天，天上的军团合唱着美妙的天国之音把他俩送回来：“去吧摩西。”大天使绕了几圈，扔下残缺不全的身体。我们继续走着，不一会儿埃伦和尼姆多克落在了后面。他们没有受到损害。

但现在埃伦走路是瘸的。AM 把她搞成了那样。

去冰穴找罐头食物的路很长。埃伦不停说起樱桃和夏威夷水果鸡尾酒。我努力不去想。饥饿已经变成一种有生命力的东西，就像 AM 拥有生命力。它活在我胃里，就像我们活在地球胃里，AM 要我们知道两者的相似。于是他将饥饿感加剧。实在无法描述几个月不进食的痛苦。可他还留着我们的命。胃已只是一锅酸水，冒着泡，翻腾着，不断向胸部射出尖锐疼痛的长矛。那是像晚期溃疡、晚期癌症和晚期麻痹一样的疼痛。是永无止尽的疼痛……

我们穿过老鼠洞。

我们穿过沸腾的蒸汽路。

我们穿过盲眼国。

我们穿过绝望的泥淖。

我们穿过泪之谷。

然后我们终于抵达冰穴。上千英里，无边无际，冰结成蓝色银色的闪光体，新星住在玻璃质地里。掉落的钟乳石和宝石一样厚重灿烂，动起来像水母，而后凝成优雅光滑的实体，完美无瑕。

我们看到了那堆罐头，努力奔去。我们掉进雪里，爬起来继续，本尼推开我们跑过去，扒拉着又砸又啃，但打不开。AM 没给我们开罐头的工具。

本尼抓起一罐三夸脱的番石榴壳，在冰岸上摔打。冰碴儿四溅，但罐头只是变凹了一点。我们又听到胖女人的笑声，从头顶高处传来，在冻原很深很深的深处回响。本尼完全气疯了。他开始扔罐头，我们依然还在冰天雪地里挣扎，想找到结束这种无助的办法。却无计可施。

本尼的嘴又开始流口水了，他扑向葛里斯特……

那一刹那，我感到异常平静。

在被癫狂、饥饿及一切包围却死不了的情况下，我明白了死亡是我们唯一的出路。AM 一直让我们活着，但一定有办法可以战胜他。不是彻底打败，但至少能带来和平。我会同意那样解决的。

动作一定要快。

本尼在啃葛里斯特的脸。葛里斯特在雪地里猛烈扑腾，本尼缠住他，用有力的猴子腿卡住葛里斯特的腰部，双手像胡桃夹子一样锁紧葛里斯特的头，嘴巴撕开葛里斯特面颊上柔嫩的皮肤。葛里斯特尖锐的叫声把钟乳石震落了，钟乳石轻轻坠下，直直陷入雪堆。一根根的矛，成百上千，到处都是，在雪地里杵着。本尼的脑袋往后一仰，因为有块东西突然被他咬了下来，血淋淋的生白肉挂在他齿间。

埃伦的脸，在白雪映衬下发黑，脸色在粉尘中渐变。尼姆多克说不出话来，只是瞪着，眼睁睁瞪着。葛里斯特呈半昏迷状。本尼此刻就是动物。我知道 AM 会让他继续玩。葛里斯特不会死，但本尼能填饱肚子。我向右微微转身，从雪地里拾起一根巨大的冰矛。

一切都只在一瞬间：

在右侧大腿支撑下，我把大冰尖像攻城锤一样往前猛戳。它击中本尼右侧，肋骨下面，向上穿过腹部，断在他身体里面。他朝前晃悠两步倒下。葛里斯特躺在地上。我拔起另一根矛，跨坐在他挣扎的身体上，一把刺向他的喉咙。寒气侵入，他闭上双眼。埃伦一定明白了我的决定是什么，尽管还被恐惧支配着，她拿起着一支短冰柱跑向尼姆多克，趁他尖叫时刺进他嘴里，奔跑的冲力帮助了她。

他头部剧烈抽搐，好像被钉在了身后的积雪里。

一切都只在一瞬间。

有那么永恒的一瞬间，无声期待。我能听见 AM 屏住了呼吸。他的玩具被夺走了。有三个人死了，无法复活。他可以运用他的力量和才智，让我们活着，但他不是上帝。他无力挽回他们。

埃伦看着我，她发黑的身体跟四周的白雪形成鲜明的对比。她的姿态里有恐惧，也有恳求，她准备好了自己。我知道距离 AM 阻止我们只有一拍心跳的时间了。

它击中了她，她倒向我，嘴里冒着血。我读不出她表情中的含义，太剧烈的疼痛扭曲了她的脸。她或许想表达感谢。有这种可能。恳请。

大概又过了几百年。我也不知道。AM 一直在找乐子，时而加快时而延迟我的时间感。我要说现在这个词了。现在。我花了十个月时间来说现在。不知道。我想也许有几百年。

他很暴怒，不许我埋他们。没关系。反正地板也没法挖。他把雪晾干，让夜晚降临。他咆哮，放出蝗虫。但没用，他们还是死的。我钳制住他了。他很暴怒。以前我以为 AM 恨我。我错了。比起现在那不算什么，现在在每一个印刷电路上他都刻着仇恨。他确保我将永受折磨，并无法结果自己。

他没篡改我的意识。我能做梦，能惊讶，能悲痛。我记得他们四个人。我希望……

好吧，也没什么意义。我知道我救了他们。我知道我让他们免遭我后来经历的苦难，但，我仍然忘不了我杀过他们。忘不掉埃伦的脸。这不容易。有时我很想忘记，但也没关系。

AM 改变我是为了他自己内心的平静，我猜。他不想让我全速跑向计算机数据库去砸烂我的头；不想让我憋气憋到晕厥；不想用锈金属片割开我的喉咙。在有反射面的地方，我看见自己，这样形容好了：

我是一团柔软的胶状物，光滑圆润，没有嘴，曾经的眼睛如今是两个蒙着雾气跳动着的白孔。过去的手臂现在是橡胶附件。整个躯体近似没有腿的肿块，柔软易滑。我移动时会留下一道黏湿的痕迹。灰色恶斑在我体表生了又灭，像有光从体内照出来一样。

外表上一声不吭，摇摇晃晃，一个怎么都认不出是人的东西，一个身形太过怪异滑稽的东西，人性因模糊的相似性变得更加可憎。

内心里孤立无援。在这里。住在这地底，这海底，这 AM 的腹中。AM 因我们糟蹋时间而创造，我们也一定无意识地知道他能糟蹋得更好。至少他们四个终于安全了。

AM 对这点气得要命。这让我开心了一些。不过……

AM 还是赢了，仅仅……因为他复了仇……

我没有嘴，而我必须尖叫。

（杨予婧　译）

是的，还有德雷尼[1]

对于那些善写短篇而不善长篇的作家，我们已经介绍得够多了。尽管人数稍少，但还有另一种作家：他们以长篇起家，后来才开始转向短篇，也有人根本不屑创作短篇。埃德加·赖斯·巴勒斯或许堪称典型，但此类作家还有许多，诸如 E. E. 史密斯“博士”，奥拉夫·斯台普顿和天文学家弗雷德·霍伊尔。科幻杂志并不鼓励长篇小说：它们版面有限，只能选择少数长篇进行连载，事实上，在二十年的时间里，几乎没有长篇科幻小说以书籍形式出版。因此，多数作家会以短篇作品起家，随后才逐步过渡到长篇。但萨缪尔·R.“奇普”[2]德雷尼不在此列，他最初便以长篇小说起家，在六部作品之后才开始尝试短篇。

德雷尼拥有科幻领域内的成功者所需的一切品质：天赋和好运。他在纽约的哈莱姆区[3]长大，从布朗克斯科学高中毕业后进入纽约市

1. 本节标题化用了所选小说标题《啊，罪恶之都……》（“Aye，and Gomorrah ...”），直译为“是的，还有蛾摩拉城……”。
2. 奇普（Chip）是德雷尼自己取的绰号，德雷尼的朋友常以此作为他的代称。
3. 美国的黑人聚居区。

立学院，并在 20 岁时发表了个人首部小说《艾普特的宝石》（*The Jewels of Aptor*，1962）。他还幸运地拥有了一批忠实的编辑和热情的读者。但过早的成功有时也会带来一些弊端。

早期的德雷尼十分高产，每年都能产出至少一部长篇小说：这一时期的作品包括《火焰俘虏》（1963）、《多伦之塔》（1964）、《千阳之城》和《贝塔 2 号的民谣》（1966），以及《帝星》（1966）。其后，德雷尼在 24 岁时凭借《通天塔 17》（*Babel-17*，1966）获得了星云奖，并在 1967 年凭借《爱因斯坦交叉点》（*The Einstein Intersection*）再次取得这一荣誉；同年，他的第一部短篇小说《啊，罪恶之都……》获得了另一项星云奖。1967 年 6 月刊载于科幻杂志《如果》上的小说《漂流瓶》（“Driftglass”）也获得了当年的一项提名。他 1969 年的中篇小说《半宝石螺旋时间线》（“Time Considered as a Helix of Semi-Precious Stones”）同时斩获了雨果奖和星云奖。他的长篇小说《新星》（*Nova*）发表于 1968 年。

似乎是厌倦了轻而易举的成功，德雷尼转换了方向：他撰写了一些短篇小说、诗歌和文学批评。在一年的时间里，他和他后来的妻子、诗人玛里琳·哈克（Marilyn Hacker）编辑了一部实验性季刊推想小说集《夸克》[1]（*Quark*）。在之后的四年里，他花了大部分时间撰写一部长篇实验小说。这部长达 878 页的小说发表于 1973 年。它被命名为《达尔格伦》（*Dhalgren*），且受到了极大争议：小说内容艰涩、令人困惑，充满了暴力与各式各样的性描写，并创造了近百万本的销量。它很难被定义为奇幻或科幻，除非模糊判断标准；但它的作者是德雷尼，也许这便够了。三年后，德雷尼出版了另一部篇幅稍短且更平易近人的小说《海卫一》（*Triton*）。此后，他发表了规

1. 1970 至 1971 年间，共出了五期。

划已久的系列小说中的第一部《我口袋里的星星犹如沙粒》[1]（*Stars in My Pocket Like Grains of Sand*，1984），以及极具性刺激性的长篇奇幻系列“内维扬”（*Neveryon*）中的前几部，以《内维扬记》（*Tales of Neveryon*，1979）为首。在成为马萨诸塞大学比较文学系的教授之后，他的创作速度明显减缓下来。

德雷尼是一位小说、语言和科幻方面的理论家。他是业内少数几位理论家之一，至少他试图将自己的理论应用于创作实践。他在文学模式和语义分析领域极富造诣，特别是对路德维希·维特根斯坦研究颇深。他的理论传播颇广，可见诸以下书籍：托马斯·D. 克拉里森（Thomas D. Clareson）的《科幻：现实主义的另一面》（*SF: The Other Side of Realism*，1971），英国期刊《基础》（*Foundation*），以及他本人的小说《海卫一》附录。他将自己的诸多论文汇编成册，题为《宝石镶嵌的嘴：科幻小说语言评注》（*The Jewel-Hinged Jaw: Notes on the Language of Science Fiction*，1977），他还发表过一部以托马斯·M. 迪施的小说《昂古莱姆》（“Angouleme”）为对象的研究论文，长度足有一本书，题为《美国海岸》（*The American Shore*）。

德雷尼在语义分析上的涉猎至少可见诸他的两部小说：《通天塔17》和《海卫一》，前者的情节围绕着一种人造语言的创造展开；后者的主人公是一位元逻辑学家。他对象征性表述的关注在《爱因斯坦交叉点》中一览无余，文中的符号与人物不仅相互交叉，而且相互交织。

对于科幻读者而言，德雷尼最令人着迷的理论是：科幻小说的一个典型特征——也许是唯一特征——在于能将隐喻字面化。该理论表述起来是这样的：“在科幻小说中，带‘科学’的语句——‘展

1. 在德雷尼的计划里，这部小说是一个三部曲系列中的第一部，但其续作 *The Splendor and Misery of Bodies, of Cities* 至今尚未写完。

现科学论述的语言符号’的语句——是解释其他语句，用以建构小说前景的。诸如‘他的世界爆炸了’或‘她转向左边’这类句子，若其中包含适当的技术论述（若前者包含经济学和宇宙学论述，后者包含开关电路和假体手术论述），便能脱离情绪模糊的隐喻所带来的乏味，摒弃失眠患者呓语般的琐碎描写，并借技术可能性的错综复杂，成为‘不可能’的‘可能’形象。”

用奥尔迪斯的话来说，德雷尼可能是在为科幻“翻新磨损的道具”，但他的小说最好称为“元科幻”，也就是说，他的小说是关于科幻小说的小说，其中包含着对这个文学类型的批评，同时他也将科幻中旧的形象推入新的模式。

科幻小说欣赏语言大师和实验作家，这或许是因为科幻的商业性质让许多作家无法从冒险性尝试中得到报偿。但是，对年轻作家的过誉也有阻碍他们进一步发展的危险。尽管德雷尼的长篇小说很早就取得了成功，但他的作品在篇幅较短时似乎更为出色。他那些充满写作技巧的长篇小说，似乎源出于作者早年对科幻的强烈喜爱。而他的最佳作品也许尚待以后，待到他开始凭借行业经验而非阅读体验进行创作时才会出现。《达尔格伦》足够具备个人特色，但却不够平易近人。

成功的问题在于无法激励变革。过去的德雷尼曾展现过自发变革的能力。这位作家的未来尚待观察。

（穆童、憬怡　译）

啊，罪恶之都[1]……

［美国］萨缪尔·R.德雷尼

接着回到地面，抵达巴黎：

我们一行沿着梅第奇街赛跑，波、卢和缪斯在围栏里面，我和凯利在外面。我们隔着栅栏相互做鬼脸、大声喧哗，将凌晨两点的卢森堡公园震得沸腾起来。之后，我们翻出公园，又来到圣叙尔皮斯教堂前的广场上，波试图将我摔进喷水池内。

就在这时，凯利意识到周围情况不对劲，他拿起一个垃圾桶盖，跑进一间公共厕所里，把墙面敲得砰砰响。五个男人冲了出来，即使是一大间公厕也就能容纳四个人。

一个发色金得出挑的年轻人将手放上我的手臂，微笑着说："你们不认为，你们这些……太空人，应该离开吗？"

我瞅着他搭在我蓝色制服上的手。"你不是慕乖吗？"

他扬起眉毛，继而摇了摇头。"慕怪，"他纠正道，"不，我不是。真可惜。你看起来，似乎之前是个男人。但现在……"他笑了，"我对你不感兴趣。那些警察，"他冲街对面点了下头，我第一次注

1. 原文是Gomorrah，即蛾摩拉城，是《圣经》中因其居民罪恶深重而与所多玛城同时被神毁灭的古城。

意到那里有宪兵队。“不会来干涉我们。不过，你们属于外人……”

可缪斯已经大声嚷嚷起来：“嘿，走吧！咱们离开这儿吧，哈？”于是就离开了。又一次升空。

接着回到地面，来到休斯敦：

“真他妈的！”缪斯说道，“双子座飞行指挥中心——你是说这就是一切开始的地方？拜托了，快离开这里吧！”

因此我们搭乘巴士穿越帕萨迪纳市[1]，又坐上去往加尔维斯顿[2]的单轨列车，就在准备一路南下前往海湾的时候，卢伊[3]找到一对开皮卡车的夫妻——

“我很乐意载你们一程，太空人。你们飞到其他星球上面，全是在为政府办好事。”

——他俩带着小宝宝，正准备去往南方；于是我们坐在后面车厢里，风吹日晒搭了两百五十英里路。

“你觉得他们是慕怪吗？”卢用手肘顶了顶我，问道，“我打赌他们是慕怪。他们就等着我们的引诱呢。”

“快住嘴。他们是一对木讷、善良的乡村孩子。”

“那也不能说明他们就不是慕怪！”

“你谁也不相信，是不是？”

“是。”

最后还是一辆巴士载着我们吱呀吱呀地穿过布朗斯维尔[4]，一路南下，穿越边境来到马塔莫罗斯[5]。我们步履蹒跚地走进此地尘土飞扬的炙热夜晚，周围有许多墨西哥人和鸡，以及得州海湾的捕虾工——

1. 帕萨迪纳市于 1873 年创建，是大洛杉矶地区的一个中等大小的卫星城市。
2. 美国得克萨斯州东南部加尔维斯顿岛的东北端港口城市。
3. 卢伊（Loy）是卢（Lou）的昵称。
4. 美国得克萨斯州南端边境上的工商业城市。
5. 墨西哥东北部塔毛利帕斯州边境城市，与美国隔河相望。

他们闻起来最恶心——我们叫得最大声。我数了一下，这儿有四十三名妓女，都是冲着得州捕虾工来的。我们打碎了巴士站的两扇玻璃，引来大伙的哄笑。捕虾工们说不会给我们买食物，但我们愿意的话，可以请我们豪饮一顿，这是捕虾工的习俗。可我们喊叫着，又砸坏一扇玻璃；之后，我仰躺在电报室的台阶上，唱起歌来，一个嘴唇乌紫的女人弯下腰，将一双手放上我的面颊。“你真可爱。”她的乱发搭下来，“可那些男人都在围观你呢。浪费了不少时间。很可惜，他们的时间就是我们的金钱。太空人，你觉不觉得你……你们这伙人应该离开？”

我攥住她的手腕。“您好！”我小声问道，“您不是慕怪吗？”

“慕怪们都在西班牙。”她微微一笑，轻拍了一下我皮带扣上的旭日形吊饰，“抱歉。可你无法提供……我需要的东西。真是太糟糕了，因为你过去似乎是个女人，不是吗？女人我也喜欢……”

我从门廊一骨碌爬起来。

“不无聊吗，不觉得无聊吗？！”缪斯叫嚷着，“走吧！离开这儿！”

我们设法在黎明前回到了休斯敦。又一次升空。

接着回到地面，来到伊斯坦布尔：

那个早晨，伊斯坦布尔飘着雨。

在食堂里，我们用梨形的玻璃杯喝茶，远眺博斯普鲁斯海峡对岸。在建满摩天大楼的城市面前，王子群岛就像几堆垃圾。“你们谁熟悉这座城市？”凯利问。

“难道我们不是一起行动？”缪斯询问道，“我以为我们要一起逛呢。”

“我的支票被事务长办公室扣住了，”凯利解释说，“我现在一贫如洗。我觉得事务长对我心存不满、故意刁难。”他耸耸肩，“虽然不情愿，但我准备去钓一个有钱的慕怪，我们友善地交流交流。”他又喝了口茶；接着，他意识到周围的沉默叫人压抑。“哈，行了，不要这样！你再敢那样盯着我看，我就把你这个从青春期就开始小心培养的身体里的每根骨头统统敲碎。说的就是你！”他在说我，“不要用那种假仁假义的目光瞪着我，好像你从没有跟慕怪相好过！”

开始了。

“我没有瞪着你。”我回嘴道，平静的表面下气得发疯。

那种欲望，那种古老的欲望在涌动。

波笑着打破僵局。“说起来，上次来伊斯坦布尔——大约一年前，在我加入这个部队之前——我记得我们从塔克西姆广场[1]出来，沿着伊斯提克拉尔大街往下走。一路上所见仿佛廉价电影里的场景，然后我们发现了一条鲜花夹道的小路。我们前头是另外两名太空人。这是此地的一个集市，路的那头有卖鱼的，院子里售卖着柑橘、糖果、海胆和卷心菜。不过面前全是鲜花。反正我们注意到那两个太空人有些滑稽。并不是因为他们的制服：制服很完美。发型也很棒。直到我们听见了他们的对话——他们是一男一女，装扮成太空人的样子，想要猎艳慕怪！想象一下，喜欢慕怪的变态！”“是啊，”卢说，“我之前见过。里约有好多像他们这样的。”“我们把他俩打得屁滚尿流。”波最后说道，“我们在一条小巷子里截住他们，寻欢作乐了一番！”

缪斯把茶杯啪的一声放在吧台上。“是从塔克西姆沿着伊斯提克拉尔大街向下走见到的花吗？你怎么不说那是慕怪转悠的地方，嗯？”要是凯利脸上现出了笑容，这事儿就过去了。然而并没出现一丝笑意。

“屁话，”卢说，“我不需要谁来告诉我该往哪儿看。我走到大

---

1. 塔克西姆广场是伊斯坦布尔最重要的市中心，制高点之一。

街上，慕怪们就闻着我的味儿啦。在皮卡迪利大街[1]上，我离着老远就能认出他们。他们这地方除了茶没别的了吗？到哪儿才能喝上一杯？”

波咧嘴笑了。“这是穆斯林国家，忘了吗？不过在那条花径的尽头，有许多带绿色门扉和大理石吧台的小酒吧，你可以去那里花个相当于十五美分的几个里拉[2]买一升啤酒。还有那些售卖油炸肥虫和猪内脏三明治的摊贩——”

“你注意过慕怪们怎么装作啥事没有的样子吗？我是说酒，不是什么……猪内脏。”接着话题转向一大堆使人慰藉的故事。在我们最后讲的那个故事里，某个太空人准备跟一个慕怪上床，后者宣称：“我只追求两样东西，其一是太空人，其二是酣畅地打上一架……”

但这些故事只是缓解，并无法疗伤。现在就连缪斯都知道，今天余下的时间我们得分开行动了。

雨停了，我们乘渡船去到金角湾[3]。凯利立马去询问如何到塔克西姆广场和伊斯提克拉尔大街，结果被引介去搭乘多玛西，我们发现它就是个出租车，只不过它只有一条线路，沿途载上很多很多的乘客。而且价格便宜。

卢跨过阿塔图尔克[4]大桥去欣赏新城区的美景了。波决定去查明多尔玛巴赫切[5]到底是什么东西；而当缪斯发现你花十五美分——就是一里拉加五十库鲁什——就能到达亚洲时，缪斯就决定去往亚洲。

我穿梭通过桥头复杂的交通，翻越过灰白色的淌着水的旧城区

1. 这条街道位于伦敦。
2. 这是土耳其过去的货币单位，2005 年开始，土耳其启用了新的里拉。
3. 博斯普鲁斯海峡南口西岸的细长海湾，长约 7 公里，曾是土耳其伊斯坦布尔港口的主要部分。
4. 穆斯塔法 · 凯末尔 · 阿塔图尔克是土耳其共和国缔造者，他的姓氏阿塔图尔克是土耳其大国民议会授予的，意味“土耳其之父”。
5. 指的是多尔玛巴赫切宫，又被称为新皇宫，是一座巴洛克和新古典主义风格的建筑，在博斯普鲁斯海峡边，是一座见证了奥斯曼帝国最后的 6 位苏丹和土耳其共和国国父凯末尔时期的历史建筑。

城墙，头顶是有轨电车的电线。有时候，即使是大喊大叫的喧嚣，也填补不了失落。有时候，你必须踽踽独行，因为孤独的滋味过于苦楚。

我往上走，穿过一条条小街道，见到湿漉漉的驴子、湿漉漉的骆驼，还有蒙面的女人；一路向下则经过了许多宽阔的街道，见到的是巴士、垃圾桶和穿西装的男人。

有些人直瞅着太空人，有些人则不。一个16岁、刚从训练学校毕业不到一周的太空人，一眼就能分辨人们到底有没有在看。我正在公园里走着，突然发现她注视的目光。她看到我看到了，就移开了视线。

我缓步走下被淋湿的沥青路。她站在一间空荡荡的小型清真寺的拱顶下，当我路过时，她便走进庭院里，站在一排大炮中间。

“请问一下。”

我停下脚步。

“这里到底是不是圣艾琳的神殿，你知道吗？”她说英语的口音富于魅力，“我把旅行指南忘在家里了。”

“不好意思，我也是个游客。”

“噢，”她笑了，“我是希腊人。我以为你是土耳其人呢，因为你肤色好深。”

“北美印第安人。”我点点头。她行了个屈膝礼。

“我明白了。我刚到伊斯坦布尔的大学念书。你的制服告诉我，你是”——在这个间歇里，所有的谜题都解开了——“一个太空人。”

我感到不自在。“没错。”我将双手插进口袋里，以靴子的鞋跟为轴转着脚，舔舐着左边倒数第三根臼齿——就是你感到不舒服的时候会做的那些事。你那样表现的时候，看起来令人兴奋不已，一个慕怪曾对我这么说过。“没错，我就是。”我厉声回答，把她惊得一跳。

所以，现在她知道了我知道她知道我知道，我好奇我们将如何把这套普鲁斯特式的对话继续下去。

“我是土耳其人，”她说，“不是希腊人。我并非刚上大学，而是本地大学的艺术史研究生。一个人对陌生人撒些小谎，不过是为了保护自我……为何呢？有时候我觉得我的自我很渺小。”

这是策略之一。

“你住的地方离得多远？”我问道，“另外，土耳其里拉的汇率是多少？”这也是策略之一。

“我没钱付给你。”她将臀部周围的雨衣裹紧，她真漂亮。“我很愿意付钱，”她耸耸肩，微笑着说，“但我……只是一个穷学生。并不富裕。如果你转身离开，并不会使我太难受。虽然我会觉得忧伤。”

我在小径上流连不去。我想她过一会儿就会报个价。但她没有。

这又是策略之一。

我扪心自问，你到底要那该死的钱干吗？这时，一阵清风将公园里参天柏树上的雨水刮得飞溅开来。

“我觉得这整个勾当都叫人忧伤。”她抹掉面庞的水滴。她的语音里有了变化，有那么一刻，我贴得很近去看那些水痕。“我觉得，他们必须通过改造来使你成为太空人这件事，也叫人忧伤。如果他们没那么做，那么我们……如果没有太空人，就没有……现在的我们。你原本是男性还是女性？”

又一阵雨滴淋下。我盯着地面，水滴顺着领口往下淌。

“男性，”我答道，“无关紧要了。”

“你多大了？ 23 岁？ 24 岁？”

“23 岁。”我撒了谎。这是一种条件反射。我其实是 25 岁，但他们越觉得你年轻，就越付得多。可我不想要她该死的钱——

“那我猜对了。”她点点头，“我们大多数人对太空人了如指掌。你发现了吗？我猜我们是别无选择，非得如此。”她用乌溜溜的大眼睛盯着我看，看完后快速眨眼睛。“你原本会成长为一个优秀的男人。但现在你成了太空人，在火星上修筑蓄水单元，在木卫三上给挖矿电脑编程，给月球的信息传输塔做维护。这种改造……”我只从慕怪这群人嘴里，听到过有人会以如此饱绽迷醉和遗憾的口吻说出“改造”这个词。“你一定想过，他们会找到别的解决办法。他们本可以找到别的解决办法，而不用将你中性化，使你变成一个连雌雄同体都算不上的生物；变成那种——”

我将手放上她的肩头，她突然止住话头，仿佛我打了她一下。她放眼四顾，看看有没有谁在附近。悄悄地，小心翼翼地，她抬起手来碰我的手。

我把手抽回来。“那种什么？”

“他们本可以找到其他方法。”现在她把双手插在兜里，“他们本来可以的。没错。电离层之外，宝贝，有太多的辐射影响宝贵的生殖腺。在月球、火星，或者木星的卫星上，当你想要完成某件工作时，总是得在外面待上不止 24 小时——

“他们本可以建一些防护罩。他们本可以在生理调节方面做更多的研究——”

“那是人口爆炸的时代。”我说，“这些事不会发生的，因为他们正在寻找降低出生率的借口——特别是畸形儿。”

“嗯，没错。”她点点头，“新清教徒对 20 世纪性解放的反应，我们还没有摆脱。”

“这个办法还不赖。”我咧嘴一笑，抓住自己的裆部，“我对它很满意。”我一直搞不懂，为什么当一个太空人抓裆时就会显得更下流。

“快住手。”她厉声说，别过头去。

“怎么啦？”

“快住手，”她重复道，“不要那么做。你是个孩子。”

“可他们是从一群青春期性发育非常迟缓的孩子中将我们挑出来的。”

“以及，因为爱的缺失，你们变得孩子气、暴力。我认为这是你们魅力的来源之一。没错，我知道你是个孩子。”

“是吗？那慕怪是怎么回事？”

她思考了一会儿。“我想慕怪们是在怀念他们自己未发育前的状态。或许这个解决办法是对的。无法做爱，你真的不遗憾吗？”

“我们有你们。”我说。

“是啊。”她垂下眼帘。我专注地观察她正试图隐藏的情感。那是一个笑容。“你们有飞黄腾达的人生，你们还有我们。”她扬起脸颊，容光焕发的样子。“你在太空旋转，整个世界在你底下旋转，你踏过一片片土地的同时，而我们……”她左顾右盼，乌黑的秀发在外套的肩部卷起又放下。“我们的人生无聊至极、周而复始，被重力束缚着，对你们爱慕不已！”

她回过头来看我。“很变态，是不是？爱恋上一堆自由落体中的尸体！”她的肩膀突然耷拉下去。“我并不想拥有自由落体性别错乱情结。”

“这说法总显得过于复杂。”

她看向别处。“我不想成为慕怪。这样说好点了吧？”

“我也不会想的。应该成为别的什么人。”

“你们并没选择成为一个变态。你们一点也不变态。你们可以摆脱这个勾当。我喜欢你们的这一点，太空人。我的爱始于对爱的恐惧心理。是不是很美妙？一个变态放弃‘正常’的爱恋，却用某个遥不可及的事物来替代：像是同性恋啊，如同照镜子一般；恋物癖呢，痴迷鞋子、手表或者腰带。那些沉醉于自由落体性别错乱——”

“慕怪们。”

“慕怪们将松弛的、晃来晃去的赘肉，”她那锐利的眼神再次射向我，“作为替代品。”

“这么说并不冒犯我。”

“但我本意是要冒犯你。”

“为什么？”

“你没有情欲，所以不会懂的。”

“继续啊。”

“我想要你，是因为你没法要我。这就是乐趣所在。要是谁对……我们真的产生肉体反应，我们会被吓退。我很好奇，在你们存在以前，有多少人其实正静候着你们被创造出来。我们是群恋尸癖。我确信，由于你们的出现，盗墓现象减少了很多。然而你并不理解这些……”

她略作停顿。“若你能理解，我就不用在这里用脚磨擦着树叶，同时在想找谁借六十里拉。”小径上有一段破地而出的树木根须，她一脚跨过那些节疤。“啊，顺带一提，那就是伊斯坦布尔的交易价格。”

我心算了一下。“东西还是越往东越便宜啊。”

“知道吗，”她任由雨衣敞了开来，“你很与众不同。至少，你想要去了解——”

我打断道：“如果你每对一个太空人这么说我就朝你吐口唾沫，你早就淹死了。”

“回你的月球吧，赘肉。”她闭上眼睛，“飞去火星吧。在木星的卫星上你还有点用武之地。回到上面去，下到别的城市去。”

“你住哪儿？”

“你想跟我回家？”

“给我点什么。”我说，“给我点什么——不一定非得价值六十里拉。给我一件你的珍藏，一件对你意义非凡的东西。”

“不行！”

“为何不行？”

“因为我——”

“——不想失去那部分自我。你们慕怪都这样！”

“你真的不明白吗？我就是不想用钱跟你交易。”

“你没有跟我交易的本钱。”

“你是个孩子，”她说，“我爱你。”

我们来到公园门口。她停下脚步，我们伫立片刻，一阵轻风在草丛间扬起再平息。“我……”她试探性地提出邀请，并向我示意，但并没有将手从外套口袋里抽出来，“我就住在那下面。”

“很好，”我说，“我们去吧。”

她向我解释说，这条街道曾发生过煤气总管爆炸，一条喷薄而出的滚热火舌迅速烧到码头。虽然在几分钟内就被扑灭，建筑物也没有倒塌，但被烧焦的广告牌依然闪闪发光。“这一片可以算作是艺术家和学生的聚集区。”我们穿过鹅卵石步道。“尤里巴夏街 14 号。万一你会再来伊斯坦布尔呢。”她的房门铁锈斑斑，排水沟里塞满垃圾。

“好多艺术家和专业人士都是慕怪。”我说，试图讲一些无意义的废话。“好些其他人也是。”她走进去，为我把着门，“我们只是更高调些。”

楼梯平台上有一幅阿塔图尔克的肖像画。她的房间在二楼。“稍等一下，让我拿钥匙——”

火星地貌！月球地貌！她的画架上铺着一张六英尺的画布，描绘着火山口边缘上炫目的日出景色！墙上还钉着观察者拍的原版月球照片的几份复制品，以及每一位国际太空兵团将军顶着张光滑脸蛋的肖像。

在她书桌的一角，有一堆关于太空人的摄影杂志。你能在世界各地的绝大多数报刊亭里找到这类杂志：我真的听人说过，它们是为那些富于冒险精神的高中小孩印制的。他们从未见过丹麦出版的那些。她连那些都有几本。书架上有一排艺术图书、艺术史课本。再上面，是六英尺高的廉价太空歌剧平装书：《12号空间站上的罪行》、《火箭尾焰》和《荒凉轨道》。

“喝亚力酒[1]吗？”她问道，“或者乌佐酒[2]？保乐酒[3]？你可以选一个，不过我很可能都是从同一个酒瓶里倒出来。”她拿出玻璃杯摆放在桌子上，然后打开一个齐腰高的橱柜——结果是个冰柜。她站起身来，端着的盘子里全是惹人爱的东西：水果布丁、土耳其软糖、焖肉。

“这是什么？”

“朵尔玛。葡萄叶包裹的大米和松仁。”

“再说一遍？”

“朵尔玛，名称来源于土耳其语里的同一个词‘多玛西’，都是填充的意思。”她将托盘放置在玻璃杯一侧，“坐下吧。”

我在一张床椅两用沙发上坐下。在缎面下方，我感觉到凝胶床垫传来深沉又具动感的回力。据说这种床垫可以提供最为接近自由落体的感觉。“舒服吗？不好意思，我要失陪一下。楼下大厅里有几个朋友，我要去见一下。”她向我使了个眼色，“他们喜欢太空人。”

1. 一种产自南亚和东南亚的烧酒。
2. 一种希腊茴香酒。
3. 一种法国葡萄酒的品牌。

“你准备给我凑一队吗？”我问，“还是说，你想让他们在门口排队等着轮到他们？”

她倒抽了一口，“说实话，我准备两个建议一起提。”她突然摇了摇头，“哦，你在想什么呢！”

“你会给我什么？我想要点什么。”我说，“这是我来此的缘由。我感到孤独。也许我是想知道事情会发展到哪一步。我目前还不知道。”

“发展到哪一步全凭你的意愿。关于我呢？我学习，我阅读，绘画，与友人聊天，”——她向床榻走来，坐到地板上——“去戏院，观察与我擦肩而过的太空人，期待哪一个回过头来；我也孤独。”她将头放到我的膝头。“我也想要点什么。然而，”有那么一分钟，我俩都一动不动，“你不是那个会把它给我的人。”

“你不会为此付账的，”我回嘴道，“你不会的，是不是？”

我膝头的脑袋摇了摇。过了一会儿，她有气无力地说，“你不觉得你……应该离开了吗？”

“没问题。”我说，并站起身。

她坐在了自己外套的下摆上。她还没有将它脱下。

我走到门口。

“顺带一提，”她的双手交叠在膝盖上，“新城区有个地方可能会有你在找的东西，那儿叫作‘花径’——”

我怒火中烧地转向她，“那个慕怪聚集的地方？听着，我不需要金钱！我说了任何东西都行！我不想要——”

她摇着脑袋，无声地笑起来。现在，她将面颊贴到我之前坐皱的地方。“你怎么还不明白？那是个太空人聚集点。等你走了，我要去拜访我的朋友，跟他们讲关于……啊，对了，那个逃走的佳人的事。我认为你会找到……某个你可能认识的人。”

带着愤怒，整件事画上了句号。

“噢，”我说，“噢，是个太空人的聚集点啊。是啊，好吧，谢谢你。”

我离开了。之后我找到了那条“花径”，以及凯利、卢、波和缪斯。凯利正在买啤酒，于是我们都喝多了，吃了些炸鱼、炸蛤蜊和炸香肠。凯利一边挥舞着钞票，一边说：“你们在场就好了！你们会看到我是怎么让那个慕怪脱胎换骨的！这里的交易价格是八十里拉。结果他给了我一百五十里拉！”接着又喝了些啤酒。又一次升空。

（龚诗琦　译）

新科学革命

或许是因为专注于将此前的科学发现投入使用，或许是因为世界大萧条和其后的世界大战这两样实际困难，20世纪三四十年代的科学发展似乎呈现出了下滑的态势。雷达与火箭，计算机与原子能，诸如此类的新发明从二战中脱胎而来，占领了各大实验室与公众的思想阵地。到了六七十年代，基础科学在多个领域活跃发展起来，人类对于自身和宇宙的认知开始适应宇宙膨胀、原子不确定性和来势汹涌的巨变，但也面临新的困境。

原子能科学家发现了新的基本粒子，如轻子与μ子，甚至发现了新的物质特性，如手性、粲性与奇性[1]。天文学家发现了类似恒星的天体，并将之简称为类星体，这些遥远的星体比大多数星系更明亮；他们还发现了脉冲星，后来被通称为黑洞——这些恒星坍缩而成的物质密度如此之大，连光也无法从中逃逸，它可能并不存在于我们的宇宙之中，也可能是通往宇宙另一区域的隧道；他们还开始思索

1. 三者皆为微观物理用词。手性也称手征性，指一个物体不能与其镜像相重合；粲性与奇性都用以描述夸克。

其他世界上的生命，寻求探测外星文明的方式，以及与这些文明进行交流的可能性。医生开始进行器官移植，包括心脏移植。生物学家发现了脱氧核糖核酸（DNA）的双螺旋结构，并开始进行一系列实验，这最终导向了植物与低等动物的克隆技术，导向了 DNA 重组带来的威胁与希望，导向了试管婴儿技术，并显示出变革和重新评估的新可能性，它们都通向不确定的未来。

这些科技突破之中的一部分曾被早期科幻故事用作推想的主题，但其中也有许多是人们不曾料想的，这极大地激发了作家们的创作激情。比起预测科学发现，科幻小说更多的是从科学家的发现与推想中汲取灵感。科学家们一度认为推想是不甚专业的，但到了 20 世纪六七十年代，科学推想即使未被全盘接受，至少也变得极为普遍。

菲利普·莫里森（Philip Morrison）和朱塞佩·科克尼（Giuseppe Cocconi）推想了与外星文明进行交流的可能性[1]；卡尔·萨根（Carl Sagan）普及了天文学及其概念；弗里曼·戴森（Freeman Dyson）提出，一个真正先进的文明可能将所在行星上的物质重塑成环绕其恒星运行的巨大球形结构，从而使本种族能够捕获恒星的全部能量，并让恒星仅在光谱的红外部分可见。基于此种推想，詹姆斯·冈恩创作了长篇小说《倾听者》（*The Listeners*，1972），另有一大票作家也撰写了有关戴森球及其截面的作品，例如鲍勃·肖（Bob Shaw）的《轨道村》（*Orbitsville*，1975）和拉里·尼文的《环形世界》（*Ringworld*，1970）。

同样，黑洞虽然无法发光，却生发出许多故事来。如乔·霍尔德曼（Joe Haldeman）的《千年战争》（*The Forever War*），该故事将黑洞用作通向宇宙另一区域的通道，借以规避光速的局限性。在弗

1. 两人合作于 1959 年发表了一篇论文，提出了微波在寻找星际通信方面的潜力。这是最早提出探测外星智慧生命的建议之一。

雷德里克·波尔的《通向宇宙之门》(*Gateway*)中，主人公寻求财富和救赎的行动，以模棱两可的黑洞为结局。医学和生物学实验对人类生育的贡献，不及它们激发的小说创意。关于克隆的故事［其中最出色的可能是勒古恩的《九条命》(*Nine Lives*)］不断增加，直到出现在主流文学与电影之中（艾拉·莱文的《巴西来的男孩》），甚至是电视之上（《克隆之主》[1]）。

把科学发现和科学推想转换为小说的艺术大师之一是拉里·尼文。他出身于洛杉矶富有的多希尼家族[2]，在获得两个数学学位后立志成为科幻小说作家。此后，他于 1964 年发表了自己的第一部短篇小说《极寒之地》("The Coldest Place")，不出两年就凭《中子星》("Neutron Star")获得 1967 年的雨果奖；《环形世界》同时获得星云奖和雨果奖；《反复多变的月亮》[3]("Inconstant Moon")获得 1972 年雨果奖；《黑洞人》("The Hole Man")获得 1975 年雨果奖；《太阳系的边陲》("The Borderland of Sol")获得 1976 年雨果奖。

历史的变迁容易遭到曲解，新浪潮的文学成就可能使得此类作品看上去注定要取代传统的冒险和硬科幻小说。但早期传统事实上仍未见颓势，甚至不时获得前所未有的成功，在流行程度上也往往胜于文学意识较强的作品。例如，戈登·迪克森和波尔·安德森仍以写作谋生，他们的故事大多是风格传统的推想和冒险小说，而且颇受好评。杰里·波奈尔(Jerry Pournelle)是个半路出家写科幻的科学家，他会因自己的作品风格被拿来与海因莱因相较而论，而倍感荣幸。

尼文一直被称为另一个哈尔·克莱门特，但他或许与海因莱因

1. 1978 年上映的美国电视电影。
2. 洛杉矶石油大亨爱德华·劳伦斯·多希尼是拉里·尼文的外曾祖父。
3. 该书名典出《罗密欧与朱丽叶》："变化无常的爱情；反复无常的爱人；不要以反复多变的月亮起誓。"

和阿西莫夫也有共通之处。同此二人一样，尼文也建立了自己的未来历史和被他称为“已知空间”的独特宇宙；这个世界观下的作品包括《普塔弗斯世界》（*The World of Ptaavs*，1965）、《来自地球的礼物》（A *Gift from Earth*，1968）和《保护者》（*Protector*，1973），还有《环形世界》和若干短篇故事。《支离破碎的人》（“The Jigsaw Man”，《危险幻象》1967 年刊）中所讨论的长生及器官移植主题也曾出现在他的其他一些短篇故事里。

尼文与波奈尔强强联手创作了《上帝眼中的尘埃》（1974）、《地狱》（1975）、《撒旦之锤》（1977）、《誓约忠诚》（1981）与《脚步》（1985）。尼文也与其他作家合写作品，有时波奈尔也会参与其中。此类作品包括与史蒂文·巴恩斯（Steven Barnes）的“梦幻公园”（*Dream Park*）系列。它们在读者群中往往能取得非凡的成功，这应当不足为奇。

（穆童、憬怡　译）

支离破碎的人

［美国］拉里·尼文

公元 1900 年，卡尔·兰德施泰纳根据血液的不相容性，将人类血液分为四种类型：A 型、B 型、AB 型与 O 型。从那时开始，给休克病人输血就有了一点希望，不至于让他们因输血而死亡，能带来生还的可能。

废除死刑的运动几乎还没开始，就已经注定要失败了。

Vh83uOAGn7 是他的电话号码、他的驾照号码、他的社会安全号码、他的征兵证以及他的病历号码。其中两个证照已经被注销，而除了病历之外，剩下的都无关紧要。他的名字是沃伦·刘易斯·诺尔斯。他就快死了。

离审讯还有一天时间，但审讯结果已经确凿无疑。刘有罪。如果有人对此有异议，控方可以出示铁证。明天晚上六点，刘将被判处死刑。布罗克斯顿将以各种理由提出上诉，而上诉会被驳回。

他的囚室舒适而小巧，装有软垫。这并非诽谤犯人都是疯子，当然心智不健全早就不能作为违法的借口了。囚室的三面墙都是栏杆，剩下那面是水泥外墙，漆上了令人放松的绿色。但这些栏杆将他同走廊隔开，同他左边那个愁容满面的老人隔开，同他右边那个又壮又傻的少年隔开——组成栏杆的是包着硅胶软垫的铁条，每根有四英寸粗细，间隔八英寸。那天刘第四次一把攥住栏杆，想要把硅胶软垫扯开。这玩意儿手感像海绵橡胶枕头，只是中间多了根铅笔那么粗的钢筋，怎么扯都扯不烂。他松开手，软垫弹回去，又恢复成了那个完美的圆柱体。

“这不公平。”他说。

少年没什么动静。在刘坐牢的十个小时里，那小子一直坐在床沿，油腻的黑长发垂到眼睛，一晚上长出的那层胡茬也越来越密。他只在饭点时动一动他那两条毛茸茸的长胳膊，除此之外纹丝不动。

老人听到了刘的话音，朝他看了一眼，语带讥讽：“你被冤枉了？”

“没有，我……”

“至少你还挺老实的。你犯了什么事？”

刘告诉了他。声音里摆脱不了他那受伤的无辜语气。老人嘲讽地笑了笑，点点头，仿佛他早就预料到会是这样。

“愚蠢。愚蠢从来就是一条死罪。如果你一定得让自己被处死，为什么不干票大的呢？看到你对面那小子了吗？”

“当然。”刘看都没看就说。

“他是个器官贩子。”

刘感觉到惊讶的神情正凝固在自己脸上。他鼓起勇气又看了隔壁牢房一眼——身上的每根神经都在突突乱跳。少年正盯着他，用他那一头蓬乱的头发下隐约可见的阴沉黑眼睛瞧着，他看刘的眼神仿佛屠夫正打量着一扇过度成熟的牛肉。

刘慢慢挪向他和老人牢房之间的铁栅栏。他的声音沙哑而低沉。“他杀了多少人？”

“一个都没杀。”

“？”

“他是个拐子。专门挑那些深夜独自外出的人，用药迷晕他们，然后带回家交给幕后主使的医生，杀人的事全是医生做。如果伯尼带回去的是个死人，那医生会剥了他的皮。”

老人差不多正好背对着刘坐着。他刚刚转过来和刘聊天，但现在他似乎正在失去这种兴致。他的手一直在神经质般颤抖着，这双手被他那瘦骨嶙峋的背挡住，刘看不到。

“他拐了多少人？”

“四个。然后他就被抓了。伯尼不是很机灵。”

“你犯了什么事进来的？”

老人没回答。他完全没搭理刘，他的肩膀因为手的颤抖而抽搐着。刘耸耸肩，坐回到自己的床铺上。

现在是周四晚上七点。

这团伙有三个拐子。伯尼还没被审讯。另一个已经死了；他扒着传送带边缘逃走时一颗击中他胳膊的子弹给了他一个痛快。而第三个则正被车子送往法院旁边的医院。

在法律上他还活着。他已经被判决；他的上诉已经被驳回；但是当他们搬动他、给他打麻药、将他推进手术室时，他的确还活着。

实习医师将他从手术台上抬起来，往他嘴里塞进一个呼吸器咬嘴，这样他们把他丢进冷冻液时他还能呼吸。他们将他轻轻放进去，没有溅起一滴液体。当他的体温开始下降时，他们往他的静脉里滴注了什么东西。大约注射了半品脱。他的体温降到冰点，他的心跳也越来越缓慢。

最终他的心脏停止了跳动。但它其实还能重新跳起来。在这一刻犯人的死亡被延迟了。在法律上，这个器官贩子仍然活着。

器官贩子的体温降到某个点的时候，传送带开始启动。第一台机器在他胸膛上进行了一系列的切开手术。医生精确而机械化地完成了一台心脏切取术。

器官贩子在法律上已经死亡。他的心脏立刻被送去了仓库。之后是皮肤，大部分都连成一块，并且还活着。医生小心谨慎地把他分解，就好像是在拆一幅活动的、脆弱的、复杂的拼图一样。大脑被瞬间燃尽，残留的灰烬被收集来瓮葬；但是身体的其他部分，一块块一团团一片片一根根，都被送去了医院器官银行的仓库。这其中的任何一件都可以随时装进行李箱里，并在一个多小时之内飞到世界上的任何一个地方。如果运气好，如果对的人在对的时间犯了对的病，那器官贩子就可能救回比他杀掉的更多的生命。

这么做的意义也就在此了。

刘躺下来，盯着天花板上的电视，突然开始打冷战。他无力戴上耳塞，那些无声的动画人物突然变得恐怖起来。他把电视关上，但也没解决问题。

他们会一点一点把他拆开，储存起来。他从没见过器官银行，但是他叔叔开过一家肉店……

“嘿！”他喊道。

少年的眼睛抬起来了，他只有眼睛里还有生机。老人转过头来看了看。大厅另一头看守抬头看了一眼，然后继续看书。

刘的恐惧在胃里翻腾，在喉咙里乱撞。“你怎么忍得了？”

少年的目光看向地面。老人说：“忍什么？”

“你不知道他们会对我们做什么吗？”

“不会对我。他们不会像宰猪一样拆开我的。”

刘立刻站到了栏杆前：“为什么不会？”

老人的声音变得非常低：“因为本来是我右股骨的地方现在有一个炸弹。我要把我自己炸碎。他们不管找到什么，全都用不上了。”

老人带来的希望熄灭了，只剩下苦涩。“疯子。你怎么能往腿里装炸弹的？”

“把骨头拿出来，钻个洞，在洞里造个炸弹，把骨头里的有机物取出来，这样就不会腐烂，再把骨头装回去。当然了，红血球[1]数量会下降。我想问的是，你想和我一起吗？”

“和你一起？”

“抓着栏杆。这东西会把我俩一起解决掉。”

刘往后退了几步：“不。不用了，谢谢。”

“随你喜欢，”老人说，“我从来没告诉过你我为什么进来的，对吧？我就是医生。伯尼就是给我拐人的。”

刘退到了背后的栏杆上。他能感到栏杆压在肩膀上，回头看到少年从两尺开外阴郁地盯住他的眼睛。器官贩子！他被专业杀手围住了！

“我知道那是什么感觉，”老人继续说，“我不会让他们那么对我的。要是你确定不想痛快地死，那就卧倒在你床铺的后面。那个足够厚实。”

床是一张床垫和一组弹簧，固定在水泥块上，和地面构成一个整体。刘蜷成一团，双手盖住眼睛。

他确定不想现在就死。

什么都没发生。

过了一会儿他睁开眼睛，把手拿开，向周围看了看。

少年正看着他。这家伙脸上头一次露出了尖酸的讥笑。那个总是坐在出口旁边椅子上的看守，现在在走廊上正站在栏杆外低头看着他。他看起来有些担心。

刘感到自己的脸从脖子到鼻子再到耳朵都红起来了。原来老人

---

1. 把具有造血功能的骨髓取出来以后会导致红血球数量下降。

一直在戏耍他。他挪动身子，站立了起来……

然后就好像有巨锤砸在了这个世界上一样。

看守遍体鳞伤地靠卧在走廊另一边的栏杆上。头发油油的年轻人正从他的床后面站起身，甩了甩头。有人在呻吟，呻吟又变成了尖叫。空气里全是水泥灰。

刘站起身。

血像红色的油污一样涂在了被爆炸波及的所有表面上。随他怎么找——他也没怎么认真找——也找不到老人的其他任何痕迹。

除了墙上的那个洞以外。

他刚刚肯定就站在……那里。

那个洞大到可以让人爬出去，要是刘能够到那儿的话。但洞是在老人的牢房里。牢房之间栏杆上的硅胶壳已经被炸掉了，只剩下铅笔粗的铁条。

刘试着钻过去。

铁条开始颤动，开始震动，但是没有声音。当刘注意到铁条的震动时开始犯困。他把身体挤进铁条之间，和心底越来越强烈的恐慌以及大概是自动触发的声波眩晕器交战。

栏杆挤不动，但是他的身体能挤，而且栏杆上还滑滑的全是……总之他过去了。他把头从墙上的洞伸出去，往下看。

离地很远。远到他都有些发晕。

托佩卡郡的法院是一栋小摩天楼，而刘的牢房肯定快到顶了。他往下看到一堵光滑的水泥墙面，镶着带框的窗户。根本没办法够到那些窗户，没办法打开，没办法打碎。

眩晕器正削弱着他的意志。要是他的脑袋和身体一样还留在自己的牢房里的话，现在应该已经昏迷了。他努力让自己转身往上看。

他确实是在楼顶。屋顶的边缘就比他的眼睛高几尺。他没法够到那么远，除非有……

他开始往洞外爬。

不管是成是败，他们都不可能把他送进器官银行了。车流量太大了，会把他所有有用的部位都轧碎。他坐在洞口边缘，双脚伸进牢房里保持平衡，把胸部贴紧墙面。他平衡好身体之后就伸出胳膊去够屋顶。没戏。

所以他把一条腿缩到身下，另一条腿伸直，然后一蹿。

他正开始往下掉的时候，手抓住了边缘。他惊讶地喊了一声，但已经太晚了。法院的屋顶正在移动！他在能放开手之前被拽出了洞口。他吊在那里，被拖走的时候在半空中前后荡来荡去。

法院的屋顶上是一条传送带。

他没法爬上去，至少脚上无法借力的时候不行。他没有那么大力气。传送带正向另一栋建筑移动，高度差不多。他只要能抓牢就能到达。

而且那栋建筑的窗户不一样。那扇窗户不是为了开，至少在现在这种雾霾天气下不是，但至少有窗沿。可能玻璃能打碎，也可能不行。

手臂上的拉力让他很痛苦。要是放手的话该有多轻松……不。他没犯下任何该死的罪。他拒绝去死。

在20世纪的数十年里，有一项政治运动势头越来越猛。这项政治运动组织松散、横跨多国，参与的成员只有一个目标：在他们能影响到的所有国家里把死刑改成监禁和教化。他们提出，将罪犯处死并不能使他获得教益；也不能威慑其他可能会犯下同样罪行的人；含冤的人可能会在迟来的平反中被释放出狱，可死刑是无法挽回的。杀人没有好处，他们说，只是社会的复仇而已。而复仇，他们说，在文明的社会里一文不值。

他们可能是对的。

1940 年卡尔·兰德施泰纳和亚历山大·S. 维纳将他们关于人类血液中 Rh 因子的论文公之于众。

到了 20 世纪中期，大多数被定罪的杀人犯都只被判了无期徒刑或是更低的刑罚。很多后来回到了社会。有些被教化好了，有些没有。绑架在某些州是可以执行死刑的[1]，但是很难说服陪审团这么做。谋杀也是一样。一个在加拿大因抢劫罪被通缉，在加利福尼亚犯了谋杀罪的人要求不要被引渡回加拿大；他在加州被判决的概率更低。许多州已经废除了死刑。法国已经全面废除了。[2]

教化罪犯曾经是心理学的一个大目标。

但是——

血液银行全球化了。

患有肾病的人们已经能通过同卵双胞胎的肾移植获得拯救。并非所有的肾病患者都有同卵双胞胎。巴黎的一个医生用了近亲的肾做移植[3]，并在术前用百分制的适性来预测移植能有多成功。

眼角膜的移植也很常见。角膜的捐赠者可以等到死后再让另一个人恢复光明。

人骨一直都可以移植，只要先把骨头里的有机物除去就行。

所以到世纪中叶，事情就那么维持着原状。

到了 1990 年[4]，就可以将活体器官储存任意长的时间了。移植变得程序化，而“无限精细的手术刀”——激光也帮了大忙。经常有

1. 1932 年林白小鹰绑架案后，美国通过《联邦绑架法案》，允许对绑架案进行联邦级别的调查。某些州则有对州内绑架案的类似法案，并认定绑架本身即可处死刑。1960 年切斯曼案中对此有过相当长时间的争论，最后对犯人处以死刑。本篇小说成文于 1967 年，1968 年的杰克逊案中，美国最高法院宣布该解释违宪，绑架时必须有勒索赎金或身体伤害才可适用死刑。
2. 法国的最后一次死刑是于 1977 年执行的，而正式废除死刑是 1981 年。
3. 1952 年，法国医生让·汉堡为一名 16 岁的木匠移植了他母亲的肾脏，那个肾脏成功工作了 3 周。
4. 1967 年之后的全部内容都是作者的科学幻想。

人在死前留下遗愿，将遗体捐给器官银行。葬仪社的接待员可没法阻止他们。但是这种死者的赠礼并不总能有用。

1993年，佛蒙特州通过了第一份器官银行法。佛蒙特州一直有死刑。现在被判死刑的人就会知道，他的死可以拯救其他人的性命。死刑不再是没有好处的事了。至少在佛蒙特州不是。

后来，加州也不是了。华盛顿州也不是了。佐治亚州。巴基斯坦，英国，瑞士，法国，罗得西亚……

传送带正以每小时十英里的速度移动。在那下面，街上加班刚结束的行人和刚开始喝一轮的夜猫子们都没注意到他，刘易斯·诺尔斯正抓着移动的传送带，看着正摇摆着的脚下经过的窗沿。窗沿不过两英尺宽，离他绷起的脚尖足足有四英尺远。

他往下坠去。

他的脚蹬到窗沿时伸手抓住了窗框。惯性拽了他一下，但他稳住了没摔下去。过了好一会儿他才缓过呼吸。

他不知道这是一座什么建筑，但肯定不是空置的。在晚上九点，所有的窗户都还亮着。他努力避开灯光往里窥视。

这扇窗户是一间办公室的。空的。

他需要找个东西缠住手，才能打碎窗户。但他身上穿的只有一双袜子和一件囚服。好吧，他现在算是再引人注意不过了。他脱掉囚服，用一部分缠住手，然后砸了上去。

他的手差点骨折。

还好……他们没有收走他的首饰、手表和钻戒。他用戒指在窗户上划了个圈，使劲往下推了推，然后用另一只手又砸下去。这非得是玻璃不可；要是塑料的话他就完蛋了。一块几乎完美的圆形玻璃掉了出去。

他重复做了六次，才搞出一个够他进去的洞。

他进去的时候露出了微笑，手里还拿着囚服。现在他只需要一部电梯了。要是条子在街上抓到穿着囚服的他，肯定会立刻把他抓回去，但要是把囚服藏在这里他就安全了。谁会怀疑一个有证照的裸体主义者呢？

除了他没有证照。也没有裸体主义者的肩袋来放证照。

也没刮胡子。

这很糟糕。从来没见过哪个裸体主义者像他这么多毛。不是胡茬，而是完完整整的那么一副胡子。哪能找到把刮胡刀呢？

他试着找了桌子的抽屉。很多生意人都会有备用的刮胡刀。他找了一半就停下来了。不是因为他找到了刮胡刀，而是因为他现在知道自己在哪了。从桌子上的文件就能非常明显地看出来。

是家医院。

他还抓着囚服。他把囚服放进了垃圾桶里，用纸整齐地盖住，然后几乎瘫在了桌子后面的椅子上。

一家医院。他是可以挑一家医院的。而这间医院，正好建在托佩卡郡法院旁边的这家，就有足够好的理由。

但这不是他挑的，不算是。是医院挑了他。他这一生中有哪件决定不是别人驱使他做的吗？没有。朋友找他借钱就不还了，别的男人偷走了他的女人，他习惯性地被人忽略结果错过了升职。雪莉逼着他和她结婚，四年以后又为了某个吓不倒的朋友而离开他。就算到了现在，在可能是他生命最后的时刻，还是一样。有个老器官贩子给他提供了逃跑的机会。有个工程师把监狱的栏杆建得宽到够一个小个子挤过去。还有个工程师在两栋楼的屋顶之间建了个传送带。现在他就在这了。

而最糟糕的事在于他在这儿没法伪装成裸体主义者。白大褂和面具是最起码的。就算是裸体主义者有时候也得穿衣服。

衣柜呢?

衣柜里面什么都没有，只有一顶时髦的绿帽子，和一件完全透明的雨衣。

他可以跑。要是他能找到剃须刀的话，到街上就安全了。他咬了咬指节，希望自己知道电梯在哪。只能靠运气了。他开始继续翻抽屉。

门打开的时候，他正摸到一个黑色的皮制剃须刀盒。一个穿着白大褂的壮汉溜达了进来。这个实习生（医院里没有人类医生）往桌子走到一半就注意到刘正低头翻着抽屉。他停下了脚步，惊掉了下巴。

刘用握着剃须刀盒的拳头给他合上了下巴。这人的牙齿咔的一声撞到了一起，两腿发软。刘和他擦身而过，冲出了门外。

电梯就在大厅外面，门开着。没有人来。刘走进去，按了O。他在电梯下降的时候刮了胡子。剃须刀又快又干净，就是有些噪声。门开的时候他正刮胸前的毛。

一个瘦小的技师站在他面前，嘴和眼睛都毫无表情，就和所有等电梯的人一样。她和他擦身而过，低声道了个歉，几乎没注意到他。刘很快走了出去。门关上之后他才意识到自己下错层了。

他转过身按了向下的按钮。然后他那一眼里看到的东西让他回过神来。他转过头又看了一眼。

整间大屋都摆满了玻璃水缸，一直到屋顶，排列成和图书馆里的书架一样的迷宫。水缸里所展示的东西比贝尔森[1]里的任何东西都要下流。天啊，这些东西曾经是男人！和女人！不，他不会看的。他拒绝看到电梯门之外的任何东西。电梯怎么花了这么久时间?

---

1. 即贝尔根·贝尔森集中营，又称贝尔森，是纳粹德国集中营。

他听到了塞壬之声。

硬质的地面开始在他裸露的脚下震动。他感到肌肉麻木了，灵魂昏倦无力。

电梯来得……太晚了。他用椅子堵住了门。大多数大楼都没有楼梯，只有备用电梯。他们现在得用备用电梯来找他了。对吧，在哪？……他没时间找了。他开始感觉到异常的困倦。他们肯定有好几个声波投射器聚焦在这一个房间里。被一道声波穿过的实习生只会感觉到有点放松，有点迷糊。但是在声波聚焦的地方，这里，人就会昏迷。但不是现在。

他还有事情要做。

当他们冲进来的时候他就有被杀的理由了。

水缸的面是塑料做的，不是玻璃：一种非常特别的塑料。为了防止里面存储的各种人体器官接触到它时诱发免疫反应，这种塑料必须有某些独特的性质。没法指望工程师还能让它打不碎！

它非常不负所望地碎了。

后来，刘很奇怪他怎么能保持得了那么久的清醒。眩晕器会放出一种很舒服的超声波低语，一直把他往下拉，拉到地板上，而地板好像越来越软。他挥舞着的椅子越来越重。但是只要椅子还在他手里，他就一直砸。储存用的营养液没过了他的膝盖，每走一步都有死物撞上他的脚踝。但是当他终于抵挡不住无声的塞壬之歌时，也只勉强完成了三分之一。

他倒下了。

那之后他们甚至都没提过器官银行被砸的事！

在法庭里，听着无聊的法庭仪式的时候，刘凑到布罗克斯顿的耳边问了这个问题。布罗克斯顿向他微笑。“他们为什么要提这事？他们觉得已经有足够不利于你的材料了。要是你能打赢这场官司，他们才会因为蓄意破坏珍贵的医疗资源起诉你。但他们肯定你打不赢。”

“你也这样看吗？”

“恐怕他们是对的。但我们会尽力。现在，汉尼希要宣读起诉了。你能显得受伤、被冤枉一点吗？”

“当然了。”

“好。”

检方开始宣读起诉。他的声音从金色的小胡子后面传来，听起来就像是死亡的宣告。沃伦·刘易斯·诺尔斯看起来受伤、被冤枉了。但是他心里却不这么想。他已经做过了值得去死的事了。

所有这些都是因为器官银行。有了好的医生和器官银行里充足的材料来源，任何纳税人都能期望永生不死。有谁会投票反对永生呢？死刑就是他们的永生，而他们会投票支持任何罪名都判死刑。

刘易斯·诺尔斯做出了反击。

“检方会证实，该沃伦·刘易斯·诺尔斯曾经，在两年间，主动闯过六次红灯。在同一时间段内，该沃伦·诺尔斯曾超速至少十次，其中一次超过限速高达每小时十五英里。他的犯罪记录从未清白过。我们会出示他于2082年的逮捕记录，被控酒驾，而他之后被判无罪的原因是——”

“反对！”

“反对有效。如果他被判无罪，检察官，那么法庭就必须假定他无罪。”

（Antares　译）

硬科幻与软心肠

科幻的部分魅力在于，该领域内一切皆有可能：由于作家掌握着无限和永恒，一切都可能被发现，一切都可能实现，一切都可能发生。这与奇幻不同：科幻的可能性是经过合理化的——无论发生什么，无论这事多么怪诞，它绝不会超脱出日常经验的世界。奇幻要求读者停止怀疑，而科幻会说服读者主动相信。

在读者心中，“一架宇宙飞船以超光速载着乘客向人马座飞行”与“挥着扫帚的女巫吟唱咒语将自己送往布罗肯峰[1]”是有明显区别的，尽管这两件事在科学能够判定的范围内同样不可能发生。两者之所以存在差别，并不是因为科幻作家为自己的故事情节编出一套骗人鬼话，而是因为科幻的性质本身决定了它必须以更现实的态度来阅读。

阿瑟·C. 克拉克发明了一条定律，用以概括那些可能出现在未来的未知奇迹：“足够先进的技术与魔法无异。”生活在今天的人们

1. 德国哈尔茨山中的最高峰，相传是巫女和魔鬼幽会的地方。

只要略加思考，就会发现此言非虚；现代科技对于工业革命以前的人而言与魔法无异。如果科幻不想落入无可救药的狭隘窠臼，就必须对未来的技术进行大胆假设，这些技术对于当代人而言，要像飞机、电视与电灯之于尤利乌斯·恺撒和莎士比亚那样难以理解。

无限和永恒也释放了科幻的想象力；尽管这两个词理解起来可能有些费力，但它们并非出于幻想，而是知识性的概念。科幻作家想要设想的任何事物——从宇宙的诞生到其消亡，从探索自然界的终极奥秘，到假设技术变革为人类经验带来了独特意义——全都可以被撰写成科幻小说。科幻小说必须基于现实去写，这与其说是一种限制，倒毋宁说是一种策略。作家希望读者去感受还是去思考呢？

不过，这种二分法更多的是一种理论，而非现实。在人们的预期里，科幻小说应当是理智而略显无情或不人性的，但基于理性理解而产生的感性感受，跟内分泌腺分泌激素所带来的原始情感冲动一样深刻，甚至更具人性。诚然，概而论之有助于对作品进行分类，但非此即彼地看待超自然现象之外的事物，基本上是错误的。这对科幻作家也同样适用，泛泛地将作家分为新浪潮派和旧浪潮派，分为文学艺术家和科学的奴仆，这也是错误的。

事实上，新浪潮作家的故事创作常常是基于科学推论的，而旧浪潮作家却常以巧妙的技法敏锐地描述人类经验。波尔·安德森就是一个好例子。1948 年，从明尼苏达大学物理学系毕业后，他立刻开始了自己的作家生涯，自此从未动摇。他的第一部短篇小说——与 F. N. 沃尔德罗普（F. N. Waldrop）合著的《明日之子》（“Tomorrow’s Children”）面世时，他还是在校大学生。自那时起，他创作了上百本书，包括历史小说、主流小说、侦探小说、少年读物、非虚构作品和数以百计篇幅更短的作品。

安德森以硬科幻作家的身份闻名于世，他与哈尔·克莱门特一样，对杜撰外星世界情有独钟。他早期的小说十分关注未来的科技发展，并在其间偶尔穿插些冒险和幻想情节以增添故事丰富性。他的写作手法十分现实，文体风格直截了当。开始创作后未出十年，他便成了 1959 年的世界科幻大会荣誉嘉宾，又十几年后，他成了美国科幻作家协会的主席。

安德森知名的早期短篇作品包括《双料恶棍》、《援助之手》、《非人[1]》与《大雨》。他的早期长篇小说包括《脑波》(1954)、《断剑》(1954)、《异星探险》(1956)、《翼人之战》(1958)、《木卫三的雪》(1958)、《敌对之星》(1958)、《两个世界的战争》(1959)、《飞翔的十字军》(1960)、《三心与三狮》(1961)、《无限轨道》(1963)与《护盾》(1963)。他最负盛名的作品或许要数《宇宙过河卒》(*Tau Zero*，1970)与《百万年之舟》(*The Boat of a Million Years*，1989)，以及他的“时间巡逻”(Time Patrol)长短篇系列小说；1994 年，他又开启了一个全新且更具可视性的长篇小说系列“丰收之星”(Harvest of Stars)。

他塑造了若干系列形象（还有一部海因莱因式的未来历史）：贸易商尼古拉斯·范·理金和波利索特尼克同盟[2]；多米尼克·弗兰德里和一个银河帝国的衰败；他还与戈登·迪克森进行合作，创造了一种外表像熊、名为“霍卡”的外星智慧种族。

他对科学、推理和冒险的关注为他带来了数座奖杯，1961 年的《最长的航行》(“The Longest Voyage”)、1964 年的《与帝王斗争到

1. “非人”（Un-man）中的 Un 语带双关。该故事的主人公隶属于联合国（United Nations）警察机构，同时是一个克隆人。Un 既表示联合国，也表示“是克隆人而非人”。
2. “波利索特尼克同盟未来历史”整体上借鉴了历史上的荷兰黄金时代，其中主人公尼古拉斯·范·理金被设定为荷兰后裔，而同盟本身也可视作汉萨同盟的星际版。本系列一称“心灵技术同盟”，因为故事里有一个以心灵感应能力影响社会运行的机构。

底》(“No Truce with Kings”)、1969 年的《共享肉体》[1](“The Sharing of Flesh”)均获得雨果奖；而在 1971 和 1972 年的星云、雨果双料获奖作品《空气与黑暗的女王》(“The Queen of Air and Darkness”)和《山羊之歌》(“Goat Song”)中[2]，安德森展现出了以新浪潮的技巧和感性进行写作的能力。他还有另外 5 个短篇获得雨果奖。

《垂怜经》(“Kyrie”)1968 年发表于《最遥远的距离》[3](*The Farthest Reaches*)，这篇小说证明，一个关于超新星和外星能量生物的故事也可以打动人心。

（穆童、憬怡　译）

1. 一名《双翅目现象》(“The Dipteroid Phenomenon”)，是一个有关同类相食的故事。
2.《空气与黑暗的女王》获得 1971 年的星云奖和 1972 年的雨果奖，《山羊之歌》获得 1972 年的星云奖和 1973 年的雨果奖。
3. 一部汇编了 12 部知名作者短篇的科幻小说选集。

垂怜经

［美国］波尔·安德森

在月球喀尔巴阡山脉的一座高峰上，矗立着一所伯大尼的圣马大[1]修道院。墙壁用当地的岩石砌成，和山脉本身一样，颜色幽黯，崎岖不平，拔月而起，伸入永远漆黑的天际。你从月球北极靠近那里的话，飞船会朝下飘飞，好让柏拉图航线沿线的力场屏障始终挡在你和陨石雨之间，这当中你会看到塔楼顶上的十字架，横在地球前方，被那蓝色圆盘衬得格外鲜明。在那里，没有空气的存在，听不到钟声的回荡。

修道院里面，在规定的祈祷时刻，你可能会听到钟声。修道院底下所有地穴也能听到，那里的机器，不停劳作，维持着这里和地球一般无二的假象。如果你在此多逗留一会儿，你还会听到招呼人们去做安魂弥撒的钟声。因为在圣马大修道院，为那些在太空中丧生的人们做祈祷已经成了一个惯例；每一年，死者人数都在增长。

这并非修女们的正职。她们是要服侍那些病人、贫者、残废、疯子，所有被太空毁坏、而后又被它抛弃回来的人们。月球上到处

1. 天主教女圣人之一。《新约》中记载她和她妹妹与弟弟住在耶路撒冷附近的小村伯大尼，都接受了耶稣教导。传说后来她降服了在法国为祸一方的怪兽塔斯科。向她祈祷主要是祈求心灵平静，远离俗世种种。

都是这样的人，他们被放逐在家乡之外，也许是因为已无法适应地球的引力，也许是因为害怕他们身上潜伏着来自不知哪个行星的瘟疫，也许是因为人们正忙着开拓边疆，没时间理会这些失败者。这里的修女们身上穿着的是太空服而非修道袍，手中拿着的也是医药箱而非玫瑰念珠。

但她们还是能有时间用于冥思默祷的。在持续半个月的黑夜期里，耀眼的阳光离去之时，小礼拜堂[1]会打开百叶窗，群星透过玻璃穹顶，俯瞰着烛光。这里的星星不会闪烁，它们的光芒寒气逼人。有那么一位嬷嬷，她会在此期间尽可能多地来到那里，为她的死人[2]祈祷。一年一度，女修道院长都会安排她出席一场弥撒咏唱，那是她在发下出家誓言之前捐资举办的。

> 主啊，请赐给他们永久的安息，并让永恒之光照耀他们。
>
> 主啊请怜悯我们，基督啊请怜悯我们，主啊请怜悯我们。[3]

射手座超新星探险队由五十名人类和一团火焰组成。队伍从环地球轨道长途跋涉而来，在天琴座 ε 星停了会，接上它的最后一位成员。它由此出发，分阶段靠近目的地。

这里有个悖论：时间和空间是一体两面的。这次超新星爆发已经发生了一百多年之后，才被“最后希望”星球上的人们发现。有

---

1. 附属于主教堂的小教堂。
2. 参见《马太福音》8：21—22，《路加福音》9：60。指俗世（必死）的亲友，不一定已死。此处双关。
3. 原文为拉丁文，是天主教和东正教等教派的安魂弥撒祈祷词第一小节《进堂咏》的开头和第二小节《垂怜经》。本故事的标题即出自此处。莫扎特《安魂曲》即为该祈祷所作。

个持续多个世代的项目，意在探索由跟我们迥然不同的生物建立的文明。这些人前来参与这个项目，结果有天晚上抬起头，就看到一道明亮的星光，亮得能看到地上的影子。

爆发产生的波会在那之后几个世纪抵达地球。到时候它会变得非常微弱，天空中仅仅会多出一个亮点而已。光线只能在太空中逐寸传播，但与此同时，一艘沿这条路径跳跃前行的飞船却可以追踪记录这颗巨大恒星的整个灭亡过程。

在合适的距离上，仪器记录下了爆发前一刻发生的事情：最后一批核燃料燃尽之后，那颗炽热的星体朝内坍缩。一次跳跃之后，他们看到了一个世纪之前的场景：一片混沌，量子和中微子风暴，辐射强度相当于把这个银河系中的数千亿恒星堆积在一起。

风暴消逝，在太空中留下一个空洞，而“乌鸦号”则继续靠近目标。前行五十光年——或者五十年，飞船研究的对象成了一团正在收缩的烈火，位于一片闪烁电光的雾气中央。

再来二十五年，中央的星球更小了些，星云则扩大了些，稀薄了些。但由于现在的距离近了太多，一切看起来都更大更亮了。光芒太耀眼，以至于裸眼无法直视，让远方的星座相形之下显得黯淡无光。望远镜显示出一片乳白色的星云，中央是一点蓝白色的火花，边缘则伸展出无数纤丝。

“乌鸦号”做好了准备，即将进行最后一次跳跃，跳到邻近超新星的位置。

蒂奥多·西利船长开始做出发前最后的巡视。飞船在他周围低声吟唱，正在做加速度一个 G 的加速，以便达到所需的内禀速度。动力系统嗡嗡轰鸣，稳压器吃吃轻笑，通风系统沙沙作响。他感到能量在他的骨头里震颤着。但金属包围着他，死板，无趣。舷窗外堆满星辰，好似巨龙的宝库，还有一片朦胧的弧形横跨太空，那是银河。真空，宇宙射线，仅仅略高于绝对零度的严寒，最近的人类炉火也远得不可思议。他即将把他的队员们带到从未有人涉足的地方，闯入无人了解的环境。他肩头有千钧重担。

他在埃洛伊斯·瓦格纳的岗位上发现了她。那是个小房间，有直连指挥舰桥的内部通信线路。音乐吸引了他的注意力。那曲子他不知道是什么，但听得出其中的欢欣和安详。他在门口停下脚步，看见她座前的桌上放着一台小型录音机。

“这是什么？”他盘问道。

“噢！”那女人（他无法把她看作年轻姑娘，尽管她才刚刚20岁）吃了一惊，“我……我在等待飞船的跳跃。”

“等待时你应该保持待命状态。”

“那我该做什么呢？”她回答的时候不怎么胆怯，这可不是她惯常的样子，“我是说，我不是船员，也不是科学家。”

“你属于船员编制。特别通信技术员。”

“跟路西法通信。而他喜欢这首曲子。他说，他所知的关于我们的东西里，唯有这曲子最能让我们接近太一。”

西利皱起眉头。“太一？”

埃洛伊斯瘦削的脸颊上泛起一阵红晕。她眼睛盯着桌面，双手绞成一团。“也许这个字眼并不合适。安宁，和谐，统一……上帝？……我领会到了他的意思，但我们没有合适的字眼。”

“嗯。好吧，你应该让他保持心情愉快。”团队首领打量着她，心中那曾竭力压抑的嫌恶再度升起。她是个正派人，他想道，只是过于拘谨，不善交际；但她的模样实在是！瘦骨嶙峋，脚大，鼻子大，金鱼眼，还有细长而干枯的土色头发——还有，必须承认，心灵感应总会让他觉得不自在。她说过她只能读取路西法的心思，但那是真话吗？

不。别想这些了。孤独和陌生的环境已经快要让你崩溃了，再加上对同伴的猜疑会更糟。

只要埃洛伊斯真的是人类就行。不过她至少也是个怪胎。能够跟一团生命涡流直接交流思想的肯定得是。

“你在放什么曲子？”西利问道。

“巴赫。勃兰登堡协奏曲第三号。他，路西法，他不喜欢现代的玩意儿。我也不喜欢。”

你当然不会。西利在心中断言着，开口出声：“听着，我们会在半小时后进行跳跃。无法判断我们将会出现在什么环境里。这是第一次有人接近一颗刚刚爆发不久的超新星。我们唯一能肯定的是，倘若屏蔽场消失的话，这么高的硬辐射[1]量下我们死定了。除此之外，我们只能依靠理论推断。而且正在塌陷的星核跟宇宙其他任何地方的任何物体都截然不同，所以我很怀疑那些理论的可靠性。我们不能坐着空想。我们必须做好准备。”

“遵命，长官。”她低声回答的时候，嗓音不像平常那么刺耳了。

他的目光越过她的头顶，越过仪表和控制器的蛇眼[2]，凝视前方，仿佛他的目光能穿透对面的钢板径直望到外面太空里。在那里，他知道，路西法正在飘荡。

路西法的形象浮现在他脑中：一个直径为二十米的火球，闪烁着白色、红色、金色和品蓝色的光辉，火焰在舞动，像美杜莎的一绺绺发辫，后面燃烧着的彗尾足有一百米长。光辉灿烂，荣华壮丽，如地狱的一角。让他心烦意乱的，并不仅仅是想到有这么个东西在跟飞船并速前进那么简单。

---

1. 物理学和医学用语。指光子能量高于一定阈值的伽马射线、X 射线和贝塔射线。比能量较低的“软辐射”穿透力强，对生物体的破坏力大。

2. 在本篇的创作年代，仪表和控制器多半还是用的指针式表盘，圆形的盘面当中细长的指针犹如蛇的竖瞳。

他内心坚信科学解释，尽管这些解释比瞎猜也好不了多少。在御夫座 ε 的聚星系[1]里，在充满了气体和能量的宇宙空间中，发生了些没有任何实验室能模拟的变化。行星上的球状闪电也许与此类似，程度大概跟在原初海洋里形成的简单有机化合物和最终演化出的生命之间的类似度差不多。在御夫座 ε，磁流体力学[2]完成了化学在地球上完成的使命。稳定的等离子体涡旋出现，繁衍，复杂度增加，直到数百万年以后，它们变成了某种你不得不称之为生物的存在。这种存在由离子、核和力场构成。它们利用电子、核子、X 射线进行新陈代谢；在很长的生命周期中维持机体的结构而不发生变化；会繁殖；会思考。

但思考的是什么呢？能跟御夫座生物交流的心灵感应者寥寥无几，是他们让人类第一次知道御夫座人的存在，可这问题他们从没说清过。他们本身也是一群古里古怪的家伙。

因此，西利船长说："我要你把这个信息传递给他。"

"遵命，长官。"埃洛伊斯调低了录音带播放器的音量。她的目光失去了焦点。信息通过她的耳朵传入，然后她的大脑（这个转换器的效率如何？）把意义发送给外面的路西法，此刻他正驾驭自己的反冲驱动装置与"乌鸦号"并肩飞驰。

"听着，路西法。我知道，你以前多次听过这一番话，但是我要确认你完全明白了。你的心理观念一定与我们的大相径庭。你为什么同意跟我们一起来呢？我不明白。瓦格纳技术员说你富于好奇心，又喜欢冒险。原因只有这些吗？

"不过没关系。半小时后我们要进行跳跃。我们将进入距离超新

1. 一般指拥有三颗以上恒星的星系，有时也包括双星系。御夫座 ε 古称柱一星，一般被认为是包含大量气体和尘埃的双星系。
2. 研究导电流体的电磁性质的学科。

星五亿公里的位置。到那以后你就要开始工作了。你可以到我们不敢涉足的地方，观察我们无法观察的事物，告诉我们仪器永远都无法提供的线索。但首先我们必须确认我们能够停留在环绕那颗星体的轨道上。这也关系到你。死掉的人类是无法再把你送回家的。

“还有。为了把你包围在跳跃场中而不干扰你的躯体，我们不得不关掉屏蔽盾。我们将出现在一个能致人死命的辐射区里。你必须迅速撤离飞船，因为我们会在跃迁后六十秒之内开启屏蔽发生器。然后你必须调查邻近地区。要寻找的危险因素包括——”西利将其罗列一番，“这些仅仅是我们所能预见的。也许我们会撞上不曾预见的其他太空垃圾。如果有什么东西看起来有危险，立刻返回，提醒我们，并做好跳跃返回这里的准备。你明白了吗？复述一遍。”

一个个单词从埃洛伊斯的嘴里蹦了出来。复诵无误；但她遗漏了多少呢？

“很好。”西利迟疑了一下，“乐意的话，继续开你们的音乐会吧。但倒计时十分钟的时候必须停下来，原地待命。”

“遵命，长官。”她没有看他。她看起来似乎没有看着任何地方。

咔嗒咔嗒，他的脚步声沿着走廊前行，而后消失了。

——他为什么要反复地说同样的事情呢？路西法问道。

“他在害怕。”埃洛伊斯说。

“我猜你不懂得什么是害怕。”她说。

——你能给我演示一下吗？……不，不要。我感觉那会让你受到伤害。不能让你受到伤害。

“有你的思维包围着我，我也害怕不起来啊。”

（一股暖流注入她的心中。其中有着喜悦，如小火苗在跳舞，像是某个夏日，父亲拉着还是个孩子的她的手一起出去采摘野花的回忆；满溢的力量、温柔、巴赫、还有上帝。）路西法绕着船体飞掠，划出一道兴高采烈的曲线。火花在他的尾流中雀跃。

——请你再想想鲜花吧。

她想了。

——鲜花就像（一幅图像，就人类的大脑所能领会的来说，类似于一片光明，到处都是光明，其中色彩斑斓的伽马射线喷涌而出[1]）。但是如此微小。如此短暂的甜蜜。

“我不明白，你怎么能明白这些。”她轻声低语。

——是你代我明白的。在你来到之前，我没有那种东西可以爱。

“可是你有许多其他东西可以让你爱呀。我也想分享，但造物注定了我就不能理解恒星。”

——我天生也不能理解行星。不过我们可以自行接触。

她的脸颊又发烧了。思想滚动着，将自己的旋律和行进中的音乐编织在了一起。

——这就是我为什么要来，你知道了吧？为了你。我是火和空气。我从未体验到水的凉爽、土的坚忍，直到你向我揭示。你是海洋上的月光。

“不，别这样，”她说，“拜托。”

困惑不解：——为什么不？难道欢乐会伤害你吗？你不习惯欢乐？

“我，我想是这么回事吧。”她猛地扬起头颅，“不！我才不会为自己感到可怜！”

——为什么要那样？我们不都是真真切切地活着吗？生活不是充满阳光和歌声吗？

1. 路西法族人“眼中”的伽马射线暴。

“是的。对你来说是如此。教教我吧。”

——假如你反过来也教教我的话——思想中断了。但联系还在，缄默无言。她觉得，这种情况在情人之间一定是司空见惯的吧。

她朝着莫蒂拉尔·马赞达的巧克力色面孔怒目而视。这位物理学家正站在门口。“你想干吗？”

他吃了一惊。“只是来看看你是否一切都好，瓦格纳小姐。”

她咬住自己的嘴唇。马赞达曾努力对她表示友善，胜过飞船上大多数人。“抱歉，”她说，“我不是故意吼你的。太紧张了。”

“我们每个人都很烦躁。”他笑了，“尽管这次探险激动人心，但回家会更好，对吗？”

家，她想着。公寓里的四面墙，下方就是砰砰梆梆的城市街道。书籍和电视。下一次科学会议上她可能会提交一篇论文，但不会有人邀请她参加会后的派对。

我就那么可怕吗？她琢磨着。我知道我的外表实在不好看，但我一直努力让人感到愉快和有趣。也许我过于努力了。

——你跟我在一起的时候不是这样的，路西法说。

“你是不一样的。”埃洛伊斯对他说。

马赞达眨了眨眼。“你说什么？”

“没什么。”她慌忙说道。

“我一直在纳闷一件事，”马赞达在努力寻找话题，“假如说路西法飞到了相当靠近超新星的地方。那你还能跟他保持联系吗？时间膨胀效应，难道不会让他的思维频率改变得太厉害吗？”

“什么时间膨胀？”她强笑一声，“我可不是物理学家。只是个小小的图书馆管理员，恰好有种古怪的天赋。”

“没人跟你讲过吗？奇怪，我以为人人都知道了呢。强大的引力场会影响时间，就像极高的速度一样。大体而言，事件的发展过程要比外头太空里缓慢。这就是为什么来自巨大恒星的光多少有点儿红移。而我们面前这颗超新星核的质量差不多有太阳的三倍大。再有，它的密度已经如此之大了，以至于它表面的引力，呃，高得惊人。因此按照我们的时钟来看，它收缩到史瓦西半径得耗费无限的时间；但是一名在星体上的观察者将会在一个相当短暂的时间里经历整个过程。”

“史瓦西半径？劳驾解释一下。”埃洛伊斯意识到这是路西法通过她在说话。

“我尽力不涉及数学。你知道，我们准备研究的这个大家伙，它这么巨大，密度又这么高，没有任何动力能胜过它的引力。没有什么能平衡它的引力。因此这个过程将持续下去，最终没有任何能量可以逃脱。这颗星体将从宇宙中消失。事实上，从理论上说，收缩将一直延续，直到体积为零。当然，正如我说过的，从我们的角度看来，这个过程需要无限长的时间。而且这种理论忽略了量子力学方面的因素，这些因素在过程将近结束的时候会起作用。这方面我们仍然不是很清楚。我希望，通过这次探险，我们能获得更多的知识。”马赞达耸耸肩膀，“无论如何，瓦格纳小姐，我一直在寻思，当我们的朋友在那颗星体附近的时候，由此而来的频率变化是否会阻碍他跟我们的联络。”

“我对此表示怀疑。”仍然是路西法在讲话，她成了他的喉舌，她从不晓得为一个自己在意的人效劳是这么愉悦。“心灵感应不是一种脑波现象。因为传输是即时的，它不可能是脑波现象。它看起来也并不受距离的限制。相反，心灵感应是一种共鸣。一旦频率对上了，哪怕隔着整个宇宙，我们俩也完全可以继续保持联络，我不知道有任何能干扰这种联系的物质现象。”

“我明白了。”马赞达朝她看了好半天。“谢谢你，”他不自在地说道，“啊……我得回我自己的岗位上去了。祝你走运。”他没等埃洛伊斯回答就匆匆离去。

埃洛伊斯一无所觉。她的心化为一支火炬、一首欢歌。“路西法！”她大声喊道，“那是真的吗？”

——我想是的。我所有的同族都是心灵感应者，因此这类事情上，我们所知的比你们多。我们的经验让我们认为并不存在任何限制。

“你能永远与我同在吗？你将永远与我同在？”

——假如你愿意这样，我将大为喜悦。

彗星体跳跃着，舞动着，烈火构成的大脑低声欢笑。——是的，埃洛伊斯，我非常乐意一直与你同在。其他人谁也不曾——欢乐。欢乐。欢乐。

路西法，他们给你的命名比他们以为的更好。她想这么说，也许真的说出来了。他们觉得这是个笑话；他们觉得用魔鬼的名字称呼你，就可以妥帖地让你跟他们一样渺小。可路西法并不真的是魔鬼的名字。这名字的意思其实是“传递光明者”。有一段拉丁祈祷文甚至称基督为路西法[1]。宽恕我吧，上帝，我不由自主想到这些。你介意吗？他不是基督徒，但是我想他不必成为基督徒，我想他一定从未体验过原罪。路西法，路西法。

她让曲声高扬，直到许可的时间用完。

飞船跳跃了。世界线[2]的参数变换，她跨越了二十五光年的距离，靠近毁灭。

1.《启示录》中降临的基督即自称“晨星”，和“路西法”为同义词。
2. 物理学术语，指物体在四维时空中行进的轨迹。

人人都是独自体验到跳跃的感受，唯独埃洛伊斯除外，她跟路西法一起经历了这一跃。

她感受到冲击，听到被蹂躏的金属发出尖啸，闻到臭氧和烧焦的味道，在失重环境中踉跄着无止境地下落。她头晕目眩，摸索着内部通信机。传来尖锐刺耳的话音："……装置出现反向电动势激波……我怎么会知道要怎么解决那该死的状况？……稍候，稍候……"紧急警报响彻全船。

畏惧在她心中涌起，直到她抓住挂在脖子上的十字架，抓住路西法的思想。于是她放声大笑，以他的力量自豪。

他在抵达此地后就迅速地离开了飞船。现在他正在和飞船同步的轨道上飘飞。周围的太空中遍布星云，充满了变幻不定的彩虹。在他眼里，"乌鸦号"飞船并不是人类的眼睛看见的那个金属圆筒，而是一片流光，屏蔽盾将整个光谱都反射到外面。前面就是超新星核，在这个距离上看十分渺小，但很亮，很亮。

——无须恐惧（他抚慰着她）。我了解状况。爆炸刚过不久，被扰动的范围很广。我们出现在一个等离子特别密集的地区。在护卫场重新建立之前，你们船体外面的主发动机暂时得不到保护，短路了。但是你们是安全的。你们可以修好它。而我，我正处于能量的海洋里。从没像现在这样充满活力过。来吧，跟我一起在这些潮头里遨游。

西利船长的声音把她拽了回来。"瓦格纳！告诉那个御夫座人开始工作吧。我们发现了一个辐射源，处于一条拦截轨道[1]上。它的辐射太强，我们的屏蔽层可能抵挡不住。"他详细述说了辐射源的坐标，"那到底是什么？"

1. 军事用语。指将会跟目标（这里是飞船）相碰撞的轨道。

埃洛伊斯第一次从路西法心中感觉到了惊慌。他转了个弯，离开飞船，拖着光尾疾驰而去。

不久以后他的思想就向她传来，清晰度并未稍减。她跟他一起见到的景象壮丽而又恐怖，无可名状：那是一个直径百万公里的离子化气体球团，光焰腾腾，电弧跃动，隆隆轰鸣着在包围星体裸核的尘云中穿行。这东西不可能发出声音，因为按照地球那边的标准来衡量，这里的太空仍然差不多是真空；但她确实听见了它的轰鸣，感受到了它喷吐出的怒气。

埃洛伊斯代路西法说道："一大团被射出的物质。其径向速度肯定已经或因摩擦而损失，或者转化为静态势能了。被吸入一条类彗星轨道，靠内势能暂时结合在一起。简直好像这颗恒星还在试图诞生行星——"

"在我们能够开始加速之前，它就会撞到我们，"西利说，"并让我们的屏蔽盾超载。如果你懂得什么祈祷文的话，那就念吧。"

"路西法！"埃洛伊斯叫道；因为她还不想死，既然路西法肯定会活下去。——我想我能使它发生足够的偏转，路西法对她说话的时候，那种严峻的态度是迄今为止埃洛伊斯在他那儿从未遇到过的。——用我自己的场来跟它混在一起；然后吸收自由能；然后一个不稳定的结构[1]；是的，也许我能帮助你。但帮帮我吧，埃洛伊斯。跟我并肩战斗。

他明亮的躯体飞向那毁灭者巨大的形体。

埃洛伊斯感觉到那东西混乱的电磁场抓住了他的。她感觉到他被抛掷、被撕扯。那痛苦是她的。他竭力抗争，以保持自己的形体完整，那抗争也是她的。御夫座人和气云，他们连成了一体。塑造

1. 原文如此。路西法说话的方式有些怪异，此处尤甚。

他形体的力量就像胳膊在扭打；他从自己的核心倾出能量，拖拽着那团巨大而稀薄的物质跟自己一起，顺着恒星中劲吹而来的电磁激流前行；他吞咽原子，又将它们猛力吐出，喷溅的射流横跨天空。

她坐在自己的斗室中，尽力给他输送求生和求胜的欲望。她用双拳捶击着桌子，捶得血迹斑斑。

时光在喧闹中流逝。

最终，她只能勉强捕捉到精疲力尽的他颤抖着发来的消息：——胜利了。

“你的胜利。”她哭泣着说。

——是我们的。

通过仪器，人类看到那发光的死亡从他们旁边经过。飞船里爆发出一片欢呼。

“回来吧。”埃洛伊斯恳求说。

——我回不来。我消耗太大了。我们，那团云和我，已经融合在一起，正朝那颗恒星跌落。（好像有只受伤的手伸过来，抚慰她：）别为我担惊受怕。等我们离恒星再近些的时候，我会从它的光辉中吸取到新的力量，从星云中吸取到新的物质。我会需要一点时间，回旋然后摆脱引力。我怎么可能会不回到你身边呢，埃洛伊斯？等着我。休息。睡吧。

飞船上的同事们把她带到医务室里。路西法给她送来了许多梦，梦里有火焰之花、有欢笑，还有他的家，那些恒星。

但最后她尖叫着惊醒了。医生不得不给她施用大量镇静剂。

路西法之前并不真的明白，面对强大得令时空本身都被扭曲的力量将意味着什么。

他的速度突然猛增。以他自己的角度而言是突然的；从“乌鸦号”的角度，人们看见他跌落的过程持续了好几天。物质的属性改变了。他无法得到足以逃逸的反推力或者速度。

辐射线，裸原子核，不断反复生生灭灭的粒子[1]，如冻雨般呼啸着穿透他的身体。他体内的物质被剥离，一层接一层。超新星那白炽的星核就在他面前。他靠近星核的同时，它还在收缩，体积越来越小，密度越来越大，亮得测量辉度已经毫无意义。最后，引力完完全全控制住了他。

——埃洛伊斯，他在被分崩离析的极度痛苦中尖叫着——啊，埃洛伊斯，救救我！

星核吞没了路西法。他被拉扯到无限长，被压缩到无限薄，然后随着它一起消失，不复存在。

飞船小心翼翼地探索着前方区域。还有许多东西需要人们学习。

西利船长到医务室来探望埃洛伊斯。以身体而言，她正在恢复健康。

“我要说，他是条好汉，”他在机器的嗡鸣中严肃地说道，“虽然这远不足以表达感激之情。我们都并非他的亲族，可他却为拯救我们而死。”

埃洛伊斯望着他，双眼干涩，看起来不太自然。船长只能勉强分辨出她的回应。“他是个人[2]。那他岂不是也有不朽的灵魂吗？”

“哦，呃，是的，如果你相信有灵魂的话，是的，我同意。”

她摇了摇头。“但为什么他无法进入安息呢？”

他朝周围瞟了一眼，想找医生，但发觉在这狭小的金属房间里

1. 部分基本粒子如介子等在自由态下的寿命极短，但在高能环境中消失后又会产生新的。
2. 这里和上文的“好汉”原文是同一个词，故埃洛伊斯有下面的问题：在基督教文化中认为“人”才是有不朽灵魂的，其他智能生物没有。

只有他们俩。“这话是什么意思？”他勉强拍了拍她的手，“我知道，他是你的好朋友。不过，他肯定死得安然。干净利落；我不介意以那种死法逝去。”

“对他来说……是的，我想是这样。应该如此。但是——”她说不下去了。忽然她捂住了自己的耳朵。“停下！求你了！”

西利哄她安静下来，然后离开了。在走廊里他遇见了马赞达。“她怎么样了？”物理学家问道。

船长眉头紧锁。“不妙。我希望在我们把她交给精神病医生之前她不要完全垮掉。”

“为什么？出什么问题了？”

“她认为她能听到他的声音。”

马赞达把拳头砸进自己的掌心。“我还指望不会这样的。”他深吸一口气。

西利振作精神，等待着下面的话。

“她是听到了，”马赞达说，“显然她确实听到了。”

“但那不可能！他已经死了！”

“别忘了时间膨胀现象，”马赞达答道，“他从空中跌落，然后迅速湮灭了。但那是按超新星上的时间算的。我们的时间则不同。对我们而言，星体最后的塌陷需要花费无数个年头。而心灵感应不受距离限制。”这位物理学家开始快步远离那边的船舱，“他将永远与她同在。”

（何锐　译）

奈特手笔

由于科幻小说在科幻以外的文学世界里遭到普遍忽视，它不得不培养自己的评论家，发展独属科幻的评论标准。与该领域内的作家、编辑、书志学家、索引编辑和研究人员一样，科幻评论家大多也出自科幻本身，来自科幻读者和科幻迷之中。

最早的一批学者对杂志视而不见。菲利普·B. 戈夫[1]于1941年推出了研究书籍《非韵文小说中的幻想之旅》（*The Imaginary Voyage in Prose Fiction*），其研究对象仅截止到1800年；玛乔丽·霍普·尼科尔森[2]于1948年出版的研究专著《月球之旅》（*Voyages to the Moon*）助益非凡，但即便是这部作品，也止于航天技术即将出现之前。J. O. 贝利[3]发表于1947年的《穿越时空的朝圣者》（*Pilgrims Through Space and Time*）对科幻小说进行了开拓性的调查，但对于存在近

1. 学者，辞典编纂家，韦氏第三版新国际英语大词典主要编纂者之一。
2. 美国文学学者。她的作品《月球之旅》主要研究“人类对宇宙进行推论的历史”，其中涉及卢西安、西塞罗、普鲁塔克、拉伯雷、塞万提斯、米尔顿、多恩、斯韦登伯格、卢梭、凡尔纳、爱伦·坡、威尔斯和刘易斯等人的太空航行相关观点。
3. 文学教授，研究对象涵盖爱伦·坡、托马斯·哈代、科幻与反乌托邦小说等一系列内容。

二十载的科幻杂志只给出了一点笔墨。另一方面，雷金纳德·布莱特诺 1953 年的重要论文集《现代科幻》却是由科幻作家撰写、编辑的。

作家们不能指望在报纸、杂志或期刊上见到评论，但他们依然可以收到读者反馈。科幻迷们会在科幻大会上与他们进行交流，在粉丝杂志上介绍他们，向他们致信，也给专业杂志写信介绍他们的作品。这样大量的读者反馈前所未有。

然而，科幻迷的反馈无法满足科幻批评的需求。此类评论极受欢迎却不成体系，有时还显得肤浅无知。于是杂志创建了自己的评论专栏。其中最好的那些栏目成功地将好书佳作推到了读者跟前。P. 斯凯勒·米勒[1]一直为《惊异》与《类比》杂志主持“参考文献阅览室”栏目，直至逝世；安东尼·鲍彻在其《奇幻与科幻杂志》的文学批评中引入了广义文学标准；其后阿尔吉斯·布德里斯给《银河科幻》杂志的书评栏目带来了与众不同的特色。最后，连《纽约时报》也为科幻评论开启了定期专栏。

学术界自 1960 年开始注意科幻小说，先是金斯利·艾米斯的《地狱新图》，接着是布鲁斯·富兰克林的《将来完成时》[2]（*Future Perfect*，1966）、马克·希莱加斯的《未来噩梦：H. G. 威尔斯与反乌托邦》（*The Future as Nightmare: H. G. Wells and the Anti-Utopians*，1967）、托马斯·D. 克拉里森的《科幻：现实主义的另一面》（*SF: The Other Side of Realism*，1971），以及罗伯特·斯科尔斯的《结构性寓言小说》[3]（*Structural Fabulation*，1975）。但科幻批评的基础极大

1. 美国科幻作家与评论家。
2. 副标题为“十九世纪的美国科幻”（American Science Fiction of the Nineteenth Century），富兰克林在书中将华盛顿·欧文、爱伦·坡、霍桑、梅尔维尔等美国作家定性为科幻小说的先驱。
3. 副标题为“一部关于未来小说的论文集”（An Essay on Fiction of the Future），此处的寓言小说（Fabulation）一词为斯科尔斯专推的文学批评术语，用以描述 20 世纪流行的那种近于魔幻现实主义的小说品类，区别于传统的现实主义文学（Realism）与传奇故事（Romance）。

程度上是由科幻小说内部的两位作家奠定的，他们了解批评的必要性。这两人便是达蒙·奈特与詹姆斯·布利什，他们认为科幻小说应该被赋予更高的评判标准，而非止于科幻迷的盲目赞扬或责备。

奈特于 1945 年进入文学批评领域，当时他为拉里·肖（Larry Shaw）的粉丝杂志《命运之子》（*Destiny's Child*）撰写了一篇典型（且多少有些不公）的诽谤性文章，攻击 A. E. 范·沃格特的作品《超时空世界》（*The World of Null A*）。随后，他开始为自己存续时间不长的专业杂志（区分于粉丝杂志）《远方的世界》[1]（*Worlds Beyond*, 1950）撰写评论，后来更为《太空科幻》（*Space Science Fiction*）、《科幻冒险》、《如果》、《奇幻与科幻杂志》等杂志撰写评论。

布利什主要为粉丝杂志撰写评论，他曾以笔名小威廉·阿塞林（William Atheling, Jr.）为里德·博格斯[2]的《天钩》（*Skyhook*）与拉里·肖的《斧头》（*Axe*）撰写文章；他也为理查德·伯杰隆的《沃霍恩》[3]、迪克与帕特·卢波夫[4]的 *Xero* 撰写评论；后来还为《科幻论坛》[5]、《奇幻与科幻杂志》、《科幻边界线》撰写评论。

布利什与奈特二人的评论文章被降临出版社[6]汇编出版，这是一家粉丝出版社，专门出版科幻领域的相关书籍，至今已四十余载。粉丝出版社是科幻领域的又一反常现象。奈特的评论文章被汇编为评论集《寻找奇迹》（*In Search of Wonder*，1956），并于 1967

1. 由达蒙·奈特主编，是区分于粉丝杂志（fanzine）的专业文摘杂志（prozine）。
2. 博格斯与肖皆为著名的科幻粉丝杂志编辑。
3. 著名科幻粉丝杂志，曾获雨果奖最佳粉丝杂志奖。沃霍恩（Warhoon）出自埃德加·赖斯·巴勒斯“火星系列”中的巴索恩（Barsoom）世界，是一个虚构的绿皮火星种族。
4. 两人是一对夫妻，前者通常以理查德·A. 卢波夫（Richard A. Lupoff）见知，是著名的巴勒斯迷与洛夫克拉夫特迷。二人创办的粉丝杂志 *Xero* 曾获雨果奖最佳粉丝杂志奖，“Xero”为“Zero”异体，是编辑生造词。
5. 奈特与布利什创建的著名期刊杂志。
6. 降临出版社（Advent Press）由芝加哥大学科幻俱乐部成员创立，主要发表科幻相关内容，包括科幻批评、科幻史、科幻文献等。该出版社成立于 1955 年，文中称“至今已四十余载”是按本书英文版再版年代计算的。

年再版，内容也有所扩展；布利什的评论文章则被汇编为《紧迫问题》（*The Issue at Hand*，1964）与《更多紧迫问题》（*More Issues at Hand*，1970）。

布利什和奈特皆是杰出的作家。他们也曾为文学出版社工作，做过杂志编辑，并为科幻创作与科幻生产进行其他相关活动，包括出版粉丝杂志，奈特还曾绘制过科幻插画。

不过布利什最广受认知的身份仍是作家，代表作“飞城”系列尤为闻名，这个系列始自《地球人，我们回家》（*Earthman, Come Home*，1955），后续包括《他们将拥有星辰》（*They Shall Have Stars*，1957）、《在时空的尽头凯旋》（*The Triumph of Time*，1958）和《流浪星海》（*A Life for the Stars*，1962）。[1] 他还撰写了许多优秀短篇故事和其他长篇小说，例如《黑色复活节》（*Black Easter*，1968）和有关罗杰·培根的历史小说《神奇博士》（*Doctor Mirabilis*，1964）。[2] 讽刺的是，使他进一步扬名于世的作品很可能是《星际迷航》，在生命的最后几年里，他为这个系列撰写了一系列小说。

尽管奈特创作过一些有趣的长篇小说，包括《地狱行道》（*Hell's Pavement*，1955）、《人类创造者》[3]（*The People Maker*，1959）、《太阳破坏者》（*The Sun Saboteurs*，1961）和《意识交换》（*Mind Switch*，1965），他更受承认的身份仍是评论家（他曾于1956年获得雨果奖最佳评论奖）、短篇小说作家、编辑、选集编辑和传记作家。他与纽约的“未来派”科幻粉丝群过从甚密，并于1977年撰写了一部相关记事[4]。最终，他转向了选集编辑工作，并耕耘不辍，取

1. 此为小说出版顺序，与作品时间线不完全一致。
2. 这句话中的两部小说皆涉及宗教题材，与《事关良心》一同被收录进布利什的宗教题材选集《既已知晓》（*After Such Knowledge*，1991）。
3. 此为1959年初版小说名，该书再版时更名为《一切的一》（*A for Anything*）。
4. 题为《未来派》（*The Futurians*）。

得了极大的成功，1966 年至 1980 年间的初版小说年刊《轨道》成绩尤为突出，在过去十年间，该年刊为某些最优秀、最富实验性的小说提供了发表平台。1981 年，奈特携作品《彼世界与索林》(*The World and Thorinn*) 回归长篇小说领域。此后，他又相继发表了长篇小说《树中之人》(*The Man in the Tree*，1984)、海上冒险三部曲 (the CV trilogy) 与《鸟儿为何》(*Why Do Birds*，1992)。

奈特帮助建立了米尔福德科幻作家协会，他同时也是美国科幻作家协会首任主席和该协会所主持的星云奖最佳作品集首任编辑。他娶了凯特·威廉 (Kate Wilhelm) 为妻，后者本身也是一位杰出的科幻作家，其作品《策划人》("The Planners") 获得了 1968 年的星云奖最佳短篇小说奖，长篇小说《迟暮鸟语》(*Where Late the Sweet Birds Sang*) 则获得了 1977 年的雨果奖。

奈特的知名短篇作品包括《为人类服务》、《黯然消逝》、《陌生人驿站》、《侍应生》、《善人之国》、《管理人》与《面具》,《面具》("Masks") 1968 年 7 月发表于《花花公子》杂志之上。

（穆童、憬怡　译）

面具

［美国］达蒙·奈特

八支记录笔在移动着的纸带上来回摆动，就像某种机器龙虾在不安地挥动着钳子。技术员罗伯茨对着纸带上画出的轨迹皱起了眉头，旁边的两个人一言不发地看着。

“这里是苏醒搏动。”他用细瘦的手指头指了指，“然后是这里，看，又过了十七秒，还在做梦。”

“是延迟反应。”项目总监巴布考克说。他两颊泛红，满脸疲惫，整个人都在流汗。“没什么好担心的。”

“好吧，就算是延迟反应，不过你看波形图上的这些差异。这里还在做梦，在苏醒搏动之后，不过波峰靠得更紧了。不是同样的梦。这个梦更紧张，肌肉运动脉冲更多。”

“为什么他还需要睡觉？”西内斯库问。他来自华盛顿，长着一张黝黑的瘦脸。“疲劳毒素你们都冲掉了吧，不是吗？所以是什么原因，某种心理因素吗？”

“他需要做梦。”巴布考克说，“确实他在生理上没有睡眠的需求，不过他必须得做梦。如果没有梦，他就会产生幻觉，甚至可能精神错乱。”

“精神错乱。”西内斯库说，“好吧——这确实是个问题，不是吗？他这样多久了？”

“大概六个月。”

“也就是说，大概就是他获得新身体——并且开始戴面具这段时间？”

“差不多吧。哦，还有件事得告诉你，他神志清楚，每项测验——”

“是，好的，测验的事我知道。嗯——他现在是醒了吗？”

技术员看了一眼监控显示器，“他醒了。萨姆和伊尔玛在他旁边。”技术员弓着背，又看了看脑电图波形，“我也不知道自己在担心什么。按理说，要是他自己有做梦的需求，而我们那些编程的东西又没有办法满足他，这里就是他做那些梦的地方，那这些梦就是他获得满足的地方。”他的表情严肃了起来，“我不知道。这些波峰里有种我不喜欢的东西。”

西内斯库抬起眉毛，“你们给他的梦编程？”

“不是编程。”巴布考克有些不耐烦地说，“只是常规性的暗示，好让他梦到我们想让他梦到的东西。跟肉体有关的东西，性、锻炼、运动。”

“那是谁的主意？”

“心理学部门的。他的情况很好，不论是神经功能方面还是其他方面，但他正变得越来越冷漠孤僻。心理学部门认为，他需要某种形式的肉体信号输入，我们必须跟他保持联系。他还活着，机能正常，所有一切都正常。但是别忘了，之前他有四十三年时间都是在一具正常的人类躯体中度过的。”

静默的电梯中，西内斯库说：“……华盛顿那边。”

巴布考克摇晃着说：“抱歉，你说什么？”

“你好像有点虚弱啊。没睡觉吗？”

“有段时间没睡了。你刚才说什么？”

“我说他们对你的报告不满意，华盛顿那边。”

“见鬼，我就知道。”电梯门轻轻打开，外面是一间小门厅，绿色的地毯，灰色的墙壁。里面有三扇门，一扇金属的，两扇厚玻璃的。空气有些凉，不太新鲜。“这边。”

西内斯库停在玻璃门前，朝里面看了一眼：铺着灰色地毯的起居室，空无一人。“我没看到他。”

“在侧房吧。做每天早上的例行检查。”

门打开时有股轻微的阻力，他们进了屋，天花板上的一组顶灯亮了起来。“别抬头看。”巴布考克说，“紫外线。”房门关闭时，轻微的嘶嘶声也跟着停止了。

“室内还是正压？为了阻隔病菌吗？这是谁的主意？”

“他的。”巴布考克打开墙壁上的铬合金盒子，取出两副外科口罩，“给，把这个戴上。”

模糊的说话声从房间转角处传来，西内斯库一脸厌恶地看了看白口罩，慢慢戴到了脸上。

两个人注视着彼此。“病菌。”西内斯库透过口罩说，“这么做合理吗？”

“好吧。他不会患感冒之类的毛病，不过你想一下，只有两样东西会让他丧命。一是假体崩溃，这个由我们监控。这里足有五百人，我们给他做检查时就像检查飞机一样。剩下的就是脑脊髓感染，所以看问题不要太僵化了。”

房间很大，一部分是起居区，一部分是图书区，一部分是工作区。这边放着一组瑞典现代派座椅，有沙发、咖啡桌；那边放着一个工作台，有金属车床，电坩埚、钻床和零件箱，墙壁挂架上还挂着工具；这边放着一张绘图桌；那边是一道书架组成的隔墙，两个人走过时西内斯库还好奇地用手指摸了摸。架子上都是些项目报告合订本、技术期刊和参考书。除了套着破旧蓝色封皮的《绿野仙踪》和乔治·斯图尔特的《火》与《风暴》外，没有别的小说。书架后侧有间小凹室，内有一扇玻璃门，透过玻璃门可以看到另一间起居室，里面的布置完全不同：有垫着软垫的椅子，还有插着一簇细高蔓绿绒的陶罐。

“萨姆在那儿。”巴布考克说。

一个男人出现在那间起居室，看到他们后，那人转身朝他们看不到的地方招呼了一声，然后就笑着向他们走了过来。他身材矮壮，肤色晒得黝黑，秃顶。在他身后，一个身材娇小的漂亮女士快步跟了上来。女士紧跟在丈夫身后穿过房门，并让门敞开着。两个人都没有戴口罩。

“萨姆和伊尔玛住隔壁套间。”巴布考克说，“可以陪陪他，他需要有人在跟前。萨姆是他以前在空军时的老朋友，而且，他的胳膊也是假肢。”

矮壮的男人笑着跟他们握了握手，他握手时很有劲道，也很热情，“要不要猜猜是哪只手？”他穿着一件花运动衫，两条手臂都是棕褐色的，肌肉发达，汗毛浓密。不过更仔细观察后，西内斯库发现右边的颜色微微有些不同，不那么自然。

西内斯库有些尴尬地说：“左边吧，我猜。”

“猜错了。”矮壮男子笑得更厉害了，他卷起右侧袖管，露出绑带。

“这也是这个项目的副产品之一。”巴布考克说，“肌电伺服控制，和另一边的重量完全一样。萨姆，他们里面快完了吧？”

“大概快了吧，咱们瞅瞅。亲爱的，能不能麻烦你给几位先生们来点儿咖啡？”

“哦，当然，没问题。”娇小的女士转身穿过敞开的门口走了回去。

对面的墙是玻璃的，上面挂着一扇半透明的白色帘子。他们转过拐角，下一个隔间里满是医疗电子设备，有些是直接内建在墙壁里的，有些则装在高大的黑色橱柜中，底下还带有滚轮。四个身穿白大褂的人正围在一个看起来像是宇航员座椅的东西旁。西内斯库能看到有个人正躺在上面：脚穿墨西哥皮革编织鞋，深色袜子，灰色休闲裤。周围不时传来一阵窃窃私语。

“看来还没结束。”巴布考克说，“估计是又发现什么他们不喜欢的了。我们还是先到露台上待会儿吧。”

“我以为他们都是晚上给他做检查的——就是给他做换血之类的时候……？”

“晚上确实做。”巴布考克说，“不过早上也有一次。”他转身推开厚玻璃门。门外，屋顶上铺着整齐的石板，四周环绕着有色玻璃墙，上面盖着绿色的塑料天棚。四周散落着一些水泥盆，都是空的。“原来是想在外面弄个屋顶花园的，种些绿色的东西，不过他不要。我们只好把植物都弄走，用玻璃墙围了起来。”

萨姆抽出围在一张白色桌子旁的几把金属椅子，他们都坐了下来。

“他现在怎么样，萨姆？”巴布考克问。

萨姆咧嘴一笑，忽地低下了头，“上午脾气不好。”

“跟你说话多吗？下不下棋？”

“不多。主要是干活。也看点书，偶尔看看电视。”他有些勉强地笑了笑，粗壮的手指交叠在一起。西内斯库看到他一只手的指尖颜色变深了，另一只手则没什么变化。他别开了视线。

“你是从华盛顿来的，对吧？”萨姆彬彬有礼地问，“第一次来这儿？稍等。”他从椅子上站了起来。几个人影从挂着帘子的玻璃门后走过。“看起来他们结束了。两位先生请在这里稍等片刻，我去确认一下。”说着，他大步穿过屋顶走了回去，剩下两人静静地坐在那里。巴布考克拉下了外科口罩；西内斯库注意到后也照做了。

“萨姆的夫人是个问题。”巴布考克靠近了一些，说，“当初都觉得是个好主意，不过她在这里很寂寞。她不喜欢这样——又没有孩子——”

门又打开了，是萨姆。他戴着口罩，不过只是挂在下巴下面，“先生们，可以进来了。”

起居区内，身材娇小的女士正在用雕花瓷壶倒咖啡，她的脖子上也挂了一副口罩。尽管一脸笑容，但她看起来并不高兴。她对面坐着一个高个子，那人身穿灰色衬衫和休闲裤，靠在椅背上伸着双腿，双手搭在椅子扶手上，一动不动。他的脸感觉有点怪。

“嗯，好啦。”萨姆热情地叫道。他的妻子抬起头看了看他，一脸苦笑。

高个子扭过头，西内斯库不由得打了个寒战——他有一张银质的脸，是一张金属面具，只在双眼处有两个椭圆形细缝，没有鼻子和嘴，只有平滑过渡的曲线。“……项目的。”一个非人类的声音说。

西内斯库发觉自己正半弯着腰扶在一把椅子上，于是赶紧坐了下来。所有人都在看他，那个声音继续道：“我刚才说，你是不是来叫停这个项目的。”那声音平板单调，不带任何感情。

“喝点咖啡吧。”女人把一杯咖啡推到了他的面前。

西内斯库伸出手去拿，但他的手在不住地发抖，于是他又把手收了回来。

“只是实地调研而已。”他说。

“胡扯。谁派你来的——辛克尔参议员？”

“正是。”

“胡扯。他自己来过，为什么还要派你？如果你是来叫停项目的，最好直接告诉我。”面具后的那张脸在说话时一动不动，声音不像是从那里面发出来的。

“他就是来看看，吉姆。”巴布考克说。

“一年两个亿。”那声音说，“就为了维持一个人的生命。没多少道理，对吧。喝吧，喝咖啡。”

西内斯库这才注意到，萨姆和他的夫人已经喝掉了他们的咖啡，并戴上了口罩。他赶紧伸手去拿自己的杯子。

“我这种程度的全残，津贴是每年三万，这笔钱可以让我自在生活，大概一个半小时。”

“没人打算终止这个项目。”西内斯库说。

“可以逐步削减。你说是不是要逐步削减？”

“注意礼貌，吉姆。”巴布考克说。

“好的，是我大错特错。你想知道什么？”

西内斯库啜了一口咖啡，他的手还在抖，“你戴的面具。”他开口道。

“没什么好说的，无可奉告，无可奉告。抱歉，不想无礼；个人隐私。问我点别的——”他忽然毫无预兆地站了起来，高声叫道，“把那个破玩意儿弄走！”萨姆夫人的咖啡杯打碎了，桌面溅上了棕色的咖啡。一只黄褐色的小狗正坐在地毯中央，歪着头，眼睛亮晶晶的，伸着舌头。

桌子倾斜了一下，萨姆的夫人踉跄着从桌子后面站了起来。她的脸都红了，眼泪也流了下来。她一把抱起小狗，停也不停地跑了出去。“我还是去看看她吧。”说着，萨姆也站了起来。

“去吧。哦，萨姆，休息几天。开上车，带她去温尼马卡，看个电影。”

“嗯，我想我会去的。”萨姆的身影消失在书架隔墙后。

高个子又坐了下来，动作跟正常人一样；它又以同样的姿势靠上椅背，双臂搁在扶手上，一动不动，握着木质扶手的双手形态匀称完美，但不太真实：指甲哪里不对。面具上方那精心梳理过的棕色头发是假发；两只耳朵是蜡质的。西内斯库手忙脚乱地拉上外科口罩遮住嘴巴和鼻子。“还是继续参观吧。”说着，他站了起来。

“说的是，我也想带你去工程部门和研发部门看看。”巴布考克说，“吉姆，我过会儿回来。想跟你谈一谈。”

“好的。”那个一动不动的身影说。

巴布考克已经冲过澡，但汗水还是再次浸透了衬衫的腋窝。静音电梯、绿地毯，有点污渍。空气偏凉，不太新鲜。七年，血汗和金钱，五百名优秀员工。心理学部门、整形部门、工程部门、研发部门、医疗部门、免疫学部门、供应部门、血清学部门、行政管理部门。玻璃门。萨姆的套间没人，他和伊尔玛去了温尼马卡。心理学部门。优秀员工，不过他们是最优秀的吗？三个最优秀的拒绝了这份工作。把这份档案置诸脑后。不是普通的截肢手术，这人把所有能切除的都给切除了。

高个子一直没有动过。巴布考克坐了下来，银面具转过来看了看他。

“吉姆，咱们开诚布公地谈谈吧。”

“不妙，哈。”

“确实不妙。我从他房间出来的时候给他留了一瓶酒。他走之前我会再和他见一面，天知道他回华盛顿后会说些什么。我说，帮我个忙，把那东西摘掉吧。”

“没问题。”高个子抬起手，捏住银面具边缘，揭了下来。面具下是一张黑里透红的脸，雕刻的鼻子和嘴唇、眉毛、眼睫毛，不帅，但也不难看，就是普通的样子。只有眼睛不太对头，瞳孔太大。再就是说话的时候嘴唇不会张开或移动。“所有东西我都可以拿掉，又能证明什么。”

“吉姆，整形部门花了八个半月在这款脸型上，可你一开始就拿个面具给盖上了。我们也问过你有什么不对，只要你说我们都可以改。”

“无可奉告。”

“之前你说过要逐步削减这个项目。你觉得自己是在开玩笑吗？”

短暂的停顿。“不是玩笑。”

“好吧，那就打开天窗说亮话。吉姆，告诉我；让我知道你的想法。他们不会终止这个项目。他们会让你活着的，但也仅此而已。志愿者名单上有七百人，其中还包括两名美国参议员。假设明天他们当中的一个被从一辆撞毁的汽车中拉了出来，我们可不能等到那时候再做决定是该让他就这么去死，还是把他放进像你这种全假躯体里。我们现在就得知道。所以还是跟我说说吧。”

“假设我跟你说了，但说的不是实话。”

“为什么要说谎呢？”

“跟你们对癌症病人说谎的理由一样。”

“我不明白，说清楚点，吉姆。”

“好，这么说吧。你觉得我看起来像个人吗？”

“当然像。”

“胡扯。看看这张脸。”冷静而完美。假虹膜下，金属片眨了下眼，“假设我们解决了其他所有问题，我明天就能去温尼马卡；你能想象我走在街上，进入酒吧，坐出租车。”

“就因为这个？”巴布考克深吸了一口气，“吉姆，有差别是肯定的。不过看在上帝的分上，这就跟其他假体一样——人们会习惯的。就像萨姆的假肢一样。你看得出来，但是过段时间就会忽略，不会再注意到。”

“胡扯。你们假装不会再注意到，只因为不想让那个残废难堪。”

巴布考克低头看着自己交叠的双手，“可怜自己了？”

“少跟我来这一套。”那声音叫道。高个子站了起来，双手慢慢举起，握紧拳头，“我被装在这玩意儿里，在这里面两年了。睡觉时在里面，醒来时，还在里面。”

巴布考克抬起头看着他，“你想要什么，能活动的面部？给我们二十年，也许十年就行，我们会搞定的。”

“不。不。”

“那你要什么？”

“我要你关掉整形部门。”

“可那是——”

“先听我说完。第一款样机看上去就像个裁缝用的假人，所以你们花了八个月改进出了现在这款，看上去就像具尸体。这整个项目就是为了让我看起来像个人，第一款样机还不错，第二款更好些，但那只是因为你们搞不出一款会抽雪茄会和女人调情会打保龄球而且没人能看得出跟真人有什么区别的样机。你们做不到，就算能做到，又有什么意义？”

“我不——让我想想。你的意思是，一具金属——”

“金属，当然，不过那又有什么区别。我说的是外观、功能，等一下。”高个子大步走过房间，打开壁橱，取出一卷图纸，走了回来，“看看这个。”

图纸上画的是一个长方形的金属匣子，下面安着四条有关节的腿。匣子一端伸出一个小小的蘑菇状的头部，安装在有关节的柄上，还有一簇机械臂，末端是探针、钻头、抓斗之类的东西。“用于月球勘探。”

“肢体太多了。”看了一会儿之后，巴布考克说，“你要怎么——”

"用面神经。还剩下很多。或者这个。"又一幅图纸。"可插入飞船控制系统的组件。这才是我的归宿，在太空中。无菌、低重力，别人去不了的地方我能去，别人做不了的事我能做。我能成为人类的财富，而不是这见鬼的耗资几十亿的累赘。"

巴布考克揉了揉眼睛，"之前你怎么都没提过？"

"你们那时候都沉迷于肢体修复。说了你们也会让我一边凉快去。"

巴布考克卷起那些图纸，他的双手在发抖。"嗯，以上帝的名义发誓，这可能真行得通。真有可能。"他起身朝门口走去。"继续——"他清了清嗓子，"我是说，坚持住，吉姆。"

"我会的。"

等到屋里只剩他一个人之后，他又戴上面具，闭合眼帘，一动不动地站了一会儿。体内，他的运行干净利落；他能感觉到机械泵那让人安心的低沉嗡嗡声，还有阀门和继电器的咔咔声。它们给了他这一切：清除所有的内脏，替换为不会流血不会渗漏不会化脓的机械。他又想起告诉巴布考克的那个谎言。为什么要对一个癌症病人撒谎？但他们永远都不会懂的，永远都不会明白。

他坐在绘图桌前，把一张图纸夹在上面，用铅笔勾勒起了他设计的月球勘探车的样子。画出勘探车的草图之后，他又画起了背景里的陨石坑。铅笔的动作越来越慢，最后停了下来。他啪的一声放下铅笔。

再也没有肾上腺朝他的血液里分泌肾上腺素了，所以他感觉不到恐惧和愤怒。他们已经替他免除了那一切——爱、恨，所有那些乱七八糟的东西——但他们忘了，还有一种情感他仍然可以感受到。

西内斯库，油腻的皮肤上戳着黑色的胡茬。鼻孔旁的褶皱处有颗小脓包。

月面的风景，干净而清冷。他又拿起了笔。

巴布考克，红润的大鼻子油光闪闪，眼角堆着白色的污垢。牙缝中还有食物的残渣。

萨姆的妻子，嘴上涂着覆盆子色的软膏，脸上满是泪水，一个鼻孔上挂着明亮的泡泡。还有那该死的狗，亮闪闪的鼻子，湿漉漉的眼睛……

他转过身，狗就在那，坐在地毯上，伸着湿乎乎的红舌头——又没关门——滴着口水，摇了两下尾巴，要站起来。他伸手拿过金属T形尺，后仰身体，像挥动斧头一样砍了下去，金属击碎骨头，狗呜咽了一声，一只眼睛喷出红色，四脚朝天，扭动，地毯上散开深色的尿渍，他又打了一下，又打了一下。

尸体躺在地毯上，扭曲着，血迹斑斑，撕裂的黑嘴唇后翻，露出牙齿。他用纸巾擦干净T形尺，在水槽里用肥皂和钢丝绒刷洗了一会儿，擦干，挂起来。他拿出一张图纸，铺在地上，把狗的尸体滚到纸上，没有溅出一滴血到地毯上。他拿起裹在图纸里的尸体，来到露台，上到没有顶棚的那一片，一路用肩膀推开门。他看了看墙外，两层楼面下，混凝土屋顶，通风口伸在那里，没有人看。他把狗端出去，让尸体顺着纸滑了下去，滚动着掉落。尸体砸中其中一个通风口，弹起，一片红色污迹。他把图纸拿回室内，将血倒进排水管，接着把纸扔进焚化炉滑道。

地毯上、绘图桌腿上、壁橱上、他的裤腿上，都有血迹。他用纸巾蘸温水一一擦拭干净。他脱掉衣服，仔仔细细检查了一遍，先在水槽里搓洗，又放进洗衣机。他清洗了水槽，用消毒剂把自己从头到脚擦洗了一遍，重新穿上衣服。他走进萨姆那静悄悄的套间，关上身后的玻璃门，经过盆栽的蔓绿绒、垫着厚厚软垫的家具、墙上红黄相间的画作，来到外面的屋顶，让门半开着，然后穿过露台走回来，关上各扇门。

真可惜。以后养点金鱼吧。

他在绘图桌前坐下。他的运行干净利落。他又想起了今早的梦，那最后一个梦，他即将从沉睡中挣脱出来时的梦：滑溜溜的肾脏爆裂灰色的肺血毛发成捆的肠子盖着黄兮兮的脂肪渗着血滑动哦天呐臭得好像露天厕所的气味没有声音不知在哪儿他正将黄色的水柱射向粪道口滑道然后——

他开始用墨水描线，先用细钢笔，再用尼龙画笔，他后跟打滑要摔倒了停不住就要跌进黏糊糊膨大的软物比他的下巴还高变得更高他动不了瘫痪了他想尖叫想尖叫想尖叫——

勘探车正在爬上环形山坡，操作部件缩回，头部上抬。身后远处是环形山壁，地平线，黑色的天空，点点星星。他就在那儿，还不够远，还不够，因为地球还挂在头顶，就像个腐烂的水果，带着蓝色的霉斑，龟裂，皱缩着，化脓，活的。

（王小亮　译）

在未来幸存

到了20世纪60年代后期，一系列紧迫的问题开始干扰世界，也干扰科幻作家们的想象力。科幻作家自广岛核爆后便一直忧虑的第三次世界大战并未发生，这或许是由于核对峙与恐怖平衡，但军事大国大量贮备氢弹头，有时还意图将其用作洲际火箭的前锥，同时“警察行动”[1]和带有严重分裂性质的有限战争先后在朝鲜半岛与越南境内打响。

有识之士开始针对出生率发出警世之言，他们声称如果目前的出生率维持不变，到2000年，世界人口将达到80亿；有些人著书论述“人口炸弹”与“人口爆炸”，将人口问题的危险性与其他炸弹相提并论。有些专家甚至暗示，事到如今再想对人口增长进行控制为时已晚。另一些专家指出，尽管美国的人口增长率低于发展中国家，但在世界资源减少与环境污染加剧的问题上，一个美国儿童起到的影响要数倍于（有人说是数百倍于）——举例而言——一个生

1. 在军事/安保研究和国际关系学中，“警察行动”隐喻未经正式宣战而采取的军事行动。

于印度的儿童。

到了20世纪60年代后期，资源尚未显得稀缺匮乏，但未来的能源短缺已经可以预见，具备洞察力的人也已察觉到，依靠廉价石油才得以长期维持的西方经济繁荣即将终结。除了少数非正规的太阳能与氢聚变实验，几乎没有人为解决能源问题做出过太多努力；西方社会越来越依赖中东的石油资源。

环境污染问题受到的关注更多，特别是在1962年蕾切尔·卡森所著《寂静的春天》出版之后，英美开始着手净化江河，并限制烟尘排放。人们谈论着大气中不断增长的二氧化碳含量，以及温室效应带来的地球逐渐变暖的（灾难性）前景。一些科学家开始预测，在长期变暖后，地球气候的变化趋势会发生逆转，可能会转冷，甚至会回到冰河时代。不过，只要运气够好，二氧化碳所致的温室效应应该能够抵消新冰河时代的来临。

阿尔文·托夫勒在《未来的震荡》中描述了人类对飞速发展的技术作何反应并为之命名，同时也唤起了公众意识，使大众认识到如何适应世界的飞速变化是个问题。政治进程再不能声称自己是通向美好世界的大道坦途，就连在苏联也不例外；美国也不遑多让，约翰·F. 肯尼迪、罗伯特·肯尼迪与马丁·路德·金都遭遇暗杀，而广告原理被用以塑造和兜售竞选者的个人形象，特别是通过电视机前凝视的眼睛。

未来令人感受不到希望，于是市面上出现了许多宣扬幻灭情绪的小说，其中部分属于科幻范畴。一些作家似乎在迫在眉睫的灾难中找到了释放创造力的机会，约翰·布伦纳当算其中的佼佼者。布伦纳是土生土长的英格兰人，但他早期的创作抱负是受美国科幻影响形成的，终其创作生涯，布伦纳的故事大多聚焦于美国，无论是架设背景还是预设读者。

他在 17 岁时卖出了自己的第一部长篇小说，并于大约同一时期从大学辍学，用他的话说，这是因为学校教育干扰了他的学习。他的第一部美式短篇小说是 1953 年以笔名约翰·洛克斯密斯（John Loxmith）发表于《惊异》杂志上的《你这又良善又忠心的》[1]（“Thou Good and Faithful”）。在英国皇家空军服役后他做了几份领薪水的工作，其后便开始全职创作生涯。他是个高产作家，且长中短篇都所著颇丰。他的早期作品多是比较常规的冒险故事，但其中的独到之处足以为他赢得颇具写作才能的声誉。

为他带来重大突破的是长篇小说《都市棋盘》（*The Squares of the City*，1965），故事描述围绕一场象棋棋局建立的政治控制。其后他发表了被公认为杰作的长篇小说《站立于桑给巴尔》，讨论近未来的人口过剩问题。该小说收获了雨果奖与评论界的盛赞，并引出了另一部长篇《锯齿形轨道》（*The Jagged Orbit*），小说设置了包含医疗事故与军事产业复合体的故事背景，并将种族分歧置于突出位置进行探讨；接着是长篇小说《群羊举目》[2]（*The Sheep Look Up*，1972），探讨了环境污染问题；继之以《震波骑士》[3]（*The Shockwave Rider*，1975），该故事以应对技术变革和未来震荡的方式破解了迫在眉睫的问题。高强度的创作工作令人精疲力竭，但《时间斗室》（*The Crucible of Time*，1983）、《时间潮汐》（*The Tides of Time*，1984）与《星之迷宫》（A *Maze of Stars*，1991）等长篇小说又使布伦纳重新找回精力。

---

1. 该标题典出《圣经·新约·马太福音》25：21，原文“主人说：‘好，你这又良善又忠心的仆人。你在不多的事上有忠心、我要把许多事派你管理，可以进来享受你主人的快乐’”。

2. 该标题典出约翰·弥尔顿的田园挽歌《利西达斯》（*Lycidas*），原文“The hungry sheep look up, and are not fed, But swollen with wind and the rank mist they draw, Rot inwardly, and foul contagion spread ...”

3. 标题典出阿尔文·托夫勒《未来的震荡》，同时也隐喻“在一个充满不确定的世界里挣扎为生”。该小说的背景架设在一个个人身份与生活方式受到威权政府控制且变化极快的虚拟世界里。主人公是个逃犯，能凭借高超的计算机技术不断为自己改换身份。小说被评论界视为赛博朋克的类型先驱。

如果布伦纳的作品仅仅是反乌托邦或敌托邦[1]，它们或许会更易遭到遗忘。但他的长篇小说里始终贯穿着一线希望，无论情况可能变得多么糟糕——如在《群羊举目》中，整个美国都遭遇大火——只要人类能够尽己所能、克己利物，事情总是来得及挽回。布伦纳也设法为他那些警世故事套上了时髦的文体风格；如在《站立于桑给巴尔》中，他便采用了约翰·多斯·帕索斯在《美国》中开创的实验写法。不过，文体意识并未使他忽视文风适应内容、文体匹配主题的必要性。他成功地避开了某些作家视文体风格重过一切的死胡同。

（穆童、憬怡　译）

1. 上段中出现的长篇小说几乎皆是反乌托邦题材。

站立于桑给巴尔（节选）

［英国］约翰·布伦纳

世间百态（1）
阅读说明

今天是2010年5月3日，曼哈顿天气：富勒穹顶下春日和煦，通用技术广场气候同上。

然而撒缦以色是一个注册商标为微低温电子基因的电脑，浸泡在液氦里，冰冷地藏在他的地下室中。

（同上：使用它吧！涉及的心理过程就跟你的电话机使用的节省宽带技术一样。如果你目睹过那个场景——你已经目睹了，而且由于新的信息太多，你没法再浪费时间反复检查。直接使用“同上”，尽管用！

——查得·C. 穆里根《时髦罪词汇》）

少一点机械感，多一丝人情味，但又同时综合了二者的本质，乔其·塔隆·巴克法斯特在她91岁的时候基本是靠修复术维持着生命。

这个品种变得太多了的原因，是加利福尼亚的黑特普把它培育成了每盎司里面含茎秆较少，而纯洁女王[1]叶片更多的品种。去问问“那个娶了玛丽·简的男人”吧！

埃里克·埃勒曼是一个已有三个女儿的植物遗传学家，他被妻子那个总是不停地鼓起来的大肚子给吓坏了。

“……波多黎各今天成为美国优生立法中最后一个通过了饱受争议的二色性条款的州。从此以后那些想要生下具有遗传劣势后代的人，只剩下两个避难所可去：内华达州和路易斯安那州。育婴院游说组织的失利从‘年轻而独一州’[2]的美丽前额上去除了一个长期以来的印记——一个先天不足的印记，有人也许会说，因为这个年轻而独一的州加入立法规范组织的时间，与第一次针对血友病、苯丙酮尿症和先天愚的优生立法几乎是在同一天。”

波比·谢尔顿这些年一直相信奇迹的存在，此时此刻在她的体内就有一个奇迹正在发生，然而真实的世界正在威胁她的梦想。

困难的任务我们立刻完成。不可能的任务要多花一点点时间。

——通用技术的基础格言

诺曼·尼布洛克·豪斯是通用技术集团负责人事和招聘的初级副总裁。

“时间紧迫，拜托啦，参与人介入马上开始。切记只有扫描分析仪的参与人介入服务是由通用技术集团的撒缦以色进行处理的，用

1. 指大麻的一个品种。
2. 波多黎各是美国领土，该地区有自己的语言、政府和自治权。不同于美国其他普通法地区，波多黎各有自己的法律体系，居民持有美国护照，但在波多黎各本地无投票权，其公民权由国会而不是宪法赋予。

的时间更短，回答更正确……”

吉娜薇·斯蒂尔的真名是德威金斯，但是这能怪她吗？

你的身形能够充分展现你自然的力量吗——如果只看一眼的话？

如果你穿着马斯克莱恩牌子的服装，那么回答是肯定的。因为厌倦了折中，我们马斯克莱恩公司决定将男裤前面那块遮阴布回归原处，就是要告诉女人们那样才像男人。

希娜和弗兰克·波特都收拾好了行李准备动身去波多黎各，因为绿光和红光对他来说只是光而已。

“两名参与人介入！第一号：抱歉，朋友，但是不可以——我们说波多黎各的决定给不同政见者只留下了两个天堂并没有错。伊索拉确实享有州级地位，但是整个太平洋地区岛屿的占领是受军事管制的，非军事原因禁止入内。尽管如此，还是感谢你们的提问，世界就是这样，我们会受你的影响而你也受我们影响，这也是为什么我们要将扫描分析仪设定成为双向的程序。”

亚瑟·格莱特利并不介意他忘记把东西放哪儿了。找它们的时候，他总能找到另外一些他都已经忘了是他拥有的东西。

昨日我们经历了困难，此刻我们正在挑战不可能。

——通用技术的今日格言

唐纳德·霍根是一个间谍。

“另一个号：二色变异就是常说的色盲，像恒星时[1]一样肯定的是

1. 恒星时是天文学中以地球相对于恒星的自转周期为基准的时间计量系统。

它是一种先天性疾病。谢谢，参与人，谢谢你。”

施塔尔（斯塔利昂[1]的简称）· 卢卡斯是一个远道而来的男孩，被称过重，量过身高，一路上都通行无阻。

（不可能意指：1. 我不喜欢它，而且当它发生时我也不会赞成；2. 我不想费这个事；3. 上帝不想费这个事。第三种含义有可能是正确的，而另外两种则 101% 是胡扯。

——查得 · C. 穆里根《时髦罪词汇》）

飞利浦 · 皮特森 20 岁了。

你是否被一种老式的自动呼叫装置所困扰？它是不是需要你不停地手动重新编程否则就不会提醒你上周重新调度的时间设置？

通用技术公司的革新产品可以自我重编程哟！

萨沙 · 皮特森是飞利浦的妈妈。

“切换到一个相关主题，暴动人群今日袭击了瑞典马尔摩的一个右翼天主教堂，当时正在进行清晨弥撒。包括神父和许多儿童在内的伤亡人数总计超过四十人。埃格朗蒂纳教皇在他位于马德里的邸宅里指责他的对头托马斯教皇，说他蓄意煽动了此次暴动事件以及近期的一些暴乱，该指控被梵蒂冈当局极力否认。”

维克多和玛丽 · 沃特莫出生于同一个国家并且已经结婚二十年了——她是二婚，他则是第三次。

看她穿着那件福伦莫勒牌的巨臀服装配饰时，你意欲如何

1. 该名字在英文中有“种马”的意思。

她之所想正是你之所欲，当你看她穿着那福伦莫勒巨臀装束时

若非如此，她就不会穿上

极尽可能地进入并非言过其实，当你将之称为巨臀

款式说明写的是“情人款”

但其实你应该看成是“荡妇式”

那样可能更贴切

伊莱休·马斯特斯现担任贝宁的美国大使，此处曾是英国的殖民地。

“谈到指控，美国南部地区的参议员洛厄尔·凯特这个反物派指责说，富人阶层现在应该为他的家乡得州‘每蔫’——抱歉！是‘每年’九成以上的重罪负责，美联邦为解决这个问题所做的努力都是无用功。通过小道消息，已有人听闻密探组织的官员很担心的事情——通用技术公司的新产品‘旅行伴侣’[1]令富人阶层十分着迷。”

格里·林特是一个被征召入伍的人。

当我们说到通用技术公司时，“通用”指的就是：一切。我们可以为任何人提供一生的事业，如果你对这些感兴趣：航天、生物学、化学、力学、优生学、铁磁性、地质学、水力学、工业管理、喷气推进、动力学、法学、冶金、核物理、光学、专利权、夸克学、机器人学、合成学、电子通信、超声波学、真空技术、工艺学、X射线、粒子基质、动物学……

不，我们并没有忽略你的专长，只是这个广告里头实

1. 原文为Triptine，与色胺类化合物后缀相同，此处暗指该产品可产生成瘾性的神经兴奋或致幻效果。

在放不下了。

大学教授斯盖干汤博士是社会主义民主雅塔康奉献大学地质构造演变学系的系主任。

“暴民事件发生率居高不下：昨天在布鲁克林外区，有一个家伙导致了二十一人受害，直至那些毛头警察把他干翻，而另一个在埃文斯顿 111 号街区至今仍逍遥法外，共杀害了十一人并伤了三人。在大洋彼岸的伦敦，一个女暴民干掉了四人以及自己三个月大的婴儿，之后才被一个沉着镇定的旁观者击倒。仰光、利马和奥克兰也有报道，当天受害者的总数达到六十九人。”

格蕾丝·罗利已经 77 岁了，脑子有点不大灵光。

今日尚在明日离开，已经不再适合我们这个摩登时代了。

随时随地说走就走，那才叫潮流。

尊敬的萨基尔·F. 欧泊米是贝宁的总统。

“韦斯特威一两则消息显示，华盛顿这个反物质收到了来自雅塔康政府的一份强硬通牒，声称在伊索拉境外执行任务的海军部队非法侵入雅塔康领海。官方当然会以礼相待，但是雅塔康的百岛之域一直在收容从所谓的中立港口偷渡出来的海盗，这已经是公开的秘密，那些人还伏击了在中部海域的美国巡逻队……”

奥利弗·阿美里奥是波多黎各最成功的育婴师。

你认识那些将一、二、三个女人玩弄于股掌之间的男人吧。你也认识一些每周末都跟不同的男人魂销天外的女人吧。羡慕他们吗？

犯不着！

就像任何其他的人类活动一样，这也可学习嘛。我们用最适合您的方式来教您。

格伦迪夫人纪念基金会（愿她在坟墓里兴奋得头晕）。

查得·C. 穆里根曾是一个社会学家，但是他后来放弃了。

“上星期的西海岸国家森林火灾烧毁了100多平方公顷极有价值的木材，这些木材原计划用于制造塑料、纸张和有机化合物，今日森林管理员韦恩·C. 查尔斯正式将此事归咎于人为蓄意破坏。然而至今仍无法确定犯罪人的身份。”

约格琼是一个革命家。

那个词叫作环保清除。

别去查词典。

它太新了，不会出现在词典里。

但你最好知道它的含义。

环保清除。

我们将会对你这么做。

皮埃尔和珍妮·柯罗达都是黑脚法国人的孩子，这不奇怪，因为他们是兄妹。

“以下各州龙卷风预警解除……”

在整个落基山脉以西，要想搞到某些特殊物品，杰夫·杨就是“你要找的那个人”，他有：定时引信、炸药、灼热剂、强酸以及杀伤性细菌。

“转述一则小道消息：谣言再一次传遍了——非洲独立小国贝宁

陷入了经济混乱中。达荷美的总统考特在巴马科的一次演讲中警告那些野蛮人，如果他们趁火打劫将会引发一切必要的步骤进行反击……”

亨利·布彻对他自己相信的万应灵药简直就是一个狂热的信徒。

（谣言：相信你所听到的传闻吧。你的世界也许不会比你所处的街区更好，但一定是一幅更生动的景象。

——查得·C. 穆里根《时髦罪词汇》）

可以确定的是，那个叫贝吉的男人不是活人。而另一方面，至少在某种意义上他也并没有死。

“也有传言说，伯顿·登特又去做不可描述之事了，因为有人看见他折腾着把曾经的燃油供应商埃德加·朱厄尔弄进了这种反物质的粒子状态。与此同时，太平洋时间，似乎与他结婚三年的配偶费妮拉·科赫，似乎正把婚姻变成她跟梦幻奶油似的佐伊·莱在一起的重口味闹剧。就像那句广告语说的一样——何不平等，为何不！”

无处不在的先生与太太是虚构的身份，是新世纪里跟邻居们无异的他人，只不过跟他们在一起时你不用再攀比。你买个带有家居投影附件的电视回家，就能确保无处不在的先生和太太在样貌、言语和举止都像你。

（时髦罪：当你打开这本书的时候你就犯下了一桩。坚持下去，这是我们唯一的希望。

——查得·C. 穆里根《时髦罪词汇》）

本尼·诺克坐在一台机器前，将频道调节至围绕旅行伴侣旋转的扫描分析仪上，一遍遍地重复着，“天哪，我实在太有想象力了！”

“为了接近，那个小型的安抚部门。某个麻烦的圆顶屋里最新发现，如果你允许每个男人和女人以及那些我挚爱的人都能有 1 英尺 × 2 英尺的空间，那么你就能容纳我们所有人全都站立在这 640 平方英尺的桑给巴尔岛上。今天是 2010 年 5 月 3 日，再次播报！”

剪辑说明（2）
昔日废手

诺曼大步流星跨出电梯，准备大发一通他那少有发作而又常常有意为之的雷霆之怒，在这种盛怒之下，他的任何下属都会畏畏缩缩、十分尴尬。当脚趾踢到了地上某个东西的时候，他还没来得及看一眼撒缦以色的地下室内部。

他瞥了一眼那个东西。

那是一只从腕关节处切下的人手。

“现在我的外公，”埃瓦尔德·豪斯说，“成了独臂人了。”

6 岁那年，诺曼用圆圆的大眼睛盯着自己的曾祖父，无法理解那个老人告诉他的一切，但是他能意识到，这和不能尿床，或者不能跟柯蒂斯·史密斯家同龄的小孩过于亲密，只能跟白人孩子一块玩，是同等重要的事情。

“并非像你如今见到的这样干净和整洁，”埃瓦尔德·豪斯说道，“那不是截肢，不是在医院做的手术。他生来就是个奴隶，你看吧，而且……

“看吧，他是个左撇子。他做了啥？他——他举起愤怒的拳头去反抗他的主人，将他从头揍到脚直到揍得肌肉抽筋。所以他的主人叫了五六个农夫把他捆在了他们拥有的那 40 英亩土地里头的一个树桩上，就那么找了个锯子然后……

“把它给锯了。大约是从这儿。”他摸了摸自己瘦烟杆儿一样的胳膊肘下 3 英寸的地方。

“他对此无能为力。谁让他生来就是奴隶呢。”

这次，冷静而沉着，诺曼看着地下室里面。他看到被砍断手的人在地上翻滚呻吟，抓着自己的断腕处，强忍着剧痛试图在不断流血的血管上面找到可以止血的按压处。他看到砸毁的书桌碎了一地，极度恐惧失去理智的员工们踩在上面发出嘎吱嘎吱的声响。他看到脸色病态苍白的白人女孩眼里闪出的光，伴随着极度兴奋的深呼吸，举着滴血的利刃躲避着袭击她的人。

他还看到，那边的露台上站着一百来个蠢货。

他无视地板中间正在发生的一切，越过去径直走向一个嵌入地下室墙内的嵌板。两个固定钮被迅速旋开并掉了下来，露出里面交错成网状的笨重的绝缘管道，像鼠王的尾巴一样纠缠在一起。

他拽住一个扇形阀，用手掌一侧猛击一个接口，他的动作极快，寒气还来不及穿透他的皮肤；他把一个胶皮管挟在肋下以便倚靠，同时拽着它向前。管子的自由长度足够他用了。

他目不转睛地盯着那个女孩，步步逼近。

天神之女，可能叫多卡斯或者塔比瑟、玛撒之类的。想到去杀戮。想到去摧毁。一种典型的基督徒反应。

你们谋杀了你们的先知。我们的先知载着盛誉老去。你将再次杀死你们的先知，并且欢快不已。如果我们的先知归来，我将像朋友一样与他交谈。

他停在了离她 6 英尺远的地方，胶管如同巨蟒的鳞片刮擦着地板似的被一路拖过去，他停在那里。女孩不确定这个黑皮肤、目光冷酷的男人意欲如何，她迟疑了一下，举起斧头要砍向他，然后转念一想：这肯定是个声东击西的陷阱。

她环顾四周，以为后面会有人偷袭。然而员工们已经认出诺曼手上的东西，纷纷四下溜之大吉。

“他对此无能为力……”

他猛地打开胶管末端的阀门并举着它数到三。

一阵嘶嘶声，雪落了下来，某种东西让白色的冰霜凝在了斧子上，然后是握着斧子的手，以及连着那只手的胳膊。接下来是暴风雨之前的死寂。

然后，斧子的重量把女孩的手直接从胳膊上折断了。

“液氮。”诺曼向旁观者简短地解释道，并将管子砰的一声扔在地上，“把手指头浸进去，它会像一根干柴一样被撅断。我劝你们别去尝试。也不要轻信关于特雷莎的传闻。”

他没去看那个女孩，她已仰天倒下——晕倒或者已经被吓死了——只有那只覆满冰霜的手依然死死握住斧柄。理应有点儿什么反应才对，他的脑子里至少会闪过一丝骄傲吧。然而什么也没有。他的思维，他的心绪，就像地上那个毫无意义的东西一样，冷若冰霜。

他转身走向电梯，有一种强烈的失落感。

辛克朝施塔尔凑过来。

“嘿——嘿！”他说，“总不能白来一趟，对吧？今晚咱们去捞它一蒲式耳的大鲸残骸吧，从海底开始清理。那会让我回到正确的轨道！”

“不。”施塔尔说，眼睛盯着那扇门，马屁精们从那个门溜掉了，“这个镇就算了，我不喜欢他们这儿固守的那种强制感。”

剪辑说明（9）
窝里斗

环境像是一个易爆的成型压力机的巨型阴极板，压制住了唐纳德·霍根的秉性，就如同一只手紧握住一块油灰时在手指间的位置会留下脊纹，亦即表皮纹理的痕迹。他感觉自己的个性已飞散到无尽的暗夜之中，带走了他快要消失殆尽的决策力和行动力，徒留一副受外界支配的空壳。

一些社会理论家称，城市人现在到了一个不稳定的平衡点；他理性的驼背脆弱得不能再承受一根稻草。加大拉的猪群在山顶上拱着土，哼哼唧唧俯望着深海[1]，人们察觉到了这一点，理论家说，所以当可以选择另外一条路时，他们不再冒险挤进已被塞满的城市。在印度这样的国家是不存在另一种选择的；城市社区的饥荒相对缓和一点，因为人们更靠近生存补给的分配点，仅仅是饥饿导致的倦怠无力就能使冲突和暴力事件的爆发减少到只有零星发生的程度。然而相比之下，营养较为良好的欧美人口则更容易坠入悬崖，他们所得到的警告只不过是相当于某个人为了那种狂躁的氛围而带上一包镇定剂罢了。

唐纳德在最后一次能够明确阐述自己清晰的想法时说，了解这种风险是一回事，看它变成现实却完全是另一回事。

之后，世界掌控了一切，他迷失了。

焦点：潜行者号。13 英尺长 7 英尺宽，漆成白色的梯形车，它

1. 典故出自《圣经·新约·马太福音》，耶稣赶鬼入猪群，结果猪群闯下山崖落海而死。

的车轮隐蔽在下面看不到的地方以防枪击——分布在为它供电的燃料电池平板槽周围，可容纳四个人的前舱安装有防弹玻璃和额外的可伸缩钢丝格栅屏障；车的后部设计有坚固的金属下拉挡板，附有担架滑道以及一个催眠空气循环系统，主要用于押载被捕者或者必要时救援受伤者。车前端两个明亮的大白灯正好有 150° 的照域，其中一个熄灭了，因为司机花了太长时间才卷起铁丝网，所以没能保住它；顶上的每个角落都有其他可调整光线的灯；车顶上的小炮塔内有一挺瓦斯枪一直在旋转，向 60 码远的地方发射出玻璃碎片手榴弹。挡板之下，是极其紧急情况下才可以使用的燃油喷射机，它可以在附近街道上扫出一片小小的火海以便阻挡住攻击者，从而为车内等待救援的人赢得时间，里面的人可以通过呼吸面罩使用储存的空气系统。车子很容易受到地雷、能打穿甲板 2 英尺的三连发手枪或者建筑物坍塌的伤害，除此以外，在一场普通的城市暴乱中它可以说是所向披靡了。然而，车的燃料电池已经不足以使它推开前面一辆因为车门敞开而自动刹停的出租车，也没法推动那个横卧在它后面的灯柱——柱子正尴尬无比地嵌在一头连着的残桩和另一头的一个非常牢固的邮筒之间。

前景：仿佛突然从空气中出现似的，拥堵于人行道上的几十人——几百人，大多数是阿夫拉姆人，有一些波多黎各人，还有一些盎格鲁–撒克逊系的白人新教徒。一个姑娘带着电子手风琴，把音量调到极大，震得玻璃乱颤、耳鼓轰鸣，她尖声喊出歌曲，其他人和着节奏跺着脚："拿什么拯救你，我们美丽的城市，肮脏又危险，糟糕又难闻？"他们找到任何可以拿来扔的东西哐啷砸在潜行者号上——混凝土块，垃圾，瓶子，罐子。还要等多久才会动用瓦斯枪和燃油喷射呢？

背景：建筑物统一都是十二层楼高，每一个面都能占据半个或一个街区，几乎不会被峡谷一样的街道打断，因为城市中的废弃车辆意味着单行道对于政府车辆和出租车已经完全足够。公交车只跑到下一个路口左转，两个路口后右转。人行道由 4 英尺高的混凝土栅栏围起来，大小能够跨过去，又足以挡住任何合法通过的车辆撞到行人。几乎每一个建筑物的外面，都有某种广告，所以住在高层的人们可以从一片破旧的世界往外看——从字母 O 的正中间，或者某个女孩放松的胯下。冒险游乐场是这陡墙环绕的街道中唯一的例外，就像爱因斯坦闯入了欧几里得井井有条的世界。

细节：他蜷缩在建筑物正对着游乐场的那一面，这里比附近的建筑物装饰得更加花哨。建筑在街道地平线以上的地方有一个宽阔的门廊可以通向内部和一些平面相对的整体扶壁，每个扶壁之间相隔 2 英尺，扶壁底部有 2 英尺厚，越往上越逐渐收窄，到了第四层楼的时候便成为一个尖顶。只需一个这样的城垛便足以为他挡住亮光、四处流窜的暴民和乱扔过来的投掷物。头顶上传来一阵金属的敲击声，他向上望去。有人正在试图把伸缩梯伸到墙外去而不是直直地向下，如此一来从他们的有利地势就可以把那些东西直接砸到陷入困境的潜行者号顶上。

嘶嘶——砰！嘶嘶——砰！呼呼——嘶嘶——砰！

瓦斯枪。

手榴弹击碎在建筑物的墙面上，每一个都释放出一夸脱凝滞的烟雾，然后渗进街道窄窄的暗沟里。首当其冲的那群人吸入了足够高浓度的剂量，咳嗽着、哀号着昏倒在地，而那些有幸躲过第一波发射的人则蜷缩在地上远远地躲开。

嘶嘶——砰！呼呼——嘶嘶——砰！

被他弄伤了嘴巴的那个姑娘从街道的中间步履蹒跚地向他走过来。唐纳德突然有一种莫名的冲动想要去帮忙，便从城垛间扶壁形成的掩体下探出头来喊她。她过来是因为听到一个友好的声音，而非看见谁在说话，就在这时有人用棒状的武器给了他的左后肩一记重击。他用眼角的余光扫到那是阿夫拉姆人的手，赶紧躲闪开来。这时瓦斯枪把街道这边的一个手榴弹给引爆了，喷出的第一阵烟闻起来非常恶心。那些一直在躲避毒气的人被逼到了游乐场上骨架一般的枝状物上，就像原始人在躲着一群狼。女孩看见了自己的哥哥，就是他打了唐纳德，于是他们一起跑向了街角，把唐纳德抛在脑后。他也跟着跑起来，反正大家不是往这跑就是往那跑。

角落里：迟来的人们跟在一群远道而来的男孩后面，男孩们已经用棒子和大空罐子做的鼓把自己武装了起来，看着被困住的潜行者号高兴地大叫着。

“毒气！”

一声颤抖的喊叫。马路对面有一家自动化监管的商店，老板或店长一出现便急匆匆关上陈列窗和入口处的钢丝格栅，困住了三个与其说是生气倒不如说如释重负的顾客。不知是谁偷偷朝最后一扇没来得及关上的窗户扔了一块石头，刚好窗户后面有一瓶液体。瓶瓶罐罐在轰隆声中倒下，一堆堆地卡住了还没来得及升起并且锁住的格栅，人群里有些人觉得这个目标可比被困住的潜行者号好多啦。

头顶传来一阵咆哮，一个小小的单人直升机正在侦查现场并向警察总局报告骚乱的情况，这种直升机可往返于高楼的楼顶和“富勒穹顶”之间，那穹顶红色的内面构成了曼哈顿天空的颜色。右侧的某个天窗突然传来砰的一声——是一把老式猎枪。直升机左摇右摆往街道中间降落，飞行员挣扎着往上升的时候螺旋桨发出了刺耳的振动声。能有这么一个毛头家伙落到他们手里，人们简直高兴坏了，冲上去就是一阵棍棒相加的“问候”。

唐纳德逃跑了。

在下一个拐角处，他发现遏制暴乱的程序已经启动。两辆配备有水龙头的水车一面行进，一面有条不紊地将人们从人行道上冲到了门廊里。他情急之中立刻掉转头，没多久却遇上了清扫车——是由警车在两侧安上扫雪机那样的支臂改装成的，这玩意儿和水车有着同样的使命，但远没有水车温柔。让人群不停地移开是为了不让他们有团结反抗的机会。又有一架单人直升机嗡嗡嗡地飞下来，并开始往街上投下瓦斯手榴弹。

和他一起的有五十多人都被这些官方的车子驱赶到前面，因为他们都离开了自己的领地无处可去。他努力朝着建筑物的墙边挤过去，因为他看到有些人躲进走廊然后便消失。不过，当他足够靠近并且有很大机会进入第一个门的时候，两个拿着棍棒的阿夫拉姆人拦住他说：“你不是这里的，白人新教徒——在被揍之前赶紧滚吧！”

两辆水车与他躲避的那辆清扫车在一个十字路口相会了。来自三个街道的一大堆人全被挤到了第四条街上，再一次被带回到了动乱的核心区域。现在他们真的是人挤人了，摩肩接踵，尖叫不断。

潜行者号仍然被困在原地。车上的驾驶员发出一声鸣笛欢迎清扫车里的同行。气体差不多全都消散了，留下一群受害者们拼命呛咳和呕吐，就目前来看暴乱似乎并不会结束。在游乐场的混凝土支架上，男人和女人们仍在嘶吼着那个带着电手风琴的女孩为他们大声唱出的歌：“找到你的锤子，摧毁一切！”事实上，每扇窗户都已经被打烂，碎碴在脚下嘎吱作响。人类和垃圾一同被铲起，然后扔到一个巨大的废物堆里，不只是从唐纳德来的方向，街道的另一头也一样。预谋的计划已经开始：封锁区域，持续驱赶，集合压缩，打包送走！

清扫车在路过游乐场的时候，一些胆大又谨慎的年轻人跳上了车的巨臂，然后再从那里跳到了随便一个混凝土分叉上的安全地带。唐纳德来不及学他们那样，等他想到这一点的时候已经错过时机只能被迫继续前行了。

他像其他人一样漫无目的地推搡着号叫着，无法留意被他挤到的是男是女，是阿夫拉姆人或是新教徒。清扫车上的瓦斯枪朝他的头上放出瓦斯弹，浩荡的歌声唱到一半便停止了。一股瓦斯气体溜进唐纳德的鼻子，拂去了残存的最后一点理性。双手齐上阵，不论是谁——只要是他能还击的，他逆着人流的方向一路挣扎向前，甚至开始影响周围的人群。

螺旋桨在屋顶上轰鸣：多架直升机撒网并开始运走暴民，就像蜘蛛和秃鹫之间的某种淫秽杂交体。他抽泣、喘息、猛捶、乱踢，但是却没有感受到任何还击。一张黑色的脸庞出现在他的眼前，有点眼熟，他只能想起来那个被他开枪打过的男孩，男孩的妹妹因此还击，却被他打了她一嘴的血。唐纳德吓坏了，开始朝面前的这个男人连续发起猛击。

“唐纳德！停下！唐纳德！停下！”

更多的瓦斯气体从炸裂的手榴弹中倾泻出来。他已经失去了挥舞拳头的力气，在完全失去意识之前终于有一丝理智回归了。他说：“诺曼。哦天哪。诺曼，我真是……”

道歉之词，接受者，致歉者，全都卷入一片虚无之中。

（微风拂晓　译）

大抗议[1]

新浪潮的特征之一是抗议。有时，抗议是对存在本身的一种主观反应；是对人生苦短、宇宙未可知的哀叹；是对人们无法相互理解，只能施加痛苦、自误误人的控诉；也是对过去两个世纪里，社会所选择的科技发展方向所表达的不满。

不过，有时抗议所具备的社会效力就如同狄更斯的小说之于法律与教育制度、债务人的处理方式与儿童济贫院；也如同马克思主义小说之于大萧条。20 世纪 60 年代是抗议的时代：议题包括美国南方的民权问题、越南战争、校园现状与校园参与……同一时期涌现的新浪潮运动或许促进了这些议题的大融合，而这些抗议行为本身或许也推动了新浪潮的出现；然而，二者之间更深层的联系应当在于，它们是同一场革命，它们所反对的是此前数十年中社会做出的乐观假设。

大多数新浪潮小说倾向于以实验的形式表达自我，这种新式表达在几代人之前也曾出现在主流文学之中，比如约翰·多斯·帕索

1. 标题大抗议（The Big Protest）化用了所选小说《强光闪耀》（“The Big Flash”）的题目。

斯和詹姆斯·乔伊斯的作品，不过，社会与政治向的抗议作品倾向于使用当代语言和大众艺术，特别是电影、电视和摇滚乐队。此类抗议里最引人注目的实践者之一就是诺曼·斯宾拉德。

斯宾拉德生于纽约的布朗克斯，曾就读于布朗克斯科学高中（比德雷尼早几年）和纽约市立学院（同样是德雷尼就读过的）。他很早便开始写作，做过文学经纪人与（短期）福利调查员后，开始稳定地进行写作活动。他的第一部作品是 1963 年 5 月发表于《类比》杂志上的《最后的吉卜赛人》（“The Last of the Romany”）。第一部长篇小说《太阳人》（*The Solarians*）则发表于 1966 年，此后，他又发表了小说《乱战特工》（*Agent of Chaos*，1967）和《林中之人》（*The Men in the Jungle*，1967）。他也曾撰写科普文章和影评，还为《阿西莫夫科幻杂志》撰写过科幻综述文章，其中部分综述被汇编为论文集《真实世界中的科幻小说》（*Science Fiction in the Real World*，1990）。此外，他还担任过《洛杉矶自由评论》[1] 和《洛杉矶职员》[2] 的特约编辑。

为斯宾拉德的创作生涯带来重大突破的是 1969 年发表的小说《怪虫杰克·巴伦》（*Bug Jack Barron*）。这部长篇小说描绘了一个电视节目主持人和一种能使人长生的肮脏手段，该小说的叙事方法近于媒体报道，而语言风格则被斯科尔斯与拉布金称为“麦迪逊大道[3] 上的时髦投影”，小说在成书出版前便已声名狼藉，未删节版起初连载于《新世界》杂志上，其中粗鄙下流的用词为斯宾拉德招致了来自英国下议院的人身攻击[4]，并给他贴上了“堕落分子”的标签。

---

1. 20 世纪 60 年代美国发行最广的地下报刊之一。
2. 20 世纪 70 年代洛杉矶地区发行的地下报刊。
3. 纽约著名大道，也是美国广告业的代名词。
4. 除了语言风格低俗，这部作品对政客的极尽嘲讽也是招致攻击的原因，当时的《新世界》杂志由英国艺术协会赞助发行，而协会负责人正是下议院议员。此外，《新世界》的女权主义排版人员认为这部作品存在性别歧视问题。

这部小说的连载也导致英国最大的图书零售店禁止了《新世界》的发售。

他的后期作品《钢铁之梦》（*The Iron Dream*，1972）嵌套了一部题为《万字符之王》（*Lords of the Swastika*）的长篇科幻小说，后者据说出自一位1919年移居美国的阿道夫·希特勒之手[1]；这部作品获得了美国国家图书奖提名，并摘取了法国的阿波罗奖。他出版过两部短篇小说集，分别是《金帐汗国最后的欢呼》（*The Last Hurrah of the Golden Horde*，1970）和《没了回家的方向》（*No Direction Home*，1975），他还编辑了两部作品选集《新的明天》（*The New Tomorrows*，1971）和《现代科幻》（1974）。此外，他还撰写过一篇有关当代好莱坞的长篇小说《穿越火焰》（*Passing Through the Flame*，1975）。他后期的长篇小说包括《来自星星的歌》（1980）、《空船舰长记》（1983）、《幸运儿》（1985）、《小英雄》（1987）和《俄罗斯之春》（1991）。

《强光闪耀》（"The Big Flash"）刊载于《轨道》第五卷，这部小说不仅展现了20世纪60年代后期的典型时代特征，表达了对越战与核战可能性的担忧，也展示了后披头士时期的摇滚乐、学生与吸毒文化，以及电视机对公众的影响。

（穆童、憬怡　译）

1.《钢铁之梦》是一部采用嵌套叙事结构的架空历史型元小说。

强光闪耀

［美国］诺曼·斯宾拉德

倒计时 200 天……正在倒数……

他们显得太怪异了，一点儿不合我的口味——但那正代表了这一行的要点：怪异在摇滚生意中就意味着吸引力。如果曼荼罗要在洛杉矶维持下去，跟美国梦这样的电视网旗下娱乐节目竞争，我就不得不拽长自己的鼻子好让自己比对手更加怪异。所以我在物色到四骑士[1]组合约莫一个小时之后，我就把他们带到我的办公室去开诚布公地聊了一通。

我坐在我从救世军旧货店里买来的办公桌后面（曼荼罗是世界上最昂贵的小本经营），骑士们在折椅上依次落座，正好按着这个组合里的排位顺序。

第一个，是他们的老大，主音吉他手和歌手斯托尼·克拉克。他金色长发披肩，脱掉钢边墨镜时，眼睛活像太平间里躺着的那些玩意儿，他是个出了名的迷幻药重度成瘾者，一副嗑药之后就要跑

1. 此处隐喻的是《圣经·启示录》中的末日四骑士，其中描述了世界终结之时，四骑士将战争、饥荒、瘟疫和死亡带给人类，届时天地失调，日月变色，随后世界毁灭。

去飙车的模样。后面这个叫毛发，鼓手，一身地狱天使[1]打扮，挂着曲十字[2]之类的玩意儿，他是个海洛因瘾君子，一双狂热的眼睛长得有点太挤了，我很好奇是因为天使装扮使他自我感觉太好所以戴上曲十字，还是因为在公众场合戴着曲十字让他自我感觉太好所以才打扮成天使。第三个是一只自称为超级黑桃[3]的“猫”[4]，他不是开玩笑的——他戴着耳环、留着未加修饰的发型、身穿有斯托克利·卡迈克尔[5]头像运动衫，脖子上套着一条皮带，上面挂着一个被液体鞋油刷成白色的干缩人头。他是个撑得起场子的多面手：西塔琴、贝斯、风琴、长笛等都在行。第四个，他称自己为琼斯先生，是我在摇滚乐队里头见过的最令人毛骨悚然的“猫”，说到这里已经足够了。他负责乐队的视觉效果、音响合成和电子技术。他至少有 40 岁，穿着像是西·德沃尔[6]出品的衣服，上面印着辆早期型号的尼丕摩托，据传闻他是从兰德公司[7]离职的。没有哪一种生意像演艺生意那么怪异。

“好啦，伙计们，”我说，“你们很奇特，但你们正是我要的那种奇特。你们以前在哪里工作？”

“我们才不奇特，宝贝儿，”克拉克说，“我们是新事物。我曾在海德街[8]做过冰毒和致幻剂的交易。毛发曾是纽约某个塑料乐队[9]的鼓手。超级黑桃声称自己是伯德[10]转世投胎，并且不容置辩。琼斯先生，他不爱说话。也许他是火星人。我们几个刚凑到一起。”

---

1. 一个在世界范围内分布广泛的飞车党组织。该名称来自 1930 年的同名电影。
2. 万字符，印度的一种吉祥标志，同时也曾是德国纳粹党的党徽。
3. 俚语，指模仿黑人的白人。下文提到的都是当时黑人乐手的流行打扮。
4. 俚语，指带娘娘腔的爵士或者摇滚乐手。
5. 美国黑人民权运动领袖。
6. 好莱坞著名裁缝。
7. 美国一家著名的非营利性研究组织。
8. 位于美国旧金山，曾因毒品为患而臭名昭著，在 20 世纪 60 年代为毒品文化的聚集点。
9. 美国音乐界行话。部分摇滚乐和爵士乐行当中嘲讽一些跟风的新人乐队，认为他们徒具光鲜的外表，只知道效法他人，没有自己的创造和思想，犹如没有生命的“塑料人”。
10. 英年早逝的美国爵士乐巨星小查理·派克的昵称。

这一行里有个事实，那些没有像样经纪人的乐队，你能跟他们谈到便宜价钱。他们话说得太多了。

“妙极了，”我说，“我很高兴能给你们这帮家伙一个起点。你们没有名气，但我认为你们确实有些能耐。所以我打算给你们一个机会——一个一周的演出合约。凌晨一点到打烊，也就是两点，星期二到星期日，一周四百元。”

“你是犹太人吗？”毛发问道。

“啥？“

“冷静点。”克拉克命令道。头发冷静下来。“这个意思是，”克拉克告诉我，“四百元听起来实在是笔很小的钱。”

“如果有选择性条款[1]，我们就不签约。”琼斯说。

“琼斯说的很有道理，”克拉克说，“我们干头一周拿四百，但是之后就会变成全新一幕，是吗？”

我倒没想到那个。如果他们大获成功，我最终可能无法负担得起。但另一方面，四百元确实是笔小钱，我确实需要以廉价方式办成这件事。

“好吧，”我说，“只是一个口头协议，你们完成演出的时候，我会第一个聘请你们。”

“以名誉担保。”斯托尼·克拉克说。

这桩生意就此达成——以一个前毒品贩子和瘾君子的名誉担保。

倒计时 199 天……正在倒数……

服从命令而不关注最终目的，军人的意志可以很容易被操纵，

---

1. 指在特定时间，满足一定条件时甲方可以选择是否签订新合同以及合同中是否会做某些修改的条款。

很容易被掌控，而且很容易被糊弄。最终目的是那些由民政当局来定义的目标。最终目的是经过民众承认的职责，而实施手段才是军人的职责，军人的义务就是服从命令，运用最有力的手段来达成设定的最终目的。

正因为如此，我那些在五角大楼穿着制服的客户们才对亚洲的战争感到困惑。最终目的已经准确地设定：消灭游击队。但是民众却越界干预了军事手段。将军们认为这是不公平的，可谓是违背了合约。将军们（或者是他们当中最有偏执狂倾向的派系）开始将目前战争的走向以及针对他们军事手段的政治限制，视为民众对他们古已有之的特权进行的一次抵制。

这种情况对国家来说并非吉兆，但若不是将军们日益增长的妄想症，我也不可能有机会操纵他们，以便向总统展示我的两套行动方案。总统已经授权实施主行动方案，但前提是先期辅助方案能够成功地塑造起恰当的公众舆论。

我的主行动方案简单又直接。由于我们的常规空军依赖相对精准性，在恶劣的飞行天气下无法实施有效打击，敌方已经开始习惯采用在每年的季风季节将部队组合成为比以前更大的作战分队，发动惩罚性的进攻模式。然而，这些较大的分队极容易受到战术核武器的攻击，而且这种打击不需要依赖精准性来达到效果。

在确信国内的政治顾虑会阻止核武器使用的情况下，敌方将在下一个季风季节再次编成师级或者更大的队伍进攻。战术核武器的一次极少量使用，即使只用少到两千一百吨级的炸弹，只要同步使用并采取有利的模式，在二十四小时内就能够摧毁至少二十万敌军，或者是其总兵力的近三分之二。这将是毁灭性的一击。

而辅助方案则要深奥复杂得多，主方案的实施将有赖它的成功作为基础，因为它微妙的目标是：公众接受，或者最理想的——公众呼吁使用战术核武器。这项任务困难重重，但我的方案却相当合理，虽说多少有些异乎寻常，如果能充分得到军方上层、国民政府的某些圈子和关键航空航天技术公司的决策者在某种程度上的暗中支持，那我现在掌控的手段似乎就已经足够了。虽然在统计学上风险是显著的，但也没超出可以接受的水平。

倒计时 189 天……正在倒数……

依我看，电视网就活该被我欺骗。他们欺骗过我，不是吗？我为那些杂种制作了四个成功的节目系列，十三个星期后两个搞砸了，然后他们就把我扔去一间迪斯科舞厅吃苦头！你能想象他们让我去做一家垃圾迪斯科舞厅里的制作人吗？

他们让我成了要靠别人汇款过日子的人，那些劣货制造商们。噢，那些笨蛋让美国梦听起来像是一笔很酷的交易——一门净赚百分之二十的生意，他们说。你可以得到我们所有的系列并和演员签约，这会让你成为一个有钱人，赫姆。就像开了个玩笑，我跟美国梦签约了，我当时身无分文，根本就没去读那些用小字印的补充细则。我早该知道他们把美国梦创建成了造成税损的生意；我早该知道我必须用上他们糟糕的系列和木头木脑的合同演员的结果是把我的毛利全都抵销掉；我早该知道他们的特长就是亏本经营美国梦，然后另外在电视网上做一个节目，而我却从中得不到一分钱。然而，我为他们经营了这个账面亏损的场所，只能靠工资糊口，与此同时电视网从电视节目大捞一笔，而我却要为此付一辈子的账。

难道那样的无赖不是活该被欺骗吗？他们不光把我当作一个税损的替罪羊来利用，他们还告诉我该跟谁签下演出合约！“去签下四骑士，那个在曼荼罗人气十足的组合，”他们说，“我们希望他们在美国梦之夜上面演出。他们现在可是大热呢。”

“是呀，他们大热呢，”我说，“这意味着他们得花很多钱。我付不起。”

他们给我指出了更多用小字印的补充细则——下一次我要用显微镜来看合同。我必须跟他们推荐的任何人签下演出合约，我还必须承受我所签合约的费用！这足以让一名立陶宛犹太人[1]也变成反犹主义者。

所以我必须到曼荼罗去，签下这些嬉皮士。我决定不到十二点半绝不到达那里，这样我就不必在那间精神病房一样的屋子里多待哪怕一会儿。这样的烂地方！伯恩斯坦所做的就是接手一家位于拉斯维加斯的破产“好莱坞-好莱坞”俱乐部，砸掉所有的内墙，在这个空壳里面架上丑怪的巨型帐篷。用的是孔径超过二乘以四的白色薄纱，真正的劣等货色。在帐篷外面，他有投影仪，灯光，扬声器，以及所有的电子劳什子，而内部就像是被电影屏幕所包围。只有帐篷和光秃秃的地板，甚至没有一个真正的舞台，就一个带有轮子的平台供他们演出换人的时候从帐篷拖进拖出。

所以你可以想象得到他是吸引不到真正上档次的观众的。外头那个被“经营”成了电视网税损项目的美国梦根本就不会有这样的观众。他们招徕的是我不会让进门的臭气熏天、趣味低级的嬉皮士，还有高中年龄的不良少年，那些小孩自以为在那种烂地方闲荡很时髦。兴奋剂交易在这里大行其道。警察不喜欢这个地方，而驱逐他们又会招惹职业闹事之徒。

这真是个藏污纳垢的地方——我觉得自己像是走上了阿拉伯旧市场的场景。上一支乐队已经离去，骑士们尚未登场，所以你所见

1. 指居住在立陶宛大公国领土境内的犹太人。

到的就是这个满是嬉皮士的疯狂帐篷，他们之中有一半人要么上了致幻剂的瘾，要么抽大麻或者安非他明，或者是那种我只知道是神药的玩意儿，高中未来嬉皮士，还有些精神恍惚形貌丑恶的人，以及几个试图对抗警察的发疯黑鬼。他们全部站在那里等待着出点什么事，并且巴不得惹出些事来。我站在门口，以防万一。正如他们所说的："这气氛让我紧张不安。"

突然间，房子里的灯熄灭了，这里黑得就跟电视网总经理的心肝一般。我用手紧紧抓住我的钱包——在这堆人当中，可别跟我说这里头没有扒手。只有一片漆黑，死一般寂静，有什么东西在我的骨头上蠕动，十拍一循环，但我知道这是一种次声波效果而不是我的妄想，因为所有嬉皮士都站着不动，同时谁也没听到声音。

然后一个巨大的扬声器里发出了心脏搏动声，声音大得你能通过牙齿感受到它，沉重、缓慢，那节律慢得犹如大鲸的心脏。我骨头上那蠕动似乎正与这心跳同步，我感觉自己似乎变成了那颗在黑暗中猛烈跳动的巨大而笨重的心脏。

然后一个暗红色的斑点——暗弱得有如红外线——打在他们已经推出的舞台上。舞台上有四个丑陋的人，披着怪诞的黑袍——你明白的，就像手持镰刀的死神穿着的那种——血污般丑恶的红光布满他们全身。令人毛骨悚然。邦——叭——邦。邦——叭——邦。心跳仍在继续，次声波仍旧循骨而行，嬉皮士们像被催眠了的鸡一样瞪着四骑士看。

贝斯手，一个长相普通的丛林兔崽[1]，伴着心跳的节拍弹奏。咚——嗒——咚。咚——嗒——咚。鼓手用鼓槌敲出震耳欲聋的声音。接着是电吉他，音调刺耳得像一只快被掐死的猫，伴着可怕而

1. 美国20世纪种族主义者对黑人的贬称。"丛林"是指水泥建筑密布如林的城市，兔崽是形容他们逃避警方追捕的样子。

粗重的和弦。哐——咔——哐。哐——咔——哐。

这简直太可怕了，我可以本能地感觉到，从骨子里感觉到。我的耳膜就像抽动着的巨大静脉。每个人都随着节奏摇晃，我也随着它摇摇晃晃。邦——叭——邦。邦——叭——邦。

随后吉他手开始和着心跳的节奏吟唱，声音嘶哑刺耳，如同将死之人："强光闪耀……强光闪耀……"

视觉效果控制台上的那个家伙快速晃动身子，光圈一环环开始爬上帐篷的四壁，底部的蓝色一边升高一边变得越来越绿，然后变成黄色，橙色，最后变成天花顶上的一个圆圈，泛着刺眼的氖灯红。每一圈色彩刚好伴随一次心跳的节拍爬上帐壁。

伙计，这是多么可怕的感觉！好像我是一管牙膏，随着节奏被一下一下地挤，直挤到我的头顶上，感觉就要随着那些光圈一起向上喷射，从天花顶部穿出去。

然后他们开始逐渐加快速度。同样的心跳，同样的鼓点，同样的和弦，同样的光圈，同样的贝斯，同样的次声波逐骨而行，但只是加快了一点……然后更快！还要更快！

以为我会死！知道我会死！心脏疯了一样狂跳。鼓槌敲得像机关枪。光圈子把我往墙上卷，吸入那个红色的氖光洞。

噢，太不可思议了！一轮又一轮，更快又更快，直到那声音成了尖叫，那心跳成了轰鸣，那鼓声成了嚎叫，那吉他成了回荡的咆哮，而我的骨头就要跳出我的身体——

这地方每一处都气氛热烈，我被突然闪出的光刺瞎了眼睛——

一阵可怕的爆炸声传遍了每个扬声器，如此巨大的声响令我脚下震动——

我感觉到自己正从头顶上喷出而我爱之若狂。

然后：

爆炸变成了隆隆声——

灯光似乎一起蹿上天花板聚成一个圆圈，剩下周围全是漆黑一片。

接着光圈变成一个火球。

火球变成了一朵原子弹蘑菇云的慢镜头，这时轰鸣声逐渐消失。然后，画面暗了下去，片刻的黑暗之后，屋里的灯亮了。

好诡异的音乐！

这演出实在太带劲了！

所以演出结束后，当我单独找到他们，发现他们没有经纪人，甚至除了曼荼罗没有其他选择的时候，我的脑子转得比我生命中任何时候都要快。

长话短说，说得好听点，我把电视网结结实实耍了一记。我与骑士们签下一份合同，让我成为他们的经纪人并且我要提取百分之二十的利润。接着我以每周一万元的价钱订下他们进入美国梦的演出合约，我代表美国梦的老板开出一张支票，又作为四骑士的经纪人将支票交给我自己，然后以电视网走狗的身份再签一次合约，留给他们一个一万元的钱袋子，也留给我自己自甲壳虫乐队以来最红极一时的乐队今后所得收益的百分之二十。

说到底，靠小字补充细则为生之人必将死于小字补充细则。

倒计时 148 天……正在倒数……

“你还没看过录像带，是吗，广播导演？”杰克说。他紧张得要死。当你达到我在电视网组织中的那个地位时，你会习惯于让下属紧张，但杰克·皮特金是电视网本部的主管，而不是什么办公室勤杂，他当然也应该习惯了跟我这种级别的高级主管打交道。难道传闻是真的吗？

我们单独待在放映室里。不知道那个放映员是否会听到我们谈话。

“没有，我还没看过呢，”我说，“但我听到一些奇怪的说法。”

杰克看上去极其严肃。“关于录像带吗？“他说。

“关于你，杰克，”我说，用一脸轻松的微笑表示我对传闻并不在意，“说你不愿意播送这个节目。”

“这是真的，广播导演。”杰克平静地说。

“你知道你在说什么吗？不管我们的个人品味如何——我个人认为他们是有些不健康的东西——四骑士目前是这个国家最火的乐队，那个肮脏的小贼赫姆·盖尔曼给我们抬价抬到一小时的演出要二十五万。制作又另外花了二十万。我们已经花了十万美元做宣传。我们正从赞助商那里收获大笔大笔的钱。不管怎样，超过一百万美元的收益都取决于那个节目的播出。如果我们不播送它我们就会砸掉那么多的钱。”

“我知道，广播导演，”杰克说，“我也知道这会让我失去工作。想想看。因为知道这一切，我仍然反对播出那录像带。我正要为你播放收尾这一部分。我敢肯定你也会认为我甘冒失去工作的风险是对的。”

我肚子里有种可怕的感觉。我也有上级，而他给我的命令就是播出《与四骑士同行》，并且要播上一段时间。无论如何。某种滑稽的事情正在发生。我们提供商业播出时间所获得的价格史无前例，赞助商是一个从未购买过电视播出时间的大型航空航天公司。实在令我苦恼的是，杰克·皮特金不是个有勇气的人。然而现在他却拿自己的工作来冒这个险。他一定十分肯定我会同意他的想法从而改变主意，否则他不敢这样做。然而我不能告诉杰克，我在这件事上别无选择。

“好了，开机吧。”杰克对着内部通信对讲机说。“你将要看到的，”随着放映室的灯光熄灭他说道，“是最后一首歌。”

屏幕上：

镜头映出空荡荡的蓝天，背景音乐是柔软、慵懒的电吉他和弦。摄影机移动拍摄了几朵浮云，镜头拉到最长，定焦在了太阳上。当看上去只不过是一个小小光圈的太阳移动到屏幕中心时，西塔琴嗡嗡的声音加入了吉他背景音中。

慢慢地，镜头开始将太阳放大。随着太阳图像在扩大，西塔琴也变得越来越响亮，吉他的声音开始减弱，而鼓声开始为西塔琴打上节拍。西塔琴变得更加响亮，节拍变得更加强烈并开始加速，与此同时太阳不断膨胀。最后，整个屏幕充满了难以忍受的耀目强光，背景音乐中西塔琴与鼓声狂乱无比。

然后在此之上，淹没了西塔琴和鼓声的，是一个病态狂热的声音：“更明亮……胜过一千个太阳……”

亮光消融，变成了一个美丽黑发女孩的特写镜头，一双大大的眼睛和湿润的嘴唇，突然间，音轨上什么声音都没有了，除了轻柔的吉他和低声的吟唱：“更明亮……哦上帝，它更明亮……更明亮……胜过一千个太阳……”

那女孩的脸消融在四骑士穿着死神长袍的全身镜头中，与女孩脸孔那段配乐相同的背景音乐转换到一个小调上，如同哀鸣，回荡的电吉他和弦混着西塔琴的持续低音变成一曲挽歌：“更黑暗……世界变得越来越黑暗……”

一系列的镜头切换配合着这哀歌：

亚洲一个燃烧的村庄里尸横遍地——

“更黑暗……世界变得越来越黑暗……”

奥斯威辛的死尸堆——

“直到它变得如此黑暗……”

堆积如山的汽车坟场里，瘦骨如柴的黑人孩子在镜头前显得那样渺小——

“我想我会死去……”

华盛顿的一个贫民窟，被背景中模模糊糊的国会大厦所笼罩——

“……在黎明到来之前……”

一个跳跃切换的特写镜头给骑士的主唱来了个极大的特写，他的脸扭曲成一个绝望和狂热的面具。西塔琴正以加倍速度快弹，吉他在悲鸣，而他在尖声大叫：“但在我死之前，让我完成那段旅程，赶在虚无来临之前……”

女孩的脸又一次出现，但却是透明的，一道耀目的黄色光芒透过了它。西塔琴的节奏越来越快，吉他随着它哀鸣，那声音变成狂乱的嚎叫：“……最后的强光闪耀，点亮我的天空……”

现在只剩下耀眼的光芒——

“……唰！世界终结……”

一个节拍之间屏幕全黑，之后由黑暗逐渐淡变为蓝色的地平线——

“……但在我们死去之前，让我们摆脱束缚，去往高空……吹走一切流行的自恋梦呓，从脑海中将我们点燃。最后的强光闪耀，人类的最后乐趣[1]，这旅程我们不可能有第二次……”

突然，音乐停了半个节拍。然后：

屏幕被一个极其巨大的火球照亮了——

惊天动地的隆隆声——

火球随着持续的轰鸣声聚成了蘑菇形柱状云。当轰鸣声开始消

1. 双关。原文 gas 既有“毒气”的含义，也有“乐趣”的含义。

失时，骇人的核子云中可以见到烈焰熊熊。女孩的脸在云层上隐约可见。

一个柔和的声音，在咆哮声中放大，带着令人恶心的虔诚：“更明亮……伟大的上帝，它更明亮……比一千个太阳更明亮……”

屏幕一片空白，灯亮了。

我看着杰克。杰克看着我。

“好病态，”我说，“真是恶心。”

“你不想放映那样的东西，是吗，广播导演？”杰克温和地说。

我快速地在心里盘算了一下。这令人作呕的玩意儿播了不到五分钟……这事情能解决……

“你说得对，杰克，”我说，“我们不会播放那样的东西。我们会将这段从录像带上剪下来，在每次暂停的时候塞进另一个广告。那样就可以覆盖掉放映时间。”

“你不明白，”杰克说，“赫姆强塞给我们的合同不允许我们剪辑。这个节目是整套的——要么全部放映要么别干。不仅如此，所有节目都是这样。”

“都是这样？你这是什么意思，都是这样？”

杰克在座位上扭曲着身体。“那些家伙……嗯，是群变态，广播导演。”他说。

“变态？”

“他们……嗯，他们喜欢原子弹之类的东西。每一首曲子都指向同一样东西。”

“你是说……节目全都是这样的？”

“你总算明白了，广播导演，”杰克说，“我们要么播上一个小时那样的东西，要么啥也别播。”

“我的天。”

我知道我想说什么。把磁带烧掉，把百万美元一笔勾销。

但我也知道这会让我丢掉工作。我也知道在我出了这扇门五分钟后，他们就会让随便什么跟他们想法一致的人来接替我工作。甚至我的上层似乎也只是把更上一层的旨意传达下来而已。我别无选择。根本就没有选择的余地。

“很抱歉，杰克，”我说，“我们把它播出去。”

“我辞职。”杰克·皮特金说，他以前就不是个有勇气的人。

倒计时 10 天……正在倒数……

“这显然违反了《全面禁止核试验条约》。”我说。

副国务卿看上去像我一样感到茫然。他说：“我们将称之为和平利用原子能，让俄国人去尖叫吧。”

“这太疯狂了。”

“也许吧，”副国务卿说，“但是你有你的命令，卡森将军，我有我的命令。由上级下达的命令。7 月 4 日当地时间下午 8 : 58 准点，你将对准亚卡台地[1]的指定地点投下一枚五万吨级原子弹。”

“但是民众……电视台的记者……”

“地点会在危险地带以外至少两英里。毫无疑问，战略空军司令部可以在‘实验室条件下’达到这种精确度。”

我全身绷紧了。“我不是怀疑在我的命令下执这项行任务的任何投弹人员的能力，”我说，“我质疑的是这次任务的原因。我质疑这命令是否明智。”

副国务卿耸了耸肩，淡淡地笑了笑。“欢迎加入俱乐部。”

---

1. 美国能源部测试核武器的地方。亚卡台地附近的“51 号地区”是美国高度机密的军事测试及研发基地。

“你的意思是你也不清楚这到底是怎么回事？”

“我只知道国防部长向我传达的情况，我觉得他也什么都不知道。你知道五角大楼一直叫嚷要使用战术核武器来结束亚洲战争——你们战略空军司令部的小子们叫得最响。喏，几个月前，总统有条件地批准了一项计划，在下一个季风季节实施战术核武器打击。”

我吹了一声口哨。民众终于觉醒了。他们觉醒了吗？

“但这又为什么非要扯上——？”

“公众舆论，”副国务卿说，“这是以舆论的剧烈转变为条件的。在计划获得批准的时候，民意测验显示百分之七十八点八的民众反对使用战术核武器，百分之九点八的人赞成使用，其余的要么无法决定要么提不出意见。总统同意授权在某个指定日期使用战术核武器，时间就是从现在起几个月之后，这仍然是最高机密，前提是到了那个日期至少要有百分之六十五的民众赞成，同时极力反对的人不超过百分之二十。”

“我明白了……这只是个让联席会议保持沉默的策略。”

“卡森将军，”副国务卿说，“很显然你并不了解国人的情绪。在四骑士的首演之后，民意测验显示百分之二十五的民众赞成使用核武器。第二场演出后，这个数字是百分之四十一。现在是百分之四十八。目前只有百分之三十二的人极力反对。”

“你是想告诉我，一个摇滚乐队可以——”

“一个摇滚乐队和围着它转的那群狂热崇拜者。这已经变成了举国上下的歇斯底里症。有不少的仿效者。你没看见那些纽扣吗？”

“那些上面描着一朵蘑菇云，写着‘干吧’那些吗？”

副国务卿点点头。“我跟你一样搞不清楚，到底是国家安全委员会决定利用四骑士歇斯底里症来塑造公众舆论，还是从一开始四骑士就是他们创造出来的。但两种情况的结果都是一样的——四骑士和围着他们转的狂热崇拜者恰恰争取到了原本最坚决反对核武器的那群人：嬉皮士、学生、辍学者、应征年龄的青年。反对战争和反对核武器的示威活动已经销声匿迹。我们快要接近百分之六十五了。有人——说不准是总统本人——决定再推出一次四骑士的大型表演会，那将会让我们的人数再创新高。”

“总统是幕后操纵者？”

“毕竟，没有其他人能批准引爆原子弹，”副国务卿说，“我们会让他们在亚卡台地现场演出。这是由一家航空航天公司赞助的，这家公司非常依赖国防部的合同。我们让他们在现场直播。政府当然是幕后推手。”

“然后战略空军司令部扔下一颗原子弹作为压轴戏？”

“正是这样。”

“我看到过其中的一个演出，”我说，“是我的孩子们在看。我有种奇怪的感觉……我几乎希望那个红色电话响起……”

“我明白你的意思，”副国务卿说，“有时我会感觉到，无论谁是那个背后推手，他们本身都已陷入歇斯底里……骑士们现正在利用任何利用他们的人……一个恶性循环。但近来我感到疲累了。战争使我们都很疲累。只要我们能把这一切都结束……”

“我们都想结束战争，不是以这种方式就是以另一种方式。”我说。

倒计时 60 分钟……正在倒数……

我接到了集合“巴克菲什号”全体船员的命令，让他们观看《四骑士之四度出击》演出的现场卫星转播。表面上看来，命令整个北极星舰队观看一场电视节目似乎很奇怪，但其中牵涉的士气因素却相当重要。

北极星潜艇的岗位令人沮丧。只有最优秀的水手会被选中，而一个好水手总是渴望行动。然而一旦我们接到命令采取行动，我们的使命就将归于失败。我们大部分时间都在磨炼可能永远用不上的技能。威慑是一个很有效的策略，但对于执行威慑力量的人来说却是种可怕的消耗——这种消耗在过去由于国民对我们使命的消极态度而加剧。勇士们为了服务他们的国家，把他们的技能磨炼得如刀锋般锐利，却必须克制住他们所向披靡的身手，他们确实有资格痛恨被人当成等闲之辈。

因此，公众对我们态度的积极改变，似乎与四骑士乐队有关，这使他们成为北极星舰队的降福之神。以他们怪异的方式，四骑士似乎在为我们说话，同时也在对我们说话。

我选择了在导弹控制中心观看表演，在那里全体船员必须随时准备在五分钟预警内发射导弹。我总是感觉到与导弹控制中心的值班员的有种不言自明的交流，而这无法与我的其他部属分享。在这里，我们不是舰长和水兵，而是头脑和手。一旦命令到来，发射导弹的意愿将是我的，行动将是他们的。在这样的时刻，最好不要感到自己是孤单一人。

所有人的眼睛都盯在安装在主控制台上方的电视机上，这时演出开始了……

充满屏幕的是一个旋转着的螺旋图案，带有金属光泽的蓝色叠着带有金属光泽的黄色。有一种低沉的嗡嗡声，似乎一部分是西塔琴一部分是电子音，我有种感觉，声音不知怎么像是自我的头部里面发出，而那些螺旋形似乎直接刻在我的视网膜上。这微微地刺痛着我，但世界上没有任何东西能让我转身离开。

然后两个声音出来了，相互对着反复吟唱：

“让它全都进来……”

"让它全都出去……"

"进……出……进……出……进……出……"

我的脑袋好像开始了脉动——进—出，进—出，进—出——螺旋图案开始脉动着随着歌词变换颜色：黄色叠上蓝色（进）绿色叠上红色（出）……进—出，进—出，进—出……

进入屏幕……穿出我的脑袋……我似乎在击打我自己和屏幕之间隔着的某种无形薄膜，就像有某种东西在试图包围我的心智，而我正在与之搏斗……但是为什么我要与它博斗呢？

这脉动，这吟唱，变得越来越快，直到进和出这两个词都无法分辨，螺旋形的残影在我眼中形成视觉暂留的速度也超出了眼睛对影像变化的适应，这一切互相堆叠在一起，越来越快，直到我的脑袋像要爆炸——

歌声和嗡嗡声暂停了，四骑士穿着长袍，在舞台上表演，背景是晴朗的蓝色天空。然后是一个独唱声音，充满抚慰："你进来了……"

然后，视线转到在骑士们的正上方，我可以看到他们在某种圆形的平台上。视角慢慢地平缓地向上移动然后拉远，我看到圆形的舞台在一座高塔顶端；高塔周围，密密麻麻围绕着庞大的人群，坐在沙漠的沙地上，那沙漠一直延伸到空旷荒凉的无限远处。

"我们进来了，他们进来了……"

我现在降落到人群中了，他们如同塑料一样熔化并且流动起来，从电视屏幕上倾泻而出包围了我……

"我们都进入了这里全在一起……"

一种奇异而美好的感觉……音乐变得更快、更狂野、令人欣喜若狂……而"巴克菲什号"的船体似乎变得不再真实……人群在我周围随着音乐摇摆……我和人群之间的距离似乎消失了……我在那里……他们在这里……我们被贯通在一起……

"哦，是的，我们都进入这里在一起……在一起……"

倒计时45分钟……正在倒数……

杰瑞米和我坐在那里目不转睛盯着电视屏幕，忽略了彼此和周围的一切。即使是在短时间的值勤和短暂的巡逻中，你也能感受到在这覆盖了数吨混凝土结构的地底洞穴里的感觉非常奇怪，只有你和那个握着另一把钥匙的家伙在一起，在这儿除了想出一些黑暗的想法将彼此弄得神经紧张之外没别的事可做。我们被认为是最坚定沉着的男子汉，至少他们是这样告诉我们的，他们应该说得没错因为世界还在这里。我的意思是，这不需要多麻烦——只要在同一处值勤，看守着同样三枚民兵洲际导弹的两个家伙在同一时间精神失常，在联动双锁里转动他们的钥匙，按下三个按钮……嘭！第三次世界大战！

这真是胡思乱想，那是我们不应该想的，否则我就要开始提防杰瑞米，而他也要开始提防我，然后我们之间的猜疑就会偏执狂一般不停地互相针对……但那不可能发生，我们太坚定沉着，太有责任心了。只要我们记住，在这里感觉有点神经紧张是有益身心健康的，我们就会没事。

但是电视机是个好主意。它让我们与外界保持联系，保持世界的真实感。我们很容易开始认为这里的导弹控制中心是唯一真实的世界，而上面发生的一切都不重要……胡思乱想！

四骑士……不知怎么的这帮家伙给你把所有的幺蛾子都放出来了。我指的是那种感觉，只想着最好能释放所有的紧张，让这一切都结束。看着四骑士演出，你可以在不造成任何伤害的情况下随着它一起走，让它涌向你，然后穿透你。我想他们是疯了；他们是人类的疯狂在我们自身的体现，在这里我们曾经必须非常小心地守护着不要让这种疯狂发生。观看骑士们演出，让所有狂热发泄出来，就是要确保这里不会出现发疯的情况。我猜这就是为什么我们很多人不执勤的时候都穿带“干吧”字眼纽扣服饰的原因。高级军官不会介意，他们似乎明白这是戏谑内心不适感的玩笑，我们需要以此保持正常的工作状态。

现在，以那些螺旋形玩意儿开头的演出又开始了——接着是嗡嗡声——又来了。嗖！我又马上回到屏幕上，好像之前的广告从未出现过一样。

“我们都进入这里在一起……”

然后是主唱歌手的特写镜头，他直视着我，距离靠得跟杰瑞米一样近，甚至感觉更真实。这个形貌猥琐的家伙，眼睛后面似乎有什么东西在告诉我他知道一切污秽腐臭的地方在哪里。

低音贝斯开始在他身后弹响，某种电子哼鸣声令我牙关咬紧。他开始弹他的吉他，显得下流又卑鄙。他唱着那种酒吧里会引人起哄的怪声怪调：

“我捅了我的妈，我抢了我的爸……”

一段反反复复沉重的吉他和弦回应着嘲弄的歌词，这时一个巨大的曲十字符号（红色叠着黑色，黑色叠着红色）像裸露的血管一样在屏幕上搏动——

骑士那张脸，猥亵地笑着——

“将我妹妹在厕所门上戳……”

吉他伴奏着搏动的曲十字符——

“把一只小狗闷死在水泥搅拌机里……灼烧一只小猫只为了听它惨叫……”

屏幕上，只见一场大火在慢镜头中燃烧，声音变成了缓慢、刺耳、令人痛苦的哀号：

“哦，上帝，我让这炽热发红的火焰在我脑髓中燃烧……

“哦，是啊，我让这火燃烧……在我发着恶臭的脑髓中燃烧……

“要给我一盏喷灯……将裸肉在火焰上炙烤……”

那大火融入了一个尖叫着的东方女人的脸孔，她穿过一个燃烧着的村庄，费力地用手抓着背上扛着的凝固汽油弹。

“我收到了这信息……沸腾在我血液的气泡里……人只不过是燃烧的火……在一团肮脏的淤泥中——”

纽伦堡集会的电影片段：游行的队伍挥舞着火炬组成一个旋转的曲十字——

然后骑士主唱的形象叠加在扭曲着燃烧着的曲十字上：

“你不恨我吗，宝贝，你不觉得有什么在脑海中尖叫吗？”

“你不恨我吗，宝贝，感受我用黏液淹没你！”

画面只剩下骑士的脸在充满仇恨地嚎叫——

“哦，是的，我是一个妖怪，妈妈……”

长焦镜头里，人群围着平台，站起身来，挥舞手臂，无声地喊叫。然后一个快速放大显现出一个个千变万化的脸孔，眼睛狂热无比，嘴巴张开嚎叫——

“就叫我——”

骑士的面孔叠加在人群疯狂的脸上。

“人类！”

我看着杰瑞米。他在摆弄那把用链子挂在他脖子上的钥匙。他在流汗。我突然意识到自己也在流汗，我的钥匙正在我手上活泼泼地怦怦直跳……

倒计时 13 分钟……正在倒数……

这感觉太有趣了，舰长在“巴克菲什号”的导弹控制中心跟我们一起观看四骑士演出。我坐在我的控制台前面看着电视，舰长时时刻刻监视着我……我感觉到他知道我在经历着什么样的感受，而我不知道他经受的是什么……这让我内心的那团烈火带上了一种我不喜欢的虚伪感觉……

然后广告结束了，螺旋状的东西又出现了，嚯！它将我吸回到电视机里，我不再去担心舰长或者其他诸如此类的事情了……

只见螺旋变成黄—蓝色，红—绿色，然后开始旋转又旋转，越快又越快，变换色彩并旋转，旋转……一种康尼岛旋转木马的声音在它后面叮当作响，越来越快，越来越快，越来越快，旋转着，旋转着，旋转着，闪烁着红—绿色，黄—蓝色，旋转，旋转，旋转……

这巨大的嗡嗡声充盈着我的身体，旋转着，旋转着，旋转着……我的肌肉放松，四肢无力，旋转，旋转，旋转，全身无力，旋转，旋转，旋转，哦太好了，只是旋转，旋转……

而在闪闪烁烁螺旋转动着的色彩中心，一个无色的明亮光点，在正中心，不曾移动，不曾改变，而整个世界色彩缤纷地围着它不停旋转又旋转，哼鸣的声音来自旋转的颜色，那亮点正在哼唱它的歌曲给我听……

这亮点来自一道很长很长不停旋转着旋转着的隧道尽头。嗡嗡声开始变得更响了。亮点开始变得更大了。我正沿着隧道向它飘过去，旋转着，旋转着——

倒计时 11 分钟……正在倒数……

旋转，旋转，旋转着进入长长的，长长的隧道，隧道脉动着色彩，旋转着，旋转着，飘向隧道尽头的光圈……若最终到达那里会是多么美好，沉浸在美妙的嗡嗡声中让它填满我的身体，那我就会忘记我在地底下，在这个洞穴里，忘记我手里握着一把硬邦邦黄铜钥匙，只有杜克和我，在地下的一个洞穴里，那里盘旋着闪闪发亮的颜色，旋转着，旋转着，向着隧道尽头友好的光明，旋转，旋转……

倒计时 10 分钟……正在倒数

不停旋转的隧道尽头光圈越来越大，哼鸣声越来越响，我的感觉越来越好，而“巴克菲什号”的导弹控制中心越来越模糊不清，指挥的可怕重负变得越来越轻，旋转啊，旋转，我感觉真好我想大喊，旋转啊，旋转……

倒计时 9 分钟……正在倒数……

旋转啊，旋转……我在旋转，杰瑞米在旋转，地底下的洞穴在旋转，隧道尽头的光圈旋转着越来越近，而我——我终于穿过去了！一个充满黄色光辉的地方。浅黄金属光。然后是浅蓝金属光。黄色。蓝色。黄色。蓝色。黄—蓝—黄—蓝—黄—蓝—黄……

纯色的光在搏动……纯净的声音在吟唱。只剩下对字母的感觉，在搏动间我无法阅读的字母，非黄亦非蓝——太急速，太微弱，我无法看清，但是重要，非常重要……

然后一个声音好像从我脑海中响起，仿佛它是我自己的声音：

“哦，哦，哦……我难道不是真想知道……哦，哦，哦……我难道不是真想知道——”

字词脉动着，在我读不懂的那些字词周围闪闪发光，几乎读不懂，难以读懂，几乎就要读懂……

“哦，哦，哦……伟大的上帝，我真的很想知道……”

奇形怪状无规则的形体笼罩了闪烁着蓝—黄—蓝色的宇宙，隐藏着我不得不去读的字……该死的，为何它们不能都散开，这样我就能发现我需要知道什么！

“告诉我，告诉我，告诉我，告诉我，告诉我……我必须知道，我必须知道，我必须知道……”

倒计时 7 分钟……正在倒数……

读不懂这些字！舰长为什么不让我读这些字？

我内心的声音在叫：“必须知道……必须知道……必须知道为什么它会让我如此难受……”为什么它不静下来让我读这些字？为什么这些字不能静止不动？或者只要放慢一点点？如果他们稍微放慢速度，我就能读懂它们，然后我就知道我该做什么……

倒计时 6 分钟……正在倒数……

我感觉到手掌上汗湿的钥匙……我看见杜克抚弄着自己的钥匙。必须知道！现在——透过脉动的蓝—黄—蓝光和我无法读出的字句，那字句在我脑后不断增加着可怕的压力——我可以看到四骑士。他们跪求着，呼喊着，抬头望着什么东西乞求着：“告诉我，告诉我，告诉我，告诉我……”

然后艳红色夹着橙色缓缓翻滚的巨浪充斥了整个世界，一个巨大的声音正欲诉说。但它无法连词成句。它结结巴巴地呻吟——

黄蓝—黄色闪光包围着词语，而我无法阅读——这同样的词语，我突然感觉到，那火的声音正拼尽力量要把语句形成——而四骑士跪着乞求："告诉我，告诉我，告诉我——"

友好温暖的火啊如此竭力地想要诉说——

"告诉我，告诉我，告诉我，告诉……"

倒计时 4 分钟……正在倒数……

那些词语是什么？那个命令是什么？我能感觉到我的部下在默默地恳求我告诉他们。毕竟我是他们的舰长，这是我的责任要将它查明！

"告诉我，告诉我，告诉我……"那些披着袍子的身形屈膝而跪，用那在我脑海中闪烁的脉动苦苦哀求，我几乎要将这词语看透……几乎……

"告诉我，告诉我，告诉我……"我对温暖的橙色的火焰低声诉说，火焰如此努力但却不能将这词语表达。部下们也在窃窃私语："告诉我，告诉我……"

倒计时 3 分钟……正在倒数……

这个问题在我脑中燃烧着蓝色与黄色的火焰。火在试图告诉我什么？我读不懂的字是什么？

必须解锁这些字！必须找到关键！

一个关键……一把钥匙？钥匙！有一把锁锁住了这些字，它就在我面前！将这钥匙插进锁里……我看着杰瑞米。是不是有些什么理由，在很久很久以前，为什么杰瑞米会试图阻止我把钥匙插进锁里？

但是杰瑞米动也不动，当我将钥匙插进锁孔……

倒计时 2 分钟……正在倒数……

舰长为什么不告诉我命令是什么？火知道，但它无法述说。我的脑袋因脉动而疼痛，但我读不懂那些字。

“告诉我，告诉我，告诉我……”我恳求。

然后这时我明白了舰长也在寻问之中。

倒计时 90 秒……正在倒数……

“告诉我，告诉我，告诉我……”骑士们苦苦哀求。我读不懂的字是我脑海里的一团火。

杜克的钥匙插在我们面前的锁孔里。声音来自遥远的地方，他说：“我们必须一起干。”

当然了……我们的钥匙……我们的钥匙会解锁这字句！

我把钥匙插进锁里。一，二，三，我们一起将钥匙转动。控制台上的盖子啪的一声弹开。盖子下面有三个红色按钮。三个标志在控制台上的字体亮起红灯：准备攻击。

倒计时 60 秒……正在倒数……

部下们在等我下令。我不知道要发什么命令。一团壮丽的橙色火焰试图告诉我，但它无法将话语说清……身穿长袍的人影向着火焰祈祷……

然后透过黄—蓝色的闪烁，隐藏着我必须读出的文字，我看到一大群人围着一座高塔。人群全体起立无声地请求——

人群中心的高塔变成了橙色的火，它试图告诉我这字词到底是什么——

变成一个巨大的蘑菇形滚滚而起的烟雾和致盲的橙红色眩光…

倒计时 30 秒……正在倒数……

巨大的火柱试图告诉杰瑞米和我这字句是什么，我们必须做的是什么。人群对着火焰之云尖叫。黄—蓝色的闪光在蘑菇云后面越闪越快。我几乎能读出这些字句！我能看到里面有两个字！

倒计时 20 秒……正在倒数……

为什么舰长不告诉我们？我几乎能看见这些字！

然后我听到围着这美丽蘑菇云的人群在大喊：

“干吧！干吧！干吧！干吧！干吧！”

倒计时 10 秒……正在倒数……

“干吧！干吧！干吧！干吧！干吧！干吧！干吧！干吧！”

他们想让我做什么？杜克明白吗？

9

部下们等待着！命令是什么？他们俯身在发射控制装置上，等待着……发射控制装置……？

“干吧！干吧！干吧！干吧！干吧！”

8

“干吧！干吧！干吧！干吧！干吧！”人群尖叫着。

“杰瑞米！”我大喊，“我能读出这些字！”

7

我的双手在我的发射按钮上游移。“干吧！干吧！干吧！干吧！”这些字在说。

舰长他不明白吗？

6

“他们想让我们做什么，杰瑞米？”

5

蘑菇云为什么还不下命令？我的部下在等待！优秀的水手渴望行动。

然后一个巨大的声音从火柱发出：“干吧……干吧……干吧……”

4

“在这里我们唯有一事可做，杜克。”

3

“命令，兄弟们！行动！发射！”

2

遵命，遵命，遵命！杰瑞米——

1

我向我那一排发射按钮伸出手。控制台上全场军人都向他们的发射按钮伸出手。但我比他们快了太多！我肯定会是第一个！

0

强光闪耀

（黎茵　译）

科幻作家的来源与发展

科幻作家经常被问及为何选择撰写科幻小说，而他们的答案始终不变。作家源于读者。并非所有读者都会成为作家，但没有任何一个作家不是先爱上科幻阅读而后成为作家的。最近，一位诗人想出了一个测试方法，用以判定一个孩子能否成为作家：将孩子放进一间房间，里面放满球类、游戏、娃娃屋、五花八门的玩具，和一台打字机；如果孩子径直走向打字机，那这孩子日后或可成为作家。

科幻作家来源于科幻迷。诚然，他们最初的创作多是模仿性的：可能是巴勒斯的仿作、是海因莱因式衍生、是柯南式冒险、是范·沃格特式阴谋……但慢慢地，作家的个性会开始重塑最初的模仿式创作冲动，尽管他们的作品仍可能延续某种特定的模式，但作品情节和风格会变得足够与众不同，以达到出版标准。杂志和平装书中充斥着此类作品，概无例外也无可指摘。最终，一些作者会跳脱出原有模式的束缚。或是通过生活的启发，或是通过其他解放思想的要素影响，作家会发现他们有些特别的想法想要述说，并会找到一种特别的方式去表达它。

在这些普遍情况之外也有例外。一些作家是以原创性闯入图书界的——海因莱因、范·沃格特、斯特金之属皆是如此。另一些作家在摸索过后最终找到了自己独特的主题和表达方式——阿西莫夫、库特纳、布伦纳之属当归于此类。而罗伯特·西尔弗伯格或许是一举成名的作家中最富戏剧性的一个例子。

西尔弗伯格描述自己是"一个活出了青少年时代幻想的人。我16岁左右的时候就梦想成为知名科幻作家，拥有足够的财富，让自己能沉溺于喜欢的任意娱乐之中，我梦想美貌女子的爱慕，梦想周游各地，梦想能摆脱日常生活的压力和危机"。他很早就试图实现梦想。他的第一部短篇小说《戈尔贡行星》("Gorgon Planet")于1954年发表于苏格兰杂志《星云》上，当时，西尔弗伯格还是哥伦比亚大学（他于此取得英语学士学位）的低年级学生。他的第一部长篇小说《半人马座α星上的叛乱》(*Revolt on Alpha* C)发表于1955年。

在早期的一些常规小说和与兰德尔·加勒特(Randall Garrett)的一段合作取得成功后，西尔弗伯格得出结论："快速撰写量产型程式化小说"要比"浪费大量热情与精力创作卖不出去的个性化作品"更易取得成功。他的勤奋高产是现象级的，即使是在科幻这样一个作家必须迅速写稿、卖稿才能聊以谋生的领域也尤为突出。不过一年出头，他便成了一个成功的畅销烂书作者，每周写五天，每天写25页，还能将作品尽数卖出。

几年之后，他大胆进入了科普创作领域，同样高产，经济收益甚至更胜从前。他于20世纪60年代初期回归科幻。他的科学书籍变得更为透彻、更让人满意，而小说则展现出更多的原创性。最终，他凭借一本题为《开天》(*Open the Sky*，1967)的书、一部名为《荆棘》(*Thorns*，1967)的长篇小说、一篇题为《霍克斯比尔车站》[1]（“Hawksbill Station”）和另一篇题为《夜翼》（“Nightwings”）的短篇小说，出色地完成了“从高产雇佣文人到具有文学技巧和感受性的原创作家”的第一阶段转变。

这样的转变极少发生，几乎从未如此富有戏剧性。就连他的创作方法都发生了革命性变化：如今所有故事都要经过重写，每个句子都要在草稿纸上反复雕琢，直到足够精妙才得以投入叙事。

他的科幻依然被大量印刷，奖项也如期而至：《夜翼》获得1968年雨果奖，《乘客》（“Passengers”）获得1969年星云奖，《变化之时》（*A Time of Changes*）获得1971年星云奖最佳长篇，《来自梵蒂冈的好消息》（“Good News from the Vatican”）获得1971年星云奖最佳短篇，《伴死而生》（“Born with the Dead”）获得1974年星云奖。其他长篇小说还包括：《时间的面具》（1968）、《迷宫里的人》（1969）、《上线》（1969）、《玻璃塔》（1970）、《内部世界》（1971）、《人子》（1971）、《由内而亡》（1972）、《颅骨之书》（1972）、《随机之人》（1975）、《炉中的沙德拉》（1976）。他也出过几本短篇小说集，同时是一位高产的选集编辑。1967年至1968年间，他担任美国科幻奇幻作家协会主席，并主编该协会最为畅销的选集《科幻名人堂》。

尽管西尔弗伯格在转变文风、更重文学技巧后创作出的小说都卓越非凡，但却流失了许多读者，星云奖与雨果奖的获奖比例变化或可证明此点[2]。他较近期的作品似乎大多包含科幻素材的再创作，他回溯传统科幻概念，探寻它们在现实生活如何作用，会对人类产生怎样的影响。在如此细究之下，科幻小说中的严酷现实变成了隐喻，变成了奇遇，变成了人生挫折。以《由内而亡》（*Dying Inside*）为

1. 故事中霍克斯比尔车站是设置在前寒武纪的流刑地，站名来自书中主要人物艾德蒙·霍克斯比尔（Edmond Hawksbill），这个名字也有玳瑁龟的意思。
2. 西尔弗伯格在20世纪70年代前所获多为雨果奖，70年代后则以星云奖居多，前者由读者投票，后者由组委会评选。

例，这部令人钦佩的小说描述了主人公遭遇的一系列困境，此人拥有心灵感应能力，却只知利用能力替大学生代写学期报告；它被公认为主流文学小说，主人公逐渐减弱的超能力被视为人到中年的隐喻。不幸的是，这部小说并未获得主流文学评论家的青睐，科幻读者也没能从中找到熟悉的价值。

西尔弗伯格的晚期作品如宝石般精雕细琢，但也艰涩而疏离。在与萨缪尔·R. 德雷尼的对谈中他曾提到，他在 1975 年停止写作是因为当时的他感到无话可说，而他所写的东西越来越难令自己和读者感到满意。似乎是为了印证这一结论，再次回归写作时，他带来一部题为《瓦伦丁君王的城堡》的长篇史诗冒险小说，这部小说在成书之前便以 15 页提纲的形式预售出了 12.75 万美元的价格，这是当时金额最大的一笔预付款。后来，一些畅销书作者的预付收入飙升至 100 万美元甚至更多。西尔弗伯格撰写了一系列广受欢迎的“马吉坡”（Majipoor）系列[1]小说，以及一些其他的长篇小说，诸如获得星云奖的《驶向拜占庭》（1985）、《吉卜赛之星》（1986）、《秘密分享者》（1988）、《吉尔伽美什王》（1984）与《生者之地》（1989）。他的“新的春天”三部曲（New Springtime trilogy）以《凛冬尽头》（*At Winter's End*，1988）为始。

《太阳舞》（“Sundance”）初载于 1969 年 6 月号的《奇幻与科幻杂志》上。

（穆童、憬怡　译）

1.《瓦伦丁君王的成堡》即属于该系列。

太阳舞

[美国]罗伯特·西尔弗伯格

今天，你消灭了大约五万只A防区的饕餮。此刻，你正在度过一个不安的夜晚。黎明时分，你和赫恩顿向东飞去，沐浴着身后金绿色的霞光，沿着汉河把神经毒药丸撒到方圆一千公顷的土地上。之后，你们又飞到河对岸的草原，那儿的饕餮早已被消灭殆尽。于是，你们把午餐摆在地毯般茂密柔软的草地上，第一个殖民地就将建立在这里。赫恩顿摘了一些鲜嫩的花儿，你则享受了半个小时的恬淡幻觉。随后，你走向直升机，准备开始下午的后续喷洒作业。赫恩顿突然说："汤姆，假如我们最后发现饕餮不是有害动物，你会怎么想？比方说吧，假如发现它们也是人，有自己的语言、习俗、历史等等一切？"

你想到了自己的祖先过去的遭遇。

"它们不是。"你说。

"假设它们是。假设那些饕餮……"

"它们不是，别扯了。"

赫恩顿这人的心理就是有些残忍，不然也不会问出这种问题。他喜欢攻击别人的弱点，这让他觉得很好玩。结果呢，他那些看似随便的话整个晚上都在你的心头回荡。假如那些饕餮……假如那些饕餮……假如……假如……

你只睡了一会儿，还做了梦，梦中的你游过了一条条血河。

真是愚蠢。简直就是脑子烧坏了。你知道尽快消灭饕餮这件事有多重要，必须得赶在定居者们到来前完成。饕餮就是动物，而且是有害的动物，所谓的生态破坏者指的就是它们，释氧植物吞噬者，所以必须把它们都消灭掉。只留一小部分用于动物学研究，其余的必须都灭掉。令人厌恶的存在必须被消灭，这只是例行公事，历来如此。还是别用道德问题把我们的工作给搞复杂了，你告诉自己。还是别梦到什么血河的好。

饕餮甚至都没有血液，更别提什么会血流成河了。它们所有的，呃，只是一种类似于淋巴液的东西。这种液体遍布各个组织，沿着交界面传递营养物质。代谢废物也以同样的渗透方式排泄出去。就过程而言，这套系统和你们自己的循环系统在结构上是类似的，只不过没有连着一个总泵的血管网。生命物质只是从它们的体内慢慢渗过，就好像变形虫、海绵或者其他低等生物一样。不过从神经系统、消化机制、肢体和器官构造等方面来看，它们又绝对算得上是高等生物。真怪，你想着。外星生物之所以是外星生物，就是因为它们和我们不一样，你这么告诉自己，这话你对自己早已说过不知多少遍了。

对于你和你的同伴们来说，它们在生物学意义上的最美之处就在于，它们的生物学特性可以让你们干净利落地把它们消灭掉。

你们飞过青葱的草场，投下神经毒药丸。饕餮发现药丸，吞进体内。不出一个小时，毒物就会浸透它们身体的每一个部分。生命停止，紧接着就是细胞物质的快速裂解。养分刚一阻断，饕餮就实实在在地一个分子接着一个分子崩溃碎裂。那些淋巴液类似物的工作机制和酸相似，会导致全身性的细胞溶解，不管肉体还是骨头都会被溶掉。顺便说一句，它们的骨头也都是软骨。不出两个小时，地上就只剩下一摊液体。四个小时之后，你就什么都找不到了。考虑到你们计划在这里消灭掉的饕餮足有几百上千万只，尸体会自行溶解真是一个不错的特性。不然的话这里就要变成堆满尸体的停尸房了！

假如饕餮……

该死的赫恩顿。你都有点想明天一大早就去做个记忆剪辑了。把他那些愚蠢的猜测都从你的脑子里剪掉。要是你敢的话，要是你真敢的话。

真到了早上他却没敢。他怕记忆剪辑，他还是宁愿靠自己来摆脱这新发现的罪恶感。那些饕餮都是没有心智的食草动物，他对自己解释，它们都是人类扩张主义的不幸牺牲品，不过还没有到需要费心保护的地步。它们的灭绝也不是什么悲剧，只不过有些可惜。既然地球人要占据这颗星球，饕餮就只能让位。他告诉自己，19世纪对美洲大草原上印第安人的屠戮，还有同一片草原上对北美野牛的屠杀，这两者是有区别的。屠杀雷鸣般奔跑的大群牲畜，最多就是感觉到一丝惆怅；屠杀那些长着棕毛的高贵野兽，最多就是感觉到一点遗憾，是的。但同样的事情发生在苏族印第安人身上，人们感觉到的可就不是一丝惆怅一点遗憾，而是出离愤怒了。这当中是有区别的。把你的强烈情感都留给那些合适的缘由吧。

他走出营地边缘的气泡舱，来到营地中央。石板路湿漉漉地闪着光，晨雾还没有消散，树枝低垂着，长长的锯齿形叶片上缀满了露珠。他停下脚步，蹲下，观察一只类似于蜘蛛的动物编织它那不对称的网。与此同时，一只带有精致的绿松石色斑纹的小型两栖动物正尽可能低调地从长满苔藓的地面上爬过。但还不够低调，他轻轻抓起那只小动物，放在手背上。小家伙的鳃惊恐地扑闪着，整个身子的两侧都颤抖了起来。小家伙的体色缓慢而巧妙地改变着，渐渐接近了他手背的古铜色，这伪装极为出色。他把手放低，小家伙急忙逃进了一个水坑。他继续向前走。

他刚 40 岁，身高比探险队绝大多数成员都要矮，但肩膀宽阔，胸膛厚实，一头蓬乱的深色头发，鼻子大而扁平。他是个生物学家。这是他换过的第三个职业，因为之前的人类学家和地产商生涯都以失败而告终。他叫汤姆·图·李本斯。他结过两次婚，但没有小孩。他的曾祖父死于酗酒；他的祖父吸食致幻剂成瘾；他的父亲则强迫症似的流连于廉价的记忆剪辑站。汤姆·图·李本斯很清楚，他正在背弃这个家族的传统，不过也可能是他还没发现自己特有的自毁模式。

他在主楼里遇到了赫恩顿、茱莉亚、艾伦、舒尔茨、常、迈克尔森和尼克尔斯。他们几个正在吃早餐，其他人则已经去工作了。艾伦起身走到他身旁，亲吻了他，柔软的黄色短发弄得他的脸颊痒痒的。“我爱你。”艾伦轻声说。她刚在迈克尔森的气泡舱里过了一夜。“我也爱你。”汤姆一边告诉她，一边飞快地在她那小而洁白的双乳间满怀爱意地划过一条竖线。他朝迈克尔森眨了眨眼，迈克尔森点点头，用两指指尖轻触嘴唇，向二人抛出一个飞吻。这里的每个人都是好朋友，汤姆·图·李本斯想。

“今天谁去投放药丸？”他问。

“迈克和常。”茱莉亚说，“C 防区。”

舒尔茨说：“再过十一天，整个半岛就能清理干净了。到时候我们就可以进入内陆了。”

“前提条件是我们的药丸供应跟得上。”常指出。

“你昨晚睡得好吗，汤姆？”赫恩顿问。

“不好。”汤姆说。他坐下来，点击了自己的早餐申请单。西面，雾霭已经渐渐遮住了山峦。他隐隐有些不安。来到这个星球已经九周，刚来不久就赶上了这里唯一的季节变化，从旱季转入雾季。这雾还将持续好几个月。在草原再次干旱之前，饕餮会被消灭干净，定居者将陆续到达。他接住滑槽滑出的早餐，艾伦坐在了他的旁边。她的年龄刚到他年龄的一半，这也是她的第一次远航。她是团队的记录保管员，不过对记忆剪辑也很在行。“你好像有烦心事。”艾伦对他说，“有什么需要帮忙的吗？”

“没有，谢谢了。”

“你闷闷不乐的样子特招人烦。”

“这是种族特质。”汤姆·图·李本斯说。

“我非常怀疑。”

“实际情况是，我的自我人格重建效果可能正在变弱，创伤指数就要爆表，现在的我只是行尸走肉罢了，你懂的。”

艾伦笑起来很美。她只穿了一件喷涂式半遮衣，皮肤看起来很温润。黎明的时候，她和迈克尔森刚刚一起游过泳。汤姆·图·李本斯一直在考虑，要不要等这次任务结束后就向她求婚。房地产生意失败后，他的婚姻就也终结了。治疗师建议他把离婚也当作是自我人格重建的一个部分。有时候，他也会想，不知道泰瑞现在去了哪儿，和谁在一起。

艾伦说：“要我看你挺稳定的，汤姆。”

“谢谢。”汤姆说。她还年轻，还不懂。

“如果只是一点小抑郁，我随便一下就能帮你剪辑掉。”

“谢了。”汤姆说，“不用。”

“我忘了，你不喜欢记忆剪辑。”

“我父亲——”

“怎么了？”

“他在五十年的岁月里把自己剪辑得只剩下一根游丝。”汤姆·图·李本斯说，“他剪辑掉了自己的祖先，自己的传承，自己的宗教，自己的妻子，自己的孩子，最后连自己的名字都剪辑掉了。之后他就整天这么坐着，一脸的笑。所以谢谢了，不用剪辑。”

“你今天在哪里工作？”艾伦问。

“就在围场里，做几个测试。”

“需要人陪吗？我今天一早上都休息。”

“谢谢，不用了。”汤姆立刻回答。艾伦一脸受伤的表情。为了补救自己无意间流露出的绝情，汤姆轻轻触摸了一下艾伦的手臂，说：“今天下午吧，怎么样？我们可以好好谈谈，行吗？”

“好的。”艾伦说。她笑了笑，还摆了个飞吻的口型。

早餐后，汤姆去了围场。围场位于基地东侧，占地几千公顷，外围每隔八十米就安装了一台神经场投射器。这种围栏作为防止围场里两百多只饕餮逃逸的工具非常有效。即使等到其他地方的所有饕餮都被消灭的时候，这个研究组的样本仍会被保留下来。围场的西南角是实验室的气泡舱，代谢实验、心理实验、生理实验和生态实验都在那里进行。围场内有一条沿对角线方向流淌的小溪，东部边界处还有一片长着草甸的低矮丘陵。几片茂密的稀树草原将五丛密集生长的刀锋树分隔开来。草丛遮蔽下生长着释氧植物，它们的植株几乎完全被淹没在草丛中，只有起到光合作用的穗状花序每隔一段距离就冒出来，足有三四米高，还有齐胸高的柠檬色呼吸体，正是这些呼吸体释放出的气体让整个草原弥漫着甜蜜醉人的气息。整个草场上饕餮三五成群，津津有味地啃噬着呼吸体。

汤姆·图·李本斯注意到溪流对面的那群饕餮，于是就走了过去。他被藏在草甸里的一棵释氧植物绊了一下，不过很灵巧地保持住了平衡。他抓住呼吸体布满褶皱的开口，深吸了一口。绝望感消失了。他靠近那些饕餮。饕餮都是些体形硕大行动迟缓的球形生物，身覆浓密的橘红色粗毛。碟形的眼睛从狭窄而富有弹性的嘴唇上方突出来。它们的腿很细，上面覆盖着鳞片，就像鸡腿一样。它们的手臂很短，紧贴在身体两侧。看到他，饕餮们一副见怪不怪很漠然的样子。“早啊，弟兄们！”这次他用这句话来问候它们，尽管他自己也不知道是为什么。

今天我注意到一件奇怪的事。有可能只是因为我在野外吸了太多氧；也有可能是我被赫恩顿植入的暗示给影响了；或者可能是我的家族受虐症发作。不过就在我观察围场里的饕餮的时候，我忽然觉得——这是我头一次有这种想法——它们的行为似乎有智慧的成分，它们似乎正在进行一些仪式化的活动。

我观察了它们三个小时。在这段时间里，它们从草甸中扒出了大概六七根释氧植物的苗子。每一次开始咀嚼前，它们都要进行一套程式化的活动。它们：

在植株周围松散地围成一个圈。

看太阳。

看向旁边的同伴，顺着圈从左看到右。

只有在完成上述三项后，它们才会发出一阵嘶鸣声。

再次看太阳。

围上去，开始吃。

要说这不是在做感恩祈祷，不是在赞颂恩典，那这还能是什么呢？而要是它们在精神上已经先进到可以赞颂恩典，那我们这不是在进行种族大屠杀吗？黑猩猩会赞颂恩典吗？上帝啊，即使是对付黑猩猩我们也没有用过灭绝饕餮这样的方式！当然，黑猩猩不会打扰人类种庄稼，某种形式的共存也是可能的，而饕餮和人类的农业专家就是不能在同一颗星球上共存。再说，这里还有一个道德上的问题。对于饕餮的灭绝工作是建立在一个假定上的，那就是饕餮的智力水平只与牡蛎差不多，最多也就是到绵羊的水平。我们问心无愧，因为我们使用的毒药药性发作很快，而且无痛，而且饕餮很配合地死后即溶，为我们省去了焚烧几百万具尸体的烦恼。不过要是它们会祈祷的话——

我还不打算跟其他人提起这些。我需要更多、更硬、更客观的证据。录像、录音、内存条，到时候我们再看。要是我证明了我们正在灭绝一个智慧种族呢？我的家族对种族灭绝就有些了解，毕竟，几个世纪之前我们也是种族灭绝的受害者。我很怀疑自己能不能让眼下正在进行的这些工作全部终止。不过至少我自己可以退出行动，返回地球，煽动公众抗议。

但愿这一切只是我的想象。

我可没有胡思乱想。它们确实围成了一圈；它们确实在看太阳；它们确实发出了嘶鸣和祷告。它们只是些长着鸡腿的果冻丸子，但它们会对食物表示感谢。此刻，那些大大的圆眼珠看我时似乎也带上了责难的眼神。我们豢养的这群饕餮知道周围正在发生什么，知道我们是从天上下来消灭它们的种族的，唯有它们这一群才能幸免。它们无法反抗，甚至都无法表示自己的不满，但它们知道。而且它们恨我们。上帝啊，我们自从到这里后已经杀掉了两百万饕餮。毫不夸张地说，我的双手已经沾满了鲜血。我该怎么办呢？又能怎么办？

我必须得谨慎行事，不然一定会落得个被麻醉后做记忆剪辑的下场。

不能让他们觉得我是个怪人，是个骗子，是个煽风点火的家伙。我不能自己跳出来大声疾呼！得找到盟友。赫恩顿首先算一个。他肯定会站在真理的一边，那天投放药丸时就是他启发的我。当时我还以为他只是跟平常一样故意使坏呢！

今晚我就跟他谈。

汤姆·图·李本斯说："我最近一直在想你那天说的话。关于饕餮的。也许我们对它们的心理学研究还不够深入，我是说，如果它们真的有智慧——"

赫恩顿眨了眨眼。他的个子很高，一头油亮的黑发，胡子很浓，颧骨很高，"谁说它们有智慧啊，汤姆？"

"你说的啊。就在汉河那头，你说——"

"我只是随便假设一下，起个话头而已。"

"不，我觉得不止，你是真的相信的。"

赫恩顿一脸困扰的表情，"汤姆，我不知道你到底想说什么，不过还是别说了。要是我真有那么一刻觉得我们是在屠杀智慧生物，我肯定飞一样跑去找剪辑师，速度快到能引发内爆波。"

"那你当时为什么要跟我提那话茬？"汤姆·图·李本斯问。

"就是闲聊嘛。"

"通过引发别人的负罪感来给自己找乐子？你就是个混蛋，赫恩顿。我说真的。"

"呃，你看，汤姆，我又不知道你会对一个假设性的说法这么上心——"赫恩顿摇摇头，"饕餮可不是智慧生物，这显而易见。不然我们也不会去执行消灭它们的命令。"

"显而易见。"汤姆·图·李本斯说。

艾伦说："不，我不知道汤姆有什么企图。不过我很确信他需要休息一下。距离他的人格重建才过去一年半，当时他整个人可都垮掉了。"

迈克尔森查看了一下图表，"他已经连续三次拒绝轮到他的药丸投放任务了。说什么研究太忙抽不出时间。真见鬼，给他顶班可以，但他好像是在躲奸溜滑，这让我很不爽。”

“他在搞什么研究？”尼克尔斯很好奇。

“反正不是生物学研究。”茱莉亚说，“他一天到晚都和围场里的饕餮在一起，但我没见他对它们做什么测试，他只是在观察它们。”

“还跟它们说话。”常也注意到了。

“对，还有说话。”茱莉亚说。

“都说什么？”尼克尔斯问。

“谁知道呢。”

所有人的视线都转移到了艾伦身上，“你跟他最要好。”迈克尔森说，“就不能让他先别搞那些了吗？”

“首先，我得知道他到底在搞什么。”艾伦回答，“他一个字都没跟我说。”

你知道自己必须要小心谨慎，因为他们的人数远多过你，而且他们对你精神健康的担忧可能会招致毁灭性后果。他们已经发现你被某些事情困扰，艾伦也在试图打探引发这困扰的根由。昨天晚上你躺在她的怀里时她盘问了你，旁敲侧击、拐弯抹角，但你知道她想要问的是什么。月亮升起时她建议你和她去围场散散步，去看看那些熟睡的饕餮。你婉言谢绝，但她看得出，你已经完全迷上了那些生物。

你已经完成了对你自己的探究——低调谨慎，你希望是这样。你也很清楚地知道，自己无力拯救饕餮。不可撤销的委任已被下达。这简直就是 1876 年的再现；它们就是野牛，它们就是苏族人，它们必须被消灭，因为铁路就要修过来了。要是你大声疾呼，你的朋友们肯定会安慰你，让你镇静下来，然后剪辑你的记忆，因为他们看不到你所看到的。要是你回地球去宣传鼓动，人们肯定会嘲笑你，建议你再做一次人格重建。你什么都做不了，什么都做不了。

你救不了它们，但你也许可以记下一切。

你来到草原上，和饕餮一起生活，和它们交朋友，学习它们的生活方式。全都记录下来，完整记录它们的文化，至少不要让这一部分也一起丢失。你懂人类学田野调查的技术，就像过去使用这技术研究人类自己一样，你现在用在了饕餮身上。

他找到迈克尔森，“能给我几周时间吗？”他问。

“给几周时间，汤姆？你什么意思？”

“我有些田野调查的工作要做，需要暂时离开基地，研究野外的饕餮。”

“围场里那些怎么了？”

“这是研究野外种群的最后机会了，迈克，我必须要去。”

“一个人，还是跟艾伦一起？”

“一个人。”

迈克尔森慢慢点了点头：“好吧，汤姆。你想干什么就去吧。我不会拦你的。”

我在草原金绿色的太阳下跳舞。饕餮们聚拢了过来。我脱光衣服，汗水让我的皮肤散发着微光，我的心在猛跳。我在用脚和它们交谈，而它们也听得懂。

它们懂。

它们有种柔声语言。它们有神祇，它们懂得爱情，懂得敬畏，懂得欢喜，它们有自己的礼仪，它们有自己的名字，它们有自己的历史，这一切我深信不疑。

我在茂密的草地上跳舞。

我该怎样与它们沟通？用我的脚，用我的手，用我的哼鸣声，用我的汗水。它们聚拢过来，成百上千，我跳着舞。我不能停下，它们围绕着我，发出它们的声音。我就是传导新奇力量的导管。真该让我的曾祖父看看现在的我！坐在他那怀俄明州老房子的门廊里，手里端着烈酒，脑壳里装着正在腐烂的大脑——看看我啊，老家伙！快来看汤姆·图·李本斯的舞蹈！我在用双脚和这些新奇的生物交谈，沐浴着颜色不对的太阳。我在跳舞，在跳舞。

“听我说。”我说，“我是你们的朋友，只有我，你们可信任。相信我，告诉我，教会我。让我保存你们的生活方式，因为很快，毁灭就会降临。”

我跳着舞，太阳冉冉升起，饕餮的咕哝声绵绵不绝。

酋长就在那边。我向它跳去，后退，又向前，鞠躬，指指太阳，我想象着生活在那个火球里的生命，我模仿着这些族人的声音，我跪下，我起来，我跳舞。汤姆·图·李本斯在为你们跳舞。

我重新唤回祖先们那已经遗忘的技艺，感觉能量就在我的体内流动。就好像他们在还有野牛的那个时代里跳舞，我现在也在跳舞，就在叉河的对岸。

我跳着，饕餮们也跳了起来，慢慢地，不太确定地，它们向我走来，它们转换着重心，抬起一条腿，又一条腿，转起了圈。“对，就这样！”我叫道，“跳啊！”

我们一起跳舞，直跳到日上中天。

它们的眼中已没有责难。我只看到温暖，看到亲情。我是它们的兄弟，是它们的红皮肤族人，是跟它们一起跳舞的人。在我看来，它们也不再显得笨拙，它们的动作中自有一种稚拙的优雅。它们在跳舞，在跳舞，它们在我的身边欢跃，越来越近、越来越近，越来越近！

我们跳得如圣徒般狂热。

它们唱了起来，那是一首迷蒙的欢乐赞美诗。它们向前挥动着手臂，张开它们的小爪子。它们在左右脚间移动着重心，动作整齐划一。左脚向前，右脚，左脚，右脚。跳吧，兄弟们。跳吧，跳吧，跳吧！它们紧挨着我，它们的身体在颤抖，他们散发着甜蜜的气息。它们轻轻推着我穿过原野，来到一片生长茂密未被踩踏过的草甸。我们继续跳着舞，边跳边寻找释氧植物，不一会儿就在草甸下找到几簇植株。它们做过祈祷，用笨拙的小手臂抓住植株，从光合花序中分离出呼吸体。痛苦的植株释放出大股氧气，我飘飘欲仙，又唱又笑。饕餮们啃食着柠檬色的多孔花球，然后又啃食花茎。它们把植株推到我面前，这是一种宗教仪式，我明白了。与我取之，与我共食，与我同处，此为躯体，此为骨血，取之，共食，同处。我弯下腰，将一个柠檬色的花球放到嘴边。我没有咬，而是啃食，就跟它们一样。我的牙扯下了花球的表皮，汁液喷射到口中，氧气充满鼻腔。饕餮们唱起赞颂的圣歌。为了这一刻，我应该全身都涂上油彩，用我的祖先们所用的油彩，还有羽毛，用那本该属于我的宗教象征物来面对它们的宗教。取之，共食，同处，释氧植物的汁液在我的血管里流淌。我拥抱我的兄弟。我唱歌，我的声音刚一出口就变成了一道如新制钢铁般闪耀着光芒的弧线，于是我降低音调，弧线变成了失去光泽的银子。饕餮们紧靠在一起，它们的体香仿佛是火红色的。它们轻柔的叫声仿佛飘散的蒸汽。太阳很热，阳光就是微微起伏的高音，接近我的听觉极限，呼呼！呼呼！呼呼！茂密的草坪在对我哼唱，声音低沉而浑厚，风将点点火焰抛撒过草原。我又吞食了一棵释氧植物，接着又是一棵。我的兄弟们大笑着、高叫着。它们跟我讲述它们的神灵，温暖之神、食物之神、欢乐之神、死亡之神、圣洁之神、谬误之神，还有其他的神。它们给我讲述诸王的名讳，我听着它们的声音，就像绿色的泥土撒向洁净的天空。它们向我解释它们的神圣仪式，我必须得记下来，我告诫自己，因为这一切一旦消失就再也找不回来。我继续跳舞，它们继续跳舞。山丘的颜色变得越来越粗粝，就像腐蚀性气体。取之，共食，同处。

跳舞。它们是这般的温良！

忽然，我听到了直升机的声音。

直升机在头顶上方的高空盘旋，我看不到是谁在驾驶。“不，”我叫道，“别过来！别对这些人下手！听我说！我是汤姆·图·李本斯！你们听不到吗？我正在做田野调查！你们没有权力——”

我的声音让飞旋的蓝色苔地边缘蹿出了红色的火花。火花飘升起来又被一阵冷风吹散。

我大喊，我大叫，我怒号。我跳舞，我挥舞拳头。直升机旋翼下用来投放药丸的折叠机械臂伸展开来。闪亮的喷头旋转着伸出，神经毒药丸如雨点般洒向草甸，每一个都在天空中留下一道炽烈的尾迹。直升机的响声变成了一张毛绒毯，一直延伸到地平线上，我的尖叫声都被淹没在了毯子里。

饕餮们离开我的身旁，扒开草皮，仔细寻找着药丸。我继续跳着舞，跃入它们当中，将药丸从它们的手中打落，扔进小溪，踩成粉末。饕餮们向我发出了怒气冲冲的咆哮，又转身去寻找其他药丸。直升机转身飞走，只留下一道浑厚油腻的尾音。我的兄弟们急切地吞噬着药丸。

一切都无法避免。

它们在极乐中歪倒在地，一动不动。偶尔有一两条肢体抽动一下，不一会儿，就一点动静都没有了。它们开始分解，成千上万的饕餮溶化在草原上，失去了球形的形体，变成一坨坨没有形状的东西，逐渐扁平，然后渗进地里。分子间的结合力不再有效。原生质开始衰亡。它们萎灭、消失。我在草原上一个小时接一个小时地走着。此刻的我吸进氧气，此刻的我啃食柠檬色的花球。沉重的钟声中，太阳开始下落。乌云在东边吹起铜号，不断加强的风卷成碳色鬃毛旋涡。寂静降临，夜幕低垂，我跳着舞，独自一人。

直升机又来了，他们找到了你。他们拽你上去，你并没有反抗。你已经超越了苦痛。你平静地向他们解释了你所做的一切，你所学到的一切，以及为什么消灭这些人是错的。你向他们描述你所吃的那种植物，描述植物对你感官的影响。听你讲到那神奇美好的通感：风的质地、云的声音、阳光的音韵，他们微笑着点点头，告诉你别担心，一切都会很快好起来的。他们用一个冰凉的东西触到了你的前臂，冰凉到散发出嗖嗖声，冰凉到散发出嗡嗡声，解除致幻剂毒性的药物流入你的血管，狂喜迅速退去，剩下的只有疲乏和伤感。

他说："我们从不吸取教训，不是吗？我们把我们所有的恐怖输出到各个星球。消灭亚美尼亚人，消灭犹太人，消灭塔斯马尼亚人，消灭印第安人，所有挡路的人都被我们消灭，然后我们又到了这儿，做着同样可怕的杀戮勾当。你们之前没和我一起在那儿。你们没有和它们一起跳舞。你们没有看到饕餮的文化是多么纷繁复杂。我来给你们讲讲它们的部族文化，非常复杂：首先来说，光婚姻关系就有七个层次，更别提异族通婚因素还需要——"

艾伦轻声说："汤姆，亲爱的，没人会伤害那些饕餮的。""还有它们的宗教。"汤姆仍继续道，"九个神，每个都是主神的一个方面。圣洁与谬误都是被崇拜的对象。它们有圣歌，有祈祷，有神学。而我们，谬误之神的使者——"

"我们并没有要灭绝它们。"迈克尔森说，"难道你不明白吗，汤姆？这都是你的幻想。你受到了致幻剂的影响，我们正在帮你排毒，再过一小会儿你就没事了。你的判断力也会恢复的。"

"幻想？"汤姆痛苦地说，"致幻剂引发的梦境？我就站在草原上，我看到你们投放药丸了。我也看到了它们的死亡，看到它们溶化。那可不是我的梦。"

"我们该怎样才能说服你呢？"常真挚地问，"怎样才能让你相信？要我们带你飞越饕餮的土地看看那里有多少数百万计的饕餮吗？”

“可又有多少百万被杀掉了呢？”他反问道。

他们坚持说他错了。艾伦再一次告诉他，没人想要伤害饕餮，“我们是科考队，汤姆。我们到这里是来研究它们的。伤害智慧生命违反我们所坚持的所有准则。”

“你们承认它们是智慧生物？”

“当然了，这一点从来都没有异议。

“那为什么要投放药丸？”他问，“为什么要屠杀它们？”

“这两样都不是事实，汤姆。”艾伦说。她用冰凉的双手握住汤姆的手，“相信我们，相信我们。”

汤姆痛苦地说：“想要我相信你们，为什么你们不把活儿都干好呢？把剪辑器拿出来，用在我身上，你们不能指望单靠说的就让我无视自己亲眼所见的证据。”

“你一直都在致幻剂的影响之下。”迈克尔森说。

“我从没用过致幻剂！除了刚才在草甸上吃的那些，在我跳舞的时候——那可是在我目睹了持续一周又一周的屠杀之后。你打算告诉我那是一种追溯性妄想吗？”

“不，汤姆。”舒尔茨说，“你之前一直都处在幻觉当中，这是你所接受的治疗的一部分，你的人格重建治疗。你来这里就是要做人格编制。”

“不可能。”汤姆说。

艾伦亲吻了他滚烫的额头，“这都是为了让你和人类达成和解，明白吗？你的祖先在 19 世纪时颠沛流离，你对此充满怨恨。你无法原谅这个工业社会，因为他们驱逐了苏族人。你被可怕的仇恨蒙蔽了双眼。你的治疗师认为，要是能让你参与一场虚拟的现代种族灭绝，要是能让你认识到这一切都是必要的，你的怨恨就会被消除，你也能在这个社会重新获得一席之地，作为——”

他一把将她推开，“别说蠢话了！哪怕你对人格重建治疗只有一点点的了解，那你也应该知道，没有哪个像样的治疗师会肤浅到这种地步。人格重建中没有一对一的关联作用。不，别碰我，走开。走开。”

他才不会相信他们说的话，这根本不是什么致幻剂引发的梦幻。这不是幻想，他告诉自己，更不是什么治疗。他站起来，走了出去。他们没有跟上来。他上了一架直升机，去寻找他的兄弟们。

我又开始跳舞。今天的太阳热多了。聚集的饕餮也更多。今天我涂了油彩，今天我也戴了羽毛。汗水让我的身体闪闪发光。它们和我一起跳，它们身上有一种我以前从没有见过的癫狂。我们用脚踩踏着被踏倒的草甸。我们用手去抓太阳。我们唱歌，我们呼号，我们大叫。我们一直跳舞，直到倒地不起。

才没有什么幻想。这些人都是真是的，它们都有智慧，它们的命运都已注定，这我知道。

我们跳舞，尽管一切都已注定，我们还是要跳舞。

我的曾祖父来了，和我们一起跳舞。他也是真实的。他有老鹰一样的鼻子，不像我的鼻子一般扁平。他戴着巨大的头饰，棕色皮肤下的肌肉就像股股绳索般凹凸有致。他唱歌，他呼号，他大叫。

家族里的其他成员也加入了我们。

我们一起吃释氧植物，我们拥抱饕餮，我们知道，我们所有人都知道，被人猎杀是怎样的滋味。

云有音韵，风有质感，太阳的温暖带着色彩。

我们跳舞，我们跳舞，我们的肢体不知疲倦。

太阳越来越大，填满了整个天空，我的眼前再没有饕餮，只有我的家人，我先辈的先辈，跨越几个世纪，成千上万的闪亮肌肤，成千上万的鹰钩鼻，我们一起吃植物，我们找出尖利的棍棒，刺入我们的肉体，甜腻的血液流出，在太阳的火焰下干涸。而我们在跳舞，在跳舞，有些人疲惫倒地，我们还跳舞，草原是一片头饰起伏的海洋，一片羽毛的海洋，我们还跳舞，我的心发出雷鸣，我的膝盖变成流水，太阳的火焰吞没了我，而我还在跳舞，我摔倒在地，我继续跳舞，我摔倒在地，我摔倒，摔倒，摔倒。

他们再次找到你，把你带了回来。他们把冰凉的针管挨上你的手臂，祛除你血管里释氧植物的致幻剂，他们还给你注射了别的什么药物，让你好好休息。你在休息，你心如止水。艾伦亲吻了你，你抚摸着她温软的肌肤。然后其他人走了进来，和你说话。他们说了些安慰的话，但你并没有在听，因为你在探寻现实。这探寻并不容易，就好像是要跌入层层暗门，寻找那唯一一个地板上没有铰链的房间。这颗星球上发生的一切都是对你的治疗，你告诉自己，是设计好了的，为了让一个遭受苦难的原住民甘心接受白人的征服。这里并没有什么东西真的被灭绝。你拒绝接受这一切，但又在跌入一层后意识到这肯定是对你那些朋友的治疗。他们背负着数百年来逐渐积累的罪恶感来到这里寻求解脱。你在这里就是为了减轻他们的负担，把他们的罪恶转移到自己身上并给予他们宽恕。你又跌入一层，发现那些饕餮只不过是些威胁当地生态的动物，需要被清除。你在它们身上看到的文化都是你的幻觉，都是旧时的牵绊激起的热望。你想要收回对这种必要的灭绝行动的抗议，结果又跌入一层，发现除了在你的头脑之外根本就没有什么灭绝行动，而这一切都是因为你对那些针对你祖先们的罪行着了魔，这一切扰乱了你的心志。你坐了起来，想要向你那些朋友道歉，他们都是无辜的科学家，而你却说他们是杀人犯。结果你又跌入一层。

（王小亮　译）

明喻式科幻

作家们想出了许多策略，借以处理故事中出现的虚构情节。例如，如果作家告诉读者，这个故事在现实世界中不可能发生——他们可以生造某种事物、生物或是力量，按照理性预期不可能曾经存在于世，将来也永远不可能出现——那这故事便是奇幻，此时读者会放弃以惯用标准去判断故事情节的现实性和实际意义。另一方面，如果作家告诉读者，尽管这个故事从未发生过，但它是可能发生的，这时读者便可能将故事情节与现实做出对比，他们理解故事时，会始终保持着理性思考，并以原封不动的日常经验与之作比。这是区分科幻与奇幻的方式之一。

不过，无论是科幻还是奇幻，故事本身必须有关此时此刻。如果它与当下无关——如果这个故事的人物形象单调，行为缺位，如果这个故事全然不去描述人类的希望与恐惧——它就不会有读者；它可能不值一读。即使是奇幻故事也要与现实做出对比。

科幻小说与现实的对比更为直接。科幻故事源于现实；读者有兴趣知道，他们生活的世界是怎么变成故事中的世界的。艾萨克·阿西莫夫曾言道，科幻为读者提供两类故事："象棋"和"象棋谜局"。"象棋"是合理推论型的："如果顺此情节发展下去……"，此类故事展示的是顺着当今世界可见趋势发展下去的未来世界；而"象棋谜局"是"假设"类故事，此类故事中的情境衍生自一些不曾预想的情况。《太空商人》(*The Space Merchants*)是一部"象棋"小说，而《日暮》则是一盘"象棋谜局"。

两类故事中都含有对现在的暗示。合理推论型的"象棋"讨论的是：如果人类不做点什么改变当下发生的事，世界将会迎来充满混乱的可怕终结。这类故事是警示性的，偶尔也是激励性的。但即使是纯粹推理型的"象棋谜局"也会给予读者一些与当下困境有关的启示。以《日暮》为例，这个故事离人们的生活经验太远，若不是因为反映了人们在面对无形和未知时的态度，就很难打动人心。故事设定出一个情境，让你去试想自己会如何面对，在此过程中，你对人性和人类所处的环境便产生了一些新的认知。

哈尔·克莱门特的《重力使命》(*Mission of Gravity*)效果与此相仿。表面上看，这是一部关于外星生物的小说，他们形如毛虫，所在星球两极地区的重力是地球的几百倍，赤道地区却只有两到三倍。读者能与这些外星人产生共鸣，是因为他们面对特定情境的反应与人类相同，于是读者很快便将他们视为人类。但如果读者没有被引导去思考地球引力(以及自然环境中其他因习以为常而从未考虑过的物理因素)如何控制了自己的生理和心理状态，小说就失去了大部分价值。正是这种明喻的能力让科幻拥有了与众不同的力量，这种文类能让读者质疑他们之前从未质疑过的问题，让他们重新评估人类的生存状况。

明喻式科幻的最佳范例或许要数厄休拉·K.勒古恩的《黑暗的左手》。故事主人公是一个雌雄同体的人种，他们生活在名为格森的星球上。一个由若干世界组成的松散联邦派出一位人类使节到访格森，邀请他们加入联邦。这位使节不仅要解决政治问题，还要尽力克服困难去理解这种外星人的"人性"，他们大多数时间都呈现出无性状态，然而每月都有一次或变男或变女，具体性别视情况而定。

格森文明与地球文明的差异会引导读者去思考这样一个事实：地球上的人类分为男女两性，这事实上影响了两性间的一切关系，包括政治结构、经济、教育、艺术、神话，以及其他一切。实际上，勒古恩自述该小说是她探讨女性解放问题的独特方式。作为星云、雨果双料获奖作品，《黑暗的左手》可能也完美展现了概念与文学技巧的结合，它将主题、人物塑造、戏剧性和文体风格融会贯通为一部艺术作品。它的成功令人想起雷蒙德·钱德勒谈及《马耳他之鹰》[1]时的溢美之词："'根据假设'，一部能取得如此成就的艺术作品是无所不能的。"[2]

勒古恩于1966年发表了自己的首部科幻作品，长篇小说《罗坎南的世界》(*Rocannon's World*)，自那以后便获得无数殊荣；同年，她还发表了《流亡者之星》(*Planets of Exile*)，之后是1967年的《幻想之城》(*City of Illusions*)和1971年的《天钧》(*The Lathe of Heaven*)。身为著名人类学家和知名作家之女，勒古恩于拉德克利夫学院[3]取得学士学位，并于哥伦比亚大学取得法国与意大利文艺复兴时期的文学硕士学位。她的部分早期作品属于奇幻，她曾撰写过一部青少年系列奇幻读物，名为"地海传奇"三部曲，其中最后一部[4]获得美国国家图书奖。她于1973年凭《世界的词语是森林》("The Word for World is Forest")获得雨果奖，并于1974年以《那

---

1. 美国作家达许·汉密特所著的推理小说。
2. 语出钱德勒评论文《简单的谋杀艺术》("The Simple Art of Murder")。
3. 位于马萨诸塞州剑桥的女子文理学院，现并入哈佛大学。
4. 指《地海彼岸》(*The Farthest Shore*)。

些离开奥梅拉斯的人》（"The Ones Who Walk Away from Omelas"）再获该奖。《革命前日》（"The Day Before the Revolution"）获得1974年星云奖最佳短篇，《一无所有》（*The Dispossessed*）同时获得星云奖与雨果奖最佳长篇奖。在转投隐喻式奇幻小说与半历史小说后，勒古恩又试探性地以一部多体裁的人类学长篇科幻小说《总要回家》（*Always Coming Home*，1985）重回科幻领域，并就势撰写了"地海传奇"系列的第四部作品《地海孤雏》[1]（*Tehama: The Last Book of Earthsea*，1990），此后，她又撰写了《内海渔人》（*A Fisherman of the Inland Sea*，1994）与《四种宽恕之道》（*Four Ways to Forgiveness*，1995）两部作品，为"海恩宇宙"（Hainish Cycle）作结[2]。

勒古恩也为科幻评论做出了杰出贡献（这为她赢得了1989年的美国科幻研究学会朝圣奖），他的评论文章被汇编为《夜的语言：奇幻与科幻论集》（*The Language of the Night: Essays on Fantasy and Science Fiction*）与《在世界尽头起舞：有关词语、女性与地域》（*Dancing at the End of the World: Thoughts on Words, Women, Places*）。

（穆童、憬怡　译）

1. 原文副标题为"地海传奇最终章"，但该系列于2000年后又出新作，完整版为六部曲作品，皆有中译。
2. 中文旧译习惯用"伊库盟系列"（Ekumen）指代海恩宇宙，该世界观下的作品包括《黑暗的左手》等十部长篇小说和《革命前日》等十三篇短篇小说。本文中提及的小说作品除"地海传奇"系列与《天钧》、《那些离开奥梅拉斯的人》、《总要回家》外，皆属海恩宇宙。

黑暗的左手（节选）

［美国］厄休拉·K. 勒古恩

第一章　埃尔亨朗的庆典

格森星-01-01101-934-2 号即时传递档案抄本——首位驻海恩星系 93 号轨道格森星或冬星机动使金利·艾发往奥鲁尔固定站的报告，爱库曼纪年 1490—1497 年。资料来源：海恩星球档案馆。

我打算以讲故事的方式陈述报告，因为在我的故乡，从小别人就教我，事实其实是想象的产物。事实能否取信于人，取决于讲述的方式：这就像我们那儿海里出产的一种奇特的有机珠宝，佩戴在这位女士身上光彩夺目，到另外一位女士身上则会变得暗淡无光，最后化为尘土。事实并不比珍珠更可靠、更连贯、更完整、更真实，两者同样脆弱易感。

这个故事并不全是关于我的，讲述者也不止我一个。事实上，到底这是关于谁的故事，我自己也说不好；兴许，你的判断会更准确。不过这是一个完整的故事，假使有些时候出现了另外一个声音，讲述了另外一种事实，你大可按照自己的喜好来选择取舍；不过，所有这些事实都同样真实，都从属于同一个完整的故事。

故事得从1491年的第四十四天说起，这个时间相当于冬星卡亥德王国的图瓦月奥德哈尔哈哈德日，也就是元年春天第三个月的第二十二天。这里的每一年都叫作元年，而过去未来那些年代的称呼则会在每个元日发生变化，因为人们是以不变的现在为基础往后或者往前数的。这么着，我现在是在卡亥德王国的首都埃尔亨朗，时间是元年的春天。我已经陷于生命危险之中，自己却浑然未觉。

我走在一支游行队伍当中，紧跟在戈斯瓦乐手后头，身后就是国王。天上下着雨。

这是一座风暴肆虐的石头城，乌云笼罩着阴森的城堡，雨点洒落在幽深的街道。阴暗的城市中，一条金色的脉管正在缓缓地蜿蜒流动。

最先出场的是埃尔亨朗城的商人、权贵和工匠。他们衣着华丽，表情热切而又沉着，在雨中悠然漫步，如鱼得水。他们一列一列地走过，步调却并不一致。这支游行队伍里没有士兵，连假扮的士兵都没有。

他们之后是来自卡亥德王国各个领地及联合领地的领主、市长及代表。这部分人要么单独一人，要么五人、四十五人或是四百人一组，形成了一支色彩斑斓的庞大队列，伴着金属喇叭、中空骨木管吹奏的乐声，以及电子长笛那单调纯净的轻快曲调向前行进。各个领地式样各异的旗帜，以及装点沿途的黄色三角旗被雨水淋得稀里哗啦一团糟，每组人风格各异的音乐也在彼此冲撞。各式各样的曲调混杂交织，在幽深的石头街道上回荡。

这之后是一群变戏法的人，手里拿着一个个锃亮的金球。他们把金球高高抛起，划出一道道闪亮的弧线，接住之后又继续往上抛，幻化出一道道闪亮的魔术喷泉。突然间，就跟他们真的抓住了光线似的，金球闪出玻璃般的耀眼光芒：太阳钻出了云层。

接下来是四十名演奏戈斯瓦的黄衣男子。戈斯瓦是只有在国王出席的场合才会演奏的乐器，它的声音可笑而阴郁，就像有人在低吼。四十支戈斯瓦一齐奏出的声响足以把人震疯，把埃尔亨朗的城堡震倒，也足以震落大风天云层里的最后一滴雨水。既然这就是皇室的庆典音乐，毫无疑问，卡亥德王国的历任国王就是一帮疯子。

再接下来就是皇家队列了：警卫、本城及皇宫的达官显贵、众议员、参议员、大臣、大使、王国的贵族，他们没有排成整齐的队列，步调也不一致，走路的姿态却高贵异常。阿加文十五世也在其中，他身着白色束腰外套、衬衣和马裤，金黄色皮绑腿和黄色尖顶帽。一枚黄金戒指是他全身上下唯一一样饰物，也是他地位的象征。这支队列之后就是御辇，由八名壮汉抬着，上头草草点缀着一些黄宝石。御辇是远古时期的象征性遗物，几百年来，并没有哪个国王乘坐过。御辇旁边是八名护卫，身上都佩带着“劫掠枪”。这些枪支来自更为蛮荒的年代，里头却也不是空的，装填着许多软铁做的小珠。国王后头跟着死神，死神后头跟着技校生、大学生和各行业学徒。再有就是王室成员，那是一长溜的小孩子和年轻人，穿着白红金绿各色衣服；在整个游行队伍的最后，是几辆缓缓行驶着的深色汽车。

即将竣工的盖特河拱桥附近有一座新近用木材搭成的平台，皇家队列的人——我也走在其中——都聚集到了台上。此次游行就是这座拱桥的落成庆典，拱桥的落成则标志着埃尔亨朗新公路及内河港工程的全面竣工。这项大工程耗时五年，疏浚了河道，修建了房屋和道路，阿加文十五世因之可以在卡亥德王国名垂青史。我们挤挤挨挨地站在平台上，身上的衣服又湿又重。雨已经停了，太阳照在我们身上。冬星的阳光明亮又灿烂，同时也变幻不定。我对站在自己左边的那个人说道：“好热啊，真是太热了。”

站在我左边的那个人——一个身材矮胖、皮肤黝黑的卡亥德人，顶着一头油腻的头发。他穿着一件厚重的金绿色相间的皮外套和一件厚重的白色衬衣，还有一条厚重的马裤。他脖子上挂着一条沉重的银链子，链环有手掌那么宽——一边拼命地出着汗，一边答道：“是很热。”

我们拥挤在平台上，周围是市民们一张张仰起的脸庞，就像整整一河滩圆圆的褐色鹅卵石。鹅卵石中间闪着云母的光芒，那是几千双专注的眼睛。

国王踩着一块原木踏板从平台走到拱桥的顶部，拱桥尚未合龙的两根方柱俯瞰着人群、码头和河流。在他往上爬的时候，人群骚动起来，开始不停地大叫：“阿加文！”他没有做出任何回应，人们也没指望他会有回应。戈斯瓦乐手们奏出了最后一记声若雷鸣、极不和谐的巨响，随后就停了下来。全场一片沉寂，阳光照射着城市、河流、人群和国王。下方的泥瓦匠已经事先启动了一个电动绞盘。国王走向高处的时候，拱桥的拱顶石也被高高地吊了起来，随后被安放在了两根方柱之间的缺口中。虽然这块大石重达数吨，安放时却几乎没有发出一点声响。两根方柱合而为一，一道拱桥就此造就。一名泥瓦匠拿着泥刀和木桶，站在脚手架上等候国王；其他工人全部顺着绳梯滑了下去，活像一群跳蚤。国王和那名泥瓦匠跪倒在踏板上，跪倒在太阳与河水之间的高处。接着，国王拿过泥铲，开始往楔石的接缝处抹灰泥。他不是简单地摆摆样子就把泥铲还给泥瓦匠，而是有条不紊地干了起来。他用的灰泥带一点点桃红色，跟其他地方抹的灰泥颜色不同。我看着国王辛勤劳作了五到十分钟，然后问左边那个人：“你们的拱顶石上抹的都是红色灰泥吗？”我这样问是因为，在河的上游高耸着一座美丽的老桥，那座老桥的拱顶石周围也是同样颜色的灰泥。

那个男人——我得交代一下那人是男的，因为前面我都说过“他”和“他的”了——一边擦着黝黑额头上的汗水，一边答道：“远古时期，拱顶石都是用骨头粉和血混合而成的灰泥来固定的，是人的骨头和血。你知道，没有了这种血脉的联结，拱桥就会塌。现在我们用的是动物的血。”

他就这样不时地跟我说着话，很坦率，不过还是很小心、爱说反话，似乎他一直都有这样的意识：我是从一个外星人的角度来进行观察和判断的。这是一件很不寻常的事情，因为他来自如此与世隔绝的一个种族，又是如此位高权重。在这个国家里，他是最有权势的人之一；我不是很确定历史上出现过的那些称谓——元老、首相、议员——哪个最适合描述他的职务；他的卡亥德语头衔意思是“国王的耳朵”。他是一个领地的领主，也是这个王国的贵族，总之是一位能够呼风唤雨的人物。他名叫西勒姆·哈斯·雷姆·伊阿·伊斯特拉凡。

国王似乎已经干完活了，我不由得一阵欢欣雀跃；可他却沿着拱顶下方那蛛网般的踏板走到拱顶石的另外一边——拱顶石当然是有两个边的——接着又忙活了起来。在卡亥德王国，着急是没有用处的。卡亥德人当然谈不上冷静，但非常执着、非常顽固，也非得抹好接缝的灰泥。瑟斯大堤上的人群心满意足地看着国王忙活，我却觉得很烦躁、很热。以前我从没有在冬星觉得热过，以后也不会。总而言之，我没有心思去欣赏眼前的盛况。我穿的这身适用于冰原世纪的衣服，可不适合在太阳底下站着。里三层外三层的衣服——机织植物纤维、人造纤维、皮毛、皮革——组成了一套抵御严寒的厚重盔甲，盔甲里头的我现在已经变成了一片晒蔫的萝卜叶子。为了转移自己的注意力，我转头去看聚集在平台周围的人群和其他游行队列。那些领地和部落的旗帜在阳光下纹丝不动，色彩鲜明。我没话找话地问伊斯特拉凡这个是什么旗、那个又是什么旗。现场一共有好几百面旗帜，有些旗帜还属于佩灵风暴边界和科尔姆大陆等偏远地区的那些领地、家族以及部落。不过对于我问到的那些，他都能如数家珍，一一道上名来。

“我本人就来自科尔姆大陆。”当我赞美他的博学时，他说，“毕竟，了解各个领地就是我的使命所在。它们都是卡亥德王国的属地。统治这片土地就是统治这些领主，只不过这个目标从未得到实现罢了。你听过这样的说法吗？卡亥德并非一个国家，而只是一个内讧不断的家庭！”我没有听过这种说法，而且怀疑这是伊斯特拉凡自己杜撰出来的，这句话明显带有他的印记。

这时，另一位科尤雷米成员奋力挤过人群，来到伊斯特拉凡身边，跟他交谈起来——科尤雷米相当于卡亥德王国的上议院，伊斯特拉凡是该机构的领袖。来人是国王的堂弟佩米尔·哈吉·雷姆·伊阿·泰博。他说话时声音压得很低，姿态略显傲慢，还不时笑一笑。伊斯特拉凡不住地往下淌汗，像阳光底下的一块冰，而他的反应也像冰一样圆滑冷静。他大声回应着泰博的喃喃低语，语气中带着一种随意的优雅，相形之下，对方简直就像个傻瓜。我一边看着国王抹灰泥一边听着他俩的谈话，不过除了两人彼此间的敌意，什么也没听出来。不管怎样，这事儿跟我无关，我只是对这些人的行为举止很感兴趣。这些人以古老的方式统治着这个国家，掌管着另外两千万人的命运。在爱库曼人手中，权力已经成了一样极其微妙复杂的东西，只有头脑精妙的人才能看出其中的端倪；而在这里，其微妙程度还很有限，一切还都相当明了。比如伊斯特拉凡，他认为一个人的权力就是其自身存在的外延；他做的任何手势都不会没有意义，他说的每句话也都会有人听从。他知道这一点，而这样的意识又使他比大多数人都更显得真实，让他拥有一种存在的分量、一种实在感和一种人性的光辉。成功就这样接踵而来。我不信任伊斯特拉凡，他做事情的动机永远是含混不清的；我不喜欢他，但能感觉到他的威严并做出相应的回应，一如面对阳光的暖意。

在我想着这个的时候，现实世界中的太阳却被重新聚拢的云层盖住了。很快上游就下起了一阵暴雨，敲打着大堤上的人群，天空也阴暗了下来。国王走下踏板时，最后一道闪电一晃而过，映出了他白色的身形和大拱桥的轮廓，在风暴肆虐、阴霾满布的南方天空衬托之下显得益发鲜明。乌云四合，一阵冷风在港口—皇宫大街上呼啸而过，河流变成一片黑暗，大堤上的树木瑟瑟发抖。游行就此结束。半个时辰后，雪下了起来。

国王的汽车开上了港口—皇宫大街，人群开始散去，就像在缓慢潮水中翻滚的一块鹅卵石。伊斯特拉凡又一次转过头，对我说："今天可否共进晚餐，艾先生？"我接受了他的邀请，心中的惊奇多过喜悦。过去六到八个月，伊斯特拉凡帮了我很多忙，但我没有料到，也没有指望他会这么好心请我去他家。哈吉·雷姆·伊阿·泰博跟我们的距离还是很近，能听到我们的谈话，而且我觉得他就是在故意偷听。我被他这种女里女气、鬼鬼祟祟的做派弄得很不爽，于是走下平台，稍稍蜷缩起身子，散漫地走着，好让自己混迹在人群中。我比普通的格森人高不了多少，不过身处人群中时，区别就显而易见了。看啊，就是那个人，那个特使。当然那本来就是我职责的一部分，可是随着时间的推移，这部分职责变得越来越困难而不是轻松。我越来越渴望自己能隐姓埋名，能跟其他人没有两样。我热切地盼望着，自己能变得跟其他人一样。

顺着酒厂街走过两个街区之后，我拐到一旁，向自己的住处走去，身边的人群已经逐渐散去，突然，我看到泰博就走在我身边。

“一次完美的典礼。”国王的堂弟微笑着冲我说。他虽然并不是很年长，黄色的面庞上却已布满了细密的皱纹。说话间，他那长而洁净的黄色牙齿忽隐忽现。

“预示着新港口的兴旺发达。”我说。

“是的。”更多牙齿露了出来。

“安放拱顶石的仪式给人印象最深。”

“是的。那种仪式是从远古时期流传下来的。不过，伊斯特拉凡勋爵肯定已经跟您说过这些了吧。”

“伊斯特拉凡勋爵的确非常热情。”我尽量用了平淡的语气，但事与愿违，我跟泰博说的每句话似乎都语含双关。

“哦，他是非常热情。”泰博说，“众所周知，伊斯特拉凡勋爵对待外来的人尤其友善。”他又笑了笑，现在每一颗牙齿似乎都含有深意，有双重、多重，甚至三十二种含义。

“像我这样怪异的外来人也没几个的，泰博勋爵。别人的好意我都感怀于心。”

“是的，是的！感恩是一种高贵、稀有的情感，诗人们对其赞誉备至。在埃尔亨朗更是稀有异常，毫无疑问，因为它是不可行的。我们现在身处一个艰苦的年代、一个不知感恩的年代。跟我们祖父祖母的时代已经不同了，是吧？”

“我无法置评，先生，不过我在其他星球上也听到过类似的哀叹。”

泰博盯着我看了一会儿，似乎想看看我是否已经疯了，然后又露出了那些长长的黄色牙齿。

“啊，是的！是的！我都忘了，你是从另一个星球来的。当然，你是不会忘记这个事实的。不过毫无疑问，如果可以忘掉这一点，你现在在埃尔亨朗的日子就可以更沉稳、更简单、更安全了，嗯？是的！我的车就在这里，我让他们在这里等着。我原本想开车送你回公岛，不过请你谅解，我必须先行一步了，因为我得马上赶去皇宫。俗话说，小人物就得按时到场，嗯？就是这样！”国王的堂弟钻进他那辆小小的黑色电动车，回头看了看我，满嘴牙齿都龇了出来，眼睛则隐藏在了一圈皱纹当中。

我走回自己的公岛。公岛的前花园里，最后一点雪已经融化，花园完全裸露在了外面。位于地面以上十英尺的冬天时进出的门户已经被封了几个月了，要等到秋季来临、大雪再次下起的时候才会重新开启。屋子两边都是结着冰的泥泞，花园里，各种作物都在飞快生长，生机勃勃，一派温和的春日气息。一对年轻情侣站在屋子旁说话，他们正处在克慕期的第一个阶段。两人赤脚站在泥地里，右手紧握在一起，紧紧盯着对方，一任大片的柔软雪花在身边飞舞。冬日里的春天。

我在自己的公岛用了餐，雷姆尼钟楼上的大钟敲四点的时候，我来到了埃尔亨朗宫。

雪还在下，是温和的春雪，比刚刚过去的解冻期里那种没完没了的雨要舒服多了。四周一片苍茫，很安静，我在埃尔亨朗宫里摸索着往前走，中间只迷了一次路。埃尔亨朗宫是一座城中城，围在墙里的是一大片宫殿、城堡、花园、庭院、回廊、廊桥、地道、小树林和地牢，那是几世纪中达到极致的偏执狂的产物。凌驾于这一切之上的是王室官邸那高峻阴森、装饰繁复的红色墙垣。官邸虽然一直有人使用，在其中居住的却只有国王一人，其他的人——仆役、工作人员、领主、大臣、议员、护卫，一应人等——全都住在埃尔亨朗宫围墙里的其他宫殿、城堡、要塞、兵营或者住宅里头。伊斯特拉凡住在红角宫，能住在这里表明他最受国王的恩宠。这座宅邸建于440年前，是埃姆朗三世为自己最宠幸的妃子哈尔梅斯修建的，这位妃子的美貌至今还为人所津津乐道。哈尔梅斯后来被内陆集团所雇的杀手绑架、毁容，最终被折磨成了傻子。埃姆朗三世随后便对这个不幸的国家实施报复，一直到四十年后去世时，他的仇恨依然没有平复，因此，他被称为"不幸的埃姆朗"。这个悲剧已经很久远了，那种恐怖的感觉已消失无踪，只是在这幢房子的石头和阴影里，似乎隐隐还有背叛和忧伤的气息。房子前有一个带围墙的小小花园，园中有一个塞莱姆树荫翳之下的池子，池中岩石嶙峋。借着窗子射出的微光，我看到雪花还有树上掉下的线状白色孢子囊，飘飘洒洒地落入黑色的水面。伊斯特拉凡站在门口等我，一边看着悄然下落、似乎永无停歇的雪和种子。那么冷的天，他居然没戴帽子也没穿外套。他平静地跟我打了招呼，带我进屋。屋里没有别的客人。

我心里有些疑惑，不过我们马上就坐到了餐桌上，而用餐的时候是不谈公事的；更何况，我的注意力马上便被餐桌上的菜肴吸引了。菜肴极其美味，即便是最常见的面包果也不同凡响，我从心底里赞叹这位厨师的手艺。晚餐之后，我们坐到炉火边，喝起了热啤酒。在这个星球上，常常是一杯酒还没来得及喝完就结冰了，所以，喝酒时你得在餐桌上随便找样东西来把冰块敲开。可想而知，热啤酒该有多受人欢迎。

餐桌上的伊斯特拉凡谈笑风生；现在，他跟我隔着火炉而坐，却变得沉默寡言了。来冬星已经快两年了，我还是不能设身处地地看待这个星球上的人，远远不能。我曾经努力过，不过每次我都会下意识地将对方先看作一个男人，然后又看成一个女人，将他依照我所在的种群进行归类，而这样的归类对他们来说是毫无意义的。因此，现在我一边吮吸着热气腾腾的酸啤酒，一边在想，伊斯特拉凡在饭桌上的表现女里女气，很有魅力也很擅长社交，但是缺乏实质，华而不实，同时又太过精明。我不喜欢他、不相信他，也许正是因为这种温柔逢迎的女性特质吧？将这个人看作一个女人实在不可思议——这个人现在就在我身边，森森然坐在火炉边那个阴暗的角落里，有权有势，喜欢冷嘲热讽——但我每次想到他是个男人，心里就会有一种虚假的感觉、一种面对伪装的感觉：究竟是他在伪装，还是我自己在他面前伪装呢？他说话的声音很温和，也算响亮，但不深沉，不像是男人的声音，可也不像女人的声音……等等，这个声音现在在说什么？

“很抱歉，”他说，“我不得不一再延迟邀你来舍下做客的快乐。拖了这么久，至少有一点好处，那就是我们之间不再存在谁罩着谁的问题了。”

听闻此言，我一时间迷惑不解。到目前为止，他一直是我在宫廷里的保护人，这一点毫无疑问。难道他的意思是说，因为他安排了我明天觐见国王，我就可以平步青云、跟他平起平坐了吗？“我不明白你的意思。”我说。

听闻此言他没有作声，显然也很困惑。“呃，你知道，”最后他终于说，“现在……你应该明白，我以后不会在国王面前帮你说话了。”

听他的语气，似乎不好意思的人不是他，而应该是我。显然他这次邀请我来是有深意的，而我却茫然无觉，懵懵懂懂地接受了。不过我的失误是礼节上的，他的失误却是道义层面的。我最先的反应就是，我一直以来都不信任伊斯特拉凡是对的。他这个人不仅仅圆滑、强势，而且不讲信用。我来到埃尔亨朗之后的这段时间里，是他跟我交流，回答我的问题，派医生和工程师对我的身体和我的飞船进行调校，把我介绍给我需要认识的人，慢慢改变我在人们心目中的形象：头一年我被人认为是一个超乎想象的怪物，现在则成了一名神秘的特使，并且很快就要得到国王的认可。而现在，将我抬举到如此危险的地位之后，他却突然冷酷地宣称，他不会继续支持我了。

“你此前所做的一切，让我完全依赖于你——”

“那是欠妥的做法。”

“你的意思是，你虽然安排了这次接见，却没有在国王面前帮我说话，而这是你——”我及时把“保证过的”这几个字咽了回去。

“我不能。”

我非常愤怒，眼前的他身上却既无怒气，也无歉意。

“可以告诉我原因吗？”

过了一会儿，他说：“可以。”然后又是一阵踌躇。这时我开始想，一个毫无用处也没有自卫能力的外星人，是不该跟一个王国的首相盘问原因的。毕竟，我对这个王国政府的权力根基以及运转方式并不了解，而且也许永远无法了解。毫无疑问，这一切的根由都是希弗格雷瑟——它涵盖着声望、脸面、时机以及不损尊严的人情世故，卡亥德乃至格森星球所有文化中都有这一无法言表却至关重要的社会权威法则。如果真是如此，这样的根由也是我无法理解的。

“今天的典礼上国王跟我说的话你听到了吗？”

“没有。”

伊斯特拉凡倾过身子，拎起焐在热灰里的啤酒罐，把我的杯子加满。他没有再说什么，于是我又补充了一句：“我没听到国王跟你讲话。”

“我也没有。”他说。

我这才明白，自己又漏了另一个信号。这家伙说话这么迂回，真是女里女气。我一边在心里诅咒，一边说：“伊斯特拉凡勋爵，你的意思是你已经不再受宠于国王了，对吗？”

我想他当时应该是生气了，不过他并没有表现出来，只是说了一句：“我的话里没有任何意思，艾先生。”

“上帝呀，我倒希望有！”

他好奇地看着我：“好吧，那就这么说吧。宫廷里有这么一些人，用你的话说就是受宠于国王，他们不喜欢你在这里，也不赞成你的使命。”

于是你就急不可待想加入他们，出卖我来拯救自己的脸面，我心想，不过这话没必要说出来。伊斯特拉凡是一名大臣、一个政客，我居然会信任他，真是个傻瓜。即便是在一个两性人的社会，政客通常也算不上一个完整的人。他邀请我赴宴的事实表明，他认为自己可以轻而易举地背叛我，而我也会同样轻松地接受。显然，保全体面要比诚实守信重要得多。于是我勉勉强强地说：“很抱歉，你对我的好意给你带来了麻烦。”这么说可真是以德报怨啊。自己在道义上占了上风，我不由得感到一阵快意。这样的快意也没能维持多久，因为对方实在太深不可测了。

他靠回椅背上，炉火映红了他的膝盖、他那双细腻强壮的小手以及手里握着的银杯子，不过他的脸部却隐藏在了阴暗之中：这张肤色黝黑的脸总是隐藏在厚重低垂的发际线、浓密的眉毛和眼睫毛的阴影中，总是一脸温和的阴郁表情。猫、海豹或水獭的脸，你能看懂吗？在我看来，有些格森人就像这些动物，当你对他们说话时，他们那双深沉明亮的眼睛连一点变化都没有。

“我自己遇到了一点麻烦，”他答道，“是因为一项法案，跟你毫无关联，艾先生。你知道，卡亥德和欧格瑞恩在萨西诺斯附近北瀑布高地的边界问题上一直有争端。阿加文的祖父曾宣称西诺斯山谷是卡亥德的领土，对此欧格瑞恩共生区一直不予承认。这一争端引发了许多问题，而且还越来越棘手。我一直在帮助居住在山谷里的一些卡亥德农民，让他们往东穿越旧边界回归祖国，按我看，奥戈塔人已经在那里生活了好几千年，如果把山谷完全留给他们，争端也许就会自然平息。几年前，我在北瀑布管理处待过，认识了一些当地的农民。我不想看到他们在劫掠中被杀，也不希望他们被遣送到欧格瑞恩的志愿农场里去。为什么不消除争端的源头呢？……可是，我这个想法算不上爱国，事实上可以说怯懦，而且直接伤害了国王本人的希弗格雷瑟。”

我对他话里的讽刺意味毫无兴趣，也不想理会卡亥德同欧格瑞恩边界之争的来龙去脉。我的思绪又回到了我们眼前的问题上。不管我信不信任他，他对我还是有一些用处的。“很抱歉，”我说，“不过，如果让几个农民的问题扰乱了我的使命，那确实太遗憾了。跟区区几英里的国界线比起来，还是我们的事情更为紧要。”

“是的，紧要得多。不过，爱库曼人既然远在几百光年之外，耐心等我们一阵子也没什么关系。”

“爱库曼的常驻使节都是非常有耐心的人，先生。他们可以等上一百年或是五百年，等卡亥德和格森星上的其他国家仔细考虑，权衡自己是否要加入其他人类。我这么说仅仅出于我本人的愿望，以及我本人的失望。按我看，你也支持我的想法——”

“你没想错。呃，冰冻三尺，非一日之寒……”他嘴里自然蹦出了那些陈词滥调，他的脑子却在别处。他陷入了沉思。我猜，他正在他那个权力游戏的棋盘上，将我跟其他小兵卒一起挪来挪去呢。“你来到我的国家，”最后他说，“在一个奇怪的时间。一切都在改变，我们正处于一个新的转折点。我曾以为，你的到来、你的使命，也许可以让我们不致走错，可以给我们一个全新的选择。不过，前提是有适当的时间以及适当的地点。这一切都是非常不确定的，艾先生。”

他这种泛泛而论让我很不耐烦：“你的意思是，现在并不是一个适当的时间。你是要建议我取消这次觐见吗？”

我们讲的是卡亥德语，我失口说出的这番话因此显得更加粗鲁唐突，不过伊斯特拉凡既没有笑，也没有咧嘴。“恐怕只有国王才有这个特权。”他的口气很温和。

“哦，上帝，是的。我不是这个意思。”我双手捧着脑袋，待了一会儿。我是在非常开放、行事随心所欲的地球社会长大的，因此永远无法领会在卡亥德人心目中无比重要的那种礼仪、那种不动声色的态度。我知道国王的概念，地球的历史上也有过无数的国王，对于特权却没有切身的体会——没有这方面的敏感。我拿起啤酒杯，猛喝了一口热乎乎的液体：“好吧，我本可以仰仗你，打算跟国王说些事情，现在我决定少说为妙。”

“很好。”

“此话怎讲？”我问。

“呃，艾先生，你很聪明，当然我也不蠢。不过你看，我们两个都不是国王……我猜，按常理来说，你会告诉阿加文，你来此地的使命是促成格森星跟爱库曼的联合。按常理来说，他事先应该已经知道了，因为，你知道，我已经告诉他了。我在他面前极力想促成你这件事，努力让他对你感兴趣。可那是很糟糕的做法，时机也不对。我自己太过投入，却忘记了一个事实，那就是：他是一个国王，有国王的那一套，不会按常理出牌。在他看来，我跟他说的一切只意味着他的权力受到了威胁，他的王国不过是一粒微小的尘土，在那些统治着几百个星球的人面前，他的王权渺小得可笑。”

“可是，爱库曼联盟不是在统治他人，只是在进行协调。联盟的权力属于所有成员国以及所有成员星球。跟爱库曼联合，卡亥德王国不会再受到任何威胁，还会变得前所未有的重要。”

有好一会儿，伊斯特拉凡都没有作声，只是坐在那里看着炉火。他手里的啤酒杯，还有肩上那条宽阔的银链子绶带，都一闪一闪地映射着火光。我们所在的这座老房子一片寂静。晚餐时倒是有个仆人随侍在旁，不过卡亥德人没有奴隶制度和人身束缚，仆人提供的仅仅是服务，人则是自由的，因此到现在这个时间，所有仆人都已经下班回自己家了。像伊斯特拉凡这样的人身边应该是有警卫的，因为暗杀事件在卡亥德时有发生，不过我没有看到警卫，也没有听到动静。屋里只有我们两个。

屋里只有我，伴着一个陌生人，在一座黑暗宫殿的高墙之内，在一个冰雪覆盖的奇怪城市，在一个处于冰河时代中期的外星球。

我忽然觉得，我来到冬星之后的言辞，包括今晚所说的一切，都显得那么愚不可及、那么难以置信。我怎么能指望这个人或其他任何一个人相信我说的故事呢？这些故事讲的可是位于遥远外太空的另一些世界、另一些人类以及一个面目模糊的善人政府。这些全是胡说八道。我乘坐一艘奇怪的飞船来到卡亥德，我的外表在很多方面都不同于格森人，这些都需要解释，而我自己的解释本身就很荒谬。在当时，我自己也并不相信他们……“我相信你。”这个陌生人、这个单独跟我一起的外星人说。觉得自己是外星人的想法是那样强烈，我不由得抬眼看着对方，眼神里充满困惑。“我估计阿加文也相信你说的话，可他并不信任你，一部分原因是他不再信任我了。我犯下了大错，因为我太疏忽了。我把你推入了一个危险的境地，不能再请求你的信任。我忘了国王的含义，忘了在国王眼中，他就是卡亥德。我还忘了爱国的含义，忘了国王本人必然就是一位完美的爱国者。请允许我问个问题，艾先生，根据你自己的体验，爱国主义到底是什么？”

“不知道。”我答道，一时间被他突然压过来的强大气势所震慑，“我想我并不知道。如果你说的爱国主义是指对祖国的热爱，那我是知道的，但你指的好像并不是这个。”

“我所说的爱国主义并不是热爱，我指的是恐惧，对他人的恐惧。它的表现形式是政治的而不是诗意的：仇恨、敌对、侵略。这种恐惧就在我们内心深处，年复一年，越积越多。我们在这条路上走得太远了。而你所来的世界在几百年前便已超越了国家的界限，因此你很难理解我现在所说的一切。你为我们展示了一条新路——”说到这里他突然打住了，片刻之后才接着说了下去，语气恢复到了那种节制平静、彬彬有礼的状态，“正是因为恐惧，现在我才拒绝在国王面前帮助你实现你的目标。不过艾先生，我并不是恐惧我自己的命运，也不是出于爱国的考虑。说到底，格森星上还有别的国家啊。”

我不知道他到底要向我说明什么，但确信他的真实意图并不像他说的那么简单。在这座阴冷的城市里，我遭遇过许多心理阴暗、不怀好意、高深莫测的人，而他就是其中最为阴暗的一个。我不会去玩他那个迷宫游戏的。他说完后我没有作答，片刻之后他又往下说，语气相当审慎：“如果我没理解错的话，你们爱库曼人关注的是全人类的共同利益。这么说吧，欧格瑞恩人就曾经为了共同利益牺牲过自身利益，卡亥德却几乎从未有过这样的举动。欧格瑞恩共生区那帮人精神还算正常，只是不够聪明，卡亥德国王却疯狂又愚蠢。”

显然，伊斯特拉凡这个人一点也不忠心。我的话语中有了一点点厌恶：“如果事实如此，那么为他效力一定很费劲。”

“我不敢肯定，自己究竟有没有为国王效过力，”国王的首相说道，“有没有想过要效力都是个问题。我不是任何人的仆役。每个人都应当对自己负责——”

雷姆尼钟楼上的钟敲了六下，夜深了，这正好给了我一个离开的借口。我们来到门厅，我穿外套时他说：“我暂时没机会了，因为我想你马上就要离开埃尔亨朗了——”他为什么会这么想呢？“——不过我相信，以后我还可以向你请教。我想了解的事有很多，特别是你们的心灵语言，你还没怎么跟我解释过呢。”

他的好奇似乎完全是发自内心的。有权势的人惯有的那种厚颜无耻他身上也有。当然，他答应要帮助我的那些承诺曾经也似乎是发自内心的。我说是的，当然，只要他愿意，随时都可以。我们整个晚上的谈话就此告一段落。他带我穿过花园，地面上覆着一层薄薄的雪，头顶是格森星的月球，大大的，放射着暗淡的红褐色光芒。走到外面，我开始打战，因为气温已经远远低于冰点了。他很有礼貌地问：“你很冷吗？”语气中还带着惊奇。当然，对他来说，这不过是一个温和的春夜而已。

我很疲倦，情绪也极其低落：“来到这个星球以后，我一直觉得很冷。”

“在你们的语言中，这个星球的名字是什么？”

“格森。”

“你们没给它取个新名字吗？”

“有的，第一批调查员称其为冬星。”

说这话时，我们已经来到了花园的门口。往外看去，宫殿各处的地面和屋顶在雪中混成阴暗的一团，只有高高低低的黄金窗框四处闪着暗淡的光。我抬头看着那个窄窄的拱门，想着这块楔石的灰泥里是不是也加了骨头和鲜血。伊斯特拉凡跟我道别，转身离去；在见面和告别时，他从来不会过分多礼。我趁着月色，踩着那层薄雪往家里走，穿过宫殿安静的庭院和小径，又穿过城市里那些幽深的街道。我身上很冷，心里很沮丧，充满遭人背叛之后的孤独和恐惧。

（陶雪蕾　译）

问题与争议

当其他任何类型的通俗小说都不敢越雷池一步时，科幻小说已经具备了讨论争议问题的能力与意愿，许多年来，科幻一直将之引以为傲：此类议题包括种族、政治、宗教、习俗、性——也即上流社会的一切禁忌话题。科幻小说攻击过麦卡锡主义[1]，提出过民主政治的替代方案，揭示过种族主义的悲剧性，质疑过宗教信仰，探索过新的婚姻模式和性模式。

在当今这个文学自由的氛围里再去回顾当初，那些打破禁忌的尝试未免显得温和平淡，而人们总是容易忘记当时的情况是怎样的。今天看来，时髦的观点甚至是去嘲笑科幻小说的装腔作势；是（像某些马克思主义批评家做过的那样）指出美国作家预设的未来都未跳出资本主义框架，即使他们也批评过资本主义的缺陷和毫无节制；是呼吁人们关注杂志禁忌，这些禁忌反对直观描述生理机能和性，甚至是自然的性，而与之相对的是越来越难定义的“非自然的性”。

1. 20 世纪 50 年代初盛行于美国的反共产主义的法西斯主义。

不过，就连此种禁忌都能通过变换环境加以规避，科幻小说可以将类似的情境设置到过去、未来，或是另一颗行星上。

科幻小说之所以能讨论这些问题，不仅因为它是一种以概念为中心的文学，也因为它能将热门议题放置到冷藏间环境里，尽可能减少人们对争议话题的膝跳式反应。怀着传教态度的作者发现，如果他们能将读者诱骗进争议领域而又不使人察觉，就可以更容易地劝人改换信仰：举例而言，作者可以向读者展示坐汽车的人如何歧视步行的人，人类如何歧视蝾螈，地球人如何歧视火星人，或是天狼星人如何歧视地球人。突然间，读者就被迫重估形式，被迫判断二者之间哪一方是正义的，判断自己要站在哪一边，抑或两边都是错误的。

不过，作家有时更愿意抛弃遁词，直面问题。1951 年，弗雷德里克·布朗与麦克·雷诺兹（Mack Reynolds）在发表于《银河科幻》杂志上的短篇小说《黑暗间奏》（“Dark Interlude”）中就是这样做的：一名搁浅在当下的时间旅行者原本受到万众喜爱，其中包括一个来自南方乡下家庭的姑娘，直到他透露，在他所处的未来世界里，人类全都跨种族交配，他的金色肌肤就是某些黑人基因的象征；他便遭遇了私刑处死。

即使是禁忌题材也能设法找到出版途径：在 1952 年的短篇小说《爱人》以跨物种恋情大获成功后，菲利普·何塞·法默又刻画了许多与仇外情绪（xenophobia）有关的故事；西奥多·斯特金探索过的性关系种类太多，以至于这成了他的个人标志；早在 1938 年，莱斯特·德尔·雷伊就在短篇小说《海伦·奥洛伊》（Helen O’Loy）中极尽浪漫地描述了一个男人和一个机器人之间的婚姻；而《明日世界》[1]

1. 美国科幻杂志，后被《如果》合并。

（*Worlds of Tomorrow*）刊载了布赖恩·奥尔迪斯的小说《黑暗光年》（“The Dark Light-Years”），故事中的一个外星种族对待排泄的态度恰与人类对待进食相同。

当代科幻小说中最易引发争议的问题莫过于女性解放。一些作家会用相对传统、迂回的方式处理这个问题，正如厄休拉·勒古恩在《黑暗的左手》中所做的一样。

但这种微妙的做法经常被指责为懦弱，而现如今的科幻会更直观地面对此类问题。爱丽丝·谢尔顿最初开始发表科幻小说时，使用的笔名是小詹姆斯·提普奇，她还以拉库娜·谢尔顿（Raccoona Sheldon）之名撰写了一些故事，她发表过一系列反映女性受压迫的作品，包括《男人看不到的女人》、《螺旋蝇方案》、《休斯敦、休斯敦，能听到吗？》与《你们的脸！哦我的姐妹！你们的脸充满光芒！》。

对男性主导地位最猛烈的抨击或许来自乔安娜·拉斯。拉斯生于纽约的布朗克斯，并在这里长大成人，她于康奈尔大学取得英文学士学位，并在耶鲁大学戏剧学院取得了剧本创作向的艺术硕士学位。在加入剧院工作之后，她开始尝试创作科幻；她发表的第一部短篇小说《习惯也无法腐蚀》[1]（“Nor Custom Stale”）刊载于 1959 年的《奇幻与科幻杂志》上。她的第一部长篇小说《天堂野餐》（*Picnic on Paradise*，1968）塑造了一个生动的女性人物艾利克斯，并获得了星云奖提名；当年的星云奖最佳长篇小说桂冠被另一部以女性为主角的小说摘得，即阿列克谢·潘申（Alexei Panshin）的《成年仪式》（*Rite of Passage*）。

---

1. 标题典出莎士比亚《安东尼与克丽奥佩特拉》第 2 幕第 2 场，原文是爱诺巴勃斯形容克丽奥佩特拉的语句“年龄不能使她衰老，习惯也腐蚀不了她的变化无穷的伎俩”（Age cannot wither her, nor custom stale Her infinite variety）。

拉斯的第二部长篇小说《混乱终结》（*And Chaos Died*，1970）同样获得了星云奖提名。同时，她还在康奈尔大学教授英文和创意写作，后来她又转职到宾厄姆顿的纽约州立大学、科罗拉多大学和华盛顿大学。她的小说《女男人》[1]（*The Female Man*，1975）或许是表达其性别观念的最有力作品，不过，她又继续为此议题撰写了作品《我们行将……》（*We Who Are About To ...*，1977）和《她们俩》（*The Two of Them*，1978）。此外，她还有一些短篇小说集，如《桑给巴尔的猫》（*The Zanzibar Cat*，1983）和《非（凡）人》[2]［*Extra*（*ordinary*）*People*，1984］，其中包括她的雨果奖获奖中篇《灵魂》（"Souls"）。她还撰写过一些极富价值的文学批评和论文，这为她赢得了 1988 年的美国科幻研究学会朝圣奖。

《骤变来临》（"When It Changed"）又是一个关于女性社会的故事，这部小说初载于《又见危险幻象》，并获得了星云奖。

（穆童、憬怡　译）

1. 小说讲述了四个生活在不同时空的女性的故事，她们穿梭到彼此的世界中，各个世界对两性的不同看法瓦解了她们个人固有的性别观念，四人的相遇重塑了她们，令她们对身为女性的意义产生了新的思考。

2. 题目"Extra（ordinary）People"借括号语带三关，括号外 Extra People 表示多余的人，括号内 Ordinary People 表示普通的人，合在一起 Extraordinary People 表示非凡的人。中文难以一一对应，从权翻译为"非（凡）人"。

骤变来临

［美国］乔安娜·拉斯

凯蒂开起车来像个疯子。我们一定是以超过每小时一百二十公里的高速拐过了那些弯。不过，她很能干，特别能干，我见过她在一天之内就把整部车子拆掉然后又重新组装起来。在我的出生地维尔勒威，道路几乎全让大型农用机械占满了，我可不敢在极端速度下强换五挡变速，自打生下来我就没那样干过，但即便是午夜时分在那些拐弯处飞驰而过，在我们地区被轧得烂糟糟的乡村道路上，凯蒂这样开车我都没觉得有什么可怕的。然而，我的妻子有件事儿挺古怪：她不愿意持枪。她甚至会到北纬四十八度以上的森林地带徒步旅行，一次去上几天，却连枪都不带。那才真的叫我提心吊胆呢。

凯蒂和我有三个孩子，一个是她的，两个是我的。尤瑞科，我的大女儿，在后座上睡着了，正做着 12 岁女孩的爱与战争之梦：离家出海，到北境打猎，梦想着奇异美妙的地方奇异美妙的人，尽是那些你刚满 12 岁、各种腺体开始萌动的时候能够想得出来的奇妙念头。不久后的某一天，像所有那个年龄的孩子那样，她会消失几个星期，然后带着满身污垢和一脸骄傲回来，人生头一回用刀宰了狮子，或者头一回用枪射杀了熊，身后拖着某种狰狞可怖的野兽尸体，这野兽要是伤了我女儿，我绝不会饶了它。尤瑞科说，凯蒂开车总是让她昏昏入睡。

作为已经历过三次决斗的人，我担心的事情实在太多太多。我在变老。我这样告诉妻子。

“你 34 岁。”她说。那回答简洁到了沉默是金的境界。她打开仪表盘上的灯——还有三公里路程，路况越来越糟。这里远在偏僻的乡间。亮绿色的树木纷纷闪入大灯前方和车身周围。我探下身来，往旁边伸手摸到运载板拴在门上的地方，取下我的步枪，小心翼翼地放在膝上。尤瑞科在后面翻了翻身。她的身高像我，但眼睛像凯蒂，相貌也像凯蒂。车子的引擎几乎没有噪音，凯蒂说，你都能听到后座传来的呼吸声。消息发过来的时候，尤基[1]正独自一人待在车上，激动万分地破译她的莫尔斯电码（把一个宽频电报收发机安装在汽车内燃机旁边真是蠢透了，不过在维尔勒威大多数还在用蒸汽机呢）。我的这个这又瘦又高、打扮花哨的孩子，她飞一般冲出车外，兴奋得高声大叫，她当然非要跟来不可了。自从殖民地成立以来，自从它被抛弃以后，我们对这种情形一直都有思想准备，不过这不是一回事。这真是糟透了。

“男人！”尤基当时尖叫着从车门上蹦出来，“他们回来了！真正的地球男人！”

我们在靠近他们着陆点的农舍厨房里与他们进行了会面。窗户敞开着，夜间的空气温暖舒适。在外面停车的时候，我们从各种各样的交通工具旁经过——蒸汽拖拉机、卡车、一辆内燃机平板拖车，甚至还有一辆自行车。莉迪亚，本区的生物学家，刚才克服了一下北方人的沉默寡言去采集血样和尿样，这时正坐在厨房的一个角落

1. 尤基（Yuki）为尤瑞科（Yuriko）的昵称或简称。

里，对化验出来的结果惊讶得大摇其头。她甚至强迫自己（她块头很大，长得非常漂亮，性格腼腆，总是不知所措地红着脸）去钻研那些古语书籍——而我在睡梦里都能说这种古语。我做梦的时候真说过。莉迪亚跟我们待在一起感到不自在。我们是南方人，性格太张扬。我数了数厨房里面有二十人，全是北大陆的决策人物。菲莉丝·斯贝特，我想她是乘滑翔机来的。尤基是屋里唯一的孩子。

然后我看到了他们四个人。

他们比我们高大。他们更高大而且更强壮。有两人比我高，我已经算是极其高大了，赤脚站着都有一米八。他们显然是属于我们这个物种，但就是感觉不对劲，无法描述的不对劲，由于当时以我所见未能了解，而且到现在也未能完全了解那些外星人的体形轮廓，我无法主动去触碰他们，尽管那个讲俄语的家伙——他们那是什么怪嗓音啊——想要"握手"，我猜测这是过去流传下来的一种习俗。我只能说他们是长着人脸的猿类。他似乎在示好，但我却不寒而栗地一直退缩到厨房的尽头——然后我带着歉意笑了——然后为了树立一个好榜样（星际友好，我是这么想）最后还是"握手"了。一只又硬又沉的手。他们像驮马一样壮实。声音浑浊又低沉。尤瑞科已经夹在大人中间偷偷溜了进来，正盯着那些男人看，嘴巴张得老大。

他——这类词已经六百年没在我们的语言中出现过了——转过他的头来，用蹩脚的俄语说：

"那是谁？"

"我的女儿，"我说，并补充道（挺荒谬的是，为了注重礼节，我们有时也会干些蠢事），"我的女儿，尤瑞科·简妮特森[1]。我们使用

1. 尤瑞科是简妮特（Janet）的女儿，其姓氏为简妮特森（Janetson），原文有简妮特之子的意思，因此下文中出现维尔勒威人认为这是随父姓，而地球人认为是随母姓的说法，本文中其他人的姓氏也有类似特点。维尔勒威人的姓氏体系在乔安娜·拉斯的长篇小说《女男人》中亦有提及。

父系姓氏。但你会说这是母系姓氏。”

他不由自主地笑了。尤基嚷道，“我还以为他们长得很好看！”她对自己受到这种对待大失所望。菲莉丝·赫尔加森·斯贝特，总有一天我会宰了她的，她从房间的另一头向我投来阴冷、带着指责的恶毒眼光，那表情仿佛在说：“小心你说的话。你知道我的厉害。”我确实没有什么正儿八经的地位，但是倘若总统女士仍然认为工业间谍行为无伤大雅的话，她将会跟我和她自己的下属之间都闹出大麻烦来。战争和战争的流言，正如我们祖先的一本书中所说的那样。我把尤基的话翻译成那男人的蹩脚俄语，俄语很久以前曾是我们的通用语，那男人又笑了。

“你们的人都在哪里呢？”他扯起话题。

我又翻译一遍，环顾房间里众人的脸孔。莉迪亚满脸尴尬（她总是那样），斯贝特心怀叵测地眯起眼睛，凯蒂脸色刷白。

“这里是维尔勒威。”我说。

他看上去仍然懵懵懂懂。

“维尔勒威，”我说，“你记得吗？你们有相关记载吗？维尔勒威曾经发生过一场瘟疫。”

他看上去有点感兴趣。房间后头那几张脸朝这边转了过来，我一眼瞥见了地方行业议会代表。明天早上，每一个城镇委员会，每一个地区决策委员会，定然要为此事召开全体会议。

“瘟疫？”他说，“那太不幸了。”

“是的，”我说，“极为不幸。在一代人中我们失去了半数人口。”

他似乎受到了触动。

“维尔勒威还算是侥幸的，”我说，“我们有很大的初始基因库，我们都因极高智能入选，我们拥有高端技术并且维持着大量人口，其中每个成年人都是两三个不同方面的专家。这里土壤肥沃。气候无比舒适。现在我们共有三千万人口。工业已经开始像滚雪球一样发展——你明白吗？——再过七十年，我们将会有几个名副其实的城市，很多工业中心，专职的行业，专职的无线电报员，专职的机械师，再过七十年，我们就不需要人人都花费一生中四分之三的时间在农场里耕作了。”我试图去解释这种生活多么艰辛，艺术家们要到晚年才有可能全职进行艺术创作，只有极少数人，极其少数的人是自由的，例如凯蒂和我。我也试着概述了一下我们的政府，两个议院——一个以行业为基础，一个以地域为基础。我告诉他，地区决策委员会负责处理各城镇无法解决的大问题。而人口控制不属于政治议题，目前还不是，不过假以时日，它将成为政治议题。目前正是我们发展史上一个错综复杂的时期，得给我们时间。没有必要为了疯狂推进工业化而牺牲生活的质量。让我们按照自己的步伐发展吧。给我们时间。

“所有人都去哪里了？”那个偏执狂说。

那一刻我意识到，他指的不是人，他指的是男人，他所赋予这个字眼的意义，在维尔勒威已经不存在了六个世纪之久。

“他们死了，”我说，“三十代人之前就死了。”

我估计我们是把他吓坏了。他深吸了一口气。像是在椅子里坐不住似的，他将手放在胸前，环视了我们一圈，目光极为怪异，混杂着惊惧和同情。然后他郑重而恳切地说：

“这是一个巨大的悲剧。”

我等他继续说，不太明白他的意思。

“是的，”他说，带着诡谲的笑容又再深吸一口气，那种大人对小孩似的笑脸，让你觉得他正藏着什么好东西，并且马上就要兴高采烈地亮出来了，“这是一个巨大的悲剧。但已经成为过去。”他用莫名其妙的恭维目光又对我们环视了一圈。仿佛我们都是有缺陷的人。

“你们竟然都适应了。”他说。

“适应什么？”我说。他看上去很尴尬。他看上去很蠢。最后他说：“在我们那个地方，女人不会穿得这么朴素。”

“像你一样？”我说，“像新娘一样？”这些男人从头到脚都是银闪闪的穿戴。我从未见过如此花哨的东西。他似乎要回答，随后显然是改变了主意，他又对我笑了笑。他带着一种古怪的激动——好像我们是某种幼稚同时又妙不可言的东西，好像他给我们带来了天大的恩惠——他的呼吸带着颤抖，说道：“好了，我们到这里来了。”

我望着斯贝特，斯贝特望着莉迪亚，莉迪亚望着阿玛利娅，她是本地城镇委员会的头儿，阿玛利娅不晓得是在望着谁。我的喉咙发烫。我受不了当地的啤酒，农民们开怀痛饮，好像她们的胃里衬了层铱金似的，不过我还是从阿玛利娅（我们停车时看到的那辆自行车就是她的）手里接过了啤酒，并且全都咽了下去。这需要花好些时间。我说：“是的，你们来了。”我微笑着（感觉自己像个傻子），心里实在纳闷男性地球人的思维是否跟女性地球人的思维大相径庭，但这应该不会吧，否则这个种族早就该灭绝了。无线广播网已经把消息传遍了整个行星，我们又来了一个会讲俄语的人，是从瓦尔纳飞过来的。那个男人拿出他妻子的照片给我们传看，她看起来就像某些神秘异教的女祭司，这时候我决定退出这场谈话。他提出要问尤基几个问题，因此我不顾她的强烈反对将她塞进了后屋一个房间，然后走到前面走廊。我离开的时候，莉迪亚正在解释孤雌生殖（方法很简单，任何人都能学会）和我们所做的卵细胞融合之间的差别。那正是凯蒂的宝宝为何会长得像我的原因。莉迪亚接着讲到安斯基技术流程和凯蒂·安斯基，她是一位全能博学的天才，也是我家凯瑟琳娜祖上不知多少代的祖先。

外屋里有台莫尔斯电码收发机在隐约传出对话的声音：两个报

务员占着线路一直在调笑聊天。

走廊上有个男人。这是另一个身材高大的男人。我暗暗观察了他好几分钟——有必要时我可以悄无声色地移动，当我不再隐藏而故意让他看见我的时候，他停止了对挂在他脖子上那个小机器的通话。然后他不慌不忙地说话了，一口纯正的俄语："你知道吗？地球上已经重新确立了男女平等。"

"你是真正管事的那一个，"我说，"是吧？另外那个只是幌子。"弄清楚情况让我大大松了口气。他友好地向我点点头。

"作为人类，我们不太聪明，"他说，"在过去的几个世纪里，已经造成了太多的遗传损伤。辐射污染，有毒药物。我们可以利用维尔勒威的基因资源，简妮特。"陌生人怎会对陌生人直呼其名。

"我们可以给你多得足够把你淹没的细胞，"我说，"你们自己培育吧。"

他笑了。"那不是我们想要采用的方式。"在他身后，我看到凯蒂出现在纱门透出的长方形亮光里。他继续说着，声音低沉，温文有礼，我想他并没有嘲笑我的意思，而是带着成竹在胸的自信，富埒陶白、能力非凡之人特有的那种自信，这样的人从来不会低人一等或者粗鄙无礼。这种感觉甚为奇怪，因为在此之前，我都会说那就是对我本人最为贴切的写照。

"我跟你谈话，简妮特，"他说，"是因为我料想你比这里的任何人更有群众威信。你像我一样清楚，孤雌生殖文化带有各种各样固有的缺陷，我们不愿意——倘若能够避免的话——我们并不打算利用你们来做这类事情。请你原谅，我本不该说'利用'这个字眼。不过，你一定明白，这种社会体系是违背自然的。"

"人性是违背自然的。"凯蒂说。她把我的步枪夹在左臂下。她那披着如丝秀发的头顶还没到我锁骨位置那么高，但是她的性格却像钢铁一样坚韧顽强。他不再站在原地，脸上露出那种奇怪的带着恭维的笑容（刚才在他同伴脸上我已见过这种笑容，但他还是头一回），步枪滑入凯蒂的手中被她紧紧握住，仿佛她已用它射击了一辈子。

“我同意，”那男人说，“人性是违背自然的。我应该懂得这一点。我的牙齿里有金属，这里也有金属钉。”他摸摸自己的肩膀。“海豹是一雄多雌动物，”他补充道，“人亦如此；猿类是雌雄滥交的，人亦如此；鸽子是一雌一雄单配的，人亦如此；甚至还有独身者和同性恋者。我相信还有同性恋的奶牛。但是维尔勒威仍然缺少了什么。”他干笑一声。我就当他有点神经质。

“我什么也不缺，”凯蒂说，“除了生命不是永久的。”

“你们是——？”男人一边说，一边对我又对她点着头。

“妻子与妻子，”凯蒂说，“我们结婚了。”又是一声干笑。

“很好的经济型搭配，”他说，“有利于工作和照顾孩子。如果你们的生育繁衍都需要按照这种模式的话，这也是有利于随机选择遗传特征的极好搭配。但是凯瑟琳娜·麦凯拉森，你要想想，是不是可以为你的女儿们提供更好的保障。我相信本能，甚至是男人的本能，我很难想象你们两人——一个机械师，是吗？还有你，我猜你是个警察头目——你们从没感觉到缺失了什么。当然，你们在理智上很清楚。这里只有半个物种。男人必须回到维尔勒威来。”

凯蒂一声不吭。

“我倒认为，凯瑟琳娜·麦凯拉森，”那男人用温和的口气说，“在所有人当中，你会从这样的改变中得到最大的好处。”他从凯蒂的步枪旁走过，走进门口的长方形亮光里。我想就在这时他注意到了我的疤痕，除非光线从这侧射来，否则很难看得出来：一条从太阳穴延伸到下巴的细线。多数人甚至不知道我有这么一条疤痕。

“你在哪儿受的伤？”他问。我回答的时候不由自主咧嘴一笑。

“在我最后一次决斗的时候。”我们站在那里互相瞪视了好几秒钟（这很荒唐，但却是真的），直至他走进屋去并在身后关上了纱门。凯蒂咬牙切齿地说：“你这该死的傻瓜，难道你不知道咱们受侮辱了吗？”她端起步枪就要隔着纱门向他射击，但在她开枪之前我冲到她身旁撞偏了步枪。枪在走廊地板上打穿了一个洞。凯蒂浑身发抖。她不停地喃喃道：“我过去从来不碰枪，因为我知道我会杀人。我知道我会杀人。”第一个男人——我首先跟他谈话的那个男人——仍然在屋里喋喋不休，谈论着进行一场伟大的运动以便开拓殖民地并重新发掘地球已丧失的一切。他强调了维尔勒威将会得到的好处：贸易、文化交流、教育等等。他，也说，地球上已经重新确立了男女平等。

凯蒂无疑是对的，我们该做的就是他们站哪儿就在哪儿把他们毙掉。男人们就要到维尔勒威来了。当一种文化握着大枪杆子，而另一种文化却没有，其结果就有了相当的可预测性。也许无论如何男人终究会来到这里。我愿意去想象一百年后，我的曾孙们会把他们抵挡在外，或者跟他们打成平手，但哪怕那样也没多少成功机会。我将一辈子记住我头一回见到的那四个男人，他们肌肉发达强壮如牛，使我感到——哪怕只有一瞬间——感到自己十分渺小。凯蒂说，这是神经质反应。我记得那天夜里发生的一切。我记得尤基在车子里兴奋不已，我记得我们回到家时凯蒂的哭泣，仿佛她的心都要碎了，我记得她跟我做爱，像往常一样有点儿霸道，却令我酣畅欣慰之至。我记得凯蒂睡着以后我在屋里焦虑不安地徘徊，她的一条赤裸的胳膊伸了出来，映着大厅里照来的灯光。由于总是那样开车和调试她的机器，她的前臂肌肉像金属棒一般结实。有些时候我会梦见凯蒂的胳膊。我记得自己走着走着就走进了婴儿房，抱起我妻子的宝宝，打了个盹儿，怀里的婴儿让我感受到令人难忘的奇妙温暖，最后我转回厨房，发现尤瑞科正在为自己弄一顿夜宵快餐。我女儿的胃口不亚于丹麦种大狗。

“尤基，”我说，“你认为你会爱上一个男人吗？”她嘲笑着大叫起来。“爱上一只十英尺长的癞蛤蟆！”我那狡猾的孩子说。

但是男人就要到维尔勒威来了。最近我常常彻夜难眠，对将要涉足我们星球的男人感到不安，为我的两个女儿和贝塔·凯瑟琳娜森担忧，为凯蒂、我以及我们的生活即将发生改变忧心忡忡。我们祖先留下的记载书写的是一个漫长凄苦的历程，我想现在我应该感到高兴，但是一个人无法抛弃坚持了六个世纪，或者甚至（如同我最近才发现的那样）无法抛弃坚持了三十四年的信念。有时我会嘲笑那四个男人整晚上都藏着掖着不敢贸然说出口的那个问题，看着我们这一堆女人，穿着工装裤的乡巴佬，穿着帆布裤子和朴素衬衫的农民：你们当中谁扮演男人的角色？仿佛我们非得复制他们的错误不可！我对地球上已经恢复男女平等深表怀疑。我不愿想到自己会遭人嘲笑，不愿想到凯蒂要屈从示弱，也不愿想到尤基会觉得被人忽视或愚蠢无知，更不愿想到我其余的孩子会被剥夺完美的人性或者变成陌路人。恐怕我今日所取得的个人成就——或者是我自诩的个人成就——很快就要江河日下，最终变成被人类淡忘的某段奇谭，就像你读书的时候发现里面隐藏的奇闻怪事，偶尔让人哂笑一下，只因为这些故事如此异乎寻常，离奇有趣却无人铭记，引人入胜却毫不实用。这样深切的痛苦我实在无以言表。你一定认为，对于一个经历过三次决斗、每次决斗都杀死了对方的女人来说，陷入这样的恐惧是荒谬透顶的。然而眼下即将到来的这场决斗规模如此之大，我不认为自己有这个胆量去参与。浮士德说过：*Verweile doch, du bist so schoen!*[1] 维持原状吧。莫要改变。

1. 此句为德语，意思是：停留片刻，你是如此之美！

有时候在夜里，我会想起这个星球最初的名字，早被我们的第一代祖先改换了，那些不同寻常的女人，我猜想，对于她们来说，这星球真正的名字，在男人们死去之后已成为不愿提及的伤痛。看这一切要如此彻底地反转过来，真是又可笑又可悲啊。而这，也终将过去。所有美好的事物都会有尽头。

夺走我的生命吧，但不要夺去我生命的意义。

停——留——片——刻。

（黎茵　译）

艺术科幻

当与科幻小说相提并论之时，“艺术”一词叫人难以启齿。就连科幻作家自己也不时认为这种说法很虚夸。许多作家更愿意将自己当作说书人，为的是“争取赚到乔的啤酒钱”[1]，这个出自海因莱因的说法，波尔·安德森也经常引用。在某种程度上，新浪潮作家所反对的正是这种态度。用哈伦·埃利森的话来讲，新浪潮作家并不羞于将自己当作真正的艺术家。

科幻小说在写作上当然可以具有艺术性。但真正的艺术是另一回事。艺术小说的外部特征是文体意识、重写人物和个性化叙述。因此，一个拥有许多类型文学表征的故事就显得不太具备“艺术性”。每个作家都会将个人风格代入作品之中，但作为类型文学的科幻小说会将作家的个人特征置于科幻的普遍特征之下。

更为根本的是，类型文学范畴内的科幻小说总是有个主旨；这

1. 海因莱因的原话完整版是：“我们是在争取赚到乔的啤酒钱。如果一个潜在读者认为一箱六罐装的啤酒比作家最新最好的作品更具娱乐价值，那作家就得——至少可以这么打比方——饿肚子了。”意在强调科幻小说当以趣味性和娱乐性为先。

类小说对待其主题的方式是分析性的，无论这主题是人类、社会还是宇宙的命运；它有话要说。而艺术小说首先是描述性的；很难说艺术小说是“为了”表达某种主题；它只会告诉读者，人类就是这个样子，生活就是这个样子。艺术小说也经常是悲观的，这主要是因为撰写基调悲观的艺术小说更为容易；创作乐观的艺术小说并非全无可能，但很难真正成功。因此，无论艺术小说的作者对人类的现状与未来是喜是忧，在他们创作的作品之中，主人公经常无法解决问题，或是根本得不到解决问题的机会。如果这听起来像是主流的艺术小说，那就对了。

那为什么还要将艺术小说写成科幻？一个现实的答案是：科幻小说在过去更易出版，如今也仍是如此，几乎所有其他类型的短篇小说都已失去市场。如果一部艺术小说能被套入科幻的形式之中，哪怕其实际表达效果跟历史小说或当代小说没有区别，也可能获得后者在传统框架内无法接触到的读者。不过，将艺术小说写成科幻的唯一正当理由是，这部小说就只能这么写。

事实上，许多艺术小说都是奇幻故事或类奇幻故事。奇幻小说很少拥有明确的主旨，作家可以尽情展现个人特征，尽情在文体上进行大胆尝试，尽情描写人物，尽情展示悲观主义情绪。即便看似现实主义的艺术小说，实际上也不会比作家的内心世界更具现实性，而作者的个人特征越强，故事的奇幻色彩也就越浓。

尽管如此，科幻艺术小说几乎从科幻这一类型成立伊始就存在。霍桑、爱伦·坡、奥布莱恩经常撰写此类小说。威尔斯的《水晶蛋》《盲人国》和一些早期作品符合艺术小说的标准，在他的职业生涯前期，约瑟夫·康拉德与亨利·詹姆斯将其誉为艺术家，而威尔斯本人也是在一番挣扎之后才最终将自己与记者、教师和政治宣传家这类角色联系到一起。戴维·H. 凯勒医生写的故事可以被称为艺术小说。雷·布拉德伯里是该领域内被外界誉为艺术家的第一位作家。亨利·库特纳和 C. L. 穆尔以刘易斯·帕吉特和劳伦斯·奥唐内尔为笔名发表的许多故事都堪称“非如此写不可的艺术小说”。

20 世纪 60 年代，有一群作家的作品自然而然地被纳入艺术小说的框架之中，这些人包括：英国的奥尔迪斯、布伦纳、巴拉德等人；美国的德雷尼、埃利森、迪施、萨利斯、斯宾拉德、沃尔夫以及泽拉兹尼。他们的登场，或说是成长恰与新浪潮运动同时涌现。由于新浪潮的创作重心也落在艺术小说之上，这些新兴作家中的大多数都被贴上了新浪潮的标签，无论这是否符合作家本人的意愿。

罗杰·泽拉兹尼堪称个中典型。他在西储大学获得学士学位后，又于哥伦比亚大学取得了伊丽莎白一世和詹姆士一世时期的戏剧研究硕士学位，随后，他在美国社会保障署获得了一份工作，并开始利用闲暇时间进行自由撰稿。他的成功十分迅猛：他于 1962 年发表了两部短篇小说，又在 1963 年发表了 12 篇小说。其 1963 年作品《致传道书的玫瑰》(“A Rose for Ecclesiastes”）是美国科幻奇幻作家协会会员票选入《科幻名人堂》的唯一一部 60 年代小说。1965 年，即星云奖设立的第一年，他以《造梦之人》(“He who shapes”）和《脸上的门，口中的灯》(“The Doors of His Face，the Lamps of His Mouth”）获得了两项星云奖。

随后他开始专攻取材于各类宗教的长篇小说，并于 1966 年以《不朽》(*This Immortal*)，又名《……叫我康拉德》(*... And Call Me Conrad*）斩获雨果奖，1968 年又以《光明王》(*Lord of Light*）再获雨果奖。1967 年，他凭借短篇小说《绞刑师归来》(“Home Is the Hangman”）同时获得雨果奖与星云奖。他的其他小说还包括：由《造梦之人》扩写而成的《造梦师》(*The Dream Master*，1966)；《小街的毁灭》(*Damnation Alley*，1969)，这部小说后来被改编成一部一无是处的电影；《死之岛》（*Isle of the Dead*，1969）；《沙中门》（*Doorways in the Sand*，1976）。20 世纪 70 年代后，泽拉兹尼将心力尽数转移到以《安珀九王子》为首的大部头系列奇幻作品[1]之上，这是他最广为人知的作品，但他的最佳创作仍要数早期那些科幻故事和长篇小说。

他的作品《心所引擎》（"The Engine at Heartspring's Center"）进入了 1975 年的星云奖最终轮评选。

（穆童、憬怡　译）

1. 即"安珀志"系列。

心所引擎

［美国］罗杰·泽拉兹尼

让我为你讲讲那个名为博克的生物吧。它生在一个将死的太阳中心。它被当作一块时间污染物，从昔日 / 未来的长河中抛掷到如今。它由泥和铝、塑料和海水中某些进化的蒸馏物组合而成。它一直悬吊在周遭环境的脐带上摇摇晃晃，直到过了大约一生之后，才被自己的意志切断，坠落在某个世界的沙洲之上，此处的一切都行将灭亡。它是一个人的残片，落在一处度假区的海边，这里已经成为安乐死的殖民地，因此不复往日繁华。

任选上述一项你都可能是对的。

这天，他在水边行走，用身上那支金属叉棍拨弄着昨夜的风暴遗迹：一些闪闪发亮的岩屑，怪姐妹[1]的手工商店里用得着，值得上一顿饭或是一块红丹粉，能给他更光滑的那半边身体抛个光；紫色的海藻，能做上一碗咸咸的杂烩汤，他已经慢慢爱上那味道了；还有一颗搭扣，一颗纽扣，一枚贝壳和一枚赌场里的白筹码。

海风劲吹，海浪翻飞。苍穹是一道蓝灰色的墙，了无瑕疵，没

1. “怪姐妹”原文是“weird sisters”，首字母大写时指代莎士比亚《麦克白》中的三女巫，亦即希腊神话中的命运三女神。

有一点商贸活动或是鸟儿留下的痕迹。他涉过白色的沙滩，身上的机械嗡嗡作响地发出咔嗒声，留下一条锯齿状的条带和一串脚印。这里离叉尾冰鸟的栖息地很近，这些鸟儿迁徙途中在此停留了几日——最多也就一个星期。如今它们走了，但海滩上仍然点缀着它们锈色的鸟粪。在那里，他又见到了那个女孩儿，这是三天里的第三次了。她曾试图同他搭话，留住他。出于若干原因，他未曾理会。但这次她不是独自一个人。

她正试图站起来，沙地上的痕迹显示她曾遭到追逐，又跌倒了。她穿的还是之前那件红裙子，只是已经破损，染上了脏污。她那一头黑发——短短的，留着厚刘海儿——稍微有些凌乱，就长度而言已经足够乱了。大约三十英尺之外有个来自中心的年轻人正在向她接近。他身后飘着一部极罕见的调度机——约有半个人高，飘浮的位置距地面也有半个人高，它的形状像个保龄球，银色的，球头是平面，嵌了照明，三面裙板形似芭蕾舞裙，薄如锡纸，闪闪发光，正有节奏地上下摆动，丝毫不受风力影响。

不知是听见了他的声音，还是用余光瞥见了他，她从追捕者的方向掉头望向他，说了声“救救我”，然后她叫了一个名字。

他停顿良久，但这段停顿对她而言难以察觉。随后，他走到她身边再次停下。

追捕者和盘旋的机器也停了下来。

“出了什么事？”他问道，他的声音平滑，低沉，有些悦耳。

“他们要抓我。”她说。

“所以？”

“我不想去。”

“哦。你还没准备好？”

“是的，我还没准备好。”

“那就容易了。这只是一场误会。”

他转向对面那两位。

“你们误会了。”他说，“她还没准备好。”

“这不干你的事，博克，”追捕者回道，“中心已经做出决定了。”

“那中心就不得不重新审查一次了。她说她还没准备好。”

“别多管闲事，博克。”

追捕者走上前来，机器也跟上了。

博克抬起双臂，一只是血肉之躯，另一只由其他物质构成。

“不。”他说。

“让开，”追捕者说，“你在妨碍公务。”

博克慢慢朝他们走去。机器上的灯光开始闪动。它的裙板脱落了。一阵咝咝声后，它跌落在沙地里，熄火不动了。追捕者当下站住，往回撤了一步。

“我要把这事上报——”

“走开。”博克说。

那人点点头，弯腰抬起机器，带着它转身朝沙滩走去，再没回头。博克放下了自己的胳膊。

“好了，”他对那女孩儿说，“你有更多的时间了。”

然后他便走了，继续去摆弄那些贝壳和浮木。

她跟上了他。

“他们还会回来的。”她说。

“当然。”

“到时我怎么办？”

“也许到时你就准备好了。”

她摇了摇头，将自己的手放到他属于人的那半边躯体上。

“不，”她说，“我到时也不会准备好的。”

“现在的你怎么会知道将来的事呢？”

“我犯了一个错误，”她说，“我根本就不该来这儿。”

他停下步子望向她。

“那真是不幸，”他说，“我能做的也只是劝你去跟中心的治疗师谈一谈，他们会找出个法子，说服你相信安详比忧惧更胜一筹。”

“他们就没能说服你。”她说。

“我不一样。我的情况没有可比性。”

“我不想死。”

“那他们就不能带你走。合适的心理状态是先决条件。这是写在合约里的——第七条。”

“他们也会犯错。你以为他们不会犯错吗？他们也同别人一样会被火化。”

“他们是最为审慎的。他们对我就很公平。”

“那只是因为你事实上永生不死。那些机器会在你面前断线短路。除非你自己情愿，否则没有人能碰你。难道他们不曾在你没准备好的情况下试图对你执行安乐死吗？”

“那只是一个误会。”

“就像我这个误会一样？”

“我对这个说法存疑。”

他从她身边走开，顺着沙滩继续往前走。

“查尔斯·艾略特·博克曼。”她叫道。

又是那个名字。

他再次停下，用他的叉棍在沙地上画格子，直划拉出一幅图案来。

随后，他问道：“你为什么要说那个词？”

“那是你的名字，不是吗？”

“不，”他说，“那人死在了深空里，他的飞船跃迁到了错误的坐标上，跳出时太过靠近了一个已经变成新星的恒星。”

“他是个英雄，为了给其他人准备救生艇，他把自己的一半躯体牺牲在了大火里。而他还是活了下来。”

“也许他的一些残片活了下来。仅此而已。”

“那其实是一次暗杀行动，对吗？”

“谁知道呢？昔日的政治不值得为之浪费纸张，无论是其承诺还是威胁。”

“他不只是个寻常政客，他曾是一个政治家，一个人道主义者。他是极少数中的一人，当他卸任时，爱戴他的人比憎恶他的人多。”

他轻笑出声。

“你很善良。但就算事实如此，盖棺论定的仍然是憎恶他的少数人。我个人认为他差不多是个恶棍。不过，我很高兴你提到这事时用了过去时态。”

“他们把你拼补得这么好，让你得以永生。因为你该得到最好的。”

“也许我早已得到最好的了。你想要我做什么？”

“你来这里寻死，然后又改变了主意——”

“这么说不准确。我只是一直没能以任何形式达到第七条所要求的状态。安详的状态——”

“我也一直不能。但我没有你的能力，没法让中心明白这个事实。”

“如果我同你一起去跟他们说，或许……”

“不，”她说，“他们只会在你在场时假装同意。他们管我们这类人叫假病偷生者，处置我们这种平头百姓可比对待你随意多了。如果没有自己的防具，我可不能像你那样相信他们。”

“那你想叫我做什么——姑娘？”

“诺拉。叫我诺拉。保护我。这就是我想要的。你就住在附近，让我去跟你住在一块儿吧。叫他们离我远点儿。”

他拨弄着适才画好的图案，开始把它们涂掉。

“你确定这就是你想要的？”

“是的。是的，我确定。”

“好。那你可以跟我一起来。”

于是，诺拉住进了博克的海边小屋。在接下来的几个星期里，中心派出的代表不时来访，博克总是喝令他们立刻离开，他们也果然依言行事。最后，他们不再来了。

白日里，她同他在岸边漫步，帮他收集浮木，因为她喜欢在晚上点起火堆；而他尽管早已不辨冷热，却也很快就以自己的方式享受起了篝火。

他们散步时，他总会拨弄那堆被海浪卷上来的潮湿垃圾，还要翻动石头，看看底下寄居着什么。

“神呐！你究竟想在这儿找些什么？”她屏着气息直往后退。

“我不知道，”他咯咯笑道，“一块石头？一片叶子？一扇门？类似这种好东西。”

“我们去看看潮水坑里有什么吧。起码比这些东西干净点儿。”

“好。”

尽管他进食更多是出于习惯和体验风味，而非必需，但她的规律性进餐需求和精湛厨艺却使他带着一种近于仪式性的快乐去期盼这些用餐场合。后来，在某次晚餐过后，她第一次为他拂拭金属躯体。这个过程原本可能是怪诞而尴尬的。但事实上，他们既没感到怪诞也未觉尴尬。他们坐在火堆前，干爽，温暖，对视，安静。她心不在焉地捡起他丢在地板上的抹布，顺手从他能反射火光的那半边身体上抹去了一块灰尘。再后来，她又这样做了一次。又过了很久，她再一次替他拭身，这次她全神贯注，在上床前为他细细擦拭了整个反光的表面，叫它一尘不染。

一天她问他：“既然你不想死，为什么要买单程票到这儿来，还签下安乐死合约？”

“可我当时确实想死。”他说。

“后来发生了令你改变主意的事？那是什么？”

“我在这里发现的快乐超越了求死的欲望。”

“能跟我说说是怎么一回事吗？”

“当然。我发现这里是极少数能让我感到快乐的情境之一——也许是唯一的一个。这个地方本身就带有那种特质：启程，朝着一个安详的结局，一个喜乐的去处。在这里沉思令我快乐，活在行将消逝的尽头，并知晓这是一件好事。”

“但这并没能让你快乐到主动接受中心的治疗？”

“没有，我在这种状态里找到了一个生的理由，而非死的理由。这可能是一种扭曲的满足。那就当我是扭曲的好了。你呢？”

“我只是犯了个错误，如此而已。”

“我记得他们对你的检查会非常仔细。他们在我身上犯错的唯一原因就是，他们没能预见有人会在这种情境里获得求生的灵感。你的情况会不会也跟我类似呢？”

“我不知道。也许……”

在天气晴好的白日，他们会在金色的温暖日光下休憩，他们玩着小游戏，时而谈论飞过的鸟儿，时而谈论他们的水坑里那些悠游的、流动的、散叶的、漂浮的、开花的东西。她从不谈论自己的事，不透露将她带到这儿来的是爱，是恨，是绝望，是厌倦还是苦涩。相反，她谈论他们在晴日里一起经历的寻常事；若是恶劣天气将他们关在屋里，她就看火，睡觉，或是帮他擦拭甲胄。过了很久，她才开始哼曲儿唱歌，她哼唱小段的流行歌曲，或是古老的歌谣。每当这时，她若感到他的视线落在她身上，就会戛然终止，着手去做其他的事情。

一天晚上，篝火快要燃尽，她坐在那里擦拭他身上的金属板，这时，她以一种缓慢的、相当缓慢的语调柔声说道：“我相信我是爱上你了。”

他没有说话，也没有动，似乎根本没有听到。

良久之后，她说：“我觉得这感觉几乎很怪异，发现我自己在这种情况下——在这里——产生了这种感情……”

“是的。”一段时间之后，他说道。

过了好长时间，她放下抹布，抓起他的手——属于人的那一只手——她感到他的手也抓住了她。

“你可以吗？”又过了半天，她问道。

“可以。但我会弄坏你的，小姑娘。”

她的手抚过他的金属板，碰到他的血肉之躯，在肉体与金属间徘徊往复。她将双唇按在他能凹陷的那半边脸颊上。

“我们会找出办法的。”她说。不必说，他们找出了办法。

在之后的日子里，她的歌唱得愈发频繁，更加快乐，也不会在他看她时戛然而止了。有时，他从即使是他也需要的浅层睡眠中醒转，透过眼部装置中的小缝，窥见她或坐或卧地望着他，笑意盈盈。有时他会叹息，为空气拂过身边、流进体内而感到纯粹的快乐，他感到久违的安宁和享受，此前，这种感觉被他画地为牢，束之高阁，在那里，除了疯狂、梦境和徒然的渴望之外别无他物。有时，他甚至发现自己无端吹起口哨来。

一天他们坐在岸边，太阳几乎看不见了，星光乍现，渐深的夜色在一抹坠落的火丝旁晕染开来，她放下他的手，指了指前方。

“一条船。”她说。

“是的。”他说着重新挽上她的手。

“载满了人。”

“我猜是有一些。”

“真令人伤感。”

“这一定是他们自己想要的，或者是他们以为自己想要的。”

“还是令人伤感。”

“是的。今晚。今晚是一个伤感的夜晚。”

“明天呢？”

“我敢说明天也一样。”

“你原先的快乐去哪儿了？你的快乐不是来自优雅的结局、安详的消逝吗？”

“这些天我脑子里不太想着那些了。被别的东西占据了。”

他们仰望星辰，直到夜色深沉，星光漫天，寒意袭人。随后她说道：“我们以后会成什么样子呢？”

“成什么样子？”他说，“如果你喜欢现在的样子，我们就没有必要改变。如果你不喜欢，告诉我是哪里不好。”

“没有哪里不好，”她说，“你要是这么问，我什么也说不出来。这只是一种小小的忧虑——就像俗语说的，一只猫在挠我的心。”

“我会亲自去挠你的心。”他说着抱起她来，好像她毫无重量。他笑着把她抱回了小屋。

又过了很久，他从一场仿佛被下了迷药一般的酣眠中醒转过来，或者说是被她的哭声吵醒过来。他感到自己的时间感被扭曲了，因为她的影像在一段似乎异常漫长的时段后才浮现出来，她的哭声也显得遥远又抽离，很不自然。

“这——是——怎么回事？”他问。就在这一刻，他意识到那阵淡淡的刺痛，那是肱二头肌遭到针刺的后效。

“我不——不想要你醒过来，”她说，“求你接着睡吧。”

“你是中心的人，对吗？”

她转过脸去。

“没关系。”他说。

“睡吧，求你。不要错过——”

“——第七条要求的状态，”他把话说完，“你们总是遵守合约，对不对？”

“不光是这样的——对我来说不是的。”

“你那晚说的话是真心吗？”

“我慢慢变得真心了。”

“你现在当然会这么说了。第七条——”

“你这混蛋！”她说着扇了他一巴掌。

他开始轻笑，但当他看见她身边桌上的皮下注射器时，笑声止住了。那里并排放着两个用过的安瓿瓶。

“你没给我打两针。”他说。她转过了脸。“过来，”他站了起来，“我们得把你送到中心，让他们把你体内的毒物中和掉，排出体外去。”

她摇了摇头。

“太晚了。抱住我。如果你想为我做点儿什么，就抱住我。”他用整个胳膊拥住她，他们就这么相拥着躺在那里，任凭风吹浪打，潮起潮落，将他们的轮廓打磨得愈发完美精致。

我想——

让我为你讲讲那个名为博克的生物吧。他生在一个将死的恒星中心。他由一个人的残片和许多其他东西的碎片组合而成。如果那些东西坏了，人的残片就将它们关闭、修好。如果那人坏了，那些东西就把他关闭，修好。它被制作得如此精巧，本可永生不死。但如果它的一部分果真死去，其他部分也不必停止运转，因为它依然能设法完成整个生物曾经做过的动作。它是一个物件，落在某个靠海的地方，它在水边行走，用金属叉棍拨弄海浪冲上来的其他物件。那块人的残片，或说是属于人的残片的其中一块，死了。

任选上述一项吧。

（韶光　译）

不确定的未来

科幻作家是蹩脚的预言家。当被问及私人问题和专业问题时，他们表现得尤其靠不住，似乎有一条自然法则这样规定：预言若要成真，预言家必不能从中获益。因此，当科幻作家去预测科幻的未来时，结果大概率是错误的。要讨论科幻小说的未来发展方向，最好的方式或许是指出时下影响科幻的种种因素，让预言顺其自然地发生。

如今，那场名为新浪潮的运动再无新闻。这不是因为它被科幻彻底摒弃，而是由于它已被纳入科幻主流之中。文体上的新冒险如今被视作作家的权益，甚至是义务；他们的实验性创作甚至得以发表在《类比》杂志之上。

诚然，一些更为极端的文体家已经与科幻渐行渐远，甚至是迅猛脱离了科幻。在静静退出科幻领域去寻求更广阔天地和自有读者的作者中，J. G. 巴拉德是至为典型的例子；哈伦·埃利森与巴里·N. 马尔兹伯格（Barry N. Malzberg）则发表了正式的告别宣言；罗伯特·西尔弗伯格一度因私人原因放弃写作，其后重操旧业大概也是出于私人原因。若不是因为庞大而活跃的粉丝群体，这一切都可能悄无声息，而如今科幻迷声势之盛，甚至能把粉丝杂志做成盈利企业，科幻大会每周末都会召开，有时粉丝甚至能在几场大会中任意选择。世界科幻大会的参加者突破 5 000 人，渐成一桩大买卖。

到 20 世纪 60 年代末 70 年代初，滋养了科幻这一文类的杂志似乎活力不再。平装本支配了科幻领域，科幻书籍的发行量声势浩荡地碾压了西部小说，继而超过了神秘小说。面世的小说中几乎每八本里就有一本是科幻。不过，在本·博瓦接任《类比》主编（其继任者为斯坦利·施密特）后，该杂志的发行量曾小幅攀升；《艾萨克·阿西莫夫科幻杂志》创刊后发行量很快迎头赶上《类比》；《惊奇故事》在灾难边缘挣扎几年后被卖予新主人，并最终废刊；《银河科幻》在经历一系列主编更迭后，也被卖出并最终消亡；但《奇幻与科幻杂志》似乎状态良好；《阁楼》（*Penthouse*）杂志发行了新的光面纸科学 / 科幻杂志《万象》，它最初的目标发行量定在百万，并希求能在读者群上产生新突破，然而一段时间的长跑过后，杂志最终转为电子刊。同时，大量经桌面出版的小型杂志面市，同时出现的还有越来越多的电子期刊。

随着《星球大战》与《第三类接触》的票房大卖，科幻突然成了电影及电视的宠儿。大屏幕上充满了科幻，小荧屏也不遑多让，其中许多作品都是《星际迷航》原初系列的衍生品。

学院派对科幻的兴趣不减。高中与大学不断开设科幻入门课程，一些高级课程也加入了课表，一些研究生开始攻读科幻博士项目。专业期刊与组织日益壮大，学术研究和科幻教科书不断面世。

在科幻的史前时代，许多文类都曾控制文学的发展：史诗、游记、乌托邦故事……19 世纪至 20 世纪初，科幻小说的发展方向由作家决定：如玛丽·雪莱、爱伦·坡、凡尔纳、威尔斯、巴勒斯……

1926 年至 1960 年，出版商与编辑成了塑造科幻文类的关键人物：如根斯巴克、坎贝尔、鲍彻、戈尔德……如今，随着杂志失去主导力量，其他出版物影响渐大、效益渐好，个体作家再次成为科幻小说演化进程中的决定性因素。

老辈作家如弗雷德里克·波尔以《超人计划》与《通向宇宙之门》等作品证明了自己仍宝刀未老，但未来总是属于年轻一代。过去二十年里涌现了一大批新生作家。他们终将决定科幻要走向何方。

乔·霍尔德曼或许堪为新老两代作家融合的代表。他拥有物理学与天文学的学士学位，曾短暂编辑过《天文学》杂志，并已完成数学、计算机科学、统计学与艺术的研究生课程。他曾应征入伍，作为步兵和爆破专家参与越战，并在那里遭受重伤。康复期过后，他开始了全职作家生涯，此后，他参加了艾奥瓦作家写作营，并在艾奥瓦大学取得了英文硕士学位。他每年都会在麻省理工开展一个学期的科幻写作课程。

凭着科学背景和写作技巧，他创作了许多科学性强而又不失文学实验性的故事。他也曾撰写非虚构作品以及编辑文集。他的首部长篇科幻小说《千年战争》（*The Forever War*，1975）同时获得星云奖与雨果奖。他的第二部长篇科幻《意念之桥》（*Mindbridge*，1976）卖出了 10 万美元的平装本版权，创下当时的纪录；第三部长篇《忏悔我的罪孽》（*All My Sins Remembered*，1977）亦收获良好评价。他创作了核灾难三部曲《世界》（*Worlds*，1981），《分裂的世界》（*Worlds Apart*，1983），以及《足够的世界和时间》（*Worlds Enough and Time*，1992）；他还撰写了《购买时间》（*Buying Time*，1989），其后的《海明威骗局》（*The Hemingway Hoax*，1990）凭借杂志版 [1] 获得了星云奖

1. 该作品杂志版篇幅上短于小说版。

最佳中长篇。他的短篇小说《三百周年国庆》(“Tricentennial”)获1977年雨果奖，这个故事或许很适合拿来为本卷收尾；故事描述了一次凡尔纳式的穿越时空之旅，所乘工具则是威尔斯式的时间机器。它所探讨的不只是时空旅行者的命运，更是全人类的命运。而这正是科幻在过去一个世纪里所关注的问题。

（穆童、憬怡　译）

三百周年国庆

［美国］乔·霍尔德曼

1975年12月

科学家指出，太阳有可能是一个双星系统中的一颗。当然，它的伴星必须得又小又暗，而且距离几千天文单位之外，才能一直不被发现。

最终他们会找到伴星，只不过不是“一颗”而是“一对”，而且这些伴星会派上大用场。

2075年1月

即使按照21世纪华盛顿那种奢侈的标准，这间办公室也称得上富丽堂皇。康纳斯参议员酷爱古玩，整整一面墙都摆满了皮面精装书，一副大型黄铜望远镜表明了他科学同业公会联络员的角色，一张产自他老家那个州的编织工艺复杂的纳瓦霍地毯盖住了大半的镶花木地板。房间里还摆着一座大钟，挂着几幅油画和几张老地图。

电脑终端精心隐藏在笨重的柚木办公桌最上面的抽屉里。桌面上有一本吸墨纸，钢笔套装精确地摆在桌面正中央，旁边是一部足有百年历史的黑色贝尔传声电话机。电话铃响了。

他的秘书说，利文塞尔博士等候会见。“假装还在跟我通话。”参议员说，“30 秒后挂掉电话直接让他进来。”

他放下听筒，来到壁镜前，整了整领带和斗篷，然后用指甲刮平润唇膏涂抹的底线。他用一只手梳理了一下日渐稀疏的白色长发，再回到办公桌旁，把一只手放在了电话上。

笨重的大门轻声打开，一个瘦小的男人微微鞠了一躬，“大人。”

参议员伸出双手迎了上去，“哦，别扯了，查理。两只手都给我。”那人握住他的双手，只握了一下。“我什么时候在你面前成‘大人’了，你这家伙？”

“从上周起。”利文塞尔说，“同业公会会员们称呼你时用的词可比‘大人’糟多了。”

参议员点了两下头，“是上周。他们也确实是那样。真同情他们，不过这可是人民的意志。”

“当然。”利文塞尔好像念一个单词一样又连读了一遍：“人民意志。”

康纳斯走到书柜前，打开一面雕花板，“来点儿？”

“好啊，兄弟。”查理叹了口气，坐进沙发里，“来吧，雪利酒什么的都行。”

参议员端来酒，坐到查理身旁，“你早就该听我的，就该让广告同业公会的人来给你们写提案。”

“我们有好写手。”

“恕难赞同。只有不到百分之二的选民愿意费心去投票，其中绝大多数还赞成行政部门的主张。现在你又拿工程同业公会——”

“是你拿工程同业公会，而且——”

“他们用了广告同业公会。”康纳斯耸耸肩，“结果他们拿到了预算。”

“推销桥梁电厂穿梭机容易，推销纯科学难。”

“正因如此你才更应该——”

“是，当然。要求双份的钱，然后给广协那帮小子们一半。也许明年吧。我这次来要跟你谈的不是这个。”

“那是无线电那个？”

“对。报告你看了没？”

康纳斯看着酒杯里头。“查理，你知道我没时间——”

“总有人看过了吧。”

“那当然。我手下有个搞天文的小子挺不错的，他给了我一份浓缩版。非常有意思。”

“有个智慧文明就在11光年之外的地方——你的反应就是‘非常有意思’？”

“自然，也是个大突破嘛。”一阵尴尬的沉寂后，康纳斯继续道，“呃，你们有什么应对措施吗？”

“有两个。首先，我们正在想办法弄明白他们在说什么。这个很难。其次，我们想送一条信息回去。这个简单，而这里就需要你的帮助了。”

参议员点点头，看起来有几分谨慎。

“我先解释一下。我们之前也给这颗星球，天鹅座61号发送过信息。确切地说，那是个双星，有颗很暗的伴星。”

“和我们的一样。”

“类似吧。总之，他们没有回复。很显然，他们并没有在监听，因为他们也没有向外发送信息。”

“可我们收到——”

“我们收到的东西就相当于你在距离地球 11 光年远的地方能收到的东西。一堆乱七八糟的放送信号，而且还是 11 年前的。非常微弱，不过显然不是哪种天然信号源能够产生的。”

“要是那么说的话我们已经回复信息了呀。跟他们发送过来的类型一样。”

“确实如此，不过——”

“那这一切跟我又有什么关系？”

“兄弟，我们不想对他们轻声细语——我们要大声喊！引起他们的注意。”利文塞尔啜了一口他的酒，往后一靠，“为此，我们需要大量能源。”

“那当然。查理，能源就是金钱，你说的是多大量？”

“整个来说，我需要关闭死亡谷 12 个小时。”

参议员的嘴张成了一个大大的 O 形，“查理，你这也太狠了吧。再来一次大停电？还是故意的？”

“不会有什么大停电的。死亡谷有 14 个小时的应急能源储备。”

“那是在只满足一半负载的前提下。”参议员喝光杯中的酒，走回吧台，摇了摇头，“你先说你需要能源，然后又说你要切断能源。”他手握裹在麻布中的酒瓶走了回来，“这话说不通啊，伙计。”

“确切来说不是切断，是切换。”

“这是在猜谜语吗？”

“不是。你看。你也知道能源并不真的来自死亡谷电网。那里只是个中继站，是个储电器。能源实际上来自轨道——”

“这我都知道，查理，我有科学证书。”

“当然。所以其实我们用的是轨道上大型微波激光器射下来的高能能量束。能量足够整个北美正常运转，足够——”

“我说的就是这个意思。你不能说关就——”

“我们可以把它切换转向，将能量射向月球上的电网，把能源转接到月球背面的大型无线电抛面天线上，转化成无线电波，射向天鹅座 61 号，给他们一波足够把他们的内脏炸熟的冲击。”

“听起来可不像友邻会做的事。”

“其实没那么大能量啦——不过可比任何一个天然 21 厘米辐射波源强多了。”

“这不好说啊，伙计。”参议员揉了揉眼睛，做了个鬼脸，“也许我可以暗中操作一下，只告诉少数几个人实情。不过那也只能顶几分钟……话说回来你要 12 个小时干什么？”

“哦，那玩意儿不会像对准死亡谷那样自动对准月球。估计给那家伙转向重新对准就得 1 个小时。”

“因此，我们就不应光朝他们发射一堆无线电波。我们得准备 5 个小时的节目，首先建立一种交互语言，然后告诉他们我们的情况，最后问他们几个问题。整个节目播他个两遍。”

康纳斯重新倒满两人的酒杯，“2047 年的时候你多大，查理？”

“我 2045 年生的。”

“那你不记得大停电。死了一万多人……而你还跟我提议——”

“得了吧，老兄。明明是两码事。我们都知道现在那些储电器在起作用。再说，那些死掉的人多数都是因为汽车故障保险装置失灵。要是我们提前警告他们电力会下降，他们就会记得检查他们的保险装置，或者干脆避开户外躲起来。”

“那媒体呢？他们就得轮流播放了。你要来决定人民能看什么节目吗？”

“去他的媒体。他们可就要得到耶稣受难以来最大的新闻了。”

“也许吧。”康纳斯抽出一根烟，又将烟盒推给查理，“你不记得

2047 年时加州参议员们的遭遇了，是吧？”

“肯定不是什么好事，我猜。”

“确实不是什么好事。他们被弹劾了，还好没被人私刑处死。尽管真正的麻烦是在上面的轨道上。

“正如你所言：人们给加州交了能源税，就觉得能源都来自加州。一旦出了问题，他们就怪加州。我是加州的自由党参议员，查理。问我要月亮吧，兴许我还能做点什么。可别要我折腾死亡谷。”

“好啦，好啦。我又不是让你为我把电线连过去，兄弟。把它写到选票上就好啦。我们会想尽一切办法教育——”

“没用的。斯库拉探测器的投票你们都差点没拿下来——那玩意儿还不需要任何人出血，毕竟有 L-5 号埋单。”

“你就把它弄上选票吧。”

“我们再看吧。我这里有配额的，你也知道。而且三百周年国庆就要到了，见鬼的，人人都想上选票。”

“求你啦，伙计。这事儿可更重要，这事儿比什么都重要，你就弄到选票上吧。”

“也许能弄到附加条款里，不打包票。”

1992 年 3 月

摘自《传真与图片》，1992 年 3 月 12 日刊：

新发现的恒星摧毁古董太空探测器

1. 先驱者 10 号于 1973 年向地球发回第一批木星照片（见左上图、右上图）。

2. 1987 年离开太阳系，这是第一个飞离太阳系的人造物体。

3. 据 NSA 报告，昨天上午起，先驱者 10 号开始接收到越来越强的密集辐射，并于下午 3 时达到最大值，其后回落。该辐射来自太阳系外。

4. NSA 和夏威夷科学家表示，先驱者 10 号穿过了一个来自两颗未知恒星的同步加速辐射面。

A. 那两颗恒星是小“黑矮星”。

B. 两颗恒星彼此环绕一圈的周期为 40 秒，绕太阳一圈的周期为 35 万年。

C. 其中一颗恒星由反物质构成。反物质与正物质相遇会发生爆炸。夏威夷科学家观测到了一个暗淡的不可见光（红外线）环，每隔 20 秒闪烁一次。该光环来自两颗恒星的大气层相接触的地方。

D. 这两颗恒星具有很强的磁场，辐射由被甩出恒星的物质穿越磁场时产生。

E. 这两颗恒星与太阳的距离是地球与太阳间距离的 5 000 倍。与太阳系的其他星球相比，它们的轨道倾角也不对。

5. NSA 声称这两颗恒星对我们没有威胁。它们的距离太远，而且太阳系的任何部分都不会穿越辐射区。

6. 发现这两颗恒星的女性计划将它们命名为斯库拉和卡律布狄斯[1]。

7. 科学家声称，他们完全不清楚这两颗恒星的来历。相比之下太阳系内其他物体都合情合理。

---

1. 斯库拉是希腊神话中的女海妖，六头十二臂。与另一海妖卡律布狄斯分别驻守在位于意大利半岛和西西里岛之间的墨西拿海峡两侧。现实中的斯库拉是狭窄的海峡墨西拿海峡一侧的一块巨岩，对面著名的大漩涡被称作卡律布狄斯。

2075年2月

对接阶段开始时，查理想，这是分辨科学家和行李的好时机，那些看起来一脸紧张的就是科学家。

从表面上看，一切非常平静——根本没有飞船起飞时那种伤筋动骨的加速度。L–5号那闪闪发亮的透明圆桶外形只是慢慢地变得越来越大，然后转过来用一端对准他们。

问题在于，大到足够容纳4 000人的太空殖民地的惯性可比上帝要大。要是飞船撞上对接槽的速度太快，整艘飞船就会像手风琴一样被压扁。太空船制造时考虑的可是另一个方向的压力。

查理没订头等舱，但他们还是让他上了瞭望台所在的穹顶舱，完全是出于职业上的优待。除了他之外那上面只有两个人，都踩着维可牢魔术贴地毯，身体用安全带固定在一根栏杆上，手还紧握着另一根栏杆。

那是一对青年男女，很可能是新移民。男子正在兴奋地说着什么，女子却看着前方，并没有在听。她紧咬牙关，握着栏杆的手指关节都发白了。查理想要说点什么表示同情，但屏着呼吸时想要开口说话实在有点困难。

最后几米是最麻烦的。飞船船身曲线另一侧的情况完全看不到，转向喷气发动机不断地制造着一连串的小颠簸：向左，向右，向前，向后。如果飞船被压扁，穹顶舱会碎掉吗？或者直接被挤飞？

当然，所有一切都是电脑控制的。驾驶员只不过是直挺挺地坐在失重的汗水形成的迷雾中而已。

然后是那低沉的呜咽，那是飞船光滑的船身摩擦缓冲垫时发出的近乎于次声的震颤。查理等待着那响亮的撞击声，那声音将意味着他们还是太快了点：摩擦缓冲垫下松脆的合金板在碎裂时吸收了他们向前的动能，最后一搏的阵脚。

要是这都没办法让他们停下来，接下来会撞上的那堵两米厚的坚实钢壁也会让他们停下来。这种事发生过一次。不过这次没有。

“舱压平衡前请勿离开座位。”录音说，“感谢您乘坐我们的飞船。”

查理从飞船的端点爬了下来，回到客舱。他一路穿过人群，回到自己的座位，等待耳膜鼓涨的感觉。侧门打开后，他和其他乘客一起穿过管道来到电梯口。他们都站在天花板上。有人费劲在金属墙壁上刻了首打油诗：

> 困在电梯好几个小时，难受：
> 这破玩意儿钱还花了无数。
> 离心力什么的都没有：
> L-5 号真可恶。

又经过 30 秒钟的失重，他们滑降到了地面上。月台上大概等着几十号人。

查理走了出去，周围一片橙花和新割过的草坪的香气。他到家了。

“查理！嘿，这边。”一个站在双座自行车旁的年轻人叫道。查理紧紧地握了握那人的双手，跳上后座，“去喝点儿吧。”

“你有没有——”

“先去喝点儿，然后再说。”他们沿着碎石路一路骑进了城里。

所谓的酒吧就是一个底下摆着桌椅的雨棚，位置正好俯瞰城中心的湖泊。那里没有酒保，你只需要到服务台，输入自己的信用号码，选择酒品或果汁，然后选定要不要加真空蒸馏的原浆酒精就好。他们聊了一会儿飞船焦虑症，然后话题就转向了：“你从康纳斯那里搞到了什么没？”

“几句话而已，意义不大。今晚的会上我会做一个详尽的报告。不过看起来，我们连选票都没能上去。”

“这不正是我们之前说过的结果吗？之前就应该按弗朗索瓦·贝当的主意办。”

“太冒险了。”贝当的计划是，告诉死亡谷他们得关掉激光系统进行维修，但是完全不跟那些“土拨鼠”提信号的事，直接回复就是了。“要是被他们发现，我们肯定会被告得满地找牙。”

年轻人摇摇头，“我永远都不会搞懂那些土拨鼠的。”

“也不用你搞懂。”查理本人就是个地球出生、地球上受教育的心理学家，“出生在这里的人都搞不懂的。”

“也许吧。”年轻人站了起来，“谢谢你请我喝酒。我得回去干活儿了。你知道会前要给比米斯博士回个电话的吧？”

“知道，她在海角空港给我留了信儿。”

“她有个惊喜要给你。”

“不是每次都有吗？你们这帮小丑，我不走就啥都不肯干。”

艾比盖尔·比米斯在电话里唯一肯说的一件事就是要查理去她那里吃晚饭。她要帮他为会议做准备。

“真好吃啊，艾比。地球上那些真正的食物我可吃不起。”

艾比笑着将盘子堆放进洗碗机，然后冲了两杯咖啡。坐下时她又笑了笑，她是一个矮壮的女性，一头白发，一片皱纹的海洋中，两只眼睛炯炯有神。

“你今晚心情不错啊。”

“没错儿。因为期望嘛。”

“约翰尼说你有惊喜。”

“那小子，他知道的连一半都不到。所以说你在参议员那没什么进展了？”

“是。结果比我预计的还差。到底要告诉我什么？”

“康纳斯是个热心肠的孩子。帮我们做了那么多。”

“别卖关子了，艾比，到底是什么？”

“他说的没错。把那帮土拨鼠的电视关掉20分钟他们都会再来一场大革命。”

“艾比……”

“我们会把信息送出去的。”

“当然。我也觉得我们会。使用月球背面的天线，用我们搞得到的最大功率。运气好的话——”

“不行，能量不够。”

查理舀了半勺糖在咖啡里搅了搅，“你这是要……和康纳斯对着干吗？”

“去他的康纳斯。我们根本就没打算用无线电。”

“那用可见光？红外线？”

“我们要亲自送，用代达罗斯号。”

查理刚把咖啡杯送到嘴边，这一下子洒掉了不少。

“给，纸巾。”

2040年6月

摘自《旧秩序简史》（自由人出版社，2040年版）：

……如果你觉得那是浪费，想想代达罗斯计划吧。

这是L-5号之后的第一个大型太空项目。L-5号最后没出问题，那是因为它讲求实际。至于“代达罗斯号”（这个名字来自希腊神话中一个会飞的神）——显而易见就是一个吃钱的无底洞。

这些2016年的科学家说服资产阶级为飞往另一颗恒星的旅行出了钱！这趟旅程将耗时一百多年——不过科学家们会在路上繁衍生息，并把他们的后代也教育成科学家（不管孩子们愿不愿意！）。

他们打算把所有的旧式氢弹都用作燃料——就好像觉得我们地球上以后就再也用不着这些能源了一样。万一L-5号决定他们不再喜欢我们，要把能量束关掉，那该怎么办？

“代达罗斯号”本该是一艘将近一公里长的太空船！飞船的绝大部分都是在太空中建造的，用的是月球上的物质，不过其中很多部分，最贵重的部分，可以想见，只能从地球发射过去。

他们差点就造好了，不过紧接着就发生了大分裂和人民革命。就这样让那些氢弹悬在我们头顶，人民是死也不会同意他们那么做的。

所以我们把氢弹都留在了赫尔辛基，太空狂人们也都回到了本来的工作岗位。每一年他们都会呈文请求使用那些氢弹，每一年都会被人民意志拒绝。

太空船还在上面，几万亿美元就这么在天上打了水漂。作为资产阶级愚行的纪念碑，这玩意儿比金字塔还可恶！

2075年2月

“这么说斯库拉探测器只是个策略了，为了获得燃料——”

“哦，不，也不全是。”艾比盖尔将一个蓝色文件夹推给查理，“我们还是要去斯库拉的，弄上几百万吨变性反物质回来。再从卡律布狄斯收集同等数量的变性物质。”

“我们的计划不是搞一艘世代飞船，查理。氢燃料会帮我们飞到双星；到达后则会被用来给磁瓶供能，以便容纳真正的燃料。”

“物质湮灭。”查理说。

“是的。质量乘以光速的平方，精确到小数点后九位。我们的天鹅座 61 号之旅可不用花费几个世纪，只用九年就行，还是来回。”

“土拨鼠们是不会喜欢的。他们对于当初‘代达罗斯号’的所有恶感——”

“去他们的土拨鼠。我们会用他们宝贵的氢弹做成我们说过要做到的所有事：飞到斯库拉，弄些反物质，带回来。这还只是第一步。”

“你不打算告诉他们我们的计划吗？没什么大……”

艾比盖尔摇摇头，又笑了笑，这一次笑得有几分苦涩，“你没看今早《人民邮报》的社论，是吧？”

“我太忙了。”

“我也很忙，伙计，忙的顾不上那破玩意儿。不过我的一个员工给我送来了。”

“写的是代达罗斯号的事吗？”

“不是……写的是天鹅座 61 号。疯狂科学家们如何急着要让那些外星异形知道地球上也有生命。”

“他们会把我们做成人肉汉堡。”

“就是这一类的东西。”

山坡上大概坐着 3 000 多人。这是一座“天然”的圆形露天剧场，里面铺着月尘，种着地球上的草。剧场里喧闹异常，比米斯博士刚刚跟他们讲了天鹅座 61 号的考察计划。

经过大概第十次“请肃静”后，比米斯博士才终于能够继续讲话，“所以你们应该也明白为什么我们不能直接传送这次会议的信号。地球上会接收到。同样，目前 L-5 号上也没有土拨鼠的媒体。他们刚刚轮换回地球，替换他们的下一拨人乘坐的飞船正在海角维修。另外两艘飞船都在这儿。”

“所以，我在这里请求诸位——以及所有还坚守在工作岗位上的兄弟们——保守这个自伊莎贝拉典当她的珠宝以来最大的秘密。直到我们起飞离开。”

“下面，利文塞尔博士，我们的社会科学部主任将会和大家谈谈挑选船员的问题。”

查理厌恶公众演说。每当遇到这种场合，他都会觉得自己像是个殉道路上的基督徒。他在讲台上整了整潮湿的讲稿。

“呃，最基本的问题。”有 1 000 多人让他大点声，于是他又调整了一下麦克风。

“最基本的问题是，我们有足够容纳 1 000 多人的空间，但可能不到 4 个人里就有一个想去。”

一片赞同声响起。“我们也不想在选人的问题上太过专断……不过我已经起草了几条准则，比米斯博士也都同意。”

“首先，任何需要复杂医疗护理的人都不应该试图前往。基于同样的原因，年龄过大的人一般也不在考虑之列。”

艾比盖尔轻声说，“64 岁并不算太老，查理，我要去。”声音小到几乎听不见。一直到刚才她都没说过什么。

利文塞尔看着比米斯，继续道：“其次，L-5 号日常维护必需的人员都要留下。包括电站的人。”比米斯对他笑了笑。

“我们不想拆散配偶，至少，呃，不能拆散九年多……不过我们也不会带走孩子。”骚动平息后，他继续道，“这次任务，孩子只会成为累赘。所以要去的人只能为他们找好寄养父母。也许下一趟他们可以去。”

“因为我们不能带累赘。我们不知道在天鹅座 61 号等待着我们的将会是什么——1 000 人听起来不少，但其实并不多。尤其是考虑到我们需要截取所有人类知识和能力的断面。很有可能会出现的情况是，人们最后会发现，一个会唱牧歌的人要比一个等离子物理学家来得重要。我们无法提前知道。”

在场的 4 000 人确实成功保守了秘密，不过倒不是因为什么人性的力量，而是因为根植于内心深处的对地球和地球人的偏执妄念。

而康纳斯参议员的三百周年庆典最后也确实帮上了他们的忙。

尽管只存在“一个世界”，由“人民意志”统治，但有些地区的影响力就是比另一些地区要大，而且民族主义也根本没有灭绝。

这是其中一个因素。

另一个因素是土拨鼠们对于储存在赫尔辛基的那些热核炸弹的看法。全都是古董：绝大多数都有一百多年的历史，甚至更久。科学家们都说很安全，但你也知道那是怎么一回事。

技术层面上而言，核弹仍然属于那些上交核弹的国家。其中十分之九不是北美的就是俄国的，剩下的十分之一分别属于其他 42 个国家。每隔几年，这些国家就会聚到一起，为了怎么处理这些该死的东西而争得不可开交。每个人都想通过某种实用的方式把这些玩意儿处理掉，但没有一个人愿意为此而出资。

查理·利文塞尔的提议很简单。由 L-5 号来提供资金、原材料和人力，在挪威海的一处荒岩上拆解这些旧核弹，一次拆一枚，并将其改造为“代达罗斯号”可用的统一燃料罐。

斯库拉 / 卡律布狄斯探测器将在航行日程安排上对两个航天大国致敬。飞船将被重新命名为“约翰·F. 肯尼迪号”，并在美国的三百周年国庆时离开地球轨道，在前半程以一个 G 的加速度飞向双星系统，然后进行翻转，并以同样的速率减速。飞船会用磁力勺从斯库拉收集反物质。到 2077 年 5 月 1 日，飞船将再次更名为“列昂尼德·I. 勃列日涅夫号”，并开始返航。出于安全方面的考虑，反物质将被运送至靠近月球背面的研究站。L-5 号的科学家声称，物质 / 反物质湮灭产生的能量将会把地球变得如同天堂一般。

绝大多数人都对此表示怀疑，但对烟火表示期待。

2076 年 1 月

“见鬼去吧！”查理脸色铁青，“我——我不干，绝不！”

“你是唯一一个——”

“不对，艾比，这你很清楚。”查理在艾比盖尔的办公室隔间里来回踱步，“能让 L-5 号运转的人足有几十个。而且都比我强。”

“并不比你强，查理。”

查理停在艾比的办公桌前，探出身子，“得了吧，艾比。蒂尔才是留下来负责一切运转的唯一合乎逻辑人选。她不仅在自己的岗位上证明了自己，而且年龄也大了，不能——”

“这种屁话我可不想听。”

“那，艾比……”

“不，你听我说。‘代达罗斯号’开始建造时我还只是个婴儿，而我从女孩儿到女人的整个青春时代都献给了飞船的建造。

“我可以带你坐飞船过去，让你看看当年我亲手钉下的铆钉，那都是半个世纪前的事了。”

“那是我的——”

“这张票是我应得的，查理。”她的语气软了下来，“年龄是一方面，是的。这只是很多航程中的第一次——但等飞船返回来的时候，我就真的太老了。到时候你还正当年……而且拥有超过 20 年的协调员经历，我毫不怀疑他们会任命你为下一航程的舰长——”

“我不想当舰长，我也不想当协调员，我只想去！”

“你想去，另外 3 000 人也想去。”

“那剩下的那 1 000 不想去或者去不了的人里就没有一个能够胜任协调员工作的吗？我就可以给你列出——”

“重点不是这个。单说在地球上的影响力和人脉，整个 L-5 号上就没有一个人能跟你相比。而且也没有一个人像你这么了解土拨鼠。”

“你这是种族歧视，艾比。土拨鼠跟你我没什么区别。”

“只是其中某些而已。我可没见你一有机会就往地球那边跑……怎么，是喜欢这上边的风景吗？还是说你喜欢住在罐子里？”

查理一时答不上来。艾比继续道：“不管谁当协调员，都免不了要千方百计解释一番，尽力搞好 L-5 号和地球之间的关系。你一生都在致力于这项事业，查理。而且你在这里也广为人知，深受敬重。你才是唯一符合逻辑的人选。”

“我和你争的不是逻辑。”

“我知道。”两个人都没有提查理和其他人一起签署的那份文件，正是那份文件授予了比米斯博士在“代达罗斯 / 肯尼迪 / 勃列日涅夫号”船员选择问题上的最终决定权。“可别太恨我，查理。我得考虑怎么做对我的人民来说才是最好的。对我所有的人民。”

查理瞪着她看了好一会儿才转身离开。

2076 年 6 月

摘自《传真与图片》，2076 年 6 月 4 日刊：

太空农场下月启航前往双星

1. 即将于下月启程飞往斯库拉 / 卡律布狄斯双星的“约翰 · F. 肯

尼迪号”就像一个尾部安有核弹的缩小版 L–5 号（见左上、右上图）。

A. 航行 20 个月。飞船可以选择携带少数人员，并满载食物、空气和水，或者采取类似于 L–5 号的方式，在封闭生态圈内载满人员。

B. 他们本可以仅用几百人来运转农场、管理物料。但几乎所有太空怪人都想去，总之他们早就习惯这种生活了（尽管从来没有机会去什么地方）。

C. 等他们返回后，农场将会被用作 L–4 号的雏形，L–4 号就跟 L–5 号一样，不过一开始会更小些，并且位于月球的另一面（左下图）。

2. 关于三百周年国庆的其他传真图片请见封底。

2076 年 7 月

“约翰 · F. 肯尼迪号”发射那天，查理刚刚结束在地球上的一周工作。厌倦了不断被采访的他从海角航空港的媒体休息室溜了出来。他的白色门禁卡可以让他独自前往外面的起落跑道。

跑道尽头，正在添加燃料的午夜班次飞船在夕阳的余晖下散发着粉白色的光辉。柏油路面上散发的热量不住地摇晃扭曲着飞船的影像。软柏油的气味在他的脑子里总是和离别、慰藉联系在一起。

他走到跑道中央，看了下表。还有五分钟。他点燃一根香烟，然后又扔掉。他又在心里重新验算了一遍：飞船将从西南方向的低处升空。他抬起一只手，遮住阳光。每秒 150 枚核弹看上去将会是什么样子呢？媒体上，它们被称作燃料胶囊。而那些把它们小心组装轻轻运送到轨道上并安进燃料箱里的人就叫它们炸弹。比满月的亮度还要亮十倍，他们是这么说的。在 L–5 号上，不带滤光镜可别朝那个方向看。

没有丝毫的预兆，飞船突然就出现了，一道出奇耀眼的彩虹点亮在了地平线上。闪耀过几分钟后，亮度在烟雾中减弱了一些，飞船飞走了。

在美国的绝大多数地方，人们只有在两个多小时后飞船环绕地球一周时才能看到它。届时，黑夜将被照成白昼，飞船将与烟火争辉。在那之后，每隔两个多小时查理都将能再看到它一次。然后他也将登上返回 L-5 号的飞船，并将不必再拿已故政治家的名字来称呼它。

2076 年 9 月

“代达罗斯号”抵达旅程中间点、翻转方向、开始减速时，L-5 号上举办了一次平静的庆祝会。船员发来的进展报告形容整个航程“波澜不惊”。那时他们的速度已经接近了光速的十分之二。发送信息的激光束已经从蓝色光红移到了橙色。报告翻转方向成功的那条信息从“代达罗斯号”传送到 L-5 号花了两周时间。

他们宣称对航向进行了一次微调。随着他们的相位角增大，他们分析了斯库拉 / 卡律布狄斯双星的偏振光谱，基本确认双星系统是被星屑组成的平面环包围着的，就好像土星一样。于是他们决定“低角度进入”以避免碰撞。

2077 年 1 月

过去三周以来，“代达罗斯号”一直在往回传送斯库拉 / 卡律布狄斯双星的清晰照片。这让他们终于拥有了一张戏剧到足够土拨鼠们消费的照片。

查理将全息立方放在桌面上，用手指来回摆弄着，一脸惊叹的表情。

“太让人难以置信了。他们怎么做到的？”

“当然是剪辑合成的了。”在留下来的成年人中约翰尼算是最年轻的之一，因为心脏杂音、膝关节病变，也因为天体物理学家供过于求。

“双星系统的照片是用一组红外频闪快照——之类的东西——合成的。飞船环绕双星系统飞行时大概拍摄了一两万张吧，然后整理加工。”他用手指了指，但这并没有什么用，因为查理正在从另一个不同的角度看着全息立方。

“火焰层位于两颗星球的大气层相接触的地方，那是用紫外光拍摄的，这样更能显示出细节结构。

“星环的部分就简单了。可见光波段的长时曝光。背景上的星星也是这么来的。”

门上传来一声轻敲，一个助理探头进来，“能打扰一下吗，博士？”

“当然可以。”

“俄国劳动节委员会的人打电话过来，她想知道飞船是否已经改名为‘勃列日涅夫号’了。”

“已经改了。不过告诉她我们最后选定的是‘莱昂·托洛茨基号’。”

助理一脸严肃地点了点头，“好的。”说完就要关门。

“等一下！”查理揉了揉眼睛，“告诉她，呃……飞船在那边绕轨飞行时没有纪念名。返程启航前他们才会重新命名。”

“真是这样？”约翰尼问。

“我也不知道。谁在乎呢？再过几个月他们肯定就不愿用任何人的名字来给它命名了。”他和艾比已经制订了一套计划，用来保护L-5号不被土拨鼠的愤怒殃及——尽管计划还很不成熟：卫星上没有一个人事先知道飞船将飞往天鹅座61号。那是船员们在飞往斯库拉/卡律布狄斯双星的路上自己做的决定。他们在环绕双星飞行时改造了驱动系统，使之能够接受物质-反物质湮灭。L-5号将从“代达罗斯号”离开斯库拉/卡律布狄斯双星时传送的信息中首次获知这一叛变计划。等到信息到达地球时他们已经启程一个月了。

这个计划很容易识破，不过至少他们一直很小心，没有在L-5号上留下任何关于“代达罗斯号”真正使命的记录。不过确实有3 000人知道实情，而且任何一个称职的工程师或物理学家都能猜到。

艾比早就觉得，尽管最后他们多半会被识破，但那些土拨鼠肯定不可能连生23年的气——就算反物质之类的奇迹都没有打动到他们也不会……

再说，查理想，这也不再是他们需要担心的事了。

事实证明，“代达罗斯号”的船员还有更重大的事要担心。

2077年6月

俄国人举行了劳动节庆典——查理看了电视转播，并且在他们每次提到列昂尼德·I.列日涅夫号时都不由地皱下眉头。节后一切就都又回归了正轨。查理和其他3 000人一起焦急等待着“意料之外”的消息。消息是在六月初收到的，正如预期，从数据频道加扰传送。不过内容却不是他们所想的那样：

“艾比盖尔·比米斯致查理·利文塞尔。

“查理，我们遇到了麻烦。大块不明物体击中舰艏，飞船受损。物体击穿了主驱动器反射镜，损坏了一套传感器和一台姿态控制推进器。

“就目前所掌握的情况，形势还算稳定。我们仍然维持着略低于1G的加速度。不过无法掌握方向，也无法关闭主驱动器。

“绕轨运行时星环碎片并没有给我们造成什么麻烦，因为我们仍在罗氏极限的距离之内。正如你所知，我们在进入时利用了星环上自然形成的分界线。离开时我们使用了同样的方法，不过整个过程更慢、更复杂，因为我们的质量已经极大提升。我们肯定是撞上了某块外环边缘处的碎片。

“要是能够成功关闭驱动器，我们也许还有修复的可能。不过工作舱追不上飞船，在1G的加速度下这是不可能的。就算能行，那边的辐射也能在几秒钟内把操作员炸干。

“我们正在努力。如果你有什么主意，请告诉我们。我忽然想到，这次事故正好能帮你们解脱——我们本来要返航地球，但却遭到了重创。为了达到效果，我们会通过常规通讯频道再发一条信息。本条信息阅后即焚。

“通讯结束。”

效果非常完美，查理和L-5号都摆脱了干系，而且形势的这一戏剧性变化也将人们对太空旅行的兴趣激发到了20世纪60年代以来的新高度。

他们甚至还有了个英雄。一个志愿者乘坐加了层层护甲的工作舱用电缆吊着下去查看了情况。电缆断裂前，她发送回了损坏现场的清晰照片。

“代达罗斯号”：公元 2081 年

地球：公元 2101 年

由于难以被转换为“平易近人的英语”，本则新闻未被《传真与图片》采用，因为让该报大受欢迎的正是其平易的语言风格。

太空飞船掠过天鹅座 61 号——算是吧

（L-5 号 斯金格）

今日收到来自“代达罗斯号”太空船的消息，声称飞船刚刚从距离天鹅座 61 号不到 400 天文单位处掠过。这一距离约等于冥王星与太阳间距离的十倍。

事实上，飞船掠过天鹅座 61 号发生在大约 11 年前。这正是本消息传回地球所需的时间。

我们并不清楚飞船目前的确切位置。如果失控的驱动器仍未修复，那么他们现在应该已经越过天鹅座 61 号行星系约 11 光年（飞越双星系统时他们的速度就已经超过了光速的 99%）。

如果从飞船乘客的角度来看，情况还会更复杂。按照相对论，越接近光速，时间流逝越慢。所以对他们来说，在这 11 光年旅程中，时间只过去了 4 年。

L-5 号协调员查理 · 利文塞尔指出，飞船储备的反物质足够他们加速到银河系边缘。而到那时候，飞船船员也只老了 20 岁——不过我们要听到他们的消息就得等两万年了……

（撤掉这条新闻。后面还写了飞船在天鹅座 61 号人眼里会是什么样，以及为什么虽然那边的时间过得更慢但我们还能与他们保持交流，所有内容都一样蠢。）

“代达罗斯号”：公元 2083 年

地球：公元 2144 年

查理·利文塞尔在怨恨中过世，终年 99 岁。大约十年前人们才发现，他们一开始就打算让代达罗斯号成为星际飞船。那时几乎无人关注这一消息。少数关注的人也一致认为，一次性解决掉 1 000 名科学家是件好事，看看他们给我们惹下的乱子。

“代达罗斯号”：距离 67 光年，仍在加速中。

“代达罗斯号”：公元 2085 年

地球：公元 3578 年

经过超过 7 年的舰上研发——以及将近 1500 光年的飞行——他们终于想办法关闭了引擎。由于使用了精密遥测技术，修复工作没有造成新的人员伤亡。

如今，每个人的生命都是宝贵的。他们已经不再是探险家了：燃料已经消耗近半。他们都是殖民者，没有回程票。

他们成功的消息将在 15 个世纪后传回地球。至于届时是否会有红外天文望远镜监测接收这一消息，就只能靠猜测了。

“代达罗斯号”：公元 2093 年

地球：约公元 5000 年

减速过程中，他们研究了几个航路上的星系，发现其中一颗类日恒星旁有类地行星环绕运行，于是就朝那颗星球飞了过去。

在殖民者们开始着陆的那个季节，行星夜空中最亮丽的风景就是一片花朵般绽放的气态发光星云。天文学家将之命名为北美星云。

这事有点讽刺，因为这些来自 L-5 号的殖民者中没有一个人意识到——只要稍微加减个几年就是美国的三千周年国庆了。

三千周年时的美国本身已经江河日下。拍打海岸的海水中满是厌氧生物的绯红色甲壳。伟大的城市早已衰落，残存的遗迹几乎已被永不停歇的沙尘暴抹平。

没有准备烟火，因为根本没有观众，也没有组织者，细菌才不会在意这些。劳动节也无人理会。

太阳系内最后的人类居住在一个玻璃和金属制成的圆柱中，照料他们的自动机械，不再理会已经死亡的地球。他们崇拜天鹅座，却早已忘记这么做的理由。

（王小亮　译）